일곱 건의
살인에 대한
간략한
역사

1

A BRIEF HISTORY OF SEVEN KILLINGS
by Marlon James

This Korean edition was published by Munhakdongne Publishing Corp. in 2016
by arrangement with Marlon James, c/o Trident Media Group, LLC
through KCC(Korea Copyright Center Inc.), Seoul.

이 도서의 국립중앙도서관 출판예정도서목록(CIP)은
서지정보유통지원시스템 홈페이지(http://seoji.nl.go.kr)와
국가자료공동목록시스템(http://www.nl.go.kr/kolisnet)에서 이용하실 수 있습니다.
(CIP제어번호: CIP2016025213)

A Brief History of
Seven Killings

일곱 건의 살인에 대한

1

Marlon James

말런 제임스 장편소설
강동혁 옮김

Original Rockers
Ambush in the Night
Shadow Dancin'
White Lines / Kids in America
Sound Boy Killing

간략한 역사

문학동네

일러두기

1. 주석은 모두 옮긴이주이다.
2. 본문 중 고딕체는 원서에서 대문자나 이탤릭체로 표기한 부분이다.
3. 인명, 지명 등 외래어는 국립국어원의 외래어표기법을 따랐으나 일부는 관습 표기를 존중했다. 특히 본문 중 자메이카 파투아(카리브해 연안 구 영국 식민지 국가들에 토착화된 영어) 음독 표기 뒤에 나오는 괄호 속 뜻풀이는 처음 나오는 곳에만 병기하였고, 책 말미에 파투아 뜻풀이를 모아 실었다.
4. 장편소설이나 희곡, 기타 단행본은 『 』, 단편소설과 시는 「 」, 연속간행물과 연극, 텔레비전 프로그램, 앨범명, 곡명은 〈 〉로 구분했다.
5. 본문의 성서 인용은 대한성서공회 발행 공동번역성서의 번역을 따랐다.

차례

1권

차례

2권

등장인물 Cast of Characters

대킹스턴 1959~

아서 조지 제닝스 경 전직 정치인, 사망

가수 세계적 레게 슈퍼스타

피터 나세르 정치인, 전략가

니나 버지스 전직 안내데스크 직원, 현재 실직 상태

킴-마리 버지스 니나 버지스의 여동생

라스 트렌트 킴-마리의 연인

닥터 러브/루이스 에르난 포르티요 드 라스 카사스 CIA 자문

배리 디플로리오 CIA 자메이카 지부장

클레어 디플로리오 배리 디플로리오의 아내

알렉스 피어스 〈롤링스톤〉 기자

윌리엄 애들러 전 CIA 현장요원, 현재 범죄자 신분

마크 랜싱 영화 제작자, 전직 CIA 국장 리처드 랜싱의 아들

루이 존슨 CIA 현장요원

클라크 씨 CIA 현장요원

빌 빌슨 자메이카 〈글리너〉 기자

샐리Q 해결사, 정보원

토니 맥퍼슨 정치인

왓슨 경찰

네비스 경찰

그랜트 경찰

코펜하겐시티

파파-로/레이먼드 클라크 코펜하겐시티의 던(갱단 보스), 1960~1979

조시 웨일스 행동대장, 코펜하겐시티의 던, 1979~1991, 스톰 파씨(파派)의 수장

위퍼 파파-로와 조시 웨일스의 오른팔, 스톰 파씨의 맨해튼/브루클린 지역 행동대장

데무스 갱단원

헤클 갱단원

밤-밤 갱단원

펑키 치킨 갱단원

렌턴 갱단원

레고 비스트 갱단원

토니 파바로티 행동대원, 저격수

프리스트 연락책, 정보원

주니어 소울 정보원/에이트레인즈의 스파이라는 소문

왕 갱단 왕상 지역에 근거를 둔 갱단. 코펜하겐시티와 동맹관계

코퍼 행동대원

차이나맨 코펜하겐시티 근처의 갱단 두목

트리탑 갱단원

불맨 행동대원

에이트레인즈

쇼타 셰리프/롤랜드 파머 에이트레인즈의 던, 1975~1980

퍼니보이 행동대원이자 2인자

번틴-밴턴 에이트레인즈의 공동 보스, 1972~1975

디시래그 에이트레인즈의 공동 보스, 1972~1975

자메이카 외부 1976~1979

도널드 캐설리 마약 밀매업자, 자메이카 자유연맹 총수

리처드 랜싱 CIA 국장 1973~1976

린던 울프스브리커 주 유고슬라비아 미국 대사

워런 터니 제독 CIA 국장, 1977~1981

로저 서루 CIA 현장요원

마일스 코플랜드 CIA 카이로 지부장

에드거 아나톨리예비치 체포로프 노보스티 통신 기자

프레디 루고 알파 66, 혁명조직연합, AMBLOOD의 요원

에르난 리카르도 로차노 알파 66, 혁명조직연합, AMBLOOD의 요원

올랜도 보쉬 오메가 7, 혁명조직연합, AMBLOOD의 요원

게일&프레디 오메가 7, 혁명조직연합, AMBLOOD의 요원

살 레스닉 〈뉴욕 타임스〉 기자

몬테고베이 1979~

킴 클라크 실직자

찰스/척 앨코어 보크사이트 엔지니어

마이애미와 뉴욕, 1985~1991

스톰 파씨 자메이카 마약 조직

랭킹 던즈 스톰 파씨와 라이벌 관계에 있는 자메이카 마약 조직

유비 퀸스/브롱크스의 스톰 파씨 최고 행동대장

에이-플러스 트리스탄 필립스의 동료

피그 테일즈 퀸스/브롱크스의 스톰 파씨 행동대원

렌-독 퀸스/브롱크스의 스톰 파씨 행동대원

오마 퀸스/브롱크스의 스톰 파씨 행동대원

로미오 브루클린 스톰 파씨의 마약상

트리스탄 필립스 랭킹 던즈의 단원, 리커스 교도소 수감중

존-존K 청부살인업자, 자동차 도둑

파코 자동차 도둑

그리젤다 블랑코 메데인 카르텔에서 파견한 마이애미의 마약왕

백스터 그리젤다 블랑코의 행동대원

하와이안 셔츠를 입은 자들 그리젤다 블랑코의 행동대원

케네스 콜서스트 뉴욕 5번가 주민

개스턴 콜서스트 케네스 콜서스트의 아들

게일 콜서스트 케네스 콜서스트의 며느리

도카스 파머 간병인

밀리센트 세그리 간호사 교육생

미스 벳시 신의 은총 고용센터 매니저

모니파 티보도 마약 중독자

상세 차례 Navigation

한밤의 습격**
1976년 12월 3일

**밥 말리가 이끈 밴드 '밥 말리 앤드 더 웨일러스'의 1979년 앨범 〈서바이벌〉 수록곡

어떻게 된 건지 진실을 말해줄게,

자기야, 이 부분이 가장 어려워

– 보니 레이트*, 〈헝클어진, 그리고 어두운〉

딱 거기까진 못 가도 비슷하겐 간다니까.

– 자메이카 속담

* 미국의 블루스 싱어송라이터이자 사회운동가(1949～)

아서 조지 제닝스 경

듣게.

죽은 자들은 절대 말을 멈추지 않는다네. 어쩌면 죽음이란 죽음과는 전혀 다른 것이기 때문일지도 몰라. 그저 벌칙을 받아 방과후에도 학교에 남아 있는 것과 같은 거지. 죽은 이들은 자기가 어디에서 왔는지 알고 있고, 언제나 거기로부터 돌아온다네. 자기가 어디로 가는지도 알고 있지. 목적지에는 영원히 다다를 수 없을 것 같지만. 그냥 죽은 거야. 죽은. 이 말은 도저히 되돌릴 수 없을 것처럼 들리는, 그러면서도 진행형이 없는 단어라네. 정처 없이 밤낮으로 떠돌다보면 자네보다 더 오랜 시간 동안 죽어 있던 자들을 만나게 되고 그들이 울부짖으며 화난 듯 야유하는 소리를 듣게 되지. 우리가 영혼이기 때문이거나 우리 모두를 영혼이라고 생각하기 때문이야. 하지만 사실 우리는 모두 죽어 있는 거라네. 다른 영혼들 속으로 미끄러져 들어가는 영혼들. 어떤 여자 영혼들은 남자의 안으로 미끄러져 들어가서는 마치 사랑을 나눌 때의 기억처럼 길고 높은 소리를 내지. 그들은 큰 소리로 신음하고 곡을 한다네. 하지만 그 소리는 침대 밑에서 들려오는 휘파람 소리나 소곤거림이라는 창문을 통해서만 들려오고, 그럴 때면 어린애들은 괴물이 있다고 생각하는 게야. 죽은 자들이 산 자들 아래에 누워 있기를 좋아하는 데에는 세 가지 이유가 있다네. (1) 우리는 대부분의 시간을 누워서 보내고 (2) 침대 밑은 마치 관의 윗부분처럼 보이기 때문이지. 하지만 제일 중요한 이유는 (3) 침대 위에 체중이, 인간의 체중이 있기 때문이야. 우리가 미끄러져 들어가 더 무겁게 만들 수 있는 체중 말이네. 그 체중 아래 누우면 심장이 뛰는 소리를 듣거나 폐부가 공기를 밀어낼 때마다 콧구멍에서 나는 쉭쉭 소리를 들으면서 짧디짧은 호흡이나마 부러워할 수 있거든. 나는 관을 가져본 기억이 없어.

어쨌거나 죽은 자들은 절대로 이야기를 멈추지 않고 때론 산 자들도 그 소리를 듣는다네. 내가 하고 싶은 말은, 죽은 사람의 말이란 탄젠트 곡선처럼 방향을 틀어버리니, 우리가 할 일이라고는 한동안 방랑하며 떠도는 것밖에는 없다는 거야. 글쎄, 최소한 다른 자들은 그렇게 하더군. 삶이 끝나버린 자들은 삶이 끝나버린 자들에게서 배워야 한다는 게 내 요점이라는 걸 생각해보면, 이건 꽤 까다로운 문제가 되지. 누구든 들으려는 사람만 있으면, 지금도 나는 그냥 떨어진 게 아니라 몬테고베이*에 있는 선셋 비치 호텔의 발코니에서 떠밀렸다고 주장하고 있거든. 그렇게 말하는 내 혼잣말 소리가 나 자신에게 들려와. 하지만 입 닥쳐, 아티 제닝스, 라고 말할 수는 없지. 매일 아침 나는 깨어나자마자 호박처럼 산산조각 난 내 머리를 짜맞춰야 하니까. 말하고 있는 지금 이 순간에도 나는 그렇게

* 자메이카 서북부의 항구도시.

주장하던 내 목소리를 들을 수 있다네. 이해할 수 있겠나 딩글두디*? 그러니까 내 말은 죽음 뒤의 삶이란 현재 벌어지는 장면도, 근사하고 떠들썩한 파티도 아니라는 걸세, 대디-오**. 저기, 곤경에 빠져 있는 녀석들이 보이나? 저 녀석들은 결코 이해할 수 없을 거야. 내가 할 수 있는 일이라곤 나를 죽인 남자를 기다리는 것뿐이라네. 하지만 놈은 죽지 않아, 그저 점점 늙어가며 점점 더 젊은 여자로 아내를 바꿔치워가며 멍청한 사내놈들을 잔뜩 새끼 쳐놓고는 나라를 진탕 망가뜨릴 뿐이지.

죽은 자들은 절대로 이야기를 멈추지 않고 어떤 때에는 산 자들도 그 소리를 듣는다네. 잠들어 있는 산 자의 눈이 움직거리기 시작하는 순간을 잘 잡아내기만 하면 어떤 때는 대답을 들을 수도 있다고. 그럴 때면 아내가 따귀를 후려쳐 깨울 때까지 그자가 계속 말을 하지. 하지만 나는 나보다 오래전에 죽은 사람들의 말을 듣는 편을 더 좋아한다네. 나한테는 찢어진 반바지나 피투성이 롱코트를 입은 남자들이 보이고 그들도 말을 하지만, 그 사람들 입에서 피가 쏟아져나오니 이거 원, 농담이 아닐세. 그놈의 노예 반란은 지독하고 끔찍한 일이었어. 서인도회사가 동인도회사에 비해 조잡하게 쇠망해가기 시작한 이래로 늘 그랬듯 빌어먹을 여왕은 끔찍할 만큼 도움이 안 됐지. 지들 보기에 적당한 곳이라면 어디서든 병적으로 잠들

* dingledoodies. 미국 작가 잭 케루악(1922~1969)이 소설 『길 위에서』에서 처음 사용한 단어. 그의 설명에 따르면 '미친듯이 살고, 미친듯이 말하고, 미친듯이 구원받으려 들며, 동시에 모든 것을 하려는 열망에 차 있는 자들, 절대로 하품을 하거나 평범한 말을 하려 든지 않고, 별이 떠 있는 밤하늘에 거미처럼 폭발하는 환상적인 노란 폭죽처럼 계속해서 타고 타고 또 따오르는 사람'을 뜻한다.

** '이 아저씨야'라는 뜻으로 친근하게 부르는 호칭.

어버려 모든 일을 망치고 마는 검둥이들은 왜 또 그리 많은지. 이런 제기랄, 내 왼쪽 얼굴을 잘못 맞춘 것 같군. 죽은 상태로 있다는 건 죽은 자들이 사라지지 않는 걸 이해하는 일이야. 죽는다는 건 죽은 자들의 파동 없는 영토에 들어서는 거라네. 시간은 멈추지 않아. 죽은 자들은 시간이 움직이는 걸 보면서도 변하지 않는다네. 모나리자의 미소처럼. 이곳에서는 300년 전에 목이 베여 죽었든 2분 전에 요람 속에서 목숨이 끊겼든 모두 똑같아.

자네도 잘 때 조심하지 않으면 산 자들이 보는 모습과 똑같은 자네 모습을 보게 될 걸세. 나? 나는 대리석 바닥에 누워 있지. 머리는 뭉개진 호박처럼 되었고 오른쪽 다리는 등뒤로 뒤틀린 데다가 두 팔은 구부러져서는 안 되는 방식으로 구부러져 있어. 높은 곳, 발코니에서 보면 죽은 거미처럼 보일 거라네. 난 발코니 위에도 있고 그 아래 대리석 바닥에도 있어. 위에서 나는 나를 죽인 자가 본 그대로의 내 모습을 본다네. 죽은 자들은 움직임 하나, 행동 한 토막, 비명 한 조각을 살아내면서 그런 식으로 그저 머물러 있지. 선로를 벗어날 때까지 결코 멈추지 않고 쭉 달리는 기차도 계속 그대로. 빌딩 16층 높이의 난간도 계속 그대로, 공기가 모자란 자동차 트렁크도 계속 그대로. 어린 범죄자들의 몸뚱이는 바늘로 찌른 풍선처럼, 계속해서 56발의 총알을 맞아 터져나간다네.

누가 떠밀지 않고서야 그런 식으로 떨어질 수는 없는 일이야. 난 안다네. 어떤 기분인지, 어떤 모습인지도 이제는 알지. 그 높이에서 떨어지며 공기와 부딪히는 몸뚱이가 되어, 있지도 않은 덩어리를 쥐려고 손을 움키고, 한 번, 딱 한 번, 지저스, 이 빌어먹을 잡종 똥개년의 후레자식아, 제발 빌어먹을 딱 한 번만 공기를 붙들 수 있게 해달라고 빌 때를 얘기하는 거네. 그렇게 1.5미터 깊이의 배수로,

바꾸어 말하면 5미터 아래에 깔린 대리석 타일 바닥으로 떨어져내리는 거야. 피맛을 보고 싶어 안달난 바닥이 그대로 일어나 내 몸을 강타하며 들어오는 순간까지도 발버둥치면서 말이네. 그리고 우리는 여전히 죽은 상태이지만 깨어나게 되지. 나는 뭉개진 거미로, 그는 불타버린 바퀴벌레로. 나는 관을 가져본 기억이 없다네.

듣게.

산 자들은 앞으로 시간이 많이 남았다고 스스로를 속이기 때문에 일단 기다리고 본다네. 죽은 자들은 일단 보고 기다리지. 한 번은 주일학교 선생한테 물어봤어. 천국이 영원한 생명을 누리는 공간이고 지옥이 그 반대라면, 지옥은 대체 뭐냐고. 그 여자는 너처럼 더럽고 조그만 남자애들이 득실대는 곳이라고 말하더군. 그 여자는 아직도 살아 있어. 나한테는 그 여자도 보인다네. 이븐타이드 양로원에서 너무 늙고 멍청해진 나머지 자기 이름도 모른 채 살아. 밤만 되면 아직까지 성한 발가락을 노리고서 쥐들이 몰려와 두렵다고 말하지만, 그 목소리는 너무나 미약한 숨소리에 그쳐버려 누구도 듣지 못한다네. 내게는 그 이상이 보여. 유심히 살펴보면, 아니 어쩌면 그냥 왼쪽을 보기만 해도 자네에게는 내가 떠나온 상태 그대로인 한 나라가 보일 걸세. 그 나라는 절대 변하지 않아. 언제라도 가까이 가서 둘러보면 그곳 사람들은 내가 떠났을 때와 정확히 똑같은 모습이지. 나이가 든다고 해서 달라지는 건 없다네.

한 국가의 아버지였던 남자, 내게는 낳아준 아버지보다도 더욱 아버지 같았던 그 남자는 내가 죽었다는 말을 듣더니 갑자기 과부라도 된 것처럼 울음을 터뜨렸다네. 자네도 혹 가기 전까지는 사람들의 삶이 자네와 얼마나 깊이 연결돼 있는지 몰랐을 거야. 그래서 할 수 있는 일이라고는 아무것도 없다네. 그냥 산 자들이 제각기 다른 식으로 죽어가는 걸 지켜보는 수밖에. 팔다리 하나하나, 몸속의 기관들이 하나하나 천천히 죽어가는 걸 지켜보는 수밖에. 심장병, 당뇨병, 이름조차 굼뜨게 들리는, 천천히 목숨을 빼앗아가는 질병들. 여기, 한 번에 한 부분씩 죽음을 향해 조바심치며 달려가는 그분의 몸이 보인다네. 그분은 사람들이 자신을 국가적 영웅으로 만드는 모습을 볼 때까지 사시다가, 자신의 인생을 실패라고 생각하는 유일한 사람으로 돌아가실 거야. 희망과 꿈을 한 사람 안에 인격화시켜놓으면 그런 일이 벌어지는 거지. 그분은 그저 문학적인 장치에 지나지 않게 된다네.

이 책은 몇 건의 살인에 대한 이야기야. 이야기에 등장하는 소년들은 오늘도 돌아가고 있는 이 세상에 그 어떤 의미도 남기지 못했지만, 그 아이들 하나하나가 나를 통과해 지나갈 때마다 내 코에는 나를 죽인 남자의 썩은 단내가 스친다네.

첫번째 아이는 편도선이 떨어져나갈 듯 비명을 지르는데, 비명은 치아라는 관문에 걸려 멈춰버려. 놈들이 재갈을 물렸기 때문이야. 재갈에서는 토사물과 돌의 맛이 나. 누군가 아이의 손을 등뒤로 돌려 꽉 묶어놨지만, 살갗이 잔뜩 쓸려 죄다 떨어져나간데다 밧줄은 피에 젖어 미끌거려서 느슨하게만 느껴져. 오른다리가 왼다리에 묶인 탓에 아이는 두 다리로 발길질을 해대고 있어. 그 바람에 먼지가 1.5미터, 그다음엔 2미터까지 피어올라. 진흙과 흙, 먼지가 뒤섞인 비는 곧 먼지와 돌멩이가 섞인 비로 바뀌어 아이는 더이상 견딜 수 없게 돼. 돌 하나가 아이의 코를 부러뜨리고 다른 돌이 총알처럼 눈을 관통해 터뜨려. 아이는 비명을 지르지만 그 비명소리는 아이의 입 끝까지 달려나갔다가는 썰물처럼 거슬러 돌아오지. 흙은 계속해서 솟아대는 홍수가 되어 아이는 자기 발가락조차 볼 수가 없어. 그다음에 아이는 깨어나고, 여전히 죽어 있지. 아이는 내게 자기 이름을 말해주지 않을 거야.

A Brief History of Seven Killings

오리지널 로커

Original Rockers

Ambush in the Night

Shadow Dancin'

White Lines / Kids in America

Sound Boy Killing

1976년 12월 2일

밤-밤

내가 열네 살이었다는 건 알아. 나란 놈도 아신다고. 너무 많은 사람들이 너무 많이 씨불여대는 것도 알고. 특히 그 미국인 말이야, 절대로 아가리를 닥치지 않는 그놈. 그놈은 당신 얘기만 나오면 잠깐 웃음으로 갈아타지. 아옌데 루뭄바* 같은, 쿤타 킨테**의 고향 이름 같은, 우리로서는 한 번도 들어본 적이 없는 이름들과 함께 당신 이름을 들먹이는 게 얼마나 이상하게 들리는지. 그 미국인, 놈은 흑인들한테 무슨 말을 하겠다고 미국에서부터 찾아온 전도사처럼 평소에는 거의 눈을 선글라스로 가리고 있단 말이지. 그놈하고 쿠바인은 어떨 때는 같이 오고 어떨 때는 하나씩 오는데, 한 놈이 말을 하면 다른 놈은 꼭 입을 다물더라. 총은 언제나 필요해질 필요가 있

* 아옌데는 칠레에서 자유선거로 당선된 세계 최초의 마르크스주의 대통령 살바도르 아옌데를, 루뭄바는 콩고의 독립운동 지도자이자 초대 대통령인 패트리스 루뭄바를 가리킨다. 두 사람 모두 흑인 해방을 상징하는 인물이다.

** 소설 『뿌리』의 주인공. 백인들에게 노예로 팔려갔던 아프리카 흑인이다.

으므로 쿠바인들은 총을 가지고 장난하지 않는다, 그놈이 그렇게 말하더군.

그리고 나란 놈이 예전엔 간이침대에서 잤다는 것도 알아. 어머니는 창녀였고 아버지는 게토에 남아 있던 최후의 좋은 남자였다는 것도 알고. 우리가 지금까지 며칠 동안 호프로드에 있는 당신네 커다란 집을 지켜봤다는 것도 알아. 어느 순간에는 당신이 우리한테 와서 당신은 예수이고 우리는 유다 이스가리옷이라도 되는 것처럼, 앞가림이나 제대로 하면서 할 일들을 하라고 말하듯 고개를 끄덕일 거라는 것도 알아. 하지만 당신을 봤었는지 누가 당신을 봤다는 얘기를 하는 걸 들어서 나도 봤다고 생각하는 건지는 기억이 안 나. 당신은 빵나무 열매를 한 조각 먹으면서 뒤쪽 현관으로 걸어나왔고, 여자는 그 오밤중에 바깥에 무슨 중요한 할 일이라도 있는 것처럼 갑자기 툭 튀어나왔다가 충격을 받았어, 당신이 실오라기 하나 걸치지 않고 있어서 충격을 받았던 거지. 그다음에 여자는 당신의 열매를 먹고 싶어서 손을 뻗었어, 여자들이 헤프게 구는 걸 라스타*가 싫어하는데도 말이야, 그렇게 당신네 둘은 함께 광란의 밤을 즐겼고, 나는 그 장면을 보고 들으면서 내 물건을 붙들고 광란을 즐겼지. 당신은 그 얘기로 노래를 썼고. 콘크리트 정글**에서 온 남자

---

* 1930년대 자메이카에서 시작된 신흥 종교 '라스타파리 운동' 혹은 '라스타파리아니즘' 신자를 '라스타파리안' 혹은 줄여서 '라스타'라 부른다. 자메이카는 에티오피아에서 납치해 온 흑인 노예들을 아메리카 대륙에 공급하는 노예무역의 주요 거점이었는데, 라스타들은 에티오피아의 옛 황제 하일레 셀라시에(1892~1975, 본명 라스 타파리 마콘넨Ras Tafari Makonnen)를 메시아로 섬기며 흑인들의 아프리카 복귀를 주창한다. 흔히 '레게 머리'라 불리는 드레드락dreadlock 헤어스타일을 하고 대마초 간자ganza를 즐겨 피우는 등 독특한 생활양식을 따른다.

** 자메이카 웨스트 킹스턴 지역에 실존하는 게토. 정부 주도 주택공급 사업의 일환

애는 초록색 중에서도 계집애 같은 초록색 스쿠터를 타고 나흘 동안 아침 8시 정각, 오후 4시 정각에 갈색 봉투를 받으러 왔었어. 새로 온 보안팀은 그 녀석을 보는 즉시 돌려보냈지. 우리는 그 일도 알고 있다고.

에이트레인즈와 코펜하겐시티에서 당신이 할 수 있는 일이라고는 지켜보는 것밖에 없어. 라디오에서 나오는 달콤한 목소리는 범죄와 폭력이 온 나라를 집어삼키고 있다면서 변화의 가능성이 있는지는 일단 기다리고 봐야 한다고 속삭이지만, 여기 에이트레인즈에서 할 수 있는 일이라고는 일단 보고 기다리는 것뿐이야. 나는 거리에 똥물이 흐르는 모습을 보고 기다려. 또 어머니가 두당 20달러에 남자 둘을 받고, 또다른 남자한테서 안에다 싸는 대가로 25달러를 받는 걸 보고 기다려. 또 아버지가 어머니한테 역겨움과 싫증을 느끼고 어머니를 개처럼 두들겨패는 모습을 지켜봐. 또 지붕이 갈색으로 녹슬면서 비를 맞아 외국 치즈처럼 구멍이 뚫리는 모습도 지켜보는 거야. 또 한방에 사는 사람 일곱 명이 있어. 한 사람은 임신을 하고 있는데 그러거나 말거나 사람들은 서로 씹질을 해대. 너무 가난해서 수치심이란 걸 느낄 여력도 없거든. 난 그걸 보고 기다려.

그러면 작은 방은 점점 더 작아지고 언니오빠누나형사촌들이 시골에서 점점 더 많이 올라와 도시는 점점 더 커지지. 럽어덥***을 할

으로 조성되었는데, 주택공급 사업 자체가 수 세대에 걸쳐 정치적 폭력사태를 유발하는 주요 원인이 되었다. 이하에서 '정글'이라는 표현은 모두 '콘크리트 정글'을 가리킨다.

*** rub a dub, 레게음악의 하위 장르 중 하나. '럽어덥'이란 '녹음된 음악에 문지르다'라는 뜻. 남녀가 매우 가까이 붙어서서 리듬에 맞춰 서로 엉덩이를 문지르는 춤 동작 때문에 이런 이름이 붙었다.

공간이나 똥을 쌀 만한 곳도 없어지고 카레 만들 닭 등뼈도 없어져. 이러고 사는 데도 돈이 더럽게 많이 든다니까. 그 여자애는 화요일마다 점심밥값을 받는다는 게 알려지는 바람에 칼을 맞았어. 나 같은 남자애들은 나이가 들어가도 학교에 별로 규칙적으로 가지는 않지. 딕 앤드 제인*은 못 읽어도 코카콜라는 알아. 우리는 스튜디오로 가서 노래도 짓고 히트곡을 부르고 싶어. 그 리덤(리듬)을 타고 게토를 벗어나고 싶다고. 하지만 코펜하겐시티도 에이트레인즈도 너무 커. 끄트머리에 다다랐다 싶을 때마다 게토의 가장자리가 그림자처럼 우리 앞으로 멀리 달려나가고 결국은 온 세상이 다 게토가 되지. 그런데도 당신은 기다려.

나는 당신이 배고파하는 모습과 기다리는 모습을 보면서 그게 그냥 운이었을 뿐이라는 걸 알아. 당신은 스튜디오 주변을 떠돌아다니고 있었는데 데즈먼드 데커**가 그 남자더러 당신한테도 기회를 주라고 했고, 그 남자는 당신 노래를 들어보기도 전에 목소리에 깃든 굶주림을 들었던 거야. 당신은 노래를 만들어냈지만 히트곡은 아니었지. 그 당시 기준으로도 게토엔 어울리지 않는 너무 귀여운 노래였으니까, 귀여움이 누구의 삶이라도 좀 쉽게 만들어줄 수 있던 시절은 이미 다 지나버렸으니까. 우리는 당신이 애쓰던 모습이나 실제보다 한 뼘은 부풀린 말로 사람들을 속이는 모습을 봤고, 이제 당신이 실패하는 모습을 보고 싶어. 어쨌거나 당신이 루드보이(갱단원)처럼 보이면 좋겠다고 생각하는 사람은 아무도 없다는 것쯤은 알아. 당신은 책략가처럼 보이거든.

---

* 1930~70년대 미국의 아동용 읽기 교본.

** 자메이카의 뮤지션(1941~2006). 스카, 록스테디, 레게 등의 장르에서 활동했다.

델라웨어로 사라졌다가 돌아온 당신은 스카*를 불러보려 하지. 하지만 스카는 이미 게토를 떠나 외곽의 업타운**으로 옮겨갔거든. 스카는 비행기를 타고 외국으로도 가서 백인들에게 스카나 트위스트나 다를 거 하나 없다는 걸 보여줬다고. 어쩌면 시리아인과 레바논인***은 그걸 자랑스러워할지 모르겠지만, 그자들이 스튜어디스랑 폼잡고 있는 모습을 신문에서 보면 우리는 자랑스러운 게 아니라 충격을 받아 멍해질 뿐이야. 당신은 또다른 노래를 만들고 이번에는 히트를 쳐. 그래봐야 흡혈귀들 듣기 좋으라고 히트곡을 녹음한 꼴이니 게토 밖으로 튀어나갈 수는 없지. 겨우 히트곡 하나로는 스키터 데이비스****나 〈건파이터 발라드〉*****의 남자처럼 될 수 없는 거라고.

나 같은 녀석은 어머니한테서 떨어져나오는 순간 포기당하게 돼. 목사는 사람들의 삶에는 저마다 신이 만들어놓은 빈 공간이 있다고 떠들지. 하지만 게토 사람들한테는 그 공간에 채워넣을 수 있는 게 허무뿐이라고. 1972년은 1962년과는 전혀 달라.****** 아티 제닝

---

* ska, 1950년대 후반에 자메이카에서 발생한 음악 장르. 후에 록스테디와 레게로 형태가 바뀌며 진화했다.

** 빈민가와 번화가가 복잡하게 얽혀 있는 다운타운과 대비되는 부자 동네.

*** 자메이카는 아프리카계 흑인이 인구 대부분을 차지하며 중동·유럽 출신 코카서스 인종과 중국·인도 등 아시아인, 그 외 혼혈인이 나머지를 이룬다. 본문에서는 시리아나 레바논 등 중동 출신 코카서스 인종의 경우 미국의 백인과는 다른 취급을 받음에도 스스로 백인 행세를 하는 부류로 그려지고 있다.

**** 미국의 컨트리 가수(1931~2004). 자메이카에서 인기가 많았다.

***** 〈Gunfighter Ballads and Trail Songs〉(1959), 마티 로빈스의 앨범.

****** 1962년과 1967년 두 번의 총선에서 자메이카 노동당(JLP, Jamaica Labour Party)이 승리했으나 1972년 총선에서 인민국가당(PNP, People's National Party)이 승리하면서 정권이 교체되었다.

스가 갑자기 죽어버렸을 때 꿈조차도 그와 함께 사라졌다고 소리칠 수 있어야 했는데 그런 적은 한 번도 없었지. 그래서 다들 지금까지도 그 얘기를 속삭이고 있는 거야. 무슨 꿈이었는지는 나도 모르겠어. 아무튼 떨떨한 인간들이라고. 꿈은 떠나지 않는 건데, 그냥 악몽을 꾸는 인간들이 지가 악몽을 꾸고 있다는 사실을 모르는 것뿐인데. 델로이 윌슨이 〈더 좋은 일이 꼭 생길 거야〉*를 부르고, 수상이 된다는 남자도 같은 노래를 부른다는 이유로 더 많은 사람들이 게토로 이사오기 시작했어. 백인처럼 생겼지만 필요할 때면 검둥이처럼 엉터리 말을 지껄여대는 남자가, 〈더 좋은 일이 꼭 생길 거야〉를 불러대고 있지. 여왕처럼 차려입은 여자, 게토가 점점 부풀어오르다가 킹스턴 안에서 폭발해버리기 전까지는 게토에 아무 관심도 없던 여자가 노래해. '더 좋은 일이 꼭 생길 거야'.

하지만 그보다 먼저 최악의 일이 생기지.

우리는 보고 기다려. 남자 둘이 게토로 총을 들여와. 한 사람은 나한테 총 쏘는 방법을 알려줘. 하지만 게토 사람들은 훨씬 전부터 서로를 죽여대곤 했다고. 손에 잡히는 거라면 뭐든지 죽이는 데 썼단 말이야. 막대기, 마체테**, 칼, 얼음용 송곳, 음료수 병. 먹을 것 때문에 죽이고. 돈 때문에 죽이고. 어떤 때는 언짢은 눈길로 딴 사람을 보다가 살해당하지. 살인에는 아무 이유도 필요하지 않아. 여긴 게토니까. 이유라는 건 부자들한테나 있는 거지. 우리한테 있는 건 광기야.

광기란 건 말이야, 근사한 다운타운 거리를 걷다가 최신 유행하

---

* 〈Better Must Come〉(1971).

** 중남미 농민들이 주로 쓰는 긴 칼 모양의 낫.

는 옷으로 차려입은 여자가 눈에 띄면 곧장 달려가 가방을 잡아채고 싶어지는 그런 거야. 우리가 원하는 게 가방이나 돈이 아니라 비명소리라는 걸 똑똑히 알면서도 말이지. 여자가 비명을 내지르는 건 우리가 예쁘게 단장한 그 여자의 얼굴로 뛰어들어 입을 후려치면 행복을, 눈을 주먹으로 치면 기쁨을 빼버릴 수 있고 그 자리에서 바로 그 여자를 죽일 수도 있는데다가 죽이기 전이든 후든 강간할 수 있다는 걸 그 여자도 알고 있기 때문이야. 우리 같은 루드보이가 그 여자처럼 품위 있는 여자들한테 하는 짓이 그런 거니까. 그걸 알고서 내지르는 비명소리 때문에 그런 짓을 하는 게 광기야. 가난한 사람들은 절대로 가지 않는 킹 스트리트 거리를 걷는 양복쟁이 남자를 따라가서, 그 남자가 샌드위치를, 닭고기 샌드위치를 버리는 모습을 지켜보도록 만드는 그런 광기. 그 냄새를 맡으면 사람이 얼마나 부자여야 닭고기를 그저 그런 빵 쪼가리 사이에 끼우는 데에나 쓸 수 있는지 궁금해져. 쓰레기 근처를 지나가다 그 샌드위치를 보게 돼, 여전히 포일에 싸인, 여전히 신선한, 다른 쓰레기가 묻어서 갈색이 된 것도 아니고 아직 파리가 앉은 것도 아닌 그 샌드위치를. 그리고 '뭐 이 정도면', 하는 생각이 들었다가 '그래', 하는 생각이 들었다가 '먹어야 해, 뼈 없는 닭고기 맛이 궁금하니까', 하는 생각이 들지, 그런 광기를 말하는 거야. 하지만 나는 미친 사람은 아니라는 생각을 해, 내 안의 광기는 미친 사람들의 광기가 아니라 분노에 찬 광기라고, 그 남자가 나한테 보여주려고 샌드위치를 버렸다는 걸 나는 아니까. 이제부턴 칼을 들고 다니겠다고, 다음번에는 놈을 덮쳐 가슴팍을 한 움큼 도려내고 말겠다고 언젠가 루드보이는 혼자 약속을 하게 되는 거지.

하지만 놈은 알아, 나 같은 녀석들은 오랫동안 다운타운을 걸어

다닐 수 없다는 걸, 그전에 바빌론*의 습격을 받게 된다는 걸 말이야. 경찰은 내가 신발을 신지 않은 것만 보고 말하지, 너 이 더러운 검둥이 새끼 선량한 시민분들 주위에서 뭘 하고 있는 거냐, 그러곤 내게 두 가지 선택지를 주지. 도망치기. 그러면 경찰은 도시를 가로지르는 여러 도로 중 한 곳으로 추격해와 아무도 보지 않는 곳에서 나를 쏠 수가 있어. 탄창에는 총알이 충분히 들어 있으니까 적어도 한 발은 맞게 되어 있다고. 그게 아니면 가만히 서 있기. 그러면 나는 시민들 앞에서 두들겨맞게 되는 거야, 경찰이 곤봉을 휘둘러 내 양쪽 치아를 탈탈 털고 관자놀이를 깨부수겠지, 다시는 그쪽 귀로 제대로 소리를 듣지 못하게 말이야, 경찰은 말할 거야, 다시는 네놈의 더럽고 냄새나는, 게토 몸뚱이를 절대 부자들의 업타운에 들이지 말라는 교훈으로 삼으라고. 나는 그들을 일단 보면서 기다려.

하지만 그때 당신이 돌아와. 당신이 언제 떠났는지조차 아무도 모르고 있었는데. 여자들은 당신이 왜 돌아오는지 궁금해해. 미국에서라면 언제든지 엉클 벤 표 쌀 같은 근사한 물건들을 가질 수 있을텐데. 우리는 당신이 히트곡을 부르기 위해 미국에 간 거였는지 궁금해해. 우리 중 몇 사람은 당신이 커다란 강의 작은 물고기처럼 게토를 돌아다니는 모습을 계속 지켜봐. 나란 놈도 지금은 당신이 무슨 수작을 벌이는지 알지만 그때는 몰랐지. 당신은 여기서는 총잡이들과, 저기서는 시끄러운 소리를 내는 라스타들과, 이 악당과, 저 루드보이와, 심지어는 우리 아버지와도 친구가 되지. 다들 알고 좋아하지만, 자기들 무리에 끼워줄 만큼 잘 아는 건 아닌 정도의 친

---

* 라스타들이 돌아가고자 하는 세상인 에티오피아와 대비되는, 물질주의·억압·감각적 쾌락에 탐닉하는 타락한 현대 문명. 본문에서는 자메이카의 기존 체제와 경찰을 가리키는 말로 쓰이고 있다.

구 말이야. 당신은 거의 모든 것, 히트 칠 만한 것이면 뭐에 대해서든 노래를 불러. 당신 혼자만 알고 다른 사람들은 전혀 관심 갖지 않는 것들에 대해서. 당신은 비틀스의 〈그리고 나는 그녀를 사랑한다〉를 부르지, 프린스 버스터가 비틀스의 〈너는 나를 보지 않아〉를 리메이크해서 히트 쳤으니까.* 당신은 가지고 있는 거라면 뭐든지 써. 당신이 짓지 않은 멜로디까지도 말이야. 그걸 목청껏 길게 부른 끝에 그 노래를 타고 게토에서 나가지. 1971년에 당신은 이미 텔레비전에 나왔어. 1971년에 나는 처음으로 총을 쏘았고.

나는 열 살이었어.

게토에서 목숨이란 건 아무런 의미가 없어. 어린 남자애 하나 죽이는 것쯤 일도 아니야. 아버지가 나를 구하려 했던 마지막 순간이 기억나. 아버지는 공장에서 집까지 뛰어왔어. 우리 둘 다 서 있었고 내 얼굴이 아버지 가슴에 닿아 있는데 아버지가 개처럼 거칠게 숨을 헐떡여서 기억이 나. 그날 저녁 남은 시간 내내 우리는 집에 있었어. 무릎이랑 발가락을 땅에 대고. 게임을 하는 거라고 아버지가 말했어, 너무 크고 빠른 목소리로. 먼저 일어나는 사람이 지는 거다, 그렇게 말했어. 그래서 나는 일어났어 나는 열 살이니까 이제 게임 따위는 질렸으니까 그런데 아버지가 소리를 치면서 나를 끌어당기더니 자기 가슴에 쿵 박아넣었어. 나는 숨이 거칠어져서 씩씩대고 울고 싶고 아버지를 증오하고 싶었지만, 그때 누가 자갈을 집어던진 것처럼 처음 한 발이 훅 들어오더니 벽에 부딪혀서 튕겨 나왔어. 그리고 한 발, 또 한 발, 그다음에는 팝-팝-팝-팝-팝-팝 하면서 벽을 그대로 찢어발겼고 마지막 총알은 혼자 탕 소리를 내면

* 〈And I Love Her〉(1964), 〈You Won't See Me〉(1965).

서 냄비를 맞혔고 그뒤의 여섯 일곱 열 스무 발은 축축축축축축축 하면서 벽으로 발사됐지. 아버지는 나를 잡아 귀를 막아주려고 했는데 손아귀에 너무 힘을 주는 바람에 하마터면 내 눈을 파낼 뻔했는데 그런 줄도 모르더라고. 팝-팝-팝-팝-팝-팝 하는 총알 소리랑 쉬익쾅 소리가 들리고 바닥이 흔들리는 게 느껴져. 그리고 여자가 비명을 지르고 남자가 비명을 지르고 남자아이가 비명을 질러, 갑자기 목숨이 끊어지는 것처럼, 비명이 목구멍에서 입으로 돌진했다가 꾸륵꾸륵 하면서 질식하는 소리가 나. 아버지는 나를 아래쪽에 붙들어놓고 내 비명을 틀어막고 나는 아버지 손을 물고 싶어 그래서 아버지 손을 물어 왜냐하면 아버지 손이 내 코도 가리고 있으니까 아빠 제발 나를 죽이지 마세요, 하지만 아버지는 떨고 있어 죽기 직전이라서 떠는 건지 궁금해 땅이 다시 흔들려 그리고 발이, 온 사방에 발이 있어, 남자들이 뛰어다니면서 지나가고 지나가고 뛰어다니고 웃고 비명을 지르고 에이트레인즈놈들은 전부 죽을 거라고 소리를 쳐대. 아빠는 나를 땅에 납작하게 눌러놓고 자기 몸으로 덮는데 너무 무겁고 코도 아픈데다가 자동차 엔진 냄새까지 나 아버지 무릎인지 뭔지가 등에 닿아 있고 바닥에선 쓴맛이 나 나는 이게 빨간색 마루광택제 맛이란 걸 알아 아버지가 내려갔으면 좋겠어 아버지가 미워 사방에서 들려오는 모든 소리가 꼭 스타킹으로 감싸놓은 것 같아. 아버지가 마침내 내려갔을 때는 바깥에서 사람들이 비명을 지르고 있어 더이상 파파파파파파팝이나 쉬익쾅은 없지만, 아버지는 울고 있고 나는 아버지가 너무 싫어.

이틀 뒤 어머니가 웃으면서 돌아와 자기 것 같은 새 드레스는 이 빌어먹을 게토에 딱 한 벌뿐이라는 걸 알았거든 그리고 아버지가 어머니를 봐 아버진 출근을 하지 않았어, 거리를 걷는다는 건 누구한테도 안전하지 않으니까 그래서 아버지는 곧장 어머니한테 가 어머니를 붙들고 씨발 갈보년아, 너한테서 좆물 냄새가 코를 찌른다 그렇게 말해. 아버지가 어머니 머리를 잡아채고 배를 때려 어머니는 비명을 질러 넌 남자도 아니야 벼룩 한 마리라도 박아줄 수 있니 아버지는 아, 그래 하고 싶은 게 씹질이냐? 그렇게 말해. 너 같은 년이 만족할 큰 자지를 내가 찾아주지 아버지는 어머니 머리채를 잡아서 방으로 끌고 가 나는 악당들이 올까봐 이불보 밑에 숨어 있어 거기서 지켜보는 중이지 아버지는 기다란 빗자루를 잡아서 어머니를 머리끝부터 발끝까지 앞에서부터 뒤에까지 두들겨패 어머니는 비명을 질러 새끼 낳는 개처럼 낑낑대고 그러다가 신음을 하고 아버지는 큰 자지가 좋다고, 내가 큰 자지를 주지 이 씨발 걸레 같은 창녀 개년아 그렇게 말하고 빗자루 막대기를 들더니 어머니 다리를 양옆으로 걷어차서 벌려. 아버지는 어머니를 집 밖으로 쫓아내고 어머니 옷을 내던져 나는 어머니를 보는 건 이게 마지막일 거라고 생각해 그런데 어머니가 다음날 돌아온 거야, 리알토 시네마에서 보여주는 30센트*짜리 영화에 나오는 미라처럼 붕대를 감고서 다른 남자 세 명이랑 같이.

놈들이 아버지를 붙잡아 무려 세 명이 말야, 그래도 아버지는 싸워, 남자답게 싸워, 영화에 나오는 존 웨인처럼 놈들을 때리기도 해, 진짜 사나이가 싸우는 방식으로. 하지만 아버지는 혼자인데 놈들은 셋이고 곧 넷이 되고 말아. 네번째 놈은 아버지가 이미 으깬 토마토처럼 두들겨맞은 다음에야 싸움판에 들어와서 말해 나란 놈

* 자메이카의 공식 화폐 단위는 자메이카 달러로, 1달러가 100센트이다. 약 127자메이카 달러가 미국 1달러에 해당하는 금액이다.

의 이름은 퍼니보이다, 2순위 던이지, 너는 니 이름이 뭔지나 아냐? 니 이름이 뭔지 아느냐고? 니 이름이 뭔지 아느냐고 묻잖아 쌍년아? 어머니가 웃어 하지만 그 웃음소리는 쌕쌕거리는 숨소리 같아 퍼니보이가 말해 공장에서 일하면 섹시해지는 줄 아나보지? 널 공장에서 일하게 해준 게 나야 그 일자리를 빼앗아갈 수 있는 것도 나고, 쌍년아. 니 이름이 뭔지 아냐, 씨발년아. 니 이름은 고자질쟁이야. 그러더니 퍼니보이는 다른 사람들을 전부 내보내.

왜 사람들이 나를 퍼니보이라고 하는지 아냐? 왜냐면 나는 어떤 얘기도 농담으로 듣지 않거든.*

어둠 속에서 봐도 퍼니보이는 다른 사람들보다 피부색이 밝아 그렇지만 그 피부는 언제나 빨간색이야 피부 바로 아래에 피가 고여 있는 것 같아 너무 오랫동안 햇볕을 쬔 백인들 같기도 하고 퍼니보이의 눈은 고양이처럼 회색이야. 퍼니보이가 아버지한테 말해 너는 지금 뒈질 거야, 지금 당장 뒈질 거라고 하지만 나를 기분좋게 만들어주면, 게토에서 떠나기는 해야겠지만 〈야성의 엘자〉**에 나오는 그 사자들처럼 살 수 있을 거다. 퍼니보이는 살려면 한 가지 방법밖에 없다고 말해 다른 얘기도 주절거리지만 곧 지퍼를 내리고 물건을 꺼내 그리고 살고 싶어? 살고 싶냐고? 라고 말해. 아버지는 살고 싶어 아버지는 침을 뱉어 퍼니보이는 총을 아버지 귀 바로 옆에 대. 아버지한테 시골에 대해 어디로 갈 수 있는지에 대해 얘기하고 애새끼를 같이 데려가도 된다고 해 퍼니보이가 애새끼라는 말을 할 때 나는 몸이 떨려 그래도 내가 이불 밑에 있다는 건 아무도 몰

* 퍼니보이는 '웃기는 놈'이라는 뜻.

** 새끼 때 부모를 잃은 암사자 엘자를 성체가 될 때까지 키웠다가 케냐에 방사해준 실제인물 조이와 조지 애덤슨 부부의 자전적 일대기를 그린 영화.

라. 퍼니보이가 말해 살고 싶어? 살고 싶냐고? 칭얼거리는 계집애처럼 다시 말하고 또 말해 퍼니보이가 총으로 아버지 입술을 문질러 아버지가 입을 열어 퍼니보이가 말해 물어뜯으면 그대로 목에 총 맞는 줄 알아 그럼 니가 죽어가는 소리를 직접 들을 수 있게 될 거다 퍼니보이가 아버지 입에 그걸 집어넣고는 말해 죽은 생선처럼 가만히 빨지만 말고 핥아보라고. 퍼니보이는 신음하고 신음하고 신음하면서 아버지 머리에 박아대더니 물건을 꺼내 그리고 아버지 머리를 움직이지 않게 꽉 잡고 총을 쏴. 팝. 카우보이 영화 속의 해리 캘러핸*이 총을 쏠 때 나는 펑 소리가 아니라, 방을 뒤흔드는 단 한 번의 커다랗고 날카로운 팝 소리. 피가 벽에 튀어. 헉 하는 내 숨소리랑 총소리가 동시에 나 그래서 내가 이불 아래에 있다는 사실은 여전히 아무도 몰라.

어머니가 달려서 돌아와 그리고 웃으면서 아버지를 걷어차기 시작해 퍼니보이가 어머니한테 가서 얼굴을 쏴버려. 어머니는 그대로 내 위에 쓰러져 퍼니보이가 꼬마놈을 찾으라고 했을 때 사람들은 사방을 다 뒤져 어머니 아래쪽만 빼고. 퍼니보이가 말해, 상상이 가냐, 이 귀여운 바티보이**가 살려만 주면 고양이처럼 내 자지를 빨아서 기분좋게 만들어주겠다고 하더라고. 이 더러운 변태새끼가 손을 있는 대로 뻗어서 내 물건을 잡더란 말이야. 너네 그게 상상이 가냐고, 퍼니보이는 나를 찾아다니는 남자들한테 그렇게 말해 하지만 어머니가 내 위에 있고 어머니 손가락이 내 얼굴 바로 앞에 드리워

* 영화 〈더티 해리〉 시리즈의 저돌적이고 무자비한 경찰관 해럴드 프랜시스 캘러핸. 영화의 모든 시리즈에서 배우 클린트 이스트우드가 배역을 맡았다.

** '바티(batty)'는 '엉덩이'를 뜻하는 파투아. '바티보이(battyboy)' '바티만(batty-man)' 등은 항문 성교를 연상시켜 남성 동성애자를 낮추어 부르는 자메이카 속어.

져 있어 나는 손가락 철창 속에 갇혀서 그 너머를 내다봐 나는 울지 않아 퍼니보이는 우리 아버지가 바티만이라는 걸 어떻게 알게 됐는지 계속계속 떠벌려 대, 바티만이 아닐 리가 있나 그러니까 지 여자가 갈보짓이나 하고 살지 그렇게라도 안 하면 누가 저년 보지를 돌봐줬겠어, 그러더니 퍼니보이가 덧붙여 이 얘기는 쇼타 셰리프한테는 한마디도 하지 마.

집이 조용해. 나는 어머니를 밀어내 밖이 어두워서 다행이지만 놈들이 나를 잡을지도 몰라 떠날 수는 없어, 그래서 나는 일단 보고 기다려. 기다리는 내내 아버지는 문 옆 바닥에 누워 있어 아버지가 일어나더니 나한테 와 그리고 말해 학교에서 배우는 과목 중에 영어가 제일이라고 왜냐면 배관공 일자리를 얻는다고 해도 엉터리 영어를 하면 아무도 일을 맡기지 않으니까, 영어를 제대로 하는 것이야말로 제일 좋은 일이라고, 기술을 익히는 것보다도 다른 모든 것보다도 그게 좋은 일이라고 해. 또 여자가 하는 일이기는 하지만 남자도 요리를 배워야 한다고 해 아버지는 말하고 말하고 언제나 너무 많이 말하는데 지금도 그래 어떨 때 아버지는 너무 큰 소리로 말을 해서 옆집에 들리라고 저러는 건가 싶기도 하고 아버지한테서 교훈을 얻기도 하지만, 아니, 아버지는 여전히 바닥에 누워 있어 아버지가 나한테 말해 도망치라고, 지금 당장 도망치라고, 놈들이 다시 돌아올 거라고 아버지 발에서 클락스* 신발을 벗겨내려고 이 집에서 한푼어치라도 가치 있는 물건은 다 쓸어가려고 돌아올 거라고, 돈은 전부 은행에 넣어놓았지만 놈들은 돈을 찾으려고 온 집안을 갈갈이 찢어놓을 거라고 말해. 아버지는 여전히 저쪽 문 옆에 누

* 영국의 신발 브랜드.

워 있어. 나란 놈은 아버지가 신은 클락스 신발을 벗기지만 아버지 머리를 보니까 구역질이 나와.

클락스 신발은 너무 커 나는 집 뒤쪽으로 덜그럭덜그럭덜그럭 가는데 밖에는 낡은 철길과 덤불 말고는 아무것도 없어 나란 놈은 빌어먹을 창녀 어머니한테 발이 걸려 넘어져 어머니는 살아 있는 사람처럼 움찔하지만 살아 있는 건 아니지. 나는 창문으로 기어올라가서 뛰어내려. 클락스는 너무 커서 신고 달릴 수가 없어 나는 클락스 신발을 벗고 덤불이랑 깨진 병이랑 축축한 똥이랑 마른 똥이랑 아직 꺼지지 않은 불길을 넘어서 달려 죽은 철길이 나를 에이트레인즈 바깥으로 데려가 나는 달리고 또 달려 그리고 거대한 덤불 속에 숨어 하늘이 주황색으로, 또 분홍색으로, 또 회색으로 변할 때까지 그다음에는 또 태양이 꺼지고 달이 뚱뚱하게 떠올라. 사람만 실은 트럭 세 대가 지나가는 게 보여 나는 가비지랜드(쓰레기장)에 도착할 때까지 달려, 버린 물건이랑 쓰레기랑 똥이 몇 킬로미터씩 펼쳐져 있어. 그것 말고는 아무것도 없어 업타운 사람들이 버리는 것들 말고는 아무것도, 쓰레기가 언덕이랑 계곡처럼 사막의 모래언덕처럼 솟아올라 있어 사방이 불타오르고 있어 나는 아직도 달리고 있어 길이 게토랑 트럭으로 막힐 때까지 멈추지 않아 트럭 밑으로 달려가 계속 달려 남자가 소리를 치고 있어 여자가 비명을 지르고 있어 거기에 있는 집들은 달라 보여 더 가까이, 더 빽빽하게 붙어 있어 나는 달리고 있어 웬 남자가 기관총을 들고 나오지만 여자가 그냥 애예요 비명을 질러 그 사람은 피를 흘리고 있어 나는 뭔가에 발이 걸려서 넘어지고 크게 고함을 치기 시작해 두 남자가 나한테로 와 한 사람이 총을 겨누고 나는 이제 쌕쌕거리며 숨을 쉬고 있어 아버지가 잠들었을 때 그러는 것처럼 총을 가진 남자는 나한테로 다가와서 소리쳐 어디서 왔냐? 너한테서 에이트레인즈 바티만 냄새가 나, 다른 남자가 말해 애새끼잖아 피가 묻었어 누가 너한테 총을 쏜 거냐, 꼬마야? 나는 대답할 수가 없어 할 수 있는 말이라고는 클락스는 좋은 신발이에요, 클락스는 좋은 신…… 총을 든 남자가 철컥 소리를 내 누군가 소리쳐 저놈의 피똥 쌀* 조시 웨일스 새끼는 왜 저렇게 총 쏘는 걸 좋아하는 거야! 모든 일이 밤-밤**으로 해결되지는 않아 남자들은 둘 다 나한테서 한 걸음씩 떨어져 그렇지만 많은 사람들이 모여들어 여자들까지도. 다들 모세가 홍해를 가르듯이 틈을 벌려 서 그리고 그자가 나한테 걸어와서 멈춰 섰어.

쇼타 셰리프가 이제 자기 사람까지 죽이나보지? 그 새끼는 쓸 만한 인간은 생각을 해야 한다는 얘기도 못 들어봤나? 그자가 말해. 에이트레인즈 가족계획인가. 모두가 웃어. 나는 말해 엄마 아빠 다른 말은 아무것도 할 수 없어 그래도 그는 고개를 끄덕이고 이해해줘. 너도 죽여서 복수하고 싶으냐? 그자가 말해. 아버지 편에서는 그렇다고 말하고 싶지만 어머니 편에서는 그렇게 말하고 싶지 않아 내가 하는 말이라고는 ㅇ-ㅇ-ㅇ-ㅇ-예쁜이야 방금 얻어맞은 것처럼 나는 세게 고개를 끄덕여 말은 나오지 않아. 그자가 말해 곧, 머잖아서 그렇게 될 거다 그러더니 그자가 한 여자를 불러 여자는 나를 일으키려 하지만 나는 내 클락스 신발을 잡아채 그자가 웃어. 그자는 덩치가 크고 가로등 불빛을 받아 빛나는 하얀색 망사 메리노*** 옷을 입고 있어 가로등 빛이 그자의 얼굴까지 밝혀 얼굴은 대

---

* 자메이카에서 자주 쓰는 욕 'bloodcloth' 'bloodclat' 'bombocloth' 'bomboclat' 등은 모두 '피투성이 천 조각'을 뜻하는 자메이카식 영어, 즉 파투아 표현으로, 생리대를 가리키는 속어이다.

** 총소리를 흉내낸 의성어이자 지금 발화중인 화자의 이름.

부분 턱수염에 가려져 있어 그래도 눈만은 크고 빛나 그 눈만은 가려져 있지 않아 그자는 커다란 미소를 지어 그 미소가 어찌나 커다란지 그자의 두꺼운 입술이나 미소 지을 때 푹 꺼지는 볼, 얼굴을 날카로운 V 모양으로 갈라놓는 턱수염, 나를 차갑게 바라보는 눈은 거의 알아채기가 어려워. 그자가 말해, 여기 코펜하겐시티에 사는 건 게토의 개새끼가 아니라는 걸 놈들에게 보여주도록 하지, 그러더니 그자가 나를 봐 아무 말도 하지 않으면서도 나한테 이야기를 할 수 있다는 것처럼, 나는 알아차려 그자는 나한테서 이용할 수 있을 만한 뭔가를 본 거야. 그자가 말해 이 꼬마에게 코코넛 워터를 좀 갖다주거라, 여자가 대답해 네 파파-로(사제님).

그렇게 나는 코펜하겐시티에서 살게 됐고 일단 에이트레인즈를 지켜보면서 때가 되기를 기다려. 그리고 나는 코펜하겐시티의 남자들을 봐 칼 말고는 아무것도 가지고 있지 않다가 그다음에는 카우보이 권총, 그다음에는 M16, 그다음에는 혼자 들고 다니기도 어려울 만큼 무거운 총을 갖고 다니는 남자들 말야 그리고 난 이제 열두 살 아니 최소한 열두 살은 됐다는 생각이 들어, 파파-로는 나를 발견한 날을 내 생일이라고 부르니까, 그날 파파-로는 나한테 총을 주면서 나를 밤-밤이라 불렀지. 나는 다른 애들이랑 같이 가비지랜드로 가서 총 쏘는 법을 배우지만 총의 반동 때문에 넘어져 다들 웃으면서 나를 꼬마 쌍년이라고 불러 내가 말해 쌍년이라니 쌍년은 어젯밤에 나랑 씹질하던 니 에미고 다들 웃어 또다른 남자, 조시 웨일스라는 남자가 내 손에 총을 쥐여주고 어떻게 겨누는지 알려줘. 나는 코펜하겐시티에서 자라고 총이 변하는 걸 지켜보고 그 총들이

*** 양털의 일종.

파파-로한테서 오는 게 아니라는 걸 알게 돼. 그 총들은 게토로 총을 들여오는 두 남자한테서 나오는 거야 나한테 그 총을 쏘는 방법을 알려준 한 남자한테서 나오는 거지.

우리, 시리아인, 미국인과 닥터 러브는 바다 근처 판잣집에 있어.

배리 디플로리오

바깥에 걸려 있는 간판은 하나뿐이지만 덩치가 너무 커서, 실내에 있어도 로고의 노란색 곡선이 기울어져 지붕 아래로 나와 있는 게 보인다. 어찌나 거대한지 언젠가 반드시 떨어질 운명을 타고났다. 아마도 일찍 파한 학교에서 뛰쳐나온 웬 꼬마가 달려들어올 즈음에 말이다. 예를 들자면 뭐, 꼬마가 문지방을 넘으려 할 때쯤 커다란 로고가 삐걱거리는 소리를 내기 시작하는데, 꼬마는 자기 배에서 나는 꼬르륵 소리가 너무 커서 삐걱대는 간판 소리를 듣지 못하는 것이다. 그러다가 꼬마가 문을 당겨 열려는 찰나, 저 모든 게 무너져내린다. 불쌍한 꼬마의 유령은 자기를 터뜨려버린 게 뭔지 알아보는 순간, 빌어먹을 늙은 선원처럼 욕을 해댈 것이다. 킹버거: 왐퍼러의 고향, 이라니.

하프웨이 트리 로드를 따라 더 내려가면 맥도날드도 있다. 로고는 파란색이고 거기서 일하는 사람들은 맥도날드 씨가 백오피스에서 근무중이라고 기꺼이 맹세한다. 그런데도 나는 킹버거, 왐퍼러의 고향에 있다. 이 동네에는 버거킹 얘기를 들어본 사람이 아무도 없다. 가게 안에는 노란 플라스틱 의자와 빨간 섬유유리 테이블과 영화관에서 '개봉 예정' 같은 문구를 박아놓을 때 사용하는 글씨체로 적힌 메뉴가 있다. 오후 3시경에 이곳은 결코 붐비지 않는다. 그게 바로 내가 이곳을 찾는 이유다. 사람들이 무리지어 있으면 나는 항상 조바심이 난다. 불꽃 한 번이라도 잘못 튀기면 무리는 곧 폭도로 돌변하니까. 바깥세상 사람들이 전부 심하게 취조당하고 있는 것도 그래서인지 모르겠다. 나는 1월부터 자메이카에 있었다.

캐셔 뒤쪽으로는 15분 안에 버거가 준비되지 않으면 돈을 받지 않겠다는 안내판이 붙어 있다. 이틀 전, 16분이 지나 내가 손목시계를 톡톡 건드리자 여자 캐셔는 안내판 설명이 치즈버거에만 적용되는 거라고 했다. 어제는 치즈버거가 늦게 나왔는데, 이번에는 캐셔가 치킨 샌드위치에만 적용되는 거라고 했다. 몇 번만 더 오면 이 불쌍한 계집애가 탓할 버거가 더는 남아 있지 않을 것이다. 하지만 여기 오는 사람은 아무도 없다. 나의 동포 미국인들을 볼 때마다 씨발 좆나 마음에 안 드는 게 하나 있다. 외국으로 여행 온 미국인들이 처음으로 하는 짓이란 가능한 한 손닿는 대로 미국적인 것을 찾으려 드는 것이다. 그 미국적인 것이 거지같은 구내식당 음식이라도. 샐리는 존슨* 정부 때부터 여기에 와 있었는데도 아키**나 간 대구를 한 번도 먹어본 적이 없다. 스크램블드에그랑 똑같은데 훨씬 맛있어, 라고 말한 인간이 나까지 합쳐서 2백만 명은 있었을 텐

---

* 린던 존슨(1908~1973). 1963년부터 1969년까지 미국의 36대 대통령으로 재임했다.

** 열대 아프리카 또는 열대 아메리카에서 자라는 무환자나뭇과의 교목. 열매를 다양한 요리에 쓴다.

데 말이다. 우리 애들은 아주 좋아한다. 우리 아내? 아내는 여기에 맨위치*나 라구**, 아니면 햄버거 헬퍼***라도 있었으면 좋겠다고 하지만, 슈퍼마켓에서 그런 물건을 찾을 수나 있으면 행운이다. 하긴 그렇게 따지면, 뭐라도 찾을 수 있다는 게 행운이긴 하다.

처음으로 저크치킨****을 먹었을 때의 일이다. 콘스턴트 스프링로드와 무슨 다른 도로의 교차로에 있던 한 남자가 내 차로 다가와 소리쳤다. 형씨, 저크치킨 드셔보셨나? 손잡이가 부러지는 바람에 그걸 돌려 창문을 올릴 틈도 없었다. 흰 러닝셔츠 차림의 키 크고 늘씬하게 건장한 아프리카계 흑인이었다. 치아가 반짝반짝 빛나고 근육도 반짝반짝했다. 소년치고는 너무 근육이 많았으니 그 남자라고 하는 게 어울리겠지만, 사실 소년이었으니까, 어쨌든 그 녀석한테서는 올스파이스***** 냄새가 났다. 그래서 나는 차에서 내려 녀석을 따라 그의 가게로 향했다. 나무를 한데 엮어 함석지붕을 얹고 파란색, 녹색, 노란색, 주황색, 빨간색으로 줄무늬를 그려 장식한 조그만 판잣집이었다. 녀석은 내가 살면서 본 씨발 어떤 마체테보다도 더 큰 마체테를 꺼내더니 그걸로 뜨거운 버터를 자르듯 닭다리를 잘라내 내게 건넸다. 내가 먹으려고 하자 녀석은 눈을 감고서는 안 된다며 고개를 저었다. 돌연 단호하게, 평화롭고도 결정적으로. 무슨 말을 할 겨를도 주지 않고 녀석은 커다란 병을 가리켰다. 거기에 꽤 오래

---

* 미국 콘아그라 사에서 나온 슬로피조 소스 통조림. 슬로피조는 고기를 다지고 토마토로 맛을 낸 소스.

** 미국 라구 사에서 나온 이탈리아 요리용 소스.

*** 미국 제너럴 밀스 사에서 생산하는 즉석요리.

**** 매운 고추를 비롯한 여러 향신료로 재운 닭고기 요리.

***** 자메이카 후추 혹은 피멘타라고도 불리는 향신료. 시나몬·육두구·정향 등 다양한 맛을 섞은 듯하다고 하여 '모든 향신료'를 뜻하는 올스파이스라는 이름이 붙었다.

놓여 있던 걸로 보이는 약간 반투명한 병이었다. 뭐 나야 모험심 빼면 시체라지만 아내였다면 미쳤다고 했을 것이다. 후추며 고춧가루 소스가 걸쭉하게 섞여 담긴 멋대가리 없이 커다란 병. 나는 닭고기를 그 병에 담그고는 한 조각을 통째로 먹었다. 〈로드러너〉에 보면 와일리 코요테*가 폭탄을 삼키자마자 그게 터져서, 귀와 코에서 연기가 나오는 장면이 있지 않나? 아니면 초밥집에 처음 가서 제기랄 당연히 와사비 한 티스푼쯤이야 삼킬 수 있지, 하고 푹 찍어 맛을 본 경험은? 그때 내가 바로 그랬다. 그 녀석도 백인의 얼굴이 그렇게 다양한 톤의 빨간색으로 변할 수 있는 줄은 몰랐을 거다. 나는 눈물을 흘리며 최소 1분은 딸꾹질을 했다. 누가 내 입을 설탕과 휘발유로 적신 뒤 성냥을 켠 거다, 컥. 아제기랄씨발좆나씨발아좆나 죽겠다! 그렇게 기침하며 욕을 토해냈던 게 기억난다.

나는 킹버거의 캐셔에게 저크버거를 팔아보는 건 어떠냐고 물었다. 게토 음식이요? 캐셔는 그렇게 말하더니 자메이카 여자들이 하는 방식대로 비웃었다. 눈을 감고 턱을 들더니 돌아서버린 것이다. 내가 거의 매일 여기에 오는데도 이 여자는 항상 이런 식이다. 주문하시겠습니까? 치즈버거요. 레모네이드나 밀크셰이크도 드릴까요? 아뇨, 그냥 D&G 포도맛 주세요. 더 필요한 건 없으신가요? 네. 와퍼에서 맛있는 맛을 빼면 딱 왐퍼러다. 양상추조차도 왐퍼러에 들어가버리면 얼마나 축축하고 씁쓸해지는지, 양상추 스스로도 이게 자신의 최선은 아니라고 생각하겠지. 그런 쓰레기를 매일같이 먹다보면, 아이들에게 아빠가 오늘 뭐 먹었는지 아니? 왐퍼러 먹었단다, 라고 말하기에 이를 것이고, 그러면 애들은 아빠가 말더듬이

* 워너브라더스가 제작한 루니 툰 시리즈의 만화 〈로드러너〉의 주인공들.

라도 된 줄 알겠지.

임무를 마친 태양이 자리를 떠나자 저녁이 오고 있다. 하지만 이 나라에 괜찮은 조명이라고는 없다. 지금 내가 제정신을 유지하는 건 오로지 3년이나 4년마다 파견 국가가 바뀐다는 사실 덕분이다. 제정신을 유지하면서 회사의 국내 본사로 돌아간 사람은 아무도 없지만. 살면서 들어본 온갖 헛소리 중 가장 미친 소리는 예전 우리 지부장이 양심이라는 중병에 걸리기 전에 했던 말이다. 지부장은 자기 아들이 여기에 와 있다고, 뉴욕에서 아메리칸 항공 DC301기를 타고 들어왔다고 전했다. 녀석은 자메이카에 들어온 지 오늘로 사흘이 됐고, 자기가 와 있다는 사실을 내가 알고 있는 줄은 꿈에도 모르고 있다. 녀석이 나라는 사람을 아는 것도 아니고, 녀석의 아버지가 궁리하던 온갖 아이디어 중에 아빠의 직장을 참관해볼까요 같은 행사는 전혀 없었으니 당연한 거지. 예전 지부장의 아들이 여기에 와 있는 이유가 극비사항 같은 건 아니지만, 전직 상사의 아들이 갑자기 자메이카에 나타났으니 자메이카에 계속 있었던 사람으로서 뭔가 놓친 건 없는지 궁금해지기 시작했다.

소문에는 그 녀석이 영화제작자라고 했다. 아니, 자기 카메라를 살 수 있을 정도로 돈이 많은 부유한 꼬맹이라고 해야겠지. 녀석은 사진가들과 영화판 사람들을 한 무리나 이끌고 왔단다. 요즘 빛 좋은 개살구보다도 더 빛이 좋다는 거물 레게 가수가 여는 평화 콘서트 때문에 말이다. 그건 분명 큰 행사가 될 거다. 고작 1월부터 여기에 살기 시작한 내게도 이 나라엔 일종의 평화가 필요하다는 생각이 든다. 수상 집무실을 꿰차고 앉은 그놈이 평화를 가져다주진 않겠지만, 뭐 어쨌거나. 아무튼 수상이 속한 정당에서 기획한 콘서트 무대에 아까 말한 그 레게 거물이 오를 예정이라니, 그는 요주의

인물이 되었다. 대사관에는 로버타 플랙*이 입국할 거라는 소식이 전해졌고 믹 재거와 키스 리처즈**는 이미 들어와 있었다. 씨발 엿 같은 롤링스톤스.

그래, 나는 레게 거물의 노래를 듣지 않는다. 레게는 단조롭고 따분하다. 레게 드러머야말로 세상에서 가장 게으른 직업일 것이다. 뭐, 킹버거 캐셔라는 직업을 뺀다면. 나는 스카와 데즈먼드 데커가 더 좋다. 어제에야 나는 킹버거 캐셔에게 〈오블라디 오블라다〉***를 좋아하는지 물었고, 여자는 내가 마치 한 대 세차게 후려쳐 달라고 말하기라도 한 양 나를 쳐다보았다. 모르는 노랜데요, 여자가 말했다. 그럼 뭘 듣습니까? 즉흥연주회 같은 게 열리면 사람들이 무슨 노래를 연주하는데요? 여자는 빅 유스****와 마이티 다이아몬즈*****라고 말했다. 그래요, 뭐 마이티 다이아몬즈도 빅 유스도 다 좋은데, 그중에 씨발 비틀스 노래에 인용된 건 하나도 없잖아요, 내가 말했다. 데즈먼드 데커처럼? 여자가 말했다. 말조심하시죠, 고객님. 이 구역은 법을 준수하는 구역입니다.

어떻게 해야 우연한 사고를 가장할 수 있을까? 회사에 없어서는 안 될 만큼 꼭 필요한 존재라고는 한 사람도 없다. 그러니까 어떨 때는, 그냥 다른 사람한테 시키지 하는 생각이 든다. 하기야 최소한 나한테 몬테비데오****** 기초공사를 맡긴 건 아니니까. 하지

---

* 미국의 싱어송라이터(1939~).

** 차례로 영국의 록 그룹 '롤링스톤스'의 리드 보컬리스트와 기타리스트.

*** 〈Ob-La-Di, Ob-La-Da〉(1968), 비틀스의 폴 매카트니가 친구이자 뮤지션인 지미 스캇의 영향으로 레게에 눈을 돌려 만들었다고 전해지는 곡.

**** 1970년대에 큰 인기를 끌었던 자메이카의 DJ.

***** 자메이카의 레게 트리오.

만 이쪽 일이 더 엉망진창일 줄 누가 알았겠느냐는 말이다. 그래도 뭐, 떠벌릴 수 없는 직업을 갖고 있다는 건 마음에 든다. 덕분에 다른 비밀을 더 쉽게 지킬 수 있으니까. 문제의 아내님께서도 결혼생활이 지속되는 한 자기가 절대로 알 수 없는 일들이 존재할 수밖에 없다는 사실을 마침내 깨닫게 되셨다. 세상의 아내들이 결국 익숙해지는 한 가지 사실에 익숙해지셔야만 했고. 네 가지 진실 중 오직 두 가지 진실만, 여행을 열 번 가면 그중 오직 두 번의 여행만, 다섯 명이 죽으면 그중에 오직 한 명만 알게 된다는 것 말이다. 내가 정확히 무슨 일을 하는지 아내가 알 거라는 생각은 들지 않는다. 적어도 이번주에는 그렇게 우겨보려 한다. 나는 자메이카에 있고, 거의 모든 일이 계획에 따라 움직이고 있다. 이 얘기는 뭐랄까, 지겨울 만큼 모든 일이 지나치게 교과서적으로, 쉽게 진행되고 있다는 사실을 멋대가리 없이 돌려 말한 것이다. 하기야 놀랄 일도 아니다. 자메이카 사람들은 예측한 방식 그대로 반응하는 경향이 있으니까. 어떤 사람들에게는 이 얘기가 신선하게 들릴 테지. 다른 사람들에게는 그냥 안심되는 이야기일 테고.

아무튼 저크치킨 팔던 그 녀석 얘기로 돌아가보자. 때는 5월이었다. 내가 거기에 간 건 갑자기 진짜 자메이카를 경험하고 싶어서가 아니었다. 나는 내 차 앞쪽 네번째 차에 타고 있는 한 남자를 따라가는 중이었다. 중요한 요주의 인물로, 기사가 콘스턴트 스프링 호텔에서 그자를 차에 태웠다. 처음에는 내가 그자를 미행하다가 이곳까지 오게 된 거라고 생각했는데, 알고 보니 그자가 나를 미행하는 중이었다. 회사를 위해 일하다가, 지부장처럼 양심이라는 중병

****** 우루과이의 수도.

에 걸려 말기까지 악화된 나머지 퇴사하게 된 자였다. 사령탑에서 일하는 작자들이 아이비리그가 낳은 인생 실패작들이나 사립 고등학교 출신 호모새끼들, 사람들의 차가운 시선이나 호모새끼들만의 벽장에서 벗어나려고 목을 빼고 기다리는 미국판 킴 필비* 같은 놈들로 신입요원을 뽑을 때 벌어지는 사태가 바로 이런 것이다. 놈이 자메이카에 와 있다는 사실을 내가 알게 되었을 즈음에는 놈도 내가 자메이카에 와 있다는 사실을 이미 알고 있었다. 엄밀히 말하면 나는 위장근무중인 것은 아니지만. 그러기에도 이미 너무 늦었다. 그렇다고는 해도 놈이 온갖 헛소리들을 떠벌리고 다니는 바람에 내가 뒤치다꺼리를 해야 하는 상황이 벌어지도록 놔둘 수는 없었다. 작전 진행 허가를 받지 못한 건 유감이다. 아직 끝나지도 않은 냉전 시대가 벌써부터 그리워진다.

1969년, 빌 애들러는 앙심을 품은 고객이 되어 회사를 떠났다. 어쩌면 그냥 처음부터 불만에 가득찬 좌파 빨갱이였던 걸지도 모른다. 하지만 그런 자들이라면 회사에 아직도 몇 톤은 남아 있지 않은가. 최악의 요원으로 전락하는 것도 종종 훌륭한 요원들에게서나 일어나는 일이다. 나머지 그저 그런 요원들이야 도청기술을 보유한 공무원에 불과하다. 훌륭한 요원들은 애들러처럼 되거나 나처럼 된다. 그리고 애들러는, 가끔씩 대단히 훌륭한 요원이었다. 그자가 에콰도르 작업을, 그 4년짜리 임무를 마무리했을 때를 생각하면 감히 이렇게 말할 수밖에 없다. 브리오**, 라고. 내가 할 일이라고는 흩어진 잔해를 청소하는 것뿐이었다. 물론 마음 같아서는 틀라텔로코

* 영국 정보부의 고위급 스파이로, 1963년 소련으로 전향 전까지 이중첩자로 활약했던 해럴드 에이드리언 러셀 킴 필비.

** 프랑스어를 빌려온 속어로, 끝내준다는 뜻.

에 싸놓은 사랑스러운 똥들을 기억하라는 얘기를 먼저 해주고 싶지만*. 보스가 나를 혁신가라고 추어올렸을 때도 나는 그저 애들러식 교과서를 따르고 있을 뿐이었다. 애들러가 몬테비데오에서 썼던 것 같은 천장 마이크라든지. 어쨌거나 애들러는 1969년 양심이라는 치명적 질환을 앓게 되어 CIA를 떠났고, 그 이후로 죽 문제를 일으키며 여러 목숨을 위태롭게 만들고 있었다.

애들러는 작년에 책까지 한 권 냈다. 그리 잘 쓴 책은 아니었지만, 안에 담긴 내용만은 폭발적이었다. 우리로서도 예상 못한 일은 아니었지만 그냥 내버려두기로 했었다. 그래 뭐, 애들러가 유통기한 지난 정보를 뿌려대 주의를 분산시키면, 우리가 밖에 나가 진짜 일을 하는 데 오히려 도움이 될지도 모르지, 하고서. 그랬는데 알고 보니 애들러의 책에 실린 정보는 거의 최고급이었다. 돌이켜 생각해보면 그러지 않을 이유가 없었다. 애들러는 책에 이름까지 붙였다. 회사 내부자들의 이름을. 사령탑에서는 문제의 책을 읽지 않았으나 카이로 지부를 운영하던 또다른 불평꾼 호모새끼, 마일스 코플랜드는 달랐다. 코플랜드는 런던 사무실을 뿌리부터 다시 세우라고 명령했다. 그러던 중 11월 17일, 리처드 웰치가 아테네에서 살해당했다. 우리로서는 감시역으로 간호조무사 하나 파견할 이유가 없었던 이류 테러리스트 집단의 소행이었다. 웰치의 아내와 운전기사도 그때 함께 살해당했다.

이 모든 사실과 애들러가 지닌 능력을 잘 알았음에도, 나로서는 놈이 자메이카에 나타난 이유만큼은 도저히 알 수가 없었다. 놈은

* 1968년 10월 2일, 올림픽 개최를 10일 앞두고 멕시코의 수도 멕시코시티에서 벌어진 틀라텔로코 광장 참사를 암시. 올림픽 개최 반대 및 양심수 석방 등을 요구하는 대규모 반정부 시위대를 멕시코 정부가 무력으로 진압하고 학살한 사건.

정부의 공식 초청을 받은 것도 아니었다. 애들러를 초청한다는 건, 겨우 몇 달 전에 키신저*와 말 같지도 않은 소리를 지껄여댄 수상 입장에서 도저히 바로잡을 수 없는 결례였으니까. 하지만 애들러가 자메이카에 왔다는 사실을 수상이 기뻐게 여긴다는 점만은 분명했다. 한편, 나는 애들러가 제기하는 위협을 무력화하거나 최소한 완화라도 하라는 상부의 지시를 기다리고 있다. 자메이카 인권위원회에서 애들러를 초청하는 바람에, 나는 어쩔 수 없이 이미 차고 넘치는 책상 위에 아주 새로운 파일 하나를 펼쳐놓아야만 했다. 며칠 후 애들러는 연설을 할 예정이었다. 온갖 헛소리에 관한 기나긴 연설을, 자기가 카스트로나 된 것처럼 말이다. 나 같은 인간들과 라틴아메리카에 함께 있었는데, 그 당시 눈앞에서 벌어진 일들은 혐오스러웠다고, 특히 칠레에서 피노체트가 권력을 차지하도록 내버려두었을 때에는 더더욱 그랬다고.

놈이 내 이름을 판 건 아니지만 그가 누구 얘기를 하고 있는 건지 알 수 있었다. 애들러는 우리를 종말의 기수**라고 부르며, 우리가 지나가고 나면 그 어떤 나라도 불안정화된다고 했다. 그의 이야기는 더할 나위 없이 드라마틱했다. 그는 이 모든 사태가 어느 정도까지 애들러 자신의 교과서에 따른 것인지를 얘기할 때에는 꼭 한 발씩 물러섰다. 수상에게는 그걸로 충분했다. '불안정화' 같은, 씨발 시엠송으로 만들 수 있는 근사한 다음절 단어만으로도 충분했단 말이다. 애들러는 우리를 수세로 몰아넣었다. 나로서는 결코 재

---

* 독일 출신의 미국 정치가이자 정치학자인 헨리 키신저(1923~). 현실주의 외교를 주창했던 키신저는 1969년에서 1977년까지 미국 외교정책에 큰 영향력을 행사했는데, 특히 남미에서 키신저의 지휘 하에 미국 정부는 비(非)좌파 정부를 지원했다.

** 신약성서 요한의 묵시록 6장 1~8절에 나오는 말 탄 자들을 암시.

발하게 내버려둘 수 없는 방식이었다. 물론 애들러의 이야기에 귀 기울이는 사람이라고 해봐야 〈펜트하우스〉* 기자들뿐이었지만. 제기랄, 미국의 양심이라는 양반이 먹고살겠다고 보지 사진에 덧칠이나 해댄다는 건 대체 무슨 의미일까? 애들러 같은 자들, 갑자기 미국의 사악한 측면을 폭로해야겠다는 사명감을 갖게 된 자들은, 실제로는 양심의 가책에 시달린 나머지 멈추어야 할 선이 어디인지도 모르게 되어버린 백인 남성일 뿐이다. 그런데 회사조차도 내게 애들러를 제거하라는 지시를 내려야 할지 결정을 못하고 있다.

어느 때인가 애들러는 오렌지 스트리트 공동주택 방화사건, 자메이카에서 적잖이 벌어진 쿠바인 살인사건, 부두에서의 산업 불안의 배후에 우리 회사가 있다는 증거를 가지고 있다고 주장했다. 우리 회사가 야당의 자금줄이라는 증거도 가지고 있다고 말했다. 가당치도 않은 멍청한 얘기였다, 대체 어떤 식으로 자금을 댄다는 건지. 돈 문제를 놓고 제3세계의 누군가를 신뢰한다니. 차라리 〈마더 존스〉** 나 〈롤링스톤〉*** 같은 데 투고하지 그러나 싶었다. 회사에서 나한테 분명한 지시사항을 내리기도 전에 애들러는 떠나버렸다. 내 눈과 귀가 말해준 바에 따르면, 행선지는 쿠바였을 것이다. 어쨌든 이 개자식은 나름대로 한 방을 먹인 셈이다. 자메이카 사람들에게 우리 쪽 이름을 넘겼으니까. 씨발 이름을 말이다. 내 이름은 아니었지만 놈이 대사관 직원 열한 명의 이름을 넘기는 바람에, 그중 최소 일곱 명의 신분이 노출됐다. 그 직원들을 알고 있는 사람 중 누구라

---

* 낮은 수위의 포르노 사진을 함께 싣는 남성용 잡지.

** 미국의 진보적 시사 잡지

*** 대중문화를 주로 다루는 미국의 격주간지. 1970년대에는 음악 관련 보도와 더불어 저널리스트 헌터 S. 톰슨이 쓴 정치 관련 보도로 인기를 끌었다.

도 자기가 아는 이름이 가명이라는 사실을 알아채기 전에, 기존 직원들은 본국으로 송환되었다. 애들러 덕분에 내게 남겨진 건 한 줌 흙밖에 없었다. 나는 거기서부터 시작해야 했다. 그것도 9월 중순에, 누구에게도 어떤 호의도 베풀지 않는 계절에 말이다. 모든 걸 한 줌 흙으로부터, 그것만으로도 이미 문제였다.

루이의 사무실을 지나면서, 나는 루이가 부두의 화물 운송 상태가 불량하다고 통화하는 소리를 엿들었다. 누굴 바보로 아나. 이 사무실에서는 누구도, 어떤 상품의 어떤 운송도 지시한 적이 없었다. 설사 누군가 지시했다 하더라도 화물 3분의 2를 도둑맞아야겠다고 작정한 게 아니라면 자메이카 세관을 통과하게 내버려둘 리는 절대 없었다. 꼭 알아야 할 정보가 아니라면 알려고 들지 않는다는 원칙은 루이와 내게 모두 적용되는 것이었지만, 어떤 물건이 사라졌다는 사실을 쿠바 어느 구석에 처박혀 있는 씨발 사기꾼 요원 새끼가 나보다 먼저, 나로서는, 다들 내가 그 물건을 찾고 있으리라 생각한다는 사실조차 모르고 있을 때 알게 되는 사태는 원하지 않았다. 그건 즉 애들러의 하급 스파이들조차 나보다 많은 기밀을 알고 있다는 뜻이고, 나는 씨발 쇼나 해댔다는 뜻이 되니까. 도대체 통화 상대가 누군지는 모르겠지만, 이 모든 이야기를 하는 동안 루이는 그리 곤혹스러워 보이지 않았다. 나는 누구 험담이나 엿들으려는 것처럼 사무실 문 곁에 서 있는 게 금세 질렸다.

우리 아내님께서는 얼마 전 전화를 거시더니, 내게 마라스키노 버찌가 다 떨어졌다고 말씀하셨다. 냉전은 아직 끝나지 않았지만, 나는 벌써부터 냉전 시대가 그립다. 진심이다.

파파-로

이제 내 얘기를 들어보오. 나란 놈은 그에게 경고를 했었소, 다들 알겠지만. 관용하신 신사 양반들이여, 나는 오랫동안 친구건 적이건 가까운 타인들이, 그를 어마어마한 곤경에 빠뜨릴 거라고 경고해왔단 말이오. 다들 그런 사람들 한 명쯤은 알잖소? 어떤 특정한 방식으로만 줄곧 사는 사람들. 무슨 관념은 항상 품고 있지만 결코 아이디어 하나 떠올리는 법이 없는 사람들, 항상 음모를 짜내지만 계획이라는 걸 세우는 일은 결코 없는 사람들. 그런 사람들 말이오. 여기 내 친구는 세계에서 제일가는 슈퍼스타이면서도, 게토에서 가장 보잘것없는 마음을 가진 몇 놈들을 친구로 삼았소. 그게 누구라고 꼭 집어 이름을 말할 생각은 없지만, 나는 그 가수한테 경고를 했었소. 이렇게 말했다오. 자네를 무너뜨리는 것 말고는 아무것도 해줄 수 없는 사람들이 자네 가까이에 있네, 내 말 들리나? 나란 놈은 이제 그에게 그런 얘기를 해주기도 시쳐버렸소. 아주 신물이 나지. 허나 그 사람은 그저 특유의 웃음을 터뜨릴 뿐이오. 방 전체를 삼켜버리는 웃음을, 계획은 이미 다 세워놨다는 것처럼 들리는 웃음을.

사람들은 나란 놈이 모든 일을 완벽하게 안다고 생각하오. 그게 거짓말은 아니오만, 선거우신 신사 양반들이여, 쟈(야훼)께서 알고 계시듯, 어떨 때는 나도 너무 늦게 깨닫는 경우가 있는 거요. 뭔가를 너무 늦게 깨닫는다는 건? 글쎄 그건 차라리 영영 모르는 게 낫다는 뜻이라고 우리 어머니가 말씀하시곤 했소이다. 나는 현재 시제인데 갑자기 주변은 온통 과거 시제가 되어버리면 그게 더 나쁜 거라는 얘기지. 누가 자기집을 털어갔다는 사실을 일년 후에나 알게 되는 거나 마찬가지잖소.

그러니까 나를 보시오. 이 모든 게 보이시오? 옛 묘지부터 서쪽까지, 항구부터 남쪽까지, 웨스트 킹스턴 남쪽 전체가? 나란 놈이 저걸 전부 굴리고 있소. 에이트레인즈는 인민국가당 관할이니까 자기들 일이야 자기들이 알아서 하게 두는데, 놈들 땅과 여기 사이에 또 영토가 있어서 가끔은 그걸 놓고 싸워야 한다오. 질 때도 있소. 그는 옛날에 트렌치타운에 살았소. 그래서 어떤 이들은 그가 인민국가당의 마리오네트라고 생각하오. 허나 나는 그 사람을 위해서라면 총알도 대신 맞을 수 있소. 그 사람도 나를 위해서라면 마찬가지로 해줄 거요.

허나 그들 그 새로운 녀석들, 록스테디에 맞춰 춤추는 일이란 결코 없고 더 멋들어지게 춤추는 일 따위에는 아무 관심도 없는 그들, 그 녀석들한테는 따로 모시는 누군가가 있는 것도 아니오. 나란 놈은 녹색 옷을 입고서 자메이카 노동당의 행동대장 노릇을 하고, 쇼타 셰리프는 주황색 옷을 입고 인민국가당을 지지하는 자들을 다스리지만 그 새로운 녀석들은 자기 뒷주머니에 들어 있는 정당을 위해서 움직이오. 더이상은 그들을 다스릴 수조차 없는 거요.

올해 초 그가 투어를 떠났을 때, 나더러 런던 동네를 같이 보러 가자고 애원을 한 다음에 말이오(당연히 나는 같이 못 갔소. 나는 잠들어 있는 거나 다름없었고 게토는 아르마기데온*이나 다름없었으니까), 그는 어떤 형제들을 자기집에 남겨두었소. 그런데 그가 떠나자마자, 그들 녀석들은 정글의 게토놈들을 불러들였소. 웅대한 계획이 있었으니까. 그 계획이란 분훤한, 텔레비전에나 나오는 거대 음모와 같은 것이었소. 한니발 헤이스와 키드 커리**가 은행을 털었는데도 자기들에게 돈을 넘겨준 섹시한 여자까지 차지하게 되는 그런 음모 말이오. 우리는, 나란 놈과 쇼타 셰리프는 평화를 지키려고 했소. 허나 일이 우리 손을 벗어날 때도 있었지. 점심밥값을 뺏겠다고 학교에 다니는 계집애를 죽인다든지, 교회에 가는 여자를 강간한다든지, 그런 일은 보통 정글 같은 데서 온 놈이나 저지르는 짓이오. 눈에 아무런 광채가 없는 채로 태어난 자들 말이오. 그놈들은 가수와 함께 어울렸고, 가수의 집에서 가수와 친구가 되어서는 음모를 꾸몄소.

킹스에서 고배당 경마가 열리기 일주일 전, 경기도 없는 날인데 정글에서 온 남자 다섯 명이 그 먼 카이마나스 경마장까지 차를 끌고 가서는 가장 실력이 좋다는 기수를 기다렸소. 경기에 져서 야유를 받는 일이란 한 번도 없는 자였지. 그런데 기수가 경기장 밖으로 나오자마자 일이 벌어졌소. 그자가 승마복을 채 벗기도 전에, 두 놈이 기수를 붙들고 한 놈은 머리에 포댓자루를 씌웠소. 놈들은 기

* 성서에 나오는 세상의 종말 '아마겟돈'을 라스타식으로 부르는 말.

** 1971~73년 미국 ABC사에서 방영한 서부극 〈앨리어스 스미스 & 존스〉 시리즈의 두 주인공.

수를 나란 놈으로서는 알 수 없는 어딘가로 끌고 가, 나란 놈으로서는 알 수 없는 무슨 짓을 했소. 그리고 그 주 토요일, 기수는 경주에서 세 번을 내리 지고 말았소. 다들 쉽게 이길 거라고 했던 경기였는데, 고배당 경마까지 전부 져버리더란 말이오. 그 다음주 월요일, 기수는 마이애미행 비행기를 타더니 펑! 사라졌소. 그자가 어디로 갔는지 아는 사람은 아무도 없소. 가족들도 모르오. 경마 결과 조작이야 경마만큼이나 역사가 오래된 것이지만, 내 말은 한 줌도 안 되는 사람들이 지나치게 빨리 돈을 벌고 있었다는 거요. 지나치게 말이오. 기수가 사라진 그 주에, 정글에서 온 남자 둘도 사라졌소. 펑! 애초에 태어나지도 않은 것처럼 말이오. 그후에 갑자기 어떤 형제들이 에티오피아로 순례 여행을 떠나야겠다고 했소. 자, 물론 나란 놈은 라스타들을 최대한도로 존경한다오. 사나이라면, 자기 고향으로 여기는 곳이 있으면 그리로 가는 게 마땅하고. 허나 그 일에 얽혀 있던 형제들은 어찌된 영문인지 갑작스레, 사람들이 돈을 요구하기 시작한 그 시점에, 뜬금없이 그냥 몰래 튀었다는 얘기요. 문제의 돈이야 어떻게 됐을지 누가 알겠소?

그게 시작이었소. 그때부터 가수의 집에 온갖 저주가 쏟아진 거요. 음악이 순수한 영혼을 바이브(분위기)에 실어 보내야 하는 그 집에, 사기 칠 계획밖에는 없는 사기꾼*들이 들어왔다는 말이오. 가수의 집에 있으면 어느 편에 속한 누구든 간에 총알을 피할 수 있었던 그런 시절도 있었소. 음악 외에는 아무것도 맞지 않아도 되는 킹스턴의 유일한 장소가 거기였다는 얘기요. 헌데 그 씨발것들이 요

---

* 밥 말리의 노래 〈크레이지 볼드헤드Crazy bold head〉(1976)의 가사 'conman with a con plan'에서 따온 표현.

상한 바이브로 그곳 분위기를 전부 망쳐놓았소. 차라리 어느 날 아침 스튜디오에 들어가 콘솔 전체에다가 똥을 싸질러놓는 게 낫지. 나란 놈이 누구라고 꼭 집어 얘기를 하려는 건 아니오만. 가수가 투어에서 돌아왔을 때쯤에는 정글에서 온 폭도들이 그를 기다리고 있었소. 대가리 대신 벽돌을 달고 다니는 멍청한 자메이카인들이었지. 가수는 투어중이었기에 경마 같은 건 전혀 모르는데, 또 단 한 번도 누구를 속인 적이 없는데 놈들에게 그런 건 전혀 상관없었소. 정글놈들은 이렇게 말했소. 음모는 니 집에서 처음 시작됐으니 책임도 니가 져라. 그러고는 가수를 헬셔 해변으로 데려간 거요. 생선을 좀 먹여줘야겠다면서.

이 얘기는 전부 가수가 직접 들려준 거요. 지금 가수는 신과도 이야기를 나누고 악마와도 이야기를 나누며 둘 사이의 차이가 뭔지 알아낼 수 있는 그런 상태요. 뭐, 차이라고 해봐야 신도 악마에게도 여자가 없을 때나 생기는 차이겠지만. 허나 그날은 놈들이 아침 6시 정각에 찾아왔소. 가수가 매일 아침 늘 하던 대로 나가서 달리기도 하고 운동도 하고 강에서 수영도 하고 그러기도 전에 말이오. 그게 첫번째 징조였지. 누구도 가수의 아침을 망쳐놓아서는 안 되는 거요. 막 떠오른 해가 메시지를 보내주고, 성령이 다음에 부를 노래를 알려주는, 그야말로 가수가 가장 도취되어 있는 때가 아침이니까. 그런데도 가수는 놈들과 함께 갔소. 놈들은 가수를 데리고 클래런스 요새 해변 외곽으로 차를 몰고 갔는데, 그곳은 웨스트 킹스턴에서 30킬로미터쯤 떨어져 있기는 해도 바다 바로 맞은편, 아주 가까운 곳에 있어서 물 건너 바로 보이는 그런 곳이오. 이 얘기는 전부 가수가 직접 들려준 것이오. 놈들은 그와 이야기하는 내내 시선을 피하고 이리저리 눈을 돌리며 땅을 쳐다보고는 했다고 하오. 가수가 자기들 얼굴을 알아보는 건 원치 않았던 거요.

– 당신네 형제, 그놈이 우리랑 같이 작전을 짰다고, 싸잇(알아)? 당신네 형제가 더러운 일을 대신 해줄 사람을 찾으러 우리 콘크리트 정글에 왔단 말이야, 싸잇? 당신네 형제가 사업 얘기를 하자면서 우리를 당신 본부로도 데려갔다니까, 싸잇?

– 씬(알겠어). 하지만 나는 모르는 일이라네, 어린 친구. 가수가 그자들에게 말했소.

– 워이! 나, 나, 나란 놈은 니가 무슨 말을 하든 좆도 신경 안 써. 니네 집 지붕 밑에서 사업이 벌어진 거잖아. 니가 책임을 져야지.

– 형제, 어째서 그리 생각하나? 그자는 나도 아니고, 내 형제도 아니고, 내 아들도 아니야. 그런데 어째서 내가 책임을 져야 하지?

– 워이, 다, 당신 우리 말 못 들었어? 나란 놈이 방금 말했잖아…… 나란 놈이 하고 싶은 말은, 나란 놈이 하려는 얘기는, 방금 말했는데 못 들었어? 그 일이 당신 집 지붕 아래서 벌어졌다고. 그런데 그 놈이 무슨 더러운 암캐새끼처럼, 어, 욕심이 나서 사라져버렸다고, 싸잇? 우리가 그 기수 놈한테 본때를 보여주면서, 야우(이봐), 앞으로 경기 세 번을 지지 않으면 너랑 니 여자 뱃속에 있는 아기를 잡으러 오겠어, 라고 말한 다음에 말이야. 우리는 우리 일을 했고, 기수는 기수 일을 했고, 다들 자기 일을 했는데 당신 친구랑 그 친구의 친구가 돈을 가지고 뜨는 바람에 가난한 사람들은 계속 가난하게 됐다고. 어떻게 사람이 씨발 그딴 짓을 하지?

– 나는 모르겠네, 스타(친구). 가수가 제일 말 많은 놈에게 대답했소. 키가 작고 땅딸막하고 톱밥 냄새가 나는 자였지. 나는 가수가 누구 얘기를 한 건지 알고 있소. 아무튼 그놈들이 가수에게 말했소. 야우, 어, 어떻게 할지 이제 얘기해줄게, 싸잇? 우린 돈이 필요해.

싸잇? 매일 아침 우리가 우리 형제 한 명을 오토바이에 태워보내서 짐 두 개를 가져오게 할 거야. 하나는 아침에, 하나는 저녁에. 내 말 알아들어?

가수는 그놈들이 얼마나 많은 돈을 요구했는지는 말해주지 않았소. 허나 내게도 아직 눈과 귀는 있지. 사람들에게 듣기로는, 경마 사기로 벌어들인 돈이 미국 돈으로 4만 달러라고 하더이다. 그런데 놈들은 그 돈을 한 푼도 구경조차 못한 거요. 아마 최소한 1만 달러 정도는 틀림없이 요구했겠지. 어쩌면 좀더 달라고 했을 수도 있고. 그런 식으로 놈들은 가수의 집에 숨겨놓은 현금을 매일 조금씩, 이만하면 됐다 싶을 때까지 가져가려 했던 거요. 가수가 말했소. 아니, 보스.* 그야 사기꾼들이 한 짓이니 내가 돈을 낼 수는 없네. 나한테 어떻게 이럴 수가 있나? 내가 매일 당신들 3천 명한테 돈을 대고 있는데. 당신들을 학교에 보내고 먹여 살리려고. 당신들 3천 명을 말이야.

그때 두번째 일이 일어났소. 그놈들 거의 전부가 바로 거기, 클래런스 요새 해변에서 가수에게 총을 겨눈 거요. 그중 몇 놈은 아직 열네 살도 안 된 애들인데 말이오. 그런 놈들이, 앞으로 어떤 일을 겪어야만 하는지 이해하던 유일한 사람에게 총을 겨눴다오. 하기야 놈들은 새로운 인종이오. 그놈들은 좀 다른 스타일로 일을 처리하지. 거창하신 신사 양반들이여, 코펜하겐시티며 에이트레인즈, 정글, 리마, 킹스턴 시 외곽이든 시내 중심가든 그곳에 사는 모든 이들은 가수에게 총을 겨누어서는 안 된다는 사실을 알고 있소. 심지어는 그날 날씨도 뭔가 새로운 일이 벌어졌다는 걸 알았던 모양이

---

* 실제 보스라서가 아니라, 상대를 높여 부르는 파투아식 호칭.

오. 예전에는 그 누구도 본 적 없는, 좀 다른 종류의 먹구름이 하늘에 떠 있던 거요. 가수는 놈들을 말로 구슬러 총을, 일곱 자루나 되는 총들을 전부 뒷주머니나 허리띠, 권총집에 집어넣도록 하는 수밖에 없었소. 다음날부터는 초록색 베스파*를 탄 남자가 하루에 두 번씩 가수의 집에 나타나기 시작했소. 매일매일.

내가 인사를 하러 들른 바로 그날에 가수는 이 이야기를 해주더니 대마초를 두 대 피우더이다. 그러고 나서 평화 콘서트 얘기를 했소. 많은 사람들이 콘서트를 여는 게 그리 현명한 행동은 아니라고 얘기하오. 안 그래도 몇몇 사람은 가수가 인민국가당을 지지한다고 생각하는데, 콘서트까지 하면 일이 더 심각해질 거라는 거요. 라스타란 남에게 머리 숙여서는 안 되는 존재라며, 더이상 가수를 존경하지 않겠다는 사람들도 있소. 그런 자들이야 원래 말이 안 통하는 자들이오. 날 때부터 뇌 속의 말귀를 알아먹는 부분이 빠져 있던 놈들 아니겠소. 나는 가수에게 이 모든 이야기를 해준 다음에, 나에 대해서는 걱정할 일이 하나도 없다고 말해주었소. 솔직히 말해, 나도 이젠 늙어가고 있소. 내 애새끼가, 자기가 부축을 해줘야 할 정도로까지 내가 늙는 모습을 봤으면 좋겠소만. 지난주에는 시장에 갔더니, 꼬마놈 하나가 자기 할아버지를 데리러 왔더이다. 커다란 지팡이가 없으면 걷지도 못하는 늙은이였는데 어린 손자가 부축을 하더란 말이오. 그 비리비리한 늙은이를 보는데 어찌나 배가 아프던지, 그 자리에서, 시장 한복판에서 울음을 터뜨릴 뻔했소. 집으로 돌아가며 길을 걷는데 나는 처음으로 뭔가를 깨달았소. 게토에는 늙은이가 한 명도 없다는 사실 말이오.

* 스쿠터의 한 종류.

나란 놈이 가수에게 이렇게 말했소. 친구여, 자네는 나를 알고, 반대편에 있는 쇼타 셰리프도 알고 있잖나. 그냥 쇼타 셰리프에게 전화를 걸어서, 그 정글놈들을 치워달라고 하게. 하지만 가수는 나보다 현명하오. 총을 가진 자들이 프리랜서처럼 굴기 시작하면 쇼타 셰리프로서도 어쩔 도리가 없다는 걸 알고 있었던 거요. 지난달, 부두에 들어온 화물 하나가 그냥 사라져버렸소. 그러더니 얼마 후에는 프리랜서 배드보이(갱단)이 기관총과 M16, M9, 글록 권총을 가지게 됐지. 그게 대체 어디서 난 물건인지는 아무도 알 수 없었소. 여자는 아이를 낳지만, 남자는 프랑켄슈타인밖에는 못 만드는 거라오.

허나 가수가 내게 정글에서 온 녀석들 얘기를 들려주었을 때, 그는 마치 아들이 받아들이기에는 너무 큰일을 이야기하는 아버지 같았소. 가수는 나란 놈조차 모르던 순간에, 이미 나란 놈은 자기를 도울 수 없다는 걸 알고 있었던 거요. 신사 양반들께서 이거 하나는 잘 이해해줬으면 하오. 나란 놈은 가수를 최대한도로 사랑하오. 가수를 위해서라면 총알도 대신 맞아줄 수 있소이다. 허나 신사 양반들이여, 나란 놈이 맞을 수 있는 총알은 한 발뿐이라오.

니나 버지스

정문에서 경비원으로부터 직계 가족과 밴드 멤버가 아니면 아무도 들어올 수 없다는 소리를 막 듣고 있을 때, 라임색 스쿠터를 탄 남자가 내 바로 뒤에 와서 섰다. 내가 정문을 향해 걸어올라가는 동안 아무 말 없이 스쿠터를 타고 같이 올라오더니 시동도 끄지 않은 채 멈춰 서서, 경비가 나한테 하는 말을 같이 듣고서는 한마디도 하지 않고 떠나버렸다. 저 사람은 물건이라도 찾으러 온 거예요? 배달인가? 경비는 그런 내 말에 웃지 않았다. 평화 콘서트 뉴스가 터지고 난 뒤부터 이곳의 보안은 수상의 자동차 퍼레이드 때보다도 빡빡해졌다. 아니, 수녀님 팬티만큼 빡빡한 거지, 최근까지 사귄 남자친구라면 그렇게 말했을 텐데. 정문의 경비는 새로 온 사람이었다. 평화 콘서트 소식을 알고 있었던 나로서는, 하기야 자메이카의 모든 사람들이 그 소식을 들어 알고 있긴 했지만, 경호원이나 경찰이 있을 거라고만 생각했지 피하고 싶은 부류의 인간이 경비를 서고 있으리라고는 전혀 예상하지 못했다. 이거 상황이 심각해지는데.

아니 어쩌면 잘된 일일지도 모른다. 모닝커피를 마신 후에는 구석 어딘가에 처박아놓고 싶은 자아가 내 안에 있는데, 택시에서 내린 순간부터 그 자아가 계속 이렇게 말했기 때문이다. 다리만 가늘면 다니, 이 멍청한 년아, 대체 여기서 뭘 하고 있는 거야? 버스의 위대한 장점은 바로 뒤에 또다른 버스가 따라온다는 것이다. 내린 게 실수였다는 걸 알아차린 사람을 거둬갈 태세로 말이다. 하지만 택시는 그냥 사람을 떨어뜨려놓고는 떠나버린다. 뭐, 적어도 다시 걸어가면 되지만. 젠장, 좀더 괜찮은 아이디어가 떠오르기만 했어도.

헤이븐데일이 아이리시타운*은 아니어도 업타운 축에 끼긴 한다. 우리라고 헤이븐데일이 안전하다고 생각하지는 않지만 어쨌든 비참해서 못 봐줄 정도라고 생각하지도 않았다. 헤이븐데일은 게토가 아니니까. 아기들이 길바닥에서 울고 있지도 않고, 임신한 여자들이 강간을 당하지도 않는다. 게토에서는 매일 벌어지는 일이지 않나. 나는 게토를 본 적이 있다. 아빠와 같이 갔었다. 저마다 자기만의 자메이카에 살고 있다고들 하지만, 제길 그곳이 나의 자메이카였으면 어쩔 뻔했는지. 지난주 밤 11시에서 새벽 3시 사이의 어느 때쯤에 남자 셋이 부모님 집에 침입했다. 징표니 기적이니 하는 것에 쉽게 혹하는 엄마는 지난주 신문에 실린, 총잡이들이 하프웨이트리 라인을 건너서 업타운을 돌아다니며 표적을 찾기 시작했다는 기사를 아주 나쁜 징조로 여겼었다. 그때도 여전히 통행금지령이 내려져 있었다. 품위 있는 업타운 사람들조차도 6시든가, 8시든가 뭐 몇시인지는 누가 알겠느냐만 아무튼 그 시간이 지나면 실내에

* 아일랜드인들의 마을이라는 뜻. 부유한 상류층 거주 지역. 아일랜드계 백인 이민자들은 아프리카계 흑인 노예 후손들에 이어 자메이카 인구에서 두번째로 큰 비중을 차지하는 인종으로, 자메이카 사회의 상류층에 속하는 경우가 많다.

얌전히 있어야 했다. 그렇지 않으면 체포를 당하게 돼 있으니까. 지난달에는 4번지에 사는 제이컵스 씨가 심야예배를 드린 뒤 집으로 돌아가는데 경찰이 그를 불러 세우더니, 밴 뒷좌석에 던져넣다시피 하고 총기법원* 유치장으로 보내버렸다. 우리 아빠가 판사를 찾아가서, 법을 준수하는 선량한 시민까지 감옥에 가두기 시작하다니 이게 무슨 꽉 막히게 어리석은 짓이냐고 따지지 않았더라면 제이컵스 씨는 여태 거기 그대로 있었을 것이다. 경찰이 그를 선량한 시민으로 추정하기엔 제이컵스 씨의 피부색이 너무 검었다는 얘기는 판사도 아빠도 하지 않았다. 제이컵스 씨는 당시 개버딘 정장 차림이었는데도. 그 일이 있은 후에 총잡이들이 우리집에 들이닥쳤다. 놈들은 부모님의 결혼반지와 엄마가 네덜란드에서 사온 작은 조각상들 전부, 그리고 300달러를 쓸어갔다. 엄마가 아무런 가치가 없는 물건이라고 말했는데도 예복용 귀걸이를 가져갔고, 아빠의 손목시계까지 가져갔다. 놈들은 아빠를 주먹으로 몇 차례 쳤고, 엄마가 그중 한 놈에게 너희 어머니도 니가 이렇게 죄를 짓고 다니는 걸 아시느냐고 물었을 때는 엄마의 따귀를 때렸다. 나는 엄마한테 한 명이라도 엄마를 멋대로 다룬 놈이 있느냐고 물었다가 이내 말을 돌려서 장미 덤불이 레고 비스트(망나니)처럼 거칠게 웃자랐다고, 누구 다른 사람한테 얘기하는 것처럼 말했다. 부모님은 밤새도록 경찰서에 전화를 걸었으나 경찰은 날이 밝을 때까지 오지 않았다. 아침 9시 30분, 내가 부모님 댁에 도착한 뒤에도 한참이 지나서야 (부모님은 아침 6시에야 내게 전화를 했다) 경찰은 노란색 노트패드에

* 1970년대 초반 자메이카 노동당과 인민국가당의 정치적 긴장이 고조되면서 각 정당을 지지하는 갱단 사이에 총기를 사용한 폭력이 빈발하게 되자, 1974년 정부에서 총기 사고 및 범죄를 억제하기 위한 법률 개정과 함께 설립한 특별법원.

빨간 펜으로 진술 내용을 받아적었다. 경찰은 혐의자라는 말을 혼자 세 번이나 발음해보고서야 제대로 철자를 적을 수 있었다. 허떤 식호로든 공격횽 무기가 사횽됐습니까?* 라고 경찰이 물었을 때 나는 웃음을 터뜨렸고, 엄마는 나더러 자리에서 비키라고 했다.

이 나라는, 이 빌어먹을 섬나라는 우리를 죽이고 말 것이다. 강도가 든 날 이래로 아빠는 말을 하지 않는다. 남자들은 자기에게 소유물을 지킬 능력이 있다고 생각하는 걸 좋아한다. 그런데 다른 누군가가 나타나 그 소유물을 빼앗아버리면, 그날로 더이상 남자가 아니게 되는 것이다. 아빠를 무시하는 건 아니지만, 엄마는 항상 얘기한다. 옛날에 노브룩에 있는 집을 살 기회가 있었는데, 더이상 대출금을 갚을 필요 없는 안전하고 문제없는 집을 이미 가지고 있다는 이유로 아빠가 그 기회를 날려버렸다고. 아빠가 겁쟁이라는 말을 하고 싶은 게 아니다. 구두쇠라는 얘기도 아니고. 하지만 가끔은, 지나치게 조심스러운 태도가 또다른 형태의 방심이 되어버리기도 한다. 하긴, 아빠는 그 경우도 아니었다. 아빠는 사다리 중간까지라도 올라갈 수 있으리라는 상상조차 못 하던 세대에 속해 있었으므로, 일단 그 중간 지점에 도착하자 너무 어안이 벙벙해져 감히 더 위로 올라가지 못한 것뿐이다. 그게 중간 지점의 문제다. 그 위로 올라간다는 건 모든 걸 차지한다는 뜻이고, 그 아래로 내려간다는 건 백인들이 일요일 밤마다 현실감을 느껴보겠다며 찾아와 파티를 벌이는 동네에 살게 된다는 뜻이다. 그러나 중간 지점은 어디에도 없다.

고등학교 시절, 나는 아빠에게 늘 버스 정류장에 내려달라고 했

* 경찰들이 등장할 때마다 단어의 맨 앞에 놓이는 모음을 전부 잘못 발음하고 있다.

다. 아니면 신호등이 빨간불로 바뀌어서, 아빠가 나를 학교에 내려주기 전에 차에서 내릴 수 있게 되기를 기도했었다. 키미는 절대 그 이유를 이해하지 못했고, 아빠가 너도 내리라고 하면 항상 욕을 했다. 자기 부모가 강도를 당하고 엄마는 강간을 당했을지도 모르는 상황에, 집에 코빼기 한 번 비추지 않는 키미 그년 말이다. 솔직히 아빠도 이해할 수 없었을 것이다. 아빠는 성모수태 여자 고등학교에 다니는 열네 살짜리 여학생이 아니었으니까. 누가 볼보를 타고 나타나면, 자기한테도 그애만큼의 돈과 고개를 빳빳이 쳐들고 스튜어디스처럼 걸어다닐 권리가 있다는 듯이 굴려고 기를 쓰는 여자애들을 모르니까. 누가 뭘 타고 오는지 보겠다고 항상 학교 정문에 잠복해 있는 그 미친년들 앞에 포드 에스코트를 탄 채 나타날 순 없는 법이다. 리사네 아빠 봤어? 무슨 똥차 같은 걸로 데려다주더라. 남친 말로는 그게 포드 코티나래. 우리 아빠가 가정부 아줌마 쓰라고 준 차가 포드 코티나였는데. 정말로 내 피가 끓어올랐던 건 아빠한테 돈이 없어서가 아니었다. 아빠가 돈을 쓸 만한 이유를 단 한 가지도 생각해내지 못해서였다. 어떤 면에서는 바로 그 점이 아빠가 강도를 당한 이유였다. 한편으로는, 강도가 별로 훔친 것도 없이 떠날 수밖에 없던 이유이기도 하다. 아빠는 계속 그 이야기만 한다. 이런 망할, 너저분한 개자식들, 그래봐야 300달러밖에 못 훔쳐갔다고.

이제 안전하게 산다는 건 불가능하다. 더이상은 안전한 곳이 아무데도 없으니까. 언젠가 한번은 엄마가, 놈들이 아빠의 두 손을 잡고서 축구를 하듯 번갈아가며 아빠의 불알을 걷어찼다는 얘기를 해주었다. 그러면서도 병원에는 안 가겠다고 버티고 있다는 얘기도. 아빠 기운이 예전 같지 않은데도 말이야. 왜냐하면 일주일 전만 해도…… 세상에. 내가 이젠 아주 엄마처럼 얘기를 하고 있네? 어쨌든 놈들이 한 번 왔다는 건 다시 올 수도 있다는 얘기다. 누가 알겠는가? 그때는 놈들이 뭔가 더 심한 짓을 할지도 모른다. 강도에 강간에, 키미조차 집에 전화를 할 수밖에 없을 만큼 심각한 짓을 할지도.

이 사회주의자 수상*이 내세운 마지막 주의는 도망주의다. 누구든 이 나라를 떠나고 싶은 이들을 위해 마이애미행 비행기 다섯 대를 마련해 두었다고 수상이 말했다는데, 그 소리를 못 들은 자메이카 여자는 나밖에 없나보다. 더 좋은 일이 꼭 생길 거라고? 더 좋은 일이 꼭 생길 거라던 게 벌써 4년 전이다. 그 결과 우리에게는 이런 주의니 저런 주의니 하는 각종 주의들과, 정치 이야기를 너무너무 좋아하는 아빠가 생겨버렸다. 그것도 아들이 있었으면 좋겠다는 얘기를 하지 않을 때의 얘기지만. 남자들은 미인대회 우승자가 되겠다는 걱정보다는 이 나라의 운명을 실제로 걱정하기 때문이라나. 나는 정치를 증오한다. 이 동네에 살려면, 정치의 틈바구니를 살아내야만 한다는 생각이 들기 때문이다. 내가 할 수 있는 일이라곤 아무것도 없다. 정치의 틈바구니를 살아내지 않으면, 정치가 나를 통해 살게 된다.

대니는 브루클린 출신이었다. 농업과학 학위를 따는 데 필요한 연구조사를 하겠다며 자메이카에 내려온 금발 남자. 자메이카에서 만들어낸 모든 것 중에서 과학자들이 선망의 대상으로 삼을 만한 유일한 창조물이 암소였다니, 그걸 누가 알았겠는가? 아무튼 우리

---

* 1972~80년, 1989~92년 두 차례에 걸쳐 자메이카의 수상을 역임한 인민국가당의 지도자 마이클 노먼 맨리(1924~1997). 자메이카를 사회주의 국가로 재건하겠다는 단호한 의지를 천명했던 유명한 연설에서 '자메이카에 백만장자를 위한 공간은 없다. 누구든 백만장자가 되고 싶은 사람을 위해 하루에 다섯 편씩 마이애미행 비행기를 마련해두었다'고 말한 바 있다. 게토의 해묵은 반목을 청산하기 위해 밥 말리와 함께 평화 콘서트를 주도했다.

는 사귀는 사이였다. 대니는 나를 업타운 메이페어 호텔로 데려가 술을 사주곤 했는데, 거기에만 가면 갑자기 사방에서 온갖 백인들이 튀어나왔다. 남자들, 여자들, 늙은이들, 어린애들. 꼭 신이 지팡이를 휘둘러 펑! 백인이다, 한 것처럼. 나는 소위 하이 브라운이라는 갈색 피부지만 나 정도의 피부색에게도 그렇게 많은 백인을 본다는 건 충격적인 일이었다. 이렇게 관광객이 많다니, 여기를 노스코스트로 착각한 게 틀림없겠다 싶었다. 하지만 누군가 입을 열 때마다 파투아가 굴러나왔다. 거의 기억이 안 날 정도로 여러 번 가본 업타운이었지만, 아직도 백인 남자가 엉터리 영어를 쓰는 소리만 들으면 입이 쩍 벌어진다. 잠만! 호 호 호, 너였냐, 부샤(보스)? 호 호 호, 요즘엔 안 보이더라, 돈 좀 벌더니 배신 좀 때리겠다? 심지어 선탠조차 안 한 인간들이 말이다!

대니는 정말 이상한 음악을 듣곤 했다. 그건 나를 열받게 만들려고 가끔씩 연주하는 소음이나 마찬가지였다. 로큰롤, 이글스와 롤링스톤스. 백인 시늉 좀 그만했으면 싶은, 수많은 흑인들의 그냥 소음. 하지만 밤이 되면 대니도 노래를 연주했다. 우리가 헤어진 것도 거의 4년 전 일이지만, 지금도 나는 창밖을 내다볼 때면 두 소절을 반복해서 부르게 된다. 나는 정말 그렇게 믿어. 마음에 들지 않는다면 떠나면 되는 거야.* 우스운 일이다. 그 사람을 만나게 된 게 대니 때문이라니. 음반회사에서는 저 위 언덕에 대단한 파티를 열었다. 부시맨이고 백인이고 죄다 여기 몰려와서 사나봐? 내가 그렇게 말했던 게 기억난다. 대니는 흑인도 인종차별주의자가 될 수 있는지는 몰랐다고 했다. 나는 펀치를 가지러 가, 시간을 끌며 천천히 음료를

* 벨벳 언더그라운드의 노래 〈이유를 찾았어I Found A Reason〉(1970)의 가사 일부.

따르고 있었다. 그때 대니가 음반회사 사장과 이야기하는 모습이 보였다. 그 순간 나는 이쪽 업계 사람들이 생각하는 바로 그런 년, 미국인과 그 짓을 하는 건방진 검둥이가 되어 있었다. 그리고 대니와 음반회사 사장 바로 옆에 그 사람이, 직접 만날 수 있을 거라곤 생각도 못했던 누군가가 서 있었다. 아빠야 그 사람을 경멸했지만, 엄마는 그 사람이 최근에 낸 싱글 앨범을 좋아했다. 그는 생각했던 것보다 키가 작았다. 그곳에 있는 흑인 중 음료 더 드시겠습니까? 라고 묻고 있지 않은 사람은 나와 그 사람, 그리고 그 사람의 매니저뿐이었다. 거기에 서 있는 그 사람은 꼭 검은 사자 같았다. 어째 이렇게 섹시한 딸내미가 딱 나란 놈 앞에 나타나셨을까. 그 사람이 말했다. 15년이나 표준영어를 사용하는 법을 교육받은 나였지만, 그 말이야말로 남자의 입에서 나온 말 중 내가 들어본 가장 달콤한 말이었다.

나는 대니가 브루클린으로 돌아간 후 한참이 지나서까지 그 사람을 다시 보지 못했다. 나는 키미를, 부모님이 강도를 당하고 엄마는 강간을 당했을지도 모르는 상황에서도 전화 한 통 없는 그 키미 년을 따라서, 그 사람 집에서 열리는 파티에 갔었다. 그 사람은 나를 잊지 않고 있었다. 근데 잠깐만, 너님이 키미 언니라고? 대체 어디에 숨어 있었던 거야? 아니면, 아아, 알겠다. 잠자는 숲속의 미녀씨, 너님을 깨워줄 남자를 기다리고 있었구나? 그 사람과 함께 있던 시간 내내 나는 두 조각으로 나뉘어 있었다. 모닝커피를 마신 다음 어디 한 구석에 처박아놓고 싶어지는 그 자아가 말했다. 맞아요, 나랑 얘기 좀 해요, 섹시한 브레드렌(형제). 다른 자아는 머릿니가 들끓는 이 라스타랑 대체 뭘 하자는 거야? 라고 지껄여댔다. 키미는 곧 자리를 떠났지만, 나는 키미가 가는 모습도 보지 못했다. 나는 남아 있었다. 다른 모든 사람들이 떠난 다음까지도. 나는 그 사람을 지켜보고 있었다. 달도 그랬다. 그는 마치 밤의 정령처럼 벌거벗은 채 손에는 사과와 사과 깎을 칼을 들고서 베란다로 나왔다. 머리 타래는 사자 같았고, 온몸의 근육은 달빛을 받아 빛났다. 〈미드나이트 레이버스〉*가 나에 대한 노래라는 걸 아는 사람은 단 둘뿐이다.

나는 정치를 못 견디게 싫어한다. 다들 내가 정치를 알아야만 한다는 듯 구는 게 못 견디게 싫다. 아빠는 조국에서 자기를 쫓아낼 수 있는 사람은 어느 누구도 없다고 말하지만, 그러면서도 무장 강도라면 그 '어느 누구'가 될지도 모른다고 생각한다. 내가 부자였으면 좋겠다. 직업이 있었으면 좋겠고, 해고당하지 않았으면 좋겠고, 그 사람이 사과를 가지고 발코니로 나왔던 그날 밤을 최소한 기억이라도 해주었으면 좋겠다. 우리는 마이애미에 가족이 있다. 마이클 맨리가 우리더러 떠나고 싶으면 가라고 했던 바로 그 마이애미에 머물 만한 장소가 있는 것이다. 하지만 아빠는 돈을 한 푼도 쓰고 싶어하지 않는다. 젠장, 이제 가수는 너무 거물이 되어버렸다. 더이상은 누구도 그 사람을 만날 수 없다. 대다수 여자들보다 그 사람을 더 잘 아는 여자조차도. 사실 내가 무슨 소리를 하는 건지 잘 모르겠다. 여자들이 허구한 날 해대는 똥멍청이 같은 생각일 뿐. 팬티 안에 손을 넣도록 해주었다는 이유만으로, 자신이 그 남자를 잘 알고 있다거나 그 남자의 어떤 비밀을 풀었다는 그런 생각. 빌어먹을, 지금 나는 그 사람에 대해 아는 게 하나도 없다. 그렇다고 예전

* 〈Midnight Ravers〉, '한밤의 광란'이라는 뜻. 밥 말리 앤드 더 웨일러스의 앨범 〈캐치 어 파이어Catch a Fire〉(1973)에 수록곡.

에는 뭘 알았다는 얘기도 아니다. 그 사람이 나한테 따로 전화를 했다거나 그런 것도 아니고.

나는 그 사람 집 맞은편의 정류장에서 버스를 기다리고 있다. 그러면서도 두 대를 그냥 보내버렸다. 이어서 정차한 세번째 버스도. 그 사람은 정문으로 나오지 않았다. 단 한 번도. 나오기만 하면 그 순간 길을 건너 달려가 소리칠 텐데. 나 기억해요? 오랜만이에요, 당신 도움이 필요해요. 그렇게 말할 기회조차 없었다.

밤-밤

두 남자가 게토에 총을 들여와.

그중 한 명이 총 쏘는 방법을 나한테 보여줬어.

하지만 그 사람들은 그전에 다른 걸 먼저 들여왔지. 콘비프*랑, 아무도 어떻게 써야 되는 건지 모르는 제미마 아줌마**네 메이플 시럽, 백설탕. 또 쿨 에이드, 펩시, 커다란 밀가루 포대. 게토 사람은 아무도 살 수 없고, 살 수 있다 해도 파는 사람이 없는 그런 물건들. 선거가 다가온다는 말을 처음 했을 때, 파파-로는 그 말을 차갑고 낮은 목소리로, 마치 천둥과 비바람이 불어닥칠 텐데 우리가 할 수 있는 게 아무것도 없다는 식으로 얘기했어. 온갖 사람들이 파파-로를 만나러 오지만 그중에 파파-로처럼 생긴 사람은 없어. 다들 퍼니보이보다도 더 빨개, 거의 백인이지. 그 사람들은 반짝거리는 차

---

* 소고기를 익혀 소금에 절인 통조림.

** 팬케이크용 믹스와 시럽이나 아침식사용 간편식품을 생산하는 미국 퀘이커 오츠사의 상표. 전형적인 흑인 여성 캐릭터를 상표화했다.

를 타고 왔다 떠나. 아무도 묻지는 않지만 다들 알고 있지.

그리고 바로 그때, 당신이 돌아왔어. 당신은 데즈먼드 데커보다도 크고 스카탈라이츠보다도 크고 밀리 스몰보다도 크고 심지어는 백인들보다도 커. 그리고 당신도 파파-로도 가슴팍에 털 한 올 없던 시절부터 당신은 파파-로를 알았지. 당신은 밤도둑처럼 차를 타고 게토에 들어왔지만, 나는 당신을 봤어. 우리집, 파파-로가 나를 집어넣은 그 집 바깥에서. 당신이 차를 세우는 걸 봤다고. 당신과 조지만 있던데. 파파-로는 무슨 여자애처럼 꽥꽥대며 달려나가서는 그만의 커다란 품으로 당신을 끌어안았어. 당신은 언제나 작은 편이었지. 당신은 그만 놓아달라고 말해. 조금만 더 이렇게 끌어안고 만져대다가는, 파파-로가 아니라 믹 재거인 줄 알겠다고 소리를 지르는 수밖에 없어. 당신은 아무도 누군지 모르는 사람들 얘기를 수없이 늘어놓는 그런 사람이 된 채로, 어떤 콕헤드*가 있는데 그놈이 자기 자신을 슬라이 스톤**이라고 부르지만 실제로는 계집애도 아닌데 이름이 실베스터야 그놈이 나한테 개뼈다귀라도 던져주듯이 무대 위 빈자리를 하나 내주더라고 그래서 내가 무대에 뛰어올라서는 그 바닥을 아예 휩쓸어버렸지 하지만 흑인 친구들 몇이 이 느려터진 히피 개수작은 뭐냐? 라면서 나를 조금도 좋아해주지 않길래, 그럼 이 씨발것은 그냥 좆까라 그래, 나는 내 투어나 할 테니까 해버렸어 슬라이 스톤은 코카인이나 좀더 들이마시겠다고 어디로 가버렸고 그래서 길까지 잃어버린 채 라스베이거스에 혼자 남겨졌다니까, 라고 말하지. 우리는 실베스터가 누군지 몰라. 하지만

* 코카인 중독자.

** 미국의 펑크, 록, 소울 싱어송라이터이자 음반 프로듀서(1944~). 미국 대중음악 역사상 최초로 결성된 다인종 혼성그룹 슬라이 앤드 더 패밀리의 멤버다.

지금 우리가 모르는 사람들 얘기를 늘어놓는 쪽은 당신이야. 당신은 말하지 그 콕헤드놈의 팬들은 진짜 바이브레이션을 받아들일 줄 모르는 사람이었어 그래서 공연은 네 번만 하고 그냥 떠났어.

하지만 그건 다리에서 내려다보는 흘러가는 물처럼, 이미 지나간 일일 뿐이야. 당신은 바빌론을 마구 헤집고 다녀. 그 얘기는 파파-로도 알고 있어 다른 사람들도 다 알고 있으니까. 그래서 파파-로는 다 아는 얘기라고 말하고 당신은 그냥 고개를 끄덕여. 그러더니 당신은 큰일이 있으니까 얘기를 좀 해야겠다고 말해 하지만 아직은 기다리는 게 좋겠지 지금은 다들 당신이 코펜하겐시티에 와 있다는 소식을 듣고 기어나와 고맙다는 인사를 해대고, 서퍼라(빈곤층) 출신으로 대스타가 됐으면서도 아직까지 고통받는 다른 서퍼라들을 잊지 않는다고 칭송하고, 어떤 사람들은 돈을 줘서 고맙다는 인사도 할 때니까 말야 근데 그건 어디까지나 지금 당신이 먹여 살리고 있는 사람이 3천 명쯤 되기 때문이지, 모두 그 사실을 알지만 입 밖으로 꺼내지 않을 뿐이야, 당신이 타고 온 트럭은 낡아빠진 것처럼 보여 우리가 기대했던 모습이 아니라고 돈이 있으면서도 가난이 무슨 폼이라도 된다는 식으로 돈이 없는 척하는 것만큼 나쁜 건 없어 그래서 나는 화가 나. 어떤 여자가 당신을 끌어안으면서 완두콩 스튜를 끓여놨다고 말하니까 당신은 엄마 나란 놈은 돼지고기에 손도 안 대는 거 알지*, 라고 말하고 여자는 아이탈** 스튜인

* 라스타들은 구약성서의 규약을 따라 조개나 돼지고기를 먹지 않는다.

** 인공 조미료를 쓰지 않는 것은 물론, 엄격하게는 살충제나 화학비료를 사용하지 않고 재배한 작물만 재료로 사용하는 라스타들의 요리 방식. 몸에 받아들이는 음식이 생기를 북돋는 것이어야지 감소시키는 것이어서는 안 된다는 믿음에서 비롯된 방법이다.

데! 맛도 좋고! 라고 말해 당신은 그럼 엄마 당장 가서 큰 그릇을, 부엌에서 제일 큰 그릇을 가져다가 파파-로네 집으로 갖다줘요 해야 할 얘기가 너무 많으니까 라고 말해. 그렇게 당신과 파파-로는 떠나버리고 파파-로의 부하들은 아무도 파파-로를 따라가지 않아, 심지어는 조시 웨일스조차도. 나는 두 사람이 멀리 걸어가는 모습을 지켜보는 조시 웨일스를 지켜보고 조시 웨일스는 거기에 서서 지켜보다가 뱀처럼 식식대.

게토에 총을 가져온 두 남자는 당신이 노래를 불러서 자기들 손아귀에서 빠져나가는 모습을 지켜보았고 조금도 기쁘지가 않아. 업타운 사람 중에는 당신한테 감사하는 마음을 담아서나 당신을 칭찬하기 위해서 노래를 부르는 사람이 아무도 없어. 에이트레인즈에 총을 가져다주는 사람도 마찬가지야. 지금까지도 쇼타 셰리프가 다스리는 그 에이트레인즈. 쇼타 셰리프는 자기 정당이 재선을 치르게 될 거고 그 선거에서 꼭 이겨야 한다는 걸 알고 있어. 계속 권력을 쥐고 있으려면, 자기 사람들에게, 그 모든 동지들과 사회주의자들에게 권력을 쥐여주려면 말이지. 코펜하겐시티로 총을 들여오는 시리아인, 선거에서 이기고 싶은 나머지 신이 공직에 앉아 있다면 신마저도 기꺼이 밀어낼 그 시리아인도 마찬가지야. 총을 가지고 오는 미국인은 자메이카에서 이기려면 킹스턴에서 이겨야 하고 킹스턴에서 이기려면 웨스트 킹스턴에서 이겨야 한다는 걸 알고 있어. 게토의 누군가가 그 얘기를 해주기도 전에 말이야.

마이클 맨리 수상은 텔레비전이랑 라디오에 나와서 당신에게 처음으로 결정적 기회를 준 사람은 자기라고 자기 덕이 아니었으면 당신도 유명해지지 못했을 거라고 동네방네 떠벌려. 자기는 언제나 탄압받는 사람들 편이고 투쟁하는 동지들을 지지한다는 얘기도 하지. 그러자 당신은 절대로 정치인이 호의를 베풀게 놔두지 말라고 그러면 정치인이 영원히 우리를 통제하고 싶어할 거라고 노래해 맨리는 그 노래가 자기 얘기인 줄 몰라 그때 자기는 정치인이 아니라 여호수아였거든.

코펜하겐시티가 에이트레인즈 문제를 해결하게 해주겠다면서 총을 가져다주던 그 남자는, 당신이 파파-로와 함께 학창시절로 돌아가 장난이라도 꾸미려는 것처럼 온종일 대화를 나눈다는 소식을 듣고는 그 시리아인 대가리를 긁더니 파파-로한테 물어봐 왜 당신과 이야기를 하느냐고, 그자는 인민국가당놈들한테서 처음으로 놓칠 수 없는 큰 기회를 얻어낸 자가 아니냐고, 당신은 인민국가당 사람으로 알려져 있지 않느냐고. 그러더니 요 귀여운 라스타가 파파-로를 인민국가당 편으로 개종시키려는 모양이군, 이라고 했어. 요즘 당신은 언제나 파파-로와 이야기를 나누고 파파-로는 심지어 업타운에 있는 당신 집까지 가서 하루 온종일을 보내지 당신은 모르겠지만 사람들은 매처럼 당신을 지켜보고 있다고. 파파-로가 가버렸는데 아무도 어디로 갔는지는 몰랐던 그 주말에는 파파-로가 콘서트중인 당신을 보러 영국까지 갔다는 소문이 돌았어. 그리고 당신이 아직도 쇼타 셰리프와 이야기하며 지내는 사이라는 소문도 돌았지, 내 가족을 죽인 자들이 바로 쇼타 셰리프의 부하였는데, 나는 당신을 증오할 새로운 방법을 배운 거야. 파파-로를 사랑하면서도 당신을 증오할 방법을. 당신은 파파-로를 돌이켜놓고 있어, 파파-로를 무언가로 바꾸어놓고 있어 다들 그걸 보고 있다고. 특히 조시 웨일스가 그래. 조시 웨일스는 당신을 지켜보고 나는 조시 웨일스가 당신을 지켜보는 걸 지켜보고 있어. 조시 웨일스는 일이 돌아가는 게 마음에 안 드는데 그 생각을 너무 큰 소리로는 아니더라도 들을 만한 사람한테는 들리게 말하고 있지. 꼬마 새가 이렇게 지저귀더라, 파파-로는 나약해져간다고.

하지만 말이야, 하루는 코펜하겐시티에서 온 어떤 녀석이 웬 여자한테 총을 겨누고 강도질을 했어. 프린세스 스트리트와 하버 스트리트가 만나는 모퉁이에서 푸딩과 복권을 파는 여자였지. 그 여자가 파파-로의 집으로 와서는 그애를 가리켰어, 우리집에서 세 집 떨어진 곳에 살고 누구도 좋아해본 적이 없는 애였지. 그애 어머니가 주님! 아아! 이 아이를 불쌍히 여겨주세요 파파, 하고 소리를 쳤어. 애한테 뭘 가르쳐줄 아빠가 없어서 그러는 거예요! 저 여자가 거짓말 하는 거예요, 저 여자 보지가 얼마나 말랐는지 좀 보시라고요. 요즘 조시 웨일스는 파파-로가 너무 생각이 많아졌다면서 식식대지만 파파는 그애의 옷을 찢어발기더니 마체테를 가져오라고 소리를 치고는 납작한 마체테 날로 녀석을 두들겨패. 한 번 확 후려칠 때마다 천둥이 쾅 소리를 내는 것처럼 공기가 따귀를 때리는 것 같았고 한 번 확 후려칠 때마다 살갗이 조금씩 베어졌어. 녀석은 소리를 지르고 비명을 질러댔지만 파파-로는 나무처럼 크고 바람보다 빨랐지. 제발요, 파파-로, 주님, 파파-로, 그래도 파파-로, 저 여자가 거짓말을 한 거예요 나더러 한 번 달라고 했는데 내가 안 줘서 그런 거라고요 그애의 말은 파파-로를 부추길 뿐이었지. 파파-로는 녀석을 걷어차 쓰러뜨리고 등과 엉덩이와 다리를 두들겨패고 마체테로 때리는 게 질렸는지 허리띠를 풀어서 쇠고리가 있는 쪽으로 녀석을 팼어. 쇠고리가 녀석의 등에 가슴에 이마에 구멍을 냈고, 녀석의 어머니는 비명을 지르면서 애한테 달려갔어 하지만 파파-로가 어머니의 얼굴에 한 번 채찍을 휘두르니까 비틀거리며 물러났지. 사람들이 구경하러 나왔어. 파파-로는 총을 꺼내서 쏘려고 했지만 어머니가 달려들어서 애를 온몸으로 덮고는 고함을 치면서 파파-로한테도 빌고 강도를 당한 여자한테도 빌고 시온산의 언덕에서 쉬고 있는 예수 그리스도한테까지 빌었어. 아무리 파파-로라지만 예수가 끼어들었는데 더 나갈 수는 없잖아. 파파-로는, 이딴 겁쟁이를 길러낸 년도 총을 맞아 마땅하다면서 여자의 이마에다 바로 총을 겨눴지만, 쏘지 않고 그냥 떠나버렸어.

60년대에 이 나라를 다스린 건 자메이카 노동당이었는데, 1972년에는 인민국가당이 온 나라 사람들에게 더 좋은 일이 꼭 생길 거라고 말하더니 선거에서 이겨버렸어. 지금 노동당은 이 나라를 되찾고 싶어해. '할 수 없다'는 말이나 '안 돼'라는 말 같은 건 없어. 시내는 폐쇄됐고 경찰은 벌써부터 통행금지령을 소리 높여 외치고 있어. 어떤 거리는 너무 조용해서 쥐새끼들조차 밖에 나가면 안 된다는 걸 아는 곳도 있지. 웨스트 킹스턴에 불이라도 난 것처럼. 사람들은 노동당이 코펜하겐시티를 확보하고 있는데도 선거에서 진다는 게 가능한 얘긴지 지금까지도 궁금해해. 다들 노동당에 반대표를 던지는 건 노동당에서 인민국가당으로 넘어간 그 동네, 리마 때문이라고 해. 리마가 넘어간 이유는 인민국가당이 콘비프랑 베이킹파우더가 들어간 밀가루, 아이들이 학교에 가져갈 수 있는 연습장을 더 많이 주겠다고 약속했기 때문이래. 게토로 총을 가져오는 사람들은 더 많은 총을 들여오면서 리마에 사는 모든 남자, 여자와 애새끼들이 피를 흘릴 때까지는 결코 기쁠 일이 없을 거라고 했어. 하지만 두 정당 모두 충격을 받았어. 제3당이, 바로 당신이 부상하기 시작했으니까, 당신은 차이니(중국 여자) 가게에 있는 텔레비전에 나와서 당신 인생은 당신 게 아니라고, 많은 사람들을 도울 수 없는 인생이라면 그런 인생은 원하지도 않는다고 말해. 당신은 게토에 있지도 않으면서 게토에다가 일을 또하나 터뜨려. 나란 놈은 당신이 어떻게 그런 일을 할 수 있는지 모르겠어. 어쩌면 베이스 같은 건지도 모르지. 볼 수는 없지만 느낄 수는 있고 느끼는 사람은 다들 알게 되는 그런 거 말이야. 하지만 여자들은 혼잣말을 하겠지, 혀가 제멋대로 돌아가게 놔두고서는, 자기집 뒤뜰에서 빨고 있는 셔츠나 바지를 비틀어 짤 때마다 욕을 하면서, 쉣스템*이니 무슨 이즘이니 스키즘**이니 하는 것들이 모조리 싫증난다고, 이제는 큰 나무도 작은 도끼를 만날 때가 무르익었다고 말할 거야. 하지만 그 여자들은 말을 하는 게 아니라 노래를 부르지. 그래서 우리는 그 말을 하는 게 당신이라는 걸 알아. 그리고 게토, 코펜하겐시티, 리마에 있는 많은 사람들은, 당연히 에이트레인즈에 있는 사람들까지 포함해서 당신 노래를 불러. 게토로 총을 가져오는 두 남자는 대체 어떻게 해야 할지를 몰라. 음악한테 한 대 맞았다고 해서 음악을 칠 수는 없는 거니까.

나 같은 녀석들은 당신 노래를 부르지 않아. 느끼는 사람은 알게 될 거라고 당신은 말하지만 당신이 뭔가를 느껴본 건 벌써 오래전 일이니까. 우리는 스탈락 리듬***을 타는 노래, 기타 값을 낼 수도 없고 기타를 사줄 만한 백인도 없는 사람들이 부르는 노래를 들어. 우리랑 똑같은 사람들 노래를 듣고 있던 그때 조시 웨일스가 나를 찾

---

* 똥이라는 뜻의 'shit'과 'system'을 합성한 라스타 속어로, 부패한 체제를 뜻한다.

** '이즘(-ism)'은 '-주의'를, '스키즘(schism)'은 '분열'을 뜻한다. 라스타들은 형태를 막론하고 모든 주의는 바빌론 문화의 특징이라 생각하여, 자신들의 종교가 라스타주의(Rastafarianism)라 불리는 것에 반감을 가지고 있다. 라스타들이 주로 사용하며 밥 말리가 널리 퍼뜨린 '이즘-스키즘'이라는 단어는 특정한 주의에 근거하여 분열을 일으키는 행태를 비판적으로 일컫는 말이다.

*** 대중적인 레게리듬의 하나로 1970년대에 주류가 되었다.

아왔고 나는 그가 니코데모*, 한밤의 도둑 같다고 농담을 했어. 그 때 내 나이는 열세 살, 조시 웨일스가 나한테 선물을 줬는데 나는 그게 손가락에 닿았을 때 하마터면 떨어뜨릴 뻔했어. 총은 다른 종류의 무게를 지니고 있거든. 무거운 무게가 아닌 다른 무게, 차갑고 부드럽고 거친 그런 거. 내 손이 총을 다룰 수 있다는 걸 증명하기 전에 총은 결코 내 손가락에 복종하지 않아. 나는 총이 손에서 미끄러져 떨어지던 게, 그래서 조시 웨일스가 펄쩍 뛰던 게 기억나. 아니 조시 웨일스는 펄쩍 뛰지 않아. 조시 웨일스는 지난번에 누가 총을 떨어뜨리는 바람에 발가락 네 개가 깨끗하게 떨어져나갔다고 하면서 나더러 총을 주우라고 했어. 나는 조시 웨일스가 발을 저는 이유가 그거냐고 물어보고 싶었어. 조시 웨일스는 인민국가당 녀석들이 뭐라고 하려고 들면 당장이라도 그놈을 쏴버릴 수 있도록 총 쏘는 법을 알려준 사람이 바로 자기라는 기억을 떠올리게 하더니, 이제는 내가 코펜하겐시티를 방어할 때가 왔다고, 적이 바깥의 간식가게가 아니라 우리집 주방에서 만들어지고 있는 지금은 특히 그렇다고 말했어. 조시 웨일스는 절대로 음악처럼 말하지 못해. 파파-로나 당신처럼은 말할 수 없는 사람이라고. 그래서 나는 웃었고 조시 웨일스는 내 뺨을 주먹으로 쳤어. 던을 무시해서는 안 되지, 조시 웨일스가 말했어. 당신이 던은 아니잖아, 라는 말이 튀어나오려고 했지만 그냥 조용히 있었지. 너, 남자가 될 준비가 됐나? 조시 웨일스가 말했어. 나는 이미 남자라고 내가 대답하기도 전에 조시 웨일스가 총을 내 왼쪽 관자놀이에 바싹 댔어. 철컥. 온몸에 힘을 주면

---

* 신약성서 요한의 복음서에 네 차례에 걸쳐 나오는 인물로, 바리새인이자 고대 이스라엘 법원의 일원이었다고 전해진다. 밤에 예수를 만나러 와 가르침을 청했던 것으로 알려져 있다.

서 제발 오줌 싸지 마, 제발 오줌 싸지 마, 제발 오줌 마려운 다섯 살짜리처럼 보이지 마, 하고 생각했던 게 기억나.

파파-로였다면 나를 아주 빠르고 단호하게, 그냥 문득 죽여야겠다는 생각이 든 것처럼 죽여버렸을 거야. 파파-로가 누군가를 금요일에 죽인다면, 그건 월요일부터 그 일을 생각하면서 무게를 달아보고 재보고 계획해왔기 때문이지. 조시 웨일스는 달라. 생각이라곤 하지 않거든, 그냥 총을 쏠 뿐이지. 나는 총구의 새까만 동그라미를 보았고 조시 웨일스가 그 자리에서 당장 나를 죽여버린 다음 파파-로한테는 아무 소리나 지어댈 수 있다는 걸 깨달았어. 아니면 아무 말도 안 하거나. 조시 웨일스가 무슨 일을 벌일지 장담할 수 있는 사람은 아무도 없어. 조시 웨일스는 계속 내 관자놀이에 총을 대고서, 내 바지춤을 잡아채더니 단추가 풀어져 튕겨나갈 때까지 잡아당겼어. 나는 팬티가 세 장밖에 없어 새 팬티가 생길 일도 없고 그래서 게토 밖으로 나갈 때를 빼면 팬티를 안 입어. 조시 웨일스는 내 바지를 잡은 손을 놓고 바지가 툭 떨어지는 걸 지켜봤어. 위를 보고 아래를 보더니 다시 위로, 위로, 더 위를 보고서는 미소를 지었어. 이런 아직 남자가 아니잖아, 하지만 조금만 있으면 되겠다, 조금만 있으면. 내가 너를 남자로 만들어주마, 조시가 말했어. 남자가 될 준비가 됐나, 조시 웨일스가 물었어, 나는 그때 조시가 정치인들과 같은 방식으로 말했다는 생각이 들었어, 마이클 맨리가 더 나은 미래를 원합니까, 동지들? 하고 말하는 그 방식으로 말이야. 그래서 나는 그렇다고 고개를 끄덕였고 조시 웨일스는 걸어서 떠났어. 나는 조시의 뒤를 따라 길거리를 주욱 걸었어, 너무 많은 내파가 총으로 이루어서 너는 아무도 차를 몰지 않는 거리를, 집도 없고, 앞으로도 정부에서 집을 지어줄 리는 없는 우리 노동당의 거리를, 커다란 주택지에 건설용 모래랑 벽돌 무더기만 잔뜩 쌓여 있는 거리를 말이야.

나는 이 거리를 따라서 조시 웨일스를 따라서 길의 끝처럼 보이는 곳까지, 킹스턴을 동서로 가르는 기찻길까지 갔어. 남쪽 이 정도까지 내려오면 기찻길 옆에서 볼 때 전망을 가리는 게 아무것도 없어. 킹스턴은 그렇지 않거든. 킹스턴은 홀로 고립된 공간이라 바다 바로 옆에 있는데도 섬이라는 걸 까먹게 돼. 어디로든 뛰어들어서 다 잊어버리고 싶은 마음에 매일 바다로 달려나가는 게토 녀석들이 있다는 것도. 나는 바다를 보면 그애들만 생각나. 해가 지고 있었지만 날은 그때까지도 진짜 뜨거웠고 공기에서는 생선 같은 맛이 났어. 조시 웨일스가 왼쪽으로, 작은 판잣집으로 몸을 돌렸지 기차가 지나갈 수 있도록 아침 일찍 일어나 도로를 폐쇄하곤 하던 사람이 살던 판잣집이었어. 조시 웨일스가 나한테 따라오라는 말을 한 건 아니야. 하지만 결국 안으로 따라들어가니까, 조시 웨일스는 마치 하루종일 기다렸다는 듯 나를 바라봤어.

판잣집 안에는 이미 밤이 내려 있었고 바닥에서는 삐걱삐걱 갈라지는 소리가 났어. 조시 웨일스가 성냥을 켜자 제일 먼저 보인 건 피부, 땀이 흘러 번들번들 빛나는 피부였어. 땀냄새를 맡을 때 웃긴 건 곧 오줌 냄새를 맡게 된다는 거야. 신선한 오줌 냄새가 아니라 바닥에 스며들어 있는, 그렇게 오래전에 싼 건 아닌 오줌 냄새 말이야. 그 남자애가 구석에다가 싸놓은 거야, 배를 바닥에 깔고 엎드려서. 조시 웨일스인지 다른 누구인지가 그애의 손을 묶은 밧줄을 발에도 묶어서, 녀석은 인간으로 만든 활처럼 보였어. 조시 웨일스는 총으로 바닥에 있는 녀석의 옷가지를 가리키더니 이어서 나를 가리키곤 주워, 사이즈가 맞을 수도 있으니까 하고 말했어. 이제 팬티 네 장 됐네, 라고 조시가 말했는데 나는 어떤 사람한테도 팬티를 몇 장 갖고 있는지 말한 적이 없단 말이야. 팬티를 주우러 갔을 때 조시 웨일스가 총을 쐈어. 총알이 바닥에서 튀었고 나와 그 아이가 펄쩍 뛰었어. 아직 아냐, 계집년아. 넌 아직 니가 남자라는 걸 증명하지 못했으니까. 나는 조시 웨일스를 봤어. 매주 한 번씩 자기 여자가 밀어주는 대머리를 한 키 큰 남자를. 커다란 갈색 몸은 근육으로 가득차 있었어, 파파-로는 까맣고 숱이 많았는데. 조시 웨일스는 미소를 지을 때 중국인처럼 눈이 가늘어졌지만 누구든 그런 말을 하는 사람이 있으면 조시는 그 사람을 쏴버릴걸, 중국인 자지는 혹이랑 비슷할 정도로 작으니까. 흑인 자지에 비하면 말야.

저 리마놈이 얼마나 잘사는지 봤나? 저런 청바지를 니가 살 수 있을 거 같아? 피오루치라고, 이거. 니가 알지는 모르겠다만. 5센트짜리 은화 서른 개로 리마놈이 뭘 살 수 있는지 이젠 알았겠지? 조시 웨일스는 상표를 잘 알았고, 그가 입는 옷 대부분은 조시의 여자가 일하는 공장에서 가져오는 거였어. 그 공장은 사람들이 디스코텍에 입고 갈 수 있도록 옷을 만들어서 다시 미국으로 보내. 미국에서는 다들 그런 옷을 입고 디스코텍에 가니까. 그 여자가 온 동네 사람들한테 다 떠들어대고 다녀서 모두 알고 있었지. 이게 갖고 싶으면, 피똥 쌀 년아, 불알부터 키우도록 해. 지금 당장, 그렇게 말하면서 조시 웨일스는 내 손에 총을 쑤셔넣으며 쥐여주었어. 그애가 우는 소리가 들렸어. 녀석은 리마 출신이었고 나는 리마 사람은 한 명도 몰랐어. 지금은 에이트레인즈에서 녀석을 봤다고 해도 리마 출신인 줄 몰랐을 거야. 지금 당장, 조시 웨일스가 다시 말했어. 총은 다른 종류의 무게를 지녔다고. 아니 어쩌면 그것도 아닐지도 몰라, 총을 쥘 때면 실제로는 총이 나를 쥐고 있다는 기분이 들거든.

지금, 아니면 너희 둘 다 나란 놈이 처리하겠다, 조시 웨일스가 말했어. 나는 녀석에게 바싹 다가가서 그애의 땀과 오줌과 또다른 무슨 냄새를 맡고서는 방아쇠를 당겼어. 그놈은 해리 캘러핸에게 죽임당하는 녀석들처럼 비명을 지르거나 소리를 치거나 윽 하지 않았어. 그냥 팩 하더니 죽었어. 총 때문에 손이 휙 움직였지만, 총소리는 해리 캘러핸이 총알을 쏠 때랑은 달랐어. 캘러핸이 쏠 때는 울리는 소리가 너무 길어서 영화가 끝난 뒤까지도 멎질 않잖아. 내가 쏜 총소리는 널빤지 두 개가 동시에 귀를 빠르게 후려치는 것처럼 나더니 망치로 한 번 갈긴 듯이 사라졌어.

총알이 어린 남자의 몸 안에 들어가면 쥽 하는 소리 말고는 아무 소리도 안 나. 나는 그 리마놈을 죽이고 싶었어. 다른 무엇보다도 그걸 원했어. 왠지는 모르겠어. 아니 알겠어. 그리고 조시 웨일스는 아무 말도 하지 않았어. 조시 웨일스는 확실히 해두려면 한번 더 쏘라고 했고 나는 그렇게 했어. 시체가 홱 움직였어. 머리를 쏘라고, 멍청아, 조시 웨일스가 말하자 다시 쐈어. 바닥에 피가 흐르고 있는지는 볼 수가 없었어. 총은 더 가볍고 따뜻해졌어. 나는 총이 나를 좋아하기 시작했다고 혼잣말을 했어. 애 하나 죽이는 건 정말 아무 일도 아니야. 나는 처음부터 알고 있었어. 게토 애들은 원래 그냥 알고 있는 건지도. 녀석을 끌고 가서 바다에 버릴 때 내가 구토를 했던 건 죽음 때문이 아니라 오줌과 똥과 피 때문이었어. 사흘 후에는 신문에 킹스턴 항구에서 십대 소년 시체 발견: 처형으로 추정이라는 헤드라인이 걸렸어. 조시 웨일스는 미소를 지으면서 이제는 내가 다 큰 남자가 되었다고, 아주 커져서 뉴스를 만들어내고 자메이카 전체도 나를 무서워하게 만들었다고 했어. 나는 커진 느낌이 아니었어. 아무 느낌도 들지 않았어. 아무 느낌도 들지 않았다는 게 더 큰일이었지. 아니, 그것도 별로 큰일은 아니야. 조시 웨일스는 파파-로한테는 말하지 말라고 했어. 말하면 파파-로가 직접 나를 죽일 거라며.

조시 웨일스

위퍼는 평소처럼 나름 좋은 시간을 보내고 있다. 위퍼와 그 백인들은 진짜 잘 지낸다. 그 백인들 중 하나가 떨떨한 게토 어린애가 아닌 진짜 남자처럼 총 쏘는 법을 위퍼에게 보여준 이후로 쭉. 떨떨한 게토 어린애. 루이 존슨은 처음에 위퍼를 그렇게, 딱 그렇게 불렀다. 백인들한테도 불알이 있긴 있나보네, 나라면 그렇게 말했을 텐데. 위퍼는 펄쩍 뛰며 계집애들이나 쓰는 38구경 권총을 뽑아들어 그 백인에게 겨누었지만, 더 큰 총이 자기 불알에 닿아 있다는 것만 느꼈을 뿐 별 소용은 없었다. 그래도 나란 놈은 널 죽일 수 있어, 위퍼가 말했다. 너도 나도, 서로의 두뇌에 총을 겨눈 셈이군. 루이 존슨이 말했다. 자메이카 사람들 얘기로는 여기 아래쪽 뇌를 잃는 게 두 번 죽는 거나 다름없다고 하던데, 노 트루 댓(안 그래)? 위퍼가 루이 존슨을 보고 웃더니 그와 악수를 하고, 심지어는 포옹까지 하며 그자를 미 브레다(내 형제)라고 부른다. 야디* 말은 언제부터 배웠나? 루이 존슨이 랭글러 청바지를 입고 있었다는 것이 기억난다. 그는 미국을 떠날 때면 더더욱 미국인처럼 보이려 애쓰는 미국인이었다. 그 사건은 이 주점, 그러니까 킹스턴 시내와 킹스턴 게토 사이의 마지막 경계선이라 할 수 있는 피천 스트리트의 레이디 핑크에서 벌어진 일이었다. 레이디 핑크는 매주 목요일마다 상큼한 새 여자들을 들여온다. 하지만 지난주에 들어왔다는 새 여자는 2년 전에도 여기서 바나나 나무처럼 몸을 흔들어대며 춤을 추던 그 여자였다. 어린이집에서 일하던 여자가 무대에 올라 껍질을 벗어대야 하다니, 사태는 심각하고 날마다 더욱 심각해진다고 할 수 있겠다. 위퍼는 그 여자랑 떡치는 것도 좋아한다.

레이디 핑크는 아침 9시부터 문을 연다. 주크박스에는 노래가 딱 두 곡 들어 있는데, 하나는 괜찮은 60년대 스카 곡이고 또하나는 헵톤즈나 켄 라자루스의 노래 같은, 달콤한 록스테디 곡이다. 그 좆 같은 라스타 레게 잡노래는 한 곡도 없다. 머리도 안 빗고 다니고, 예수를 주님이자 구원자로 영접하려 들지도 않는 개잡년들. 한 번만 더 내 눈에 띄면, 그 씹새끼를 내가 직접 지옥으로 보내버릴지도 모른다. 웃긴가? 잘 기억해두도록. 레이디 핑크의 벽은 분홍색이라기엔 너무 빨갛고 보라색이라기에는 너무 분홍색이며, 사방에는 황금 레코드[**]가 걸려 있다. 주인이 직접 금색으로 래커 칠을 한 것이다. 럴렛이라는 이름의, 지금 무대에 올라 있는 빼빼 마른 저 여자. 언제든 〈마 베이커〉[***]에 맞춰 춤을 추고 싶어하는 저 여자가 바로 그 여자다. 어느 해에 보니 엠이 자메이카에 왔을 때 우리가 보호를 해

* 서인도제도 출신 범죄 집단의 일원을 칭하는 말.

** 싱글앨범으로 100만 매, LP 앨범으로 50만 세트 이상 팔린 레코드집의 가수에게 주는 상.

*** 〈Ma Baker〉, 독일의 팝디스코 그룹 보니 엠의 노래.

주었는데, 그전까지는 누구도 카리브 지역 출신의 여자 셋, 남자 하나가 전부 다 호모년놈들로 보일 수 있을 거라는 생각을 하지 못했다. 노래가 그 여자는 죽는 법을 알고 있었어! 하는 합창으로 끝날 때마다, 럴렛은 서 있던 자리에서 바로 무너져내리며 〈어려우면 어려울수록〉*의 지미 클리프처럼 총 쏘는 자세로 두 손을 들어올린다. 온갖 고난과 역경을 딛고 품품(보지) 사업을 성사시켜온 모양이다. 위퍼는 럴렛과도 떡을 치곤 했다.

춤을 다 추고 나면 여자는 팬티를 다시 끌어올리고 내가 앉아 있는 자리로 다가온다. 나란 놈에겐 여자 관련 규칙이 하나 있다. 내 여자보다 가슴이 예쁘고 몸매가 섹시하면 상대해준다. 그게 아니라면, 씨발 꺼져. 10년이 되도록 아직까지 상대할 만한 여자를 한 번도 만난 적이 없다. 남자에게는 여기저기 함부로 씨를 뿌리고 다닐 여유가 없으므로, 내 아들이 되었으면 싶은 사내아이를 낳아줄 여자, 위니프리드를 찾는 데는 엄청난 시간이 걸렸다. 지난주에는 위퍼가 어떤 정글 여자가 낳아준 아들을 데리고 집에 들렀는데, 위퍼는 그 여자 이름조차 제대로 기억하지 못했다. 위퍼의 아들이라는 애는 좀 덜 떨어진 건지, 아니면 간자(대마초)를 너무 일찍부터 피워 그런지 큰 개처럼 침을 흘리면서 헐떡거렸다. 자메이카에서는 반드시 교배를 제대로 해야 한다. 너무 건조하지 않은, 작고 근사하며 밝은 갈색 암컷을 만나야 새끼가 좋은 모유를 먹고 털이 제대로 난다.

– 뼛조각이라도 하나 던져달라고요, 안 될까?

---

* 자메이카 빈민가를 배경으로 하는, 페리 헨젤 감독, 가수 지미 클리프 주연의 영화(1973).

– 더러운 년아 여기서 썩 꺼져. 니 눈에는 여기 이 덩치 큰 남자가 안 보이는 거냐?

– 러어드(이런, 세상에)! 쎈 양반이네, 그치? 아 위퍼는 어디 있냐고?

– 나란 놈이 위퍼 문지기로 보여?

여자는 대답하지 않고 엉덩이에서 팬티를 당겨 빼내더니 그냥 떠난다. 갓난아이였을 때 여자의 어머니가 여자를 머리부터 땅바닥에 떨어뜨린 게 분명하다. 두어 번쯤. 내가 절대로 용납할 수 없는 한 가지는 엉터리 영어를 쓰는 인간들이다. 더 나쁜 건, 제대로 된 영어를 쓸 줄 알면서도 그러는 자들이다. 우리 어머니는 나를 고등학교까지 다 보냈다. 나야 배운 건 좆도 없지만 들은 건 많다. 나는 텔레비전을 듣고, 빌 메이슨과 〈내 사랑 지니〉*를 듣고, 여자들이나 듣는 거긴 하지만 매일 아침 10시에 RJR에서 해주는 라디오 연속극도 듣는다. 정치인들이 하는 말도 듣는다. 내가 뒷골목 게토 검둥이라도 된다는 듯이 말을 걸어올 때가 아니라 서로에게, 혹은 미국에서 온 백인과 이야기를 할 때 듣는다는 거다. 지난주에는 아들놈이 이렇게 씨불였다. 아빠 내 얘기 들어볼래? 내가 어 우리 아지트에 내려가서 짱을 떠보려고 했단 말이야, 싸잇? 그래서 내가 그 불쌍한 놈 따귀를 후려쳤는데, 어찌나 세게 갈겼는지 애가 거의 울 뻔했다. 젖소 뒤에서 태어난 시골뜨기처럼 말하지 마라, 내가 말했다.

망할 애새끼는 내가 자기한테 뭐 빚진 거라도 있다는 듯한 눈으로 나를 본다. 이 버릇없는 놈들은 바로 이게 문제다. 1966년, 발라클라바 몰락 당시 그 근처에도 없었다는 것. 하지만 그 얘기는 됐

---

* 1965~70년 미국 NBC사에서 방영한 시트콤.

다. 모두가 게토를 아는 사람은 자기밖에 없다는 듯이 말한다. 특히 그놈. 몇 년 전 그놈을 텔레비전에서 본 적이 있는데, 살면서 그렇게 창피한 장면은 본 적이 없었다. 돈도 그렇게 많고, 황금 레코드도 그렇게 많은데다가, 자지에는 백인 여자들의 립스틱 자국이 덕지덕지 찍혀 있는 주제에 그딴 얘기를 하다니? 인생이 오직 나만의 것이라면 그런 인생은 원하지 않아? 그럼 관둬, 쌍년아, 지금 당장 가서 빼앗아줄 테니까.

자, 위퍼 얘기로 돌아가면, 위퍼는 다르다. 감옥에서 출소한 날—출소하기에 딱히 좋은 날은 아니었다. 한창 전쟁중이었으니까—이 사나이의 바지 뒷주머니는 아주 두둑했다. 거기서 책 한 권을 꺼냈는데, 표지에까지 빨간 잉크가 아주 많이 묻어 있었다. 나는 위퍼에게 엉덩이에서 피라도 흘리는 거냐고 물었다. 알고 보니, 그건 위퍼가 감옥에서 훔칠 수 있었던 유일한 펜에서 흘러나온 빨간 잉크였다. 나는 책 속에 책을 한 권 더 쓴 거냐고 물었다. 아니지, 스타. 위퍼가 말했다. 버트런드 러셀은 최고 중의 최고라고, 브레드렌. 나란 놈이 어떻게 러셀 위에 덮어쓰겠어. 버트런드 러셀은 내가 지금까지도 읽지 않고 있는 작가다. 위퍼 말로는 버트런드 러셀 덕분에 이제 더이상 신을 믿지 않게 됐다고 했는데, 그게 나는 좀 마음에 안 든다.

위퍼를 기다리며. 이거 노래 제목으로 써도 되겠는데, 잘하면 히트도 치겠군. 지난주에 나는 위퍼한테도, 밤-밤과 데무스, 헤클 같은 어린애들한테도 말해줬다. 자메이카의 모든 남자들은 아버지를 찾고 있으며, 아버지가 딸려 있지 않은 자는 결국 또다른 아버지를 찾게 되어 있다고. 그래서 파파-로의 이름이 파파-로인 거라고. 그러나 파파-로는 더이상 무엇의 아버지도 될 수 없다. 위퍼는 파파-

로가 물러졌다고 하지만, 나라면 씨발 멍청아, 그게 아니야, 더 자세히 보라고, 라고 말해주겠다. 파파-로는 물러진 게 아니다. 그냥 어느 날 거울을 봤는데, 거기 비친 사람이 더이상은 파파-로 같지 않은 늙은이가 되어버린 것이다. 그런 나이가 된 것뿐이지. 파파-로는 겨우 서른아홉 살이지만 여기서는 그것도 늙은 나이다. 그렇게 오래 살았을 때 생기는 문제란 자기 자신을 어떻게 다루어야 할지 알 수 없게 된다는 것이다. 그리하여 파파-로는 자신이 도와서 만들어낸 세상을 더이상 좋아하지 않는 사람처럼 굴기 시작했다. 하지만 인간이 신 행세를 하면서, 이제는 인간이 싫으니 칠판을 지우듯 대홍수로 세상을 깨끗이 지우고 처음부터 다시 시작하겠다고 해버릴 수는 없는 일이다. 파파-로는 너무 깊이 생각한 나머지 자기 자신 이상의 무언가가 되어야 한다고 믿기 시작했다. 파파-로는 바보 중에서도 최악의 바보, 사태가 나아질 수 있다고 믿기 시작한 바보다. 더 좋은 일이 꼭 생길 거라지만 파파-로가 생각하는 방식대로는 아니다. 이미 콜롬비아인*들은 내게 말을 걸어오기 시작했다. 그자들은 팔아야 하는 상품을 너무 많이 흡입해대는 약쟁이 쿠바인들에게는 진저리가 난다고, 바하마인들은 프리베이스**를 직접 만드는 법을 알아냈기 때문에 쓸모가 없다고 했다. 그자들이 샘플을 좀 사용해보겠느냐고 처음 물어왔을 때 나는 됐소, 에르마노***, 라고 말했다. 그러나 위퍼는 좋다고 했다. 브레드렌, 감옥에서 씹질을 하자면 콕****밖에는 답이 없어. 위퍼는 내게 그렇게 말했다. 그걸 꼬투

* 콜롬비아의 메데인에 본거지를 두고 있는 대규모 마약 조직, 메데인 카르텔을 암시.

** 코카인과 에테르의 혼합물.

*** '형제'라는 뜻의 스페인어. 콜롬비아에서는 스페인어를 주로 사용한다.

**** 코카인.

리 삼아 감히 자신을 바티만이라 부를 사람이 게토에는 없다는 사실을 알고 한 얘기였다. 그럴 수 있는 남자는 아직까지도 감옥에서 위퍼에게 편지를 보내고 있을 뿐.

사람들은, 그러면 안 되는 사람들까지도, 파파-로가 물러지면서 당의 행동대장 노릇에는 더이상 신경쓰지 않는다고 생각하기 시작했다. 파파-로가 삐끗해서 인민국가당놈들을 우리 영토에까지 들어오게 만들 거라고, 차지하는 놈이 임자인 콘크리트 정글과 리마에서는 곧 사람들이 초록색 셔츠를 표백해서 주황색으로 물들일 거라고들 얘기한다. 파파-로는 물러지는 게 아니다. 생각이 깊어지는 거다. 문제는, 정치인들이 그러라고 파파-로한테 돈을 주는 게 아니라는 거다. 정치인들은 동쪽에서 떠올라 서쪽으로 진다. 그걸 바꿀 수 있는 방법은 아무것도 없다. 바로 여기서 우리가 가는 길이 서로 다른 두 갈래로 나뉘는 것이다. 파파-로는 정치인들을 잊어버리고 싶어한다. 나는 그들을 이용하고 싶다. 정치인들은 파파-로가 사람들 일에 더이상 신경쓰지 않는다고 생각하지만, 진짜 문제는 파파-로가 거기에 신경을 너무 많이 쓰는 나머지 이미 가수까지 끌어들이고 있다는 것이다.

정치인들이 내게 처음으로 전화를 걸었다. 작년이었다. 그린베이 바깥쪽에서 열리는 회의에 나를 부른 것이다. 내가 그 자리에서 처음으로 한 질문은, 파파는 어디에 있소? 였다. 흑인 정치인 한 사람이 (정치인들은 대부분 피부가 희거나 갈색이거나 빨간데 말이다) 파파는 됐어, 파파 시간 끝, 이제 새로운 피의 시간이라고 말했는데, 마치 캔디드 카메라*에 나와 씨발 게토 연기를 해대는 듯한 말

* 몰래카메라 콘셉트의 미국 코미디 프로그램.

투였다. 언제는 또 루이 존슨 이 쌍년이 메모지 한 장을 거꾸로 뒤집어 들었다. 대사관 이름이 찍힌 종이에 자메이카 대사 취임 환영회와 관련된 헛소리가 적혀 있었는데, 놈은 그게 무슨 기관에서 보내온 서류인 척 다른 사람들에게 미소를 지으며 글을 읽어주었다. 이미 그자들에게 나에 대해 지껄여놓은 헛소리를 확인시키려는 것 같았다. 파파는 더티 라이프(밑바닥 인생)에 아무 관심도 없다. 이 덜떨어진 바티만 씹새끼들이 모르는 건, 나도 마찬가지라는 것이다. 2번 라인에서는 메데인 카르텔이 대기중이다.

아무튼 나는 사기꾼 루이가 사기꾼 같은 계획을 품고 내게 사탕발림을 하도록 그냥 내버려두었다. 놈들이 미소 띤 얼굴을 하고서 나를 신뢰할 수 없다고 말하는 소리를 들었고, 어떤 징표를 보여달란 말이야, 라고 얘기했을 때 나는 못 알아듣겠다는 시늉을 했다. 이게 무슨 성서도 아닌데 징표라니. 나는 놈들이 원하는 바를 있는 그대로 이야기할 때까지 계속 바보처럼 굴었다. 대사관에서 내가 만나본 사람은 루이 존슨뿐이었다. 그자는 흑인들과의 연결고리를 유지하는 역할이다. 키가 크고 머리카락은 갈색이며, 눈을 가리려고 짙은색 안경을 끼고 다닌다. 나는 그자에게 당신은 지금 코펜하겐시티, 다른 말로 내 손바닥 위에 올라와 있으며, 나는 언제든 마음 내킬 때 손바닥을 쥐어 주먹으로 만들 수 있다고 말했다. 나는 셔츠를 들어올려 그자에게 1966년의 역사를 보여주었다. 왼쪽 가슴, 총알이 거의 심장까지 파고들었다. 오른쪽 목, 총알이 그대로 관통했다. 오른쪽 어깨, 찰과상. 왼쪽 허벅지, 총알이 뼈에 맞고 튕겨나갔다. 흉곽, 총알이 갈비뼈를 드르륵 긁고 지나갔다. 나는 루이 존슨에게 마이애미에 한 명, 뉴욕에 한 명씩 사람을 세우려 한다는 얘기를 하지 않았다. 요 텡고 수피시엔테 에스파뇰 파라 코노세르

케 에레 라 마 그란 브로마 엔 수드 아메리카(당신이 남미 최고의 웃음거리라는 걸 알 정도로는 나도 스페인어를 잘 알고 있어)라고 스페인어로 말하지도 않았다. 나는 부시맨 검둥이처럼 엉터리 영어를 써가며 멍청한 질문들을 던져댔다. 미국 사람 모두 총 있나? 미국 사람 무슨 총알 쓰나? 더티 해리는 왜 자메이카 지점에 안 보내? 히히히.

그리고 놈들은 내게 뉴스를 전해주었다. 가수가 파파-로에게 돈을 주고 있으며, 그 둘은 큰 계획을 세우고 있다고. 자기 같은 사람들에 대한 수요 자체를 제거할 어떤 방법을 생각하는 중이라고. 이미 파파-로에게서 들어 알고 있는 얘기였지만 아닌 척했다. 파파-로는 정글 출신 어린애를 마지막으로 죽였을 때의 얘기를 하며, 그애가 고등학교에 가던 중이었다는 사실을 알고는 후회했다고 얘기했었다. 나는 정치인들과 미국인들에게 말했다. 당연하다, 내가 던 중의 던이라는 걸 증명할 수만 있으면 해야 할 일은 다 한다. 그놈이 말한다. 한 가지만 분명히 해둡시다, 미합중국 주변 어느 주권국가의 영토 내에서도 불법적이거나 문제적인 행위를 지지하거나 용납하지 않습니다. 놈들은 자기들이 벌써부터 배신을 꾀하고 있다는 걸 내가 모른다는 듯 행동한다. 약속을 이행하는 즉시 나를 처리해줄 내 부하를 찾아, 벌써부터 한밤의 도둑 니코데모처럼 쏘다니고 다니는 걸 내가 모른다는 듯이. 그러므로 나는 여기에서 위퍼를 기다린다. 오직 위퍼와 나만이 할 수 있는 이야기를 하고자 한다. 내 일은 처리해야 할 인간들이 몇 명 있으니까. 그다음날이 되면, 나는 세상 전부를 처리하게 될 것이다.

니나 버지스

버스 17대. 미니버스 10대, 그중 하나는 레블론 플렉스 샴푸 광고를 달고 벌써 두 번이나 지나갔다. 택시 21대. 승용차 376대. 아마 그쯤 될 것이다. 그 사람은 단 한 번도 집밖으로 나오지 않았다. 한 발짝도. 바람을 쐬지도 않고, 경비원들이 일을 제대로 하고 있는지 확인하지도 않는다. 나중에 하지, 미 브레드렌, 나라는 남자에게는 지금 해야 할 심각한 일이 있거든, 이라고 태양을 바라보는 척 말하는 일도 없이. 라임색 스쿠터를 탄 남자가 저녁에 다시 왔다. 경비원들은 이번에도 그를 돌려보냈다. 차이가 있다면 남자가 스쿠터에서 내려 정문 경비와 2분 17초가량 이야기를 나눈 뒤에야 돌려보냈다는 것. 그래, 내가 시간을 쟀다. 대니의 손목시계는 지금도 잘 간다. 하지만 어느 날 테라노바에 점심을 먹으러 갔다가 옛 동창을 우연히 만나, 피곤에 찌든 염소처럼 젖퉁이가 축 처진 주제에 여전히 변함없이 거만하게 굴던 그 개년한테서 타이멕스? 그거, 15년 동안 기특하게 일해줬다고 우리 아빠가 호르텐스한테 줬던 그 시계잖아라는 말을 듣기 전까지는 고치지 않고 있었다. 그 미친년이 나를 싸구려 취급한 것이다. 마음 같아서는 넌 결혼해서 참 좋겠다, 이젠 예뻐 보이려고 발버둥칠 필요도 없잖아, 라고 말해주고 싶었지만 대신 미소를 지으며 이렇게 말했다. 아드님이 수영은 할 줄 아니? 아까 수영장 쪽으로 뛰어가던데.

들고 다니는 전화기가 발명되면 좋겠다. 그러면 키미한테 전화를 걸어서 가엾은 부모님은 아직도 안 찾아뵈었느냐고, 더 나쁜 일이 벌어지기 전에 이 나라를 뜨려면 어떻게 해야 할 것 같으냐고 물어봤을 텐데. 내가 아는 키미라면 지금쯤 마침내 간자 대학교 티셔츠*에 뒤쪽이 반쯤 찢어진 그놈의 청바지를 입고 나타나, 엄마를 시스트렌(자매님)이라 부르면서 이 모든 게 바빌론 쉣스템의 계획에 따른 것이며, 화를 내야 할 상대도 강도들이 아니라 애초에 그 강도들에게 강도질을 한 쉣스템이라고 지껄였을 것이다. 12지파**의 회합 장소에 가면 한다는 소리가 그런 것들이니까. 그 회합은 웨스트 킹스 하우스라는 소란스러운 동네에서 열린다. 여왕의 대변인이 사는 집 바로 옆집에서. 이런 식으로 빈정거릴 거라면 정말이지 실력이나 좀더 쌓아야겠다. 그래, 나는 속물일지 모르지만 최소한 위선자는 아니다. 체 게바라랑 떡을 치고 체 게바라의 새끼를 까주겠노라는 평생의 꿈이 면전에서 날아가버렸으니 이제는 할 일이 하나도 없다며, 언제까지고 정처 없이 떠돌아다니는 그런 위선자는 아니란 말이다. 그렇다고 내가 웨스트 킹스 하우스의 부자들과 어울리는 것도 아니다. 2년만 지나면 아버지의 물류회사를 물려받는 걸 아는

---

* 밥 말리가 입었던 티셔츠로, 앞면에는 대학교 엠블럼처럼 생긴 마크 안에 대마초가 그려져 있고 '지혜의 대마초 간자 대학교'라는 글귀가 쓰여 있다.

** 라스타의 한 분파.

사람들은 다 알고, 막 미스 자메이카가 된 어느 시리아년이라면 결혼할 그런 남자들. 그치들은 그저 당장은 부모님을 열받게 하려고 머리도 감지 않고서 자기 자신을 자메이카식으로 '나란 놈'이라고 불러댄다.

승용차 367대, 68대, 69대, 70대. 71대, 72대. 집에 가야 한다. 하지만 나는 여기, 바깥에서 그 사람을 기다리고 있다. 당신도 그 기분을 알까? 다른 어디라도 좋지만, 집만큼은 절대 갈 수 없다는 기분. 이런 거다. 침대에서 일어나 머리를 빗은 다음 스스로한테, 오늘 저녁에 집으로 돌아올 때는 아주 다른 여자가 되어서 아주 새로운 곳으로 가는 거야, 라고 약속을 한 거다. 그러면 이제 집이 당신에게 뭔가를 기대하게 되고 도저히 집으로 돌아갈 수 없게 되는 거다. 버스가 선다. 나는 버스 기사에게 타지 않을 거라는 의사를 전달하려 애쓰며 손짓을 한다. 하지만 버스는 계속 그 자리에 쭈그리고 앉아 나를 기다리고 있다. 나는 한 걸음 뒤로 물러나 길을 내려다본다. 돌아갈 집에 먹여야 할 애새끼가 드글드글한데 왜 저 빌어먹을 년은 버스도 안 타고 저러는 거야, 라고 욕할 버스 안의 승객들은 존재하지도 않는다는 듯이. 그러고는 멀리, 버스가 떠나버릴 수 있을 만큼 먼 곳까지 걸어갔다. 결국 먼지가 다 가라앉기도 전에 정류장으로 돌아왔지만.

베이스 소리가 길을 건너와 내 몸 위로 기어오른다. 그 사람은 하루종일 같은 노래를 연주하고 있는 것 같다. 나에 대한 또다른 노래처럼 들린다. 하지만 그 사람 노래가 라디오에 나올 때마다 똑같은 생각을 할 여자들이 지금 이 순간에도 자메이카에만 스무 명이 넘고, 전 세계로 보면 또 2천 명도 넘겠지. 그래도 〈미드나이트 레이버스〉는 내 노래가 맞다. 언젠가는 키미에게도 말해줄 생각이다.

그러면 키미도, 지가 우리집에서 제일 예쁜 년이라는 이유만으로 세상 모든 걸 다 가질 수는 없다는 사실을 알게 되겠지. 아닐까? 파란 줄무늬가 들어간 하얀 경찰차가 주위를 뱅 돌더니 정문 앞에 멈췄다. 이쪽으로 오는 것도 못 봤는데. 자메이카 경찰이란 KFC까지 빨리 갈 수 있는 길을 틔우겠다는 생각만으로도 기회만 있으면 사이렌을 울려대는 놈들인데. 나야 경찰하고는 한 번도 얽힌 적이 없지만 말이다. 이건 사실이 아니다.

면접을 보느라 83번 버스를 타고 스패니시 타운으로 가던 때의 일이다. 1976년은 어디든 일자리를 주겠다는 곳이 있으면 가서 일을 얻어야 하는 시절이었다. 심지어 면접을 보러 오라는 곳이 보크사이트* 회사였다. 그런데 그때 경찰차 세 대가 사이렌을 울리며 따라오더니, 버스 기사더러 고속도로 한복판 그 자리에 멈추어 서라고 했다. 첫번째 경찰이 말했다. 힐동, 지금 당장 차량에서 하차한다. 바로 그 자리, 고속도로 한복판에 말이다. 양옆에 늪지가 있는, 가느다랗게 뻗은 길 말고는 아무것도 없는 곳이었다. 그런데도 승객은 다들 줄지어 내려야 했다. 여자들은 직장에 지각을 하면 안 된다고 욕을 섞어가며 불평해대기 시작했고 남자들은 조용히 서 있었다. 경찰이 총을 쏘기 전에 망설이는 상대는 여자들뿐이었으니까. 현장 수우우우새해애애애액이다하아아, 경찰이 말했다. 힐동 전체 히름을 확힌하는 저어어얼차가 히이이있겠다아아아아.

– 거기 히쁜 아가씨는 히름이 뭔가?

– 네?

* 철반석이라고도 하는 알루미늄의 주요 원료로, 주로 열대지방에서 생산된다. 1976년 당시 보크사이트 채굴업은 자메이카에서 가장 전망 좋은 산업이었다.

– 너 말이야, 느낌이 살아 있는 섹시한 아가씨. 이름이 뭐냐고?

– 버지스입니다. 니나 버지스.

– 본드입니다, 제임스 본드. 영화에 나오는 대사 같네. 그 밑에 무기라도 감추고 있어? 몸수색을 좀 할 거니까 이해 좀 해줘.

– 강간이라고 소리질러도 이해 좀 해줘요.

– 소리지르면 뭐, 어느 개새끼가 신경이나 쓸까? 응?

다른 경찰 하나가 평등이니 정의니 하는 얘기를 시작한 남자들을 개머리판으로 내려치는 동안 경찰놈이 나를 다른 여자들이 있는 곳으로 돌려보냈다. 자메이카 사람이라면, 그러니까 이 개자식들과 한 번이라도 부딪쳐본 적이 있는 자메이카 사람이라면 절대 소리 높여 말하지 않을 비밀이 하나 있다. 놈들 중 한 명이 총을 맞으면, 실제로도 그런 일이 많이 일어나기도 하는데, 그때 내 안의 일부가, 모닝커피를 마시기 전의 그 자아가 살짝 미소를 짓는다는 것이다. 나는 그 생각을 털어내버렸다. 정문 경비원이 내가 하루종일, 지금 이 순간에도 버스 정류장에 서서 그 집을 지켜보고 있다는 말을 경찰에게 한 건 아닌지 궁금하다. 아니, 누군가가 다른 소리를 했나보다. 뚱뚱한 경찰관이, 어디든 꼭 한 명씩은 껴 있는 뚱뚱한 놈이 크게 웃고 있다. 웃음소리가 울리면서 여기까지 넘어온다. 뚱뚱한 경찰이 다시 경찰차로 돌아가는데, 안쪽에 있던 누군가가 그에게 고함을 친다. 당신이다. 나는 알 수 있다. 당신일 수밖에 없다. 내가 서 있는 도로 쪽으로 자동차 한 대가 다가오고 있다. 30미터? 아직은 차에 받히기 전에 비킬 수 있다. 하지만 나는 그게 당신 차라는 걸 안다. 그냥 안다. 그 차다, 이제 1미터? 뛰어, 지금 당장 뛰라고. 니한테 그 빌어먹을 클랙슨 울리지 마, 개자식아, 니 에미년처럼 귀가 먹었는 줄 아나. 나는 도로 한복판에 있다 빌어먹을 반대편 차로에서 달려오는 차가 너무 많아 나는 벤 건*처럼 외딴 섬에 버려져 있어 그냥 한 번 나를 봐주기만 해, 당신이잖아, 당신일 수밖에 없어, 나 기억하지, 〈미드나이트 레이버스〉는 내 노래잖아, 그때는 미드나이트도 지난 한밤중이긴 했지만 그래서 낮에는 내가 어떤 모습인지 당신이 전혀 모를 수도 있겠지만, 그냥 부탁 하나만 들어주면 돼, 작은 도움이 필요해, 그놈들이 우리 아빠한테 강도짓을 하고 엄마를 강간했어. 아니, 강간은 아냐, 잘 모르겠어, 하지만 늙은 여자의 품품에 무슨 더러운 일이 벌어졌다고 하면 얘기가 좀더 긴박하게 들리긴 하잖아, 그리고 당신이라는 걸 난 알고 있다고, 경찰이 기다리고 있네, 됐다, 잘됐어, 아주 잘됐네 이제 밖으로 나오…… 당신이 아니구나. 또다른 경비가 밖으로 달려나오더니 뭐라고 말하고 씨발 뚱뚱한 경찰관은 또 한번 웃더니 자기 몸뚱이를 다시 차에 구겨 넣는다. 나는 자동차들이 흐릿하게 주변을 지나가며 치마를 들추는 도로 한복판에 서 있다.

– 안녕하세요, 여기 혹시……

– 방문 안 되십니다. 투어는 다음주에 다시 시작하고.

– 아뇨, 그게 아니고요. 투어 때문에 온 게 아니라, 만날 사람이…… 그 사람이 기다리고 있는데요.

– 이보쇼, 직계가족과 밴드 단원 빼고는 아무도 못 들어온다고. 아내라도 돼요?

– 뭐라고요? 당연히 아니죠. 무슨 그런 질문을……

– 다루는 악기라도 있어요?

---

* 로버트 루이 스티븐슨의 소설 『보물섬』에 나오는 등장인물. 보물지도 없이 보물을 찾으려던 시도가 실패로 돌아간 이후 동료 선원들에게 버림받아 보물섬에 3년 동안 갇혀 있었다.

– 그게 지금 무슨 상관이 있는 건지 모르겠네요. 그냥 그 사람한테 니나 버지스가 만나러 왔다고, 급한 일이라고만 전해주세요.

– 아가씨, 니나 버지스가 아니라 스쿠비 두*래도 안 된다니까. 아무도 못 들어간다고, 응?

– 하지만, 그게…… 난……

– 어이, 문에서 떨어지쇼.

– 나란 년이 임신을 했다고. 그 사람 애야. 그 사람도 지 애새끼한텐 신경을 써야 하지 않겠어?

오늘 처음으로 경비가 나를 제대로 본다. 나는 그자가 나를 알아볼 거라고 생각했는데, 이자는 정말로 나를 지금 처음 보는 얼굴이다. 그자는 나를 위로 또 아래로 살펴본다. 아마 그 사람 같은 스타에게 새끼를 까주는 건 대체 어떤 여자인지 알고 싶었으리라.

– 제기랄 월요일부터 방금 당신이랑 똑같이 말하는 여자들이 여기 몇이나 왔다 갔는지 아쇼? 그중 몇 명은 나한테 배까지 보여주더만. 가족과 밴드 단원이 아니면 못 들어간다고 분명히 말했어요. 다음주에 다시 오쇼. 그때까지 아기가 마이애미로 도망갈 일은 없을 테니까. 혹시라도……

– 에디, 빌어먹을 입 닥치고 정문이나 잘 지켜.

– 이 여자가 안 비키겠다잖아.

– 그럼 비키게 만들어.

나는 재빨리 뒤로 물러선다. 누구라도 내 몸에 손을 대는 건 싫다. 놈들은 항상 엉덩이나 사타구니부터 잡는다. 뒤쪽에서 자동차 한 대가 다가오더니 백인 남자가 내린다. 아주 짧은 순간 나는 대니

* 미국의 애니메이션 캐릭터.

라고 소리칠 뻔하지만, 그냥 백인이다. 긴 갈색 머리에 턱수염을 조금 기른 남자였다. 나는 그렇게 기른 턱수염을 좋아하지만 대니는 싫어했지. 남자는 아무 무늬 없는 노란색 티셔츠와 몸에 딱 달라붙는 나팔 청바지 차림이었다. 더운 날씨 때문에 알게 된 두 가지. 첫째, 이 남자는 미국인이다. 둘째, 미국 여자들이 브래지어를 싫어하는 것만큼이나 미국 남자들은 팬티를 싫어한다.

– 씨발, 이것 좀 봐, 태피. 예수가 부활하셨다야.

– 뭐가 어째? 이런, 나 아직 회개 안 했는데.

백인 남자는 그 농담을 알아듣지 못하는 것 같았다. 너무 구경거리가 되는 것 같은 느낌에 나는 한 걸음 물러나 빠져나왔다.

– 안녕들 하십니까, 〈롤링스톤〉에서 나온 알렉스 피어스입니다.

– 이보쇼, 스키니진 예수 양반. 여호와도 당신이 거짓말 하고 다니는 거 아시나? 롤링스톤에서 벌써 두 명이나 와 있다고. 한 사람은 키스고 한 사람은 믹인데 둘 다 형씨처럼 생기지는 않았다고.

– 그래도 다 비슷하게 생기긴 했던데, 에디.

– 그건 그렇지, 정말 그래.

– 저는 〈롤링스톤〉이라는 잡지에서 나온 겁니다. 통화했는데요.

– 난 당신하고 통화 같은 거 한 적 없어.

– 제 말은, 사무실 사람하고 통화를 했다고요. 비서였는지 뭐였는지는 잘 모르겠는데. 잡지사에서 나왔다니까요, 미국에서? 우리는 레드 제플린부터 엘튼 존까지 온갖 사람들 얘기를 다 다룹니다. 이해가 안 되네요. 비서가 12월 2일 오후 6시에 오라고, 그때가 리허설 쉬는 시간이라고 해서 온 건데요.

– 보스맨(형씨), 나란 놈은 비서인지 섹서*인지가 아니라고.

– 그게 아니라……

– 이봐, 우리가 받은 지침은 아주 분명해. 가족과 밴드 단원이 아니면 아무도 못 들어가고, 못 나간다.

– 아. 근데 왜 다들 자동화기를 들고 있죠? 당신들 경찰이에요? 지난번에 왔을 때 본 경비원들이 아닌 것 같은데.

– 제기랄, 네놈이 무슨 상관이냐? 이제 물러나.

– 에디, 아직도 그놈이 정문에서 귀찮게 해?

– 지네 잡지에 레즈비언하고 엘튼 존이 나온대.

– 레즈비언이 아니라 레드 제플린하고……

– 꺼지라고 해.

– 그럼 이렇게 하면 어떻습니까.

백인 남자는 지갑을 꺼낸다—10분이면 돼요, 그가 말한다. 빌어먹을 미국인들은 항상 우리가 자기들과 똑같다고 생각한다. 모든 사람들을 돈 주고 살 수 있다고 여긴다. 이때 딱 한 번, 경비원이 대단한 개새끼라는 게 아주 기뻤다. 하지만 그놈은 돈을 바라보고 있었다. 그것도 오랫동안. 결국 미국 돈을 보면 어쩔 수가 없는 것이다. 그 종이 쪼가리가 지갑에 든 다른 모든 물건보다도 값지다는 사실을 충분히 알고 있으니. 그러니 그 종이 쪼가리를 한 장 꺼내기만 하면 공간에 있는 모든 사람들의 태도가 달라질 수밖에. 이건 그냥 옳지 않은 것처럼 느껴진다. 다른 색깔이라곤 한 가지도 없는, 초록색 종이 쪼가리일 뿐인데. 하긴, 쓸모없이 귀엽고 예쁘기만 한 게 돈뿐인 건 아니니까.** 경비원은 수북한 지폐 더미를 마지막으로 한 번 보고는 정문 쪽으로 멀어져간다.

* 원문은 sexetary. '비서(secretary)'의 철자를 바꾼 말장난.

** 자메이카 지폐는 단색이 아닌 여러 색깔로 인쇄되어 있다.

나는 크크 웃었다. 그렇죠, 유혹에 저항할 수 없다면 도망쳐야겠죠, 라고 나는 말한다. 백인 남자가 나를 바라본다. 짜증이 나 있다. 나는 그냥 더 낄낄거린다. 자메이카인이 백인 남자를 보자마자 알겠습니다, 마싸(주인님), 지금 하겠습니다, 마싸, 하는 태도로 변하지 않는 게 항상 있는 일은 아니니까. 대니는 자메이카 사람들이 마싸, 마싸 하는 식으로 구는 걸 아주 끔찍하다고 생각했다. 그런 걸 점점 더 좋아하게 되기 전까지는 말이다. 흰 피부가 궁극의 여권이 된다는 건 아주 거지같은 일이다. 나랑 그 백인 남자가 똑같이 거지처럼 바깥에 서 있는데 어찌나 기분이 좋던지, 좀 놀라울 정도였다. 최소한 이 지점에서는 우리 둘 다 같은 선상에 서 있었으니까. 누가 들으면 내가 백인이든 스스로 백인이라고 생각하는 시리아인이든 근처에 한 번도 못 가본 줄 알겠네.

– 저 가수 이야기를 쓰려고 미국에서 이 먼 데까지 비행기를 타고 왔단 말이에요?

– 뭐, 네. 그 사람이 지금 최고의 얘깃거리거든요. 이 콘서트에 출연하는 스타들의 수만 해도, 무슨 우드스탁*인 줄 알겠어요.

– 아.

– 우드스탁이란 건 그러니까……

– 우드스탁이 뭔지는 나도 알아요.

– 아, 네. 올해에는 뉴스에 온통 자메이카 얘기뿐이에요. 이 콘서트랑. 〈뉴욕 타임스〉에서 자메이카 야당 지도자가 총을 맞았다는 특종을 터뜨렸던데요. 딴 데도 아니고 수상 집무실에서 그랬다더라

* 1969년 8월 15일부터 3일간 뉴욕 주 북부 베델 근처의 한 농장에서 열렸던 대규모 음악 축제. 젊은 히피족을 주축으로 50여만 명이 참여하면서 반전, 평화, 인권 등 저항문화의 상징으로 기록되었다.

고요.

– 그래요? 수상도 참 놀랐겠네, 야당 사람이 자기 집무실에 올 이유 같은 건 전혀 없었을 텐데. 그리고 거긴 업타운이에요. 바로 이 길을 따라가면 나오는 곳이라고요. 그 동네에서 총 쏘는 사람은 아무도 없어요.

– 신문에서 하는 얘기는 다르던데요.

– 아, 그럼 그게 사실이겠네. 아무리 개소리라도 신문에다 써갈기면, 눈에 들어오는 개소리는 전부 믿어야 하나 보죠.

– 아 왜 이래요. 지금 나를 길들이려는 모양인데, 내가 무슨 빌어먹을 관광객도 아니고. 나도 진짜 자메이카가 어떤 덴지는 안다고요.

– 잘됐네. 나는 평생 여기서 살았는데 아직도 진짜 자메이카를 못 찾았거든요.

내가 걸음을 돌려 떠나려 하자 백인 남자가 나를 따라온다. 버스 정류장이 하나밖에 없는 거겠지, 라고 나는 생각한다. 어쩌면 지금쯤은 키미도 빌어먹을 강도를 당한 부모님에게, 강간당했을지도 모르는 엄마한테 갔을지도 모르지. 하지만 반대편으로 길을 건너자마자 나는 그냥 여기에 머물고 싶어진다. 왜일까. 집에 갈 이유가 딱히 없다는 거야 알지만, 그건 다른 날도 마찬가지인데. 겁을 먹고 멍해진 걸까, 그거야 어떤 가족이 총을 맞았다는 신문의 헤드라인이나 통행금지령이 적힌 게시판, 어떤 여자가 강간을 당했다는 뉴스 보도나 범죄가 밀물처럼 업타운까지 밀려오고 있다는 사실만 떠올리면 되는 일이다. 아니면 엄마와 아빠를 모두 떠올려도 된다. 오직 눈 사이에만 있었던 무언가를 그 강도놈들이 가져가버리지 않은 것처럼 행동하려고 애쓰던 그 두 분을. 내가 하루종일 부모님과 함께 있었을 때, 두 분은 단 한 번도 서로를 만지지 않았다.

백인 남자가 처음 오는 버스를 탄다. 나는 그 버스를 타지 않으면서 혼잣말을 한다. 그 남자와 같은 버스를 타기 싫어서라고. 하지만 나는 내가 다음 버스도 그냥 보내버릴 거라는 사실을 알고 있다. 또 그다음 버스도.

데무스

어차피 누군가는 제 이야기를 들어줘야 할 테니, 그게 그쪽이라 해도 상관없겠죠. 어딘가에서, 어떻게든, 누군가는 산 자와 죽은 자를 심판할 테니까요. 누군가는 선한 자와 사악한 자에 대한 심판 이야기를 쓸 테고요. 저는 역겨운 인간이고 사악한 인간이니까요. 저보다 역겹고 사악한 인간은 있어본 적도 없어요. 누군가가, 아마도 하느님이, 40년 뒤에는 우리 중 한 명도 빼놓지 않으시고 모두에게 오시겠죠. 누군가는 그 이야기를 쓸 거고요. 그 누군가는 일요일 오후 테이블에 앉아서, 삐걱거리는 나무 바닥이랑 웅웅대는 냉장고는 여전하겠지만 제 주변을 항상 떠돌아다니는 유령들은 없는 채로 제 얘기를 쓸 거예요. 뭘 써야 하는지, 어떻게 써야 하는지도 모르면서. 자기가 직접 살아본 게 아니니까, 그 녀석은 코르다이트*에서 어떤 냄새가 나는지, 아무리 침을 뱉어도 입안에 고집스럽게 남아

* 총알, 폭탄 등에 쓰이는 화약.

있는 피에서 어떤 맛이 나는지도 모를 거예요. 한 방울만 가지곤 절대 그 맛을 느낄 수가 없어요. 어떤 쿨리 더피(유령)도 그 녀석 위에서 잠을 자며 음란한 꿈으로 녀석을 축내고, 그러는 동안 그놈 입에서 생명을 빨아내지는 않을 테니까요. 나란 놈은 이가 갈릴 정도로 입을 꽉 다물어도 아침에 일어나면 얼굴 전체가 입에서 나온 육수로 뒤덮여 있는데 말이죠, 누가 젤로*에 담가서 냉장고에 넣어두기라도 했던 것처럼. 세례자 요한은 놈들이 오는 걸 봤어요. 이제 사악한 자들이 달아나는군요.**

처음 시작은 이렇습니다.

하루는 콘크리트 정글에, 나란 놈 집밖에 있는 급수탑 옆에 서 있었어요. 그냥 아침 목욕을 하려는 거였죠. 남자가 일자리를 찾으러 가는데 악취를 풍기면서 나갈 수는 없잖아요. 그래서 뒤뜰에 나가 있었죠, 판자촌에서 뒤쪽에 있는 뜰이라고 할 만한 데는 거기밖에 없었으니까. 비누랑 물을 가지고 거기서 좀 씻으려고 하는데 그때 경찰이 쳐들어왔어요. 웬 여자가, 교회에 다니는 어떤 아줌마가 이렇게 말했기 때문이었어요, 경찰관님 저는 그냥 주님의 이름으로 기도를 올리려고 했을 뿐이에요. 그런데 정글에서 웬 냄새나는 게토놈이 튀어나와 절 덮치고 강간한 거라고요 경찰관님 너, 그래 자지나 만지작거리고 장난치는 너 이 변태새끼 당장 이쪽으로 오지 못해! 나란 놈은 경찰관하고 얘기를 해보려고 했어요, 자 라스타파리께서는 적하고도 말로 풀어야 한다고 하셨으니까요. 그래서 나란

---

* 과일 맛과 색깔, 향이 나는 디저트용 젤리.

** 신약성서 마태오의 복음서 3장 7절 내용(그러나 많은 바리사이파 사람들과 사두가이파 사람들이 세례를 받으러 오는 것을 보고 요한은 이렇게 말하였다. "이 독사의 족속들아! 닥쳐올 그 징벌을 피하라고 누가 일러주더냐?")을 암시.

놈이, 경찰관님 제가 지금 씻으려고 하던 거 안 보이세요 라고 했고 경찰이 바로 다가와서 나란 놈 입에 거칠게 키스했죠, 소총 개머리판으로요. 경찰은 씨발 헛소리하지 마, 좆같은 새끼야, 라고 말했어요. 혼자 장난질 치고 있던 거잖아, 피똥이나 지릴 호모새끼처럼 너 자신을 사랑하고 있었잖아. 그러더니 경찰은 노스 스트리트에서 교회 아줌마를 강간한 게 너냐? 라고 했어요. 그래서 나놈이 뭐라고요? 아뇨, 스타, 나놈은 여자를 강간하지 않아요. 여자친구도 많이 있는데 뭐하러 그런 짓을 하겠어요 했지만 경찰은 마치 여자라도 다루는 것처럼 나란 놈의 따귀를 때리더니 밖으로 나가라고 했어요. 나놈은 경찰관님 씻던 것만 마저 씻게 해주세요 아니면 적어도 팬티라도 입게 해주세요 라고 했는데 그때 철컥 하는 소리가 들렸어요. 움직여, 쌍년아 경찰이 말했고 그래서 나란 놈이 밖으로 나가보니 밖에는 일곱 사람이 더 줄을 서 있었고 그 광경을 지켜보는 사람들이 있었는데 몇몇은 저를 보고 눈을 돌렸고 몇몇은 계속 쳐다봤고 나놈의 체면을 지켜주는 거라고는 비누거품뿐이었어요. 다른 경찰이 말했죠. 증거물 씻어내기 전에 얼른 잡아.

경찰들이, 제가 세기로는 여섯 명이었는데, 이렇게 말하더라고요. 너희 중에, 주님의 이름을 찬미하고 돌아오는 교회 여자들을 강간하는 더러운 강간범이 있다. 하지만 너희들은 전부 거짓말이나 해대는 더러운 게토놈들이니, 죄를 저지른 범인더러 앞으로 나오라는 말은 하지 않겠다. 우리는 뭘 어째야 할지 알 수가 없었어요. 우리 중 하나라도 강간범으로 지목되면 그자는 감옥에 가기도 전에 경찰한테 총을 맞을 테니까요. 줄곧 나서서 떠들기 시작하던 그 경찰관이 말했어요, 하지만 우리는 어떻게 놈을 잡을지 알고 있다. 전부 땅바닥에 엎드린다, 당장! 무슨 소리인지 알 수가 없어서 우리는 주위를 둘러봤고요, 나란 놈은 비누거품이 하나씩 하나씩 터지는 바람에 드러나는 내 물건을 내려다보았어요. 경찰관이 공중에다가 총을 두 발 쏘더니 말했어요, 당장 땅바닥에 엎드린다! 그래서 우리는 엎드렸죠. 그놈은 다른 경찰관한테 라이터를 달라고 하더니 길바닥에 굴러다니는 신문지를 주워들었어요. 이제 너희들 전부 뭘 해야 하는지 말해주겠다, 놈이 말했어요. 너희 전부 땅에다 제대로 씹질을 한다. 우리 중 하나가 웃었어요. 이 모든 게 그냥 텔레비전 코미디처럼 바뀌고 있었으니까요. 그러자 경찰이 웃었던 누군가의 옆구리를 두 번 걷어찼어요. 흙에다 박으라고 했다, 경찰이 말했죠. 그래서 우리는 땅에다 박아대기 시작했고 쉬지 말고 계속하라는 경찰의 말에 계속 박아댔어요. 땅은 거친데다 자갈과 유리병과 먼지가 섞여 있고 나란 놈은 엉덩이까지 거기에 부딪치고 피부는 벗겨지기 시작했어요. 그래서 나놈은 멈췄죠. 누가 멈추라고 했나 경찰관이 그렇게 말하더니 신문에 불을 붙였어요. 박아, 박아, 박아, 내가 박으라고 했잖아 경찰관이 소리치더니 불타는 신문지를 나놈 엉덩이에 들이댔어요. 비명을 지르자 그놈은 나를 계집년이라고 불렀어요. 내가 박으라고 했다, 그놈이 말했어요. 그러더니 놈은 다른 남자를 그을리고 또다른 남자를 그을리고 우리 모두는 그렇게 땅에다 씹질을 해댔어요.

그때 경찰관이 줄 맨 끝으로 가더니 너는 박지를 못하는구나, 집에 가, 라고 했어요. 너도 못하네 꺼져. 너는 할 수 있는 것 같고, 남아. 너 가고, 너도 가고. 잠깐, 잠깐 이것 좀 보게, 이 새낀 지가 박히고 있는 것처럼 굴잖아. 바티보이 새끼, 꺼져. 그리고 너랑, 너는 남아라. 제 얘기를 하는 거였죠. 놈들은 남은 셋을 잡아서 밴 뒤에 태웠는데, 나놈은 그때까지도 벌거벗은 채였어요. 저는 셔츠를 달라고 했고 경찰관은 그래, 이 새끼야, 내가 여자 팬티 한 장 찾아줄게라고 했어요. 어떤 경찰이 제 여자가 바지랑 셔츠를 가지고 왔다고 말해주더라고요. 근데 게토 옷치고는 너무 좋아 보이니까 우리가 가져야겠다, 놈들이 말했어요. 그러더니 경찰 하나가 내 여자 따귀를 때리면서 게토 남자랑 씹질이나 해대지 말고 야망을 좀 가지라고 했죠. 우리는 감옥에 일주일 동안 갇혀 지낸 뒤에야 풀려났어요. 놈들이 내 얼굴을 걷어차고 곤봉으로 두들겨패고 불알에 채찍질을 하고 버크러 마싸(백인 주인님)나 된 것처럼 끈 아홉 개가 달린 채찍으로 두들겨패고 제 브레드렌의 오른손을 부러뜨렸어요. 그게 첫째 날에 벌어진 일이었죠. 그래도 놈들이 우리를 친절하게 대하려고 노력하던 때죠. 그러는 내내 나란 놈은 계속 벌거벗은 채였고 놈들은 그걸 가지고 농담을 해댔어요.

일곱번째 날에 벌어진 일은 이렇습니다. 그 여자가 생각을 바꿔서, 자기를 강간한 건 트렌치타운 남자이고 자기는 기소를 원하지 않는다고 했대요. 그래서 놈들이 우리를 풀어줬어요. 감옥에서는 아무도 나한테 말을 걸지 않았고 경찰은 미안하다는 말 한마디 하지 않았죠. 처음으로 코펜하겐시티에 돌아왔을 때, 그리고 어떤 경찰이 와서 권총을 쏴대며 평화를 지키는 중이라고 지껄였을 때, 나란 놈은 생각했어요 반드시 총을 가져야겠다. 놈들은 나란 놈이 게토에서 총 쏘는 법을 제대로, 영화 〈더티 더즌〉*에 나오는 군인처럼 배웠다는 걸 몰랐죠. 나란 놈은 그 영화를 보고 또 보고 또다시 봤어요. 경찰들이 그만 포기하고 정글에서 도망칠 무렵, 나놈이 경찰 두 놈을 쏴버렸습니다. 한 놈은 머리에, 다른 놈은 불알에다가요.

---

* 미국의 전쟁 영화(1967).

남은 평생 자지를 쓸 일이 없게 만들고 싶어서요.

그 일이 일어난 장소는 이렇습니다. 가수 브레드렌이, 아니 그 가수 말고 다른 가수요, 그 브레드렌이 가수네 집에 모여야 한다는 말을 하더라고요. 그것만 들어도 보통 일은 아니었죠. 내티*는 이제 업타운으로 가버린데다, 초대를 받는 건 전부 무슨 거물이거나 잘나가는 샤터(깡패) 같은 특별한 사람들뿐이었으니까요. 하지만 가수의 집으로 가자는 말을 한 건 내티가 아니라 그 브레드렌이었단 말이에요. 그 브레드렌이 헤클을 초대한 거죠. 헤클은 그 브레드렌이 다른 놈들을 다섯이나 여섯 명쯤 데려오라고 했대요. 가수의 집은 내가 본 어떤 집보다도 컸어요. 나놈은 달려가서 그 집 벽을 만져봤어요, 그냥 그 집 벽을 만져봤다는 얘기를 하고 싶어서요. 그 여행 내내 처음으로 벌어진 일이 너무 많아서 거의 기억도 안 나요. 업타운에 가본 것도 그때가 처음. 호프로드에 가본 것도 그때가 처음. 예쁘게 차려입고 거리를 돌아다니는 여자들을 그렇게 많이 본 것도 처음. 가수의 집을 본 것도 그때가 처음. 라스타처럼 생긴 백인 여자를 본 것도 그때가 처음. 살아가기 위해 필요한 걸 가진 사람들을 본 것도 그때가 처음. 하지만 가수는 결코 거기에 있지 않았어요, 그 브레드렌이랑 예전에는 한 번도 본 적 없는 사람들만 떼로 있었을 뿐이죠. 심지어는 백인들도 있었어요. 그 브레드렌은 간단하게 말했어요. 잼다운(자메이카)**에서는 경마가 꽤 큰일이지, 다

* '엘리트'를 뜻하는 파투아로, 여기서는 밥 말리를 가리킨다. 밥 말리 앤드 더 웨일러스의 앨범명 〈내티 드레드Natty Dread〉(1974)에서 유래한 별명이다.

** Jamdown, '자메이카'를 뜻하는 또다른 파투아 단어 '잼덩(Jamdung)'에서 유래했다. 잼덩이란 똥(dung)이 위로 터져나오지 못하게 위를 막아두었다는(jam) 뜻으로, 자메이카 대중의 현실을 반영한 표현이다.

들 그건 알잖아. 일은 이렇게 흘러가는 거야. 챔피언 기수가 있다고 하면, 그 친구는 경마에서 이길 수도 있고 이기지 않을 수도 있지. 그런데 챔피언이 진다는 쪽에 돈을 걸면 승률이 떨어지니까, 그 기수가 지면, 따는 돈이 많아지는 거야. 원하는 만큼의 돈을 꿈꾸고 그 꿈을 두 배로 부풀려도 그보다 더 큰돈을 벌게 되는 거라고. 게토 남자들 전부가 자기 여자한테 씰리 침대*에서 나온 포스처피딕 매트리스를 사줄 수 있을 만큼 많은 돈을.

나란 놈은 매트리스 같은 건 관심 없어요. 나란 놈은 그저 실외가 아닌 실내에서 몸을 씻고 싶고 자유의 여신상을 보고 싶고 어떤 도둑놈이 리 상표를 덧대놓은 멍청한 청바지가 아닌, 진짜 리 청바지를 갖고 싶을 뿐이에요. 아니, 나란 놈이 원하는 건 그것도 아닙니다. 나놈한테는 더이상 돈이 필요 없을 만큼의 돈이 필요해요. 밖에서 몸을 씻는다면 씨발 밖에서 씻고 싶어서 씻는 것이 되게요. 씰리 매트리스는 쓰레기야, 어디 잘 데가 없어서 그딴 걸 들이대? 라고 말할 수 있게요. 미국에 가서 사는 건 어떨까, 생각은 해보더라도 가지는 않을 수 있게요. 내가 원할 때면 언제든 갈 수 있단 걸 미국도 알 수 있게요. 왜냐하면 나란 놈은 사람들이 돈을 마구 낭비하면서 살 수 있다는 데, 무슨 동물이나 되는 것처럼 나를 보는 데 싫증이 났으니까요. 그놈들을 죽여버려도 돈이 넘치게 많아서 좆도 신경쓰지 않아도 될 만큼 충분한 돈을 갖고 싶었어요. 챔피언을 납치해, 얘기를 좀 해봐, 브레드렌이 말했어요.

경마는 토요일에 있었어요. 화요일에 헤클이 나랑 다른 두 사람을 차에 태워서 카이마나스 경마장으로 데려갔죠. 챔피언 기수가

* 미국 침대 매트리스 브랜드.

훈련을 마치고 나서 자기 자동차 쪽으로 걸어가기 시작한 순간, 우리는 그놈을 덮쳐서 머리를 베개로 덮고 차에 집어넣은 다음에 멀리로 데려갔어요. 버려진 시내 창고로요. 헤클이 기수의 입에다가 총을 너무 깊숙이 쑤셔넣는 바람에 기수는 질식할 것 같았어요.

–쌍년아, 토요일에 니가 해줘야 할 일이 있다. 헤클이 그러더군요.

기수는 경마에서 세 번을 졌어요. 그런 다음에 마이애미행 비행기에 뛰어올라서는 마법처럼 사라져버렸죠. 그런데 그때 다른 사람들도 몇 명 같이 없어진 거예요. 브레드렌을 포함해서, 카이마나스 경마장에서 돈을 수금했던 사람 넷이요. 그래서 나랑 헤클이랑 다른 여러 사람들한테는 아무것도 남지 않게 됐죠. 정말 아무것도. 나놈도 충분히 짜증이 났다고 생각했는데, 그때 보니까 어떤 브레드렌이 홀릭스* 병을 너무 꽉 쥐는 바람에 병은 깨지고 그는 손을 꿰매야 했죠. 토요일에 우리는 가수 집으로 갔어요. 어떤 피똥 쌀 놈이 됐든, 우리는 우리 몫을 받아야 했으니까요. 하지만 가수는 투어를 떠나고 없더라고요. 그뒤에 다시 갔을 때는 가수가 집에 있다는 얘기는 들었는데, 이미 정글에서 온 사람을 만났다고 하더라고요. 아무도 나놈이나 헤클한테는 이 얘기를 해주지 않았고요. 놈들이 또다시 우리를 등쳐먹고 있었던 거예요. 저랑 헤클이 그놈들 중 한 명을 사라지게 만들었는데 아무도 눈치채지 못했죠. 하지만 이제 몇몇은 돈을 받고 있는 것처럼 보였고, 이 모든 일이 벌어지는 동안에도 우리 몫은 하나도 돌아오지 않았어요. 내 여자한테도 차라리

* 분유 탄 물이나 우유에 맥아 가루와 설탕을 넣은 음료인 몰트 밀크를 주로 만드는 회사의 상표.

아무 말도 하지 말걸 그랬죠, 이제는 나란 놈도 그 여자를 짓누르는 것 중 하나가 됐으니까요. 돈을 가지고 외국으로 튀어버린 그 브레드렌을 생각하면 호프로드에 있는 집을 몽땅 불태워버리고 싶어져요. 그래 놈들이 이렇게 하는 거구나, 이렇게 사람들을 계속 가난하게 만드는 거구나.

조시 웨일스가 처음으로 저를 찾아왔을 때, 그는 저더러 총을 쏠 줄 아느냐고 물었어요. 전 웃었죠. 그러고는 조 그라인드*가 자지를 놀리는 솜씨보다 나란 놈이 총 쓰는 솜씨가 낫죠, 라고 말했어요. 조시 웨일스는 어떤 놈을 하나 쏴야 하는데 문제가 있겠느냐고 물었고요. 없죠, 없지만 나란 놈은 바빌론 경찰이나 나를 등쳐먹으려는 놈만 쏘는데요, 라고 대답했어요. 지금까지 세 명을 쐈는데 열 명을 쏠 때까지는 멈추지 않을 거라고도 했어요. 조시 웨일스는 왜 열 명이냐고 물었고 저는 십, 이라는 수는 주님에게도 무겁게 들릴 만하니까 그렇다고 말했어요. 조시 웨일스는 조금만, 조금만 기다리면 뱀에게 쥐를 주듯이 경찰을 먹여주겠다고 했죠. 나는 조시 웨일스한테 감옥에 갔을 때부터 다리가 아프다고, 이제 거의 일년이 되어가는데 아픔이 멈추지를 않는다고 말했어요. 조시 웨일스의 친구 위퍼가 말했죠. 그건 지금 당장 치료해줄 수 있지, 라고요. 그때 처음 약을 한 이후로 저는 상태가 아주 빨리 좋아졌어요, 하도 빨리 좋아지길래 위퍼한테 거의 계집애처럼 코카인을 조금만 더 달라고 빌어대기까지 했죠. 그렇게 통증은 사라졌어요. 마치 대마초를 썼을 때처럼요. 하지만 대마초를 피우면 저는 느려져요. 코카인은 저를 빠르게 만들어주는데. 저는 이렇게 말했어요. 근데 잠깐만요, 이

---

* 아내나 여자친구가 남편 혹은 남자친구 모르게 두고 있는 애인을 뜻하는 말.

거 조건이 너무 좋잖아요. 값을 안 쳐줘도 어차피 제가 죽일 사람들인데 하얀 가루도, 총도, 돈도 주겠다는 거예요? 오늘 무슨 만우절인가? 조시 웨일스가 말했어요. 아니지, 마이 브레드렌. 우리는 킹스턴 전체를 경찰의 피로 빨갛게 물들일 생각이야. 하지만 그전에 다른 누군가의 피가 필요해.

작가가 나 대신 말하기 전에 내가 직접 하고 싶은 말은 이렇습니다. 통증이 너무 심해서 나를 도와줄 수 있는 거라고는 아주 센 대마초밖에 없었던 그때, 딱 하나 도움되는 게 있었다면 그건 그 가수였어요. 라디오에서는 그 가수 노래를 절대 틀어주지 않죠. 나랑 만나는 여자애가 카세트를 하나 주더라고요. 음악이 통증을 가져간다는 건 아니에요. 하지만 음악이 나올 때면 아픔을 타는 게 아니라 리듬을 타게 되잖아요. 우리가 쏘아야 하는 사람이 누구인지 어젯밤 조시 웨일스가 말해줬을 때, 저는 집으로 가서 토악질을 했습니다. 다음날 아침에 눈을 떴을 때는, 간밤에 무슨 멍청하고 무서운 꿈을 꾼 거라고 생각했어요. 그런데 조시 웨일스가 우리집 문에다가 바다 근처에 있는 낡은 기찻길 옆 판잣집에서 만나자는 메시지를 남겨놨더라고요. 나란 놈은 사악한 놈이고, 나란 놈은 역겨운 놈이에요. 하지만 조시 웨일스가 가수를 제거하려 한다는 걸 알았더라면 절대 이 일에 끼지 않았을 겁니다. 나놈 머리를 이렇게까지 아프게 만드는 일은 이제까지 한 번도 없었어요. 지금까지도 나놈은 잠도 자지 않고, 방에 누워서 내 여자가 잠든 채 코고는 소리만 듣고 있죠.

달이 떠서 빛살이 창문을 뚫고 들어와 제 가슴을 갈라놓았을 때, 하느님이 저를 심판하러 오신다는 걸 알았어요. 경찰을 죽인다고 지옥에 갈 사람은 아무도 없지만 가수를 죽인다는 건 좀 다른 문제잖아요. 저는 조시 웨일스가 가수를 위선자라고 말하는 것도, 가수가 양쪽 모두와 손을 잡으려 들면서 모든 사람들을 바보로 만들고 있다고 말하는 것도 내버려뒀어요. 자기한테는 더 큰 계획이 있다면서, 지금이야말로 최고의 기회라고, 선거철이 아닐 때는 우리한테 아무 관심도 없는 업타운 백인들한테 게토 앞잡이 노릇이나 해주며 사는 건 집어치울 때라고 말하게 내버려뒀다고요. 저는 조시 웨일스가 가수를, 수상한테 절이나 해대는 인민국가당의 마리오네트라고 말하게 내버려뒀어요. 약을 딱 세 번만 하면 상대가 누군지 따위는 신경도 쓰지 않게 될 거라고 말하는 대로 두었습니다. 그때 그 브레드렌놈이 돌아왔다는 말을 하도록 내버려뒀다고요. 그놈도 가수 집에 살고 있어 살찐 쥐새끼처럼 나를 못 잡아먹어 안달이지 정글 녀석들한테 좆같은 장난질을 쳐서는 안 된다는 걸 놈에게 알려줄 사람은 나밖에 없어. 아침이 됐고 저는 그때까지도 깨어 있었는데 제가 잡고 있던 지푸라기가 바로 그거였죠. 그래, 이 정도면 됐어. 나는 그놈 엉덩이에 총을 박아넣고, 씨발 총알을 박아버리고 싶은 거야.

침대에 앉아서 계속 그 생각을 하는 동안 내 여자는 먹을 게 아무것도 없다고 욕을 해대면서, 인민국가당이 선거에서 한 번이라도 더 이기면 좋은 일자리를 얻을 수도 없을 거라며 일을 하러 나갔어요. 저는 내 여자가 떠나기를 기다렸다가 바지를 입고 밖으로 나갔죠. 지난번에 경찰한테 잡혔던 뒤로, 저는 급수탑에서 몸을 씻지 않습니다. 태양이 뜨기는 했지만 아직 하늘 한복판에 있지는 않아서 바깥은 밝고 푸르고 시원했어요. 저는 맨발로 길을 따라 내려가며 양철판 울타리랑 널빤지 울타리랑 사람들이 돌과 벽돌, 쓰레기로 눌러놓은 함석지붕을 지났어요. 직업이 있는 사람들과 일자리를 찾아다니는 사람들은 다 떠나버렸고, 직장을 구할 수 없는 사람들만 남아 있었죠. 여기는 노동당 마을이고 지금은 인민국가당이 권력을 잡고 있으니까요. 저는 계속 걸어갔어요. 정글 경계선에 갔을 때쯤에는 거의 한낮이 돼 있었고, 음악 소리랑 누군가 켜놓은 라디오 소리가 들렸어요. 디스코. 젖은 물건이 비틀리는 소리, 여자가 집 뒤의 급수탑 근처에서 손으로 자기 옷을 빠는 소리도 들렸어요. 마치 내가 아는 사람은 아무도 없거나 전부 떠나버린 것 같더라고요.

조시 웨일스는 저를 만났을 때 두 가지 질문을 했습니다. 저는 정글에서 가비지랜드로 가던 중이었고요. 조시 웨일스는 흰색 다트선*을 타고 와서 제 옆에 섰죠. 다른 남자 둘이 차에 같이 타고 있었는데, 한 명은 위퍼고 한 명은 지금까지도 누군지 모르겠어요. 그 사람은 나란 놈이 총을 잘 쏜다는 얘기를 들었다면서 어떻게 그럴 수 있느냐고, 게토 남자들이 할 줄 아는 거라곤 사람들한테 총알을 소나기처럼 퍼붓는 것뿐이냐고 묻더라고요. 저는 대답했죠. 제 솜씨가 좋은 건, 그 사람들하고는 다르게 나한테는 죽여야 할 특정한 사람이 있기 때문이라고 했죠. 그랬더니 그 사람은, 너도 솜씨가 좋지만 솜씨 좋은 사람은 많아, 내가 알고 싶은 건 니가 배가 고프냐 아니냐이지, 하더라고요. 저한테 딴 설명은 필요 없었죠. 그 말이 무슨 뜻인지 정확히 알았으니까요. 그게 일주일 전이었어요. 저는 매일 밤 기찻길 옆 판잣집에서 그 사람을 만나요. 어느 날 밤에는 백인 남자 한 명이 나타나서 말하더군요. 부두에 화물이 하나 도착했는데 지키는 사람이 아무도 없네, 그 화물에 무슨 일이라도 일어나면 안되겠지만, 여긴 자메이카잖아? 물건이야 언제나 없어지

* 닛산의 자동차 브랜드.

기 마련이지.

그쪽이 알아두셔야 할 건 이렇습니다. 누군가는 제가 어디에서 출발해 여기까지 왔는지 알아야 한다는 거예요. 그게 실제로는 아무 의미도 없다고 하더라도요. 선택의 여지가 없었다고 말하는 사람들은 그냥 무언가를 선택할 수 없는 겁쟁이들뿐이죠. 지금은 오후 6시니까요. 24시간 뒤에, 우리는 가수의 집으로 갑니다.

알렉스 피어스

이런 일이 터지면 빨아먹을 꿀이 떨어지는 법. 나는 킹스턴에, 스튜디오원과 블랙아크 사이 어딘가에 있다. 이 장면만 보면 히피들 거시기가 잔뜩 서버리는 데에도 분명 무슨 이유가 있을 거라고 생각하는 중이다. 내 말은, 그래, 가난한 집 아들이 로큰롤 밴드에서 노래 부르는 거야 하나도 이상할 게 없지. 그 녀석한테야 그거 아니면 할 일이 아무것도 없으니까. 하지만 부잣집 아들은 다르지 않느냐고. 그 녀석들한테는 어느 순간 더는 이발 같은 건 하지 않고, 겨드랑이 털이 북슬북슬한 영계들과 어울려 다니며 히피라고 나댈 여유가 있으니까. 여자를 꼬시고 학교를 중퇴할 방법이 있다는 것과, 씨발 뭐라도 해내야겠다는 신념을 혼동할 여유도 있고. 자기가 라스타라고 떠들어대는 놈들이 그런 놈들이다. 그러다가는 또 세인트바츠나 마우이, 니그릴이나 포트 마리아*로 뜨겠지. 거기

* 모두 서인도제도에 있는 관광지.

서 럼 펀치를 마시다 심심해지면 또 꼰대들의 권위에 저항하고. 씨발 나는 옛날부터 히피들이 싫었다. 그보다 더 싫은 건, 이젠 돈 많은 자메이카년들까지 나타나 라스타를 흉내내는 히피를 흉내낸다는 거다. 뭐 이런 씨발. 하지만 뭐, 여긴 자메이카니까. 다들 적어도 빅 유스나 지미 클리프쯤은 들어주셔야지.

올해 처음으로 여기 도착했을 때 라디오에서 나오는 노래라고는 더 더 더, 어때 어때 어때 밖에 없었다. 나는 이런 식의 반복이 진짜 어처구니없다고 생각했다. 다른 채널로 돌리자 이번엔 마 베이커 그 여잔 가버리는 방법을 제대로 알고 있었지! FM 라디오로 돌리니까 또 날아라, 로빈, 위로 위로 하늘 위로 날아라!* 호텔에 버스보이**가 하나 있길래, 녀석에게 마이티 다이아몬즈나 딜린저*** 노래는 어디서 들을 수 있느냐고 물어봤다. 버스보이는 거시기라도 빨아달라는 말을 들은 것 같은 표정으로 나를 보더니, 자메이카 사람이라고 전부 대마초를 파는 건 아닙니다 손님, 이라고 말했다. 여기서는 아바 노래를 레게보다 많이 틀어준다. 〈댄싱 퀸〉을 하도 들은 나머지 이제 호모가 되어가는 기분이다.

나는 스카이라인이라는 호텔에 있는데, 여기서 내다보이는 끝내주는 전망은…… 앞쪽의 또다른 호텔이다. 킹스턴의 이쪽 거리를 따라 쭉 가보면 흑형들과 백형들과 엄청나게 많은 잡종 형님들을 만나게 되는데, 모두가 같은 호텔에 묵고 있거나 가수의 집에 있거

* 차례로 그렉 다이아몬드가 작곡하고 안드레아 트루가 녹음한 〈더 더 더More, More, More〉, 앞서 한 차례 언급된 보니 엠의 〈마 베이커〉, 독일 그룹 실버 컨벤션이 〈플라이 로빈 플라이Fly, Robin, Fly〉의 가사. 이상 세 곡은 모두 디스코 곡이다.

** 식당에서 웨이터를 돕는 보조원. 식사 전후 식탁 정돈 및 청소가 주업무다.

*** 자메이카 레게 아티스트. 1970년대 중반의 음악계 흐름을 주도했던 DJ 중 하나다.

나 그냥 거리를 쏘다니고 있다. 심지어는 텔레비전에 나오는 기상 캐스터 형님도 흑인이다. 흑인이야 미국에서도 늘 볼 수 있잖아, 맞는 말이다. 하지만 정말로 그 사람들을 본다고는 할 수 없다. 흑인이 뉴스를 진행하는 모습을 볼 수 없다는 건 명백한 사실이고, 미국에서도 라디오를 켜면 언제나 흑인 노래를 들을 수 있다. 하지만 미국에서는 노래가 끝나는 순간, 그 많던 흑인들은 전부 사라져버린다. 흑인들이 텔레비전에 나오는 건 휜둥이 흉내를 낼 때나, 누군가가 다이노마이트다! 라고 말하도록 시켰을 때뿐이다. 자메이카는 다르다.

자메이카에서는 자메이카 사람이 텔레비전에 나온다. 방금 미스 월드가 된 여자는 백인이지만 고향은 이곳이다. 방금 그 여자는 가수가 자기 남자친구라면서, 집으로 돌아가 그와 함께 있고 싶은 마음을 도저히 억누를 수 없다고 말했다. 무슨 그런 당연한 말씀을. 이곳은 섹시 도도녀들의 도시이고, 그 도도녀들은 모두 춤을 출 줄 안다. 심지어 창밖에 지나다니는 자동차에도 나름의 음악이 있다. 그것도 그렇고, 사람들이 서로를 향해 피똥 피똥 소리를 해대는 것도 그렇고. 리조트의 미국인들은 피지똥이라고 발음하고선 자기들이 좀더 쿨하다고들 생각한다. '여자 프라이데이'가 머리까지 땋아주고 (〈그의 연인 프라이데이〉*가 아니라, 『로빈슨 크루소』에 나오는 개인 전담 흑인 노예 말이다. 좆나, 농담 아니다. 내가 이 말을 처음 듣고 놀라 마시던 음료를 떨어뜨렸더니 사람들이 나를 이상하게 쳐다봤었다), 그리고 진짜 자메이카 사람처럼 말하는 법도 배웠으니까, 몬.**

* 하워드 혹스가 감독하고 캐리 그랜트가 주연한 코미디 영화(1940).

사람들은 여기서 이 모든 일이 벌어지도록 내버려둔다. 다들 스웩*** 있게 움직이지만, 누구도 자기가 속한 자리를 잊어버리지는 않는다. 그리고 호텔에서 사람들과 충분히 이야기를 나누다보면 백인 특유의 말투를 듣게 된다. 여기 사람들은 말실수를 하더라도 예의 바르게 대해주는데, 백인과 얘기를 할 때는 그렇게 해야 한다고 훈련받았기 때문이다. 하지만 이 모든 건 결국 인종 문제이고—그런 만큼 좆같이 망가지게 돼 있다. 하루는 어떤 흑인 남자가 버스보이한테 가방을 좀 받아달라고 했는데 버스보이가 그냥 지나쳐버렸다. 그 남자는 노예제도를 찬양하는, 『톰 아저씨의 오두막』 같은 말도 안 되는 개소리가 지금 여기서 일어나고 있다고 소리를 질렀고, 그래서 모두들 그 사람이 미국인이라는 사실을 알게 되었다. 그랬는데도 버스보이는 일단 방 열쇠를 보여달라고만 말했다. 거리로 나가도 사정은 똑같다. 멀리까지 갈 만큼 가면, 사람들은 좀더 리얼해진다.

어쨌든 여기는 자메이카이고, 지금 내가 있는 장소는 일종의 에이스다. 여기에는 세르주 갱스부르에 대한 신화가 하나 전해진다. 그 왜, 느끼한 음반들을 끊임없이 내면서 그걸로 섹시한 여자들을 차지하는 못생긴 프랑스놈 말이다. 옛날에 갱스부르가 왜냐뭉 저능뤠게를 해야 하니깡용 어쩌고 씨불이면서 자메이카에 온 적이 있는데, 그때 스튜디오에 있던 씨발놈들이 갱스부르를 그냥 웃어넘

** 자메이카 사람들이 습관적으로 문장 끝에 붙이는 '만(man)'이라는 호칭을, 미국인들이 '몬(mon)'이라고 잘못된 발음으로 따라하는 걸 흉내낸 표현.

*** 대개, 힙합 문화에 속해 있는 사람들이 보이는 특정한 행동과 옷차림. 그 문화에 속해 있는 사람들에게 '스웩이 있다'는 말은 '멋지다', '개성적인 스타일이 있다'는 뜻으로 통한다.

졌다고 한다. 그랬겠지. 이 말라빠진 피똥싸개 프랑스놈이, 지가 뭐라도 되는 줄 아나, 이런 식으로 말이다. 세르주는 하지망 저능 최고의 팝가수인데용 이라고 말했고, 그놈들은 씨발 우리는 잘 모르겠는데? 피똥 싸는 소리 하고 자빠졌네, 우리가 아는 프랑스 노래는 〈쥬 뗌므〉밖에 없어라고 했단다. 이에 세르주가 대답했다. 〈쥬 뗌므〉 그게 내 노래예용. 갱스부르는 그후로 킹스턴에서, 뺑 안 치고, 신화가 되었다. 내가 와 있는 이곳, 스튜디오원의 얘기다. 나는 방금 여기서 일하는 남자 중 한 명에게 커피 한 잔을 크림 빼고 블랙으로 갖다줄 수 있느냐고 물었고, 그자는 뭐? 넌 손이 부러졌냐? 직접 갖다 먹어, 피똥 쌀 놈, 이라고 했다. 끝내주는데, 만.

나는 원래 믹 재거를 미행하도록 되어 있었다. 하지만 〈블랙 앤드 블루〉*가 시대를 잘못 만난 걸작이라는 소리를 들을 일은 10년, 아니 20년 안에는 절대로 없지 않나. 나는 이 얘기를 잡지에도 똑같이 실었다. 믹 재거는 좆이나 까라지. 키프**도 좆까고. 〈롤링스톤〉 랜덤 노트 코너? 가십거리나 다루는 그 헛소리도 좆까라 그래. 이 몸께서 요만큼만 더 가면 어마어마한 특종을 잡으실 참인데 말이야. 모든 게 끝장나는 '아르마기데온 타임'이란 말씀이시다, 뺑 안 치고. 세계 음악계 중에서도 가장 부산스럽고 생기 넘치는 곳에서 지금 막 어마어마한 일이, 뮤직 차트 순위와는 상관도 없는 일이 터지려 하고 있었다. 가수가, 그 가수가 뭔가를 저지르려 하는데, 그게 단지 평화 콘서트만이 아니란 얘기다. 여기 사람들 입을 열게 하느라고 몇 년 동안이나 업타운과 다운타운을 쏘다니면서, 내가 림

* 〈Black and Blue〉(1976), 롤링스톤스의 앨범.
** 롤링스톤스 기타리스트 키스 리처즈의 별명.

보 파티가 열리기만 기다리는 멍청이 백인 꼬마가 아니라는 사실을 증명해 보이고 납득시켜야만 했다. 프런트에 앉아 있는, 씨발 계집애 같이 생긴 킹스턴놈은 던 드러몬드*가 누구인지도 모르는 주제에 나더러 뉴 킹스턴에만 가면 필요한 건 전부 찾을 수 있을 거라는 얘기만 계속해대더라, 이 말이다.

그뿐 아니다. 이놈의 자메이카 사람들은, 호텔 직원뿐만 아니라 레스토랑에서 주구장창 럼주를 마셔대는 갈색 인간, 하얀색 인간들까지도, 내 카메라만 보면 〈라이프〉**에서 나왔냐고 묻고는, 어디어디는 가면 안 된다고 알려주기 바쁘다. 그 사람들이 가는 곳을 따라가면 결국은 리과니 클럽에 도착하게 된다. 씨발 〈디스코 덕〉***이나 틀어주는 클럽 말이다. 지겨워서 죽기 일보 직전인 돈 많은 년들이 테니스 한 게임 친 다음, 이제 무도회나 가볼까나 하고 가는 곳이다. 나는 리과니 감옥에서 탈출할 수만 있다면 보석금이라도 낼 테니, 대신 턴테이블 클럽으로 가겠다고 한다. 그러면 그들은 놀란 듯 나를 바라보고, 턴테이블까지 가는 길을 묻지 않으면 더욱 심하게 놀란다. 그들이 턴테이블 가는 길을 알 리가 없다. 불과 몇 시간 전, 나는 호텔 수위에게 즉흥 공연이 열리는 곳이 어디냐고 물었다. 농담 안 섞고 수위가 한 말을 그대로 옮기면 이렇다. "경께서 사회의 그러한 부류들과 엮이고 싶어하시는 까닭은 무엇이옵니까?" 하마

---

* 자메이카의 스카 트럼본 연주자 겸 작곡가(1932~1969). 스카탈라이츠의 원년 멤버.

** '20세기 포토저널리즘의 꽃'이라 불리던 시사사진 잡지. 1936년 창간호를 발행했고, 2007년 4월호를 끝으로 잡지를 종간하고 인터넷 사이트만 운영하고 있다.

*** 〈Disco Duck〉(1976), 미국의 유명 DJ 릭 디스가 백밴드 캐스트 오브 이디오츠와 함께 발매한 싱글 앨범.

터면 인마, 좆까는 소리 하지 마. 거기야말로 죽여주는 데야, 라고 말할 뻔했다. 어쨌든 이 이야기는, 이건 정말 특종이다.

호텔로 가는 택시에 타고 있는데 기사가 나한테 경마를 하느냐고 묻는다. 나는 도박을 즐기지 않는다고 하자, 택시 기사는 즐긴다고 한다. 그러면서 그가 말한다. 몇 주 전에 제가 경마장에서 누굴 봤는지 아세요? 가수요. 그 사람이 어떤 남자 둘하고 같이 왔더라고요. 그중 하나는 자칭 파파-로라는 사람이었죠. 나는 이 파파-로라는 자에 대해 나름대로 좀 알아보았다. 공갈, 착취에 살인만 다섯 건인데 그중 재판까지 간 사건은 한 건뿐이었고 그나마도 무죄 판결을 받았다. 코펜하겐시티라는 판자촌을 운영하고 있다. 그러니까 가수가 여기 와 있다는 얘기다. 다들 가수가 지지할 리 없을 거라고 생각하는 정당의 게토 깡패 두 명을 끼고서. 그렇게 셋이서 오랜 동창이라도 되는 것처럼 다정하게 굴었다는 거다. 그다음 며칠 동안은, 가수가 쇼타 셰리프와 어울리는 모습이 목격됐다. 쇼타 셰리프는 또다른 정당, 반대 진영이 통제하고 있는 에이트레인즈의 대부였다. 갱단 수뇌부 두 사람을 같은 주에 만났다. 그것도 반토막이 난 채 서로 싸워대는 킹스턴 시내를 거의 대부분 다스린다고 할 수 있는 두 남자를. 글쎄, 그냥 평화의 중재자 역할을 하고 있는 걸지도 모른다. 내 말은, 어쨌든 그 사람은 그냥 가수니까. 문제는, 자메이카에는 '그냥 가수'는 물론 '그냥 무엇'이기만 한 사람은 단 한 명도 없다는 말이 무슨 뜻인지 내가 알아차렸다는 것이다. 누군가가 무슨 일을 꾸미고 있고, 나는 그 냄새를 맡았다. 아, 내가 말 안 했던가? 2주만 있으면 총선이다.

뉴욕의 백인 녀석들이 무슨 낌새라도 느낄 때쯤에는 이미 사건의 꼬리조차 잡지 못하는 상황이 펼쳐져 있을 것이다. 나랑 같은 비행기를 타고 온 녀석 중에 마크 랜싱이라는 짜증나는 개새끼가 하나 있는데, 그놈은 나를 만나지 않으려고 기를 쓰는 중이다. 제기랄 왜 아니겠나. 아직도 아빠가 주는 용돈으로 영화를 찍고 있는 쓰레기 같은 제작자놈이 여기 자메이카에 평화 콘서트를 촬영한답시고 와 있으니 말이다. 랜싱은 음반회사에서 자기를 고용한 거라고 말했다. 그럴 수도 있겠지. 하지만 랜싱 같이 아둔한 씨발새끼가, 이 정도 규모의 일을 해본 경험 따위는 전혀 없는데도, 갑자기 자메이카에 나타나 평화 콘서트를 촬영한다고 하니 내 뇌가 다 지랄 같이 썩어가는 것 같다.

택시 기사는 비행기로 이 나라를 뜨기 위해 경마에서 돈을 따려고 노력중이란다. 인민국가당이 이번 선거에서 또 이기면, 자메이카가 차기 공산주의 공화국이 될 거라고 생각한댄다. 그야 잘 모르겠지만, 확실한 것 하나는 거의 모든 사람들이, 꼭 가수가 무슨 일을 하느냐에 모든 게 달려 있다는 듯 그에게서 눈을 떼지 않고 있다는 점이다. 우리 불쌍한 형제님은 그냥 사랑 노래가 담긴 앨범이나 하나 내고, 그걸로 하루 일과를 마무리하고 싶으신 걸지도 모르는데 말이다. 아마 가수도 킹스턴이 부글부글 끓어오르는 중이라는 걸 느끼고 있을 것이다, 다들 그 정도는 느끼니까. 오늘까지 연속 이틀째, 호텔 수위는 안내데스크 뒤에서 잠을 잤다. 굳이 직접 들을 필요도 없었다, 눈 밑에 드리워진 다크서클을 보면 알 수 있었으니까. 수위는 그냥 일을 열심히 하느라 그런 거라고 할지도 모르겠지만, 나는 그가 너무 겁을 먹은 나머지 늦은 시간에 밖으로 나가지 못하고 있다는 쪽에 걸겠다.

5월에는 윌리엄 애들러라는 남자가 텔레비전 지역 방송에 나와, 주 자메이카 미국 대사관에서 CIA 요원 열한 명이 활동하고 있다고 말했다. 6월에는 그중 일곱 명이 이 나라를 떴다. 왜들 이러실까. 한편 인정사정없는 우리 가수양반께서는, 라스타는 CIA를 위해 일하지 않는다고 노래를 부르셨다. 자메이카는 2+2=5인 곳이다. 하지만 지금은 그 공식의 합이 7까지 늘어났다. 그리고 이 모든 느슨한 고리는 가수 주변에, 마치 교수형 올가미처럼 매듭지어지고 있다. 오늘 가수의 집은 아주 볼만했다. 녹스 요새* 급 철통 보안 탓에 누구도 들어가거나, 나오지 못했다. 가수를 경호한다는 사람들은 경찰도 아니었다. 그냥 갱단 패거리였을 뿐. 내가 알아낸 바에 따르면, 놈들은 새로 생긴 에코 특공대**라고 한다. 아무나 특공대가 되는 시절이다. 깡패든 경비든 상관없다. 어떤 불쌍한 영계도 하나 나타나서는 하루종일 그 집 대문 밖에서 기다리고 있었다. 가수의 아이를 가졌다나 뭐라나 했겠지. 랜싱한테는 들어갈 방법이 있었을까? 음반회사 요청으로 콘서트를 촬영한다고 했으니, 분명 무대 뒤 풍경이나 뭐 그런 것도 찍고 있을 텐데. 유일한 문제는 정보를 얻어내려면 그 씹새끼한테 실제로 잘해주어야 한다는 것이었다. 그런 일은 절대 못 한다.

나는 그렇게까지 배고파 보이지는 않으려고 애쓰는 중이다. 내 나이 스물일곱. 대학을 떠나온 것도 벌써 6년이다. 어머니는 계속 언제쯤에야 핑코*** 알바충 인생을 그만두고 진짜 직업을 얻을 거냐고 묻는다. 어머니가 핑코라는 말을 들은 적이 있다니 인상적인 일이다. '알바충'이라는 말은 여동생한테 들은 것 같지만. 어머니는

* 켄터키 주의 연방 금괴 저장소 소재지.

** 범죄 소탕을 목표로 조직된 경찰특공대 중 하나.

*** 공산주의자를 비하하는 표현. '빨갱이'보다는 조금 약한 어감으로 '핑크색 물이 든 사람'이라는 의미.

나한테 좋은 여자의 사랑이 필요하다고도 생각한다. 가급적 흑인이 아닌 여자의 사랑 말이다. 아마 어머니는 눈으로는 내 모습을 보면서도, 코로는 어머니가 희망하는 아들의 냄새를 맡는 모양이다. 나는 나 자신이 어딘가 소속감을 느끼고, 씨발 뭐라도 의미 있는 것을 찾으려고 사방을 헤매고 다니는 그런 뻔한 백인 녀석은 아니라는 걸 확인하고 싶은지도 모르겠다. 닉슨과 포드와 펜타곤 페이퍼*와 좆같은 카펜터스와 토니 올란도 앤드 던 이후로는 더이상 믿을 거라곤 아무것도 없으니까. 신은 로큰롤을 저버렸다. 웨스트 킹스턴을 헤집고 다녔는데도 루드보이들은 나를 가만히 내버려두었다. 그들은 내게 잃을 것이 아무것도 없다는 걸 알았으니까. 어쩌면 나는 그냥 세상을 씹어대는 멍청한 어린애에 불과할지도 모른다. 나한테 문제가 있었다는 생각도 들지만, 이제는 아무 문제가 없다.

처음으로 자메이카에 왔을 때, 우리는 몬테고베이까지 비행기로 이동한 다음 자동차로 갈아타고 니그릴로 이동했다. 우리라는 건 나랑, 아버지가 전직 군인이었다는 어떤 여자를 말한다. 록 밴드 더 후가 뭔지도 모른다는 그 여자가, 군 기지의 독일인 아이들과 함께 어린 시절을 보낸 덕에 〈벨벳 언더그라운드〉**를 들었다는 게 무척 마음에 들었었다. 그 여자와 함께 며칠을 보내고 난 뒤, 무슨 소속감이나 그 비슷한 느끼한 기분이 든 건 아니지만, 어떤 느낌, 감각은 있었다. 그게 아니라면 어떤 믿음이었을지도. 이제 그만 달리기를 멈추어도 괜찮겠다는 그런 믿음. 그렇다고 여기 살고 싶어졌다는 건 아니다. 하지만 어느 날 아침 일찍 깨어나, 영원히 떨어지지

* 미 국방부의 연구보고서. 공식적인 제목은 〈미-베트남 관계사, 1945~1967〉.
** 〈The Velvet Underground〉(1969), 미국 록밴드 벨벳 언더그라운드의 앨범.

않을 것 같던 기온이 마침내 떨어지기 시작하던 그 시점에, 그래서 넌 대체 무슨 이야기를 쓰겠다는 거야? 하고 말했던 게 기억난다. 어쩌면 이 나라 이야기일 수도 있고, 아니면 내 이야기일지도.

괜히 뻔한 얘기를 늘어놨군. 이 나라에서 째깍째깍 소리를 내며 머잖아 터져버릴 무언가에 대해서나 생각하는 게 낫겠다.

2주 후면 총선이다. CIA가 이 도시에 쭈그리고 앉아 그 투실투실한 엉덩이로 냉전 시대의 땀자국을 남기고 있다. 잡지사에서는 나한테 별다른 기대도 하지 않는다. 뭔지는 몰라도 롤링 돌대가리들이 녹음은 하고 있는지에 대한 기사나 한 문단 써오라는 것뿐. 헤드폰을 반쯤 걸친 믹이나 키프를 중앙에 배치하고, 배경 어딘가에 색감을 살려줄 자메이카인을 끼워넣은 멍청한 사진이 담긴 완성본으로 말이다. 그딴 건 씨발 좆이나 까라지. 마크 랜싱이 벌이고 있는 건 대체 무슨 게임일까? 그 좆만이는 혼자서 모든 음모를 구상할 만큼 머리가 좋지 않은데. 내일은 다시 말리의 집으로 가봐야겠다. 내 말은, 약속을 해놓았으니까. 뭐 자메이카에서 약속을 한다고 해봐야 무슨 의미가 있는 건 아니지만. 그건 그렇고, 이 윌리엄 애들러라는 자는 누구일까?

조시 웨일스

위퍼는 할 이야기가 오지게 많은 사람이다. 그 이야기들은 모조리 웃음으로 시작한다. 위퍼는 농담을 좋아하는 놈이니까. 그리고 그게 바로 위퍼가 사람을 낚는 방법이다. 그 농담이 미끼다. 일단 누군가 미끼를 물면, 위퍼는 누구도 상상 못 할 가장 어둡고 시뻘겋고 뜨거운 지옥 구덩이로 그자를 끌고 들어간다. 그러고 나서는 한 발 물러나, 그자가 다시 기어오르려 애쓰는 모습을 웃으며 지켜본다. 그러니 그냥, 위퍼한테 일렉트릭 부기* 얘기는 묻지 마라.

바에 와 있으니, 내가 춤추는 여자들과 그걸 지켜보는 남자들, 밴드 연주 모습이나 지켜본다고 생각하겠지. 아니다, 내가 한 일은? 위퍼를 생각하는 것이었다. 정글에서 탄생한 루드보이 중 위퍼 같은 놈은 한 명도 없었고, 앞으로도 그럴 것이다. 1966년 발라클라바의 몰락 이전에 살았던 한 남자와 비교해도 위퍼는 다르다. 위

---

* 전기고문 장치.

퍼의 어머니는 위퍼를 고등학교까지 다 보냈다. 아는 사람은 별로 없지만, 위퍼는 영어, 수학, 기술 등 교육자격 검정시험 과목을 세 개나 통과했으며 바빌론에게 잡혀 감옥에 들어가기 전부터도 대단한 책들을 읽어댔다. 책을 어찌나 게걸스럽게 읽어치우는지, 도수가 맞는 안경을 찾을 때까지 계속 안경을 훔쳐야만 했다. 안경을 쓴 루드보이라니, 다들 위퍼의 얼굴 뒤에 또다른 모습이 있을 거라고 생각할 만하지 않겠나. 위퍼의 애엄마*는 항구 근처 관세자유지대에서 좋은 일자리를 얻었다. 그곳 역사상 최초로 진짜 이력서라고 할 만한 걸 제출한 여자라는 이유만으로. 당연한 얘기지만 그 이력서는 위퍼가 대신 작성해준 것이었다.

자, 위퍼의 모든 이야기에는 주인공이 딱 한 명 등장한다. 위퍼다. 지금까지도 위퍼한테 편지를 보내는 그 남자만 빼면 말이다. 위퍼가 매일 얘기하고 싶어하는 그 남자. 그 사람이 이런 일을 했다니까, 저런 말을 했다니까, 이런저런 걸 가르쳐줬다니까, 하는 그 남자. 콕을 좀 쓰거나 심지어는 H**만 가지고도, 위퍼는 그 남자에게 그 짓을 하게 해줬고 그러면 둘 다 기분이 좋아졌다고 한다. 위퍼는 다른 사람들이 뭐라 생각하든 눈곱만큼도 신경쓰지 않고 그 남자 얘기를 한다. 아버지가 보는 앞에서 아이를 죽이면서 아이가 내쉬는 최후의 숨결 다섯 번을 세게 하는 씹새끼가 바로 위퍼라는 걸 다들 알고 있으니까. 그러니까 그냥, 위퍼한테 일렉트릭 부기 얘기는 묻지 마라.

위퍼한테는 심지어 가수와 얽힌 이야기도 있다. 모든 사람에게

---

* 자메이카에서, 어떤 남자와 결혼은 하지 않았으나 그 남자의 아이를 낳은 여자를 일컫는 말.

** 헤로인.

똑같이 관심을 기울일 수 있는 이는 없다. 어떤 사명을 수행하는 자리에 있을 때는 특히 그렇다. 위퍼는 왜인지 그 일을 개인적으로 기분 나쁘게 생각하고 있었다. 1967년 당시 위퍼는 업타운과 다운타운이 만나는 중간지대인 크로스로드의 아래쪽 마을에 사는 소년이었다. 아무런 문제도 일으키지 않고 수학과 영어, 기술만 배워두면 어디로든 가서 어느 건축가의 도제가 될 수 있을 거라고 생각했다. 그날, 위퍼는 잊지 않고 머리를 빗었다. 어머니가 교회 갈 때 입으라고 사준 회색 셔츠와 어두운 파란색 바지 차림이었다. 우두머리 수탉처럼 오만하게 크로스로드를 건너갔을 위퍼를 한번 상상해보라. 록스테디 리듬처럼 통통 튀는 발걸음을 내딛던 위퍼는 다운타운 아이치고는 지나치게 뽐내는 것처럼 보였을 것이다. 다른 모든 사람들과는 달리 어딘가 가야 할 곳이 있었기에, 그 누구와도 달라 보였을 위퍼를 그려보라.

위퍼가 카리브 극장이 있는 왼쪽으로 방향을 튼 순간, 경찰들이 떼거지로 밀어닥쳤다. 트럭 두 대에 경찰들이 미어터져라 타고 있었는데, 그중 한 놈이 위퍼를 붙잡았고 다른 한 놈은 소총 개머리판으로 위퍼를 후려쳤으며 또다른 놈은 위퍼가 쓰러지니까 위퍼의 머리를 걷어찼다. 총기법원에서, 경찰은 위퍼가 체포에 저항하는 과정에 고의로 경찰관 두 명에게 상해를 입혔다고 증언했다. 판사 나리께서는 위퍼에게, 자넨 지금 크로스로드의 레이 창 보석상점 강도사건 한 건과 상해죄 한 건으로 기소당했네. 어떻게 답변하겠나? 라고 물었다. 위퍼는 강도사건이라니 자기는 전혀 모르는 일이라고 말했지만, 경찰은 목격자가 있다고 주장했다. 위퍼는 말했다. 목격자고 뭐고 당신들 아무것도 없잖아. 코펜하겐시티 사람 마커스 스톤도 체포하고 48시간 후에나 일어난 살인사건을 뒤집어씌워서 감옥에 처넣었잖아. 업타운을 돌아다니는 흑인만 보면 아무나 붙잡아서 가두는 거잖아. 그 말을 듣자니 법은 멍청하거나, 부패하거나, 아니면 둘 다인 것처럼 보였다. 판사는 위퍼에게 공범자 이름을 불 기회를 주었다. 위퍼는 죄가 없으니 공범자도 없다고 말했다. 위퍼는 결백했지만 변호사를 살 돈이 없었다. 판사는 일반 교도소에서의 징역 5년을 선고했다.

감옥에 들어가기 전날 경찰이 위퍼를 찾아왔다. 경찰은 코펜하겐시티, 정글, 리마, 워터하우스 녀석들과 친구로 지내는 사이가 아니다. 그런데도 경찰은 위퍼에게 감옥에서 벌어질 일들을 미리 보여주었다. 그때까지만 해도, 심지어 선고까지 받았는데도, 위퍼는 여전히 희망을 품고 있었다. 어머니는 여느 때처럼 살아 계셨고, 자신은 검정고시를 세 과목이나 통과했으며, 이제 막 무언가가 되려는 참이었으니까. 권력을 가진 건 놈들이지만 옳은 건 자신이니까, 위퍼는 막상막하의 게임을 할 수 있을 거라 생각했다. 안경잡이를 루드보이로 만들려 하다니, 당연히 말도 안 되는 소리라고 생각했다. 그때까지만 해도 위퍼는, 당장이라도 하느님이 나타나 이 다니엘을 사자굴에서 꺼내주시리라 생각했다.* 경찰 여섯 명 중 한 명이 말했다. 위퍼야, 너한테 주고 싶은 게 하나 있구나. 그때까지만 해도 그에게는 윌리엄 포스터라는 이름이 있었지만, 경찰은 계집애처럼 운다면서 그를 위퍼라고 불렀다.** 위퍼는, 입안에만 담아두어야 할 영리한 말들을 내뱉지 않고는 못 견디는 성미였기에 그 경찰에게 말했다. 당신이 깜찍한 편이긴 해도 거긴 뭘 내보내는 구멍이

* 구약성서 다니엘서 6장에 나오는 일화를 암시. 수세기에 걸쳐 회화와 조각의 소재로도 자주 등장했다.

** '위퍼(weeper)'는 우는 사람, 칭얼대는 사람이라는 뜻이다.

지 들이는 구멍이 아니라고. 처음 날아온 곤봉은 위퍼의 왼손을 부러뜨리지 못했지만 두번째 곤봉은 달랐다. 경찰이 말했다. 너 히 새끼, 결국은 공범인이 누군지 후리한테 다 불게 될 거다. 위퍼는 고통에 겨워 소리를 지르면서도 그놈의 영리한 주둥이는 다물지 못했다. 공범인? 공범이겠지. 위퍼가 말했다. 후리한테도 니놈이 주둥이를 헐게 만들 방법이 훳다. 경찰들이 말했다. 하지만 경찰들도 위퍼에게는 할말이 아무것도 없다는 걸 알고 있었다. 게토놈 주제에 분수에 넘치게, 뭐라도 된 것처럼 좋은 옷을 입고 나댔다는 이유만으로 위퍼를 잡아 온 게 바로 그 경찰들이었으니까. 이 피똥 쌀 놈의 새끼는 도둑이어야 하니까, 선량한 시민들한테서 옷을 훔친 도둑일 수밖에 없으니까, 추잡한 검둥이 새끼들은 자기 분수를 알아야 하는 거니까.

경찰은 위퍼의 안경 왼쪽 렌즈를 깨뜨렸다. 위퍼는 안경을 바꿔 쓸 여유가 생긴 지금까지도 그날 망가진 안경을 그대로 쓰고 다닌다. 경찰은 위퍼가 전에는 한 번도 본 적이 없는 감옥에 그를 가뒀다. 옷 다 벗겨, 속옷까지 벗기고 간이침대에다 묶어. 경찰이 말했다. 쌍년아, 너 일렉트릭 부기라는 게 뭔지 아냐? 놈들 중 한 명이 토스트 기계에서 뜯어낸 전기 코드를 가지고 왔다. 놈들은 전선을 둘로 나누었다. 한 놈이 위퍼의 자지를 잡고 한쪽 전선을 귀두 부분에 감자 다른 놈이 말했다. 사람들이 너를 바티만이라 불러도 이해해라. 그러더니 놈들은 코드를 콘센트에 꽂았다. 그때는 별일이 없었다. 하지만 놈들이 반대쪽 전선을 위퍼의 손가락과 잇몸, 코, 젖꼭지와 똥구멍에 갖다댔을 때는 달랐다. 이 일에 대해 위퍼는 한마디도 해주지 않았지만, 나는 알고 있다.

위퍼는 감옥에서 보지 못하던 새로운 종자였다. 그는 갇힌 다음이 아니라 갇히기 전에 망가진 남자였다. 상처 입은 사자는 건강한 사자보다도 위험하므로, 위퍼가 감옥에 들어간 첫 주에는 모두가 그를 피했다고 들었다. 누구든 위퍼를 죽일 수는 있었을 것이다. 하지만 위퍼를 죽이려 하는 자는 누구든 위퍼와 함께 지옥으로 가게 되어 있었다. 위퍼는 눈만으로 온갖 대화를 다 할 수 있었다. 지금도 그렇다. 위퍼가 함께 일하기에 최고의 파트너인 또하나의 이유다. 식료품점에 들어가면 위퍼가 한쪽에, 그 반대쪽에 내가 자리를 잡는다. 윙크 두 번과 눈빛 한 번을 주고받는 사이 우리 둘은 전부 알게 된다. 위퍼가 뒷문, 내가 카운터를 맡게 될 것이며 가게 안의 누구든 바지를 고쳐 입으려 들거나 핸드백에 손을 넣으면 쏴버릴 것임을. 위퍼의 총 왼쪽에는 V자 표시 다섯 개가 나 있고, 오른쪽에는 그 표시가 하나도 없다. 표시 하나에 경찰 한 명이란 뜻이다. 그리고……

– 요! 요, 조시! 정신 차려, 브레드렌. 지구에는 자네가 필요하다고.

– 위퍼? 대체 언제 왔나? 들어오는 거 못 본 것 같은데.

– 나란 놈께서는 2분 전에 오셨지. 자넨 이런 술집에서 공상에 빠져 정신 놓고 있는 게 좋은 아이디어라고 생각하나?

– 왜 그런 소릴 하는 거지?

– 응? 아무것도 아냐, 스타. 하기야 자네 같은 사나이는 뒤를 조심할 필요가 없지, 다른 놈들이 뒤를 봐주고 있을 테니.

– 어떻게 했길래 그냥 그렇게 쓱 들어온 거냐고?

– 날 알잖아, 조시. 어떤 길이건 간에, 길에는 막힌 데가 있는 법이지. 자네 대체 어느 세상에 갔다 온 거야?

– 명왕성. 멀리 있다는 거기.

– 씬. 거기 여자들은 가슴이 하나고 보지가 둘이라던데?

– 아니, 만. 그보다는 〈혹성 탈출〉하고 더 비슷하더군.

– 그럴 거면 차라리 원숭이 두 마리를 데려다 놓고 자지를 쑤셔 박는 게 낫지, 왜냐하면……

– 사람이 원숭이에서 나왔으니까? 또 그딴 개소리나 할 생각이면 그만 둬, 위퍼.

– 누가 그런 소리를 해?

– 무신론에 진화론까지 믿는 내 브레드렌이 떠들어대는 소리잖아.

– 맞아, 만. 나랑 우리 잘나가는 찰스 다윈 씨가 그러셨지. 브레드렌, 원숭이에서 나온 사람은 아무도 없어. 아니다, 퍼니보이는 예외일지도 모르겠군. 그놈은 무슨 고릴라 품풂에서 튀어나온 것 같이 생겼단 말이야.

– 위퍼, 이 피똥 쌀 새꺄.

– 뭐? 왜?

– 브레드렌, 분명히 말하는데 내 맥주는 반 이상 남아 있었어.

– 알려줘서 고맙군.

– 쌍년아, 내 맥주 니가 마셨냐?

– 어차피 안 마시는 것 같던데 뭐. 우리 할머니가 자주 하시던 말씀이, 너무 오래 묵혀둔 물건에는 주인이 둘 생기게 된다더군.

– 할머니가 뭘 좀 아셨나본데, 근데 자네 할머니가 누가 마시다 뱉은 술도 마시라고 하셨냐?

– 농담이 아니라, 너 진짜 어느 행성에 갔다 온 거야?

위퍼는 평소보다도 말이 많다. 어쩌면 이 술집 때문일지도 모른다. 여기에만 오면 나를 제외한 모든 사람들의 혀가 풀리니까. 내가 같이 일하는 도중에 취하는 걸 싫어한다는 것쯤이야 위퍼도 알고 있다. 위퍼라면 C*가 긴장을 좀 덜어준다고 하겠지. 하지만 그건 마약단속법 위반 혐의로 유치장에 갇힌 채 대사관에서 자기를 데려갈 사람을 보내주기만 기다리던 어떤 백인한테서 들은 이야기거나, 무슨 영화에서 들은 얘기일 뿐이다. 위퍼는 씨발 그 말이 무슨 뜻인지 좆도 모르고 있다. 이런 상태라면, 위퍼는 시비 걸 게 전혀 없는 상황에서도 시비를 걸게 될 것이다. 위퍼는 지금 예수를 배반한 뒤의 유다보다도 더한 편집증에 사로잡혀 있다.

– 이봐 조시, 밖에 있는 자네 다트선 말이야. 저기 사람 보이지? 3시 방향에.

– 뭐? 무슨 피똥 지리는 소리를 하고 앉았어? 그리고 사람이 있든 말든 내 다트선이랑 무슨 상관인데?

– 저 사람 말이야, 3시 방향에.

– 몇 번이나 말해야 알아듣겠나? 미국 영화에서 본 헛짓거리 나한테 하지 말랬지.

– 그럼 됐어, 썅년아. 니 뒤 오른쪽에 사람이 있다고. 보지 마. 키가 크고, 피부색은 어두운 편인데 잘생기지는 않았어. 입술은 꼭 축 처진 생선 같고. 그놈이 바에 앉아 있는데, 얘기는 아무랑도 안 하네. 저놈이 이쪽을 본 게 벌써 세번째고.

– 니가 마음에 드나보지.

위퍼는 나를 노려본다. 나는 위퍼가 뭔가 멍청한 소리를 할지도 모른다는 생각을 한다. 그러면 내가 위퍼를 밖으로 불러낼 수밖에 없을 것이다. 물론 위퍼는, 뭐든 하고 싶은 일을 할 수 있는 권리를 따낸 놈이다. 하고 싶은 일이라는 게 호모 짓이라고 해도. 위퍼는

* 코카인.

그 얘기를 할 때면 항상 무슨 이솝우화나 수수께끼, 시처럼 돌려서 말한다. 그딴 짓을 다듬고 포장해 그리스적인 걸로 만들어버린다. 그리스적이라는 건 위퍼가 한 얘기다. 내가 한 말이 아니고. 난 씨발 그리스가 어쩌고저쩌고 하는 그 개소리를 한마디도 못 알아듣겠으니까. 하지만 그런 식으로 말한다는 게, 위퍼가 자신에 대해 했던 말을 누군가에게서 되돌려받기를 원한다는 뜻은 아니다. 이미 아는 얘기라 해도, 누군가가 자기 얘기를 하면 꼭 일이 터지게 되어 있다.

– 만, 씨발 바티만 같은 소리는 집어치워. 위퍼가 말한다. 나는 마음을 놓는다.

– 저 새끼가 우리를 지켜보고 있다고.

– C 때문에 그런 생각이 드는 거야. 당연히 우리를 지켜보겠지. 내가 저 새끼라도 이 술집에 들어오면 나한테서 눈을 못 뗐을걸. 저 새끼가 진짜로 생각하는 건 이거야. 대체 또 누구를 죽이러 여기 왔을까, 얼마나 있다가 죽이려는 걸까? 여기 있는 놈들이 다 그렇듯 저 새끼도 나를 알아보고, 그다음엔 너를 알아봤을 테니까. 저 새낀 앉아서 그런 생각이나 하고 있는 거라고. 가능한 한 쿨한 척을 해야 하나? 아니면 계집년처럼 도망쳐야 하나? 그러는 거라고. 꼭 봐야 아냐? 한 손은 술잔에 대고 다른 손으로는 카운터를 두드리고 있지? 이제 내가 뒤를 돌아볼 테니까, 저 새끼 눈 돌리는 거나 보라고. 하나, 둘, 셋…… 지금.

– 하하, 저 새끼 저거 술 다 쏟았네. 브레드렌, 경찰놈인가 봐.

– 그러니까 피똥 지릴 놈아, 총 좀 그만 더듬어. 크리스마스 휴가까지 22일이나 남았으니까 V자 몇 개 더 새길 시간은 충분하잖아.

위퍼는 나를 뚫어지게 바라보더니 웃는다. 위퍼의 웃음소리와 비슷한 건 아무것도 없다. 그 웃음소리는 씩씩대는 바람소리처럼 시작되지만 어느 순간, 어느 시점부터는 공간에서 가장 커다란 존재가 된다. 이 조그만 흑인 사내에게 그렇게 웃는 법을 가르쳐준 사람이 누구란 말인가? 위퍼의 웃음소리는 방안을 온통 휩쓸고, 다른 사람들은 이유도 모르면서 웃기 시작한다.

– 요 며칠 편집증이 평소보다 더 심해지는 것 같아.

– 내일이 특별한 날이라고 생각하니까 그런 거야. 다른 날하고 다를 거 없다고. 내가 왜 자네를 골랐는지 아나, 위퍼? 왠지 아느냐고? 내가 도저히 못 참아주는 놈들이, 조금만 기다리면 꼭 뭘 하겠다고 말만 지껄여대는 새끼들이야. 그래서 내가 씨발 정치인들을 안 믿는 거라고. 그 새끼들이 할 수 있는 말이라고는 앞으로 뭘 하겠다는 말밖에 없으니까.

– 절대로 정치인이 호의를 베풀도록 놔두지 마. 그러면 정치인이 영원히…… 내가 어떻게 가수를 만나게 됐는지 말해줬었나?

말했었지, 만 번 정도. 하지만 나는 대꾸하지 않는다. 위퍼에게는 더이상 말할 필요가 없어질 때까지 열 번, 백 번, 천 번이고 말해야만 하는 것들이 있으니까.

– 아니, 들은 적 없지.

– 복무한 지 3년쯤 됐을 땐데.

위퍼는 감옥에서 시간을 보낸 걸 항상 '복무'라고 불렀다.

– 3년쯤 됐을 때였지. 놈들이 우리를 헨더슨 항 해변으로 데려갔어.

– 죄수들한테 수영을 시켜줬다고? 나 같으면 당장 도망쳤을 텐데.

– 아니, 그게 아니야. 일 시키려고 데려가는 거지. 덩치 큰 놈들한테 나무를 패라고 하는 거야. 자네 말이 맞아, 그때 단검을 휘둘러서 간수 목을 썰어놨어야 하는 건데. 아무튼, 브레드렌, 우리가 거

기 나가서 일을 하고 있는데 가수랑 가수 친구가 온 거야. 가수놈이 나를 보더니, 우리 모두가 당신과 함께 싸우고 있습니다, 씬? 이러더군. 내가 그놈을 두 눈으로 똑똑히 봤어. 놈이 나한테 얘기하는 소리를 들었다고. 그 자식이 나더러, 내 권리를 위해 싸우고 있다는 소리를 했다고! 나를 위해서라니. 그러더니 놈은 웃으면서 떠나버렸어. 그날 이후로 난 그 쌍년을 지독히 싫어하게 됐지.

위퍼는 가수를 진심으로 증오했다. 하지만 알고 보면 그날의 실상은 위퍼와 아무 상관도 없었다. 위퍼는 가수와 그의 무리들이 자기에게 말을 걸어오는 줄 알고 가슴이 마구 두근거렸다. 심지어는 너무 설렌 나머지 그들에게로 막 다가갈 참이었다. 간수들이 지켜보고 있었는데도 말이다. 그리고 바로 그때 가수가 말을 건 상대는 위퍼 자신이 아니라 옆에 있는 다른 남자였다는 걸 깨달았다. 어째서인지는 모르겠지만 이 일이 위퍼에게는 그 무엇보다도 큰 상처를 남겼다. 간수들에게 지나치게 깐족거리다가 아홉 갈래 채찍과 개머리판으로 얻어맞고, 밥에 오줌이 갈겨졌을 때보다도 더한 상처였다. 위퍼의 피를 끓게 만든 그 일. 그 일은 실제로 일어난 적이 없다. 그런데도 위퍼 내부의 무언가는 그런 일이 일어나서 이런 방식으로 끝나기를 원했다. 상관없다. 내가 원할 때 위퍼가 방아쇠를 당기도록 만드는 게 그 일이라면.

– 다들 지금 판잣집에서 기다리고 있어. 가봐야 돼, 라고 나는 말한다. 밤-밤만 빼놓고 전부 다. 내 차 가져가서 밤-밤 좀 데려와. 녀석이 하루종일 가수 집을 지켜보고 있어.

– 진짜로군, 브레드렌. 진짜야.

밤-밤

집에 들어온 총이랑 함께 살게 된다는 건 엄청난 일이야. 같이 사는 사람들이 가장 먼저 알아챈다고. 같이 사는 여자부터가 나한테 다른 식으로 말하거든. 바지에 못 보던 게 불룩 튀어나와 있는 걸 보면 누구라도 말투가 달라지게 돼 있어. 아니, 문제는 전혀 그런 게 아니지. 총이랑 한집에 살게 되면 결정적인 말을 하는 건, 바로 그 총이니까. 총을 가진 사람이 아니라고. 남자와 여자가 말하는 사이에 총이 끼어들어. 심각한 이야기뿐만 아니라 아주 작은 일에도.

– 저녁 다 됐어요, 여자가 말하지.

– 배 안 고파.

– 네.

– 나중에 배고파지면 따뜻하게 데워 와.

– 네, 그럴게요.

총이랑 한집에 살게 되면, 같이 사는 여자가 당신을 다르게 대하게 될 거야. 차갑게 대한다는 게 아니고, 당신한테 말을 하기 전에 자기 말의 무게를 달고, 그 말을 재어보게 된다는 거야. 그런데 총은 주인한테도 말을 걸어. 처음에는, 넌 절대로 이 몸을 가질 수 없어, 라고 말하지. 밖에 나가면 자신들한테는 없는 총이 너한테는 있다는 사실을 아는 놈들이 깔려 있고, 그놈들이 어느 날 밤 니코데모처럼 다가와서 이 몸을 가져가버릴 거라고 총이 말해. 누구도 총을 소유할 수 없어. 총의 주인이 되어보기 전까지는 이게 무슨 말인지 절대 알 수 없지. 어떤 사람이 총을 줬다는 건, 그 사람이 다시 가져갈 수도 있다는 뜻이야. 또 어떤 이는 당신이 총 쏘는 걸 보면서도 그 총을 자기 총이라고 생각할 수 있어. 그러면 그놈은 그 총을 손에 넣을 때까지 잠도 안 자. 잠들 수가 없으니까. 총이 고픈 건 여자가 고픈 것보다 더 심각해. 여자는 당신이 고파하는 것을 나중에라도 채워줄 수 있잖아. 밤이면 나란 놈은 잠을 자지 않아. 어두운 그림자 속에서 날밤을 새우면서, 총을 바라보고, 문지르고, 주위를 살펴보며, 기다리지.

파파-로가 떠나고 이틀 뒤, 우리는 파파-로가 영국에 가서 투어 중인 가수를 만났다는 얘기를 들었어. 소문으로는 퍼니보이도 같은 시기에 영국에 갔다고 하는데, 마지막 남은 정보원을 가비지랜드에서 십자가에 매달아버렸으니 그 말이 진짠지 아닌지는 아무도 알 수가 없지. 게토로 총을 가져오는 남자의 말에 따르면, 밤에는 평화 콘서트라고 표시돼 있는 컨테이너에 더 많은 물건이 기다리고 있을 거라더군. 우리 셋이 부두로 갔을 때는 클린트 이스트우드가 막 말을 타고 떠나버린 것처럼 사방이 텅 비어 있었어. 돌아가는 크레인도 없고, 켜져 있는 투광 램프나 사람도 없고, 부두에는 오직 파도만 철썩대고 있었지. 상자는 열린 채 우릴 기다리고 있었어. 위퍼가 조시 웨일스의 다트선을 타고 상자 바로 앞까지 다가갔어. 나랑 위퍼랑 헤클은 트렁크랑 뒷좌석에 무기를 잔뜩 실었는데, 하도 많이 싣는 바람에 위퍼가 차를 타고 돌아갈 때는 나랑 헤클이 차에 탈 수가 없었어. 위퍼가 우리한테 택시를 타라고 돈을 줬지만 게토로 들어가려는 택시는 한 대도 없다고. 통행금지령이 내렸을 때는 더하고. 그래서 우리는 받은 돈으로 KFC에서 치킨을 산 다음, 우리가 떠나기만을 기다리는 캐셔를 지켜봤지. 우리가 나가야 문을 닫을 수 있는데 너무 겁을 먹어서 차마 나가달라는 말은 못하고 계속 기다리고만 있는 캐셔를.

그날 밤, 프라우저랑 농담 따먹기를 하는 그 백인 남자가 우리한테 총 쏘는 법을 알려줬어. 게토 남자들이 많이 왔는데, 그 백인이 게토 사람들 중 한 명을 보더니 미소를 지으면서 잘 지내냐, 토니? 라고 하더라. 하지만 토니는 대답을 하지 않았어. 토니와 그 백인은 베닝 요새에서 함께 보낸 우리 수련생 시절까지 거슬러올라가는 사이였는데 백인은 그 얘기를 아무한테도 하지 않았어. 이 토니라는 녀석이 다닌 데가 무슨 학교라고 할 만한 데가 아니라는 사실은 아무도 알지 못했고. 백인은 과녁을 세우더니 나한테 총을 쏘라고 했어. 게토로 총을 가져오는 남자가 나를 보고 미소를 지었어. 위퍼는 백인 남자한테 파파-로가 물러지고 있다고 말했지만 백인 남자는 위퍼의 말을 거의 알아듣지 못했어. 그냥 고개만 끄덕이면서 웃다가 아, 맞다! 하더니 조시 웨일스를 보면서 위퍼가 했던 말을 전부 천천히 다시 말해보라고 했지. 하지만 조시 웨일스가 다시 해주는 말을 듣고, 전혀 농담이 아니라는 걸 알아차렸으면서도 여전히 너무 크게 웃는 거야. 조시 웨일스는 얼굴이 더 일그러졌지. 다들 조시 웨일스가 제대로 된 영어를 할 줄 아는 걸 스스로 자랑스럽게 여긴다는 사실을 알고 있었으니까. 백인 남자는 우리가 전체주의와 테러와 독재로부터 자유로워지기 위해 싸운다고 말했지만 아무도 그 사람이 무슨 말을 하는 건지 이해할 수 없었어.

나는 다른 녀석들을 봤어. 그중 둘은 나보다 나이가 적고 데무스랑 위퍼를 포함한 다섯은 나보다 나이가 많았어. 우리는 모두 검지, 모두 머리 빗는 걸 싫어하고. 우리는 전부 카키 바지*나 개버딘 바지나 청바지를 오른쪽 다리 무릎 바로 아래까지 말아올려서 입고 왼쪽 뒷주머니에서 헝겊 조각이 늘어져 나오게 하는데 왜냐면 스타일이라는 게 있기 때문이야. 우리 중 몇 명은 빵모자도 쓰고 있었는데, 어떤 사람들은 빵모자는 라스타들이나 쓰는 거고 라스타들은 사회주의자로 변해가는 것처럼 보인다면서 쓰지 않았어. 사회주의도 결국은 또하나의 주의일 뿐이고, 가수조차도 온갖 주의에 너무 질린 나머지 그에 대한 노래까지 지었잖아. 그때 백인 남자는, 달콤한 말로 사람들을 꾀어내서 자기편으로 만들려는 사람들에 대해, 또 전체주의가 어떻게 항상 사람들의 동의를 받아 시작되는지에 대해 얘기했고, 우리는 이해가 된다는 듯이 고개를 끄덕였어. 백인 남자는 혼란이라는 말을 아홉 번이나 했지. 백인 남자는 언젠가는 이 나라 전체가 우리한테 고마워할 거라고도 했고, 우리는 또 이해가 된다는 것처럼 고개를 끄덕였어.

하지만 조시 웨일스는 이런 장난질 이상의 뭔가를 원했어. 조시 웨일스는 항상 자기 여자가 옷을 입혀주는데도 어째서 냄새가 날까, 하는 생각이 들었어. 마늘이랑 유황 같은 냄새. 그 사람들이 총을 쏘는 방법을 다시 보여주고 난 다음에 조시 웨일스가 우리한테 말했어. 이제 리마로 갈 거다, 그 동네 검둥이들 낌새가 이상하니

---

* 군복이나 군복과 비슷한 디자인의 바지. 자메이카 갱단의 특징적인 복장.

까. 오만한 검둥이들을 데려왔구만, 백인 남자가 지프를 타고 떠나면서 그렇게 말하곤 웃었어. 또 리마라니. 노동당과 인민국가당 사이에, 자본주의자와 사회주의자 사이에 있는 그 동네. 조시 웨일스는 백인 남자더러 자기는 누구를 위한 무슨 주의자도 아니라고, 자기는 그냥 그놈들 전부보다 더 머리가 좋을 뿐이라고 했어. 언젠가 자기가 마이애미에 가게 되는 날, 무슨 일을 하든 가만히 내버려만 둔다면 당신들이 원하는 걸 해주겠다고도 했지. 백인 남자는 조시 웨일스가 무슨 개소리를 짖어대는 건지 도저히 알 수가 없다고 말했지만, 마치 자기랑 악마 사이에 무슨 비밀이라도 있는 것처럼 미소를 지었어. 리마 사람들이, 노동당은 코펜하겐시티에는 돈과 콘비프, 하수도 시설을 퍼부어대면서 자기들한테는 아무것도 하지 않는다고, 어쩌면 이번이야말로 진짜로 코펜하겐시티와 연을 끊고 인민국가당 편에 가담해서 에이트레인즈를 나인레인즈로 바꿔놓아야 할 때가 아니냐며 투덜댄다는 소문이 돌았어. 이 모든 건 우리가 기찻길 옆에 있는 판잣집으로 돌아갔을 때 위퍼가 해준 얘기야. 위퍼는 C를 에테르랑 섞고 라이터로 데우면서도 그 얘기를 했어. 그런 다음 코카인을 코로 빨아들이더니 나한테도 처음으로 좀 나눠줬어.

우리는 다트선을 타고 리마로 가는 중이었어. 문을 잡았는데 문이 부드럽게 느껴지고 공기는 내 머리카락을 한 올 한 올 쓸어내 여자 2백 명의 손가락이 내 젖꼭지를 쓸고 지나가면 이런 느낌일까 이거야말로 젖통을 빨아줄 때 여자들이 느끼는 기분이겠지 머리가 울퉁불퉁한 것 같고 맑은 건 다 없어지고 꼭 머리 없이 걸어다니다가 머리가 다시 돌아온 것 같더니 아니 이제 풍선이 된 것 같고 어두운 거리는 점점 더 어두워지고 노란색 가로등은 점점 더 노래지고 길 건너 집에 있는 그 여자는 나를 너무 흥분시켜 하지만 내 바지 솔기는 팡 팡 팡 터지지 않을 거고 씨발 씨발 씨발 나는 세상 모든 여자한테 박고 박고 박아야겠어 좆같은 미스 자메이카년도 쑤시고 그년 보지에서 애가 나오면 그년한테도 박아버릴 거고 이 방아쇠를 당겨서 세상을 다 죽여버릴 거야. 나는 씹질을 하고 싶어 하지만 딱딱해지지가 않아. 딱딱해지지가 않아! 딱딱하지가 않다고! 프리베이스 때문이야. C 때문인 게 분명해. 아니면 H거나. 나란 놈은 몰라. 피똥 지려, 나는 모르겠어 이 차는 어디로 가는 거야 어디든 가는 곳에 도착을 해야지 그만 달팽이처럼 기어가라고 나는 차문을 활짝 열어 뛰어내려서 저 끝까지 달려갔다가 다시 돌아왔다가 다시 달렸다가 또 엄청 빠르게 달려서 날아오를 거고 나는 박고 박고 박고 싶은데 딱딱해지지가 않아! 딱딱해지지 않아! 그리고 내 머릿속 라디오는 지금 라디오에서 한 번도 틀어주지 않던 죽여주는 노래를 틀어대 나는 그 리듬을 붙잡아, 거친 리듬! 차에 있는 다른 녀석들도 그걸 느끼고 알기도 하지 나는 나를 바라보는 위퍼를 바라보고 위퍼한테 혀를 집어넣어서 키스할 수도 있을 거 같아 바티보이라는 이유로 죽여버릴 수도 웃고 또 웃어 트럭이 언덕에 부딪히더니 우리는 천국으로 가는 것 같은, 아니, 맞아 천국으로 가는 것 같은 기분이 들고 다트선은 날고 내 머리는 풍선으로 바뀌고 나는 리마에 대해 또 거기 사는 남자들이 어떤 교훈을 배워야 하는지에 대해 생각하고 그놈들이 그 교훈을 아주 거칠게 배웠으면 좋겠어서 M16을 잡아채서 꽉 쥐지만, 사실 나는 거리에 있는 어린애를 붙잡아서 목을 비틀고 비틀고 비틀어 똑 떼어버리고 싶은 거라고 그런 다음 피를 한 국자 떠서 얼굴에 문질러 바르고 억압당하는 사람 있으면 또 나와봐 쌍년들아라고 말할 거야 나는 박고 박고 박고 싶지만 딱딱해지지가 않아! 딱딱해지지 않아! 다트선이 끼익 소리를 내. 위퍼가 무슨 말을 하기도 전에 우리는 뛰어내려 거리를 달려가고 거리는 젖어 있고 거리는 바다고 아니, 거리는 공기고 나는 그 공기 속을 날아다니고 다른 누군가의 발소리처럼 총소리처럼 보도에 딱딱 부딪치는 내 발소리를 들을 수 있고 그런 다음에 조시 웨일스랑 같이 국립극장에 와 있는데 그건 해리 캘러핸이 〈집행자〉로 복귀했기 때문이고 다른 남자들도 와 있어 왜냐면 총을 든 사내아이는 더이상 아이가 아니라 남자니까, 그리고 클린트 이스트우드가 녀석들을 쏠 때마다 조시 웨일스는 여러분 준비 됐나? 노래를 부르고 우리는 예! 노래를 부르고 오 주님, 보이는 거라고는 구멍과 연기밖에 없게 될 때까지 화면에 총을 갈겨. 모두들 극장 밖으로 도망을 쳤겠지만 계속해서 영화를 틀어주는 게 좋을 거다 그러지 않으면 영사실로 들어가서 억지로 틀도록 만들어줄 테니까. 다시 화면에 총을 쏘기 전에 나는 극장이 아니라 리마 벌판에 와 있다는 걸 떠올리고 우리는 집과 아직까지 문을 연 가게에다 총을 쏘고 있고 사람들은 도망치며 비명을 지르고 있고, 그래, 좆만이들아, 도망쳐 도망쳐 강도들이 오고 있으니까 칠-릴-리-붐-붐-에이! 하지만 우리는 아무도 쏴서는 안 되는데 그러니까 아무도 죽여서는 안 되는데 아 정말 정말 화가 난다 그리고 나는 지금도 박고 박고 박고 싶은데 왜 그렇게까지 심하게 씹질을 하고 싶은지 모르겠지만 세울 수가 없단 말이야 한 여자를 쫓아 달려가서 죽여버릴 거야 소리치고 그 여자를 잡고 정말 죽여버리고 싶지만 위퍼가 나를 잡아서 자기 총 개머리판으로 내 얼굴을 찍고 말해 씨발 왜 지랄이야? 이건 경고일 뿐 아무것도 아니지만 나는 위퍼도 죽이고 싶지만 위퍼는 이미 가자고 신호를 보내 리마 남자들은 무엇도 가질 여유가 없지만 한두 사람에게는 총이 있으니까 하지만 리마 계집년들한테야 누가 신경이나 쓴다고? 총알은 슈퍼맨처럼 나한테서 튕겨나가. 나는 슈퍼맨 가슴의 S자를 뜯어내고 배트맨 배에서 B자를 뜯어내. 우리는 어떤 남자애 하나를 보고 그뒤를 쫓지만 그애는 쥐들한테만 갑자기 휙 생겨나는 구멍으로 쥐처럼 사라져버리고 나는 그 바티만 새끼에게 나와서 진짜 남자처럼 죽으라고 소리치고 그놈을 너무너무 죽이고 싶고 나는 죽이고 죽이고 죽이고 싶은데 그때 개 한 마리가 나오고 나는 개 뒤를 쫓아 달려 이 개를 죽이고 싶으니까 이 개를 죽여야겠어 나는 이 개를 죽일 거야 내가 개를 죽였어! 조시 웨일스와 다른 사람들이 트럭으로 달려가고 있고 그들이 남자애 하나를 잡아서 놈의 등을 정강이를 엉덩이를 걷어차고, 맘대로 그런 식으로 인민국가당으로 갈아탈 수 있다고 생각하는 리마 계집년들 전체에게 주는 메시지다, 우리는 총이 있고 니가 어디에 있는지 아니까 우리 말을 기억하는 게 좋을 거야라고 말하고, 그 남자애를 다시 걷어차고 그애는 도망치고 나는 그놈을 쏘러 가고 위퍼가 나를 봐 나는 놈을 쏘고 싶고 너무 쏘고 싶어 놈을 지금 지금 지금 쏘고 싶지만 위퍼는 씨발년아 빨리 뒷자리에나 타 안 그러면 여기 있는 사람들이 전부 너를 총알로 가득 채워줄 거다 바람이라도 불면 너한테서 휘파람 소리가 나도록, 이라고 말하는데 나는 잘 모르겠어 왜냐면 박고 싶으면 박고 박고 박고 싶고 죽이고 싶으면 죽이고 죽이고 죽이고 싶은데 지금 나는 죽고 싶지 않고 무서워 무서워 무서워서 한 번도 이렇게 무서운 적이 없어서 내 심장은 진짜진짜 심하게 뛰고 있어. 하지만 나는 뒷자리에 뛰어오르고 총을 쏜 걸 생각하고 그게 그냥 좋다고는 못할 정도로 기분이 좋았던 걸 생각하고 그냥 좋다고는 못할 정도로 기분이 좋았던 걸 생각하지만 그냥 좋다고는 못할 정도로 기분이 좋다는 걸 생각하자마자 그렇게까지 기분이 좋지는 않게 되어버려. 누군가를 죽이지 않은 채로 그 바닷가 마을을 떠나자니 누군가가 죽었는데 그 이유를 모를 때 느끼는 그런 기분이야. 그게 무슨 기분이 들어야 할 일은 아니지만. 어둠은 그렇게까지 어두웠던 적이 없었고 자동차가 가는 길은 그렇게까지 긴 적이 없었어 실제로는 그리 먼 길이 아니었는데도 위퍼가 나한테 화가 난 것은 알았지만 나는 위퍼가 나를 죽이고 사람들을 다 죽이고 코펜하겐시티 전체도 죽이리라 생각해 잿빛으로 녹이 슨 빛깔로 더럽게 죽일 거야 나는 그게 싫어 이유는 모르겠어 그게 내가 아는 전부고 내가 생각할 수 있는 전부는 그걸 좀 피우면 모든 게 좋아 보이고 모든 길이 예뻐 보이고 나는 지금 모든 여자를 박아버리고 싶고 그 총을 쐈더라면 아무나 다 죽일 수 있었을 텐데 역사상 가장 위대한 학살이 됐을 텐데 지금 나는 그 역사상 최고의 학살을 하지 못한 거야 이제 빨간색은 가장 빨간 빨간색이 아니고 파란색은 가장 파란 파란색이 아니고 리듬은 가장 달콤한 리듬이 아니고 이 모든 게 나를 슬프게 만들었지만 내가 말로 표현하지 못하는 뭔가가 또 있어 나는 단 한 가지를 원해. 다시 기분이 좋아지는 것, 지금 당장. 지금 당장.

그리고 파파-로가 미친 사람처럼 격분한 채로 나오면서 말해 조시 웨일스하고 위퍼한테 리마에다 멋대로 나쁜 짓을 하라고 허락해 준 사람이 누구냐고, 어떤 씹새끼가 허락을 해줬느냐고 그러자 조시 웨일스는 당신보다 큰 사람이라고 말해 파파-로는 조시 웨일스를 칠 것 같아 보여 하지만 파파-로는 그때 우리를 보고, 나를 보고 총을 봐 파파-로가 무슨 생각을 했는지는 모르겠지만 아마 뭔가 심각한 생각이었을 거야 왜냐면 그냥 가버렸으니까. 사실 그냥 가버린 건 아니야 모두에게, 아무한테나, 듣는 사람도 없는데, 그러다가는 언젠가 죽여버릴 사람조차 남아나지 않게 될 거라고 말한 다음에 가버린 거니까. 조시 웨일스는 쉿 소리를 내더니 자기 여자랑 씹질을 하러 갔어 아니면 자기 애랑 놀아주러 갔거나. 나랑 같이 사는 여자는 전에는 한 번도 나를 본 적이 없다는 듯한 표정으로 나를 봤어. 그래 그래야지. 그 여자는 나 같은 걸 한 번도 본 적이 없으니까.

1976년이 선거랑 같이 왔어. 게토로 총을 가져오는 남자는 절대로 사회주의 정부가 또 이기도록 내버려두어서는 안 된다고 못을 박았어. 사회주의자놈들은 무엇보다도 지옥 불덩이와 지옥살이를 먼저 가져올 테니까. 그놈들은 처음에 에이트레인즈 여덟 골목 중에서 두 골목을 쏴버리라며 우리를 그리로 보냈지만 그러고 나선 또다른 일을 하게 보냈어. 코로네이션 시장에서 우리는 물건 파는 여자와 업타운 사람처럼 허세스럽게 옷을 입은 여자한테 다가가서 둘을 다 쏴버렸어. 다음날에 우리는 크로스로드로, 다운타운과 업타운이 어깨를 맞대고 있는 바로 거기로 간 뒤 중국인 가게에 침입해서 총으로 다 쏴갈겨버렸어. 다음날에는 웨스트 킹스턴을 지나 세인트 캐서린까지 가는 버스를 멈춰세웠어. 버스를 세우고 강도질을 하고 사람들에게 겁을 주는데 여자 경찰이 스타스키나 허치*라도 되는 것마냥 동작 그만이라고 소리쳤어. 그 여자는 제때 총을 꺼내지도 못해서 우리는 그 여자를 버스에서 끌어내렸고 버스는 떠나버렸어. 우리는 다른 차들이 지나가는 동안 길옆에 있는 덤불에서 그 여자한테 여섯 발을 쐈어. 우리가 총을 쏘니까 그 여자 몸이 총알 춤을 췄고, 그전에 조시 웨일스가 한 짓은 내가 토하려던 것까지

* 1975~79년 미국 ABC사에서 방영한 드라마 〈스타스키와 허치〉 시리즈 주인공.

그대로 삼켜버리게 만들었어. 파파-로는 절대 그런 짓을 허락하지 않았을 거야. 조시는 우리 앞에 총을 흔들면서 이 얘기를 입 밖에 냈다가는 심판이 있을 거라고 장담했어.

나랑 같이 사는 여자는 내가 어떻게 변하는지 보고 있어 하지만 나는 그걸 피울 수만 있으면 아무래도 상관없어. 머잖아 위퍼는, 한 번 훅 빨아들일 수 있는 그 연기와 나 사이를 가로막는 쌍년들이 있다고 그년들이 죽어야 한다고 알려줘. 나는 보상을 받아야 했어, 다운프레션(억압)을 멈출 수 있는 거라면 뭐든 아무거나. 그게 지금 일어나는 일이야, 피우든 피우는 꿈을 꾸든, 나는 누가 죽어서 다시는 돌아오지 않는 것처럼 비통해져.

자메이카에는 범죄가 통제할 수 있는 수준을 넘어섰고 나라가 엉망진창이 되고 있다는, 이젠 업타운조차도 안전하지 않고 인민국가당이 나라를 통제할 능력을 잃어가고 있다는 소식이 퍼져. 선거까지는 2주가 남았고 파파-로는 우리를 집집마다 보내서 사람들한테 어떻게 투표를 해야 하는지 다시 떠올리게 해. 어떤 녀석이 자기는 파파-로의 명령을 듣지 않는다고 말했어. 조시 웨일스는 쉿 소리를 내고 투덜거리고 두 가지 뜻이 담긴 말을 하기는 하지만, 그래도 파파-로가 파파가 된 건 게토에서 가장 거칠고 가장 잔인한 남자이기 때문이라는 사실만은 절대로 잊지 않았어. 파파-로는 그 어린애에게로 곧장 걸어가더니 나이를 물어봤어. 열일곱인데요, 그 애가 말했어. 열여덟은 못 되겠군, 파파-로가 그렇게 말하더니 애의 발을 쏴버렸어. 그애는 비명을 지르고 폴짝폴짝 뛰면서 다시 비명을 질렀어. 사람들이 요즘 좀 짜증나게 구는데, 파파-로가 소리쳤어. 다들 이 동네 최고 서열이 누군지 잊어버리는 것 같단 말이야! 너! 너도 잊어버렸나? 파파-로가 말하면서 다른 애들 중 한 명한테 총을 겨눴어. 그애는 뛰어오르고 떨면서 아, 아, 아뇨 파파-로 파파-로가 던, 던 중에 던이죠 하고 말했고 파파-로는 그애가 오줌을 싸니까 웃었어. 핥아먹어, 파파-로가 말했고 그애는 잠깐 동안 멍하니 있다가 파파-로가 총을 쏘면서 니가 오줌을 치우든지 아니면 우리가 니 피를 치워주마라고 말하는 걸 듣더니 농담이 아니라는 걸 알고는 몸을 웅크리더니 정신 나간 고양이처럼 지 쉬야를 기분좋게 핥아먹기 시작했어.

그렇게 우리는 거리로 가서 열린 문은 두드리고 잠긴 문은 걷어차 열었는데 한 사람이, 늙어서 거의 제정신이 아닌 자가 자기는 아무한테도 투표를 하지 않는다고 말하길래 그자를 집에서 끌어내고 옷도 다 꺼내 태워버리고 그다음에는 발가벗겨 방금 전까지 입고 있었던 옷도 태워버리고 두 번 걷어찬 다음에 어떻게 투표해야 할지 이제는 알았지 아니라면 집안에 있는 물건들을 태우기 시작할 거야, 라고 말했지 나랑 같이 사는 여자가 노동당이나 인민국가당이나 둘 다 똥 같은데 그 사람들이 자기도 잡으러 오겠느냐고 물었고 내가 말했어, 그 사람들이라면, 우리? 그래 올 수도 있지. 그 이후로 여자는 나한테 한마디도 하지 않았어. 하지만 백인 남자나 게토로 총을 가져오는 남자가 왔을 때 그 사람들은 파파-로가 아니라 조시 웨일스와 얘기를 했어. 파파는 이제 게토에 그렇게 오래 있지도 않아. 가수랑 같이 보내는 시간이 너무 많다고.

밤. 12월인데 지금쯤이면 날이 식어야 하는 거 아니야? 가수는 자기집에 있어. 살아가고 노래하고 놀면서. 스마일 자메이카 평화 콘서트는 인민국가당 프로파간다인데 어째서 가수가 거기에 참여하셨다고 했는지 하는 이야기와, 인민국가당의 급여 대상자 명단에 올라 있는 에코 특공대라는 배드맨들이 밤낮으로 가수의 집을 지키고 있다는 이야기가 게토와 온 자메이카에 돌고 있어. 오늘밤 이른 시간에는 자동차 한 대뿐 경찰은 한 명도 들르지 않았어. 아무도 안에 못 들어가고 나오는 사람도 몇 명 안 돼. 나는 자동차가 지나가는 걸, 방 불이 켜졌다가 꺼졌다가 다시 켜지는 걸 지켜봐. 땅딸막한 매니저가 왔다갔다하는 걸 지켜보고 갈색 머리 백인 남자도 지켜봐. 한번은 가수가 그렇게 말했어 많은 사람들을 도와줄 수 없다면 자기 인생은 아무 의미가 없는 거라고, 가수가 많은 사람들을 도와주는 건 사실이지만 그 사람은 계속해서 사람들한테 필요한 것들을 주고 있을 뿐이야 그리고 젊은 사람들한테는 필요한 게 아무것도 없어, 젊은 사람들은 그냥 모든 걸 원할 뿐이니까. 우리는 다른 노래를, 노래를 지을 여유가 없는 젊은이들이 만든 노래를 불러 그래서 우리는 진짜 록 리듬과 스캥크 기타 리듬을 타 왜냐면 춤이란 여자들이나 추는 거니까. 그리고 우리는 잠결에 우리가 만들어낸 노래를 불러 번개처럼 그 노래를 타고 가다보면 천둥처럼 부서지게 돼. 가수는 예전에 조니가 있었다*고 생각하지만 조니는 지금도 있어, 조니는 변하고 조니가 결국 가수를 잡을 거야. 이 밤이 오기 전 나는 가수가 파파-로랑 대마초를 피우고 나서 쇼타 셰리프랑 움직이는 사람한테 봉투를 넘겨주는 걸 봤고 심지어는 나보다 큰 거물들도 이 빌어먹을 내티 드레드가 지금 무슨 짓을 벌이는 건지 궁금해하고 있어. 가수는 자기가 우리랑 같은 출신이라는 이유만으로 우리가 어떻게 사는지 이해할 수 있다고 생각하지. 하지만 가수는 아무것도 이해하지 못해. 어딘가로 떠났다가 돌아오면 다들 가수처

---

* 밥 말리 앤드 더 웨일러스의 앨범 〈라스타맨 바이브레이션Rastaman Vibration〉(1976) 수록곡 〈조니가 있었지Johnny Was〉. 조니라는 가상인물의 억울한 죽음을 다루고 있다.

럼 생각하나봐, 모든 것이 자기가 떠났을 때와 같을 거라고. 하지만 우리는 달라. 우리는 가수보다 거칠고 우리는 아무것도 신경쓰지 않아. 가수는 자신이 우리 같은 뭔가로 변하기 전에 도망쳐버리지.

우리? 우리는 초일류 배드맨이야. 하루는 우리가 길모퉁이를 차지하고 도미노를 하는데 헤클네 엄마가 밖으로 나와서 말했어, 방에서 온갖 더러운 냄새가 다 난다. 그러자 헤클이 엄마 뺨을 때리면서 배드맨이 길거리에 나와 있을 때는 무례하게 굴지 말라고 했어. 나랑 같이 사는 여자는 나한테도 자기를 그렇게 대할 거냐고 물었지만 나는 아무 말도 하지 않았지. 나는 여자를 때리고 싶지 않아. 그냥 공짜 C나 좀 있었으면 좋겠어. 내가 원하는 건 그것뿐이야. 필요한 것도 그뿐이고. 이틀 전에 나는 어떤 여자 집 앞을 지나가다가 위퍼가 벌거벗고 나와 집 뒤의 급수탑으로 가는 걸 봤어. 위퍼는 자기 물건에서 콘돔을 벗겨 던져버리더니 몸을 씻었어. 콘돔이니 가족계획이니 하는 건 흑인들을 죽여 없애려는 백인들의 음모라는 건 다들 알고 있지만 그래도 위퍼는 신경쓰지 않아. 나는 위퍼가 안경을 벗고 몸 전체를 천 쪼가리와 비누로 닦는 모습을 지켜봤어. 위퍼가 평소에 드나들던 여자네 집도 아닌데 급수탑이나 나무가 위퍼 저 혼자만을 위해 지어졌다는 듯 몸을 닦는 모습을. 나는 위퍼와 박고 싶은 게 아니야, 그런 더러운 바티보이 짓거리는 하고 싶지 않다고. 나는 그냥 유령처럼 위퍼 몸 안에 들어가서 위퍼가 움직일 때 움직이고 허리를 튕길 때 허리를 튕기고 몸을 비틀 때 몸을 비틀고 조금씩 조금씩 빠져나왔다가 다시 세차게 들이받았다가 다시 부드럽게, 빠르게 그다음에는 천천히 움직이는 걸 느끼고 싶어. 그때 난 그 여자가 되고 싶어졌어. 그냥 씨발 숨이라도 쉬고 싶어.

오늘밤 나는 가수의 집을 혼자 지켜보고 있지만, 다른 때는 같이 지켜보는 사람들이 있어. 가수의 매니저 일을 하는 키 작고 목소리가 큰 남자, 그 남자는 우리도 그냥 돈이나 대마초를 좀 얻거나 대박 노래를 들어볼 기회가 있을까 해서 오는 다른 애들과 다름없을 거라고 생각했겠지만 우리를 잘못 본 거지. 우리는 게토로 돌아왔고 그 사람을 아는 것 같은 백인 남자가 우리한테 가수의 집에 있는 방에 대해 전부 얘기해줬어. 사람마다 다 가격표가 달려 있다고, 그 사람 바로 밑에서 일하는 사람들한테도 말이야. 때가 되면 그 사람들은 모두 멋진 휴가를 잠깐 동안, 아니 오랫동안 떠나게 되는 거야. 펑키 킹스턴, 거기 있었구나! 하는 식의 깊은 펑키 디스코 낮잠을 자는 거지. 들어가는 길이 하나, 나가는 길이 하나라더군. 보통은 9시나 9시 15분쯤이 쉬는 시간이라서 가수는 그때 부엌으로 혼자 간다는 얘기도 했어. 아이들도 집에 없고 다른 모든 사람들은 아직 스튜디오에 있거나 막 떠나려는 참이니까. 부엌으로 이어지는 계단에서는 시야가 선명하게 확보되지만, 만일을 대비해서 총알을 마구 갈겨대야 할 거라고도 했어. 둘은 차를 몰고, 둘은 안으로 들어가고, 넷은 케이스를 해야 한다고도 했지. 우리는 케이스를 해야 한다는 게 무슨 뜻인지 몰랐어. 조시 웨일스가 총을 케이스에서 꺼내라는 뜻이라고 말했지만, 멍청한 얘기 같았어. 미국인은 다시 빨갛게 달아올랐고, 게토로 총을 가져오는 남자가 케이스하라는 얘기는 그 집을 포위하라는 뜻이라고 말해줬어. 그 사람들은 우리한테 사진도 보여줬어. 부엌에 있는 가수 사진, 가수랑 음반회사를 운영하다는 백인이 같이 있는 사진, 가수가 대마초를 엄청 피워서 눈이 머리에서 튀어나올 것 같은 모습으로 스튜디오에 있는 사진, 가수랑 또, 미국에서 곧장 넘어온 새 기타리스트가 같이 있는 사진, 가수가 어떤 여자랑 씹질을 하는 사진, 가수가 그 여자의 언니랑 씹질을 하는 사진,

이제는 가수마저 가수한테 질린다는 듯 가스레인지에 몸을 기대고 있는 사진. 자메이카 전체가 스마일 자메이카 콘서트를 기다리고 있었어. 파파-로는 이게 인민국가당 프로파간다이기는 하지만, 그 가수, 밥을 위해서라도 참석해야 한다고 말했지. 심지어는 게토 사람들도 몇 명 가기로 했어. 나는 그냥 하룻밤만 있으면 더이상 굶주리지 않아도 된다는 생각밖에 나지 않았어. 하룻밤만 더 있으면 나는 슈퍼맨 가슴에서 S를 뜯어내고 배트맨 배에서 B를 뜯어낼 거야.

알렉스 피어스

게토 이야기를 할 때 사진을 실으면 안 되는 데에는 다 이유가 있다. 제3세계의 슬럼가라는 건, 두 눈을 부릅뜨고 있는 어떤 종류의 믿음이나 사실조차도 부정해버리는 악몽과 같다. 스스로 몸을 비틀고 꼬며 자신만의 사운드트랙에 맞춰 그루브를 타는 지옥의 모습. 이곳에는 보통의 규칙이라는 게 적용되지 않는다. 적용해볼 수 있는 것은 상상과 꿈, 판타지뿐이다. 게토, 특히 웨스트 킹스턴의 게토에 가보라. 게토는 현실을 이런 식의 그로테스크함으로, 이를테면 단테의 신곡이나 히에로니무스 보스의 지옥도 어딘가에서 튀어나온 무언가로 바꿔버린다. 게토란 묘사조차 할 수 없는 녹슬고 시뻘건 지옥의 지하실과도 같으므로 나도 굳이 게토를 묘사하려는 노력은 하지 않겠다. 게토를 사진으로 찍는다는 것 역시 불가능한 일이다. 웨스트 킹스턴의 어떤 지역, 예컨대 리마 같은 곳은 너무나도 절망적이고 지속적인 역겨움에 휘감겨 있으므로, 그곳을 사진으로 찍으면 사진 촬영이라는 과정 자체에 내재한 미학이 실제의 추잡함을 덮어버리고 거짓말을 한다. 아름다움은 그 범위가 무한하지만 그야 지독한 가엾음도 마찬가지이므로, 트렌치타운이라는 절대 끝나지 않는 추잡함의 소용돌이를 제대로 파악하기 위해서는 상상이라는 방법을 쓰는 수밖에 없다. 게토를 색깔로 묘사할 수도 있을 것이다. 오래된 피처럼 죽어버린 붉은색, 흙이나 진흙, 똥갈색, 지나치게 좁은 거리를 아무렇게나 흘러다니는 비눗물의 흰색 등등. 오래된 함석판 바로 옆에서 지붕이나 울타리를 떠받치고 있는 새 함석판처럼 빛나는 색깔도 있겠다. 사실 함석판이란 그 자체로 정치인들이 게토 사람들에게 마지막으로 호의를 베푼 게 언제인지를 보여주는 살아 있는 역사다. '에이트레인즈'의 함석판은 5센트짜리 동전처럼 빛난다. '콘크리트 정글'의 함석판은 총알구멍으로 어지럽혀져 있고 자메이카 시골의 흙빛으로 녹슬어 있다. 게토를 이해하기 위해서라면, 그 현실을 직시하기 위해서라면 일단은 게토를 보았다는 사실을 잊어야 한다. 게토는 냄새니까. 어쩔 때 게토가 풍기는 냄새는 여자들이 가슴에 칠한 베이비파우더 냄새처럼 달콤하다. 올드 스파이스, 잉글리시 레더, 브럿 콜롱. 갓 잡은 염소에게서 풍기는 날것의 냄새, 염소 머리를 넣고 끓인 수프에서 나는 후추와 피멘토 고추 냄새. 세제에서 나는 시큼한 화학약품 냄새, 코코아 버터, 페놀, 비누에 첨가한 라벤더 향, 발효 콩, 길옆을 따라 흐르는 오래된 똥냄새. 저크 치킨에서 또 한번 풍기는 피멘토 냄새. 방금 쏜 총에서 나는 화약 냄새, 어린애 바지에서 나는 똥냄새, 길거리에서 살인사건이 터진 후, 시체를 옮겨놓았는데도 여전히 엉겨붙는 피 속의 철분 냄새. 냄새란 소리의 기억을 불러일으키기 마련인데, 게토에서도 마찬가지다. 부드럽고 섹시하지만 동시에 엄청나게 민악하고도 엄청나게 순수한 델타 블루스*처럼 잔혹하고도 야윈 레게음악. 어디에 있든 언제나 고향에 있는 것과 같은 우리의 가수는 공기 중에 퍼져 있는 소리임과 동시에 살아 숨쉬는 서퍼라다. 그는 바로 이 피멘토와 총상이 풍기는 피비린내, 흐르는 물과 달콤한 리듬 속에서 태어났다.

씨발, 뉴욕 5번가에서 점심 먹는 여사님들이나 읽을 쓰레기를 쓰는 기분이다. 절대 끝나지 않는 추잡함의 소용돌이? 겁나게 감상주의적이시네요, 배트맨 양반. 씨발, 난 대체 누구더러 읽으라고 이걸 쓰고 있단 말인가? 좀더 가까이 다가가서 가수의 진짜 모습을 포착해낼 수도 있겠지만, 모든 선배 기자들이 그랬듯 나도 실패하고 말 거다. 왜냐하면 제기랄, 가수의 진짜 모습 같은 건 없으니까. 결정적인 사실은, 진짜 좆같게도 결정적인 사실은, 빌보드차트 TOP10에 오르면서 가수는 이제 무언가 다른 것으로 바뀌어버렸다는 거다. 어떤 코드 같은 것으로. 가수는 이제 웬 여자애가 호텔 창문 옆을 지나가면서 이즘과 스키즘에 싫증이 난다고 노래할 때에나 존재한다. 거리를 돌아다니는 배가 꽉 찬 사내놈들이 배고프다고 노래할 때에나 존재한다. 남들이 다 알고 있는 노래를 부르지 못하는 게 크나큰 위험이라는 사실을 아는 만큼 다음 소절을 부르기 전에 잠시 소리를 질질 끌 때, 그럴 때에나 존재한다는 말이다.

창밖으로는 가로등이 항구까지 쭉 오렌지색으로 빛나고 있다. 하나, 둘, 셋 타다닥 꺼지는 성냥불빛 같은 오렌지색. 이를 알아채는 순간, 노랗고 하얀 또다른 불빛들이 진짜로 한 블록, 한 블록 차례로 꺼진다. 눈을 깜박이자 방이 어두워져 있다. 내가 도착한 다음부터만 세어봐도 킹스턴에서는 세 차례나 불이 나갔었는데, 그때마다 달

---

* 1920~30년대 미국 미시시피 주 델타 지역에서 발전한 블루스 음악 형식. 강한 리듬과 힘 있는 보컬, 슬라이드 기타의 빈번한 사용이 특징이다.

은 보름달이었고 잠깐 동안 도시는 은색에 파란색으로 물들었으며 하늘은 달콤한 남빛으로 물들어 마치 이 도시가 갑자기 시골이라도 된 것 같았다. 달빛이 건물 측면을 때리면 반짝이는 잿빛 담벼락이 땅에서 솟아난다. 불빛이라곤 자동차에서 나오는 것뿐이다.

아래쪽에서 웅웅대는 소리가 들린다. 정확히 기억은 안 나지만 내 방이 10층인가 11층이었던 것 같은데. 그러더니 잠시 후 지직 소리가 나면서 다시 불이 들어온다. 내가 묵는 호텔에는 자체 발전기가 있어서 알아서 복구되고 그다음에는 앞쪽 호텔에, 또 그다음 호텔에 불이 들어온다. 그렇게 이 가짜 불빛은 오렌지색을 다시 불러와 우리의 은빛을 죽여버린다. 하지만 시내는 여전히 어둠에 잠겨 있다. 아마 밤새도록 정전이 계속될 것이다. 나도 시내에 가본 적이 있다. 처음에는 불빛을 따라서, 불빛이 끝난 곳부터는 리 스크래치 페리*의 노랫소리를 따라서. 모든 기자들은 이곳이야말로 아르마-인-더-기데온**, 이 도시가 갖춘 모든 요소가 무법상태로 터져나가는 지점이라는 얘기를 듣게 돼 있다. 그런 곳에서조차 사방이 너무 조용해, 킹스턴은 마치 유령 마을이 된 것 같았다. 나는 난생처음으로 파도가 항구를 두드리는 소리를 들었다.

나도 내가 뭘 원하는지 모르겠다. 이건 내 능력 밖의 일이다. 로큰롤이 죽은 이 마당에 누가 음악평론가가 되고 싶겠는가? 펑크음악에도 뭔가가 있을지 모르지만, 어쩌면 펑크음악이 할 수 있는 말이라고는 록음악이 잔뜩 병들어 런던에서 골골대고 있다는 것밖에는 없을지도. 라몬즈라는 밴드가 뭔가를 저지를 수도 있겠으나 어

* 자메이카 출신의 프로듀서이자 가수(1936~).

** 라스타들이 말하는 아마겟돈 '아르마기데온'을 이용한 말장난.

쩌면 로큰롤은 척 베리로 돌아감으로써 계속해서 다시 태어나야 하는 운명을 지녔는지도 모른다. 씨발, 알렉산더 피어스 이놈아. 음악에 대한 글을 쓸 방법이라고는 좆같은 록음악 비평가처럼 말하는 방법밖에 없단 거냐? 웨너는 지금 당장이라도 믹 재거와 키프가 깨어나 헤로인을 끊었으면 좋겠다고, 밴드의 기량을 깊숙이도 감춰버리는 그 거지같은 그 약물을 그만 내려놓고, 〈염소 머리 수프〉* 같은 질펵한 쓰레기, 오 주여, 그깟 레게 따위를 만들어내는 대신 〈렛 잇 블리드〉**를 다시 만들어주었으면 좋겠다고 생각, 아니, 소원하고, 처절하게 염원하고 있었다. 그러나 두 사람은 여기에서 바로 그 짓을 하는 대신, 자기네 노래를 거지같은 원드롭 비트***에 실어 거의 열아홉 곡이나 줄줄이 쏘아대는 짓을 하고 있었다. 나는 자메이카에 오면 무언가 발견할 수 있으리라고 생각하고 이곳에 왔다. 그리고 이미 찾던 걸 발견했다고 생각한다. 아니, 확신한다. 하지만 제기랄, 그게 대체 뭔지를 모르겠다.

불이 나가더니 다시 들어왔지만 이번에는 웅웅거리는 소리가 들리지 않았다. 빌어먹을 아무 소리도. 누구라도 이런 일은 예상하지 못했을 것이다. 나는 호텔 밖의 도시 전체가 무방비 상태로 체포당한 게 아닐까 상상했다. 현행범으로. 불이 다시 들어오기 전에 마크 랜싱은 뭘 하고 있었을까? 대체 랜싱이 여기 사람 중에 누굴 안

* 〈Goats Head Soup〉(1973), 롤링스톤스의 앨범. 녹음과 제작을 자메이카에서 진행했다.

** 〈Let it Bleed〉(1969), 롤링스톤스의 앨범.

*** 자메이카식 레게 드럼 비트의 한 종류. 밥 말리 앤드 더 웨일러스의 원년 드러머인 칼턴 배럿이 처음 개발한 것으로 전해지며, 밥 말리가 불렀던 〈원 드롭〉(1979)이라는 동명의 곡에 사용되면서 유명해졌다.

다는 거지? 나한테 게토가 어떤 식으로 굴러가는지 설명해준 우리의 사나이 랜싱은, 원래 미성년범죄자였지만 교도소에 가더니 사람이 변해서 나왔다. 책을 읽은 덕이라 했다. 나도 랜싱이 『말콤X의 자서전』쯤은 읽었을 거라고 예상했고, 엘드리지 클리버*를 읽었다는 얘기까지도 사실로 받아들일 수 있었다. 하지만 버트런드 러셀의 『철학의 문제』라니? 사람들이 랜싱을 혼자 놔두는 건 놈이 청년회를 운영하며 갱들 사이에서 명상을 하곤 하는 고전적 미성년범죄자이기 때문이기도 하지만, 쿨리(인도 혈통)에게서 뭔가를 기대하는 사람은 원래 없기 때문이기도 하다.

어떨 때는 베트남 참전용사들이 부럽다. 그 사람들한테는 최소한 잃어버릴 신념이라도 있었으니까. 떠날 만한 이유가 하나도 없다는 사실이야말로 더더욱 가야 할 이유가 될 만큼, 어딘가로 간절히 떠나고 싶었던 적이 있는가?

1971년의 나는 밀워키**를 당장이라도 떠나지 못해 안달이었다.

자메이카 사람은 누구나 노래를 부를 줄 알고, 모든 자메이카 사람은 같은 노래책에서 노래 부르는 방법을 배운다. 마티 로빈스의 〈건파이터 발라드〉. 제아무리 잘나가는 일진이라도 별 수 없다. 놈의 멱살을 움켜쥐고 "엘 파소"라고 말하면, 조용하고 부드러운 목소리로 완벽하게 따라 부르기 마련이다. 리오 그란데에에에에에 옆에 있는 엘 파소 도시여어어어어어, 하고. 요즘 자메이카 사람들이 하는 건토크***가 현생인류라면, 이 노래는 호모 에렉투스쯤 된다. 킹스턴에서

* 미국의 저술가이자 정치 활동가(1935~1998). 미국의 극좌익 흑인 과격파 단체 흑표범단의 주요 인물로 활약하다 추방당해 쿠바, 알제리, 프랑스 등에서 7년간 망명생활 후 1975년 미국으로 돌아와 보수적인 공화당 지지자가 되었다.

** 미국 위스콘신 남부의 호반도시.

벌어지는 녹색파 대 오렌지파의 전쟁에 대해서 뭐라도 알고 싶다면, 갱단 겸 총잡이들에 대해 알아야 할 그 모든 것들은 밥 말리나 피터 토시****의 가사 속에 있는 게 아니라 마티 로빈스의 〈빅 아이언〉에 있다는 걸 명심하시라.

> 입에서 입으로 그는 자유로운 무법자라는 속삭임이 전해졌고
> 그는 처리할 일이 있어 이곳에 왔다네
> 큰 총을 허리에 차고서

이것이 바로 황량한 서부, 킹스턴의 총잡이들에 대한 이야기다. 서부극에는 흰 모자를 쓸 영웅과 검은 모자를 쓸 악당이 필요하지만 사실대로 말하자면, 게토가 주는 교훈은 오히려 폴 매카트니가 핑크 플로이드의 앨범 〈다크 사이드 오브 더 문〉에 대해 했던 이야기와 가깝다. 어둠밖에는 없단 말이다. 서퍼라라는 서퍼라는 모조리 집 없는 카우보이고, 거리라는 거리는 모두 어딘가의 노래 속에 피로 쓰여 있을 총격전을 품고 있다. 킹스턴 서부에서 하루를 보내면 이 지역 최고의 권력자가 자기 자신을 조시 웨일스*****라고 부른다는 것이 완벽하게 이해된다. 무법상태라는 사실만 가지고 하는 소리가 아니다. 마치 레게 가수가 오래된 노래에 새로운 가사를 붙이듯, 이들은 신화를

*** 다양한 총기의 이름을 대가며, 누군가에게 본때를 보여주겠다는 말을 쏟아내는 랩 음악.

**** 자메이카의 레게 뮤지션(1944~1987). 밥 말리, 버니 웨일러와 더불어 밥 말리 앤드 더 웨일러스의 원년 멤버였다. 솔로로 독립하여 라스타로서의 삶을 살았다. 1987년 집에 쳐들어온 무장괴한들에 의해 살해당했다.

***** 클린트 이스트우드 감독의 영화 〈무법자 조시 웨일스〉(1976)의 주인공 이름이기도 하다.

잡아채서 자신들만의 것으로 만들어낸다. 서부극에 OK 목장*이 필요하다면 OK 목장에는 다지 시티**가 필요한 법이다. 때때로 시체들이 파리마냥 날아다니는 킹스턴은 좀 지나치다 싶을 정도로 다지 시티에 대한 묘사와 맞아떨어진다. 떠도는 말에 따르면 시내 지역은 무법 상태가 너무 심각해서, 수상조차도 몇 년째 크로스로드 아래로는 내려가본 적이 없다고 한다. 뿐만 아니라, 크로스로드는 누구나 언제든 차지할 수 있는 상태라고 한다. 왜냐고? 잘 알겠지만, 말 잘하는 백인 수상이 민주주의적 사회주의 같은 단어를 입에 담으면 며칠 걸리지도 않아서 스미스니 뭐니 하는 이름의 미국인들이 정장을 쫙 빼입고 갑자기 쏟아져 들어오기 때문이다. 심지어는 나 같은 사람도 냉전의 냄새를 맡을 수 있었다. 무슨 미사일 위기 같은 게 아닌데도. 지역민들은 부랴부랴 출국 비행기에 오르거나 살해를 당하는 중이었다. 어쨌든 간에 모두가 씨발, 빌어먹을 다지 시티 밖으로 도망치고 있었다.

이제 좀 나은 것 같네. 헌터***처럼 쓰지 마라, 헌터처럼 쓰지 마. 좆까라, 톰슨. 됐으니까, 비트족****도 좆까라. 내 이야기에는 서사적 줄기가 있어야 한다. 주인공과 악당과 카산드라*****가 필요하다. 나

---

* 미국 애리조나 주 툼스톤 소재 목장. 영화 〈OK 목장의 결투〉(1957)의 무대.

** 미국 캔자스 주 아칸소 강가에 있는 도시. 서부극에서 종종 무법지대로 묘사된다.

*** 미국의 기자 겸 작가 헌터 S. 톰슨(1937~2005). 실제로 잡지 〈롤링스톤〉에 칼럼을 연재했었다.

**** 기성세대의 질서를 거부하고 자유를 주창하며 현대적인 재즈를 좋아했던 1950~60년대 초의 청년 그룹.

***** 그리스신화에 나오는 트로이의 공주이자 예언자. 트로이의 멸망과 아가멤논의 죽음 등을 예언했다. 신화에 따르면 애초 아폴론이 카산드라의 사랑을 얻는 대가로 예언의 능력을 주었으나 카산드라가 약속을 지키지 않자 카산드라의 입에 침을 뱉어 아무도 그녀의 예언을 믿지 않게 되는 저주를 걸었다고 한다.

는 이 이야기가 나와는 상관없이 클라이맥스, 대단원, 혹은 파국으로 치달아가고 있는 것을 느꼈다. 『마이애미 그리고 시카고 점령』*을 보면 노먼 메일러가 형편없는 자신의 본모습을 사건 속에 녹여넣은 부분이 있다. 자기가 그 사건에 직접 참여한 것처럼 하려고 없는 사건을 만들어낸 것이다. 그냥 내 의견이다, 개인적인 의견.

가수는 서로 전쟁중인 갱단의 두목들을 일주일 간격으로 번갈아 만난다. 철학책을 읽는다는 내 친구, 우리의 밀정 나리가 하신 말씀에 따르면 예정에 없던 총기가 항구로 들어왔다가 사라졌다고 한다. 2주 후면 선거다. 마크 랜싱 얘기는 하지도 말자. 한편, 이 나라 전체는 무언가를 기다리는 게임이라도 시작한 듯 얼어붙었다. 어쩌면 내가 정말로 알아야 하는 건 어째서 윌리엄 애들러가 몇 달 전 자메이카에 들어왔는지, 그가 아는 건 무엇이며 가수와 이곳 사람들, 빌어처먹을 이 나라 전체가 다가올 2주를 어떻게 헤쳐나갈 것인지 등등인지도 모른다. 그다음에 나는 좆나 끝내주는 이야기를 하나 써서, 그 기사를 〈타임〉이나 〈뉴스위크〉, 아니면 〈뉴요커〉에 보낼 것이다. 왜냐면, 〈롤링스톤〉은 좆같으니까. 왜냐면 그가 안다는 사실을 나도 알고 있으니까. 씨발, 난 그냥 안다. 그도 알 수밖에 없다.

* 두 번의 전쟁 체험에 바탕한 작품들로 퓰리처상을 수상한 미국의 소설가 노먼 메일러가 1968년 민주당과 공화당의 정당 회의를 분석한 논픽션 보고서.

파파-로

사람들은 내 정신이 멀리 항해를 떠난 배라고 생각하더이다. 여긴 내 구역인데 심지어는 여기서조차도 그렇게 생각하는 사람들이 몇 있소. 안 보는 듯해도 내가 다 지켜보고 있소. 그만큼 크도록 도와준 게 누군데, 놈들이 이제는 나를 진보의 걸림돌로 생각하는 거요. 그래서 벌써부터 나를 늙은이처럼 대하고, 어떤 얘기를 하다가도 나머지 부분은 나한테 할말이 아니라고 생각해서 중간에 말을 잘라먹지. 그걸 내가 눈치채지 못할 거라고 생각하는 거요. 이야기 좀 하자며 게토에 전화가 걸려올 때도 나한테는 전화가 돌아오지 않아. 그 또한 내가 눈치채지 못할 거라고들 생각하지. 자기들이 나를 따돌리고 있다는 것도 내가 눈치채지 못할 거라 생각하는 거요.

이제 정치인들이 다른 전망을 그리게 된 만큼 게토 사람들도 권력 이동을 하려는 모양인데. 내가 더이상은 피 보는 걸 싫어하게 됐다는 말이 도는 것 같더이다. 2년 전 일인데, 일주일 동안 나한테 두 가지 일이 벌어졌지. 첫번째는, 갑자기 벼락부자가 된 정글의 어느 애송이놈이 있어 그놈을 내가 쏘아버린 거요. 어떤 잔챙이놈이 다시 겁대가리를 잃어버리고는 제멋대로 대마초를 팔아대고, 우리가 무슨 평화 조약이라도 맺은 것처럼 인민국가당놈들과 어울린다는 소문이 돌았거든. 본보기를 보여줄 생각에 우리가 루드보이를 하나 잡아왔는데, 카키 바지조차 입지 않은 놈이었소. 터프가이들보다 더 터프한 건지, 쿠바에서 귀환한 무슨 붉은 여단* 단원이라도 되는 건지. 허나 그 녀석은 아르덴 고등학교**에 가던 중이었던 거요. 녀석이 무릎으로 털썩 주저앉더니 옆으로 뒹굴며 등을 깔고 쓰러졌고, 그제야 나는 교복 넥타이를 봤다오.

나 때문에 죽은 사람이 몇 명이나 되는지는 기억도 잘 나지 않고, 그렇게 신경을 쓰지도 않소. 허나 이번엔 달랐소. 똑같이 사람을 죽이는 거라 해도 그 사람이 그냥 죽는 것과, 총을 쏘는 순간 너무 가까이 있었던 탓에 그 사람이 나를 잡고, 쳐다보는 모습을 바라본다는 건 다르지 않겠소? 그 눈이란 좆나 겁에 질려 있단 말이오. 죽음이야말로 가장 무서운 괴물이니까. 애새끼 때 꾸었던 그 어떤 꿈보다도 무섭겠지. 바로 그 때문에 죽음을 마치 악마처럼 느끼면서, 죽음이 자기를 천천히 삼켜오는 것을 실감하는 거요. 커다란 입이 제일 먼저 발가락을 삼키면 발가락이 차가워지고 그다음에 발을 삼키면 발이 차가워지고 그다음에는 무릎, 그다음에는 허벅지, 그다음에는 허리, 마침내 그 어린애가 내 셔츠를 잡고서 크게 빽빽대오. 안 돼, 안 돼, 안 돼요, 저게 나를 덮쳐오고 있어, 안 돼, 안 돼, 안 돼, 안 돼…… 어쩌면 온 힘을 다 끌어모으면, 모든 의지를 그

---

* 쿠바의 벤세레모스 여단. 미국의 대 쿠바 정책에 대항해 쿠바 혁명을 지원하는 것을 주요 목표로 삼았다.

** 자메이카 세인트앤드루에 있는 명문 고등학교.

열 손가락에 다 끌어모아 살아 있는 무언가를 잡고 있으면, 혹시라도 목숨을 부지할 수 있을까 싶어서, 다른 어떤 것을 잡았을 때보다도 더욱 세게 내 손을 잡는다는 것은, 그건 완전히 다른 얘기요. 그 애는 마치 세계 전체를 빨아들이듯이 숨을 들이쉬었고 숨을 내쉬면 남은 목숨을 전부 내쉬게 될까봐 숨 쉬는 걸 무엇보다도 두려워하고 있었소. 한번 더 쏘세요, 조시 웨일스가 말했지만 나는 그냥 바라보는 것밖에는 아무것도 할 수 없었다오. 조시 웨일스가 다가와 애 이마에 총을 겨누었고, 탕.

그것 때문에 또 소란이 일었었지. 파파-로가 거친 사람이라는 건 다들 알잖소. 특히 도둑질을 하거나 여자를 강간한 자를 다룰 때는 더욱 거칠어진다는 것도. 하지만 그전에는 아무도 나를 사악한 놈이라고 여기지 않았소. 그 여자가 처음이었소. 내 집이 있는 곳까지 그 먼 길을 걸어와서는 자기 애가 얼마나 착한 아이였는 줄 아느냐며, 그애가 엄마를 얼마나 사랑했는 줄 아느냐며, 그애가 이제 막 고등학교 검정고시에서 여섯 과목이나 통과하고 장학금을 받아 대학에 가기로 되어 있었다고 소리를 질러대던 그 여자 말이오. 그 여자는 주님께서 오신다면 나 같은 검둥이 히틀러 새끼에겐 특별한 형벌을 내릴 거라고 하더이다. 그 여자는 아들을 생각하며 비명을 지르고 예수님에게 도와달라고 비명을 질렀소. 그때 조시 웨일스가 여자 뒤통수를 개머리판으로 찍더니 그 여자를 길거리에 내팽개쳤소. 바람이 불어올 때마다 그 여자의 치마가 나부꼈소.

한번은 가수가 나한테 말하더군. 파파, 그렇게 걱정 많은 분이 어쩌자고 최고 서열이 되셨소? 나는 최고의 자리에 올라간다는 건 걱정을 안고 사는 것이라는 얘기는 하지 않았소. 누군가 산 정상에 올라서게 되면, 온 세상이 그 사람을 겨누고 기회를 노리는 것이라 얘기했지.

가수는 수많은 사람들이 자기를 싫어한다는 걸 알고 있소. 가수가 알고 있다는 걸 나도 알고 있고. 허나 그 증오가 어떤 모양인지도 가수가 알고 있는가는 잘 모르겠소. 온갖 사람들이 저마다 한마디씩 할말이 있겠지마는, 진짜로 가수를 증오하는 사람들은 가수보다도 검은 사람들이오. 법원에 계신 어떤 보스맨께서 가수더러 그러더군. 겨우 반쪽짜리 백인 난쟁이놈을 흑인 해방운동의 목소리로 만들어놓겠다고 엘드리지 클리버가 쓴 글을 하나하나 다 읽고, 어디론가 사라져서는 씨발 잘난 학위까지 하나 따서 돌아왔느냐고. 저놈이 자메이카를 대표하는 얼굴, 공인 제1호란 말이야? 글은 읽을 줄 아나? 뉴욕과 마이애미에서 돌아온 지 얼마 안 된 보스맨께서 자메이카의 국가 홍보에 그만한 재앙은 없다며 한 말이오. 세관에서는 가수를 두 번이나 불러세우더니 레게 밴드에서 활동하고 있느냐고 물었소. 여행가방에서 냄새가 나는데 무슨 냄새냐, 과안-자* 냄새냐 하면서. 노스 코스트에 호텔을 가지고 있는 보스맨께서는 또 이런 얘기도 하시더이다. 한번은 어떤 좆같은 백인 쌍년이, 유리잔에 우산이 꽂혀 있는 다이키리**를 마시다가 가수한테 머리를 얼마 만에 한 번씩 감느냐고, 자메이카 사람은 다 라스타냐고 묻더라는 거요. 물론, 당신이야 매일 머리를 빗는 것 같고 또 머릿결도 좋지만요, 하면서. 그러더니 그 여자가 가수 책상에 50달러와 자기 방 열쇠를 놔두었다는 거요. 한번은 내가 가수한테 그랬소. 한 사람을 상대하겠다고 저토록 강력한 악의 세력들이 저렇게나 많이 줄을

* 세관 공무원들이 대마초인 '간자'라는 단어를 모르고, 혹은 조롱조로 잘못 발음하는 것(gawn-ja)을 흉내내고 있다.

** 럼주에 과일 주스나 설탕 등을 섞은 칵테일.

서는 건 살면서 한 번도, 가수 때 말고는 본 적이 없다고. 허나 가수는, 악마는 자기에게 아무 힘도 행사할 수 없다고 하더이다. 악마가 오면 나란 놈은 악마와 악수를 할 거예요. 악마에게도 해야 할 역할이 있는 거죠. 악마도 좋은 친구예요, 그자의 정체를 모르는 게 아니라면 악마는 나를 망쳐놓을 수 없으니까요. 내가 가수에게 말했소. 브레드렌, 자네는 꼭 로빈 후드 같군. 그러자 가수가 말했소. 하지만 나란 놈은 살면서 한 번도 강도질을 한 적이 없는데요. 그래서 내가 말했소. 브레드렌, 그건 로빈 후드도 마찬가지라네.

그러나 사악한 자들과 쨈피(사기꾼)들의 세력은 밤을 틈타 일어나기 마련이지. 가수는 영리하오. 나와도 친구로 지내고, 쇼타 셰리프와도 친구로 지내고 있소. 가수는 나와도 이야기를 나누고 쇼타와도 이야기를 나눈다오. 물론 같은 자리에서 그러는 건 아니오. 그건 지금 생각해도 미친 짓이지. 허나 어쨌든 가수는 우리 둘 모두와 똑같은 방식으로 이야기를 나눈다는 말이오. 고양이와 개가 같이 살 수 있다면 우리는 왜 서로 같이 살 수 없는 겁니까? 쟈께서도 그렇게 말씀하지 않으시겠어요? 허나 고양이와 개는 서로 같이 살고 싶어하지 않네, 난 가수한테 그렇게 말했소. 허나 그때 이후로 그 문제에 대해 곰곰이 생각을 해보니 또다른 추리를 하게 되더이다. 개가 고양이를 죽이고, 고양이가 개를 죽이면, 좋아할 놈은 존 크로*뿐이라고. 존 크로는 평생 동안 이날만을 기다려왔을 거요. 뻴건

* john-crow. 자메이카에 많이 서식하는 독수리의 일종으로, 칠면조 독수리라고도 불린다. 거리에서도 이 새들이 사체를 쪼아 먹는 모습이나 거대한 날개를 펴고 하늘을 나는 모습, 나무나 지붕 위에 앉아 있는 모습을 자주 볼 수 있다. 자메이카의 민담에 종종 등장하는 존 크로는 추함과 암흑, 사악함, 수치심 등을 상징하며, 죽음을 예고하는 불길한 전조로도 여겨진다.

머리에 흰 깃털이 달린 가슴과 새카만 날개. 자메이카 국회의 존 크로. 콘스턴트 스프링 골프 클럽에 다니는 존 크로. 이제는 너무 커버려 더이상 외면할 수 없게 된 가수를 자기들만의 예쁘장한 파티에 초대해 구운 돼지고기를 그의 얼굴에 들이밀며*, 레게가 무슨 피똥이나 지릴 트위스트라도 되는 것처럼 우리도 레게를 해볼까 생각중인데 말야 하고 지껄이면서, 가수에게 잉글버트 험퍼딩크** 같은 진짜 스타를 만나본 적이 있느냐고 묻고 싶어하는 존 크로.

그래도 사악한 세력과 쌤피들의 세력은 밤을 틈타 일어나기 마련이지. 특히 지금처럼 더운 밤에는. 12월치고는 너무 더워, 어떤 자들이 생각할 수 있는 거라곤 가진 자는 누구이고 못 가진 자는 누구인지밖에 없다. 나는 불을 켜지 않고 베란다에 나와 있었소. 우리 집에서 밖을 내다보니 도로는 조용했고, 러버스록*** 이 길 아래 저쪽에서 들려오는 것 말고는 아무 소리도 나지 않았소. 그때 뭔가를 한 차례 쾅 치는 소리가 들렸소, 또 한번, 또 한번. 방금 누가 도미노 게임에서 이긴 모양이오. 나는 잠잠함을 눈으로 보고 귀로 듣지만, 그 잠잠함이 계속 이어질 수 없다는 걸 알고 있소. 내게도, 가수에게도, 킹스턴에게도, 자메이카에도 말이오.

지금까지 세 달 동안, 백인 남자 둘이 피터 나세르와 함께 게토로 왔소. 한 사람은 영어로만 말을 하고 다른 사람은 스페인어를 너무 많이 씁디다. 그들은 조시 웨일스를 보러 온 거였소. 내가 아니라. 남자라면 누구나, 원한다면 얼마든지 최고 서열이 될 수 있소. 정치인들이 새 친구를 사귄다는 얘기는 바로 그 최고 서열인 사람

* 라스타인 밥 말리가 돼지고기를 먹지 않는다는 걸 알면서 하는 모욕적인 행동.

** 인도 태생의 영국 팝 가수(1936~).

*** 로맨틱한 사운드와 가사를 특징으로 하는 레게.

을 찾아온다는 얘기요. 정치인들이 나 파파-로라면 하지 않을 거라고 생각한 일 중에서 조시가 무얼 해주겠다고 말했을지 궁금해지는군. 조시는 홀로 선 자요. 그때든 지금이든, 한 번도 조시를 통제해보려 한 적이 없소. 발라클라바의 몰락 이후로는 말이오. 코펜하겐시티는 공작이 넷이나 다섯쯤 사는 궁궐이오. 예전에는 누구도 왕이 되려 하지 않았지. 허나 새로운 백인 남자 둘이 게토로 왔을 때, 그들은 예의를 차리겠다며 우리집에 들르긴 했으나 떠날 때에는 조시 웨일스와 함께 떠났소. 그쯤이면 손을 흔들어 그들과 작별인사를 하겠지 싶었던 마을 외곽에 도착했을 때, 조시는 그자들 차에 타더니 돌아와서도 아무 말 않더이다.

조시는 6시 30분쯤 자기 여자에게 들르더니, 여자가 관세자유지대에서 가져온 새 간지(양모 점퍼)와 바지를 입고 그 집을 나섰소. 그러고는 떠나버렸지. 나란 놈은 조시의 엄마도 아니고, 조시 웨일스를 지키는 사람도 아니오. 그러니 어디를 가든 조시가 나한테 시시콜콜 얘기할 필요는 없지. 조시 웨일스가 떠난 날 밤 부두에서 총이 든 화물도 함께 사라졌소. 미국에 있는 사람들이야 평화에도 한 번 기회를 주라고* 노래할지 모르겠소만, 조시는 여기 내려와 사는 미국인이 아니잖소. 내 생각에는 조시가 리마를 완전히 쓸어버릴 사람들을 모은 것 같소, 아니 알고 있소. 조시가 사람들이 있는 오렌지 스트리트 빈민가를 불태워버리고 소방관 두 명을 포함해 그 불을 끄려던 사람들을 모두 쏘아죽였다는 걸. 이를 내가 알고 있다는 걸 조시는 모르오.

1966년. 어떤 인간도 1966년에 들어갈 때 모습 그대로 나올 수

* 존 레넌의 노래 〈평화에도 기회를 주세요Give Peace a Chance〉(1969).

는 없는 거요. 발라클라바의 몰락은 수많은 사람의 목숨을, 심지어는 그 일을 지지했던 사람들의 목숨까지도 가져갔소. 나는 그 일을 지지했소이다. 조용히도 아니고 소리를 높여서 말이오. 발라클라바는 빈민촌을 좀더 부유한 빈민촌으로 만들어달라며 사람을 구걸하게 만드는 똥조각이었소. 발라클라바는 여자들이 살인과 강도, 강간을 이리저리 피해봐야 결국 물 한 잔 얻어마시고 죽게 되는 곳이었소. 발라클라바를 불도저로 밀어버린 덕분에 코펜하겐시티가 일어설 수 있었던 거요. 그런데 불도저가 나가고 난 뒤, 온갖 공약을 가지고 들어온 정치인들은 인민국가당 사람들을 전부 몰아내라는 요구도 같이 해왔소. 1966년 전까지는, 데넘 타운에서 온 사람이나 정글에서 온 사람이나 서로를 별로 좋아한 건 아니지마는 싸울 때는 축구장이나 크리켓 피치에서 싸웠고, 애들 둘이 소란을 떨다가 한 놈 입이 얻어터져 피투성이가 되더라도 전쟁이 일어나거나 전쟁이 날 거라는 소문이 돌지는 않았소. 허나 그때 정치인들이 온 거요. 나란 놈은 그들을 환영했소, 당연히 우리한테도 더 좋은 일은 꼭 생겨야만 했으니까.

1966년. 모든 일은 안식일에 일어났소. 조시 웨일스는 그때 기술을 배우던 밀러 씨네 자물쇠 공장에서 자기집으로 돌아오는 중이었소. 예전에는 한 번도 무슨 정당을 지지한 적이 없던 사람들의 골목을 지나 집으로 오고 있었지. 지난 금요일에 정치인이 거기 사람들한테 찾아와, 입 닥치고 총을 쏘라고 했다는 걸 모르고 있었던 거요. 사람들이 조시 웨일스에게 총을 다섯 발 쐈소. 다섯번째 총알을 맞았을 때 조시 웨일스는 더러운 물 웅덩이에 얼굴을 처박고 쓰러졌소. 다들 도망쳤고, 도망치지 않은 사람들은 오토바이를 타고 온 누군가가 조시 웨일스를 일으켜 앞자리에 태운 다음 거꾸러지지 않도록 붙들고서는 병원으로 데려가는 모습을 일단 지켜보며 기다렸소. 3주 후, 그 병원에서는 다른 사람이 걸어나왔소.

사악한 세력과 쌤피 세력들은 밤을 틈타 일어나기 마련이오. 가수가 나한테 얘기를 하나 해주더군. 레게를 아는 사람조차 몇 명 되지 않고, 백인 로큰롤 스타들과 가수가 친구로 지내던 시절의 이야기 말이오. 너희 레게 한다는 자식들은 틀에 박힐 줄을 몰라, 맨. 와, 끝내주던데. 과안-자 좀 있어? 허나 내티 드레드가 부른 노래가 히트를 치고 바빌론 TOP100에까지 올라가니, 다들 그 친구를 다르게 대하기 시작했다는 거요. 다들 옛날의 가수를 더 좋아했던 거지. 그를 알아본 것만으로 왠지 좋은 사람이 된 듯한 기분이 드는, 가난한 사촌 같기만 했던 가수를 말이오. 나는 가수에게 얘기했소. 내가 글을 읽을 줄 안다는 걸 깨달은 정치인들도 똑같이 굴더라고. 1966년, 정치인들은 킹스턴을 둘로 갈라놓았소. 우리에게는 둘 중 어느 조각을 원하는지조차 묻지 않았소. 그렇게 정치인들은 리마, 정글, 로즈타운, 리저드타운 같은 경계선 한가운데에 있는 모든 땅들을 놓고 우리가 서로 싸우도록 내버려둔 거요. 나란 놈은 열심히 싸웠소, 나놈이 지쳐버리기 전까지는 말이오. 지금 조시 웨일스와 같이 다니는 놈들은 모두 내가 키운 거요. 나만한 배드맨은 이제껏 없었소. 나는 코펜하겐시티를 원래 크기의 두 배로 불려놓았고 이 공동체에서 강도질과 강간을 박멸했소. 올해는 선거가 있소. 그리고 이제는 전쟁과 그에 대한 소문 말고는 아무것도 남은 게 없소. 허나 오늘밤, 우리집 베란다에서 지켜보니 밤은 비밀을 깊숙이 간직하고 있더이다. 나무로 된 베란다엔 페인트칠을 안 한 지도 오래요. 내 여자는 볼장 다 본 당나귀처럼 코를 골고 있고. 허나 나이가 들다보면, 절대로 바뀌지 않는 몇 가지를 좋아하게 되는 법이오. 내

일이면 젊은 놈 몇이 이리로 넘어와 저들 나름대로 평화 콘서트 얘기를 할 거요. 이 평화 콘서트는 인민국가당 프로파간다라면서. 이 밤이 거의 끝나가오. 경찰의 범죄박멸 특공대는 아직 한 번도 전면작전을 펼친 적이 없소. 밤새 깨지 않고 자는 것에 익숙하지 않은 게토 사람들에게는 오늘밤이 이상하게 느껴질 거요. 어딘가에서든 어떤 식으로든, 특히 오늘처럼 더운 밤에는, 누군가가 그 대가를 치르게 되어 있다오.

배리 디플로리오

– 오늘 점심에는 뭐 먹었어, 아빠? 왐퍼러러러?

– 당연하지, 귀염둥아.

– 아빠, 나 그렇게 부르지 마.

– 뭘 어떻게 부르지 마?

– 귀염둥이라고. 내가 무슨 여자야?

– 여자는 아니시다? 여자 같은 부분은 하나도 없으시단 말이지?

– 없어, 없어, 없어. 그러니까 귀염둥이라고 하지 마.

– 그래도 아빠한텐 귀염둥이야.

– 아냐. 남자는 귀염둥이가 아냐. 귀염둥이는 여자만 귀염둥이야. 여자들은 귀여워. 그리고 끈적끈적 더럽고.

이렇게 바위처럼 단단한 논리와 맞닥뜨렸을 때는 논쟁하는 것 자체가 뭐랄까, 힘들어진다. 여섯 살 때는 알았지만 서른여섯 살이 되니 씨발 도저히 알 수 없는 것들. 여기에 대해 논문이라도 쓸 수 있을 것 같다.

– 끈적끈적 더럽다고? 그래도 열세 살쯤 되면 항상 여자들하고 같이 있고 싶어질걸.

– 아닌데에에에에에.

– 맞는데에에에에에.

– 그럼 여자애들도 내 개구리랑 노는 걸 좋아하게 된단 말이야?

– 뭐 비슷하지. 어쨌든, 오늘밤에는 공부하기로 했잖냐, 꼬맹아.

– 아빠.

– 아 미안. 다 큰 남자가 됐다는 걸 깜빡했네. 오늘밤은 공부하는 밤이네, 친구. 그러니까 이만 가시죠. 너도, 티미.

– 아우, 만. 바빌론 비즈니스야, 이건.

– 뭐라고?

– 어…… 암것도 아냐, 아빠.

– 그러셔야지. 가서 자. 세상에, 이제 너희 둘 다 아빠한테는 뽀뽀도 안 해주는 거야?

– 애들 이제 다 컸잖아.

– 나만 몰랐네. 이 꼭 닦아라, 둘 다.

아내가 아이들을 따라간다.

– 어디 가?

– 나도 양치하려고. 하루가 너무 길었어. 하긴 킹스턴에서야 안 그런 날이 없지만. 안 그래?

아내가 지금 무슨 수작을 부리는 건지 나는 알고 있다. 여자들이 어느 순간이든 말다툼할 기회를 포착해내는 건 정말 놀랍지 않은가. 특히 이런 때 말이다. 싸우고 싶지 않다고 싸우지 않으면 꼭 관심이 없는 것처럼 보이니까 뭔가 다정한 얘기를 하거나 아내를 칭찬해야 하는데, 그러면 아내는 내가 그냥 자기를 가르치려 든다고 말하고, 그러면 어찌됐든 당연히 싸움이 시작된다.

- 올라갈게 지금……

전화가 울린다.

- 아니, 조금만 있다가.

아내는 내가 집에 오기만 하면 집에까지 전화가 온다느니 어쩌느니 중얼대면서 계단을 올라간다. 그러게 말이다. 업무상 용건이든 사적인 전화든 누구도 집으로는 전화를 걸지 못하게 해놨는데, 이상한 일이다.

- 여보세요?

- 천만 달러나 들였는데, 보여준다는 게 겨우 살 레즈닉 그 호모 새끼한테 〈뉴욕 타임스〉에 가끔씩 쓰게 하는 쓰레기 기사밖에 없단 말야?

- 윌리엄 애들러, 빌*. 어째 목숨은 붙어 있나?

- 내 물건 얘긴가? 글쎄, 트렁크 입고 다니던 때보단 왼쪽으로 치우쳤군.

- 자네가 있는 동네에서는 그딴 개소리도 통하나보지?

- 내가 있는 동네? 그래, 그게 어딘데?

- 무슨 사회주의 유토피아나 그런 곳에 있겠지. 세계 최고의 피나 콜라다**는 어때, 자유를 버리고 마실 가치가 있던가?

- 뭐, 쿠바라도 말하는 거야? 진심으로 내가 쿠바에 있다고 생각하나? 그런 정보를 갖고 있단 말이야? 자네를 향한 내 존경심에 찬물을 끼얹지는 말아주게, 배리.

---

* 영어 이름 윌리엄은 빌로 줄여 부르기도 한다.

** 럼주에 파인애플 주스, 코코넛 밀크를 갈아 만든 얼음을 섞은 칵테일. 남미의 푸에르토리코가 원산지다.

– 그럼 어딘데?

– 자네 번호를 어떻게 알아냈는지는 안 궁금하고?

– 안 궁금해.

– 신경 안 쓰이는 척하지 마.

– 이봐, 애들 자기 전에 책 읽어줘야 해. 나한테 데이트 신청하는 거라면 모르겠지만. 어디 갈 데라도 있나?

– 서커스를 보러 간다면 어느 자리가 제일 좋겠나?

– 빌, 내가 진짜 싫어하는 게 뭔지 아나? 질문을 했는데 질문으로 대답하는 인간들이야. 자메이카놈들은 씨발 허구한 날 그 지랄이더군.

– 그럼 내 전화에다가 위치 추적을 걸어. 기다릴게.

– 그럴 필요까지 있나. 미끼로서의 자네 가치를 너무 과대평가하는 것 같군.

– 아니, 내 생각엔 그럭저럭 제대로 평가한 것 같은데.

– 거 짜증나네. 이봐. 대체 뭘 원하는 건가, 빌? 자네 친구 피델* 한테 무슨 똥이라도 배달해주고 싶어서 이래?

– 뭐 그럴 수도 있겠지만, 그럴 거라면 뭐하러 자네한테 전화를 했겠나? 몬테비데오 시절 이후로 자넨 고급정보 가까이도 못 가봤잖아.

– 아, 그래. 그러는 자네는 요즘 고급정보 말고는 팔아먹을 게 아무것도 없는 모양이던데.

– 뭐, 비슷하지. 그 친구들 일곱 명한테는 안 된 일이야. 자네들이 어쩔 수 없이 돌려보낸 녀석들 말이야. 내 말은, 뭐 회사가 설사

* 쿠바의 정치가 피델 카스트로(1926~).

똥 밟고 미끄러지듯이 허방다리를 놓은 거야 새로울 것도 없는 일이지만, 그렇다 치더라도 말일세. 원 세상에.

– 너 때문에 사람 목숨이 위험해졌어, 개자식아.

– 위험해진 건 천만 달러짜리 예산이겠지. 하긴 자메이카처럼 작은 나라에 쏟기엔 끔찍할 정도로 큰 돈이야.

– 책은 잘 팔리나?

– 안 팔린다고는 못하겠군.

– 아직 소설 부문 베스트셀러는 못 됐고? 내가 지켜보고 있어.

– 못 올라갔지. 실용정보서 순위에서는 아주 빠르게 올라가고 있네만.

– 잘됐군. 잘 들어, 빌. 지금 이 보기 앤 바칼* 놀이도 재미있긴 한데, 내가 진짜 피곤해서 말이야. 원하는 게 뭔가?

– 몇 가지 있지. 첫째로는, 나한테 붙여놓은 굼벵이들을 떼달라는 거랑, 굳이 미행을 해야겠다면 좀더 잘하는 인간들을 붙여 달라는 거야.

– 내가 아는 한 자네를 미행하는 사람은 아무도 없어.

– 떼줘. 할 거면 그렇게 뻔한 수작으로 날 모욕하지나 말든가. 그건 그렇고, 그놈들을 떼낼 생각이라면 관타나모로 사람을 좀 보내두는 게 좋을 거야. 쿠바 쪽에서 가로채기 전에 말이지. 그 녀석들이 어디에 있는지는 자네 짐작에 맡기겠네. 둘째, 우리 모두를 공산주의로부터 구원하겠답시고 노동당에 무려 천만 달러를 대주겠다고 했다던데, 그 제안은 재고해줬으면 하네. 그 돈은 거의 대부분 총기를 사는 데 들어가게 될 거고, 그나마 나머지도……

* 배우 험프리 보가트와 로런 바칼을 말한다. '보기'는 보가트의 애칭이다.

– 자네랑 뜨거운 시간 보내는 것만으로도 바빠 죽겠는데, 나더러 중동의 평화까지 이룩하라는 얘긴가?

– 무슨 소리야, 배리. 자네 재능의 한계를 좀 인정하도록 하게. 셋째, 자네가 루이를 시켜서 사격을 가르친 총잡이들 있잖나. 그놈들이 너무 멍청해서 자네를 쏘지 못할 거라고 생각한다면, 그건 자기기만일세. 루이 존슨이 자메이카에 왔다면야 이유는 그것밖에 없을 거라 생각했네만. 역풍이 아주 씨발 좆같이 몰아칠 수가 있어, 친구.

– 진심으로 하는 말은 아니지? 그놈들은 피셔 프라이스*에서 나온 '내 인생의 첫 총'을 든 어린애들이나 마찬가지였다고.

– 그러니까 애들을 훈련시키고 있긴 하단 말이네? 긴가민가했는데. 서툴군그래, 배리. 아무리 자네가 명령에만 충실히 따르는 교과서 타입의 끄나풀이라고는 하지만, 그렇다 쳐도 말이야.

– 무슨 말인지 모르겠군. 루이 얘기를 하는 거라면, 그쪽 사업 얘기는 그 친구랑 직접 해보는 게 좋을 거야. 루이는 단독으로 움직이니까. 이번엔 또 무슨 개소리를 지어내려고 이러는 거야? 이럴 거면 자네가 그렇게 잘 믿는 사람들이 있는 곳으로나 가지 그래. 뭐, 동독이라든지. 이번에는 우리가 또 어디서 비밀 전쟁을 부화시키고 있다고 할 셈이냐고. 앙골라? 아니, 이번엔 우리도 모르는 사이에 니카라과에서 뭔가를 꾸미고 있는 걸지도 모르겠군. 파푸아뉴기니도 잔뜩 달아올라서, 지금 당장이라도 사회주의 체제로 전복될 수 있다던데.

– 자네는 사회주의가 뭔지도 모르잖나. 그냥 총을 겨누고 쏘도록

* 미국의 장난감 회사.

훈련된 원숭이일 뿐이지. 그 얘기를 하니까 생각나는데, 리처드 랜싱 아들놈은 거기서 뭘 하고 있나? 자네가 자기 아빠 괴롭히는 거라도 도와주러 온 건가?

– 무슨 소린지 모르겠는데.

– 이거 보안 회선이야, 배리. 헛소리는 집어치워. 카스트로 거시기나 빨아대느라 키신저한테 똥을 던지는 수상이 재선에 성공하기 직전이잖나.

– 재선이라, 난 잘 모르겠는데. 확실한가?

– 자네 애들이 어느 학교 다니는지 아는 것만큼 확실하게 알지.

– 빌, 씨발……

– 씨발은, 닥쳐, 배리. 하던 말 계속하면, 자기가 냉전 한복판에 뛰어들기 직전이라는 걸 몰라도 너무 모르는 것 같아 보이는 수상이 재선에 성공할 판이야. 그 수상이 세계 최고의 거물급 스타가 나오는 평화 콘서트를 열겠다는데, 그 스타가 우연히도 자메이카 사람이라고. 그런데 온 세상의 그 많은 사람들 중에서, 콘서트 과정 전체를 촬영하러 온다는 사람이 리처드 랜싱 아들놈이라니까? 나는 둘 다 별로 좋아하지 않지만, 일이 아주 깔끔하게 처리된 것 같다는 점은 자네도 인정해야 할 걸세.

– 아주 귀여운 음모론을 지어내고 있군그래. 근데 그 사기꾼 노름판을 벌인 게 누구라고? 자네도 뭔가 하날 잊은 것 같은데.

– 잊다니, 뭘?

– 랜싱이 은퇴했다는 거. 여러 모로 볼 때, 랜싱은 딱 자네의 한 단계 고급 버전이야. 둘 다 갑자기, 진보 진영 남학생이나 걸린다는 양심이라는 병 때문에 발작을 일으켰지.

– 나야말로 나라에 충성을 다하고 있다고 생각했는데.

– 아니, 자네는 나라가 아니라 어떤 이념에 충성을 다한다고 생각했던 거야. 글로 써가면서까지 가르쳐줬는데도 자네는 현실 국가가 어떻게 작동하는지를 모르더군.

– 이젠 계급 논쟁으로 끌고 가시겠다, 이 말인가, 배리? 대단한 사회주의자 납셨군.

– 끌고 가긴 뭘 끌고 가, 그냥 자러나 갔으면 좋겠는데. 조국이 없든, 용건이 없든 여하튼 뭣도 없는 놈 때문에 잠도 못 자고 전화통이나 붙들고 있어야 한다니.

– 대체 자네들이 생각하는 방식은 이해를 못하겠어. 사회주의는 씨발 공산주의가 아니라고.

– 어쨌거나 주의잖아, 그건 확실하지. 자네 문제가 뭔지 아나? 자네는 항상 그게 문제였어, 빌. 회사가 자네를 고용한 게 무슨 생각을 하라고 그런 줄 아나? 그게 아니면, 자네가 무슨 생각을 하든 눈곱만큼이라도 신경쓰는 인간이 한 명이라도 있을 거라고 생각해?

– 자메이카 사람들 중에는 신경쓰는 사람이 많던데.

– 퍽도 그렇겠군. 지난 6월 자네가 2주짜리 출장을 왔을 때 나도 여기 있었는데, 기억 안 나나? 자메이카 사람들은 CIA 정책 따위야 좆도 관심 없어, CIA랑 FBI 차이도 모른다고. 아니, 자메이카 사람들은 그냥 자기들을 곤경에서 벗어나게 해준 한 백인 남자 때문에 미쳐 날뛰고 있는 것뿐이야. 『뿌리』* 같은 책이 나온 걸 보면 몰라? 사악한 흰둥이들이 사방 천지를 돌아다니고 있는 이런 마당에 자기들 잘못 같은 건 당연히 하나도 없다잖나. 씨발 나 좀 가만히 놔두라고. 최근에 낸시 웰치하고는 얘기해봤나?

* 1976년에 초판이 출간되었다.

– 내가 낸시 웰치하고 얘기를 왜 해?

– 하긴 물어봐야 뭐하겠나. 자네한테 할말이 뭐 있겠느냐고. 이런, 낸시. 너네 오빠랑 새언니가 그리스에서 죽은 거 말이야, 내가 그랬지만 정말 끔찍한 일이었어, 이럴 수도 없을 테고.

– 씨발 잠깐만. 지금 내가 웰치네를 죽게 만들었다고 생각하는 건가?

– 자네가 했던 폭로, 자네의 그 쓰레기 같은 소설 얘기하는 걸세.

– 웰치는 씨발 그 책에 나오지도 않아, 모자란 새꺄.

– 내가 그 책을 영원히 안 읽을 줄 알았나?

– 그래, 지금 웰치가 죽은 게 내 탓이라고 생각한단 거지? 배리, 내가 네놈을 과대평가했군그래. 나는 회사가 너를 믿고 좀더 많은 정보를 줬을 거라고 생각했는데 이제 보니 확실히 아닌가보군. 여태까지 엉뚱한 사람하고 얘기를 했어.

– 글쎄, 나를 높이 평가하는 건 자네만이 아닌 것 같은데.

– 루이 존슨이 웨스트 킹스턴에서 어린 테러리스트들에게 자동화 무기 사용법을 가르치고 있네. 킹스턴 부두에 도착한 적이 없으니, 이후에 도난당할 리도 결코 없는 바로 그 무기들이야.

– 증거 없잖아.

– 루이를 써본 사람은 칠레 시절의 나밖에 없어. 절대, 다른 이유로 이 나라에 들어올 리가 없는 인간이지. 브라이언 해리스였는지, 올리버 패튼이였는지 요즘에는 무슨 가명을 쓰는지 모르겠지만. 자네들은 얼굴을 정면으로 강타당하기 전까지는 역풍이 불어온다는 냄새조차 맡질 못하니까. 사람들하고 직접 부딪칠 필요조차 없었으니 당연하지. 좆같은 아이비리그 새끼들. 내가 궁금한 건, 왜 가수가 자네들 레이더에 걸려 있느냔 말이네. 그 사람이 뭘 할 수 있다고?

– 잘 자, 빌. 하스타 마냐나*든 루에고**든 뭐든.

– 내 말은, 진짜로, 도대체 가수가 씨발 뭘……

– 다시는 전화하지 마, 개자식아.

– 누가 개자식인데? 아내가 말한다. 나는 아내가 들어오는 소리도 듣지 못했고, 언제부터 거기에 서 있었는지도 알 수 없었다. 아내는 내가 등지고 서 있던 소파에 앉아서는, 나를 보지도, 무슨 말을 하지도 않으면서 대답을 기다리는 중이었다. 나는 전화 코드를 뽑아버리고 반쯤 비워진 스미노프와 토닉워터 한 병이 놓여 있는 홈바로 가서 기다렸다.

– 한잔할래?

– 방금 양치했어.

– 안 마시겠다는 뜻이지?

– 그때 그 싸움 다시 하고 싶다는 얘기로 들리는데.

아내는 목을 문지르고 목걸이를 푼다. 자메이카가 이렇게 덥지만 않았으면 아내는 절대 목덜미가 드러나도록 머리를 자르지 않았을 것이다. 아내의 머리카락을 걷어내고 그 목덜미에 입을 맞추던 시절이 그립다. 아내가 여기서 지내는 걸 그렇게까지 싫어한다는 건 우스운 일이다. 자메이카에 오기 전까지만 해도 아내가, 나로서는 씨발 도저히 견딜 수 없는 여자, 더이상은 매력적으로 보일 필요를 느끼지 못하는 그런 여자가 될까봐 씨발 좆나 겁이 났었으니까. 아내가 한 번이라도 매력이 없었던 적이 있다거나, 아내의 어떤 부분이 마음에 들지 않았다는 얘기는 아니다. 다른 여자랑 한 번이라

* 스페인어로 '내일 보자'.

** 스페인어로 '그럼 다음에'.

도 바람을 피운 적이 있었다는 뜻도 아니다. 심지어 브라질에서도 그런 일은 없었다. 하지만 그리 오래지도 않은 옛날에는 나도, 아내를 떠나는 건 어떨까 잠깐 생각하기도 했다. 그냥 그렇게 하면 아내가 다시 립스틱을 바를지 궁금했으니까. 아내는 매일, 매분, 아니 일이 분에 한 번씩 이 나라에 대해 듣기 싫은 소리를 해대면서도 미니 셔츠를 입고 머리를 단발로 자르고 플로리다의 재벌 상속녀처럼 선탠을 하고 있다. 아마 누군가와 떡을 치고 있는지도 모른다. 가수가 여기저기 돌아다닌다는 얘기를 들었다.

– 애들은 자?

– 최소한 자는 척은 하고 있어.

– 하하.

나는 아내 옆에 앉는다. 빨간 머리 여자들의 매력이 바로 이거다, 안 그런가? 아무리 오래 같이 살아도 그 여자들이 똑바로 돌아볼 때면 항상 놀라게 되는 것이다.

– 머리 잘랐네.

– 동네가 너무 더워서 견딜 수가 없어.

– 예쁜데.

– 다시 길어지는 중이야. 2주 전에 잘랐다고, 배리.

– 올라가서 애들 좀 확실히 재워야겠는데?

– 지금 32도야, 배리.

– 내가 그걸 몰랐네.

– 12월이고.

– 안다고.

– 1976년이야, 배리.

– 그것도 알고.

– 여기에 있는 건 길어봤자 일년이라고 했잖아, 배리.

– 자기야, 제발. 2분 간격으로 두 번이나 싸우는 건 좀 그렇잖아?

– 싸우자는 거 아니야. 그냥 사실을 말하는 거지.

– 여기서 떠나게 되면……

– 떠나게 되면? 도대체 무슨 소리야, 배리, 언제부터 '떠날 때는'이 '떠나게 되면'으로 바뀌었어?

– 미안. 떠날 때는, 버몬트만 아니면 어디로 가도 괜찮겠어? 그냥 내가 퇴직하고 당신 월급 가지고 살까봐.

– 재밌네. 싸우자는 거 아냐. 그냥 일년은 열두 달이고, 지금이 열두번째 달이라는 걸 당신이 잊어버린 것 같아서 하는 말이지.

– 애들도 친구들을 보고 싶어할 거야.

– 우리 애들 친구 없잖아. 배리?

– 응, 자기야.

– 당신한테 있는 선택지를 과대평가하는 것 같은데.

– 씨발 그 빌어먹을 과대평가라는 소리가 나한테 얼마나 지긋지긋한지 당신은 상상도 못 할걸.

아내는 내 말이 무슨 뜻인지 묻지 않는다. 자기가 방금 한 말이 그대로 허공에 둥둥 떠 있게 내버려두는 편이 더 마음에 드는 것이다. 선택지라니, 무슨? 일? 결혼? 아내는 구체적으로 말하지 않는다. 구체적으로 말하면 위협이 줄어들 테니까. 무슨 말이냐고 물어볼 수도 있겠지만 그럴 경우 아내는 (1) 나를 무슨 한 박자 느린 머저리 취급하면서 설명을 해준 다음, (2) 그 기회를 활용해 싸움을 시작할 것이다. 나로서는, 아내가 자기 인생이 어떻게 전개될 거라고 생각했는지 알지도 못하면서, 빌어처먹을 텔레비전 프로그램에라도 나와 매주 관객들에게 최신 정보를 전달하듯 매번 설명해주어야 한다는 사실에 진저리가 난다. 지나아아안 이야기이이이이, 지금까지의 주인공이었던 용감무쌍하고 과감하며 매력적이며 거시기도 큰 주인공 배리 디플로리오는 아내를 자메이카의 콘크리트 정글로 데려갔습니다. 태양과 바다, 섹스와 비밀로 가득한 임무를 띠고서 말이죠. 배리 디플로리오는 임무를 수행하려는 참이었지만 아내는……

- 그만 좀 해.

- 뭘 그만해?

- 생각하고 있는 내용 그대로 웅얼거리는 거. 그럴 때마다 자기가 그러는지도 모르더라.

- 그럼 지금은 무슨 생각하게?

- 아 진짜 왜 이래. 버몬트에서 애 셋 키우는 것만으로도 충분히 힘들었어.

아내가 애 '셋'이라고 말했다는 걸 깨달을 때까지 시간이 좀 걸렸다. 자기 화낼 때 진짜 이쁘다. 나는 실제로 보기도 전에 아내가 지을 표정을 예상하며 말한다. 그러나 아내는 그 표정을 짓지 않는다. 심지어 나를 보지도 않는다. 자기 바로 옆에 있는 나를, 자기 손을 잡으려 하는 나를. 한번 더 말해볼까 하는 생각이 들지만, 그러지 않기로 한다.

니나 버지스

42번 버스는 멈추지 않고 지나가버렸다. 뭐, 빨리 돌아가지 않으면 호박으로 변하기라도 하나보지. 시간이 아직 6시밖에 안 됐는데. 곧 7시면 통행금지령이 시작되긴 해도 이곳 업타운은 부자 동네이다보니 통행금지령을 집행하겠다고 돌아다니는 경찰은 하나도 없다. 그놈들이 메르세데스 벤츠를 불러세운다는 건 상상할 수도 없는 일이다. 안에 타고 있는 사람이 수상의 각료이기라도 하면 안 되니까. 마지막 버스는 아이리 아이츠*가 초록색과 금색, 그리고 빨간색을 대신한 파란색**으로 측면에 그려져 있는 미니버스였다. 그보

---

* 보통은 붙여서 한 단어로 쓰는데, 여기에서는 사람 이름처럼 '아이리 아이츠'로 쪼개놓았다. 아이리아이츠란 내면의 평화를 이루었을 뿐 아니라 마음 가는 대로 행동하더라도 다른 사람들의 권리를 짓밟지 않는 사람을 일컫는 라스타 용어로, 여기에서는 밥 말리를 가리킨다. '아이리'는 '나는 영원한 나를 존중한다I Respect I Eternal'는 말의 앞 글자를 딴 것이고, '-아이츠'는 '-한 사람들'이라는 뜻이다.

** 초록색, 금색, 빨간색의 조합은 라스타의 상징색으로 아프리카를 뜻한다. 빨간색은 순교자의 피, 초록색은 아름다운 자연, 금색은 풍요를 나타낸다.

다 큰 버스들, 이를테면 정부에서 운영하는 초록색 JOS 버스*나 안에 들어가려면 몸을 웅크려야만 하는 (그렇게 탄 뒤에도 내내 그대로 웅크리고 있어야 하는) 작은 버스들도 지나갔는데 대부분은 버프베이나 또다른 베이로, 즉 해변으로, 그러니까 시골로 가는 것들이었다. 아이리 아이츠는 오후 6시에 나를 남겨두고 떠났다. 나는 마지막으로 베이스가 울리는 소리를 10시 45분에 들었다. 지금은 밤 11시 15분이다.

버스들은 계속해서 지나갔고 나는 계속해서 버스들을 그냥 보내버렸다. 한번은 자동차 두 대가 한꺼번에 다가오기도 했다. 둘 다 불법 택시였고 앞좌석에는 두 사람, 뒷좌석에는 네 사람씩 타고 있었다. 그중 한 남자가 손가락 사이에 달러 지폐를 끼우고서 스페인 마을 갈 거예요 아가씨? 라고 외쳐 물었다. 처음에는 두 택시가 같은 차인 줄 알았다. 나는 뒤로 한 발짝 물러나 차가 떠날 때까지 시선을 돌리고 있었다. 그리고 또 한번 같은 일을 반복했다.

나는 마침내 미쳐버렸다. 그런 게 틀림없었다. 어떤 남자가 나랑 섹스했던 일을 기억하리라는 희망을 품고서, 그 사람이 섹스를 했던 그 모든 여자들 중에서, 또한 지금 이 순간 섹스하고 있는 여자를 포함해도 내가 가장 기억에 남는 여자였을 거라는 기대를 품고 대문 밖에서 기다리고 있다니. 하지만 그때의 섹스를 기억하기만 한다면 그 사람은 모종의 영향력을 행사해 나랑 우리 가족을 이 나라에서 빼내줄 것이다. 심지어 필요한 돈도 내줄지 모른다. 아침 7시쯤에는 이게 지금보다 훨씬 말이 되는 소리 같았는데. 아빠가 자신보다 젊은 남자들 때문에 세상에서 가장 늙은 남자로 전락한 것 같

* 1953~83년 킹스턴에서 운행된 지역 버스.

은 기분 따위 절대 느낀 적 없다는 듯 행동하는 걸 보고 난 직후 말이다. 어쩌면 놈들은 우리 엄마를 강간하지 않았을지도 모른다. 그냥 때리기만 하거나, 무언가로 엄마의 보지를 망가뜨려놓고서 자기들이 그 짓을 하는 걸 아빠에게 보게 했을지도 모른다. 어쩌면 놈들은 안 돼 개년아, 씹질을 하기엔 넌 너무 늙었어, 그 보지는 이제 예수한테나 줘, 라고 말했을지도 모른다. 물론 이 모든 게 나 혼자만의 생각인지도. 자정이 가까워져오니까, 멍청한 하이힐을 신고 하루종일 여기에 서서 내 발을 죽여버리려 한 대가로, 이제는 내 발이 나를 죽이려 드니까 드는 생각인지도. 내가 할 수 있는 일이라고는 내 정신이 미쳐가는 소리를 듣는 것뿐이다. 저 개자식은 오늘 한 번도 밖에 나오지 않았다. 단 한 번도. 물론 내가 틀렸을 수도 있다. 어쩌면 나를 기억하긴 하는데, 너무 심하게 기억에 남은 나머지 창문으로 나를 보고, 절대로 저 여자를 들여보내지 말라는 메시지를 보냈을지도 모른다. 어쩌면 나는 형편없는 섹파였거나 반대로 지나치게 솜씨 좋은 섹파였을지 모른다. 내 안의 어떤 부분이 그 사람에게 말을 건넸을지도 모른다. 야, 절대 나가지 마, 저 여자, 니나 버지스랑은 얽히면 안 돼. 어쩌면 그는 내 이름까지 기억할지도 모른다. 아닐지도 모르고. 하이힐도 발도 먼지로 뒤덮였다.

새벽 두세시쯤 되자 발의 통증이 정강이로 올라오더니 그다음에는 무릎으로 올라왔다. 고통이 분담된다는 것만으로도 훨씬 나았다. 그러다 어느 순간 모든 통증이 싹 사라진다. 한 시간쯤 뒤, 통증이 전혀 사라지지 않았다는 사실을 깨닫기는 했지만. 아마 난 미친 여자는 아니겠지만, 내게 뭔가가 있기는 있는 게 분명하다. 한 시간 전 내 곁을 지나간 여자 둘은 뭔가를 알고 있었다. 나는 그 사람들을 얼마쯤이라고 해야 할까, 한 1.5킬로미터쯤 전에, 두 사람이 움직이는 흰 점으로 보일 때부터 지켜봤다. 두 점은 어느새 내게서 불과 5미터 떨어진 지점으로 다가왔다. 그 점이 하얀 교회용 드레스를 입고 모자를 쓴 흑인 여자 두 명이라는 걸 알아볼 수 있을 때까지.

– 그게 내 말이잖아, 메이비스. 전지전능하신 예수님한테 대항해서 만들어진 무기는 절대 번성해서는 안 된다는 거야. 왼쪽 여자가 말했다.

내가 거기 있는 걸 두 사람이 동시에 알아차리더니 조용해졌다. 나를 완전히 지나칠 때까지 참지 못하고, 한 여자가 다른 여자에게 속삭인다. 그게 밤 10시였다. 나는 두 여자가 서로 뭐라고 귓속말을 하는지 알고도 남는다.

– 그래, 방금 니 남편하고 20달러에 자고 왔다, 내가 말한다.

두 사람은 속도를 낸다. 나한테서 도망치려고 너무 열심인 나머지 왼쪽 여자는 하마터면 넘어질 뻔한다. 그 이후로는 아무도 내 옆을 지나가지 않는다. 호프로드가 잠이 들었다거나 그런 게 아니다. 내 뒤에는 주택들이 있고 앞에는 그 사람 집이 있다. 사방에 불이 켜져 있다. 사람들은 잠을 자러 가는 게 아니라, 거리를 밖에 두고 문을 닫아버리는 것이다. 꼭 도시 전체가 나한테서 등을 돌리는 것 같았다. 그 교회 여자들처럼. 나는 이런 생각을 해본다. 창녀가 돼서, 호프로드를 따라 올라가는, 아이리시타운까지도 갈지 모르는 마지막 벤츠나 볼보에 올라타는 건 어떨까 하고. 잡히지 않을 걸 알고 나를 강간해댈, 뉴 킹스턴에 사는 어떤 사업가나 외교관에 대해서 생각해본다. 여기에 서서 오렌지색 가로등 빛을 받으며 치마를 들추면, 그래서 불빛이 내 덤불에 닿으면 누군가가 멈추어 설지도 모른다. 배가 고프고 오줌도 마렵다. 그 사람 집 꼭대기 방의 불빛이 방금 꺼졌다.

키미가 나를 여기로 데려왔다가 떠난 날 밤만 해도 내게는 그 사람과 잘 계획 같은 건 없었다. 그 사람의 벌거벗은 모습을 보고 싶기는 했지만 그런 식으로는 아니었다. 나는 그 사람이 매일 아침 5시에 일어나 버프베이까지 차를 몰고 가서 폭포를 맞으며 목욕을 한다는 얘기를 들었다. 그 이야기에는 너무도 성스러운 동시에 너무도 섹시한 뭔가가 있었다. 나는 그 사람이 폭포 밑에서 일어나는 모습을, 벌거벗고 있기에 충분히 이른 시간의 나체를 상상했었다. 그 사람의 몸에서 얼마 머물지 못하고 미끄러져 떨어져야 하는 강물이야말로 세상에서 가장 슬픈 존재라고 상상했었다. 그 사람이 벌거벗은 채 과일을 먹으며 발코니에 나와 있는 모습을 봤을 때, 달마저도 그 사람이 금방 안으로 들어갈 거라는 걸 알고서 슬퍼했을 게 틀림없다고 생각했다. 아니, 이건 생각을 하다보니 기억이 늘어난 것이다. 당시에 나는 아무 생각도 하지 않았다. 생각이 있었으면 내가 발코니로 나가지 않았겠지. 생각이 있었으면 나는 옷을 입고 그 사람은 벌거벗고 있다는 사실을 그 사람이 의식해 무안해할까봐 내가 알아서 옷을 벗지도 않았겠지. 무슨 그 사람이 뼛속까지 자의식으로 꽉꽉 차 있는 사람도 아닐 텐데. 그 사람은 나란 놈, 당신을 알아, 라고 말했는데 어쩌면 사실일지도 몰랐다. 여자들은 누군가의 기억에 남는 걸 좋아하는 것 같다. 아니면 그 사람은 여자들에게, 누군가가 그녀 자신을 그리워한다는 기분이 들도록 만드는 방법을 알았던 것뿐인지도 모른다.

음악이 멈춘 다음 몇 사람이 떠났다. 그때 처음으로 대문이 열렸다. 자동차 두어 대, 지프 한 대, 그 사람의 트럭은 아니었다. 그 사람은 여전히 그 안에 있었다. 어쩌면 그 사람과 밴드 단원들도 반 정도는 함께 있을지 몰랐다. 그대로 달려들어 힐을 벗어던지고, 경비원들이 나를 잡을 수 없을 만큼 빠르게 전력 질주해 안으로 들어가는 걸 생각해봤다. 나를 잡을 때쯤이면 경비원들도 내 피부색이 갈색이라는 걸 알고는 나를 그냥 내버려둘 테고, 나는 그 사람의 이름을 소리쳐 부르고 그 사람은 아래층으로 내려오겠지. 그러나 나는 그냥 계속 서 있었다. 지금까지 계속 서 있던 도로 건너편 이쪽에, 가로등과 버스 정류장 옆에. 오른쪽 방 불이 방금 꺼졌다. 아빠는 아무도 자신을 조국에서 쫓아낼 수 없다는 말을 계속해서 해대지만, 습격을 당하기 몇 달 전에는 나를 부엌에 앉혀놓고서는 〈글리너〉*에 실린 기사를 하나 읽어준 적이 있다. 나는 집에 잠깐 들른 거라 오래 있을 생각이 없었지만, 아빠는 내가 알아서 기사를 읽게 내버려두지 않았다. 나한테 읽어주는 자신의 목소리를 들어야 했으니까. 기사 제목은 '실패하는 경우'였는데, 실패할지도 모른다는 그 사람은 수상이었다. 아빠, 그 기사 1월에 나온 거잖아요. 그동안 내내 이것만 믿고 계셨던 거예요? 내가 말했다. 엄마는 그때 나더러, 아빠가 그 기사를 매주 읽는다고 말해주었다. 그럼 지금까지 47번 읽은 게 된다. 아래층 왼쪽 방의 불도 꺼진다. 통행금지령이 내렸으니 나는 여기 이렇게 밖에 있으면 안 된다. 경찰차가 옆을 지나갈 경우 나는 경찰에게 둘러댈 핑계가 없다. 나 자신에게 댈 핑계도 없다.

아빠가 기사를 읽어줄 때 키미도 집에 있었다. 키미한테는 그게 두번째였는데, 그년은 CIA 사기꾼들의 헛소리를 들어줄 생각 따위 전혀 없다는 듯 가만히 앉아 있었다. 어른들 예배 시간에 끌려와 있는 여섯 살짜리 꼬맹이처럼, 쉿 소리를 내고 하품을 하고 한숨을 내

---

* 1834년에 창간된 자메이카의 신문. 주 6회 발행하는 조간신문 〈글리너〉 외에도 주간지 〈선데이 글리너〉와 석간 타블로이드지 〈스타〉를 발행한다.

쉬지 않고서는 못 견디겠다는 듯 굴었다. 이건 그냥 노동당 우파 프로파간다예요, 키미는 아빠가 마지막 문장을 다 읽기도 전에 말했다. 완전 프로파간다라고. 노동당 수장이 무슨 기자야? 어떻게 수상이 직접 기사를 쓰게 놔둘 수가 있느냐고요. 그냥 정치꾼들 수작에, 사람들 등쳐먹으려는 병신 같은 짓이라니까. 대학교까지 전국민 무상교육 한다고 했었잖아? 여성 평등권 법은 어떻고요? 그놈의 보크사이트 회사들이 우리를 착취하기 전에 이제는 최소한 요금이라도 내야 한다더니 그건 어떻게 됐느냐고요? 엄마는 키미에게 내가-널-그렇게-키우질-않았는데 하는 눈빛을 보냈다.

나야 그저 키미가 〈아프리칸 허브맨〉*의 베이스 연주자이자, 관광부 장관 아들로도 알려져 있는 라스 트렌트와 함께 나타나지 않은 것만으로도 기뻤다. 라스 트렌트는 키미 면전에 대고 바빌론 공주라고 빈정거리기 일쑤였는데, 그런데도 우리 엄마는 두 사람을 커플로 인정했다. 장관의 아드님으로서, 아버지가 소유하고 있는 집 네 채의 모든 방을 다 둘러보려면 서른 살이 될 때까지는 기다려야 할지도 모르는데 말이다. 하지만 키미에게는 누구든, 아빠가 올려놓은 단상에서 자기를 걷어차 떨어뜨려줄 사람이 필요했다. 그렇게 새로운 아빠를 만들어내고 싶었던 것이다. 그리고 전에도 말했지만, 체 게바라는 이미 죽었으니까. 토론에서 누구의 편에 서지도 않고, 말을 하는 경우는 더더욱 없는 엄마는 의용군이라도 필요하지 않을까 하는 생각이 든다 했다. 수상부터가 그 얘기를 하고 있

* 〈African Herbsman〉(1973). 밥 말리 앤드 더 웨일러스의 앨범으로, 앞서 1971년 자메이카에서 발매한 앨범 〈영혼의 혁명Soul Revolution〉의 영국 버전이다. 웨일러스가 국제적 인정을 받기 전인 1970~71년에 자체 녹음했던 곡들도 포함되어 있다. 이중 몇 곡은 밥 말리의 후기 앨범에 다시 수록된다.

었다. 범죄율이 하늘 높은 줄 모르고 치솟는 가운데 사람들은 안전이라는 부담을 알아서 떠맡아야 하는 상황이었으니까. 우리 세 사람은 어떤 안건에도 결코 의견이 같은 적이 없었지만, 그때만큼은 모두 엄마가 미친 건가 싶어서 엄마를 보았다. 사실, 엄마도 그렇게 말했다. 내가 무슨 미친 사람이라도 되는 것처럼 보지 말라고. 아빠는 자기가 조국에서 톤톤 마쿠트*를 고용하는 일 따위는 절대 있을 수 없다고 말했다.

아빠는 내 생각은 어떠냐고 물었다. 키미는 우리가 맺고 있던 모든 관계가 지금부터 내 입에서 나올 한마디에 달려 있기라도 하다는 듯 나를 보았다. 아무 생각도 안 한다고 하니까 두 사람 다 실망하는 것 같았다. 나는 어떤 것에 대해 생각하는 것보다 기억하는 게 더 좋다. 생각을 하면 그리 오래지 않아 나 자신에게 질문을 던지게 되니까. 왜 그 사람과 잤을까, 그 일이 끝났을 때는 왜 도망쳐버렸을까, 왜 지금 와서 여기에, 하루종일 여기 바깥에 서 있을까. 아무것도 하지 않고 하루를 통째로 보낼 수 있다는 건 또 무슨 뜻일까. 나도 아무런 목표조차 없는 그런 빌어먹을 여자들 중 하나라는 뜻일까. 이렇게 하루종일 바깥에 서 있을 때의 문제점과 정말로 무서운 부분은 이 일이 진짜 쉽다는 점이다. 어머니는 한 번에 하루씩 살아가게 하소서, 선하신 예수님** 하며 노래를 부르고, 심지어는 아빠도 한 번에 하루씩만이라는 말을 무슨 생존전략이라도 되는 것처럼 좋

* 줄여서 마쿠트라고도 불린다. 아이티의 민병대로, 1959년 독재자인 프랑수아 파파 닥 뒤발리에에 의해 창설되었다. 톤톤 마쿠트는 원래 말 안 듣는 아이들을 망태기에 납치해 아침마다 잡아먹는다고 하는, 아이티 전설 속의 괴물이다

** 매리존 윌킨이 작곡한 유명한 성가곡 〈한 번에 하루씩One Day At A Time〉의 가사.

아한다. 하지만 삶을 한 번에 하루씩 받아들인다는 건, 사실 삶을 전혀 살아가지 않는 가장 빠른 방법이다. 내가 알아낸, 빌어먹을 아무 일도 하지 않을 수 있는 방법이란 말이다. 하루를 네 조각으로, 그다음에는 시간 단위로, 그다음에는 30분 단위로, 그다음에는 분 단위로 쪼갤 수 있다면 아무리 긴 시간도 한 번에 삼킬 만한 크기로 씹어낼 수 있으니까. 남자를 잊는 방법하고도 비슷하다. 1분을 견딜 수 있다면 2분도, 그다음엔 5분도, 또다른 5분도, 그런 식으로 계속해서 삼켜낼 수 있다. 내 인생에 대한 생각은 일절 하고 싶지 않다면야 생각할 필요가 전혀 없는 것이다, 그냥 1분, 그다음에는 2분, 그다음에는 5분, 또다른 5분을 참고 있으면 한 달이라도 그냥 지나가는데, 그동안 한 일이라고는 분 수를 세던 것뿐이었기에 한 달이 지나갔다는 것조차 눈치채지 못했다는 걸, 나중에야 알게 된다.

나는 그 사람 집 앞에서 분 수를 헤아리며, 하루가 통째로 나한테서 달아났다는 것조차 깨닫지 못하고 있었다. 방에 있는 불이, 꼭대기 층 왼쪽 불이 방금 다시 들어왔다.

내가 했어야만 하는 말, 하고 싶었던 말은, 내 신경이 곤두선 게 범죄 때문은 아니었다는 거다. 그러니까 내 말은, 당연히 다른 사람들만큼은 나도 범죄가 신경쓰인다. 인플레이션에 신경이 쓰이는 것과 마찬가지로. 나는 범죄를 실제로 경험하지는 않지만 그게 나한테 영향을 준다는 건 알고 있다. 내가 떠나고 싶어진 건 실제로 발생한 범죄 때문이 아니라 범죄가 언제든, 지금 당장, 심지어는 다가오는 1분 안에라도 벌어질 수 있다는 그 가능성 때문이다. 전혀 일어나지 않을 수도 있지만, 앞으로 10년 동안 언제든 범죄가 일어날 수 있다고 생각하면서 살아가는 것. 그런 일이 결코 일어나지 않더라도, 중요한 건 내가 그런 일을 기다리고 있게 된다는 점이다. 자메이카에서는 뭔가가 일어나기를 기다리는 것 말고는 할 수 있는 일이 없으니 마냥 기다리는 건 충분히 나쁜 일이다. 이는 좋은 일에도 해당하는 말이다. 좋은 일은 절대로 일어나지 않는다. 할 수 있는 것은 그 일이 벌어질 때까지 기다리는 것뿐이다.

기다리고 있다. 그 개자식은 베란다에도 나오지 않는다. 하지만 지금 당장 그 사람이 나오면, 그럼 어쩔 건데? 움직일 수 있을지조차 모르겠다. 길을 건너 달려가, 그 사람 집 대문에서 소리를 칠 수 있을지 잘 모르겠다. 더러워진 두 발은 한자리에서 너무 오래 기다린 나머지, 이제 기다림 말고는 아무것도 할 게 없다고 말을 걸어온다. 단 한 번 기다리지 않았던 순간은, 뒤쪽 발코니에 그 사람이 나온 걸 봤을 때였다. 나는 그 이후에도 기다리지 않았다. 대신 나는 키미에게 이 얘기를 해줄까 생각했다. 키미로서는 내가 이러리라고 전혀 예상하지 못했을 테니까. 키미가, 그 바빌론의 공주가 한 번도 가본 적 없을 만큼 가까이 체 게바라에게 다가가본 사람이 바로 나라고 말해주고 싶은 것도 바로 그래서였다.

길 건너, 대문에서 15미터는 족히 떨어진 곳에 방금 자동차 한 대가 멈추어 섰다. 오는 것조차 보지 못한 흰색 스포츠카였다. 내가 서 있는 쪽 길가의 담벼락에서 한 남자가 뛰어내리더니 그 차로 다가갔는데, 나는 그 남자도 보지 못했다. 남자가 이미 차 안에 들어가 있었는데도 나는 가방을 꽉 움켜쥐었다. 남자가 담벽 옆 어둠 속에서, 나와 고작 몇 미터밖에 떨어지지 않은 그곳에서 얼마나 오랫동안 나를 지켜보고 있었는지 알 수가 없었다. 그 사람을 보지도 못했고, 그 사람이 내는 소리를 듣지도 못했다. 남자가 내내 나를 지켜보며 그곳에 몇 시간 동안이나 서 있었을 수도 있는 일이다. 흰색 자동차는 그 사람의 집 진입로로 들어가더니 대문에서 멈추어 섰다. 다트선 자동차였다. 거의 확실했다. 운전자가 내렸는데, 피부색이 밝은지 어두운지 알 수 없었지만 하얀 메리노를 입은 것만은 분명했다. 그자는 대문 옆으로 걸어갔는데, 내 생각에는 경비와 이야기를 하려는 것 같았다. 돌아서서 자동차로 돌아갈 때 그의 눈이 번쩍였다. 안경. 나는 자동차가 떠나는 모습을 지켜보았다.

떠나야 했다. 자메이카만이 아니라 지금 여기를, 당장. 달려야 했으므로 나는 달렸다. 집은 나를 바라보지 않지만 그림자는, 길을 따라 위아래로 늘어선, 사람들처럼 움직이는 그림자들은 나를 바라본다. 어쩌면 남자들일지도 모른다. 무방비 상태의 여자가 주변에 있으면 밤 11시의 남자들은 돌변한다. 내 안의 일부는 그건 개소리라고, 넌 그냥 뭔가 무서워할 대상이 필요한 거야, 라고 생각한다. 고등학교 시절 선생은 우리더러 걸레처럼 옷을 입지 말고 언제 어디서나 강간을 두려워하라는 경고를 하곤 했다. 하루는 우리가 크레용을 왼손에 쥐고 쪽지를 써서 그 여자 책상 서랍에 넣어놨다. 몇 달이 지나서야 그 여자는 쪽지를 찾아내 장님이나 강간해주면 모를까…… 하며 읽기 시작했는데, 그렇게 큰 소리로 읽을 내용이 아니라는 걸 깨달았을 때에는 이미 너무 늦은 뒤였다.

달리기란 상대적인 행동이다. 하이힐을 신으면 무릎을 거의 굽히지 못한 채로 아주 빠르게 깡충거릴 수 있을 뿐이다. 얼마나 오랫동안 깡충거렸는지는 모르겠지만 내 발에서 나는 탁 탁 탁 소리와 꼴좋다고 마침내 비웃음을 터뜨린 내 머릿속 목소리가 들리고, 위 윌리 윙클*이 마을을 달려가요 위층으로 아래층으로 잠옷을 입고, 그 노래가 머릿속으로 들어와 그대로 머문다. 똑똑 창문을 두드

* 잠을 의인화한 스코틀랜드의 자장가 〈위 윌리 윙클〉.

리고 자물쇠 너머로 소리를 치지요, 얘들아 모두 잠자리에 들었니? 지금 8시란다! 위 윌리―쵸, 빌어먹을.

뒷굽이 하나 부러진다. 이 망할 신발은 싸구려도 아니었는데. 젠장 별……

– 허이 히것 봐라, 후리가 지금 뭘 본 거야? 쿨리 더피라도 되나?

– 내가 본 중에는 제일 헤쁜 쿨리 더피인데.

– 허디서 호는 거야 하가씨, 방금 무슨 죄라도 저지른 거야?

– 총을 꺼낼지도 모르겠는데?

경찰. 씨발 경찰, 그 좆같은 경찰 목소리로 말하는 경찰. 나는 워털루 로드 교차로까지는 와 있었다. 귀신 나오는 대저택처럼 보이는 데번 하우스가 왼쪽에 있었다. 신호등이 방금 초록불로 바뀌었지만 경찰차 세 대가 길을 막았다. 경찰 여섯 명이 차에 기대어 있었고, 그중 몇 사람은 바지 솔기가 빨간색, 다른 사람들은 파란색이었다.*

– 요, 하가씨, 지금 통행금지인 거 몰라?

– 난…… 전…… 일이 늦게 끝나서요, 경찰관님. 시간 가는 줄을 몰랐어요.

– 시간 가는 줄만 모른 게 하닌 것 같은데. 원래 한 쪽 발이 다른 쪽 발보다 긴 거야, 하니면 힐이 부러진 거야?

– 네? 아 이런 젠장. 죄송해요, 경찰관님.

– 하하.

그들이 모두 웃는다. 경찰이 그 씨발 경찰 목소리로.

---

* 자메이카 경찰들은 순경에서 경사까지는 빨간색, 형사에서 경무총장까지는 파란색 줄무늬가 들어간 바지를 입는다.

– 버스나 택시 한 대라도 보여? 허떻게 집에 가려고 했어?

– 전…… 전

– 걸어가려고?

– 잘 모르겠어요.

– 하가씨 히 차에 타는 게 좋겠는데.

– 집에 갈 수 있어요, 나는 말한다. '어떻게'라는 말도, '아가씨'라는 말도, '이'라는 말도 모두 발음이 잘못되었다는 말을 하고 싶지만, 경찰들은 어쩌면 무례하게 구는 여자를 데려갈 수 있는지도 모른다.

– 집이 허디야, 다음 블록인가?

– 헤이븐데일요.

– 하 하 하 하.

경찰이 경찰 웃음을 웃는다.

– 버스를 타도 여기서 45분이 걸리는데 걷겠다고?

– 네.

– 굽도 하나뿐인데?

– 네.

– 지금 통행금지야. 밤에 히 시간쯤 되면 하가씨처럼 히 거리에 나와 있는 놈들이 허떤 놈들인지 알아? 하가씨만 혼자서 저녁 뉴스도 한 보고 사나? 히 길에 돌아다니는 놈들은 다 쓰레기 같은 새끼들이야. 내가 한 말 중에 히해 한 되는 부분 힜어?

– 전 그냥……

– 하가씬 그냥 겁나게 멍청한 거야. 그럴 거면 버스가 다시 다닐 때까지 회사에서 나오질 말았어야지. 타.

– 그럴 필요는 없……

– 하가씨, 빌어먹을 차 타라고. 당신 지금 법을 어기는 거야. 집에 가든지, 싫으면 휴치장에 가든지.

나는 차에 탄다. 경찰 둘이 앞에 탄 뒤, 다른 경찰차 두 대와 경찰 네 명을 남겨놓고 떠난다. 신호등에서 우회전을 하면 헤이븐데일로 가는 길이다. 경찰들은 좌회전을 한다.

– 지름길이야, 경찰 둘이 동시에 말한다.

데무스

바다 옆에 있는 그 집은 이렇습니다. 방이 하나밖에 없어 딱히 집이랄 것도 없었지만 예전엔 누군가의 집이긴 했던 모양입니다. 기차가 지나갈 수 있도록 도로를 폐쇄하는 일을 하던 남자였는데 그 사람 이름이야 나란 놈은 알 길이 없지만 아무튼 그 사람은 1972년에 죽었고 그다음에는 아무도 그 사람 일자리를 차지하지 않았죠. 웨스트 킹스턴이 와일드 웨스트*처럼 변하고 모든 사람들이 카우보이로 변할 무렵부터는 기차가 더이상 다니지 않았거든요. 나는 짐 웨스트**가 되고 싶었지만 짐 웨스트가 입는 바지는 너무 조여요. 중국인 가게에 있는 텔레비전은 흑백이지만 내 생각엔 그 바지가 파란색인 것 같더라고요. 여자들이나 입는 파란색이요. 이 집은 그냥 방이라고 해도 될 만한 집인데 여기에 살던 사람은 스펀지 위에

* 미국의 서부 개척시대를 일컫는 표현.

** 1965~69년 미국 CBS사에서 방영한 드라마 시리즈 〈와일드 와일드 웨스트〉의 주인공.

서 자고 양동이에 똥을 싼 다음 그 양동이를 바다에서 헹궜어요. 그 사람 이름을 기억하는 사람은 아무도 없고요. 그 사람 시체가 발견됐을 때는 몸에서 물이 전부 다 말라 없어진 상태였지만 아직 해골은 아니었죠. 이 집에는 창문이 두 개 있어요. 하나는 바다 쪽으로 나 있고 하나는 기찻길로 나 있죠. 기차가 더이상 다니지 않게 됐을 때, 게토 사람들이 철로를 훔치려고 했지만 그렇게 무거운 뭔가를 부러뜨릴 수 있을 만한 도구가 없었어요.

방의 색깔은 이렇습니다. 칠하다 말아서 제각각 떨어져버린 다섯 가지 색깔의 페인트로 덮여 있는데요. 바닥에서 창문 아래쪽까지는 빨간색이에요. 창문 아래쪽에서 천장까지는 초록색이고요. 그 옆 벽의 파란색은 천장까지 이어져 있지만 구석에 닿기 전에 떨어졌고요. 분홍색은 세번째 벽면에서 시작해 그 벽 전체를 덮고 있어요. 네번째 벽 아래쪽의 초록색은 거친 붓자국과 함께 중간에서 멈추는데, 칠한 사람이 페인트한테 제발 조금만 더 나와달라고 빌고 애원을 한 것 같죠. 여자 없이 남자가 늙으면 이렇게 될 게 분명해요. 그놈은 자기한테도 물건이 달렸다는 걸 잊어버리고 살다가 오줌을 쌀 때나 생각이 나서 슬퍼졌을라나, 아니면 무슨 변태처럼 혼자 장난을 쳤을라나? 이게 방안에 하나 있는 의자예요, 앙증맞은 다리가 달린 빨간 의자죠. 앙증맞다는 건 학교에서 배운 시에 나오는 단어예요. 사랑스럽고 앙증맞은 너 노랗고 하얀 꽃의 도깨비바늘아. 이슬을 보석처럼 두르고 부드럽게 잠들어 있는, 너는 오늘밤 내 생각을 해주겠니?*

신이 저지른 첫번째 실수는 이렇습니다. 시간이죠. 시간을 창조

---

* 자메이카 출신 시인, 클로드 맥케이(1890~1948)의 시 「도깨비 바늘」.

하다니 신은 바보였어요. 신에게조차 부족한 한 가지가 바로 시간이니까. 하지만 나는 시간을 넘어서 있어요. 나는 현재에 있는데 그 현재는 그 당시이기도 한 현재거든요. 그 당시란 건 또 얼마 후이기도 하고 얼마 후라는 건 만약이기도 하고요. 두 남자가 방금 집으로 들어와 일곱 명이 아홉 명이 되었어요. 한 명은 리마 출신이고 두 명은 트렌치타운, 세 명은 정글, 또 세 명이 코펜하겐시티 출신이에요.

방안에 있는 남자들의 명단은 이렇습니다.

조시 웨일스, 프랭클린 앨로이시우스로도 알려져 있고 바-바이*로도 알려진 이 남자가 누구와 함께 들어왔느냐면

밤-밤, 총을 쥐는 건 좋아하지만 어디를 쏴야하는지 모르는 놈이죠.

위퍼, 바빌론을 도망 다니게 만드는 경찰 학살자. 자메이카 사람처럼 말할 때 위퍼는 아주 상스럽고 사악하게 말을 해요. 백인 남자처럼 말할 때는 문자깨나 나오는 책을 읽는 사람 같고요. 위퍼에 관한 이야기가 하나 있는데, 목숨을 부지하고 싶은 사람은 위퍼 앞에서 절대 그 얘기를 꺼내지 않아요.

헤클, 인민국가당이 제클을 있다에서 있었다로 바꿔놓기 전까지는 제클과 함께 다니던 놈이고요.

렌턴, 트렌치타운 출신.

매틱, 트렌치타운 출신.

펑키 치킨, 코카인을 주기 전까지 헤로인 경련을 일으키던 놈이죠.

정글에서 온 두 남자, 뚱뚱한 놈 하나와 비쩍 마른 놈 하나, 둘

---

* 바이바이를 줄여서 말한 것.

다 나는 모르는 사람이고요. 바짝 마른 놈은 남자라고도, 실은 남자 아이라고도 하기 어려워요. 셔츠 앞섶을 열어놓았는데 가슴에 털 한 가닥 없더라고요.

그리고 나란 놈.

열 사람이 아홉 사람으로 바뀌게 된 경위는 이렇습니다.

사흘 전 밤이에요. 트렌치타운 출신 매틱이 위퍼가 보여준 방법대로 C를 데워보려고 했는데 방법을 잊어버렸고 위퍼는 그 자리에 없었어요. 달도 뜨지 않은 밤이었고 우리한테는 그 집으로 들어가고 나오는 길을 밝혀줄 손전등 하나 없었죠. 매틱은 자기가 프리베이스를 잘 안다고 생각했어요. 그건 그저 한 스푼 가득 담긴 C이고, 그냥 한 스푼 가득 담긴 C이고, 한 스푼 가득 담긴 C일 뿐이라고 생각했던 거예요. 매틱은 위퍼가 C를 그냥 아무데나 놔둘 거라고 생각했는지 바닥과 구석, 창문 근처에 있는 찬장 두 개, 문 근처에 있는 석탄 난로 잿더미를 닥치는 대로 뒤졌죠. 매틱은 찾고 또 찾았고 C의 가려움이 느껴져 다른 애들도 찾기 시작했어요. C의 금단증상은 가려움이 아니고, 가려운 건 H이긴 하지만. 매틱은 뭔가 하얀 걸 찾아냈고 다른 애들이 그걸 나눠 가지려고 가까이 오니까 총을 뽑아들었어요. 매틱은 자기 라이터를 가지고 그 가루를 데웠고요. 매틱은 C를 물에 넣고 데워야 한다는 걸 기억하고 찬장에서 발견한 베이킹파우더를 더 넣었어요. 다른 사람들이 굶주린 호랑이처럼 매틱을 바라보는 동안 매틱은 프로처럼 미소를 지었죠. 하지만 매틱은 나머지 과정을 잊어버렸어요. 위퍼가 사용하던 다른 액체, 에테르를 잊어버린 거예요. 매틱은 또 위퍼가 마약 쌈지를 그 집에 놔둘 거라고 생각할 만큼 멍청했죠. C는 고집스러울만큼 다시 굳었고, 변하지도 않았어요. 매틱은 흡입할 수 있는 연기가 전혀 안 나오니까 그걸 그냥 핥았어요. 불로 뜨겁게 달구어진 숟가락을 너무 세게 핥는 바람에 매틱의 혀가 지글거리는 소리가 우리한테까지 들렸죠. 프리베이스는 효과가 빨리 나타나요. 그 효과가 나타날 때까지 8초. 7초. 6초. 5초. 4초. 3초. 2초. 1초. 아무 일도 없었어요. 매틱은 이거 뭐야 씨발, 그러더니 앞으로 쓰러져 쿵 소리를 내며 바닥에 얼굴을 처박고 입가에 거품을 물기 시작했어요. 위퍼가 들어와서 이렇게 더럽고 거지같은 집구석에 쥐새끼 한 마리도 없다니 정말 웃기지 않느냐고 웃으며 물을 때까지 우리는 매틱을 건드리지 않았어요.

아홉 사람이 여덟 사람이 된 경위는 이렇습니다. 어젯밤 조시 웨일스가 우리에게 무얼 해야 할지 말해줬어요. 트렌치타운에서 온 렌턴은 자기가 히트곡을 만들어내긴 했지만, 자기가 만든 노래를 백인 남자가 마음대로 영화에 넣었다는 이유로 총을 쏘았다가 지금 감옥에 가 있는 헵톤즈 출신 그 녀석처럼 되는 일은 없을 거라고 말했고요. 렌턴은 자기 애엄마가 가수의 녹음실로 갔고, 그 사람들이 아기와 엄마와 엄마의 가족 모두에게 돈을 주었다고도 말했어요. 그리고 렌턴은 그 여자가 가수가 도와주는 백 명도 넘는 사람들 중 그저 한 명일 뿐이라는 걸 알고 있었죠. 그걸 멈추면 어떻게 되느냐고요? 조시 웨일스는 그런다고 가수가 더 좋은 사람이 되는 건 아니라고, 오히려 더 나쁜 사람이 되는 거라고, 왜냐면 가수가 하는 일이라고는 가난한 사람들에게 먹을 물고기를 주는 것뿐이라고 왜냐면 자기는 이제 어느 수준에 이르렀으니까 다른 사람들이 알아서 고기 잡는 법을 배우는 걸 원하지 않는 거라고 했어요. 우리 중 몇 사람은 그 말을 받아들였지만 트렌치타운에서 온 렌턴은 아니었어요. 위퍼는 그 자리에서 당장 그 개년을 죽여버리려고 총을 꺼냈죠.

조시 웨일스는 아냐, 친구, 얘기 들어보고 무슨 소린지 이해를 해보자고, 라고 말했고요. 그러더니 조시 웨일스는 저 친구는 함수 공부를 좀 해야 할 것 같아, 라고 말했어요. 우리는 조시 웨일스가 무슨 말을 하는 건지 알 수 없었고 그래서 조시 웨일스는 운동 에너지, KE=mv2/2 (이때 m은 질량이고 v는 속도를 의미한대요)라고 말했어요. 야우. 변형. 파쇄. 출혈. 저혈량성 쇼크. 방혈. 저산소증. 기흉. 심정지와 두뇌손상. 타앙. 렌턴의 두개골이 총알을 멈추었지만 피는 위퍼의 가슴에 철퍽 튀겼어요. 이거 스타스키와 허치 티셔츤데! 위퍼는 렌턴의 몸이 허물어지자 뇌 조각을 가슴에서 닦아내며 말했어요. 조시 웨일스는 다시 총집에 총을 넣었죠.

백인 남자가 우리에게 가르쳐준 M16A1, M16A2, M16A4 장전 방법은 이렇습니다.

총구를 안전한 방향으로 돌려놓는다.

총열을 젖히고 볼트를 연다.

장전손잡이를 앞으로 돌려놓는다.

변속 레버를 안전에 놓는다.

약실이 비어 있는지 확인한다.

탄창을 넣는데, 탄창이 걸쇠에 물려 고정될 때까지 위쪽으로 민다.

탄창 아랫부분을 위쪽으로 두드려 탄창이 잘 고정되었는지 확인한다.

볼트캐치 윗부분을 눌러 볼트를 해제한다.

노리쇠 전진기를 두드려 볼트가 최대한도로 전진해 잠겨 있는지 확인한다.

레버를 안전으로 돌려놓을 필요는 없다.

정글 출신 남자들과 만나면 벌어지는 일은 이렇습니다. 정글놈들은 C가 고파서 잔뜩 달아올라 있고 그래서 프리베이스를 하고 프리베이스는 위퍼한테서 나와요. 조시 웨일스는 우리를 두고 가면서 누구라도 여기를 떠나면 총을 맞을 거라고 경고를 하고 우리는 조시 웨일스가 한때 바-바이라는 이름으로 불렸다는 걸 기억하죠. 조시 웨일스와 위퍼가 문을 닫고 잠그자 달칵 소리가 나요. 집은 점점 작아지고 더워지고 나는 내가 죽여야 할 경비원, 경찰에 대해 생각해요. 바빌론에 대해서요.

남자 일곱. 총 21정. 총알 840발. 나는 한 사람을 오직 그 사람만을 생각하는데 그건 가수가 아니에요. 나는 그 사람이 벽으로 파고들듯 달려가서 계집애처럼 높은 목소리로 소리지르는 걸 생각해요. 나는 그 사람이 이렇게 말하는 걸 생각해요, 당신이 잡으러 온 사람은 내가 아니에요 당신이 잡으러 온 사람은 아래층에 있어요, 왜냐하면 그 사람은 그런 계집년일 게 틀림없을 테니까요. 나는 부정행위를 하고도 잡히지 않고 도망치는 남자와 이미 운이 다 소진된 남자를 떠올려요. 나는 그 사람을 보고 이게 죽음의 모습이라고 말해요.

아서 조지 제닝스 경

이제 우리는 죽음의 시간 속에 있다네. 3주만 있으면 일년이 저물 거야. 사라지는 거지. 그늘 속 온도가 35도에 달하는 습하고 더운 여름도, 강물을 불어나게 하고 소들을 죽이고 질병을 퍼뜨렸던 5월과 10월의 비도. 남자들은 돼지고기를 먹고 살이 오르고, 소년들의 배는 독으로 부풀어오른다네. 덤불숲에서 열네 사람이 실종되는 동안 시체는 셋, 넷, 다섯, 폭발적으로 증가하지. 그보다 더 많은 사람들이 고통을 겪어야 할 걸세. 그보다도 더 많은 사람들이 죽어야 할 테고.* 아직은 살아 있지만, 이미 죽음과 함께 걸어가는 남자에게서 나는 이 문장을 훔쳐왔다네. 그 남자는 발가락부터 죽어가고 있지.

손을 내려다보면 내 이야기가 보인다네. 사우스코스트에 있는 한 호텔, 내 조국이 언젠가 맛볼 미래이지. 몽유병이었나봐, 나를

* 밥 말리 앤드 더 웨일러스의 앨범 〈엑소더스Exodus〉(1977) 수록곡 〈자연의 신비주의자Natural Mystic〉의 가사.

찾아낸 사람들은 그렇게 말하더니 주워들은 이야기로 내 모습을 만들어냈네. 두 손을 프랑켄슈타인처럼 앞으로 뻗은 채 눈은 감고서, 다리로는 공산주의자가 행진하듯이 셋, 둘, 하나, 성큼성큼 걷는 시늉을 하더군. 사람들이 나를 발견했을 때 나는 벌거벗은 모습이었지. 눈에는 경계심이 어려 있었지만 원래의 갈색빛은 씻겨 사라지고 목은 늘어져 있고 두개골 뒤쪽은 뭉개지고 성기는 차렷 자세로 서 있었는데, 그 성기야말로 호텔 직원들이 처음으로 본 모습이었네. 그 남자가 나를 밀 때 일었던 먼지는 내 피에 감추어져 있었지.

죽음에는 죽은 자들이 말해줄 수 없는 뭔가가 있다네. 죽음의 상스러움. 죽음은 자네가 죽은 장소를 시체가 스스로에게 모욕을 주는 공간으로 바꾸어놓지. 죽음은 죽는 자가 기침을 하고 오줌을 싸게 만들며, 죽음은 똥을 싸게 만들고, 체내의 기체로 인해 죽은 자에게서 악취가 풍기도록 한다네. 내가 보고 기다리는 동안 내 시체는 썩어가지만 손톱만은 계속 자라서 새의 발톱처럼 된다네.

듣기로는 미국에서 어떤 부자가, 이름부터가 벌써 돈이며 권력이 새겨져 있는 듯한 남자가, 아내 아닌 여자한테 넣은 채로 죽었다고 하더군. 거대한 보트 같은 남자가 죽일 듯이 어마어마한 몸무게로 여자를 뭉갰는데, 18시간 후 아내 손에서 불태워졌다네. 아내가 그 남자 시체에서 나는 다른 여자의 냄새를 견딜 수 없었다는 거야.

나 역시도 이름이 기억나지 않는 어떤 여자한테 넣고 있었는데 그 여자가 갈증이 난다고 불평하면서 멈추게 하더군. 바로 그 자리에 와인이 있었는데도 말야. 얼음 좀 갖다주시면 안 돼요? 누가 와인에 얼음을 넣어서 먹어? 제가요. 얼음만 좀 갖다주시면 다른 것도 많이 해드릴게요. 나는 벌거벗고 낄낄거리며 달려나갔네. 새벽 5시였어. 위 윌리 윙클처럼 까치발로 복도를 따라 내려갔지. 죽은 자들에게도 냄새가 있지만 살인자에게도 냄새는 있다네. 내 죽음에는 살인자가 둘 필요했어. 그중 하나는 내 죽음을 사주한 자였고 다른 하나는 그 일이 벌어지도록 만든 자였지. 난간 너머로 날아가기 전 레몬그라스와 축축한 흙이 느껴졌고, 거울처럼 깨끗한 바닥을 밟는 으드득대는 발소리가 들렸다네.

나는 지금 나를 죽인 남자의 집에 와 있네. 그자의 손에서 나 자신의 냄새를 맡은 적은 결코 없지. 그저 오래된 죽음의 잔여물, 악취라기보다는 악취의 기억, 더이상 신선하지도 않은, 살인 당시의 혈액이 남긴 철분 냄새의 흔적, 닷새 동안 방치되었던 시체가 달콤하게 뀌어내는 악취만 느껴질 뿐이었지. 산 자들의 세계에서 그자는 이제 늙은이가 되었다네. 자기한테서 하루종일 나방을 쫓는 듯한 좀약 비슷한 냄새가 나는데도 신경쓰지 않아. 늙었지. 여행용 가방에 넣고 잠가둔 비싼 정장처럼 말이네. 하기야 그자가 정장을 입고 있지는 않았지만. 사람들이 발견했을 때 나는 벌거벗은 상태였는데, 내가 발견한 지금의 그자 역시 벌거벗고 있네. 그자의 배는 전보다 더 둥글고 등은 몸을 위아래로 밀칠 때마다 두껍게 물결치는데, 뒤통수는 한번 더 염색을 해야 할 것 같군. 그의 몸이 땀에 차서 철썩, 철썩, 철썩하며 그 여자, 그가 결혼한 2등 선수의 몸에 부딪치는군. 하얀 침대가 소용돌이가 됐군. 여자는 남자가 동작을 멈추지 않는다는 걸 눈치채고는 남자의 어깨를 두드려. 머리를 베개에 묻고서 그자는 여자를 자기 아래에 붙들어놓고 있고, 여자는 자기가 감옥에 갇힌 거나 마찬가지라는 걸 알고서 남자를 다시 두드려. 남자는 신음소리를 내고 여자는 남자를 밀어내면서 임신하기 싫어한다는 거 알잖아 이 개자식아라고 말하는군. 남자는 자기 봄부게를 여자에게 털썩 싣고 사정하더니 방 전체에 숨을 내뿜었네. 자메이카 국민들도 이 나라 지도자가 일을 제대로 처리할 줄 안다는 걸 알아야 해, 라고 그자가 말하는군. 그자의 목소리를 들은 건 몇 년 만에 처음이야, 하기야 몇 년 만은 아니지만. 나는 그 목소리가 바뀌지 않았다는 게, 여전히 제대로 말을 하는데도 부적절하게 들린다는 게 참 아뜩하더군. 나는 있어서는 안 될 장소에 있고 그건 여자도 마찬가지네. 여자는 남자가 미스 자메이카와 결혼하려다 실패한 뒤에 결혼한 2등 선수야. 여자의 아버지는 여자가 완전한 백인과 결혼하기를 원했지. 내 바티에서 마른 똥이 나오지 않는 한 무슨 레바논 핫바지랑 섞인 시리아 잡종놈이, 피똥 지릴 내 딸하고 결혼할 일은 결코 없을 거야, 라고 여자의 아버지가 말했어.

내가 넣었던 여자의 이름을 기억할 수가 없네. 그 여자는 내 눈에 띄지를 않아, 어디를 찾아봐야 하는지 제대로 알고 있었다고는 말 못하겠네만. 어쩌면 사랑이 있었는지도 모르네만 유령들은 갈망 때문에 출몰하기 마련인데 나는 아무 갈망이 없다네. 어쩌면 그건 사랑이 아니었을지도 모르네. 아니면 내가 유령이 아닌 걸지도 모르고. 아니 어쩌면 내게 갈망이 있지만 그 여자를 향한 건 아닐지도 모르겠군. 대체 어떤 인간이 와인에 얼음을 넣어달라고 한단 말인가? 그자가 문 밖에서 나를 기다리고 있었다는 걸 여자도 알았을까? 누군가가 나더러, 도륙당한 거미 위에 거시기를 세워놓은 것 같다고 하더군. 호텔 직원 중 한 명은 아니었어. 그 사람들은 도륙 같은 단어를 잘 모르니까. 어쩌면 내가 사라진 걸 보고는 벌써부터 기뻐하던 누군가였을지도 모르지. 그 사람 얼굴은 기억나지 않네.

2등 선수가 남자를 밀어내고는 안 까먹고 피임약을 썼으니 다행이지라고 낮은 소리로 식식대. 당신…… 그거…… 모르나…… 남자는 나머지 말을 헐떡이며 내뱉어…… 가족계획이 흑인들을 죽이려는 계획이라는 걸? 그러고는 웃는군. 그자는 몸을 굴리더니 혼자 장난질을 시작해. 나는 그자 안으로 미끄러져 들어가, 그자가 느끼는 것을 느끼는 척하고 싶지만 침대 발치에만 가도 죽은 사람 백 명의 냄새가 풍겨오더군. 어디서 유리가 깨지자 두 사람이 모두 펄쩍 뛰었어. 잠옷이 가슴 위로 당겨져 있었기에 여자는 옷을 끌어내렸지. 씨발, 저놈의 고양이 내가 치우랬지, 남자는 그렇게 말하더니 자리에서 일어나는군. 나는 남자의 배가 알아서 자리를 잡고 뺨에서 혈색이 빠지는 걸 지켜보는데 이조차도, 심지어는 섹스조차도 알루미늄 우주복을 입은 듯이 쫀쫀하게 싸맨 머리카락을 헝클어놓지는 못하네. 이 남자 때문에 나는 살아 있다는 것을, 물건이 처진다는 것을, 몸을 흔들어 움직인다는 것을 그리워하게 되네. 침대에는 여자가 고른 가구가 있는데 손잡이와 곡선과 포도송이 조각이 새겨져 있는 것들이야. 천장에는 모기장이 매달려 있군. 구석에는 텔레비전이 숨어 있고, 욕실 문은 열려 있지만 문간은 어둡네. 남자는 항상 어떤 식으로든 스타일이 있거나 미감이 있는 사람들을 변태 취급해왔네. 다른 당원이 차를 따고 떠날 때 그자가 가수에 대해서 그런 얘기를 했던 게 기억나. 나야 그자의 증오심을 공유한 적이 없네. 나는 여름이 올 때마다 노엘 카워드 경을 만났고 그분을 삼촌이라고 불렀으니까. 카워드 경께도 그랬고, 카워드 경과 함께 여행하던 분들께도 그랬네.*

* 노엘 카워드(1899~1973)는 영국의 극작가, 작곡가, 감독, 배우이자 가수다. 재치 있고 화려한 삶으로 유명했는데, 2차대전 발발한 후 영국 정보부와의 긴밀한 공조 속에 미국으로 떠났다. 내막을 모르는 대중으로부터 많은 비난을 받았지만, 자발적으로 선전전에 참여한 카워드는 영향력을 활용해 미국 대중이 영국을 지지하도록 만드는 데 일조했다.

나를 죽이라고 사주한 남자는 손을 뻗어 침대 옆 협탁에 가만히 누운 채 기다리던 총을 집지만 바지는 바닥에 남겨놓았네. 2등 선수가 바지를 가리키고 남자는 문을 나서면서 보지가 벌렁거리고 있는데 옷을 입는 건 예의가 아니라면서 농담을 해. 그 여자와 같이 있으면서 그 여자가 어떻게 마음의 평정을 되찾는지 보고 싶다는 생각도 잠시, 나는 결국 남자를 따라가네.

거실에는 내가 잘 모르는, 알았다 하더라도 기억할 수 없는 남자가 한 명 있네. 거실은 죽은 자의 냄새가 진동하는 묘지더군. 그 냄새 중 몇몇은 그 남자에게서 나오고 있네. 그자는 한순간에는 흑인처럼, 다음 순간에는 약간 중국인처럼 보이는데, 아마도 그림자 때문에 그렇게 바뀌는 걸지도 모르겠네. 나는 벌써부터 그 남자가 어떻게 죽을지 냄새를 맡을 수 있어. 남자는 유리잔에 대고 기침을 하면서 이렇게 말하네.

– 물인 줄 알았는데.

– 화이트 럼 병이 어떻게 생겼는지 모르는 건가, 아니면 럼 뜻을 모르는 건가?

– 럼이 뜨습다뇨? 글쎄 뭐, 뜨습기도 전에 삼킨 거라서.

– 뜨으읏. 뜻을 모르느냐고.

– 아. 요즘 귀가 잘 안 들려서요. 너무 탕탕탕을 많이 하는 바람에, 아시죠?

– 빌어먹을 어떻게 그걸 물로 알 수가 있지?

– 글쎄요, 부자들은 물을 특별하게 생긴 병에 담아 먹는다고 그러던데. 라티드(이런, 세상에!), 브레드렌, 이 집에서는 다들 그러고 돌아다닙니까?

– 나더러 우리집에서까지 격식을 차리라는 건가? 아니면 여태

한 번도 본 적이 없는 걸 봐서 그러나?

– 아, 부자들은 이런 식으로 막 구르는구나.

– 가난한 사람들은 어떻고? 놈들은 급수탑 옆에서 목욕을 하는데, 지금 이 일을 계급 문제로 돌리겠다는 거야? 대체 빌어먹을 우리집에는 어떻게 들어온 건가?

– 정문으로 걸어서 들어왔죠.

– 어떻게……

– 어떻게는 그 정도면 충분해요. 어떻게라는 말을 어떻게 그렇게 많이 합니까?

– 그럼 왜냐고 물어줄까? 좋아 그럼 왜 얘기를 좀 해보지. 씨발 자네가 왜 지금…… 어디 보자…… 새벽 3시에 우리집에 와 있는 건가? 전에 공공장소에서는 함께 있는 모습을 들켜서는 안 된다고 얘기 끝냈던 것 같은데?

– 영감님 침실이 공공장소인 줄은 몰랐수다. 사모님은 어떠쇼? 소리를 들으니까 조금 전까지만 해도 아주 잘하고 있는 것 같던데. 진짜 끝내주시더만.

– 젠장, 원하는 게 뭐야?

– 오늘이 며칠인지 아세요?

– 흠. 흐으으음. 12월 3일에 걸어보지. 그게 12월 2일 다음날이니까.

– 어이! 그따위로 무례하게 구는 건 이제 그만두쇼. 지금 당신이 누구랑 얘기하고 있는지는 아나?

– 씨발 네 놈이야말로 지금 누구랑 얘기하는 건지 기억하도록 해. 내 집에 무슨 좆같은 쥐새끼처럼 기어들어오나니. 오늘밤 도하이드*가 자리를 비운 게 다행인 줄 알아. 그게 아니면 벌써 뒈졌을

테니까. 내 말 알아듣나? 뒈졌을 거라고.

- 그럼 나한텐 잘된 일이네.

- 난 다시 자러 가겠네. 온 길 그대로 나가.

- 내가 생각을 좀 해봤는데 말입니다.

- 자해하지 말게.

- 뭐요?

- 생각이란 걸 하고 있잖나.

- 돈이 좀 필요해요.

- 돈이 좀 필요하다.

- 내일 지나서요.

- 그 내일이 벌써 오늘이 됐어.

- 그럼 좀 있다가, 라고 해야겠군요.

- 벌써 얘기했지만, 무슨 소리린지 도무지 모르겠네. 무슨 문젠지도 모르겠고. 자네 얘기가 맞다고 지지해줄 수도 없고, 난 자네라는 사람을 그렇게 잘 알지도 못해. 그쪽 다운타운에서 내가 아는 사람은 파파-로뿐이네.

- 그쪽 다운타운? 그쪽 다운타운이라 했소? 이젠 그쪽 다운타운이라 부른다 이거지? 아티 제닝스는 당신처럼 얘기한 적이 한 번도 없어.

- 아서랑 말이 잘 통하는 사이였나보지? 믿을 만한 정보통이 그러던데, 요즘 그 친구 별로 말이 없다더군.

2등 선수가 이불보를 뒤집어쓰고 방으로 한 발짝 들어오네.

- 피터, 이게 다 무슨 난리에요? 그리고 아니, 세상에……

---

* 생가죽이라는 뜻. 뒤에 나오는 등장인물 이름.

– 빌어먹을, 개년아, 소리 그만 지르고 다시 자러 가. 흑인이라고 다 도둑인 줄 알아?

– 글쎄, 이번 경우에 한해서는 아내분 말씀이 좀 맞는 것 같은데.

– 피터?

– 자러 가라고!

– 문소리 한번 요란하네. 집이 다 흔들리는 줄 알았소. 이제 오늘 밤에는 저 품품이 다시 열릴 일도 없겠네?

– 총질 배운 곳에서 여자도 배웠나? 저 여자가 문을 세게 닫은 건 자기가 여전히 듣고 있다고 우리가 생각할까봐서야. 저 여자가 문을 세게 닫은 건 자기가 여전히 듣고 있다고 우리가 생각할까봐서라고. 그는 그렇게 말했네.

이제 여자는 사라졌지.

– 엄청난 개새끼시구……

– 입 닥쳐.

– 오늘 일은 글로도 적어놓은 겁니다. 이제 와서 바꿀 수 있는 건 아무것도 없어요. 당신이 원하지 않더라도……

– 아까부터 말했지. 난 자네가 무슨 소리를 지껄이는지 모르겠어. 특히 딴 사람도 아니고 자네, 조시 웨일스가 겨우 2주 전에 마이애미에 다녀온 상황에서 돈이 필요하다니 도저히 무슨 소린지 모르겠군. 근데 자네한테 씨발 돈이 전혀 필요하지 않다는 걸 내가 어떻게 아는지 아나? 자네가 비행기를 타고 갔다 온 지가 겨우 하루밖에 안 됐거든. 돌아온 게 뭐, 한 7시쯤 되나?

– 그렇게 큰일이 아니라서.

– 자네한테 큰일 아닌 게 어디 있나. 자네가 했다는 다른 여행도 그렇지, 바하마 여행 말일세. 이 나라에서 자기 사업을 한다는 인간

들한테는 씨발 전부 비밀이 하나씩 있잖겠느냐고.

– 가수가 파파-로와 쇼타 셰리프를 동시에 만나고 있소.

– 아, 그래? 좋아, 이제 내가 모르는 얘기를 한번 해보게.

– 파파-로는 아무도 자기 말을 들을 수 없는 곳에서 쇼타 셰리프를 만나 심각한 이야기를 할 계획이라고. 그건 그렇고, 둘 다 더이상은 돼지고기를 먹지 않더군요.

– 아. 그건 내가 몰랐군. 그래서 씨발 걔네 둘이 지금 뭘 하겠다는 건데? 농담이 아니라, 걔들 둘이 할 수 있는 얘기가 뭐가 있긴 한가? 그리고 둘 다 더이상 돼지고기를 먹지 않는다니 그게 무슨 소리야? 라스타라도 되어간다는 건가? 이게 가수가 하는 일이라는 거야? 가수가 두 사람을 서로 이야기하게 만들고 있느냐고?

– 그런 질문에 답하는 데 정말 남의 도움이 필요하쇼?

– 이봐, 검둥이. 자네 나랑 말할 때 좆나 선을 넘는군그래.

– 씨발 잡소린 집어치우고. 가격을 올려야겠소.

– 그딴 개소리는 CIA한테나 해.

– 라스타는 CIA일을 하지 않지.

– 그렇게 치면 조시 웨일스, 나도 씨발 자네랑 일 안 하네. 멍청한 조언이네만 부디 받아주게, 저 문으로 꺼져. 다시는 여기 오지 마.

– 럼은 내가 가져가겠수다.

– 지금 마시는 김에 두 잔 마시고 씨발 품위 좀 갖추게.

– 하하. 당신 정말 남다르군. 악마조차 당신을 구경하면 그냥 가버리겠어. 당신 정말 남달라.

문을 닫지 않고, 그 남자는 떠나네.

이곳 죽은 자들의 땅에는 내가 잘 모르는 남자가 또 한 명 있어. 잘못된 죽음을 맞이한 자라네, 차라리 불에 타 죽었더라면 평화를 맞이했을지 모르는 소방관이지. 그자도 함께 이 방에 있어. 조시 웨일스라는 이름의 남자랑 같이 들어오더군. 그자는 조시 웨일스 주변을 걸어다니고, 조시 웨일스를 통과해서 걸어가는데 그럴 때면 웨일스는 몸에 오한이 난다고 착각을 하지. 그자는 조시 웨일스를 치려고도 해보지만 그냥 통과해버릴 뿐이네. 나도 나를 죽이라고 한 남자에게 같은 짓을 해본 적이 있었어. 때려보려고, 쳐보려고, 따귀를 날려보려고, 베어보려고도 했지만 할 수 있는 최선은 그자가 흠칫 떨도록 만드는 것뿐이었네. 기억은 사라질지 모르지만 분노는 계속 남아 있다네. 그냥 받아들이고 살라고 말하고 싶지만, 죽은 자에게 살아가라니 아이러니가 너무 씁쓸하군그래. 소방관이 매번 소리를 질러대기에 나도 그의 사연을 알고 있네. 소방관은 지금도 소리를 치고 있어, 목격자라고는 이 방에 오직 나뿐이라는 걸 모르고서 말이야. 소방관은 오렌지 스트리트에 화재가 벌어졌을 때 그리로 달려갔었네. 그가 일곱번째 소방관이었지. 2층짜리 공동 주택에 누가 불을 놓았고, 화염이 미친 뱀처럼 창문으로 구불구불 기어나오고 있었어. 아이 다섯이 이미 죽고 두 사람은 불이 나기 전에 총에 맞았지. 소방관은 물을 뿌리면 그저 식식거리며 사라질 뿐이라는 걸 알면서도 호스를 꽉 잡고서 대문 너머로 달렸네. 오른쪽 뺨은 불타버리고, 왼쪽 관자놀이는 터져버렸어. 두번째 총알은 가슴에 맞았네. 세번째 총알은 뒤에 있던 다른 소방관의 목을 스쳤지. 이제 소방관은 자기를 나 같은 사람과 함께 지내도록 보내버린 남자를 따라가네. 그때 조시 웨일스는 창문을 통해 나갔지. 소방관이 따라갔고. 아직 하루가 많이 남았지만 이미 죽어 있다네.

A Brief History of Seven Killings

한밤의 습격

Original Rockers

Ambush in the Night

Shadow Dancin'

White Lines / Kids in America

Sound Boy Killing

1976년 12월 3일

니나 버지스

넌 솔직히 알 수가 없을 거야. 몇 분 안에 이 남자들이 너를 강간할 거라는 걸 너도 이미 알고 있다는 게 어떤 기분인지. 신은 너를 바보로 만들 뿐. 역사 시간에 배운 그리스신화의 카산드라, 누구도 그녀의 말에 귀기울이지 않고 스스로도 자기 목소리조차 들을 수 없었던 그 여자처럼. 남자들은 아직 너한테 손도 대지 않았는데 너는 벌써부터 자신을 탓하기 시작하지. 이 멍청하고 순진한 년, 제복 입은 남자들이 여자를 강간할 때는 바로 이렇게 하는 거야, 딕 앤드 도라 이야기*에 나오는 것처럼 나무에 올라간 네 고양이를 그 사람들이 내려줄 거라고 니가 여전히 믿고 있을 때 벌어지는 거라고. 제일 먼저 깨닫게 되는 건 이게, 이 기다림이라는 단어 자체가 얼마나 좆같은지야. 이제 넌 기다리는 처지가 되었으니, 할 수 있는 생각이라고는 도대체 어쩌다가 이런 식으로 재수없게 남자 밑에 깔리

* 미국의 아동용 읽기 교본에 나오는 짧은 이야기.

게 됐을까 하는 것밖에는. 아직은 아니지만 저놈들이 곧 널 강간할 거라는 건 너도 알잖아. 룸미러를 통해 벌써 세 번이나 마주친 저놈의 눈빛에 위협이 담겨 있어. 놈은 미소를 짓지도, 웃지도 않으면서 손으로는 사타구니를 만지고 있다고. 옷매무새를 가다듬는 게 아니라, 장난질을 치는 것처럼.

너를 함정에 빠뜨리는 건 그 느낌이야. 아직도 뭔가를 해볼 수 있는, 나가서 도망칠, 눈을 감고 트레저 비치*를 생각할 시간도 남아 있다는 느낌. 다들 너한텐 시간이 충분히 있었다고 할꺼야. 일이 벌어지면 무조건 니 잘못이 될 거거든. 왜 내리지 않은 거야? 왜 거기 계속 있었어? 경찰은 내 생각이 들리기라도 하는지 액셀을 밟아서 뛰어내리기 위험하게 만들어. 내리지 그래? 이렇게 계속 있을 거야? 문을 열고 뛰어내린 다음에, 무릎을 꽉 끌어안고 멈출 때까지 굴러가자. 그런 다음에는 오른쪽으로 달려서 덤불로, 누군가의 울타리를 넘어서 달려가면 돼. 그래, 뭐 어딘가 부러지기는 하겠지만 아드레날린이 분비될 테니까 충분히 멀리, 아주 멀리 갈 수 있을 거야. 이것도 학교에서 배운 내용이지. 어깨에 멍이 들지도 모르고 손목이 부러질지도 몰라. 경찰은 정지신호를 벌써 네 번이나 그냥 지나친다. 우리 아주 죽여버리고 싶지? 꼭 좀 죽여줘봐. 다른 놈이 말하더니 웃는다.

어떤 여자가 강간을 신고하러 경찰서에 갔는데, 경찰이 여자의 말을 믿지 않고 여자를 한번 더 강간했다는 이야기를 들은 적이 있다. 너는 겁에 질려 있고, 니 땀냄새를 맡을 수 있는데, 놈들이 니

---

* 빌리스베이, 프렌치맨스베이, 칼라바시베이, 그레이트페드로베이 등 네 개의 만으로 이루어져 있는 자메이카의 해변.

가 땀을 흘리는 걸 보고 너도 이 상황을 즐기고 있다는 식으로 받아들이지 않기만을 바라고 있어. 이틀 전, 네일아트라는 사치에 벌어먹을 돈이 너무 많이 든다는 이유로 손톱을 깎았었지. 그래서 지금은, 저 개자식들을 할퀴어줄 만한 손톱도 없어. 경찰들에게 손톱 자국 하나 남기지 못한다는 게 너도 이 일을 즐기고 있다는 뜻이 되지 않기만을 바라고 있어. 출근하기 전에 구타로 아내를 훈육하는 남자들만의 법정이겠지만, 아무튼 그 법정에 사건을 가져가기도 전에 니가 스스로를 비난하고 멋대로 재단하고 저놈들을 무죄라고 여기게 되는 단 한 가지 이유가 있다면, 그건 니가 지금 팬티를 입지 않고 있다는 사실이야. 너는 엄마가 항상 얘기하던 그 걸레라고. 엄마조차도 그럴-줄-몰랐다는-거니 하는 그 표정으로 널 보겠지. 그러고 보니 이런 생각이 드네. 아 그래요? 그럼 총잡이 셋이 쳐들어왔을 때, 엄마는 왜 하필 여자로 태어나서 그런 일을 당했어요? 엄마가 강간당한 것도 엄마 잘못이네. 얼마 후, 너는 몸이 떨려오는 게 공포 때문이 아니라 극심한 분노 때문이라는 걸 깨달아. 나는 오른쪽 하이힐, 아직 굽이 남아 있던 그 하이힐을 벗어서 꽉 쥐어. 놈들이 문을 열자마자 이 개자식들 중 하나는 한쪽 눈으로 더이상 아무것도 영영 보지 못하게 될 거야. 어느 쪽이든 상관없어. 놈이 나를 발로 차고 총으로 쏘고 내 똥구멍을 강간할 수도 있겠지만, 이 보지를 한번 먹겠다고 얼마나 호된 대가를 치러야 했는지 평생 기억하며 살게 될 거야.

강간을 기다리는 것보다 더 끔찍한 일이 있을까 싶어. 강간을 기다리고 있을 시간이 있다면, 강간을 멈출 수 있는 시간도 있어야 하는 거 아닌가. 팔 물건이 아니라면 광고도 하지 말아야 합니다. 지금 이 순간에도 우리 고등학교 교장이 말하는 소리가 들리네.

넌 벌써부터 강간을 당하고 나서의 삶을 생각하고 있어. 아마 기장이 긴 드레스를 사게 될 거야. 무릎 바로 위까지 올라오는 나이들어 보이는 스타킹이랑, 그 씨발 〈초원의 집〉* 오프닝에 나오는 배우들이나 입을 법한, 주름 장식이 많고 깃이 달린 드레스들을 생각하고 있지. 머리 손질도 그만둘 테고, 다리와 겨드랑이 털도 더이상 밀지 않겠지. 립스틱도 바르지 않을 거야. 예전처럼 굽 없는 신발만 신을 거고, 스왈로필드 교회에 다니는, 피부색이 좀더 밝은 아이들을 낳아주기만 한다면야 그것만으로도 수지타산이 맞는다고 생각하는 남자, 그래서 내가 어떤 인간이든 간에 참아주고 여전히 괜찮은 거래였다고 생각할 남자와 결혼하겠지. 씨발 당장 차 세우고 빨리 보지나 따먹고 끝내라고 소리를 지르고 싶은 마음이 든다. 왜냐면 그런 말은 적어도 거칠게는, 저놈들한테 조금은 겁을 줄 수 있을만큼 거칠게 들릴 테니까. 하지만 너도 알잖아, 그런 단어는 네 입에서 절대 나올 수가 없어. 너한테 무슨 품위가 있어서가 아니라, 품위는 빌어먹을, 그냥 그럴 깡이 없다고. 그렇게 생각하니 저 빌어먹을 경찰들이 널 자기들 고양이 앞에 있는 새처럼 대하는 방식이 더 가증스러워지네. 어쩌면 이건 자기 무덤을 파는 거나 다름없는지도 몰라. 처음부터 최종 결과를 알고 있으면서 일이 벌어지는 중간에, 일어나기로 되어 있는 일을 기다리는 거지.

나도 씨발 무슨 소리를 하는 건지 알 수가 없지만, 한 가지 분명한 건 씨발이라는 말을 너무 많이 하고 있다는 거야. 욕을 조금만 더하면 내 동생 킴 마리 버지스랑 이름을 바꿔도 되겠어. 이 차에 앉아 있는 건 키미였어야 해. 키미랑, 키미의 그 잘난 자유연애. 아

* 1974~83년 미국 NBC사에서 방영한 드라마. 동명의 원작 소설이 있다.

냐. 그건 너무 나쁜 생각이잖아. 그렇지만 그 생각을 멈출 수가 없어. 이런 일을 당해도 싼 사람은 없어. 하지만 이런 일을 당해도 싼 쪽은 나보다는 키미라고. 헤이븐데일로 가려면 우회전을 해야 하는데, 놈들은 좌회전을 하고 그게 지름길이라고 주장하면서 다운타운으로 향하고 있다고. 두 경찰 중 한 놈은 그런 일은, 겨우 2주 여유를 두고 수상이 총선을 요구하는 일 따위는 본 적이 없다고 말해. 사기꾼 놀음 같잖아, 놈이 말하지. 그러거나 말거나 너랑 무슨 상관이야, 히 해묵은 사회주의자 같으니, 다른 놈의 말이야.

– 누구더러 피똥 쌀 사회주의자래? 차라리 쿨리나 라스타라고 하시지.

– 하가씨, 후리 혜쁜 자기는 사회주의자가 좋아, 라스타가 좋아?

– 하하, 다른 놈이 웃는다.

– 허이. 쿨리 더피처럼 뒷자리에 힜는 당신 말이야.

나는 이렇게 말하고 싶어. 미안, 못 들었네. 1976년을 살아가는 여자는 어째서 자기 신세를 스스로 조지거나, 남자 때문에 조지게 되는가 하는 문제를 생각하느라 너무 바빠서 말이야, 라고. 하지만 대신 이렇게 물었지.

– 네?

– 라스타야 사회주의자야? 하가씨 대답만 기다리고 힜어.

– 지름길이라더니, 얼마나 먼 거예요?

– 열 좀 식히고 똑바로 행동하지 않으면 더 멀어질 거야. 그리고…… 씨발, 뭐하는 거야? 이 호모새꺄, 제복에 담뱃재 묻는 거 진짜 싫다고 몇 번이나 말했지?

– 그럼 털어.

– 지랄하네.

– 차를 세우든지. 어쨌든 엔진도 식혀야 한다고.

그렇게 그들은 차를 세웠어. 나는 굳이 집에 가야 한다는 말조차 하지 않지. 놈들이 무슨 생각을 하고 있는지 알아. 자정이 지난 시각 호프로드에서 신발을 한 짝만 신고 있는 여자라면, 어디든 가야 할 곳이 있는 여자일 리가 없으니까. 어쩌면 이번 선거가 너무 빨리 치러지는 걸지도 모르겠어. 공산주의라고 그렇게 나쁜 건 아닐지도 모르고. 몸이 아픈 쿠바인이 있다든가 이가 다 썩어가는 쿠바인이 있다는 얘기는 들어본 적이 없으니까.* 그리고 요즘엔 가끔씩 스페인어 뉴스가 나오던데, 어쩌면 그게 우리의 교양이 점점 더 높아지고 있다는 한 가지 지표일지도 몰라. 모르겠다. 이 경찰들이 나를 어딘가의 도랑에 버려두고 꺼지기만을 기다리는 것도 지겨워졌다는 것밖에는. 나도 아무것도 모르겠어. 겁이 났으면 좋겠다. 내 안의 일부는 지금 상황에서는 겁을 먹어야 마땅하다는 걸 알고, 겁을 먹기를 바라고 있기도 하니까. 다 떠나서, 이런 상황에서도 겁을 먹지 않는다니 대체 난 어떤 종류의 여자라는 거지? 경찰들은 둘 다 차에 기대서 내 쪽 문을 막고 있어. 지금 당장 반대편 문을 열고 도망칠 수도 있겠지만 나는 그러지 않아. 어쩌면 놈들이 나를 강간하지 않을지도 모르니까. 놈들이 뭔가를 할지도 모르지만 그 뭔가는 좋은 일일 수도 나쁜 일일 수도 있고, 심지어는 좋은 일일지도 몰라. 그게 뭐든 내가 그간 낮과 밤으로 해왔던 일인 아무것도 안 하기보다는 당연히 낫겠지. 뭐, 지금은 새벽이지만. 이건 그 사람 잘못, 그 사람 경비원의 잘못, 이 빌어먹을 평화 콘서트의 잘못이지. 국가의 잘못. 신의 잘못. 뭐든 신보다도 더 큰 존재의 잘못. 빌어먹

* 쿠바에서는 의료가 무상으로 이루어지기 때문에 하는 말이다.

을, 나는 놈들이 그냥 다 끝내버리기만을 벌써부터 바라고 있어.

– 어젯밤에 스타스키와 허치가 아주 쩔었다고. 어제 에피소드가 차트 탑에 올랐다니까! 그러니까 스타스키가 그, 비밀의 독약 주사를 맞았단 말이야. 그리고 이 친구는 자기한테 주사를 놓은 사람을 24시간 안에 찾지 못하면 아주 불구가 되는데……

– 나란 놈은 대체 누가 스타스키고 누가 허치인지를 모르겠더라. 그리고 둘이 왜 그렇게 서로 만져대는지도 모르겠고, 무슨 호모새끼들이야?

– 이봐, 넌 보는 것마다 바티만이다, 호모새끼다, 그러더라. 한 여자만 만나는 남자를 봐도 너는 그 새끼가 바티만이라서 그런 거라고 하잖아. 스타스키와 허치는 아주 끝내주는 프로그램이라고. 물론 자동차가 어떻게 그렇게 높이, 멀리까지 점프할 수 있는지는 아직도 잘 모르겠지만.

– 내가 한번 해봐?

– 뒤에 앉은 저 이쁜 아가씨 죽으라고?

놈들이 내 얘기를 하는 걸 듣고 내가 물었지.

– 헤이븐데일에 가긴 가는 건가요? 아니면 내려서 걸어가게요.

– 하, 여기가 어딘지는 알고?

– 킹스턴이 킹스턴이지 어디겠어요.

– 노노, 여기가 킹스턴이라고 누가 그래? 근데 이쁜 아가씨, 우리 중에 누가 더 귀여워? 나야 이 친구야? 응? 우리 중에 누구를 남자친구 삼고 싶어?

– 강간할 거면 그냥 빨리 강간하고 어디든 좋으니까 당신들이 여자 버리는 도랑에다 내다버려. 그 빌어먹을 수능이로 사람 짜분하게 만드는 건 그만두라고.

경찰의 입에서 담배가 떨어졌어. 두 사람은 서로를 쳐다보지만, 한동안 아무 말도 하지 않아. 너무 오래 말이 없어서 얼마나 그랬는지조차 헤아릴 수 없지만, 10분 이상, 아니 5분 이상. 나한테만 입을 닫고 있는 게 아니라, 서로에게도 말이 없어. 마치 내 한마디가 자기들끼리 할말이든 나한테 할말이든 할말이란 할말은 모두 앗아갔다는 듯이. 그래도 난 미안하다는 말은 하지 않아. 얼굴도 모르는 남자 둘이서 알지도 못하고 가고 싶다고 한 적도 없는 곳으로 태워다준다고 하면, 그런 소리를 듣는 여자는 무슨 생각이 들겠느냐고? 그것도 한밤중에, 할 수 있는 일이라고는 어둠이 비명소리를 다 빨아들이지만은 않았으면 좋겠다고 기도하는 것밖에는 없는 시간에.

놈들은 나를 집으로 데려다줘. 담배를 피우던 놈이, 강간당하고 싶으면 다음번에는 미리 좀 말해, 그래야 차를 돌려서 당신을 발견했던 자리에 데려다주지, 라고 말하고. 놈들은 차를 타고 떠나.

그게 4시간 전이었고 나는 지금까지도 잠을 못 자고 있어. 나는 하루종일 입은 그 옷 그대로 침대에 들어와 있지. 아직도 불타는 것 같은 발이나 흙 때문에 더러워진 이불보는 그냥 무시하면서. 배가 고프지만 움직이지 않아. 발을 긁고 싶지만 움직이지 않아. 오줌 누고 샤워하고 이미 지나가버린 하루를 씻어내고 싶지만 움직이지 않아. 나는 어제 아침 이후로 아무것도 먹지 않았고, 그나마 아침에 먹은 건 시럽과 설탕에 담근 자몽 반쪽이었는데. 그렇게 먹다가는 이른 나이에 당뇨병에 걸릴 거라고 엄마가 말하는 그 방식대로 한 끼를 때웠지. 엄마는 모든 문제를 지나치게 걱정하는데, 그래서 온갖 문제는 엄마한테 계속 찰싹 달라붙어 있어. 근심걱정이란 녀석은 자기 말이 맞다는 걸 증명하느라 지치는 일 따위 결코 없으니까. 내일은 평화 콘서트가 열리는 날이야. 아수라장이 벌어지는 데에는 그저 총알 한 발, 단 한 발, 심지어는 허공에 쏘는 경고탄 한 발만으로도 충분해. 올해 초 스타디움에서 벌어진 일을 보면 그래. 비가 부슬부슬 내리기 시작하자 관객들이 공황상태에 빠졌거든. 열한 명이 밟혀 죽는 데 15분밖에 걸리지 않았어. 누구도 가수에게 총을 겨누지는 않겠지만, 감히 누구도 그러지는 않겠지만 그럴 필요도 없어. 제기랄, 12시간만 좀 넘게 지나면 인민국가당의 그렇게 큰 행사가 벌어진다는데 나라도 총이 있으면 꺼내겠다.

이 나라는 너무 오랫동안 정신없는 무정부 상태에 빠져 있었잖아. 앞으로는 무슨 일이 벌어지든 안티-클라이맥스에 지나지 않을 정도로. 이런 말을 하다니 나답지 않은걸. 세상에, 꼭 키미나 키미 남자친구, 라스타 말고 또다른 놈, 그 공산주의자처럼 말하고 있잖아. 노동당 깡패놈들이 공원까지, 어쩌면 마커스 가비* 동상 옆에 조성된 조그만 공간까지 차를 몰고 와 누군가를 쏴아버릴지도 모른다. 한 사람만 쏴도 충분하다. 놈들이야 빠져나갈지 몰라도, 그렇게 되면 군중은 킹스턴 절반을 불태울 테니까. 코펜하겐시티도 나름대로 잘 싸우겠지만, 그때쯤이면 군중이 너무 불어나 사람들이 발을 구르면 저멀리 헤이븐데일에서까지 그 진동을 느낄 수 있을지 몰라. 그들은 코펜하겐시티를 흔적도 남기지 않고 불태워 그들 모두를 죽여버릴 것이고 코펜하겐시티에서 온 사람들은 에이트레인즈를 전부 불태워 그들 모두를 죽여버릴 것이고 커다란 파도가 항구에서부터 일어 그 모든 시체와 피를, 그 모든 음악과 그 모든 게토 헛짓거리를 바다로 쓸어가버리면, 어쩌면, 만에 하나지만 어쩌면,

* 아메리카 대륙으로 끌려온 흑인들이 아프리카로 돌아가야 한다고 주장한 흑인운동가(1887~1940).

마침내 우리 엄마도 더러운 남자들이 자기 성기에 다가오지 못하도록 미라처럼 몸을 감싸지 않고 제정신을 되찾아 평화롭게 잠들 수 있을지 몰라.

파파-로

한 가지만 더 얘기하리다, 대단히 화려한 신사 양반들이여. 절대로 화이트 붜이(흰둥이 녀석)에게 등을 보이지 마시오. 달도 뜨지 않는 뜨거운 밤을 지나고 나면 그대 신사 양반들도 뭔가가 당신들을 배신하려고 벼른다는 생각밖에는 들지 않을 거요. 배신자는 신일 수도 있소. 사람일 수도 있고. 허나 절대로 화이트 붜이에게는 등을 보이지 말란 말이오. 매니시 워터*를 먹고 매워서 얼굴을 벌겋게 붉히는 화이트 붜이에게 등을 보였다가는, 그자가 미국으로 돌아가서 원주민들이 자기한테 염소 머리 수프를 마시라고 줬고, 거기선 피맛이 났다고 써갈길 거요. 리듬을 찾아서 게토로 왔다는 화이트 붜이에게 등을 돌렸다가는 그자가 당신의 45rpm짜리 녹음 음반을 영국으로 가지고 돌아가, 그치는 음반으로 부자가 되고 당

* 자메이카식 염소고기 수프. 최음 효과가 있다고 알려져 있으며, 염소의 머리와 뇌, 심장 등 다양한 부위로 만든다.

신은 여전히 가난하게 살 거요. 화이트 뷔이에게 등을 돌리면 그자는 셰리프를 쏜 게 자기라고 할 거요, 안 그러겠소? 그런 다음에는 당신을 자기 대리인으로 만들어놓고는 무대에 올라서 시커먼 유색 인종놈들과 검둥이들과 아랍인들과 씨발 자메이카인들과 그 씨발 뭐시기 뭐시기 뭐시기는 여기 사람이 아니라고, 그들이 여기에 오는 걸 우리는 원하지 않는다고 말할 거요. 여긴 영국이야, 백인들의 나라라고, 지껄이면서. 왜냐하면 화이트 뷔이는, 검둥이 녀석들이 절대로 〈멜로디 메이커〉*를 읽지 않을 거라고 생각하니까요. 가수는 호프로드 집에서 이 사실을 겨우 몇 주 전에야, 평화 콘서트 리허설 중에 특이한 방식으로 알게 되었다오.

몇 주 되지도 않은 일이오. 불과 2주 전이던가. 가수와 밴드는 이른 아침부터 밤까지 줄곧 리허설을 하고 있었소. 그때 주디**가 가수를 불러내서는, 지금 부르고 있는 억압 아래에라는 노랫말이 인민국가당의 슬로건과 같고*** 그 노래를 부르면 인민국가당과 한편이라는 뜻이 된다며, 안 그래도 이미 많은 사람들이 그렇게 의심한다고 걱정하며 말했소. 가수와 밴드가 그 노래를 다시 하는데, 그때 화이트 뷔이가 나타난 거요. 난데없이 갑자기, 마술처럼 말이오. 펑!

– 이봐요, 어디서 온 겁니까? 드러머가 물었소.

---

* 1926년에 창간된 영국의 팝음악 주간지. 2000년에 경쟁사였던 〈뉴 뮤직 익스프레스〉에 합병되었다.

** 밥 말리 앤드 더 웨일러스의 백업 보컬리스트로 활동했던 자메이카의 레게 아티스트 주디 모와트(1952～).

*** 문제의 인민국가당 슬로건은 'under heavy manners'이다. 음반 작업중 밥 말리는 이 표현을 가사에 넣고 싶어했으나, 본문에 나오듯 밥 말리가 인민국가당을 지지한다는 시선을 받을까봐 걱정했던 주디 모와트 등 밥 말리 앤드 더 웨일러스 다른 멤버들의 만류에 따라 결국 발매된 음반에는 이 가사가 포함되지 않았다.

-밖에서.

-크리스 쪽 사람인가요?

-아니.

-〈롤링스톤〉 그 친구?

-아니.

-〈멜로디 메이커〉?

-아니.

-〈뉴 뮤직 익스프레스〉?

-아니.

-그럼 옛날 마싸네 농장에서 온 거요?

-뭐? 아니.

-키프 리처즈가 대마초 들려서 보낸 거요? 잼다운에서는 키프만큼 질 좋은 대마초를 잘 찾아내는 사람이 없지.

-아니.

가수는 갑자기 나타난 이 화이트 뷔이가 누구인지 알아보기로 했소. 평소 백인들이 개미처럼 들끓는 1층도 아닌데 돌연 스튜디오에 나타났으니 말이오. 1층의 백인들은 보통 가짜 레게 머리에 선글라스, 타이다이 티셔츠*를 입고서 니네 레게 애들 진짜 끝내줘, 맨, 과안-자 좀 있어? 해대는 자들이지. 허나 이 화이트 뷔이의 옷차림은 뭔가를 피해 도망치거나, 무언가 다른 걸 찾는 사람 같지가 않았소. 가수가 그자의 이름을 물어볼 참이었는데, 밴드는 기다리지 않고 바로 다시 리허설을 시작했소이다. 화이트 뷔이는 간자 연

* 염색 티셔츠의 일종. 흰색 티셔츠의 한 부분을 실로 묶은 다음 염색약에 담갔다가 꺼내 실을 풀면, 동심원 형태의 무늬가 생기는데 이렇게 묶어서(tie) 염색(dye)했다 하여 타이다이 티셔츠라 부른다.

기가 모기떼라도 된다는 듯 손부채로 날려 보냈소. 보아하니 숨을 참고 있는 것 같았지. 시시때때로 그는 리듬에 맞춰 고개를 끄덕였지만, 백인 대부분이 그러듯 한 박자씩 늦었소. 화이트 뷔이는 모두가 멈추기만을 기다리고 있는 것 같았다오. 밴드는 그를 무시했는데, 노래를 마쳤을 때 화이트 뷔이는 이미 사라지고 없었지.

그때쯤 가수는 늘 그래왔듯 오렌지나 자몽을 하나 먹으려고 주방에 내려갔는데, 거기에 화이트 뷔이가 있었던 거요. 마치 가수를 기다리고 있었던 것처럼. 화이트 뷔이는 가수가 아니라 다른 곳을 올려다보면서 물었소, 크레이지 볼헤드*가 뭐요? 대답을 듣기도 전에 화이트 뷔이는 노래를 부르기 시작했소, 뎀 크레이지, 뎀 크레이제이,** 단어를 알려면 그 단어를 느껴봐야 한다는 듯이 불러댔소. 그러곤 말했지. 에릭 클랩턴***이 몇 달 전에 당신 얘기를 했던데 들어봤나? 진짜 거장이지, 그 사람. 근데 그 사람이 무대에 올라가서 이렇게 말했다고. 백인의 나라 대영제국을 지키자. 모든 유색인종과 아랍인들과 모든 씨발 자메이카인들을 몰아내자, 믿을 수 있겠어? 진짜로 모든 씨발 자메이카인들이라고 말했다니까! 와. 그 사람이 당신 노래를 리메이크하지 않았나? 요즘엔 도대체 누가 내 편인지 알 수가 없다니까. 안 그래? 가수는 누가 친구이고 누가 적인지는 늘 알고 있다고 말했지만 화이트 뷔이는 혼잣말을 하듯 말을

---

* 밥 말리의 노래 〈크레이지 볼드헤드Crazy Baldhead〉 제목을 그대로 옮기면 '미친 대머리들'이라는 뜻인데, 화이트 뷔이가 볼드헤드를 '볼헤드'로 잘못 발음하고 있다.

** dem crazy, dem crazay, 다들 미쳤어라는 뜻으로, 자메이카식 영어다.

*** 영국의 기타 연주자이자 싱어송라이터(1945~). 밥 말리의 〈내가 셰리프를 쏘았다I shot the sheriff〉(1973)를 리메이크했다.

이었다오. 그때 마침 밴드 멤버 두 사람이 주방으로 왔는데, 그들은 화이트 붜이가 다시, 그야말로 마법처럼 나타난 걸 보고는 마찬가지로 어안이 벙벙해졌소. 요, 브레드렌, 투어버스를 놓쳤나본데, 그중 한 사람이 말했지만 화이트 붜이는 웃지 않았소. 누가 하는 말이 농담인지 진담인지 모를 때 백인들이 하는 식으로 숨이 차다는 듯 헤-헤-헤-헤 웃지도 않았더란 말이오.

-신이라, 신, 신. 신의 문제가 뭔지 아나, 그가 말했소. 내 말은 여호와, 예수, 야훼, 알라, 쟈든 다른 무슨 개소리로 부르든 간에……

-황제 폐하를 신성모독하지 마라.*

-어쨌거나 신이 참 희한한 건 말이야, 신한테는 명성이 필요하단 거지. 뭐 그래, 관심, 주목, 인정. 신이 직접 그렇게 말했잖아, 온 힘을 다해서 자기를 인정하라고. 신에게 주의를 기울이지 않거나 그 이름을 부르지 않으면, 신은 뭐랄까 더이상 존재하지 않게 돼버리거든.

-브레드렌……

-반면에 악마는 아무 인정이 필요 없지. 사실, 눈에 띄지 않을수록 더 좋으니까 말이야.

-보스맨, 당신 대체……

-눈에 띌 필요도, 정체가 밝혀질 필요도, 기억될 필요조차도 없다는 뜻이지. 그렇기에 악마는 당신들 중 누구라도 될 수 있는 거라고.

-요, 마지막 투어버스가 떠났으니 택시를 하나 잡아야 할 거야.

* 라스타들의 신념 속에 등장하는 에티오피아의 옛 황제 하일레 셀라시에를 가리킨다.

당장.

– 알아서 갈 수 있어.

– 근데 우린 리허설중이었고…… 잠깐. 오늘은 투어버스가 안 왔는데, 씨발 당신 어디서 온 거야?

이러는 내내 가수는 한마디도 하지 않았소. 질문을 던진 건 밴드였지. 남자는 주방을 걸어다니고 창밖을 내다보고 가스레인지를 살펴보고 자몽을 집어들었소. 그걸 자세히 들여다보더니 허공으로 두 차례 던져올렸다가 다시 내려놓았지.

– 그러니까 이 크레이지 볼드헤드는 대체 무슨 내용인 거냐고?

– 브레드렌, 크레이지 볼드헤드는 크레이지 볼드헤드에 대한 얘기요. 노래를 설명해야만 한다면 노래가 아니라 설명문을 썼겠지.

– 투셰.*

– 뭐?

– 그럼 콩고 봉고 아이는? 〈내티 드레드〉에 나오는 콩고 봉고 아이라는 표현 말이야. 내 말은, 〈내가 셰리프를 쏘았다〉 그건 알아듣겠거든. 은유법이잖아? 이즘과 스키즘? 내가 궁금한 건 〈스터 잇 업〉** 같은 달콤하고 귀여운 노래들을 부르던 사람한테 대체 무슨 일이 일어났느냐 이거야. 밴드 멤버 두 사람이 빠져서 그런가? 모두를 사랑하라는 그 바이브는 어떻게 된 거냐고? 〈버닝 앤드 루팅〉***? 그게 〈댄싱 인 더 스트리트〉**** 같은 건가? 있잖아, 그 화난 검둥이 노

* 프랑스어에서 유래한 말로, 정곡을 찔렸을 때 더이상 할말이 없다며 하는 말.

** 〈Stir It Up〉, 밥 말리 앤드 더 웨일러스의 앨범 〈캐치 어 파이어〉 수록곡.

*** 〈Burning and Looting〉, 밥 말리 앤드 더 웨일러스의 앨범 〈Burning〉(1973) 수록곡.

**** 〈Dancing in the Street〉(1975), 데이비드 보위와 믹 재거의 노래.

래 같은 거.

자메이카에서 평생 산 흑인은 검둥이라는 말을 그렇게 문제삼지 않소. 허나 미국에서 온 흑인이라면 이야기는 달라지지. 누군가가 씨발 뭐라고 했냐, 라고 말했으나 말꼬리가 흐려진 탓에 웅얼거림으로 변했소. 힘도 총도 없는 화이트 뷔이가 자기 영토도 아닌 곳에 와 있는 주제에, 이곳의 주인이나 되는 듯 공작처럼 뽐내며 걷고 있다는 걸 그 웅얼거림이 보여주는 듯했지. 자기는 화이트 뷔이니까. 당연히 아무도 건드릴 수 없다는 듯이 굴었던 거요. 나도 바보는 아니오. 나도 이런 일들이 제도로부터 나왔다는 건 안단 말이오. 자메이카 사람들은 세계에서 가장 저항심이 강했던 검둥이는 자기들이었다고 즐겨 얘기하지. 허나 사실을 말하자면, 노예 주인이 겨우 며칠 전에 채찍질을 했던 노예를 포함해서 남자 노예를 여섯 명이나 열두 명씩 데리고 숲길을 떠나더라도, 그 검둥이들 중에 제기랄 저항은커녕 뭐라도 해본 놈은 한 명도 없었다는 거요.

– 새 앨범이 총알처럼 1위로 달려가는 것 같던데. 자네들 전부 매진이더라고. 스웨덴에서도, 독일에서도, 해머스미스 오데온*에서도, 뉴욕에서도. 미국 라디오를 듣긴 듣나? 내 말은, 나야 흑인들에게 무슨 개인적인 악감정은 없어. 뭐 알겠지만 지미 헨드릭스도 있으니 말이야. 하지만 그거 아나? 지미는 죽었고 지금 현재의 로큰롤은 로큰롤이라는 거야. 딥 퍼플, 바크맨 터너 오버드라이브, 〈브레인 샐러드 서저리〉**. 그 사람들 중 누구도 록 스타 흉내나 내면서, 이게 무슨 가장무도회라도 되는 것처럼 꾸미고 나올 필요가 없

* 영국의 런던 해머스미스에 있는 음악 공연장으로, 지금은 이벤팀 아폴로(Eventim Apollo)로 이름이 바뀌었다.

** 〈Brain Salad Surgery〉(1973), 록 밴드 에머슨 레이크 앤드 파머의 앨범.

어…… 〈마이 보이 롤리팝〉*, 좋은 노래지. 좋은 노래였어. 비트도 좋고, 그 여자가 들어갔다가 히트 치고 빠져나가고 그런 게 좋았다고. 그댄 내 마음을 현기증 나게 해, 라니. 하!

그때쯤 화이트 붜이는 다들 자기를 둘러싸고 있는 걸 알아차리고는 한 발짝 물러나고 있었소. 하지만 긴장한 것처럼 보이지는 않았소. 그냥 아무도 알아듣지 못하는 말을 온 사방에 지껄여댈 뿐이었지. 가수는 아무 말도 하지 않았소.

- 미국? 우리 요즘 힘들어. 진짜 힘든 때야. 힘을 합쳐야 되는 때라고. 엉뚱하고 위험한 얘기를 퍼뜨리는, 목청 좋은 떠벌이는 필요없어. 로큰롤은 로큰롤인데 로큰롤에는 로큰롤에 하나도 도움 안 되는 팬들이 있고…… 잘 들어, 이렇게 친절하게 설명해줄 테니까. 아무튼 록은, 글쎄, 록은 진짜 미국인들을 위한 음악이야. 그러니까 너희들, 관객 농사를 짓겠다는 생각은 그만두라고…… 미국 주류 사회에는 니들이 던지는 메시지 따위는 필요하지 않으니까, 이 투어에 대해서도 진짜 열심히 생각해봐…… 해변 지역에만 머무는 것도 괜찮겠네. 미국 주류 사회에 손을 뻗치려는 노력은 그만두라고.

화이트 붜이는 요점이 전달됐다는 생각이 들 때까지 똑같은 얘기를 하고 또 하고, 이런 방향으로 말했다가 저런 방향으로 말했다가 새로운 단어로 말했다가 똑같은 단어로 말했다가 했소. 평소처럼 화이트 붜이는 흑인들이 멍청하다고 생각한 거요. 허나 다들 그자가 문을 지나올 때부터 그자가 던지려는 메시지를 알아들었소. 백인들을 상대로 장난질은 그만두라는 거지.

* 〈My Boy Lollipop〉, '더 카딜락'의 멤버 로버트 스펜서가 작곡한 곡으로, 1956년 바비 가예가 노래한 버전으로 발표되었다. 이후 1964년 자메이카 10대 여가수 밀리 스몰이 이 곡을 리메이크하여 선풍적인 인기를 끌었다.

그자는 자기 메시지가 충분히 이해될 때까지 아무에게도 눈길을 주지 않으면서 그들이 충분히 이해하기만을 기다렸소. 다시는 여기 오고 싶지 않다느니 뭐 그런 얘기를 했지. 그러더니 이 모든 공연 관련 비자가 무슨 과로한 대사관 직원 책상에 놓여 있다느니 그런 얘기를 했소. 가수는 아무 말도 하지 않았소. …… 마이 보이 롤리팝, 그런 게 노래지. 그런 게 노래야, 그 사람은 말하더니 부엌문으로 나갔소. 방은 잠깐 동안 조용했지만, 그때 누군가가 피똥이나 싸지를 화이트 뷔이 같으니라고 소리를 지르면서 문 밖으로 그자를 따라 나갔소. 밖에 나가니까 그자는 사라지고 없었소. 펑.

어떤 사람들은 그 사건을 악마가 직접 방문한 사건으로 받아들였소. 하지만 지금은 1976년 12월이고, 라스타는 그 시절 다른 사람들하고는 다르게 CIA일을 해주지 않고 있었지. 나는 경비원들에게 어째서 그 사람을 들여보냈느냐고 물었지만, 경비원들이 가수더러 한 얘기는 놈이 그냥 자기들 곁을 지나갔다는 거였소, 경비원 따위가 막아설 수 없는 큰일을 해야 한다는 듯이. 그게 아니었을 거요. 나란 놈도 알고 가수도 안다오. 우리 같은 피부를 지닌 남자들 중에는, 그렇게 흰 피부색의 남자를 만질 수 있는 이가 한 명도 없으니까. 그때부터 가수는 모두를, 내 생각엔 나까지도 의심했다오. 내 이름은 노동당과 섞여들었고, 애초부터 사람들은 CIA와 일하는 건 노동당이라고 생각했으니까. 특히 이건-총이-아닙니다라는 화물이 부두에서 사라진 뒤에는 더더욱 말이오. 펑. 하지만 이 화이트 뷔이는 다른 사람들처럼 가수에게 평화 콘서트를 중지하라고 경고하거나 위협하지는 않았소. 다른 사람들 얘기를 할 것 같으면, 거친 숨소리를 내쉬면서 전화를 걸거나 전보를 치거나 경비원에게 쪽지를 남기거나 공포탄을 쏜 다음 집 근처로 오토바이를 몰아댔소. 하지만 가수는 자기 얼굴을 보이길 두려워하는 자들이라면 그 누구도 두려워하지 않았소이다.

허나 가수가 하지 않는 말은, 나 역시 겁나서 못 하는 얘기라오. 이 모든 게 나한테 다시 돌아오리라는 얘기 말이오. 내게, 이 코펜하겐시티 최고의 배드맨에게. 허나 배드맨은 그저 배드맨일 뿐이니까. 악만 가지고 음모를 당해낼 수는 없는 거지. 악만 가지고 사악함을 당해낼 수도 없고. 정치는 이제 새로운 게임이 되었고, 그 게임을 하려면 다른 종류의 사람들이 필요할 테지. 그러니 그들이 나를 저멀리 목장으로 끌어내는 모습을 일단 보고, 또 지켜보는 수밖에 없소이다. 정치인은 밤늦게 얘기를 하겠다면서 내가 아니라 조시 웨일스를 찾아갔소. 나는 조시 웨일스를 잘 안다오. 놈들이 조시의 영혼에서 커다란 덩어리를 가져가버렸던 1966년에 나도 그 자리에 있었으니까. 허나 덩어리가 뜯겨나간 그 자리를 무엇으로 채웠는지는 조시 자신만 알 수 있는 것이오.

다른 사람들 얘기도 좀 하자면, 미국에서 온 화이트 뷔이와 백인이라기보다는 중동 출신인 자메이카의 화이트 뷔이, 즉 영국에서 온 금발 여자와 떡을 쳐서 완전한 자유민 아이들을 낳으려고 하는 그놈들, 그자들까지도 이제는 가수에게 협박을 하고 있소. 내티 주제에 감히 히트곡을 부르고 자기 생각을 이야기하고 싶어한다는 이유만으로. 지금까지도 그 화이트 뷔이가 어디에서 왔는지는 아무도 모르고, 그 사람을 다시 본 사람은 아무도 없소. 대사관이나 메이페어, 자메이카 클럽이나 리과니 클럽, 폴로 클럽 같은 외국 백인이 동네 백인과 섞여드는 어느 곳에서든 말이오. 어쩌면 아예 여기 사람이 아닐지도 모르지. 그냥 그 임무 하나를 완수하겠다고 여기까지 비행기를 타고 온 걸지도. 그 이후로 정문 경비원 수를 두 배로 늘렸는데, 어느 날인가 그 경비원들이 에코 특공대로 교체됐소. 어느 특공대든 간에 경찰보다야 낫겠지만, 나는 인민국가당에서 보낸 특공대는 믿지 않는다오.

적이 있다는 걸 아는 사람은 언제든 방비를 늦추어서는 안 되는 것이오. 적이 있다는 걸 아는 사람은 잘 때도 한쪽 눈은 뜨고 있어야 하지. 허나 적이 너무 많은 사람은 그들 전부를 같은 수준으로 평준화시키고, 그들을 구별하는 방법을 잊어버리고 모든 적이 다 똑같은 적이라고 생각하기 시작한다오. 가수는 화이트 붜이에 대해서 별로 생각하지 않았지만, 나는 언제나 그자를 생각하고 있소. 그 화이트 붜이가 어떻게 생겼느냐고 물어보니 가수는 잘 모르겠다는 표정을 지을 뿐이오.

화이트 붜이처럼 생겼죠, 라고 말하는 거요.

조시 웨일스

더웠던 밤이 어느새 아침이 다 되어가는데도, 이 짝퉁 정부가 빌어먹을 좆도 통제하지 못해 만든 통행금지 시간인데도, 가수 집의 길 건너편에는 호프로드에서 일하는 창녀 하나가 보인다. 아니, 창녀도 못 되는지 모르지. 혹은 또다른 길 잃은 여자 중 하나일지도 모르고. 킹스턴에는 그런 여자들, 자신이 평생 찾아오던 뭔가를 가수가 가지고 있다고 생각하는 여자들이 많으니까. 장담하는데, 가족계획이 흑인들을 죽여 없애려는 음모라면 가수는 흑인들로 하여금 다시 새끼를 치게 하려는 음모가 틀림없다. 아이리시타운이나 어거스트타운 어디든 간에 부자 마을에 사는 존경받을 만한 부모들조차도 요즘에는 딸을 라스타놈들에게 보내 어울리게 하다가 부자 아기를 낳게 하려 든다. 하지만 저 여자, 밤-밤을 데리러 호프로드에 왔을 때부터 봤던 저 여자는 그냥 허수아비처럼 서 있기만 한다. 어떤 것도 팔 생각은 없는 사람처럼. 어쩌면 유령일지도 모른다. 왠지 그 여자에게 가까이 다가가 그래, 얼마라고? 아, 통행금지시간

특별요금인가? 라고 묻고 싶은 유혹이 잠시 느껴졌지만 밤-밤이 나와 함께 있었고 이 상황에 녀석을 내 차에 내버려두고 싶지 않았다. 녀석과 너무 오랜 시간 같이 있다보면 자기 아버지를 아느냐는 둥, 자기가 살고 있는 집에서 발견한 클락스 신발은 누구 것이냐는 둥 하는 질문을 던지기 시작한다. 아, 이런 귀여운 말장난은 내가 아니라 위퍼가 잘하는데.

위퍼는 지금 나랑 같이 있다. 우리는 코펜하겐시티로 돌아가 파파-로가 리머스 아저씨*처럼 밖에 나와 앉아 있는 그 집을 곧장 지나쳤다. 조만간 파파-로는 나한테 이런저런 이야기를 하고 싶어할 텐데, 그 이야기란 보통 아무것도 아닌 일을 놓고 파파-로가 혼자 계속해서 떠드는 걸 말한다. 저 남자는 생각을 시작한 이후로 예전의 그 남자가 아니게 되었다. 내가 우리집에 온 지도 이제 두 시간, 어쩌면 세 시간 정도 됐다. 어쩐지 이 밤에는 아무도 잠들어 있지 않은 것 같다. 마음에 들지 않는다. 위퍼는 모든 게 다 잘되어간다고 생각한다. 나는 애새끼들과 일하는 걸 좋아하지 않는데 위퍼는 모든 게 다 좋다고만 생각한다. 하기야 위퍼도 애새끼이긴 하다. 지금 위퍼는 뭔가에 취해서는, 레이디 핑크에서 데려온 여자와 내 차에서 씹질을 하고 있다. 맞다. 저놈 때문에 나는 애새끼들을 기찻길 옆 판잣집에 가둔 뒤 클럽 쪽으로 방향을 틀어 여자를 데려와야 했다. 전에 말했던, 대가리가 좀 느린 럴렛이라는 여자다. 소문에 따르면 아르덴 고등학교에 입학한 유일한 여학생이었으나 첫날에 바로 퇴학을 당했다고 한다. 내가 어떻게 아는지는 묻지 말 것. 뻔하

* 미국의 저널리스트 조엘 챈들러 해리스가 1881년 아프리카계 미국인들의 설화를 수집해 펴낸 설화집에 등장하는 내레이터.

잖나, 위퍼가 말해줬다. 나는 위퍼에게 몸 파는 년을 내가 아이들을 키우고 있는 집으로 데려가는 건 절대로 불가하다고 말했다. 위퍼는 이렇게 말했다. 브레드렌, 나란 놈은 차만 있어도 문제없다고.

그래서 나는 지금 우리집 창문 옆에 서서 내 다트선이 삐걱거리는 소리를 듣고 있다. 이 시간이면 벌써 잠들었어야 하는데. 안 그러면 내일 졸릴 테니까. 배드맨한테는, 특히 내일은 졸릴 여유가 없다. 내 차에서 씹질을 해대는 위퍼와, 비쩍 마른 아내한테 뭔가를 과시하고 싶어 계집년처럼 안달난 피터 나세르 사이에 치여 내 머릿속은 골칫거리로 가득했고, 그래서 졸리지도 않다. 위퍼에게 씨발 그만 싸고 이리 싸게 오라고 창밖으로 소리치고 싶었지만 그러면 내가 위퍼의 큰형이나 아버지, 심하게는 어머니와 다를 게 없어지지.

그 씨발년, 피터 나세르. 내가 도저히 못 봐주는 게 딱 하나 있다면, 자기가 이미 인기인이라고 생각하는 남자다. 말을 할 때 들어주는 당원이 있다는 이유만으로 모든 걸 다 안다고 생각하는 자들. 그러나 나는 어떤 정당의 당원도 된 적이 없다. 피터 나세르는 나를 전혀 두려워하지 않기에 배드맨 같은 기운을 사방에 내뿜으며 뽐내듯 게토에 나타난다. 정치인들이 겁먹길 바라는 건 아니다. 단지, 내가 지금 지들한테 장난이나 치자고 이러는 게 아니라는 것만 알아줬으면 한다. 차에 있는 여자가 안에 해줘, 아, 오빠 아, 박아줘 감자 으깰 때처럼 내 보지를 뭉개줘 라고 소리를 질러대고 있다. 하룻밤에 두 번씩이나 다른 놈이 씹질하는 소리를 들어야만 하다니, 이렇게 있을 수는 없다. 나는 창문에서 한 발 물러선다.

상처를 주고 싶은 놈이 있다고 해서 꼭 그놈에게 손을 댈 필요는 없다. 악마와 함께 죄를 지으며 시간을 보내다가도, 때가 되면 흔적도 없이 빠져나갈 수 있을 거라고 생각하는 이 백인놈들. 피터 나세르가 처음 게토에 왔을 때를 기억한다. 누구도 자기 눈을 들여다볼 수 없도록 선글라스를 끼고 있었다. 검둥이만큼이나 엉터리 영어를 쓰는 주제에 미국에서 교육받은 듯한 느낌을 줬다는 것도. 하지만 아내부터 시작해서 총잡이 행동대장까지, 모든 사람들을 다 대체 가능하다고 보는 인간을 절대 믿어서는 안 된다. 고등학교조차 나오지 않은 인간에게 맡기기엔 일이 너무 커지거나 심각해지거나 복잡해질 경우를 대비해, 놈은 벌써부터 위퍼와 토니 파바로티에게 연락하며 나를 교체해야 한다는 얘기를 하고 있다.

이곳은 피터 나세르의 선거구이고 그에게는 표와 그 표가 진짜라는 걸 증명해줄 동네 여자들이 있다. 하지만 놈은 점점 사람들을 대표하는 것이 그들을 소유한다는 의미라 생각하고 있다. 그리 멀지 않은 미래에 놈은 그 대가를 치르게 될 것이다. 내가 아닌 다른 누군가에게. 나 같은 인간들은 이미 졸업을 했으므로 고등교육 따위는 필요 없다. 우리는 피터 나세르 같은 놈들이 깊은 밤 차 트렁크에 총을 싣고서 우리를 만나러 오기 훨씬 전에 고등교육을 마쳤다. 그들이 코펜하겐시티와 에이트레인즈가 계속해서 전쟁을 벌이는 것이 평화를 이루는 것보다 자신들에게 유리하다는 걸 깨닫기 훨씬 전에. 코펜하겐시티와 에이트레인즈가 서로를 심판하다가 모조리 불타버리도록 두시라. 이것이 내가 하고 싶은 말이다. 그때쯤에는 마이애미의 집이 완성될 테고, 피터 나세르 같은 놈들은 커져버린 스스로에 의해 질식하게 될 테니까.

위퍼 이 씹새끼. 그래도 요즘에는 감옥에 있는 그 빌어먹을 남자에게 편지를 쓰지 않고 있나. 위퍼는 그사가 누구라고 밀해주지 않지만 내가 곧 알아낼 것이다. 알아낸 다음에는,

– 와 그 여자 참 끝내주네. 아주 머리가 핑핑…… 후!

– 걸레로 닦으려나?

– 아냐 브레드렌, 저건 다 증벌하게 돼 있어. 위퍼가 망가진 안경을 닦으면서 눈을 찡긋하고 말한다.

– 증발이겠지.

– 뭐?

– 저 여자는 집에 어떻게 가나?

– 발이 없는 것도 아닌데 왜?

– 자네야말로 던 중의 던이로군, 위퍼.

– 아냐 스타, 그건 자네지. 자네가 던이니까 다들 자네를 더나본이라고 부르는 거 아닌가.

– 도노번.*

– 내가 도노번이라 하지 않았나? 어쨌거나, 난 자네가 자러 갈 줄 알았어. 잠도 안 자고 일어나서 대모님처럼 징징대고 있다니.

– 지금 잔다는 게 빌어먹을 말이 되나? 일이 너무 많아서 잠들 수가 없는데.

– 깨어 있어야 할 좆같은 이유라도 있나? 계속 이런 식이라면, 자네도 우리가 방금 지나온 집 베란다에서 집쥐처럼 앉아 있던 늙은이 꼴이 될 거야.

– 내가 왜 안 자는지 알잖아? 그 녀석들은 뭔가 잘 맞지 않는다고.

– 걔들 총도 겨눌 줄 알고 방아쇠도 당길 줄 알아. 엄마처럼 굴지 마.

---

* 최고 서열의 우두머리를 뜻하는 던(Don)과 사람 이름 도노번(Donovan)의 발음이 유사한 걸 가지고 위퍼가 농담을 하는데, 더나본(Donavon)이라 잘못 발음하자 조시 웨일스가 고쳐주고 있다.

– 분명히 말하는데, 믿을 수 없는 녀석들을 그렇게 많이 데리고 일하는 게 별로 안 내켜.

– 자네가 모집한 거잖아.

– 말은 바로 하지. 나는 사람을 모은 거고, 자네가 좋다 싫다 고갯짓하기만 기다렸어. 다 제끼고 애송이들만 고른 건 자네잖나. 난 분명히 말했어, TEC–9*을 받아오거나 뉴욕에 있는 중국인한테 전보 치는 것쯤은 문제도 아니라고.

– 안 돼, 다 큰 어른은.

– 불맨도 있고, 토니 파바로티도 있고, 조니 웨……

– 어른은 안 된다고! 씨발 멍청이처럼 씨불이지 좀 마! 다 큰 남자는 통제할 수가 없어. 어른들은 기회만 생기면, 씨발 반쯤은 때만 기다렸다가 도망칠 거고, 나머지는 자네를 죽이려고 할 거야. 그런 소리를 하면서도 자네가 코펜하겐시티의 책략가라는 거야? 자네는 다 큰 남자들을 통제할 수 없어. 감옥에도 안 다녀온 주제에 사람 굴리는 방법을 퍽이나 알겠다. 우리한테는 왼쪽을 가리키면 왼쪽으로 가고 오른쪽을 가리키면 오른쪽으로 가는 애들이 필요해. 애는 하라면 하지만, 어른은 생각하느라 시간을 너무 많이 쓴단 말이지. 지금 자네처럼. 애를 데려와. 애로 작업해. 애한테 약을 먹여. 한 가지만 원하도록 약을 먹이란 말야. 그 애새끼가 자네가 시키는 건 뭐든 하고 싶어할 때까지.

– 그것도 감옥에서 배웠나? 자네가 어떤 애들을 말하는 건지 내가 모르는 것 같아? 그런 애들은 딱 한 번밖에 쓸 수 없다고. 몰라?

---

* 갱단과 테러리스트들이 많이 사용하던 기관총의 일종. 미국에서는 매우 싼값에 반자동화된 TEC–9을 살 수 있으며, 쉽게 완전자동 기관총으로 개조할 수 있다.

걔들은 한 번 쓰면 끝장이야.

– 누가 두 번 쓴댔나? 진짜 왜 이래? 이젠 밤-밤이 니 새끼라도 된다는 거냐?

– 나한텐 피똥 지리는 애새끼 같은 거 없어.

– 그냥 판잣집에서 푹 썩게 놔둬. 땀흘리듯이 기운을 흘려버리게 두라고. 방구석이나 기어다니면서 흰 가루 좀 달라고 하게 만들란 말이야. 꼭 그렇게 만들어놔. 요, 내가 다시 가서 볼 테니까.

– 자넨 총 쏠 사람을 원하는 건가, 좀비를 원하는 건가?

– 그애들이 계속 머물게 만들란 말이야. 푹푹 찜을 쪄놓으라고. 우리가 돌아갈 때쯤이면 걔들은 신이라도 기꺼이 쏘려고 할걸.

– 씨발 우리집에서 좆도 신성모독은 하지 마라, 위퍼.

– 하면 뭐, 신이 내려와서 나한테 번개랑 천둥이라도 쏜다냐?

– 그게 아니라도 나란 놈이 씨발 총을 꺼내서 직접 쏴버릴 거다.

– 워오. 브레드렌, 진정해. 좀 진정하라고. 그냥 농담한 거잖아.

– 그 피똥 싸는 농담이란 게 하나도 안 웃긴데.

– 브레드렌, 총 내려놔. 나잖아, 위퍼. 브레드렌, 나란 놈은 사람들이 나한테 총 겨누는 걸 별로 좋아하지 않아. 자네도 알겠지만. 장난으로라도 말이야.

– 내가 지금 장난하는 거 같냐?

– 조시.

– 아니, 말해봐. 나란 놈이 농담하는 거 한 번이라도 들은 적 있으면 말해보라고.

– 브레드렌, 알았어, 자네 집에서는 신 얘기는 이제 안 할게. 그냥 진정 좀 하라고.

– 그 빌어먹을 약쟁이 짓거리도 우리집에는 끌어들이지 마.

- 알았어, 조시. 알았다고, 브레드렌. 알았어.

- 자네를 직접 쏴버리는 일이 없을 거라는 생각도 하지 말고.

- 잘 알았네, 브레드렌.

- 이제 가 앉아서 좀 쉬어. 마음 같아서는 자라고 하고 싶지만, 자네가 최소 사흘은 한숨도 안 자고 깨어 있었다는 것쯤이야 자네도 알고 나도 알지만. 그러니까 그만하고 이제 가만히……

- 가만히 있어야 하는 건 나만이 아닌 것 같은데.

- 가만히 있으라고!

위퍼는 소파로 몸을 던지더니 발을 올리려다가 내 얼굴을 본다. 그러고는 신발을 벗고 옆쪽 협탁에 안경을 벗어놓은 뒤 몸을 뻗는다. 그러는 내내 조용하다. 나는 손에 쥐고 있는 총을 문지른다. 그때 위퍼가 어린 여자애처럼 낄낄거리기 시작한다. 그러더니 낄낄거리는 소리가 점점 더 커진다. 얼마 지나지 않아 위퍼는 큰 소리로 웃고 있다.

- 씨발 이번엔 또 뭘 농담으로 알아들은 거야?

- 그럼 농담이지 농담이 아닌가? 자넨 존재 자체가 씨발 좆나 웃겨.

나는 손에 쥐고 있는 총을 문지르며, 두번째 손가락을 방아쇠 뒤로 미끄러뜨린다.

- 성질낼 때마다 자네 영어가 얼마나 이상해지는지는 알고 있나? 화가 나면 날수록 말을 점점 더 이상하게 한다고. 자네 혀를 좀 잡아당겨줘야겠어. 그러면 나랑 어린 시절을 같이 보낸 조시 웨일스를 되찾을 수 있을 테니까.

나와 위퍼는 어린 시절을 같이 보낸 적이 없지만, 위퍼가 하노 오래 웃어서 나도 웃기 시작한다. 위퍼는 몸을 굴려 소파에 파고든다. 이제는 등을 내게로 돌린 채다. 바지가 흘러내려 빨간 팬티가 드러난다. 위퍼가 어떤 여자와 씹질을 할 때마다 나는 그 여자가 위퍼를 고쳐주었으면싶다. 감옥에서 어떤 질병 같은 게 위퍼를 건드려놨으니까. 그 뭔가가 위퍼를 비정상으로 만든 것이다. 그러더니 위퍼는 그냥 그렇게, 텔레비전 코미디에 나오는 사람처럼 코를 골기 시작한다. 염병할 내 소파에서 잠을 자는 주제에, 저 개자식이 나를 씨발 멍청이 취급한다. 위퍼는 좆도 미친놈이지만, 오늘밤에 한 말들만은 전부 기이한 방식으로 말이 된다. 이건 더러운 일이다. 진짜 작업은 뒤처리를 할 때에야 시작될 터. 토니 파바로티 같은 사람을 끌어들일 수는 없다. 그런 기술을 가진 사람은 드무니까. 그런 사람들은 여러 번 쓰고 또 써야 한다. 세상에는 여러 번 쓰라고 만든 도구들이 있다. 그러나 어떤 도구들은, 한 번 쓴 뒤에 부숴버리라고 있는 것이다.

배리 디플로리오

7시 15분. 우리는 10분 가까이 검은 연기를 방귀처럼 뀌어대는 포드 에스코트 뒤에서 오도 가도 못하고 있었다. 이 차는 어디로도 가지 않을 것 같았고 큰아들 티미는, 믿지 못하겠지만 〈레일라〉* 처럼 들리는 노래를 흥얼거리고 있었다. 진짜다. 티미는 앞자리에서 노래를 부르며 슈퍼맨과 배트맨 사이에 벌어진 세계 전쟁에 대해 명상을 하고 있었는데, 아내가 티미에게 학교 정문에 도착할 때까지는 장난감을 실컷 가지고 놀아도 되지만 일단 학교에 도착하면 장난감을 차에 놔두고 내려야 한다고 말했기 때문이다. 오 지저스 H. 크라이스트!** 제3세계의 교통 체증은 정말 최악이옵니다. 차가 이렇게 많은데 염병할 도로는 없으니. 아빠 염병이 무슨 뜻이야, 둘째 에이든이 뒷자리에서 묻는 바람에, 나는 내가 속생각을 입 밖

---

* 〈Layla〉(1970), 에릭 클랩턴과 짐 고든이 작곡한 노래.

** '지저스 크라이스트(Jesus Christ)!'보다 한층 비속어 느낌이 강한 감탄사.

으로 말하고 있었다는 걸 처음으로 깨닫는다. 책이나 보렴, 귀염둥아, 아니 친구, 아니면 다 큰 남자라고 불러달라고 했었나? 나는 지금 애를 혼란스럽게 만들고 있을 뿐이다. 네 살짜리 애한테 자신의 남성성을 주장하는 일이 그렇게까지 복잡해지면 안 되는데.

우리는 지금 바비칸에 있다. 마스터라는 불길한 이름이 붙은 슈퍼마켓 쪽으로 차량 방향을 돌려놓으려고 존재하는 듯한 로터리 말이다. 도로는 아이들을 등교시키는 부자들의 차로 꽉 막혀 있었는데 그중 상당수가 힐렐 아카데미를 향해서, 그러니까 나와 같은 방향으로 가고 있었다. 나는 좌회전을 하면서 철 지난 바나나며 망고를 파는 여자들과 사탕수수를 파는 남자들을 지났다. 이들은 대마초도 판다. 물론 그걸 파는지 묻는 방법을 아는 사람들에게만. 그렇다고 내가 대마초를 달라고 해본 적이 있는 건 아니다. 이 나라가 여기 사는 사람들을 보고 드는 생각보다 더 잘 굴러가는 이유를 알아야 한다. 그래야 이 나라를 떠날 수 있다. 회사에서는 여기 오기 전 내게 V. S. 나이폴*의 작품 『중앙 통로』를 읽으라고 권했다. 비행기를 타고 가 어떤 나라에 내려서는, 겨우 며칠 머문 걸 가지고 그 나라의 문제가 무엇인지 정확히 집어낼 수 있다니 아주 놀랍지 않은가. 나는 게으른 백인 남녀가 선글라스를 끼고 버뮤다팬츠를 입은 채 오두막집에 사는 남자들의 시중을 받는 모습을 기대하며, 작가가 작품에 썼던 해변인 프렌치맨스베이에 갔다. 하지만 그 작은 만조차도 사회민주주의의 물결을 얻어맞은 뒤였다.

우리는 우회전을 한다. 교통 정체가 사라진다. 오르막길로 가면

* 트리니다드 토바고 공화국 출신의 영국 작가(1932~). 부커상(1971)과 노벨문학상(2001)을 받았다.

거대한 2층 혹은 3층짜리 집들을 지나게 되는데, 그중 상당수는 그냥 며칠 비워놓은 거예요 하는 식으로 창문 몇 개가 열려 있는 게 아니라 주인이 한동안 비운 것처럼, 아마 선거가 끝날 때까지 어딘가 다른 곳에 가 있는 집들처럼 닫혀 있었다. 힐렐은 오른쪽, 산 밑자락에 있다. 머잖아 아내님께서는 애들 학교가 저멀리 산꼭대기에 있는데 어째서 우리는 저 아래 뉴 킹스턴에 살아야 하는 거냐고 또 한번 물어볼 것이다. 말이 안 되진 않지만, 아내님께서 옳은 소리를 하기에는 빌어먹을 너무 이른 시간이다. 큰아드님께서는 차가 학교 정문에 멈춰 서는 순간 문밖으로 뛰어내린다. 처음에 나는 그래, 이 차가 부끄럽겠지 라고 생각했지만 갑자기 다른 생각이 떠오른다. 하마터면 큰아드님께서 성공하실 뻔했다.

– 티머시 디플로리오, 거기 서.

딱 걸렸네, 아이도 알고 있다. 또 나온다. 특유의 저요? 하는 표정.

– 왜요, 아빠?

– 배트맨 때문에. 이 의자에 혼자 앉게 돼서 엄청 외로워하는구나. 슈퍼맨은 어디 갔을까?

– 떨어졌나봐요.

– 이리 내, 요 다 큰 어른 녀석아. 아니면 내가 직접 교실까지 데려다줄 거다. 그리고 가는 내내 손도 잡아주고.

그걸로 충분했다. 아빠 손을 잡고 교실까지 간다는 것이야말로 죽음보다 끔찍한 운명이었으니까. 티머시는 동생을 바라본다. 얼마나 착한지, 아빠가 자기 손을 잡아주는 것이야말로 세상에서 제일 좋은 일이라고 생각하는 동생을. 티머시는 슈퍼맨을 차 안에 던진다.

– 바빌론 비즈니스야, 이건.

– 뭐라고 했냐?

– 미안, 아빠.

– 엄마도 차에 계신다.

– 미안, 엄마. 이제 가도 되죠?

나는 손짓으로 아이를 보낸다.

– 크리스마스 파티 재밌게 하고, 우리 아가!

티머시의 노려보는 표정을 보는 것만으로도 여기까지 온 보람이 있다. 아내가 뒤쪽에서 못마땅한 듯 헛기침을 한다. 디플로리오 여사님. 지금쯤이면 뭐든 한마디하고도 남을 시간이라 생각했는데, 아내는 〈보그 패턴스〉*에 실린 기사에 완전히 빠져 있다. 코바늘 뜨개질 모임에 갈 때 외워 갈 무슨 헛소리겠지. 그 좋아하는 빨간 드레스에 새로 칼라를 달겠다며 다니는, 그놈의 뜨개질 모임. 좀 너무 했나? 아내가 나가는 건 북클럽이지 코바늘 뜨개질 모임이 아니다. 아내가 책을 읽는 걸 한 번도 본 적이 없긴 하지만. 아내는 굳이 앞자리로 옮겨 타지 않는다. 대신 이렇게 말한다.

– 빨간색 도화지나 잘라서 머리에 쓰고, 베갯잇에 싸구려 사탕이나 잔뜩 채워서 산타랍시고 나오는 거 아닌지 몰라. 그 산타는 호호 호 하는 대신에 노 프라블렘, 몬, 이라고 하려나.

– 우리 편견쟁이 꼬마 아가씨 좀 보시래요.

– 헛소리 집어치워, 배리. 흑인 친구는 당신보다 내가 더 많으니까.

– 뒤에서 자기를 흑인이라고 부르는 걸 알면 넬리 마타르가 좋아하려나 모르겠네.

– 그 얘기 하는 게 아니잖아. 예정대로라면 작년 크리스마스가 내가, 아니 우리가 외국에서 보내는 마지막 크리스마스여야 했다고.

* 뜨개질과 바느질 패턴을 중점적으로 다루는, 〈보그〉의 자매지.

– 이런, 망가진 녹음기는 치워버린 줄 알았는데.

– 엄마한테 크리스마스에는 버몬트에 가겠다고 약속했단 말이야.

– 아니, 안 그런 거 알아. 헛소리 그만해, 클레어. 그리고 당신 엄마는 당신보다 나를 훨씬 더 좋아한다고. 잊어버린 모양이네.

– 나쁜 새끼. 그런 얘기를 대체 왜 하는 거야?

– 당신네 여자들은 대체 뭐가 문제야? 도저히 생각이 안 나는 건가? 하고 싶은 말이 있을 때, 끊임없이 잔소리를 한다고 뜻이 더 잘 전달되는 건 아니라는 생각은 한 번도 해본 적이 없냐고?

– 아, 미안한데 지금 나랑 스텝퍼드에 있는 당신 아내*를 헷갈렸나봐. 집에 가서 그 여자나 데려오지그래.

– 뭐, 벌써 그쪽으로 가고 있잖아.

– 엿이나 먹어, 배리.

나는 이 말에 대꾸할 방법을 최소한 열 가지는 떠올린다. 엿은 어제 침실에서 내가 먹여준 거라는 말을 포함해서. 어쩌면 그걸로 아내를 진정시킬 수 있을지도. 그게 아니라면 아내는 나더러 가르치려 들지 말라고 비난을 퍼부을 테고, 그것도 아니라면 화제를 바꾸겠지. 이런, 아내에게는 씨발 화제라는 게 없다는 걸 깜빡했군. 지금은 12월 3일이다. 나는 생각해야 할 게 너무 많아서, 이 여자가 계속 덤벼드는 데에 장단을 맞춰줄 여력이 없다. 생각할 수 있는 모든 답변은 이미 열 몇 번씩은 말했던 것들뿐이므로 나는 입을 닥친다. 이어서 어떤 좆같은 일이 벌어질지 이미 알고 있기 때문이다. 침묵 속에 우리는 레이디 머스그레이브로드와 호프로드의 갈림길

* 아이라 레빈의 소설 『스텝퍼드 와이프』(1972)에 나오는 순종적인 아내들. 나중에 알고 보니 모두 로봇으로 밝혀진다.

까지 차를 몰고 내려간다. 신호등에서 멈추자 아내가 차에서 내리더니 앞좌석으로 옮겨 탄다. 나는 좌회전한다.

– 에이든은 뭐하는데?

–『로랙스』* 두 페이지 읽다가 졸고 있어.

– 아.

– 그래서?

– 뭐가 그래서야? 지금 운전중이잖아, 자기야.

– 있잖아, 배리. 당신 같은 사람들은 아내한테 너무 많은 걸, 진짜 너무 많은 걸 요구해. 그런데도 우리 아내들은 그런 걸 다 감당해내지. 왠 줄 알아? 왜냐면 그게 그냥 일시적인 거라고 당신이 설득했으니까. 그 일시적이라는 게 2년씩이나 되고, 지겨워서 죽지 않으려면 새 친구를 사귀어야만 한다는 뜻일 때조차도 당신 말대로 해준다고. 애들을 제대로 못 키워도 받아주고, 애들한테 인맥이 좀 생기려는 바로 그 시점에 아무 이유도 없이 살던 곳에서 뿌리째 뽑아내서……

– 인맥이라, 흥미로운데.

– 하던 말 좀 끝내게 놔둬. 그래, 인맥. 당신이 어렸을 때는 한 번도 방해받아본 적 없는 사람 사이의 관계 말이야.

– 무슨 소리야? 나도 아버지 때문에 맨날 사방팔방으로 이사 다녔다고.

– 그럼 당신한테 친구라는 개념 자체가 없는 것도 이상한 일은 아니네. 그냥 분위기 전환이라도 하자. 진짜 영어를 쓰는 나라에 가면 그것만으로도 행복할 것 같아. 어떨 때는 내 아들이 하는 말도

* 1971년에 출간된 닥터 수스의 어린이책. 로랙스는 이 책에 등장하는 나무요정이다.

못 알아듣겠다고.

아내야 계속 그런 식으로 결혼생활, 애들, 직장생활, 에콰도르나 이 좆같은 나라에 대해서 떠들어대겠지만 나는 상관없었다. 나를 열받게 만드는 것, 내가 씨발 저 여자를 증오하게 만드는 게 바로 이런 것들이다.

– 당신이 언젠가 끝날 거라고 약속했으니까, 당신이 우리한테 이 모든 일이 끝날 때면 보람이 있을 거라고, 그땐 가족들하고 시간을 더 보낼 수 있을 거라고도 했잖아. 하지만 그거 알아, 배리? 당신은 거짓말쟁이야. 아내나 애들한테는 그냥 엄청난 거짓말쟁이일 뿐이라고. 그 모든 게 다 일 때문이라는데 그 일이란 게 도대체 뭐야? 당신이 뭘 하고 다니는지 누가 아냐고? 좋은 자리에 한 번도 못 가는 걸 보면 그게 뭐든 심지어 잘하지도 못하는 것 같아. 당신은 그냥 그딴 식의 좆같은 거짓말쟁이야.

– 부탁인데, 그만해.

– 그만하라고?

– 됐다고. 그만하면 됐어, 클레어.

– 뭐가 됐는데, 됐으면 뭘 어쩔 건데? 우리 다 데리고 이번에는 또 어디, 앙골라 같은 데로 발령 신청할 거야? 발칸반도나 모로코로? 맹세하는데, 모로코로 가면 난 옷옷 다 벗고 일광욕 할 거야.

– 됐다고 했어, 클레어.

– 됐으면 뭘 어쩔 거냐고?

– 그만 안 하면 씨발 이 주먹을 좆같은 당신 눈구멍 두 개 사이에 박아넣을 거야. 그러면 그 주먹이 좆나 빠르게 당신 두개골 뒤쪽으로 빠져나와서 저 좆같은 유리장을 깨뜨리겠지.

아내는 나를 보지 않는 것처럼 자리에 가만히 앉아 있지만, 그렇다고 길을 내다보는 것도 아니다. 이런 일은, 남편이 살인으로 밥 벌어먹고 사는 사람이라는 걸 상기시키는 일은 자주 벌어지지 않으므로 모든 이야기는 거기에서 종료된다. 이런 식으로 아내를 계속 놔둘 수도 있다. 그러면 최소한 빌어처먹을 평화는 좀 얻을 수 있을 테니까. 이건 허리띠 아래 급소를 후려치는 것과도 같은 일이었다. 우리 회사 모든 직원들의 마누라가 느끼는 남편에 대한 두려움을 건드리는 것 말이다. 내가 아내를 때리는 놈이었다면 아내는 남은 평생 조용히 고통받아야 할 테고, 그런 일이 벌어지면 씨발 장인이라도 관심을 끊을 수밖에 없을 것이다. 하지만 그럴 경우 아내는 나를 두려워할 뿐 아니라 그 공포심을 내 아이들에게도 가르쳐주게 된다. 그러면 나도 그냥 다른 놈들과 똑같아지는 것이다. 내가 듣기로는 실제로 아내를 때린다는 루이 존슨 같은 놈 말이다. 나는 아내가 논쟁에서 이기도록 한 수 봐주기로 한다.

– 웃옷을 벗고 일광욕을 하다니, 빌어먹을. 그래봤자 거시기나 빠는 젊은 말벌족* 여자가 될 뿐이야. 씨발 모로코놈들한테 주는 캣닙쯤 되겠네.

– 끝내주네, 이제 당신 아내를 아주 창녀로 만들겠다 이거지.

– 뭐, 마침 머리도 섹시하게 새로 잘랐네, 라고 말해보지만 아내님께선 이미 저멀리까지 가버렸다. 무시당한다는 느낌만큼 아내를 화나게 만드는 건 없으니까. 아내의 목소리가 점점 높아진다. 별말씀을, 이라고 말하고 싶은 충동이 들지만 대신 나는 시선을 돌려, 갑자기 불쑥 솟아나온 것처럼 보이는 그곳을 본다. 그자의 집을 본

* 백인 앵글로 색슨 개신교도(White-Anglo-Saxon-Protestant)을 줄여 부르는 'wasp'와 '말벌(wasp)'의 철자가 같다.

다. 저 집 앞을 맨날 지나다니지만 한 번도 제대로 본 적은 없는 것 같다. 기나긴 과거를 간직하고 있다는 사실을 광고 안 하고는 못 배긴다는 듯한, 그런 종류의 집이다. 레이디 머스그레이브로드가 만들어진 이유는, 레이디 머스그레이브께서 흑인 남자가 자기집이 있는 길목에 저택을 지었다는 사실에 끔찍한 공포심을 느낀 나머지 자기만의 도로를 새로 만들었기 때문이라는 얘기를 들은 적이 있다. 이 동네 인종차별은 그런 식으로 시큼하고 끈적거리지만, 동시에 아주 부드럽게 넘어간다. 자메이카 사람을 보면 과연 이 모욕을 알아듣는지 보고 싶다는 이유만으로 인종차별주의자가 되고 싶은 유혹이 생길 정도다. 하지만 가수의 집은 그냥 저기에 서 있다.

– 저 사람 어디 태워다주기로 했어?

– 뭐? 누구?

– 저 사람 집에서 지금까지 1분 넘게 서성이고 있잖아. 뭘 기다리는 건데, 배리?

– 무슨 말인지 모르겠네. 그리고 저게 누구 집인지는 어떻게 알아?

– 당신이 나를 바위로 짓눌러놓긴 했지만, 나도 가끔씩은 그 아래에서 기어나오거든.

– 저런 거칠고 단정하지 못한 사람한테 신경씩이나 쓰시는지 몰랐네요.

– 세상에, 당신 정말 우리 엄마 같아. 나 거칠고 단정하지 못한 거 좋아하는 편이야. 저 사람은 꼭 바이런 같아. 바이런은……

– 제기랄, 날 멍청이 취급하지 마, 클레어.

– 거칠고 단정하지 못하지. 저 사람은 꼭 검은 사자 같아. 나한테도 거친 면이 좀 있었으면 좋겠어. 거진 변 대신 예닐 악위늘 삿세됐지만. 넬리는 저 사람한테 가죽 바지가 아주 잘 어울린다고 생각

하더라. 아주 잘.

– 우리 자기, 질투라도 유발하시려는 건가? 오랜만이네.

– 자기야, 질투든 뭐든, 마지막으로 자기한테서 뭘 유발해보려고 한 게 벌써 4년 전이야. 말이 나와서 얘긴데 넬리가 오늘밤에 평화 콘서트 리셉션이 있다면서 자기가……

– 씨발 오늘밤에는 거기 가면 안 돼!

– 뭐? 왜 가면 안 되는…… 내가 당신 명령이나 받는…… 잠깐만. 뭐라고 했어?

– 거기 가지 말라고.

– 아냐. 오늘밤에 거기 가면 안 된다고 했잖아. 뭔가 꾸미고 있구나, 배리 디플로리오.

– 이미 말했지만, 당신이 대체 무슨 말을 하는 건지 모르겠다.

– 질문한 거 아니야. 관심 끊게 하려고 다시 무시무시한 스파이 모드로 들어갈 생각인가본데, 굳이 그럴 필요 없어. 신경 꺼줄 테니까. 배리……

– 뭐? 이번엔 또 뭔데, 클레어? 씨발 뭐냐고?

– 미용실에 가야 한댔잖아. 좌회전할 곳을 지나쳤다고.

아내는 집에 가고 싶은 게 자기뿐이라고 생각한다. 나는 아닌 줄 아나. 나도 씨발, 어찌나 집에 가고 싶은지 입에서 집맛이 느껴질 지경이다. 다른 점이라면 우리가 돌아갈 수 있는 곳, 그런 의미의 집이 더이상 남아 있지 않다는 걸 나는 이미 알고 있다는 것뿐. 우리 둘 다 어린 에이든이 아직 차에 있다는 걸 기억하지 못한다.

알렉스 피어스

이상한 점은, 잠을 자려고 노력하고, 아주 열심히 노력하다보면 얼마 지나지 않아 지금 당신이 하고 있는 일은 잠들기라는 작업을 수행하는 것이고, 이건 더이상 잠이 아니라 작업인 만큼 결국 잠들 수 없으리란 걸 깨닫게 된다는 거다. 물론 얼마 지나지 않아 그 작업에도 휴식 시간이 절실해지겠지만.

나는 슬라이드 도어를 열고 자동차 소리를 들인다. 뉴 킹스턴의 문제는 레게가 너무 멀리 있다는 점이다. 여기저기서 음악과 즉흥연주, 콘서트가 거품처럼 일렁이는 시내에 묵었을 때는 이런 문제를 겪어본 적이 없다. 하지만 제기랄 형제여, 지금은 1976년, 게다가 1977년이 임박했다고. 낯이 익숙지 않은 사람들이 대사관에서 나오더니, 몇시 이후로는 크로스로드 아래로 내려가지 말라고 지시를 해댄다. 여기서 5년을 살았는데도 정오가 되기 전부터 땀을 흘려대는 사람들. 루니 블루스*에 대해 쓴 칼럼이 너무 마음에 들었다고 말하는 누군가를 믿을 수는 없는 노릇이다. 나는 씨발 루디 블루스에 대해 칼럼을 쓴 적이 없으니까. 만에 하나 썼다 해도, 남자한테 씹질이나 당하는 호모들이 좋아할 만한 글은 아니었을 테니까.

잠이 오지 않아 청바지와 티셔츠를 입고 아래층으로 내려간다. 이 동네를 빨리 떠야겠다. 프런트의 여자가 코를 골고 있다. 나는 그 여자가 한밤중에 잠겨 있는 문 너머로 사라지는 모든 백인들에게 그러듯, 습관적으로 고개를 들어올리기 전에 빠져나간다. 바깥에 나가니 좆나 뜨거운 열기가 내 주변에서 춤춘다. 아직 통행금지령이 해제되기 전이므로 무슨 문제가 벌어질지 모른다는 느낌은 들지만, 진짜 문제는 절대 벌어지지 않는다. 그날 밤 이후 일어난 일을 한 꺼풀 벗겨내고 보여주자면 이렇다. 주차장에 세워둔 자기 차 안에서 〈스타〉를 읽고 있는 택시기사를 발견하고, 아직까지 후끈 달아올라 있는 곳으로 데려다줄 수 있겠느냐고 묻는다. 기사는 너도 어떤 종류의 인간인지 알 만하다는 표정으로 나를 바라보지만, 그런 인간으로 단정짓기엔 청바지가 너무 꽉 조이거나 머리가 너무 길거나 다리가 너무 말랐던 모양이다. 게다가 나는 조그만 거시기를 마음껏 놀려보겠다고 이곳을 찾아오는, 자메이칸 미 크레이지 티셔츠** 차림의 뚱뚱한 씹새끼도 아니었다.

– 메이페어 호텔은 이미 닫았을 거 같은데요, 손님, 기사가 말한다. 기사를 탓할 수는 없는 노릇이지.

– 하얀놈들이 검은놈들 피해서 도망가는 그런 데 말고요, 형씨. 리얼한 데에 좀 데려다달라는 겁니다.

기사는 나를 빤히 쳐다보다가 타블로이드 신문을 접는다. 바로

* 프로그레시브 록 장르의 선구자 역할을 한 영국의 록밴드.

** 티셔츠 앞면에 자메이카 국기나 야자수 등의 그림과 그 위아래로 'Jamaican Me Crazy(자메이카 사람임, 나란 놈은 미친놈)'라 쓰여 있는 티셔츠.

지금이 세상에서 가장 기분좋은 순간 중 하나라는 걸 인정하지 않는다면 나도 거짓말쟁이다. 평소라면 절대 동요하지 않는 자메이카 사람들이 엉덩이라도 한 대 맞은 것처럼 보이는 바로 이 순간. 기사는 그제야 나를 본 것 같은 표정으로 나를 바라본다. 물론 바로 이 순간 미국인 99.9퍼센트는 레게-리덤에-맞춰서-뽀글댈-수-있겠니 테스트를 통과하지도 않았는데 잼다운 사람이 자기를 쿨하게 봐줬다고 생각해 일을 다 조져버린다.

– 어째서 문 연 데가 있을 거라 생각하는 게요? 형씨, 지금 통행금지시간이오, 사방이 다 통제되고 있다고.

– 왜 이러세요. 여긴 펑키 킹스턴 아닙니까? 통행금지령 따위가 이 도시를 묶어둘 수는 없죠.

– 골칫거리를 찾아다니시는구만.

– 뭐, 그보다는 골칫거리를 피해 도망치는 중이랄까요.

– 질문한 거 아니었소.

– 아하. 어쨌든간에, 아직 후끈후끈한 곳이 한 군데쯤은 있을 거잖아요. 통행금지령이야 알 게 뭐예요. 이 도시 전체가 빡빡하게 다 폐쇄됐다는 얘길 하시려는 건 아니죠? 금요일 밤인데? 그랬다면 아주 미친 짓거리 아니겠냐고요, 기사님.

– 금요일 새벽이오.

기사는 다시 나를 깔아본다. 나는 네에, 기사님, 내가 뭘하든 멍청한 관광객으로 보이겠지요, 라고 말하고 싶은 충동을 느낀다.

– 타요, 그럼. 어디 갈 만한 데가 있는지 찾아봅시다, 기사가 말한다. 바빌론한테 걸리는 일이 없어야 하니까 큰길은 피해 가겠습니다.

– 로큰롤!

– 지금부터 엄청 덜컹거릴 테니 그 소리가 절로 나올 거요, 기사가 말한다.

왜 이러실까, 형씨, 나도 로즈타운까지는 가봤다고요 라고 말하고 싶지만 그게 바로 백인들이 저지르는 제10호 실수다. 자메이카 사람이라면 방문 사실을 절대 자랑스럽게 여기지 않을 곳을 방문했다며 자랑스러워하는 것. 기사는 나를 레드힐즈 로드에 있는 턴테이블 클럽으로 데려간다. 레드힐즈 로드는 호텔 프런트 여자의 말에 따르면 코카서스 씨족(그 여자의 표현 그대로다, 내가 쓴 말이 아니라, 맹세컨대) 누구라도 신변에 위협을 느끼지 않으려면 결코 오래 머물러서는 안 되는 곳이다. 한 줄로 늘어서 기름통에다가 닭고기를 구우며 길 건너편까지 쭉 연기를 피워대는 애송이들을 지나친다. 자동차 안에 앉아서, 길옆에 서서, 팬 치킨*과 부드러운 흰 빵을 먹으며, 마치 새벽 3시에 누구도 이런 축복을 누릴 수 없을 거라는 듯 큼지막하게 미소 지으며 눈을 감은 남자들과 여자들. 이 거리에서는 누구도 통행금지령 얘기를 들어본 적이 없는 것 같다. 지난번에 왔을 때는 믹 재거를 미행하고 있었는데, 그걸 생각하니 이렇게 또 턴테이블 클럽에 온 것도 웃기는 일이다. 우리 친구 믹 재거는 클럽에 있는 섹시 도도녀인지 뭔지 하는 여자들이 전부 자기가 제일 좋아하는 색깔, 즉 검은색이라고 아주 미쳐 날뛰었다. 택시 기사는 내게 턴테이블에 가본 적이 있는지 물었다. 잘난 척하고 싶은 건 아니지만, 나는 사람들이 나를 아무것도 모르는 백지장 같은 백인으로 취급하는 걸 또 아주 싫어한다.

– 바람 불듯 몇 번 왔다 갔었죠. 아, 톱 햇은 어떻게 됐어요? 텃

---

* 프라이팬에 구운 닭고기.

포 탯은요? 원래 저 아래쪽 거리에 있지 않았나? 어떤 녀석들이 거기 화장실에서 대마초 피우다가 좆나게 두드려맞는 걸 봤거든요. 형씨, 그냥 우리끼리 하는 말이지만, 난 아무래도 넵튠이 좋더라고요. 턴테이블은 너무 말랑말랑하다고 해야 되나. 그리고 씨발 디스코를 너무 많이 틀어줘.

기사는 룸미러로 나를 보는 데 아주 많은 시간을 할애하고 있다. 사고가 나지 않는 게 신기할 정도로.

– 킹스턴을 나름 잘 아시네요, 그가 말한다.

그게 참 이상한 일이다. 나는 넵튠을 좋아해본 적조차 없으니까. 톱 햇 얘기도 그냥 찔러본 거였다. 장담하는데, 원래 그 클럽 이름은 팁–톱이었으니까. 믹이나 키스를 미행할 필요 없이 찾은 턴테이블 클럽은, 빨간색 불빛이 넘쳐흐르는 다른 여러 클럽 중 하나처럼 보였다. 통행금지령 따위야 알 바 아니라는 듯 이곳은 사람으로 넘쳐난다. 맥주를 하나 집어드는데 누가 내 어깨를 두드렸다.

– 계속 말 걸어줄 테니까, 최선을 다해서 내 이름을 기억해내봐. 여자가 말했다.

– 원래 그렇게 건방지신가?

– 아니, 그냥 힌트를 좀 주는 거야. 여기엔 흑인 여자가 쌔고 쌨으니까.

– 좀더 자신감을 가져도 될 것 같은데.

– 나야 자신감 충만이지. 자기야말로? 하이네켄 사줄 거야 어쩔 거야?

일은 그렇게 돌아간다. 해가 뜨기도 전에 눈을 떠보니 여자는 내 옆 침대에 잠들어 있고, 코를 골지는 않지만 무겁게 숨을 쉰다. 나는 모든 자메이카 사람들이 이런 식으로 숨을 쉬는지 궁금해진다.

뭐랄까, 어떤 부담감이나 필요에 의해서만 숨을 쉬는 것 같다. 몸은 언제 이렇게 꽁꽁 싸맸는지. 다시는 하지 말았으면 하는 어떤 행동을 자기에게 해버렸다는 듯이. 여자를 깨워서 이렇게 말해주고 싶다. 가 자기야 난 자메이카 여자들을, 제기랄 어느 나라가 됐든 외국인 여자들을 어떻게 대해야 하는지 잘 알고 있으니까. 항상 상대가 리드하도록 해야 한다, 이곳은 진정으로 쿨한 도시니까. 〈크림〉* 에서 일하는 피트는 2년 전 결국 감옥에 안착하고 말았는데, 본인 말에 따르면 가슴으로 자위 좀 시켜달라고 했다는 이유만으로 버뮤다의 소녀 팬들이 강간이라며 비명을 질러댔기 때문이었다. 나는 이 여자를 기억하고 있었다. 게토의 삶을 체험하고 싶어지면 언제나 브루클린으로 간다고 했던 자메이카 여자. 그 말을 듣고 크게 웃었던 게 기억난다. 어둡고도 어두운 피부에 곧고도 곧은 머리카락. 목소리는 한 번도, 단 한 번도 부드럽지 않았다. 물론 우리는 그날 밤 같이 잠들었다. 우리 둘 다 슈퍼소울 콘서트를 보러 갔었고, 템테이션**이 대충 시간이나 때우려고 하는 바람에 잔뜩 지겨워진 상태였으며, 둘 다 전혀 즐겁지 않았다. 사실대로 말하면 나는 그 여자를 턴테이블에서 만나게 되어 기뻤다. 일년 만이네. 아직 이름 기억 안 나? 택시가 기다리고 있는 줄도 몰랐는데, 여자가 택시로 돌아가며 그렇게 말했다. 기사는 고개를 끄덕였지만 나는 그게 타도 된다는 뜻인지 알 수 없었다.

– 아직도 내 이름 기억 안 나냐니까.

– 글쎄, 기억이 안 나네. 근데 내가 아는 아이샤라는 여자랑 겁나

---

* 1969년 창간되었던 미국의 로큰롤 전문 잡지.

** 1960~70년대에 모타운 레코드로 유명해진 미국의 보컬 그룹. R&B와 소울 음악의 발전에 큰 영향을 끼쳤다.

게 닮았다.

– 아저씨, 이 사람 어느 호텔에 묵어요?

– 스카이라인이요, 아가씨.

– 아, 그럼 침대 시트는 깨끗하겠네.

아이샤는 침대에 눕자마자 잠이 들었고 나는 완전히 벌거벗은 채 거울 속에 비친 내 배를 바라보고 있다. 언제 이렇게 늘어진 거지? 믹 재거한테는 한 번도 뱃살이 있었던 적이 없다. 나는 라디오를 켠다. 수상이 2주 후에 선거가 있다는 발표를 하던 참이다. 젠장, 이거야말로 뼛속까지 하드코어라는 거지. 가수는 무슨 생각인 건지. 다가오는 콘서트 분위기를 타려고 정부가 가수를 함정에 빠뜨린 건 아닌가 싶다. 그게 아니면 뭐겠는가? 내가 듣기로, 제3세계 지도자들은 어떤 뻔뻔함을 한껏 즐기는 데 탁월한 소질이 있으시다던데. 그냥 끔찍할 만큼 편한 일처리로 보일 뿐이다.

마크 랜싱과 점심을 먹거나 커피를 마시기로 했다. 어젯밤 페가수스 호텔 로비가 또 한번 정전된 다음, 우연히 랜싱을 만났다. 대마초 좀 찾아볼까 하고 아래층으로 내려갔는데, 기념품 가게가 벌써 문을 닫았길래 페가수스 호텔까지 갔던 것이다. 그랬는데 페가수스 로비에서 자기를 보러 올 걸 미리 알았던 것처럼 기다리고 있던 누구를 보게 됐을까? 내가 물었다. 안토니오니* 쪽 촬영은 어떻게 되어가냐? 랜싱은 대답을 해야 할지 웃기다고 생각해야 할지 확신이 안 드는지 숨죽여서 두 번 낄낄거렸다. 내 일 처리하는 것만도 너무 바빠. 근데 다른 오퍼도 좀 있어서, 랜싱이 말한다. 마크 랜

* 이탈리아의 영화감독이자 극작가이며 단편소설 작가인 미켈란젤로 안토니오니. 알렉스 피어스는 랜싱이 함께 일하기 어려운 유명 감독을 들먹이며 놀리는 중이다.

싱에게 이 갑작스러운 선거 공표에 대해 어떻게 생각하느냐고 물을 수도 있겠지만, 그러면 랜싱은 내가 자신에게 정치에 관해 그토록 진지한 질문을 던졌다는 사실에 어안이 벙벙해진 나머지 개소리로 대답한 다음 물을 터였다. 당신이야 그저 음악 잡지에, 한때는 자신도 매일 읽던 그 잡지에 기사를 쓸 뿐인데 그런 게 왜 궁금하냐고.

내가 가수와 단 30분만이라도 보낼 기회를 애써 찾아다니고 있다는 얘기를 했었던 게 틀림없다. 아니면 딴 사람한테서 그 얘기를 들었든지. 지금 랜싱이 나한테 필요한 무언가를 자신이 가지고 있다는 기분에 취해 있는 걸 보면 말이다. 아직도 기억난다. 랜싱은 정확히 이렇게 말했다. 불쌍한 녀석, 혹시 내가 도와줄 수 있는 일이 있을지 모르겠네. 웃기는 일이지만 그 짧은 순간 왠지 랜싱이 불쌍하게 느껴졌다. 그래서 가서 딸딸이나 치라는 얘기는 안했다. 이 패배자 새끼는 자신이 누군가보다 앞서가는 상황만을 몇 년 씩이나 기다렸을 것이다. 나는 점심이라도 한 끼 같이 먹어주며, 놈이 나한테 이 비싼 카메라로 가수를 필름에 담게 됐다니까, 나 진짜 좆나 끝내주지 않냐, 하는 소리를 들어주기로 했다. 정말로 좆나 끝내준다는 말을 쓰겠지. 카메라가 비싸다는 얘기는 했지만, 랜싱은 카메라의 브랜드 얘기는 하지 않았다. 말해줘봤자 내가 모를 거라고 생각한 것 같았다. 좆같은 푼수새끼. 아마 멍청한 미소를 만면에 띠고서는 자 봐라, 썅놈새끼야, 이제 드디어 내가 너보다 잘나가게 됐지, 라고 혼잣말을 하며 잠자리에 들었을 것이다. 아주 빨리 커피나 한잔 마셔야겠다. 성질이 뻗치기 시작해서 아이샤를 좆같이 겁주는 일이 없도록. 아이샤는 아직 잠들어 있다.

파파-로

나 같은 사람들은 이야기하기를 좋아하오. 다들 알고 있겠지만. 가수도 이야기하는 걸 좋아하니, 나란 놈과 가수는 동등하다고 하겠소. 가수는 심지어 기타를 들고 이즘과 스키즘의 운율을 맞추는 동안에도 이야기를 한다오. 그리고 이즘과 스키즘의 운율을 맞추는 동안, 가수는 상대방까지 이야기하길 바라지. 왜냐면 우리가 나누는 건 대화이기 때문이오, 여러분. 레게는 그냥 이렇게 한 사람이 이야기를 하는 것, 다른 사람과 말이 통하는 것, 왔다 갔다 대화하는 것이나 다름없다고, 나는 그렇게 생각하오.

하지만 이건 알아두시오. 어떤 남자들은 말을 하지 않는다오. 그리고 이야기를 좋아하는 사람이 이야기를 좋아하는 사람과 동등한 것처럼, 조용히 있는 사람은 조용히 있는 사람과 동등하다오. 비밀을 지키는 사람은 비밀을 지키는 사람과 동등하고. 무슨 파티나 모임에 가면, 조시 웨일스가 어떤 남자에게 다가가거나 어떤 남자들이 조시 웨일스에게 다가가 그들이 함께 조용히 있는 걸 볼 수 있소. 허나 어젯밤은 달도 뜨지 않은 더운 밤이었고, 오늘은 거의 태어나지도 않은 상태였소. 나는 한 시간을 자고서는 영혼 속에 불안함을 간직한 채 깨어났소. 내 입으로 내려와야 하는 무언가가 내 머릿속에 똬리를 튼 지도 너무 오래, 지나치게 오래되었소. 내가 글을 쓰는 사람이었으면 그 무언가가 종이 위로 나왔을 거요. 가톨릭 신자였으면 그 무언가가 고해소를 가득 채웠을 테지.

내 여자는 차를 끓이고 얌을 곁들인 콘포크*를 요리하러 부엌으로 갔소. 내 여자는 내가 뭘 좋아하는지 알고 있고, 밤에 당나귀처럼 히잉 하며 코고는 소리를 낸다고 흉을 보면 웃곤 한다오. 그러고는 다른 소리 내던 밤에는 아무 불만 없더니, 하면서 요염하게 엉덩이를 씰룩거리며 부엌으로 간다오. 내 여자가 너무 멀리 가기 전에 엉덩이를 철썩 때리면, 여자는 나를 돌아보면서 당신 친구한테 이를 거야, 당신 아직도 몰래 돼지고기 먹는다고, 그렇게 말하지. 잠시 나는 내 여자가 하는 말이 진담인 걸로 착각을 하오. 그러면 내 여자는 웃음을 터뜨리고는 〈걸 아이 갓 어 데이트〉**를 부르면서 걸어가버리는 거요. 어떤 남자들은 다른 여자 쳐다보는 병을 고쳐줄 여자는 절대로 못 만난다고 하더군. 허나 이 여자조차도 영혼 속의 불안함은 어쩌지를 못하오. 내 여자는 음식을 맛있게 만들 줄도 알고, 내 머리를 부드럽게 문지를 줄도 알고, 남자에게 오늘은 집에 오지 말라고 말해야 할 때가 언제인지도 알지만, 뭘 어떻게 해도, 무슨 말을 해도 영혼을 편안하게 해주는 일만은 할 수 없다는 것 또한 알고 있다오.

---

* 돼지고기를 익혀 소금에 절인 것. 흔히 통조림으로 판다.

** 〈Girl I've got a Date〉, 앨튼 엘리스의 앨범 〈My Soul of Jamaica〉(1974) 수록곡.

어쩌면 12월이라서 그런지도 모르지. 어쨌거나, 우리 모두 묵시록의 때에 이르러봐야 창세기 시절부터 쌓아온 재고를 헤아릴 게 아니겠소? 12월에 접어드니 1월이 생각나게 되더란 말이외다. 인민국가당이 나라 신세를 조져놔서 그런 것만은 아니었소. 공산주의자들이 이미 자메이카에 스며들어 있는 건 다들 알고 있으니까. 점점 더 많은 쿠바인들이 이리로 오고 있는데, 점점 더 많은 자메이카 사람들이 그리로 간다는 건 아무도 모르고 있소이다. 다시 돌아올 때쯤이면 그 사람들은 AK47을 마치 날 때부터 다룰 줄 알았다는 듯이 쓸 수 있게 되오. 사실대로 말하자면, 저 멀리 세인트 캐서린에 학교가 하나 지어지고 있는데 거기서 일하는 사람 중에는 영어를 하는 사람이 한 명도 없다더이다. 그러더니 아무도 모르던 사이, 잠깐 이게 뭔 일이야? 하는 순간에 병원에 있는 의사들 이름도 이제 전부 에르네스토나 파블로가 돼버린 거요.* 그리고 1월은 내게서 무언가를 가져가 조시 웨일스에게 넘겨주었소. 지금은 모두가 알고 있는 얘기지.

12월 초였소. 우리에게 직업이나 돈이나 크리스마스용 선물 꾸러미를 주기도 전에, 피터 나세르가 나한테 메시지를 하나 전해줬다오. 이렇게 말하더군. 당신네 사람들한테 이번 계절과 그다음 계절에는 바나나도 더 끓여먹고 얌도 더 많이 데워먹고 감자도 더 구워먹고 타로도 더 많이 파먹되, 덤플링**이나 튀김이나 케이크나 밀가루가 들어가는 음식은 뭐든 그냥 잊어버리라고 전하시오. 나는 그게 무슨 뜻인지조차 눈치를 못 챘소. 사람들한테 메시지를 전하

* 모두 스페인식 이름으로, 쿠바에서 넘어온 사람들이 의사가 되었음을 암시한다.

** 밀가루 경단 혹은 만두.

는 것조차 잊어버렸지. 어떻게 그 말이 퍼졌는지도 기억나지 않소. 내 여자한테 말했다는 것만 빼면 말이오.

12월 30일에 한 명이 그랬지. 1월 2일은 세 사람이 더 그렇게 되면서 마무리됐소. 그러다가 1월 22일에는 하늘이 세인트 토머스를 버렸소. 열세 명이, 가족들과 친구들이, 두통을 앓고 발작적으로 기침을 하고 토를 했고 몇몇은 눈이 멀어버렸소. 그 사람들은 똥을 싸고도 싸고, 도저히 똥 싸는 걸 멈출 수가 없어서 기절하고 깨어났다가 다시 기절했고, 신이 그 사람들 한 명 한 명을 직접 번개로 내려치는 것처럼 몸을 떨어댔소. 그들은 죽은 다음에도 똥 싸는 것이나 몸 떠는 걸 멈추지 못했소. 그 사람들은 전부 다 같은 날에 같은 점심을 먹었다오. 1964년 소아마비가 돌았을 때처럼 소문이 돌았고, 남자 여자 할 것 없이 수많은 사람들이 겁을 먹고는 집에 들어가 나오지 않았소. 밀가루야, 밀가루야, 밀가루야, 다들 그렇게 말했소. 밀가루에 죽음이 쓰여 있었고 그 죽음이 열일곱 사람의 심장에 흔적을 남긴 거요. 다음날에는 보건부 장관이, 독일 배를 타고 자메이카로 넘어온 박력분이 시어머니 독이라는 제초제에 오염됐다고 말했소. 하지만 그건 자메이카에도 알려져 있던 독극물이오. 〈오션스 일레븐〉*이 나오기도 전에 금지한 거란 말이오.

피터 나세르는 1월에 모습을 드러냈소. 이번에도 내게로 와서 나를 끌어안았지만, 조시 웨일스에게는 배터리를 가니까 차가 잘 가느냐고 물었소. 나는 어쩌다가 조시의 자동차 배터리 문제가 피터 나세르의 관심사가 되었는지 궁금해졌소. 허나 그는 내게 조시 웨

* 1960년에 개봉된 영화로, 라스베이거스 카지노 털이범들의 이야기를 다루었다. 2001년 리메이크되기도 했다.

일스한테 하는 것과 다른 방식으로 이야기하더이다. IMF의 진짜 뜻은 맨리가 잘못이다Is Manley Fault여야 한다느니, 맨리는 이 나라를 구할 수도 보호할 수도 없고 심지어는 통제조차 못한다느니 하면서. 조시 웨일스한테는 자동차 배터리 얘기며 여자 얘기를 하고 화요일에 같이 클레이 사격하러 가자고 초대를 하면서, 나한테는 정치 얘기를 하다니 웃기는 일 아니겠소. 나란 놈은 수상이 이 나라를 운영할 수 있는지 확인하러 백인 사업가와 정치인 몇 사람이 올 거라는 얘기를 조시 웨일스와 차이나맨, 위퍼와 다른 사람들에게 전했소. 우리가 일을 처리했을 때쯤에는, 그자들이 수상은 킹스턴조차 운영할 수 없겠다는 생각을 하게 만들어야 한다고 말이오.

나란 놈에겐 확인 같은 건 조금도 필요치 않았소. 인민국가당놈들은 자신들 편이 아니라면 누구를 위해서 어떤 일도 하지 않는 놈들이니까. 우리가 애걸복걸하지 않았는데도 먼저 게토에 와준 건 노동당이었소. 노동당은 내가 최선을 다해 학교에 다니던 50년대에 이곳으로 와, 거지 소굴처럼 똥물이 흐르는 동네를 〈굿 타임즈〉* 에 나오는 빌딩처럼 바꿔놓았소. 그런 다음에는 코펜하겐시티를 지었고, 덕택에 우리 어머니는 살면서 처음으로 다른 사람 없는 데서 목욕을 할 수 있게 됐소이다. 사람들이야 자기들 하고 싶은 대로 아무 말이나 지껄이지만, 게토에 온 건 인민국가당이 아니었단 말이오. 인민국가당은 코펜하겐시티가 다 지어지고 나서야 에이트레인즈라는 쓰레기 같은 걸 날림으로 어떻게 만들어냈을 뿐이오. 놈들

* 1974~79년 미국 CBS사에서 방영한 텔레비전 시트콤. 시카고 시내의 흑인 빈민가에 위치한 저소득층 주택단지 이야기를 다루고 있다. 등장인물들이 가난에도 불구하고 시카고의 고층빌딩 건축사업 돌풍 속에 살아남으려 애쓰는 모습을 주로 담았다.

은 그 조그만 골목들을 우리와 적대적인 관계에 있는 인민국가당 사람으로만 가득 채웠소. 뭐 총이야 어떤 바보라도 쏠 수 있는 거 아니겠소.

허나 웨스트 킹스턴에서 이기는 사람이 킹스턴에서 이기는 것이고, 킹스턴에서 이기는 사람이 자메이카에서 이기는 것이기에 1974년에는 인민국가당이 콘크리트 정글에서 두 야수를 데려와 풀어놓더이다. 한 놈은 번틴-밴턴이고 다른 놈은 디시래그였소. 인민국가당은 절대로 웨스트 킹스턴에서 이길 수가 없었소. 그건 그때도 사실이었고 지금도 사실이라오. 그래서 여기저기서 살금살금 수작을 부리며 뜬금없이 새로운 선거구를 만들어내더니, 거기를 센트럴 킹스턴이라 부르며 자기들 사람으로 가득 채웠소. 거길 누구한테 운영하게 했겠소? 번틴-밴턴과 디시래그였지. 그 두 놈이 나타나기 전에 게토에서 벌어진 전쟁은 칼로 하는 전쟁이었다오. 놈들은 빨갛고 파란 오토바이를 타고 나타나서는, 서른 명씩 떼거리로 킹스턴을 가로질러댔소. 벌떼 군단처럼 웅 웅 우웅 그러더이다. 번틴-밴턴과 디시래그의 갱단이 장례식을 치르던 우리를 공격한 그 순간, 나란 놈은 이제 게임에 새로운 규칙이 적용된다는 걸 깨달았소. 누가 먼저 시작했는지 기억하기에는 너무 시간이 오래 지났다고들 생각하시겠지만 게토의 역사를 꼬아놓지는 맙시다, 훌륭하신 여러분이여. 처음 시작한 건 번틴-밴턴과 디시래그였소. 그러니까 1972년 인민국가당이 선거에서 이긴 이래 아주 아수라장이 되어버린 거요.

처음에 놈들이 한 짓은 우리의 일자리를 빼앗는 거였소. 우리도 겨우 4년 전에 얻어낸 일자리였는데 말이오. 그러더니 그 두 놈들은 우리를 마을에서 몰아내기 시작했소. 우리는 무법자이고 저들은 와이어트 어프*라도 되는 것처럼 말이오. 놈들은 심지어 자기네 사람들까지 공격했소. 노동자들에게 파업을 하라고 했다는 이유만으로, 자기들 정당과 관련된 노동조합 쪽 사람을 썰어버린 거요. 그러다 작년 이맘때쯤에, 하얀 밴이 리타이어먼트로드에 있는 노동당 본부에 와서 그냥 멈추어 섰소. 밴으로 시야를 막아놨기에, 놈들은 갑자기 튀어나온 것처럼 보였소. 살인 말벌 떼의 공격이나 마찬가지였지. 밴턴/디시래그의 갱단이 오토바이를 웅웅대면서 달려든 거요. 놈들은 가구를 엉망진창으로 부수고 서류를 찢어발기고 남자들을 걷어차고 여자들을 두들겨패고 두 사람을 강간한 뒤에야 떠났소. 그리고 내가 하고 싶은 말은 바로 이거요. 그러는 내내 그놈들 중 한 명도 단 한마디도 하지 않았다는 것.

허나 놈들의 갱단은 그저 겁쟁이에 불과했소. 감히 코펜하겐시티로 오지는 못하고, 한 번도 머리를 건드리진 않고 그렇게 손가락 발가락을 잘라나가면서 계속 칼질을 해댄 거지. 그러던 중, 내가 피터 나세르에게 말했소이다. 이제는 잠자는 거인이 눈을 뜰 때가 되었다고. 우리가 놈들을 처리했을 때 여섯번째 레인은 불타버렸고, 여자들은 모두 고함을 쳐대기 시작했소. 죽은 아들의 머리에 다시 뇌를 넣어야 하는 경험은 한 번도 해본 적이 없었기에. 일곱번째 레인을 처리했을 때 남아 있는 것 중에 움직일 수 있는 건 도마뱀뿐이었소.

허나 그 두 놈은 자기들이 인민국가당을 운영한다고 생각하기 시작했소. 정당에서 그놈들을 쿠바 여행에 데려갔기 때문이오. 디

* 미국 서부 개척 시대의 전설적인 명보안관(1848~1929). OK 목장의 결투에도 참여했다.

시래그는 라스타요, 여러 가닥으로 꼰 머리가 너덜너덜해 보인다는 이유로 그런 이름이 붙은 놈인데,* 쿠바에 도착한 직후 피델 카스트로와 파티를 하러 갔소. 쿠바의 대표 음식이 돼지고기라는 얘기는 누구도 이 형제에게 해주지 않았고. 디시래그는 유대인들이 성전을 시장으로 바꿔놓은 날 성전에 왔던 예수라도 되는 것처럼** 성질을 터뜨렸소. 심지어 카스트로의 식탁을 걷어차 뒤집기까지 했다는군. 디시래그는 자기가 속한 정당에서도 골칫거리가 되어버린 거요. 바로 그때 한 남자가 또다른 남자를 불러들였고, 그 남자는 노동당과 인민국가당의 영토를 모두 다닐 수 있는 유일한 남자인 프리스트를 불러들였고, 프리스트가 나를 끌어들인 거외다. 나놈은 그 씨발년을 직접 추적한 다음, 차이나맨에게 조용히 스탠턴 바로 가라고 했소. 거기에 가면 저마다 욕설을 퍼부으며 바티나 젖가슴, 품품을 쥐고서 어딘가에서 도망쳐 오는 여자들이 있을 텐데, 그 여자들이 도망쳐 오는 곳으로 가면 된다고 했소. 차이나맨은 배드보이 하나쯤 총알 한 발로 날려버릴 수 있을 정도로 기술이 좋지. 차이나맨이 그 놈 뒤로 걸어가 여어, 씨발년아, 하며 놈의 뒤통수에 총을 쏘았을 때 주변에 있던 여자들은 비명조차 지르지 않았소. 세번째 총알이 놈의 뒷통수에 파고들며, 첫번째 총알이 뚫어놓은 구멍을 그대로 통과해 그 여자들한테 피를 튀기기 전까지는 말이오. 여섯 발을 쏜 다음 차이나맨은 있었는지조차 모를 사람처럼 사라졌소.

---

* 디시래그(Dishrag)는 행주·걸레라는 뜻이다.

** 신약성서 마태오의 복음서(21장 1~22절), 요한의 복음서(2장 13~22절)에 나오는 일화를 암시한다. 성전에 각종 동물을 파는 자들과 환전꾼들이 앉아 있는 걸 본 예수는 '이것들을 여기에서 치워라. 내 아버지의 집을 장사하는 집으로 만들지 마라'고 하며 그들을 모두 쫓아냈다.

그러다가 1975년 3월, 쇼타 셰리프가 교회 아줌마들이나 들고 다니는 성서를 번틴-밴턴에게 전해줬소. 거기에 들어 있는 쪽지에는 어디어디로 가야 한다는 내용이 적혀 있었지. 번틴-밴턴이 자기 여자에게 무슨 문제는 없는지 확인하려 즉시 달링 스트리트로 갔는데, 바다에서 세 블록밖에 떨어지지 않은 그곳에서, 조시와 다른 네 남자가 번틴-밴턴의 자동차 옆에 차를 바싹 붙이고는 그 씨발년에게 차 엔진이 꺼질 때까지 총알 세례를 퍼부었소. 번틴-밴턴의 장례식은 아주 성대하게 치러졌소이다. 사람들 말에 따르면 2만 명이 참석했다더군. 그 숫자야 잘 모르겠소만 수상과 부수상, 노동부 장관이 모두 참석했다는 것만은 확실히 알고 있소.

허나 그건 1975년의 일이오. 지금은 1976년 12월이고. 일년은 한 세기와도 같을 수 있는 시간 아니겠소. 괴물과 싸우는 남자는 누구나 괴물이 되니까. 희망이라는 이름으로 부를 만한 모든 걸 죽여버린 살인마가 바로 나라고 생각하는 여자가 킹스턴에만 최소 한 사람 있으니 말이오. 사람들은 내가 미쳐버린 게, 학교 다니는 아이를 실수로 죽여버린 일에 자꾸만 신경을 쓰기 때문이라고들 하오. 허나 내가 정말로 미쳐가는 까닭은, 그 일이 신경쓰여야 마땅한데도 그렇지 않기 때문이라는 걸 사람들은 깨닫지 못하더이다. 어쨌든 지금은 내 여자가 나를 부르고 있소, 보스보다 큰 보스 양반, 와서 식사나 하셔요, 하면서.

니나 버지스

– 여보세요?

– 이런이런, 전능하신 쟈-쟈께 감사드릴 일이네, 드디어 깨어나셨군요. 벌써 세번째 전화라고요, 시스트렌.

내 동생 키미다. 겨우 두 문장째 이야기하면서 벌써 게토 놀이를 시작하고 있다. 해가 뜨기는 했는지 모르겠다. 오늘 아침은 그 일 때문에 깼는지, 키미 때문에 깼는지조차 알 수가 없다.

– 너무 피곤해서.

– 어젯밤에 파티를 엄청 즐기셨나봐. 내 말 듣고 있어? 어젯밤에 파티를 엄청 즐기셨나봐요. 내 말 무슨 뜻인지 안 궁금해?

– 벌써 알고 있어.

– 무슨 뜻인지 벌써 안다고?

– 그래, 니가 이제 막 나한테 말해줄 생각이라는 건 알지.

– 아. 오늘 아침엔 아주 거침이 없으시네요, 시스트렌. 그렇게 똑똑한 언니 모습을 별로 본 적이 없어서 좀 낯선걸. 아침 공기 때문

인가.

키미는 아직까지 바빌론 쉣스템에 갇혀 있는 사람들과의 의사소통을 최대한 줄이라고 말하고 다니는 라스 트렌트와 어울리기 시작한 이래로, 내게 절대 전화를 걸지 않겠다는 원칙을 세워두고 있었다. 라스 트렌트 본인은 6주에 한 번씩 뉴욕으로 날아감으로써 그런 의사소통에서 탈출한다. 키미는 지금까지도 트렌트와 함께 뉴욕으로 날아갈 수 있는 비자를 기다리고 있다. 외무부 장관의 아들인 라스 트렌트라면 자기 여왕님을 위해 비자쯤은 마련해줄 수도 있지 않겠느냐고 생각할지도. 라스 트렌트가 키미에게 한번 시도해보겠느냐는 제안조차 하지 않고 있는 걸 보면, 그 여왕님께서도 라스 트렌트의 속내를 좀 읽어내야 하지 않겠느냐고 생각할 수도. 하지만 자메이카에서는 모든 게 다 돈 주고 사야 하는 물건이다. 심지어는 미국 비자까지도. 그리고 나한테는 오늘 해야 할 일이 있다.

- 용건이 뭔데, 키미?

- 며칠 전에 생각난 건데. 가비주의*에 대해 뭐 아는 거 있어?

- 시간이 몇신데 지금 전화로 그런 걸……

- 8시 45분이야, 아침 8시 45분, 언니. 좀만 있으면 9시라고.

- 9시라니. 젠장, 출근해야겠다.

- 뭔 소리야, 나갈 직장도 없으면서.

- 그래도 샤워는 해야지.

---

* 자메이카의 사회운동가 마커스 가비(1887~1940)의 사상으로, 일종의 흑인민족주의이다. 아메리카 대륙으로 강제 이주해온 아프리카인들과 그 후손이 단결해야 하며, 이들이 만들어낸 이윤을 아프리카 대륙에 돌려주어야 한다고 주장했다. 서인도 제도를 비롯해 아메리카 대륙 전체에서 성행하며 한때 그 추종자가 수백만 명에 이르기도 했다. 가비는 미 정부의 표적수사 대상이 된 끝에, 우편사기 혐의로 1922년 체포당했고 가비주의 운동은 실패로 돌아갔다.

– 가비주의에 대해 아는 거 있냐고!

– 이거 무슨 라디오 퀴즈니? 지금 생방송이야?

– 장난하지 말고.

– 장난이 아니면 뭔데? 니가 시민교양 문제 말고 아무 용건도 없이 이렇게 이른 아침에 나한테 잘도 전화를 걸겠다.

– 봐, 이게 문제라니까. 언니는 가비주의를 중요하게 생각하지 않는다 이거지. 그래서 백인 남자들이 언니를 다운프레션하는 거야. 내가 가비라는 이름을 말하기만 해도 언니는 개처럼 귀를 쫑긋 세워야 해.

– 오늘 엄마랑은 얘기해봤어?

– 엄만 잘 지내.

– 엄마가 그렇게 말하디?

– 엄마는 엄마 인생을 투쟁에 리비케이트해야 해. 그런 다음에야 우리가 민족 단위로 겪고 있는 다운프레션에서 진정으로 탈출할 수 있어.

키미는 영어를 쓰는 사람들이 억압의 도구로 건넨 단어를 놈들의 면전에 다시 집어던지는 방법을 라스 트렌트에게 배우고 있다. 라스타는 부정적인 관념은 상대하지 않으므로 오프레션이라는 단어는 다운프레션으로 바뀌었다. 다운프레션이라는 단어 어디에도 '업up'이라는 말은 없지만. 데디케이션은 리비케이션이 되었고,*

* 라스타들은 단어의 뜻과 발음이 일치해야 한다고 믿는다. '억압'을 뜻하는 영어 단어는 원래 '오프레션(oppression)'인데 단어 도입부의 '옵(op-)' 발음이 '위(up)'를 연상시킨다 하여, 해당 부분을 '아래'를 뜻하는 '다운'으로 바꾼 것. '헌신'을 뜻하는 '데디케이션(dedication)'의 도입부 '데드(ded-)'의 발음이 '죽음(dead)'을 연상시킨다 하여 '삶(live)'을 연상시키는 철자로 대체한 '리비케이션(livication)'도 같은 방식의 조어다.

나와 나*라는 말은, 글쎄 그게 대체 무슨 뜻인지 누가 알려나. 나한테는 마치, 자기 자신을 삼위일체로 호칭하고 싶었던 사람이 세번째 사람의 이름을 까먹고 부르다 만 것처럼 들린다. 내 의견? 내가 보기엔 그냥 전부 개소리다. 하지만 키미는 쓸데없는 일을 만들어서 하는 걸 무엇보다 좋아한다. 그것도 하필이면 라스 트렌트가 다른 여자를 찾고 있을지도 모르는 이런 때에. 키미 같은 여왕이 아니라 자지를 빨아주고 똥구멍을 핥아주며 트렌트의 안 돼, 안 돼, 안 돼 하는 소리를 아, 아, 아, 하는 소리로 바꿔줄 여자, 트렌트의 존중 따위 필요치 않은 보지만 있으면 된단 말이다. 키미는 내게서 뭔가 구체적인 대답을 듣길 원하고 있다. 하지만 키미는 직접적으로 묻지 않을 거다. 항상 에둘러 대답을 낚아올리는 걸 선호하니까. 키미가 오늘 아침 뭘 생각했는지 누가 알겠는가? 누군가를 상대로 우월감을 느끼고 싶었는데, 마침 떠올릴 수 있던 몇 안 되는 여덟 자리 숫자 중에 내 전화번호가 있었는지도.

– 가비야 국가적 영웅이지, 내가 말한다.

– 최소한 그건 아네.

– 언젠가는 흑인들이 마침내 아프리카로 돌아가기를 바랐고.

– 뭐, 어떤 면에서는 그렇지. 하지만 뭐, 좋아, 좋아.

– 도둑이었어. 어디로도 항해할 수 없는 배를 샀지. 하지만 도둑질을 한 국가적 영웅이 그 사람만 있는 건 아니니까.**

– 이봐, 내가 이럴 줄 알았지. 누가 그 사람더러 도둑이래? 이래서 흑인들이 발전이 없는 거라고. 맞잖아, 자기네 식구를 도둑이라

* 라스타들은 '우리'를 '나와 나'라고 표현한다.

** 가비주의 운동을 저지하기 위해 미국 사법부에서 조작했던 우편사기 사건을 암시한다.

고 하다니.

– 마커스 가비의 진짜 성이 버지스인 줄은 몰랐네? 아니면 우리 진짜 성이 가비인 거니?

– T가 말한 그대로네. 언니 같은 사람들은 딱 이렇게 말할 거라고 했어.

– 나 같은 사람이라.

– 언니 같은 사람이 아니면 누구겠어. 어둠 속에 있는 사람들. 이제 그만 어둠에서 나와 빛으로 들어와, 시스트렌.

저넌 주둥이를 닫아보려는 노력을 기울일 수도 있겠지만, 사실라스 트렌트와 마찬가지로 키미도 나와 이야기를 하려는 게 아니다. 키미한테 필요한 건 목격자이지, 청중이 아니니까.

– 그럼 나한테 왜 전화한 거야? 니가 아는 사람 중에 어둠 속에 있는 사람이 나만은 아닐 텐데. 성모수태 고등학교 친구들이나 뭐 그런 애들한테 전화하지그래.

– 시스트렌, 혁명은, 내 말 듣고 있어? 혁명은 집에서부터 일어나야 한다고.

– 트렌트네 집은 벌써 해방됐대?

– 모든 게 다 T와 관련된 일은 아니야, 언니. 나한테도 나 자신의 삶이 있다고.

– 그렇겠지. 전부 다 마커스 가비 때문이겠지.

– 언니는 언니 인생이 어떻게 굴러가고 있는지 생각이나 해? 언니 같은 흑인들은 전부 머리 없는 닭처럼 뛰어다니면서, 왜 방향감각을 잃어버리게 된 건지도 모르잖아. 『차가운 영혼』*은 읽었어? 언

* 엘드리지 클리버의 에세이집(1968).

니가 한 번도 『고독한 형제』*를 읽어본 적 없다는 데 얼마나 걸면 될까? 『유럽은 어떻게 아프리카의 발전을 가로막았는가』**는?

– 그래, 우리집 책순이는 항상 너였지.

– 뭐, 독서는 지혜를 위한 거니까. 어리석음을 위한 거기도 하고.

– 책의 문제가 뭔지 알아? 너무 빠져들기 전까지는 이 책이 나한테 무슨 꿍꿍이를 품고 있는지 절대 알 수가 없다는 거야. 나 진짜 샤워해야 돼.

– 왜? 갈 데도 없으면서.

그러는 너나 좀 꺼져주실래요, 아가씨, 체 게베라랑 떡 치고 애 낳는 데 실패한 이 언니는 가서 이 변변찮은 질(膣, vagina)로나마 이룰 수 있는 혁명을 해야 할 것 같은데? 이 말이 혀끝까지 치달았다가 설탕으로 된 알약처럼 사라졌다. 내가 참아주는 거다. 키미가 하는 방식 그대로 키미한테 말하면, 키미는 절대 살아남을 수 없을 테니까, 나는 그렇게 나 자신을 타이른다. 나는 그런 인간들이 가증스럽다. 상대는 나를 계속해서 해치는데, 되려 나는 지켜줘야 하는 그런 인간들. 마음속 깊은 곳을 들여다보면, 키미는 지금까지도 사람들이 자기를 좋아해주기만을 그 어떤 것보다 바라는 어린아이일 뿐이다. 그보다 원하는 게 딱 한 가지 있다면, 과거로 돌아가 가난하게 태어난 다음 온갖 고생을 다함으로써, 노브룩에 사는 모든 사람들을 증오할 자격이 있다는 기분을 느끼는 것뿐이겠지. 하지만 언젠가는 키미가 나를 너무 먼 데까지 밀어붙이거나, 충분히 먼 데까지 밀어붙이진 못하는 날이 오고야 말겠지. 키미한테 내줄 시간 따위는 없

* 미국의 급진적 흑인 과격파 단체, 흑표범단 단원인 조지 잭슨의 옥중 서간집(1970).

** 유럽의 식민주의 세력들이 아프리카를 착취하고 의도적으로 그 성장을 저해했다는 주장을 담고 있는 월터 로드니의 책(1972).

다고 계속 나 자신을 타이르긴 하지만, 나도 키미를 따라 12지파의 회합이라는 모임에 한번 가본 일이 있었다. 언제였는지는 기억나지 않는다. 아마 가수의 집에 파티를 하러 갔던 그 주였을 것이다.

모임 장소까지 가는 내내 키미는 폭스바겐 엔진 소리를 눌러버릴 만큼 큰 소리로 고함을 치며, 어떤 식으로 행동해야 하고 어떤 행동은 하면 안 되는지, 그리고 바빌론스러운 지랄 같은 걸로 자기를 부끄럽게 만들면 안 된다며 시끄럽게 떠들어댔다. 거기 가기만 하면 긍정적인 바이브가 나를 삼켜버릴 거라고, 흑인 해방을 위한 투쟁, 아프리카를 위한 투쟁, 황제 폐하를 위한 투쟁에 자신의 삶을 리비케이트하게 될 거라고 소리쳤다. 아니지, 언니는 벌써 온갖 부당한 것들에 사로잡혀 있으니까, 그 어떤 긍정적인 것도 언니를 삼키려 하지 않을지 몰라. 라스타는 무엇보다도 불에서, 물 한 잔 붓는 걸로는 절대 끌 수 없는 내면 깊은 곳의 불에서 시작해야 되거든. 그 불이란 건, 땅구멍에서 솟아나올 때까지 기다릴 수 있는 그런 게 아냐. 마음을 찢어 열고서, 그 불길이 격노하며 터져나오게 해야 한다고.

– 내 말 때문에 마음이 상했을지도 모르겠는데, 그냥 오늘밤에 마지막으로 듣는 농담이라 생각해줘. 키미는 엄마한테서 물려받았거나 공들여 배운, 나는-그래도-니가-그 정도까지는-아닐-줄-알았다 하는 표정으로 나를 보았다.

– 의인처럼 옷을 차려입은 건 잘했네, 라고 키미는 내가 찾아 입을 수 있었던 가장 따분한 옷차림을 두고 말했다. 걸을 때마다 발꿈치에 스치는 기다란 보라색 치마와 그 안에 넣어 입은 흰색 셔츠, 그리고 슬리퍼. 라스타들은 자기네 여자들이 하이힐을 신은 모습 따위 상상도 못한다니 말이다. 도대체 왜 알겠다고, 가겠다고 했

는지 기억조차 나지 않았다. 내 기억이 맞다면 나는 가겠다고 한 적이 없다. 하지만 키미는 채워야 할 할당량이 있는 것처럼, 하루에 X명을 개종시키지 못하면 돌아가 채찍이라도 맞을 것처럼 행동하는 대학 캠퍼스의 교회 동아리 남자애들처럼 굴었다. 그런데 인간이란 얼마나 웃긴 존재인지. 모임에 도착하자, 그러니까 호프로드의 그 집에 도착하자 키미는 입을 다물어버렸다. 집 바로 밖에서 노예들이 채찍을 맞곤 했을 것 같은 2층짜리 목조건물이었다. 프랑스식 창*과 베란다가 보였다.

차를 타고 오는 내내 한 순간도 쉬지 않고 짖어대던 키미는, 그 집에 도착한 순간 침묵의 서약을 한 수녀처럼 변했다. 라스 트렌트는 벌써 도착해서 어떤 여자와 실례합니다, 도터(아가씨), 하며 이야기를 나누고 있었다. 백인이지만 라스타 모자를 쓰고 있는 여자가 두 손을 꽉 움켜잡은 채 아 여기 오게 돼서 너무 기뻐요, 라는 말의 심히 미국스러운 버전처럼 보이는 어떤 말을 하는 동안, 트렌트는 말보다는 미소로 화답하며 턱수염을 톡톡 두드리기도 하고 고개를 왼쪽으로 또 오른쪽으로 기울였다. 나? 나야 키미가 이 모든 걸 이해하는 걸 지켜보고, 그리로 걸어가야 하는지, 떠나야 하는지, 아니면 트렌트가 자기를 발견해주기만 기다려야 하는지 알 수 없다는 듯 초조해하면서 한 다리를 짚었다가 곧 다른 다리를 짚고, 그다음에 다시 먼젓번 다리를 짚는 모습을 또 지켜보자니 너무 기뻤다. 그러는 내내 키미는 침묵을 지켰다. 트렌트와 이야기하는 백인 여자 말고는 모든 여자가 다 똑같이 침묵을 지키고 있었다. 간혹 보이는 청치마나 빨강, 초록, 금색 같은 색깔만 아니었으면, 이슬람 여성들

---

* 뜰이나 발코니로 통하는, 두 짝으로 된 유리문.

이 나를 둘러싸고 있는 줄 착각할 뻔했다.

저멀리 구석에서는 여자 셋이, 자기들이 피워놓은 모닥불 불빛을 받으며 아이탈 음식인지 뭔지를 요리하고 있었다. 나는 고요히 서 있었다. 머리만 움직이는 등대가 되어 왼쪽 오른쪽 뒤쪽을 훑었다. 도저히 견딜 수가 없었다. 우리 고등학교를 졸업한 남자애들과 특히 여자애들을 찾아보고 싶었다. 라스타의 진정한 빛을 발견했다고 말은 하지만 사실은 업타운에 사는 부모님들에게 슬픔을 안겨주기 위해 여기에 와 있을 뿐인 아이들 말이다. 데오도란트를 뿌리지 않은 남자나 겨드랑이나 다리를 면도하지 않는 남자와 섹스할 기회가, 뭐랄까, 너무 많다. 어쩌면 진짜 라스타가 되기 위해서는 남자들에게서 풍기는 사향 냄새나 여자들의 비린내에 푹 빠져야 하는 걸지도. 아주 많은 여자들이 전부 움직이고 있다. 조금 지나자 그녀들 모두가 남자들에게 무언가를 가져다주고 있다는 걸 알게 되었다. 음식이나 의자, 물, 대마초에 불붙일 성냥, 더 많은 음식, 커다란 이글루 통*에서 꺼내온 주스 등등. 뭐, 리비케이션? 해방? 지랄하네. 빅토리아시대 소설 속에서 살아야만 한다면, 난 최소한 머리를 깔끔하게 깎는 방법을 아는 남자들과 살고 싶다.

키미는 여전히 내 곁에서, 여전히 초조해하는 중이었다. 차를 타고 오는 내내 자기가 나보다 낫다는 식으로 떠들어대던 그 여자와는 아주 다른 분이셨다. 그리고 오늘 아침 키미가 이렇게 전화를 걸어왔다는 게 뭐랄까, 좀 마음에 들었다. 하지만 지난 7분 동안 키미가 하는 말은 한마디도 듣지 않고 있었다. 그럼 그럼. 나는 문 위에 걸려 있는 시계를 보았다.

* 미국의 아이스박스 브랜드.

– 감정 에너지를 건설적인 인종적 이익에 집중시키는 거야. 엄청난 희생을 치러야 하는 일이지. 과학과 산업, 인성교육, 그중에서도 특히 대중교육을 통해서, 그리고, 그리고, 내 말 듣고 있는 거야?

– 응? 뭐? 미안 파리 잡느라.

– 파리라니, 언니 침대에 대체 무슨 더러운 것들이 돌아다니는 거야?

– 나 안 누워 있거든, 키미. 근데 키미라고는 불러도 되는 거니? 라스 트렌트가 지금쯤이면 너한테 노예들 이름을 대신해서 다른 이름을 지어줬을 거라고 생각했는데.

– 그 사람은, 그 사람은 나를 마리아마라고 불러. 하지만 이건 그 사람이랑 나랑 누구든 해방된 사람끼리만 쓰는 이름이지.

– 아.

– 자유롭기를 선택하기 전까지 언니는 못 써, 시스트렌.

– 그럼 넌 이제 자유로워졌으니까 아프리카로 가는 거야?

– 뻔하다. T가 말한 그대로네. 아프리카로 돌아간다는 건 가비주의 철학의 주요 쟁점도 아니라고.

키미라면 주요 쟁점 같은 단어는 절대 쓰지 않을 것이다. 생각해보니, 라스 트렌트도 그런 말을 썼을 거 같지는 않은데. 그놈은 사용하는 글자 수를 줄이려고 '도터'라는 말도 'ㄷㅌ'라고 적는 놈이니 말이다. 키미를 만날 때 내가 이렇게까지 쌍년이 된다는 건 참으로 놀라운 일이다. 하지만, 이 쌍년스러운 부분은 내 살갗 바로 밑, 내 입 바로 안까지 차오르기는 해도 결코 밖으로 나오지는 않는다. 문제를 직접적으로 말하지 못하고 뱅뱅 돌면 돌수록, 키미는 점점 더 진심으로 신경이 곤두서는 게 분명했다.

– 역사 수업 말고 다른 이유가 있어서 전화한 거지, 키미?

– 대체 무슨 소리야, 혁명은 집에서부터 시작해야 한다고.

– 침대 속에서가 아니고?

– 그게 그거지.

이렇게 말하고 싶다. 니가 깔보면서 얘기할 수 있는 유일한 상대를 나라고 생각하는 것도 정말 질려. 정말로. 그때 키미가 말한다.

– 언닌 더러운 위선자야.

결국 나왔군.

– 뭐?

– 언니, 언니 그 사람이랑 했지?

– 무슨 소리야?

– 아무도 안 보는 줄 알았어? 무슨 빠순이처럼 그 사람 집 앞에 죽치고 있었다며?

– 무슨 소리를 하는 건지 아직도 모르겠네.

– 셸리 무-영이 틀림없다고 하던데? 애들 데리러 가던 길에 그 사람 집을 지났는데, 대문 앞에 언니처럼 생긴 여자가 있더라고.

– 업타운에 출현한 갈색 피부 여자라. 그래, 그렇게 생긴 사람은 나밖에 없지.

– 아이들을 데리고 돌아올 때도 다시 봤댔어.

– 이 얘기 엄마한테도 했어?

– 그 사람이랑 떡친 거 알아.

– 뭐 누구랑 떡을 쳐?

– 그 사람.

– 그게 너랑 무슨 상관……

– 맞단 얘기네. 언니 창녀야? 아예 드러누워서 기다리는 거냐고.

– 키미, 할 일 없어? 엄마한테 엄마 남편을 두들겨패고 엄마를

강간한 건 쉣스템이라고 말해주는 일이라든지?

– 아무도 엄말 강간하지 않았어.

– 그 얘기도 라스 트렌트가 해주던? 아니면 바빌론이 엄마를 강간했다고 그러디? 그래, 어디 말해봐. 라스 트렌트가 너한테 뭐라고 했는지 그대로 읊어보라고. 너는 젠장, 너 자신의 의견 같은 건 절대 없을 테니까.

– 무–뭐? 뭐라고? 무슨 소리야? 아무도 엄마 강간 안 했어. 아무도 강간은……

– 라스 트렌트가 약이나 빨면서 너랑 자빠져 있었던 걸 내가 뻔히 아는데, 엄마가 강간을 당했는지 아닌지 씨발 니가 도대체 어떻게 안다는 거야?

– 그 사람, 그 사람, 그 사람은 그냥 언니를 시험해본 거야, 알아?

– 날 시험해보셨다?

– 아직도 나를 못 잊으니까 언니는 어떨지 시험해본 거라고.

– 이런, 키미. 사람들 대부분은 널 만나면 몇 분도 안 돼서 잊어버려.

– 언니가 씨발 이런 쌍년이라는 걸 모르다니, 우리 엄마아빠도 진짜 안됐다.

– 그러게. 하지만 엄마아빠도, 니가 라스타가 되는 바람에 더이상 보지도 안 씻는다는 건 이미 알고 계실걸. 일이나 하러 가야겠다.

– 씨발 직장도 없는 주제에.

– 넌 있잖아. 근데 일이나 하러 가지 왜 계속 이러고 있느냐고. 가서 라스 트렌트 엉덩이라도 좀 닦아주던가, 아주 똥 천지더라.

– 언닌 진짜 사악한 개년이야. 좆나 사악한 개년이라고.

보통은 키미가 숨이 차서 더는 못할 지경이 될 때까지 나를 책망

하도록 내버려두지만, 이번에는 내가 너무 나갔다. 더 멀리까지 가고 싶어하는 나 자신을 알고 있었기에, 그만 입을 닫았다. 키미에게는 내가 입술을 손으로 붙들고 있는 게 보이지 않는다.

– 그리고, 그리고, 그리고 그 사람이 언니랑 떡 치고 싶어하는 유일한 이유는, 우리집 사람들이 다들 그렇게 사랑을 잘 나누는지 알고 싶어서일 뿐이야.

– 그럼 다음에는 엄마를 노리겠네?

– T가 언니 얘기를 하더라.

– T가 무슨 얘기를 안 해줬겠니, 지난 2년 동안 너 스스로 생각이란 걸 한 적이 단 한 번도 없는데. 내 말 틀려? 무슨 역사 선생이라도 되는 것처럼 나한테 전화를 걸어서, 피똥 쌀 마커스 가비 얘기나 하고 말이야. 라스 트렌트가 너를 씨발 네 살짜리 어린애처럼 앉혀 놓고 역사 얘기를 좀 늘어놨겠지. 그다음에 너는 흐으으음, 내가 깔보면서 얘기할 수 있는 사람, 내가 거물이 된 것 같은 느낌을 들게 해줄 사람이 누가 있을까 생각하다가 평소처럼 나한테 전화를 한 거잖아. 있지, 난 니 역사 수업에 관심 없어. 가비한테도 아무 관심 없고 뉴욕에 가서 딴 여자 보지나 빨아댈 니 씨발 라스타 남자친구한테도 아무 관심 없다고. 그리고 한 가지 더, 그 빨간 피부* 개자식의 도움으로 비자를 딸 수 있다고 생각한다면, 그래서 그 비자로 뉴욕에 가서 그 새끼가 뭘 하는지 알아낼 수 있을 거라고 생각한다면, 넌 맨날 입고 다니는 그 간자 대학교 티셔츠보다도 멍청한 년이야.

더 퍼붓고 싶다. 해야 할 일이 있지만 나는 계속한다. 나한테는 호구처럼 가만히 앉아서, 지난번에는 좁은 오토바이 탓에 미처 다 못

* 유색인종이기는 하나 피부색이 밝아 거의 백인에 가까운 사람을 말한다.

싣고 간 물건을 가지러 돌아올 그놈들에게 또다시 공격당할 날만 넋 놓고 기다리는 부모님이 있다. 떠나고 싶은 생각이 간절하다. 너무 간절해서, 나는 아직 건너지 못한 다리에 직접 불을 놓는다 해도 상관없을 지경이다. 그게 씨발 내 동생이라고 할지라도. 호프로드로 돌아가서 대문 앞에 가만히 서 있고 싶다. 그 사람이 대문을 열거나 경찰을 부를 때까지 소리를 지르고 지르고 또 지르고 싶다. 그리고 그 사람이 경찰을 부르면, 유치장에서 하루를 보내고 나와 또 소리를 지르고 지를 것이다. 그 사람은 나를 도와주어야 한다. 젠장. 내가 혼자서 뭔가를 할 수 있는 상황이었다면 그 사람이나, 그 사람이 부른 〈미드나이트 레이버스〉 같은 노래에도 씨발 아무 관심 없었을 테니까. 그리고 그 사람은 내게 돈을, 씨발 내 입을 닥치게 만들 수 있을 만큼 많은 돈을, 미국 대사관 뒷문으로 들어가 비자 세 장을 받을 수 있을 만큼 많은 돈을 주게 될 것이다. 그래, 세 장이다. 키미는 그딴 비자 원하지 않을 테니까, 씨발년. 씨발년. 씨발년. 씨발년. 입 뒤쪽에 틀어막혀서 내뱉지 못한 세월이 최소 10년은 되고 그게 마침내 터져나온 거니까, 상관없는 인간들은 씨발 찌그러지세요. 나는 키미의 빌어먹을 얼굴에 침을 뱉고 씨발 피똥 싸는 그년 좆같은 귓구멍에 모든 걸 쏟아붓고 싶다. 하지만 키미는 전화를 끊었다.

조시 웨일스

닥터 러브와 약속이 있다. 거실 전화가 울렸을 때는 하루가 막 시작되던 참이었다. 나는 진작 일어나 아침 유령처럼 집안을 돌아다니는 중이었다. 닥터 러브가 여보세요 라고 하기도 전에 나는 닥터 러브, 시간감각 한번 좆나게 구리네, 라고 말했다. 닥터 러브는 자기 전화인 줄 어떻게 알았느냐고 궁금해했다. 나는 이렇게 말해줬다. 모닝 티도 한 잔 마시기 전부터 날 귀찮게 한 대가로 자기 머리에 총알을 박아넣을 위험을 감수할 사람은 당신밖에 없다고. 닥터 러브는 웃으며 평소 만나던 곳에서 만나자고 하고는 전화를 끊었다. 전화벨이 아주 크게 울렸는데도 위퍼는 여전히 소파에 누워 코를 골고 있다.

피터 나세르는 루이 존슨이라는 미국인과 같이 왔던 그날 나를 닥터 러브에게 소개시켜줬고, 그들 모두는 나와 이 쿠바인 사이에 오가는 의사소통을 전부 통제할 수 있으리라고 생각하는 실수를 저질렀다. 언젠가 어떤 교회 목사가 사람은 사람을 알아보지 못할지 모르나 영혼은 영혼을 알아본다는 말을 한 적이 있다. 호모새끼들이 서로를 알아보는 방식을 설명하다가 한 말이었다. 그런 거지같은 일에 대해서야 그 이상 관심이 없기도 힘들었지만 목사가 한 말만은 내 안에 영원히 남았고, 나는 그 말을 판단 기준으로 활용하기까지 한다. 그렇다. 사람들은 내게 온갖 말을 할 수 있고, 나는 말이 가진 힘도 이미 알고 있지만 영혼이 정말 영혼을 알아볼까? 그렇게 닥터 러브를 처음 만났을 때 우리가 서로 나눈 이야기 대부분은 말을 쓰지 않고 이루어졌다.

피터 나세르는 벌건 대낮에 게토로 오는 법이 드문데, 1975년 11월의 어느 날에는 그런 식으로 행차를 했다. 볼보를 타고 와서는 때는 이르지만 크리스마스 선물을 미리 가져왔다고 말했다. 나는 이 씨발 멍청한 시리아인 땅딸보 개똥같은 새끼가 뭐하자는 건가 생각하며 그를 바라보았다. 그와 함께 온 쿠바인도 묵살해버릴 생각이었지만, 그자가 눈을 굴리는 걸 보고는 무언가를 깊이 생각하고 있다는 걸 알았다. 피터 나세르는, 씹질을 할 때조차 절대로 입을 닥치지 않는 인간이라, 곁에 말을 하지 않는 남자가 있으니 그게 눈에 띄었다.

처음에 나는 그자가 쿠바에서 왔으니 영어를 잘 몰라 그런다고 생각했다. 하지만 곧, 그자가 꼭 말을 해야만 할 때를 제외하고는 말을 하지 않는다는 걸 깨달았다. 키가 크고 마른 체격에 턱수염을 너무 자주 긁어댔고 곱슬곱슬한 검은 머리카락은 의사치고는 너무 길었다. 차라리 체 게바라와 닮아 있었다. 체 게바라도 의사이긴 했지만. 한 가지 차이점이 있다면, 닥터 러브는 체를 최소 네 번은 죽이려 했다는 것이다. 내가 두 사람 모두 의료계에 있다가 그 직업을 팽개치고 총을 들었다는 점을 지적하자 그자가 말했다. 그 귀여운 마리콘, 그 귀여운 푸티토*는 쿠바 사람도 아니야.** 그냥 몇 가지를 알게 되는 것만으로도 나는 닥터 러브에게 끌렸다. 어쩌다가 목숨을 구하는 일에서 목숨을 빼앗는 일로 갈아타게 됐나? 의사들도 목숨을 빼앗아간다네, 옴브레***라고 닥터 러브는 말했다. 씨발 매일같이 말이야, 라고 덧붙이면서. 피터 나세르는 닥터 러브를 처음 여기에 데려온 날 내게 말했다, 이 친구가 자네를 완전히 새로운 단계로 올려줄 걸세.

일은 이렇게 풀렸다. 루이 존슨은 내게 미국의 해외 정책에 대해 이야기해주려 했다. 자기 말을 알아듣기엔 상대가 너무 멍청하다고 생각할 때 백인들이 구사하는 말투로 말을 질질 늘여가며, 목소리를 낮게 깐 채로. 루이 존슨이 닥터 러브를 아는 건 둘 다 피그스만****에 있었기 때문이다. 온 세상 사람들이 보는 앞에 대실패로 끝나버린, 케네디가 쿠바를 납치하려고 포피쇼(인형극)을 벌인 곳 말이다. 피그스 만과 닥터 러브의 관계는 1966년과 나의 관계와 같다. 닥터 러브를 본 순간 나는 바로 알았다. 피터 나세르와 루이 존슨이 자리를 떴다. 피터 나세르가 소고기 대구 수프를 먹고 나서 열여섯 살 소년처럼 아내와 떡을 칠 수 있게 되었다고 하는 바람에, 루이 존슨도 그걸 꼭 먹어보겠다고 나세르와 약속을 해두었던 것이다. 그들이 자리를 떠나고, 쿠바 사람은 남았다. 루이스, 하고 쿠바 사

---

* 마리콘과 푸티토 모두 스페인어로 '호모'.

** 체 게바라는 실제로 아르헨티나 사람이다.

*** 스페인어로 '사람'. '이봐', '이 사람아' 등의 호칭으로 쓰인다.

**** 1961년 4월 피델 카스트로의 쿠바 정부를 전복시키기 위해 미국이 훈련시킨 1,400명의 쿠바 망명자들이 미군의 도움을 받아 쿠바 남부의 피그스 만을 공격했다가 실패했다.

람이 말했다.

– 난 루이스 에르난 로드리고 드 라스 카사스요. 하지만 다들 닥터 러브라고 부르지.

– 어째서?

– 혁명정권 타도운동은 사랑의 행위니까요, 에르마노, 그건 전쟁이 아니거든. 내가 여기에 온 건 그쪽에게 몇 가지를 가르쳐주기 위해서요.

– 존슨한테도 이미 충분히 배웠소. 근데 씨발 대체 이유가 뭐요? 왜 당신네들은 항상 흑인들은 멍청하니까 뭐라도 가르쳐줘야 한다고 생각하지?

– 이런, 무차초, 기분 상하게 할 생각은 없었소. 하지만 그쪽도 내 기분을 상하게 하기는 마찬가지요.

– 내가? 기분을 상하게 했다고? 난 그쪽이 누군지도 모르는데.

– 그런데도 벌써부터 아메리카노*와 한덩어리로 취급하잖소. 표정만 봐도 알 수 있지.

– 여기 올 때 뭐 서로 다른 버스라도 타고 왔다는 말이오?

– 에르마노, 피그스 만에서의 일이 좆병신 같이 끝나게 된 건 저 사람과, 저 사람 같은 사람들이 일을 좆같이 했기 때문이오.** 저 사람과 그때 연루된 모든 멍청한 양키 씹새끼들 때문이지. 나를 그 사

---

* 무차초, 아메리카노 차례대로 각각 스페인어로 '젊은이' '미국인'.

** 피그스 만 침공 초기에 미국에서는 CIA가 제공한 B-26 폭격기로 쿠바를 공습했고, 이때만 해도 승기는 친미적 성향의 반혁명 세력이 잡고 있었다. 그러나 침공의 배후에 미국 정부의 입김이 있다는 사실이 세계적으로 알려지게 되자, 케네디는 공중에서의 지원공격을 철회하기에 이르고, 이후 전세는 급격히 역전된다. 쿠바 내 반혁명 세력이었던 닥터 러브는 이러한 정황을 암시하고 있다.

람이랑 동등으로 보지 마시오.

– 동급이겠지.

– 내 말이.

– 그럼 형씨가 유명해진 이유는 뭐요?

– 형씨도 카를로스 더 자칼* 얘기를 들어본 적이 있겠지, 아니오?

– 없는데.

– 재밌군. 그 사람은 형씨 얘기를 들었다던데. 그 친구는 벌써 꽤 오랫동안 여기에 몸을 숨기고 있소. OPEC 사태가 아주 좆같이, 엄청난, 뭐라고 하더라…… 낭패를 당하고 나서부터 계속. 형씨네 여자들도 몇 명 후렸을 거요, 내 장담하지. 솔직히 말해 테러리스트라기에는 아주 형편없는 인간이라 내가 한 수 가르쳐줬지. 가톨릭 학교를 다닌 꼬맹이들이 전부 씨발 혁명가가 되고 싶어하는데, 이 모든 일 때문에 아주 구역질이 난단 말이오.

– 형씨 진짜 의사는 의사요?

– 어디 아프시오, 옴브레?

– 아니. 말하는 게 쿠바 사람 같지가 않아서.

– 오슬로에서 학교를 다녔소, 무차초.

– 당신 눈엔 여기 어린애가 있는 것 같소?

– 하. 내 실수로군. 페로 토도 에스 운 에로르 엔 에스테 파이스 데 미에르다 (하지만 이 좆같은 나라에서는 모든 게 다 실수지).

* 본명 일리치 라미레즈 산체스, 베네수엘라 출신의 테러리스트(1949~). 1975년 OPEC 정상회담에 테러를 시도해 프랑스 정부의 정보원 한 명과 이중스파이 두 명을 살해한 혐의로 종신형을 선고받았으며 지금도 프랑스에서 복역중이다. 원래 '카를로스'라 불렸는데, 도망 시절 그가 들고 다니던 짐에서 프레더릭 포사이드의 소설 『자칼의 나날』이 여러 차례 발견되어 '카를로스 더 자칼'이라는 새 별명을 얻게 됐다.

– 당신이 떠나온 멍청한 나라에서 저지르는 실수에 비하면 반도 안 될 거요.

– 포르 디오스, 아블라스 에스파뇰? (이런 세상에, 스페인어를 할 줄 아시오?)

나는 그렇다고 고개를 끄덕였다.

– CIA 옴브레, 그 친구도 형씨가 따로 머리를 굴리는 걸 아는 거요?

나는 아니라고 고개를 저었다.

– 내 충고 하나 해도 되겠소? 계속 귀머거리인 것처럼 구시오, 이미 알겠지만. 귀머거리인 것처럼.

– 루이, 포르 케 메 아스 사카도 데 미 프로피오 호디도 파이스 파라 아블라르 미에르다 콘 에세 이호 데 푸타? (루이, 왜 나를 좆같은 내 나라에서 빼내와 저 개자식과 개소리를 하라고 한 거냐?)

– 루이스, 루이스 나다 마스 엔세냘레 알 네그리토 데 미에르다 알군나 보베리아, 코모 우나 카르타 봄바. 오 프레스탈레 엘 리브로 델 코시나 델 아나르키스타, 케 세 요. 엘 이 수스 무차초스 손 우노스 코메미에르다스, 페로 손 우틸레스. 포르 로 메노스 포르 아오라 (루이스, 루이스, 저 검둥이한테 멍청한 짓거리, 우편물 폭탄 보내는 방법 같은 건 더이상 가르치지 마. 무정부주의자 요리책이든 뭐든 그런 것도 빌려주지 말고. 저 녀석과 저 녀석이 데리고 다니는 애들은 멍청하지만 쓸모가 있거든. 적어도 지금은). 그 사람은 자기가 형씨를 좋아한다고 했소, 조시.

– 나란 놈은 모르겠던데. 말투가 그리 곱지 않아서.

닥터 러브가 웃는다. 그는 나를 보고 미소를 짓는다. 누가 친구인지 안다는 건 언제나 좋은 일이지, 안 그렇소? 그가 말한다. 어쨌거나, 내가 무엇 때문에 유명해졌는지 알고 싶다고 하지 않았소? 내일 킹스턴 항구로 나오면 직접 보여주리다, 친구.

– 장난질이라면 CIA한테서 충분히 배웠소.

– 하지만 날 보낸 건 CIA가 아니오, 아미고*. 메데인의 환영인사를 전하오.

크리스마스 시즌 직전, 한 해 내내 인민국가당놈들이 킹스턴 전체에 패악질을 부리고 난 뒤였다. 다음날 나는 킹스턴 항구, 부두 근처의 시내에서 닥터 러브를 만났다. 한가로운 아침이었고, 아직 사람들은 별로 나와 있지 않았지만 자동차들이 항구를 빙 둘러싸고 줄지어 서 있었다. 일찍들 출근한 게 틀림없었다, 누구든 밤새 자동차를 여기에 내버려두었으리라고는 상상할 수 없었으니까—우습게도 킹스턴에서 자동차를 세워두기에 가장 안전한 곳이 여기였지만. 그보다 더 우스운 일은, 지금까지도 여기에 사는 사람들, 그것도 잘사는 사람들이 꽤 있다는 것이다. 어느 정도 기다렸는데도 닥터 러브가 보이지 않기에 나는 이 모든 게 장난질이라고 생각했다. 번턴-밴턴 패거리가 여전히 돌아다니는 땅에 지원군도 전혀 없이 시내에 나와 있다는 것만으로도 상황은 충분히 심각했다. 항구 근처의 빌딩은 거의 대부분 뉴욕에 있는 텔레비전 쇼 세트처럼 생겼다. 자메이카 은행, 노바스코샤 은행, 지금과는 조금 다른 킹스턴이 탄생하리라고 생각해서 지어진 게 틀림없는 호텔 두 채. 하지만 그 호텔들이 생겨난 이후 맨리는 사회주의, 공산주의라는 개소리를 들고 나와 나라를 집어삼켰다. 어쨌거나 나는 닥터 러브를 보지 못했는데 그건 닥터 러브가 뒤에서 다가왔기 때문이었다. 그는 내 어깨

* 스페인어로 '친구'.

를 두드리더니 입술에 손가락을 얹어 조용히 의사를 전했다. 그러는 내내 미소를 띤 얼굴이었다.

닥터 러브는 배낭을 벗고 길이 끝나가는 곳까지 가볍게 달려갔다. 거기에서 이 자동차에서 저 자동차로 옮겨다니며, 어떤 자동차에는 잠깐 멈추어 섰고, 다른 자동차를 보고는 눈을 찌푸렸다. 몇몇 자동차 앞에서는 몸을 굽히기도 했는데 그가 타이어든 펜더든 씨발 뭔지는 모르지만 아무튼 훔칠 물건을 확인하고 있는 건가 싶었다. 애초에 내가 왜 여기까지 나왔는지 의아해졌다. 닥터 러브는 빨간색 폭스바겐에서 하얀색 코르티나로, 하얀색 에스코트에서 까만색 카마로로 깡충깡충 뛰어다녔다. 계속 몸을 숙여댔지만 이번에는 자동차의 반대편에 있었다. 나는 그가 뭘 하는 건지 알 수가 없었다. 노르웨이에서 교육을 받은 쿠바인이 자동차를 훔치는 모습, 아니면 타이어 찢는 모습을 보여주겠다는 이유만으로 아침 일찍 나를 깨워 적진에 들어오도록 만든 거라면, 그는 머지않아 대단히 화가 난 자메이카인을 상대하게 될 터였다. 닥터 러브는 마지막 자동차에서 뛰어내리더니 여학생처럼 빠르게 나한테 걸어왔다. 머리를 뒤로 넘겨 포니테일로 묶고 선글라스를 쓴 채, 돌아오신 걸 환영합니다 코터 선생님*이라고 쓰인 티셔츠를 입고 있었다.

-아미고, 해줄 말이 하나 있는데.

-뭐? 무슨 말? 씨발 지금 무슨……

-숙이쇼.

-뭐?

---

* 1975~79년 미국 ABC사에서 방영한 시트콤. 인종적으로 다양한 학생들이 소속되어 있는 학급을 이끌어나가는 선생님의 이야기를 다뤘다.

– 숙이라고, 닥터 러브는 그렇게 말하곤 나를 아래로 눌렀다.

빨간 폭스바겐 지붕이 터지면서 그대로 하늘로 날아올랐고 자동차의 남은 부분은 측면으로 폭발했다. 길은 지진이라도 난 것처럼 흔들리더니—바람이 바다를 조져놓듯 길에 파도가 쳤다—코르티나가 폭발했다. 에스코트는 두 번 쾅 소리와 함께 폭발하며 그 순간 곧장 하늘로 튀어오르고, 공중에서 뒤집어져 코르티나의 잔해에 떨어졌다. 카마로는 전면이 터져나가는 동안 속수무책으로 있어야 했는데, 타이어마저 비행접시처럼 하늘로 날아갔다.

닥터 러브는 폭발이 일어날 때마다 웃었고, 쾅 소리가 날 때마다 남자애들처럼 소리를 질러댔다. 사람이 죽었는지는 알 수 없었지만 내 생각에 그렇진 않은 것 같았다. 사방에 있는 모든 유리가 깨져나갔고 사람들이 비명을 질렀다. 그러는 내내 길에 납작하게 엎드린 채 웃어대는 쿠바인이 내 몸 위에 올라타고 있었다.

– 감동 좀 받았나, 아미고?

– 누가 날 보기라도 하면 이게 다 내가 한 짓이라고 생각할 거다, 머저리새끼야.

– 그럼 그렇게 생각하라고 해. 메데인에 깊은 인상을 남기고 싶지 않나? 자넨 세례자 요한*밖에 안 되는 건가? 그런 거라면 빨리 알려주게, 그래야 내가 가서 예수를 찾을 수 있을 테니까.

루이스 에르난 로드리고 드 라스 카사스. 닥터 러브. 두 달 전 바베이도스**에서는 쿠바 항공이 슈얼 공항에서 출발해 자메이카로 향했다. 12분 후, 출발한 곳에서 5킬로미터 떨어진 지점에서 폭탄 두

* 신약성서에서 예수의 탄생을 예언하고 예비하는 선지자.

** 서인도제도의 남쪽 끝에 있는, 영연방 내의 독립국.

개가 터졌다. 비행기가 추락하면서 쿠바 국가대표 펜싱 팀 전원과 북한 사람 다섯 명을 포함한 승객 전원이 사망했다. 카스트로를 쫓아내겠다며 매달 새로운 단체가 하나씩 생겨나는 듯한데, 닥터 러브는 그중 하나인 혁명연합조직연대에 가입한 이래 CIA에서 이것저것을 배웠다. 닥터에게 이것 하나만은 인정해주고 싶다. 내가 이 모든 개지랄들을 다 알고 있다는 걸 알고 나서도 눈 하나 꿈쩍하지 않은 사람은 그가 처음이었다. 루이 존슨은 아직도 내가 글을 읽을 줄 안다는 사실을 믿지 못하는데, 아마 그게 나한테 계속 장보기 리스트를 뒤집어 건네며 기밀문서라고 씨불이는 이유일 것이다. 어쨌거나 닥터 러브는 미국 육군학교에서 많은 것들을 배웠다. 그중 하나는, 뭐든 철저하게 폭파시켜 저승으로 보내버리는 방법이었다. 그런 다음 그는 배운 기술을 여기저기 가르치기 시작했다. 그는 쿠바 항공기가 폭발했을 때 바베이도스에는 있지도 않았다고, 그냥 여기 있었다고 했다. 그리고 이제 다시 돌아온 것이다. 아마 콜롬비아의 누군가가 오늘날의 자메이카에 감시 인력을 한 명 더 두어야겠다고 생각했기 때문이리라.

나는 빨간 팬티를 입고 잠든 위퍼를 소파에 그냥 놔둔다. 녀석은 이제 등을 깔고 누운 채 불알에 손을 올려놓고 자고 있다. 그냥 그대로 두는 게 이치에 맞는 일이다. 나는 위퍼의 안경을 집어들어 써보고 싶다. 위퍼가 보는 대로 세상을 보고 싶다는 생각에. 그러나 뭔가가 나를 멈춘다. 아니, 공포심 때문이라는 생각은 전혀 들지 않는다. 대신 위퍼의 바지를 집어드는데, 내 여자가 자기집 바닥에 물건들이 너저분하게 널려 있는 꼴을 참아주지 않기 때문이다. 바지 뒷주머니에 뭔가가 불룩 나와 있는 게 만져진다. 앞표지도 뒤표지도 없는 책 한 권. 나는 그 책도 다른 책 대부분처럼 쉬운지, 위퍼가 이 책 여백에도 편지를 써 감옥에 있는 그 남자한테 보내는지 궁금해진다. 몇 페이지를 넘겨보니 제목이 나온다. 버트런드 러셀, 『철학의 문제들』. 나는 닥터 러브에게 버트런드 러셀을 읽어본 적이 있느냐고 물었다. 닥터 러브가 대답했다. 읽었지, 하지만 하이데거 이후로 러셀은 그냥 노벨상 받은 호모새끼일 뿐이야. 닥터 러브가 씨발 무슨 소리를 하는 건지는 전혀 알 수 없었지만, 위퍼에게 그 말을 던질 순간만을 기다리고 있다. 어쨌든 내가 떠날 때 위퍼는 깊이 잠들어 있었다. 따라오는 건 바라지 않았으므로 잘된 일이기도 했다.

자신에 대한 진짜 진실 속으로 발을 들여놓게 되면, 그 진실을 다룰 만한 능력을 갖춘 유일한 사람은 자기 자신이라는 걸 깨닫게 된다. 어떤 사람들은 그조차 다스리지 못한다. 그게 바로 벨뷰*가 항상 만원인 까닭이다. 어떤 사람들은 자신이 무엇을 할 수 있다는 사실 자체를 다루지 못한다. 닥터 러브가 가르쳐주기 전까지만 해도 나는 내가 그걸 잘 알고 있다고 생각했다. 일년도 채 되지 않은 일이다. 오렌지 스트리트, 인민국가당 쌍년들로만 가득찬 빈민가.

－좀더 큰…… 뭐라고 해야 하나, 큰 상어한테 깊은 인상을 남기고 싶지 않나?

－보통은 대어라고 하지.

－아, 그래. 피터 나세르보다 큰 대어 말이야.

－우두머리를 말하는 거라면, 난 벌써……

－그보다 더 큰 대어. 이 나라보다도 더 큰 대어 말일세, 치코**.우리는 지금까지 푸에르토리코놈들과 바하마놈들을 썼는데, 둘 다 똥

---

* 자메이카의 정신병원.

** 스페인어로 '청년'.

자루나 마찬가지야.

– 무슨 소린지 모르겠군, 루이스.

– 알면서 그러나. 하지만 그래, 자네 말대로 자네는 모른다고 해둡세. 미국이 그토록 필요로 하지만 자네는 모른다는 그 선물 말이야, 보고타에서 오는 그 선물*에 새로운, 뭐라고 할까, 산타클로스가 필요해. 푸에르토리코의 산타들은 씨발 너무 살이 올랐고, 바하마 산타들은 너무 멍청하잖나. 정자도 없는 가톨릭 학교 출신 꼬마 이호 데 뿌따**한테서 쿠바를 해방시키려는 우리의 노력은, 이곳 자메이카에서 시작할 때 성공 가능성이 가장 높아. 자메이카랑 쿠바는 아주 가까운 사촌이잖나, 안 그래?

피터 나세르는 CIA에서 닥터 러브를 보낸 이유가 자기에게 더 잘 봉사하도록 나를 가르치는 것이라고 생각한다. 피터 나세르는 아내가 만족할 때까지 박아주는 것과, 씹질을 제대로 못해도 아내가 신경쓰지 않는 것의 차이를 모르는 그런 인간이다. CIA는 너무 많은 걸 아는 것 같지만, 어쩌면 그냥 신경쓰지 않는 것일지도 모른다. 나는 적의 적으로 계속 남아 있는 한, 적의 적이 뭘 하든 신경쓰지 않는 사람이 좋다. 닥터 러브는 자메이카에 올 때 CIA가 제공한 비행기 표를 가지고 왔지만, 주문은 메데인에서 받았다. 오렌지 스트리트에서의 그날 밤, 닥터 러브는 C–4***로 무얼 해야 하는지 보여주었다.

– 올라, 미 아미고 (안녕하신가, 친구).

---

* 마약을 말한다.

** 스페인어로 '씨발새끼'

*** 군용 플라스틱 폭약으로, TNT의 1.34배에 달하는 위력을 가지고 있다. 가소제가 섞여 있어 유지나 왁스를 섞으면 원하는 모양으로 쉽게 만들어낼 수 있다.

– 호세프!* 오랜만이네, 친구!

지난번에 본 게 겨우 두 달 전인데도 닥터 러브는 그렇게 말했다. 하프문베이는 차로 가면 시간이 얼마 걸리지 않지만, 주의를 기울여 찾지 않으면 갈 수 없는 곳이다. 처음에는 스페인 사람들, 그다음에는 노예무역 시대의 대영제국 사람들, 한때는 해적들까지 사용하던 낡은 부두. 물건이 들어오든 나가든 아무도 신경쓰지 않는 그런 장소 중 하나다. 여기, 절벽 꼭대기에서부터 그가 보인다. 내가 해변으로 내려갔을 때쯤 닥터 러브가 달려와 내 뺨에 입을 맞춘다. 그건 라틴계 남자들이 흔히 하는 일이니까 나도 어떤 의미를 두지는 않지만, 다른 누군가가 주변에 있었다면 얘기가 아주 달라졌을 것이다. 루이 존슨은 자기 초록색 포드 코르티나를 눈에 띄지 않는 곳에 감춰두겠다며, 멀리 떨어진 덤불에 가서 아주 좆같이 일처리를 하는 중이다. 시동도 안 끄는 걸 보니 눈에만 안 띄면 소리 따윈 아무 상관없나 보다. 놈이 차에서 나오지 않고 있다는 건 좋은 일이다. 나는 닥터 러브가 너무 많은 이야기를 해버린 건 아닌지 궁금해진다. 씨발 수다 떠는 걸 좆나 좋아하는 에르마노이니까.

– 뚱뚱한 여자 똥구멍보다 일이 빡빡하게 돌아가고 있다네, 미 아미고, 그가 말한다.

– 바베이도스에서 심각한 일이 벌어졌던데.

– 마드레 데 디오스 (저런, 세상에). 엄밀히 따지면 바베이도스가 아니라 공해상에서 벌어진 일이긴 하지만 말이야. 해방을 위한 투쟁에는 희생이 따르는 법이지, 치코.

– 메데인에 깊은 인상을 남기기 위해서였나?

* '조시'라는 이름의 스페인어식 발음이다.

– 아니, 폭탄 하나는 메데인에 인상을 남기려고 한 거지만, 두번째는 나 자신에게 깊은 인상을 남기려고 한 걸세. 그런데 내가 알기로, 그때 나는 베네수엘라에 있었지. 하.

– 마술이로군.

– 자네도 똑같이 해야 할 거야, 에르마노.

– 내가 비행기를 폭파시켜야 한다고?

– 말했잖나, 난 비행기 폭파에 대해서는 아는 게 아무것도 없다고.

– 나는 뭘 하면 되나?

– 자네가 연락할 필요는 없어, 그 사람들이 자네한테 연락하도록 만들면 되니까. 내가 자네를 의심하게 만들지 말게, 호세프.

– 오늘밤이 지나면 아무도 나를 의심하지 못할걸.

– 그 사람들한테 깊은 인상을 남겨주자고, 에르마노.

– 브레드렌, 나는 이 세상에다가 깊은 인상을 남길 생각이야. 얼마나 있을 거지?

– 공산주의의 위협이 실재하고 임박하는 한 계속 있겠지, 호세프.

– 그놈은 자기가 사민주의자라고 하던데.

– 사회주의는 이론이고 공산주의는 실천일세. 우르릉 쾅 하는 게 좀 필요해, 에르마노. 그 친구들이 지켜보고 있거든.

– 아무리 지켜본다고 해도, 그걸로 호프로드 전체를 날려버리려고 하는 건……

– 듣고 싶지 않군. 하지만 차에 자네한테 줄 선물이 좀 있네, 에르마노. C-4 서너 개쯤. 쓰는 법은 전에 가르쳐줬지.

– 피똥 지릴 폭탄은 안 돼, 루이스. 도대체 몇 번을 말해야 하나?

– 그냥 테이블 위에 올려놓는 것뿐이야, 호세프.

– 저자도 자기 차에 자네가 폭탄을 실어놓은 걸 아나?

- 저 멍청이는 거시기로 똥이 나오는지 똥구멍으로 오줌이 나오는지도 모른다네.

- 어쨌거나, 나는 일대일이 좋아. 내가 직접 가서 심판을 하면, 그 쌍년들도 누가 심판하러 왔는지 똑똑히 알게 되니까.

- 나는 가까이 가서 개인적으로 일 처리하는 게 싫던데. 그냥 여기 서서 날려버리는 거지, 싫은가? 부디 해야 할 일을 하게, 형제. 내일 전화할 테니까. 모히또나 마시면서 가톨릭 학교 출신 무능한 꼬맹이 사진에 침을 뱉자고.

- 전화는 그다음날 하라고. 내일은 바쁠테니.

배리 디플로리오

그 씨발 쿠바놈이 자메이카에 와 있는 줄은 전혀 몰랐다. 그것도 바베이도스에다 그 지랄을 떨어놓은 게 겨우 두 달 전인데. 그 개자식이 깡 하나는 끝내준다는 것만은 인정해야겠다. 장담하는데 이건 루이 존슨의 아이디어였을 것이다. 루이 존슨은 칠레를 떠나 에콰도르에서 나와 합류한 이래 내 밑에서 일한다는 사실을 자기 편리한 대로 까먹어댄다.

가수의 집에서 모나에 있는 미용실까지는 20분밖에 걸리지 않았지만 아내 덕분에 두 시간은 걸린 기분이다. 나는 지금 대사관에 있는 내 사무실에서 1976년 12월 3일, 대망의 사건이 일어나기만 기다리고 있다. 오늘은 우리가 가수의 비자를 취소하는 날이다. 가수가 미합중국으로 몰래 마약을 들여간다는 혐의가 있기 때문이다. 혐의 입증도 어렵지 않을 것이다. 뒷주머니를 뒤져보기만 하면 될 테니까. 우리는 아주 눈에 띄게, 대대적으로 진행할 생각이었다. 자메이카의 친구인 우리들이, 우리의 자애로운 동맹국에 대한 통제권을 무법자들이 장악하도록 좌시하고만 있지는 않겠다는 의지를 보여주기도 할 겸. 보도자료도 미리 써놓고 윗선의 결재도 받아두었다. 우리는 가수가 마이애미와 뉴욕에 있는 이름난 마약 밀수업자들과 어울렸으며 최소 2인의 지역 테러리스트들을 포함해 자메이카 국내외의 의심스러운 인물들과 한패가 되었다는 증거도 가지고 있다. 이건 서류에 기록된 사실이다. 그들 중 한 명인 자칭 쇼타 셰리프는 살인미수 전과 2범으로, 현 정부와 긴밀하게 연관되어 있다.

서류 정리는 끝났고, 준비 작업도 마쳤다. 그중 상당 부분은 내가 직접 작업했다. 빌 애들러라는 개자식이 두 얼굴로 노래를 불러대기 시작한 뒤로는 특히 그랬다. 와 진짜, 그 씨발새끼 깡 하나는 죽여준다 이거다. 자신이 한때 했던 일을 전부 부정해버리는 거야 그럴 수 있다 치자. 그래, 감당할 수 없는 일인지도 모르고 고용계약서에 사인을 해버린 호모새끼들 중 한 명이었다고 치자고. 하지만 지가 책에 써발긴 일 중 절반은 씨발 지가 일으킨 건데, 씨발 안 그런 척은 하지 말아야지. 최소한 나는 쓰레기 같은 그놈의 도청장치 설치기술은 배우지 않았다. 애들러 그 새끼는 지금까지도 그를 받아주는 멍청한 나라가 있다면 또 거기 가서 자기 경험을 농담처럼 씨불이고 다닐 것이다. 마누엘 아라우주를 도청하겠다고 식탁에 올라가 있다가 마침 들어온 호텔 메이드와 마주친 에콰도르 힐다 호텔에서의 일이라든지, 체코슬로바키아 대사관의 인도인 경비병들에게 그래요, 옴브레, 새벽 5시에 수리공이 나타나는 일이야 자주 있는 거지요, 여기가 라틴아메리카이긴 하지만요, 라고 말했던 일이라든지.

어쨌거나, 애들러가 현장인원 열 명이 빠르게 퇴장하도록 만든 덕분에 지금 당장 일곱 명은 보충되어야만 했다. 사람을 제대로 걸

러낼 시간조차 없었다. 그랬으면 루이 존슨을 절대로 오케이하지 않았을 것이다. 루이 존슨과 쿠바인이 세트로 다니는 이 마당에 말이다. 씨발 쿠바인들이 이 섬으로 벌떼처럼 몰려오고 있다. 공산주의자들만 얘기하는 게 아니다.

그래 그자가 왜 여기에 왔는지는 짐작해볼 수 있다. 설령 혼자 왔대도. 그런데 이해할 수 없는 건 자신이 여기에 왔다는 사실을 왜 이렇게 공개적인 구경거리로 만드는가, 하는 점이다. 어쨌거나 우리한테는 공개적이다. 여기에 오기는 했지만, 창녀들이 납작 엎드려 자기를 빨아대는 동안 뱃가죽이나 문지르고 있는 카를로스 더 자칼과는 다르게 말이다. 그 둘에게는 역사가 있다. 이런 일을 알고 지내는 게 내가 돈 받고 하는 일이다. 떠도는 소문에 따르면 루이스 에르난 로드리고 드 라스 카사스는 카를로스 더 자칼에게 C-4 사용법을 알려주었다고 한다. 다이너마이트에 대해서도 가르쳐주었지만, 라스 카사스는 언제나 C-4만 보면 물건이 꼿꼿이 서는 중병을 앓고 있었다. 닥터 러브가 자메이카에 들어온 게 이번이 처음은 아니었다. 올해에만 두 번, 놈이 이곳에 도착하자마자 이것저것 폭발해대기 시작했다.

내 사무실에는 벽 네 개와 창문 하나가 있는데 그 창문으로는 길 건너 공터가 내다보인다. 아침 6시만 되면 자메이카 사람들이 비자를 따려고 그 길을 훌쩍 건너온다. 맨리가 마이애미로 가는 비행기가 매일 여섯 편씩 뜬다고 공표한 뒤로 모두들 그걸 타려고 서두르고 있다. 팬암 항공*이 킹스턴과 본토 사이의 운항을 잠정 중단

---

* 1927년에 설립된 미국의 팬아메리칸항공사. 1930년대 남아메리카와 아시아 지역 항로를 중심으로 성장해, 1960년대에 세계 최고의 항공사와 미국의 상징으로 여겨졌으나 잦은 사고와 반미주의 테러, 1970년대의 오일쇼크의 여파로 1991년 파산했다.

한 이래, 비자 줄은 블록 전체를 감싸고 있었다. 그건 정부가 확실한 변화를 보여주기 전까지는 모든 성적인 서비스 제공을 보류하겠다는 자메이카 여자들의 선서와 정확히 같은 수준의 미약한 몸짓이었다. 하기야 인간이란 다른 인간들에게 조그만 몸짓을 보여주면서 그 몸짓이 커다란 결과를 싹 틔우기만 바라지 않던가.

루이스 에르난 로드리고 드 라스 카사스에 대한 이 파일은 짧은 편이다. 짧다는 건 물론 상대적인 표현이다. 카사스에 대해 제대로 공부하려면 파일 한 개가 아니라 다섯 개를 펼쳐봐야 한다. 나는 루이 존슨과 라스 카사스가 함께 걸어가는 모습을 보자마자 샐리에게 가져다달라고 했던 파일을 책상에서 집어든다. 파일은 파란색이다. 파일을 열자 아는 이름이 아주 많이 나온다. 프레디 루고, 알파 66* 에서 보낸 에르난 리카르도 로차노, 뒤가 구린 베네수엘라의 고위급 개자식 올랜도 보쉬, 가엘과 프레디라고만 알려져 있으나 아마 오메가 7**에서 보냈을 두 남자, 그리고 드 라스 카사스. 전부 혁명연합조직 출신으로, AMBLOOD 요원들이자 피그스 만의 동창생들이다. 도미니카공화국에 모조리 모여 이 연합을 창설한 것을 시작으로, 놈들은 바쁜 한 해를 보내고 있었다. 물론 회사로서는 아는 바가 전혀 없는 회합이었다.

7월에는 킹스턴 공항발 쿠바행 BWIA*** 항공기의 활주로에서 빨

---

* 반 카스트로 성향의 준 군사집단. 최초의 구성원이 66인이었기에 그룹 이름을 알파 66으로 했다. 마이애미에 있는 반카스트로 단체 중 가장 역사가 오래됐다.

** 플로리다와 뉴욕에 근거를 둔 테러리스트 단체, 카스트로 정부의 전복을 꾀하는 쿠바 망명자들이 1960년대에 결성했다고 전해지며, 주동자 몇 명이 미국에서 수감됨에 따라 현재는 해체된 것으로 알려져 있다.

*** 브리티시 서인도 항공(British West Indian Airways)

간색 여행가방이 폭발했다. 바베이도스에 있는 BWIA 사무실, 콜롬비아의 에어 파나마, 코스타리카의 이베리아 항공과 나나코 항공. 이 모두가 쿠바 항공과 연관되어 있었고 모두 폭탄 테러를 당했다. 쿠바 관료 한 명이 멕시코에서, 두 명이 아르헨티나에서 살해당했다. 그러다가 9월에는 올란도 레텔리에가 워싱턴에서 암살당했다. 그 경우에는 피노체트의 DINA*가 있었지만 문제가 라틴아메리카에서 터지는 경우에는 항상 같은 이름이, 씨발 항상 똑같은 이름들이 등장한다. 그뒤에 가이아나에서 화재 사고가 있었는데, 그 화재로 파괴된 건 쿠바의 조업 장비들뿐이었다. 올해 6월, 정확히 14일에는 페루 대사 페르난도 로드리게스가 자기집 거실에서 칼에 찔렸다. 자메이카 정부는 비상사태를 선포하기 직전이었다.

자메이카의 범죄는 통제 불가능한 수준에 이르렀다. 그렇게 된 지 벌써 일년이 다 되어간다. 하지만 함정은 이거다. 자메이카의 범죄는 대부분 지역적인 특성을 띠고 있다는 것. 그런데도 업타운까지 범죄가 뻗쳐 올라오는 중이란 것을 감지할 때면 누군가가 대단히 노골적인 메시지를 던지고 있다는 느낌을 받게 된다. 나는 양당 사람들을 모두 만나봤다. 그들은 꼭 도자기 가게에 풀어놓은 수십 마리 황소들 같았다. 하지만 그자들의 기준에서도, 총잡이들의 기준으로도, 제기랄 심지어 칠레 비밀경찰의 기준을 적용하더라도 로드리게스의 죽음은 지나칠 만큼 계획적이었고 주도면밀했으며, 우발적이라 보기에는 암살자의 의도와는 다르게 힘이 너무 많이 실려 있었다. 물론, 쿠바 사람들의 범죄 수단이 폭발물이라는 것쯤이야

* 다이너(Distributed Information-processing Network Architecture)라고 부르는, 분산형 정보처리 네트워크 체계.

다들 아는 사실이다. 하지만 로드리게스 사망사건에서는 왠지 그자의 악취가 난다. 씨발 그냥 냄새가 나는 것이다. 당연하게도 우리가 아는 한 미합중국 정부는 대사를 암살하려는 어떠한 시도에 대해서도 아는 바가 없었지만, 입에도 담을 수 없는 이러한 범죄를 저지른 범죄자들과 그자들을 부추기거나 지원하고 보호해주는 당국 관련자들이 재판에 회부되기를 바라고는 있었다.

이런 제기랄, 점점 더 헨리 키신저를 닮아가는군.

– 샐리?

– 네.

– 루이 존슨이 어디 갔는지 확인 좀 해주겠나?

– 네, 바로 확인하겠습니다.

나는 인터폰을 내려놓고 책상을 본다. 아내는 내 사무실에 온 적이 한 번도 없지만 키신저는 와본 적이 있다. 뭐, 아내야 꼬우면 꿰지시라지. 이곳으로 이사를 오고 며칠이 지났을 즈음인 1월, 내가 맡은 첫번째 임무가 바로 하인리히의 뒤치다꺼리를 하는 것이었다. 다들 키신저의 등뒤에서는 그를 하인리히라고 불렀는데, 아무튼 그는 자메이카에서 그다지 즐거운 한 주를 보내고 있다고는 할 수 없었다. 그런데 오늘, 이건-싸움이-아니야 부부싸움을 하고 나서 미용실로 가던 도중에 아내는 뭔가 정말 이상한 짓을 했다. 나를 바라본 것이다. 정확히 말하면, 내 생각에는 아내가 나를 보고 있었던 것 같다. 그도 그럴 것이 나는 호프로드에서 모나까지 이어지는 눈앞의 도로만 내내 뚫어지게 바라보고 있었으니까. 하지만 젠장, 이제 와 확신하건대 누가 나를 뚫어지게 바라보는데 모를 리가 있겠나. 어쨌거나 아내는 나를 보며 말했다.

– 있잖아 내가 좋아하는, 꽤 좋아하는 단어가 하나 있는데 말이

야. 아니, 좋아하는 건 아닐지 몰라도 들으면 왠지 웃음이 나는 단어가 있어. 그게 뭔지 알아, 배리?

– 몰라, 자기야.

– 악의적인. 악–의–적인. 당신 같은 사람들이 잘 쓰는 단어잖아. 전에는 몰랐는데, 알고 보니까 내가 악의적인 것들과 아주 친밀한 사이더라고. 하루라도 뭔가 악의적인 일에 맞닥뜨리거나 악의적인 일 때문에 짜증나지 않고서는 지나가는 적이 없어.

– 예일 졸업할 때 졸업선물로 사전을 하나씩 받았던 것 같은데.

– 뭐, 당신 건 다른 사전이었나보지. 근데 그거 알아, 배리, 당신들 중 한 사람이 그 단어를 말하면, 특히 인터뷰에서 그 얘기를 하면 그 순간 나는 항상 웃음이 터지더라고.

– 키신저가 또 텔레비전에 나왔나?

– 아니, 훨씬 더 가까운 사람이야. 내가 싫어하는 그 대사 있잖아. 그 대사가 지난주 화요일에 무슨 비즈니스 미팅에서 넬리 마타르 남편한테 이런 말을 했대. '불안정화 시도에 관한 혐의는 악의적인 허위 정보입니다.'

– 당신이랑 점심 같이 먹는 아줌마들이 정치 얘기를 하는 줄은 몰랐네.

– 아님 무슨 얘기를 하겠어? 당신들 물건 크기야 이야깃거리도 안 되는데.

– 뭐?

– 제대로 듣긴 듣고 있었나보네. 하. 진심으로 물을게, 배리. 당신 도대체 여기서 뭘 하고 있는 거야? 한 번이라도 진지하게 대답해줘. 루이 존슨 와이프한테 물어보려고도 했는데, 그 여자가 불쌍하게 또 넘어져서 얼굴을 다치는 바람에……

– 우리는 미합중국 정부가 파견하는 곳으로 가는 거야.

– 아, 우리라고 안 했어, 여보. 당신이라고 했지. 나야 시간 낭비하면서 나 자신을 속이고 있는 거 잘 알지만. 당신은 여기서 뭘 하고 있느냐고? 지난달에는 대체 뭘 하고 있었어? 맹세하는데, 차라리 당신한테 세컨드라도 있는 거였으면 좋겠어.

– 나도 그랬으면 좋겠다.

– 주제 파악 좀 해, 배리. 당신 좋은 시절은 옛날에 끝났어.

– 당신도 엿이나 먹어, 이 여편네야.

– 여기서 뭘 하고 있는 거냐니까? 낱낱이 좀 고해봐.

– 낱낱이 좀 고하라고?

– 어차피 길도 꽉 막혔잖아. 그리고 지난 몇 주 동안 나한테 재미있는 얘기라곤 하나도 안 해줬고.

– 국가기밀을 누설하라는 거야?

– 배리, 지금 순순히 얘기하는 게 좋을걸. 아니면 앞으로 3년 동안 한 눈은 뜨고 자야 할 테니까. 내가 꼭 알아낼 거라고. 나 어디에 꽂히면 어떻게 되는지 당신도 알지?

– 업무기록이라도 읊어달라는 말이야?

– 나란 사람은 추상적으로 말해도 알아듣는 몇 안 되는 사람 중 하나예요, 아시죠?

나한테는 이런 이론이 있다. 남자란, 언제나 자신이 원하거나 필요로 하는 아내를 얻을 수 있는 것은 아니나, 언제나 자기가 얻어 마땅한 아내를 얻게 된다는 이론. 아내도 똑같이 느끼는지는 잘 모르겠다. 하지만 좀 변태적이긴 해도, 내가 아내를 좋아했던 건 항상 이런 부분 때문이었다. 변태적이라고 말한 건, 합리적인 남자라면 아무리 소극적인 놈이라도 지금쯤엔 아내의 따귀를 후려쳐 아연하게 만들었을 것이기 때문이다.

– 우리가 에콰도르에서 뭘 했다고 생각해?

– 세상에, 배리. 나도 CIA가……

– 회사가.

– 아, 이런, 쉬이이잇. 회사였지. 나도 회사가 백악관에서 세운 대외 원조국이 아니라는 건 알고 있어. 당신이 어떤 나라에 나와 있다는 건 아마 무슨 나쁜 일을 꾸미고 있다는 뜻이겠지.

– 잠깐.

– 그래 잠깐 변명이나 좀 해봐. 서둘러 애들 챙겨서 떠나야만 했던 건 항상 당신 때문이었으니까.

– 애들이 아니라 애지. 에콰도르에서는 에이든이 없었잖아.

– 아르헨티나 때는 있었잖아. 아무튼 거기서, 그때는 또 뭘 하고 있었던 거야? 당신 상관이 넬리 마타르네 남편한테 지껄였다는 그 헛소리랑은 도대체 무슨 상관인 거고?

– 그 사람은 내 상관이 아니야.

– 그 사람은 다르게 말할 것 같던데.

– 진짜 알고 싶어?

– 그래, 배리. 정말 알고 싶어.

– CIA 관련 에콰도르 임무지시사항.

– 그래그래.

– 주요업무 A.

– 세상에, 진짜로 업무기록을 읊으시겠다?

– 주요업무 A. 국제공조를 포함하여, 에콰도르 정부 내에서 영향력을 행사하는 공산주의 및 여타 적대적 정치조직들의 세력규모와 목적에 관한 정보를 수집 및 보고한다. 주요업무 B. 에콰도르 정부

의 안정성, 반체제 단체들의 세력규모와 목적에 관한 정보를 수집 및 보고한다. 정부와 보위부, 여당 및 야당, 특히 반정부군 지도부의 고위급 요원을 유지 및 지원한다.

– 그만 됐어, 배리.

– 주요업무 C. 프로파간다 및 심리전. 반미 프로파간다에 대응하고 대중조직 내의 공산주의적 영향력을 상쇄하며 대안적 조직들을 설립할 수 있도록 정보를 전파한다. 민주주의적 지도자들을 지원한다.

– 내가 아주 로봇이랑 결혼을 했지. 그게 다 자메이카랑 무슨 상관인데?

– 회사의 업무 매뉴얼은 한 종류야, 자기야. 프리사이즈라고. 정 이해가 안 가면 주위를 한번 자세히 둘러보든가.

– 둘러보고 있어. 그래서 당신 말을 못 믿는 거야.

– 무슨 소리야?

– 여기서 벌어지는 일들이 당신 말로는 하나도 설명이 안 되잖아.

– 1월 12일, 〈월 스트리트 저널〉은 마이클 맨리의 인민국가당을 서구 정부 중 가장 서툰 정부라고 규정했다. 2월, 〈마이애미 헤럴드〉에 자메이카가 최후의 결전을 준비하다, 라는 기사가 실렸다. 3월, 〈뉴욕 타임스〉의 살 레스닉이, 자메이카 정부가 쿠바인들이 자국 경찰들을 훈련시키도록 허용하고 흑인권력운동을 지지하기로 했다고 적었다. 7월, 〈US 뉴스〉와 〈월드 리포트〉에서 자메이카 수상 마이클 맨리가 공산주의 쿠바 정부와 점점 가까워지고 있다고 보도했다. 8월, 〈뉴스위크〉에서는 자메이카에 쿠바인이 3천 명 있다고 보도했다. 레스닉은……

– 세상에, 당신 애완견 살 레스닉 얘기는 이제 그만둬. 결국 다

쿠바인 얘긴데, 나는 여기서 쿠바 사람 한 명도 못 봤어. 멕시코 사람이랑 베네수엘라 사람들은 분명히 있지만, 쿠바 사람들은 못 봤다고.

– 맨리 그 자식, 상업신용으로 1억 달러나 받아먹은 주제에, 이런 식으로 공산주의자들하고 입이나 맞추면서 우리 얼굴에 똥을 쌀 수 있다고 생각한단 말이지? 그럼 씨발 애초에 신용을 요구하지 말란 말이야. 제기랄 아무것도 요구하지 말라고. 사회주의 어쩌고 떠들어대는 그 주둥이만 닥쳤어도.

– 스웨덴도 사회주의야.

– 씨발 좆나 많이 안다, 자기야.

– 항상 진짜 안 어울리는 상황에 욕을 하더라, 자기야.

– 모든 주의는 결국 공산주의로 이르게 돼 있어.

– 예일에서 빨갱이 죽이기 핵심 교양 시간에 배운 게 그거야? 자기랑 나랑 결혼한 지도 하루이틀이 아니잖아, 배리. 진짜 오래됐다고. 내가 자길 몰라? 똑바로 얘기를 못할 것 같을 때마다, 뭐 하긴 대부분 그렇지만, 헛소리로 사람 정신을 빼놓으려고 하잖아.

– 뭐라고?

– 어떤 건, 당신이 말한 것 중에서 어떤 건 말이…… 약간은 말이 돼. 그런 거 같아. 하지만 이건…… 이건 아냐. 아니라고. 당신이 나한테 말해주지 않는 어떤 일이 벌어지고 있거나, 아니면 아무도 당신한테 말해주지 않는 어떤 일이 벌어지고 있는 거야. 세상에. 당신 진짜 책상물림이다.

– 무슨 소릴 하는 거야?

– 당신이 말해준 것 이상의 뭔가가 있다고. 당신이 말한 건 전부 간단하고, 그래, 다 아귀가 맞지만 우린 여기 겨우 열 달 있었잖아,

배리. 그리고 당신이 한다는 그 귀여운 놀이는 최소 3년쯤, 남미에서 보내야 하는 시간을 전부 더하면 6년쯤 걸릴 거야. 아니, 뭔가 다른 게 있어. 뭔가 분위기가 이상하다고. 자연의 신비주의자랄까.*

– 씨발 그게 무슨 뜻이냐고?

– 내가 당신한테 설명한다는 것 자체가 말이 안 되지. 다 왔네.

* 앞에서 한 번 언급된 밥 말리의 노래 제목.

파파-로

해가 뜨더니 마치 갈 곳이 아무데도 없다는 듯 하늘에 쭈그리고 앉았소. 이게 말이오, 겨우 10시밖에 되지 않았는데 열기가 벌써부터 집안으로 기어들고 있다는 거요. 처음에는 바깥하고 가장 가까운 부엌으로, 그다음에는 거실로, 동쪽에서 서쪽으로, 의자 하나하나씩을 차지하고 앉지. 그래서 창가에 있는 기다란 안락의자에 앉았다가 바로 펄쩍 뛰어오른 거요. 아직도 몸이 들썩이는군. 목사가 나 같은 사람은 절대 평화를 얻을 수 없을 거라고 말한 적이 있는데 그 말이 맞는 것 같소이다. 허나 그렇다 쳐도 오늘은 유달리 궤도를 벗어나 있는 느낌인데, 그건 조시 웨일스와 관계가 있소. 2주 후면 선거요. 조시는 피터 나세르와 그 미국인, 그리고 지난 1월부터 내 눈에는 띄지 않던 쿠바인을 만나고 있더이다. 이번 선거에서 우리 노동당은 이 나라를 차지해야만 하는 입장이오. 그렇게만 할 수 있다면 뭐든 할 거요.

그게 무슨 의미인지 나는 알고 있다고 생각하오. 조시는 지금 무슨 일을 저지르려고 계획중인 거요. 그자들이 보기에 상황 대처 능력이 없는 나란 놈은 할 수 없다고 생각하는 그런 일을 말이오. 신사 숙녀 여러분, 그자들 생각이 맞소. 1976년에는 많은 일이 일어났소이다. 그렇소, 학교에 다니던 그 꼬마가 내 총알 앞에 뛰어들었을 때, 바로 그때였소. 허나 사실대로 얘기하자면, 내가 피맛에 질린 건 벌써 오래전 일이오. 나란 놈은 애초에 그걸 좋아해본 적도 없다오. 오해는 마시오, 사람을 죽이는 건 정말 아무것도 아니고 그 사람이 죽었다는 사실에 아무 신경도 쓰지 않는 건 그보다 더 아무것도 아닌 일이니까. 마을의 어떤 구역에서는 아기들이 거리를 걸어다니게 두고 그애가 똥물에서 놀고 있어도 내버려둔다오. 그러다가 그애가 병이 들어서 돌아오면, 한때는 아기였던 존재가 잔뜩 부풀어올라 비명을 질러대는 커다란 배 이상은 아무것도 아닌 게 되는 거요. 짬을 내서 그애를 의원으로 데려가면, 어쨌거나 의원은 사람들로 가득차 있기 마련이고 아이는 줄을 서 기다리는 사이 죽어버리지. 혹은 아이를 불쌍히 여긴 나머지 그전날 밤 아이 얼굴에 베개를 덮어버리는 거요. 어쨌거나 일단 보고 기다리는 거지. 그애한테 줄 수 있는 최선의 것은 죽음뿐이니까.

선거가 불과 2주 뒤로 다가오면서 사람들은 매일 총을 쏴대고 있소. 나란 놈과 쇼타 셰리프 모두 평화를 원한다고 주장하지만, 피똥쌀 조약 따위에 서명한 적 없다고 말하는 스패니시타운이나 왕 갱단의 행동대원이 총을 딱 한 발만 쏘면 모든 게 끝장나는 거요. 한 발이면 끝나오. 그리고 우리야 평화를 원한다지만 피터 나세르는 자기 정당이 이기기를 원하고 그 방법 같은 건 상관하지 않잖소. 보통은 나도 방법 같은 건 신경쓰지 않소만. 허나 이렇게 작은 나라에서 벌어지는 작은 선거가 어쩌다 이렇게 큰일이 됐을까 싶소. 왜 미국이 갑자기 이 모든 일에 그렇게나 신경을 쓰는 거요? 이건 영토 문제도 아니고, 무슨 성명서가 걸린 문제도 아니잖소. 나는 조시 웨일스를 생각하고 그 모든 미국인들을 생각하고 피터 나세르를 생각하고 코펜하겐시티와 에이트레인즈와 킹스턴과 자메이카와 세상에 대해 생각한 다음, 어떤 식의 배드보이 성명서를 내야 전 세계가 이쪽을 돌아볼지 궁금해졌소. 바로 그때, 나란 놈에게 마치 어떤 계시처럼 깨달음이 찾아왔소이다. 조시가 무얼 하려는지 알게 된 거요. 나란 놈은 뼛속까지 떨렸고, 손에서 잔을 놓쳐 오렌지주스를 바닥에 쏟았소. 유리잔이지만 내 발에 먼저 부딪힌 덕에 깨지진 않더군. 오렌지주스만 피처럼 바닥에 천천히 번져갔지.

– 세상에, 파파, 오늘 내가 할 일이 부족해 보여서 이러는 거예요?

나로서는 무슨 일이 벌어지고 있는지 눈치채기도 전에, 내 여자가 걸레와 들통을 들고 바닥에 엎드리더니 그렇게 말합디다. 나가서 좀 쓸모 있는 일을 해봐요, 라고. 바깥에 나가니 망사 셔츠 한 장만 입고 있다는 게 다행으로 느껴졌소. 조시. 오렌지 스트리트 빈민가에서 났던 화재조차도 배드보이 성명서로는 충분하지 않았다고 칩시다. 허나 조시와 그놈들이 계획하고 있는 게 틀림없는 그 일이라면야, 예수님도 듣고서 오렌지주스를 쏟고 말 거요. 나를 빼놓고 벌어지는 어떤 일. 파파-로가 감당하기에도 너무 암담할 정도로 크고 어두운 일이 대체 무엇이겠소?

어떻게 해야 할지도 모르는 채로, 내 다리는 이미 조시 웨일스의 집으로 향해 가고 있었소이다. 그 좆같은 이름, 닥터 러브라는 이름의 쿠바인을 만나는 것과 관련된 뭔가 때문에 자꾸 심각한 생각이 드는 거요. 지난 1월에 그자가 여기 왔소. 그자와 조시 웨일스가 인민국가당 영토 근처에 있는 시내로 가서 항구 옆에 있는 자동차 네

대를 하나씩 날려버렸소이다. 그자는 그냥 잘난 체나 하려고 그런 짓을 한 것일 뿐 아무도 죽지는 않았소. 허나 그 일로 놈은 조시 웨일스 안에 무언가를 심어놓았고, 그 씨앗이 지금까지도 자라고 있소. 다리는 앞으로 나가지만 내 정신은 뒤로 움직이고 있다오. 지난 12월과 1월, 또 그때 이후 지금까지 한 달, 한 달을 차례로 돌아보지. 어떤 물건을 그냥 보면, 그냥 그런 물건으로 보인다오. 허나 다른 각도에서 보면 그 물건들이 모여서 하나의 커다란 것, 하나의 끔찍한 것이 되는 법이지. 예전에는 한 번도 그것들을 한데 모아 본 적이 없으니까 더 끔찍하게 느껴지는 거요.

1월은 피터 나세르가 나한테 마지막으로 전화를 건 때였소이다. 지금은 그자가 조시 웨일스에게 전화를 하니까. 피터 나세르가 나한테 전화를 한 건 IMF 회담이 열린다는 얘기를 전하기 위해서였소. IMF라는 건, 똥 구덩이에 빠져 있는 자메이카에 돈을 주어서 그 구덩이에서 빠져나올 수 있게 할지 말지를 결정할, 전 세계 부자나라 거물들의 모임이라고 하더이다. 피터 나세르가 했던 말을 정확히 옮긴 거요. 그자는 지금까지도 심각한 문제를 설명할 때는 유치원 동요 수준으로 그걸 조각내야만 게토 꼬맹이한테 이해시킬 수 있을 거라고 생각하니까. 나란 놈은 하마터면 이렇게 말할 뻔했소. 씹새끼야 꺼져, 나란 놈은 미려함과 다변의 차이까지 아는 사람이니까. 그런데 너란 놈은, 다른 사람이 써준 연설문을 씨불이기만 하는 주제에 미려하지도 않고 다변도 아니잖아. 피터 나세르는 또 이런 말도 하더이다. 마이클 맨리가 IMF 사람들이 이 나라에 돈을 주도록 설득해낼 경우, 이 나라를 공산주의라는 어둠 속으로 몰아넣는 데에 그 돈을 이용할 거라고 말이오.

닥터 러브가 와서는 온 동네 사람들에게 공산주의 얘기를 해주었소. 피델 카스트로가 위대한 지도자 바티스타*의 손에서 정권을 탈취한 이야기, 다짜고짜 바티스타의 집에 걸어들어가 이전 시대 사람들을 전부 죽여버린 이야기. 사령관이 몇 년째 하사관 하나 고용하지 못하는 마당에, 학교니 가게니 하는 자본주의적인 것들은 전부 다 무너뜨리면서 트로피카나라는 고고클럽은 그냥 내버려뒀다는 이야기. 그러더니 얼마 지나지도 않아, 꼭 인민국가당이 이 모든 비상사태에 대처한 방식 그대로, 사람들을 마구잡이로 모아다 가두어버린 이야기. 닥터 러브는 자기가 감옥에 갇혀 있을 때 얘기도 했소. 어떤 사람들은 의사거나 변호사거나 공무원이라는 이유만으로, 즉 공산주의에 반대한다는 이유만으로 감옥에 갇혔다는 얘기였소. 여자와 아이들도 잡아 가뒀다더군. 하루는 닥터 러브의 제일 친한 친구가 교도소 측벽에서 아래 도로까지 높이가 한 3미터쯤 된다고 생각하고는 탈출을 시도했는데, 사실은 높이가 15미터였다는 거요. 그 친구는 어쨌거나 땅에 부딪힐 일은 없을 거라고, 바다로 떨어지게 될 거라고 생각하면서 뛰어내렸다고 하오. 그 형제는 바다에 떨어지지 않았지. 여러분, 이게 바로 마이클 맨리가 자메이카에 일으키려는 일이며, IMF는 그런 맨리에게 그런 짓을 벌일 수 있는 돈을 주려고 하는 중이오. IMF는 '맨리가 잘못이다Is Manley Fault'라는 말의 약자라고, 피터 나세르가 말하오.

1월이 시작됐다고 하기도 어려운 때에 우리는 작업에 들어갔소. 미국인은 쿠바인이 우리한테 사용법을 알려준 물건들로 가득찬 상자를 가지고 나타났소. 피그스 만 때도 이것들을 쓸 수 있었으면 좋

* 1940~44년은 선출직 대통령으로, 1952~59년은 독재자로 쿠바를 지배했던 풀헨시오 바티스타(1901~1973). 쿠바 혁명으로 실각했다.

았을 거요, 무차초들, 그자가 여러 번 말하더군. 나와 만났을 때 그자는 이미 조시 웨일스와 아는 사이였지만 나한테는 그 얘기를 할 기회가 없었다고 하더이다. 그 총들은 1966년이나 1972년에 쓰던 총하고는 달랐소. 1966년과 1972년의 총들은 어깨에 걸쳐놓고서, 총알을 한 발씩 넣고 쏘아야 하는 거였소. 그때까지 우리가 가지고 있던 최고의 총은 총알이 심장을 꿰뚫어 사람을 죽일 수 있는 거였소. 허나 이 바주카는 벽을 무너뜨릴 수 있었단 말이오. 나는 M1을 집어들고는 내려놓지 않았소. 조시 웨일스는 자기 총을 그냥 계속 가지고 있었는데, 내 생각에 쿠바인은 조시의 총이 AK47이라는 걸 분명히 알아본 것 같았는데도 미국인에게는 그 얘기를 하지 않더이다.* 우리는 쿠바인을 서쪽 멀리 있는 가비지랜드로 데려가 애들을 가르치도록 해줬소. 1월 5일에 나는 존스타운으로 임무를 수행하러 갔고 그동안 조시는 옛날에 가수가 살던 트렌치타운으로 갔소. 트렌치타운 사람들은 그곳이 가수의 고향이니까 아무도 자기들을 건들지 못할 거라고 생각하지만 잘못된 생각이오.

이거 하난 알아두시오, 상냥하고 품위 있는 여러분이시여. 선거가 있는 해는 첫번째 총성이 울리면서 시작되는 것이외다. 게토야 항상 방비를 늦추지 않지만 존스타운 사람들은 지금이 1976년이고 한 눈은 뜨고 자야 한다는 걸 모른다는 듯 잠들어 있었소. 그렇게 부주의하다니, 그 이유만으로도 놈들을 전부 쏴버리고 싶더군. 우리는 자동차 다섯 대에 나누어 타고 있었는데 존스타운 사람들 중에는 우리를 따라올 만큼 좋은 차를 가진 이가 한 명도 없었소. 다

* 칼라슈니코프로도 알려진 AK-47은 소련의 미하일 칼라슈니코프가 만든 돌격소총으로, 대표적인 소련제 무기이다.

잘된 일이었지. 우리한테는 생각할 시간이 없었소. 그냥 돌진해 들어가서 그 동네에 총알을 무진장 쏟아붓고 도로 돌진해 나와야 했으니까. 허나 트럭 뒤에는 바주카를 가지고 있는 우리 편이 있었소. 처음에 그자는 주점에 바주카를 쏘았지만 트럭이 움푹 파인 구덩이에 빠지면서 발사 순간에 그자가 미끄러졌고 그 바람에 함석으로 된 작은 집이 폭발했소. 길이 흔들렸소. 나는 놈들에게 트럭을 세우고 발포하라고 소리쳤지만 재장전하는 데 시간이 너무 오래 걸렸소. 존스타운놈들이 기어나와 자기들이 가진 단순한 6연발 권총과, 꼭 AK 소리가 나는 총을 쏴대기 시작했소. 허나 우리한테는 새 총이 있었지. 목표물을 찾아서 파괴할 수 있는 총, 여유를 가지고 목표물을 겨냥한 다음에만 발사를 하고 절대 총알 하나 낭비하는 법 없는 토니 파바로티 같은 사람들이 쓰는 총 말이오. 나는 M1을 무릎에 놓고 자동차를 운전하오. 브레이크를 때려밟고 나한테서 도망치는 한 무리의 어둠에다 총을 쏴대는 거요. 한 무리의 어둠은 모두 쓰러지지만, 더 많은 총알들이 동쪽에서 타타탓하고 날아와 아군 두엇을 맞히는데 확실하게는 모르겠소. 나는 그들 모두에게 이만 후퇴하라고 소리를 치지만, 그건 바주카가 다시 발사된 다음 일이오. 그 멍청한 자는 또 한번 목표물을 놓쳤지만 버스 정류장을 맞혔소. 강철과 함석이 터지면서 사방으로 날아가 토네이도가 텔레비전에 침을 뱉어댈 때처럼 모든 것을 부숴버리더군. 우리는 후퇴했소.

조시 웨일스는 닥터 러브와 한 사람만 더 데리고 트렌치타운으로 출발했소. 나는 그렇게 적은 인원을 데리고 간다니 미쳤느냐고 소리쳤지만, 이제는 내가 소리를 질러대도 조시 웨일스가 귀를 기울이지 않는 상황까지 오고 만 거요. 그들은 조시의 흰색 다트선을 타고 떠났소. 하루가 지나고 조시가 소식을 가져왔소. 트렌치타운의 빈민촌 두 곳이 폭발물로 완전히 날아가버렸고 집 일곱 채와 주점 한 곳, 가게 한 곳은 화재로 흔적조차 없이 무너져내렸소이다. 피터 나세르가 나한테 전화를 걸어와서 〈뉴욕 타임스〉에 실린 관련 기사를 읽어주더니, 내가 자기만큼 큰 소리로 웃지 않는다고 욕설을 해댔소. 피터 나세르는 전화를 끊었고 나는 놈이 다음번에 누구에게 전화를 걸지 알아차렸소. 조시 웨일스가 언제부터 전화를 가지고 있었는지조차 기억이 안 나는구려.

1월 6일, 경찰이 왕 갱단에 들이닥쳤소. 왕 갱단이 노동당 소속이기는 하지만 우리가 다스리지는 않는 땅, 왕상 랜드에 살기 때문이었지. 그 녀석들에게는 작전과 도표, 차트가 있었소. 폭발물도 있고. 그중 둘은 쿠바인을 그자가 쓰는 다른 이름, 닥터 러브라는 이름으로 알고 있었고 나머지는 자기들이 어떻게 미국에서 총을 얻게 됐는지까지 떠들어대더군. 나는 누구도 통제할 수 없는, 그 모든 건방진 어린놈들이 쇼타 셰리프보다도 더 큰 문제가 될 거라고 욕을 퍼부었소. 그렇기는 해도 쇼타 셰리프가 눈을 뜨고 있으려 노력하며 에이트레인즈를 다스리는 모습이 떠오르더이다, 꼭 나처럼 말이오.

1월 7일, 이 동네 출신 녀석 여섯이 마커스 가비 가에 있는 공사장에 들이닥쳐서 경찰 둘을 죽이더군. 그 녀석들이 차를 타고 돌아오는 길에 내 옆으로 지나가며 웃는 소리를 들었을 때 비로소 그 일에 대해 알게 됐소. 나는 그 즉시 평정심을 잃었소.

– 씨발 누가 너희들더러 공사장에 가서 총을 쏴대라고 했나? 나란 놈이 말했소. 허나 첫번째 녀석이 나를 보고 웃기 시작하더이다. 내 총알이 놈의 오른쪽 눈을 뚫고 들어갔고, 놈이 웃음을 멈추기도 전에 놈의 머리 뒤로 총알이 빠져나왔소.

– 누가 너흴 보냈느냐고? 내가 다시 물으면서 또다른 녀석에게

총을 겨누었소. 그때, 무언가가, 어떤 펜으로도 기록할 수가 없어 나중에 돌로 총에 흠집을 내는 것으로나 기록해둘 수 있었던 어떤 일이 벌어진 거요. 나머지 애들이 내게 총을 겨누었소. 믿을 수가 없었지. 나는 가만히 서서 놈들이 나를 지켜보는 걸 지켜보면서 한 마디도 하지 않았소. 그러다가 나를 보고 있던 놈들 중 한 녀석의 머리 꼭대기에서 피가 터져나왔고 놈이 납작하게 고꾸라지더이다. 나머지 놈들은 총을 버리고 자기들 중 누구도 아직 열일곱 살도 되지 않았다는 사실을 갑자기 떠올린 것처럼 고함을 치며 울부짖었소. 몸을 돌리니 토니 파바로티가 소총을 들고서는 조준경을 들여다보며 서 있었고 그 옆은 조시 웨일스였소. 그러더니 둘 다 몸을 돌려 걸어가버리더군. 같은 날, 왕 갱단이 마커스 가비 가에 있는 공사현장을 공격해 경찰 두 명을 죽였소. 그다음날, 이 멍청한 정부가 새로운 법을 만들더군. 누구든 총기를 소지하고 있다가 걸리면 무기징역이라는 거요.

피터 나세르는 인민국가당 지역에 더 많은 압력을 가하라고 말하고 그래서 우리는 더 많은 압력을 가했다오. 번틴-밴턴과 디시래그가 뒤를 받쳐주지 않는 마당에, 쇼타 셰리프로서는 감당할 수 없는 수준이었소. 그러자 수상은 사람들이 자기집과 거리를 보호해줄 사병을 고용할 수 있도록 해야겠다는 아이디어를 떠올렸소. 피터 나세르 같은 사람들이 텔레비전에 나와서 이렇게 말하더이다. 자메이카여, 그러한 방침에 대해서는 오직 세 단어밖에 할 말이 없습니다. 톤 톤 마쿠트. 피터 나세르는 나한테 전화를 걸어서 〈월 스트리트 저널〉이라는 미국 신문에서 본 무슨 기사를 읽어주었소.

—'자메이카는 공산화되는 것이 아니다. 단지 정신병자화되고 있을 뿐이다.' 하하하, 왜 안 웃는 건가, 부샤? 이거 웃기잖아, 이거 아

주 웃기다고, 피똥 싸네.

그리고 1월 24일. 열일곱 명이 박력분 테러로 죽은 거요.

2월 10일. 조시와 닥터 러브와 토니 파바로티가 밖으로 나갔소. 존스타운과 트렌치타운에서 폭탄이 대거 터졌소. 이달에 왕 갱단이 뒤헤이니 공원에 있는 젊은이들 댄스클럽에 들어가서 다섯 명을 죽였소. 부상자는 여덟 명.

3월. 날짜는 정확히 기억나지 않는구려. 경찰이 조시의 흰색 다트선을 보고는 그걸 계속 따라서 코펜하겐시티까지 오더이다. 경찰들은 차량을 압수해야겠다며 조시에게 차에서 내리라고 요구하오. 코펜하겐 사람들은 유리병과 돌, 막대기, 아무튼 뭐든지 닥치는 대로 들고서는 심판이라도 하듯 밀어닥치고 경찰은 성서에 나오는 창녀처럼 거의 죽을 뻔하지. 두 가지가 기억나는군. 하나는 정당 지도자가 직접 나온 뒤에야 경찰들을 구할 수 있었다는 것. 다른 하나는, 조시가 이제는 서민들의 영웅이 되었다는 것이오.

상냥하고 친절한 모든 여러분이여, 아직도 나란 놈은 거짓말을 하고 있는 거요. 여러분은 내가 그 고등학생 녀석을 죽인 이후로 피맛을 좋아하지 않게 됐다고 생각하겠지만 그건 그냥 부분적인 거요. 내가 총 쓰는 일을 더이상 좋아하지 않게 되었다고 해서 조시가 자기 총을 쓰거나, 총알 한 발도 낭비하는 적이 없는 토니 파바로티가 총을 쓰는 걸 가지고 문제삼았다는 얘기는 아니라오. 하지만 그 쿠바놈은 달랐다오, 그 빌어먹을 쿠바놈 닥터 러브는.

5월 19일. 그래 이날은 잊을 수가 없군. 그자와 조시 웨일스가 오렌지레인 빈민촌으로 가서는 쥐새끼처럼 살금살금 돌아다녔소. 허나 이번에는 나를 데려갔다오. 어쩌면 나한테 보여줄 게 좀 있다고 생각했는지 모르겠는데 그 보여줄 거라는 건 그냥 쾅하는 것만은 아니었소. 쿠바인이 가지고 온 건 흰색 퍼티*와 철사 몇 개뿐이었소. 그자가 마당에서 가스통을 하나 찾아내 거기다가 흰색 퍼티를 붙이더이다. 아니, 하얀 풍선껌인가. 그게 풍선껌이라고 생각한 순간 나는 이런 애들 장난 같은 짓거리가 대체 뭔지, 또 조시 웨일스가 학교 다니는 여자애들처럼 위아래로 폴짝폴짝 뛰며 왜 그렇게까지 이 일을 좋아하는지 의아해졌소. 쿠바인 말마따나 남들 눈에 띌 위험이 있는데 말이오. 그자가 퍼티에 철사 두 개를, 울타리 너머까지 길게 풀어진 전선의 일부였던 철사 두 개를 꽂아넣었소.

폭발이 일어나자, 벽 하나가 통째로 날아갔고, 날아가지 않은 부분에는 뿜어나온 가스 때문에 불이 붙었소. 조시는 달려나가려는 사람과 달려들어오려는 소방관에게 총을 쏘려고 준비해놓고 있었지. 나는 쾅 소리를 듣고서 도망쳤소. 누군가는 그때의 나를 본 이후로 나를 겁쟁이라고 생각할지도 모르오.

5월, 6월, 7월. 그동안 도시에는 수많은 시련이 있었소이다. 브레드렌, 시스트렌. 바빌론의 전쟁이 스패니시타운까지 번져갔소. 아주 은밀히 간직해온 만큼 여러분에게도 지금 처음 말하는 비밀이 하나 있는데, 경찰이 그 비밀을 알게 됐소. 우리는 코펜하겐시티에 자체 병원을 가지고 있다오. 벌써 몇 년 됐소. 인민국가당은 그걸 몰랐소. 쇼타 셰리프도 몰랐고, 그냥 코펜하겐시티 남자들은 잘 죽지 않는다고만, 우리가 무적이라고만 생각했지. 솔직히 말하면 우리 병원은 모나에 있는 부자들의 병원보다도 낫소. 누가 분 건지는 나란 놈도 모르겠지만 경찰이 6월에 그걸 알아냈다오. 놈들은 자메이카의 어떤 의사보다도 우리가 총상을 더 잘 본다는 걸 절대 몰랐

* 유리를 창틀에 끼울 때 바르는 접합제.

을 거요. 지금까지도 누가 이 비밀을 폭로했는지는 알아내지 못했지만, 그자는 조시 웨일스가 찾아내기 전에 내 눈에 띄기만을 바라는 게 좋을 거외다. 적어도 나는 그자에게 도망칠 여섯 시간을 줄 테니까. 그런데 신문을 보고 알게 되기 전까지는 나란 놈도 몰랐던 일이 하나 있소.

6월은 경찰이 아주 오랜만에 내가 있는 곳 코앞까지 와서는, 우리를 전부 감옥에서 끄집어낸 때였소. 내 여자가 문 쪽으로 갔지만, 놈들은 다짜고짜 문을 발로 차 열더니 곤봉으로 내 여자의 얼굴을 후려쳤소. 나란 놈은 누구든 그 짓을 한 자는 내일 죽을 줄 알라고 말할 참이었지만, 그렇게 하면 놈들에게 살인할 이유만 주는 꼴이 되는 거 아니겠소. 게다가 그자들은 벌써 몇 년째 그런 이유를 찾지 못해 굶주리는 자들이었소. 나란 놈은 문 경첩이 떨어져 벌컥 열리고 내 여자가 비명을 지르는 소리밖에 못 들었다오. 욕실에서 달려나가보니 이미 기관총 열여섯 정이 나를 겨누고 있었소. 놈들 중 하나가 말했소. 여기에 있는 총들은 한 자루 한 자루가 다 총잡이들의 피에 굶주려 있으니까, 쌍년아, 이제 총 쏠 명분을 줘봐. 그자들은 경찰이 아니었소, 군인이었지.

주머니가 많이 달린 갈색과 녹색이 섞인 제복에 반짝이는 검은 부츠를 신은 군인들. 군인들은 우리는 범죄, 자기들은 질서라는 식으로 굴잖소. 군인들은, 우리는 적이고 이건 전쟁이라는 식으로 군다오. 놈들은 모든 집과 마당, 심지어는 회관까지 다 뒤졌는데 그 이유는 이거였소. 코펜하겐에 있는 우리 병원이 발견됐던 그즈음에, 리마에서 감옥으로 쓰는 방 두 개가 발견됐다는 것. 리마 총잡이들이 나한테 알려주기로 돼 있었소만 어떻게 된 영문인지, 그러는 대신 에이트레인즈 사람 둘을 납치해서는 9시간 동안 가둬놓고 두들겨팬 거요. 리마를 급습해서 감옥을 찾아낸 자들이 경찰에게 그걸 말했다더이다. 그 이후 놈들은 우리를 급습하고 우리를 집에서 끌어냈소. 우리 중 몇몇은 팬티만 입고 있었고, 몇몇은 수건만 둘렀지 몸을 전혀 가리지 못했소. 나야 그자를 나쁘게 생각하는 인민국가당 꼬맹이를 가둬둘 감방이 리마에 있든 없든 상관없소. 그리고 이것도 이해해주시오. 나란 놈은 공산주의라는 이름의 이즘이나 스키즘이 이 잘난 나라에 들어오는 걸 원하지도 않소. 나란 놈은 사회주의든 공산주의든 인민국가당놈들이 기어들어와서 우리 자리를 차지해버리는 부족주의를 원하지 않소. 허나 나란 놈에게는 그게 다 무슨 소린지 좆도 모른다는 크나큰 문제가 있지.

경찰은 우리를 감옥으로 데려가서 사흘 동안 가둬놓았는데, 그 정도면 우리가 감방을 우리 자신의 똥과 악취로 가득 채우기에 충분한 시간이었소. 감방에는 창문이 하나 있었고 나는 그 옆에 앉았으나 아무 말도 하지 않았소이다. 조시에게도, 위퍼에게도, 그 누구에게도. 나는 그저, 일단 보고 기다렸소. 내가 감옥에 있는 동안 일리시움 가든에서 폭탄이 두 번 터졌다 하오.

닥터 러브였소.

알렉스 피어스

정보원의 얘기를 들어볼까? 그에 따르면 몇 달 전에 있었던 카이마나스 경마장 경마사기 사건에 가수가 연루되어 있을지도 모른다는 것이다. 자메이카 사람들이 하는 말이 있다. 딱 거기까진 못 가도 비슷하겐 간다. 똥물이 한 방향으로만 흐른다면 진실은 그리 멀지 않은 곳에 있다는 얘기다. 나는 단 한 순간도 가수가 어떤 식으로든 사기 사건에 연루되었을 거라는 말을 믿지 않았다. 그건 그냥 씨발 미친 소리니까. 하지만 누군가가 가수의 집에서 똥을 싸고 악취를 풍기고 있다는 것만은 꽤나 확신하고 있었다. 나의 정보원은 어느 날 오후, 아마도 몇 주 전쯤에, 가수가 클래런스 요새 해변에서 돌아왔다는 얘기까지 들려주었다. 나, 바빌론의 체현이라 할 수 있는 백인조차도 가수가 매일 아침 시계추처럼 버프베이에 간다는 것쯤은 알고 있다. 그런데 클래런스 요새 해변이라니. 그것부터가 벌써 말이 안 되는 일이었다. 가수가 클래런스 요새로 간 까닭을 아는 사람도 몇 명 없는 것 같았다. 그게 참 이상한 일이었다. 가수가 자기를 잡으러 온 자들과 함께 엉뚱하게도 클래런스 요새로 향했는데, 정작 가수와 가까운 이들 중 이를 이상히 여긴 사람이 한 명밖에 없었다니. 가수는 세 시간 후에 돌아왔는데, 너무 격분한 나머지 하루 종일 얼굴이 벌겠다고 한다.

아이샤는 네 시간 전쯤 떠났다. 아마 맞을 거다. 나는 아직도 호텔 방이다. 여전히 침대에 누워 내 배를 바라보고 있다. 이 좆같은 출장은 어디 하나 똥 같지 않은 구석이 없다. 내가 대체 여기서 뭘 하고 있는지 모르겠다. 내 말은, 내가 여기에서 뭘 하고 있는지야 당연히 알지. 그러니까 지금 내 상황은 쓰레기 〈내셔널 인콰이어러〉* 의 스캔들 사냥꾼이 대니얼 엘즈버그** 이야기를 쓴 것과 같다고나 할까. 아니, 그보다 더 나쁜 상황이다. 나는 히트송 한 곡밖에 없는 어떤 씹새끼가 스튜디오에서 뭘 입고 있는지 보여주는 사진에 캡션이나 다는 밑바닥 인생일 뿐이니까. 하긴 이 직업 자체가 뻔한 사기다. 하지만 이제는 내 배 같은 건 그만 내려다보고 집중해야 할 때인지도 모른다. 어쨌든 자기연민을 느낀다는 건 너무 1975년적이지 않은가. 무슨 일인가 터지려 하고 있었다. 그 정돈 느낄 수 있다. 어쩌면 음악계의 무슨 일일지도 모르고, 잘은 모르겠다. 나는 침대에 누운 채 시트에 밴 아이샤의 향수 냄새를 맡으며 햇빛이 창문을 두드리는 모습을 보고 있었다. 그때 전화가 울렸다.

– 일 속에 빠져 계셨나? 아님 누군가의 속에……? 상대가 말한다.

– 그럴싸한데. 아침 내내 그 말장난만 생각했나보지?

---

* 연예계 뉴스를 주로 다루는 잡지.

** 미국의 군사 분석가이자 정치활동가. 1971년 베트남 전쟁과 관련된 미국 정부의 의사결정 과정이 담긴 기밀문서, 펜타곤 페이퍼를 〈뉴욕 타임스〉를 비롯한 주요 언론사에 유출했다.

– 하하, 너도 엿이나 처드셔, 피어스.

마크 랜싱. 이 개자식이 어떻게 내 연락처를 알아냈는지 언젠가는 밝혀내야만 한다.

– 날이 아주 좋아, 안 그래? 날이 아주 좋지 않아?

– 내 의견을 묻는다면야, 이 호텔 창문에서 보이는 날씨 말고는 다 좋은가보네.

– 잠깐 씨발, 이게 웬 마요네즈?* 아직도 누워 있단 말이야? 출근하신 여성분이 아주 화끈하셨나보네. 너, 이 친구야, 인생을 좀 멀리 보면서 살아.

진짜 내 목숨을 걸고 말하건대, 이 자식이 여기서 아는 미국인이 나밖에 없어서 이러는 건지 아니면 우리가 친구 사이라고 심각한 오해를 하고 있는 건지 알 수가 없었다.

– 무슨 일인데, 랜싱?

– 오늘 아침에 니 생각을 하고 있었어.

– 그런 자비를 나한테 베푸시는 이유가?

– 뭐, 많지. 넌 찌질이지만, 그래도 내 친구니까, 그거 하나만은 인정해줘야겠다.

랜싱에게 나는 니 친구가 아니라고, 너랑 친구가 되는 게 사탄과 사탄이 데리고 다니는 자지 열 개짜리 악마들에게 뒷구멍을 강간당하지 않는 유일한 방법이라 해도 너랑 친구 하는 일은 없을 거라고 말하고 싶었다. 하지만 지금 랜싱에게는 관심이 가는 유일한 상대가 나였다. 나한테 뭔가를 바라고 있는데, 너무 오만한 나머지 자신

---

* 원문은 '마요네즈는 뿌리지 마세요(hold the mayo)'. 미국의 패스트푸드점에서 햄버거 등에 마요네즈를 뿌리지 말고 달라고 주문하는 데서 유래한 표현. '잠깐만 멈춰''아직 말하지 마' 등의 관용어로 사용된다.

이 원하는 걸 대놓고 말하지는 못하는 그런 상태.

– 그러니까 어제 저녁에, 내가 가수랑 그 방에……

– 무슨 방? 씨발 무슨 소리를 하는 건지 모르겠다, 랜싱.

– 니가 씨발 말만 안 끊으면 훨씬 더 얘기를 잘할 수 있을 거 같은데, 피어스. 어렸을 때 엄마가 에밀리 포스트* 책도 안 보여주셨냐?

– 늑대가 키웠어, 랜싱. 나를 키운 건 늑대들이라고.

자기 말에 상대가 관심을 기울이지 않으면 랜싱이 얼마나 짜증을 내는지 알고 있기에, 나는 일부러 화제에서 멀리, 씨발 아예 우주까지 가고 싶은 유혹이 든다.

– 솔직히, 지금 같아선 우리 엄마가 대체 어떻게 그런 일을 하셨을까 하는 생각이 드네. 직접 먹잇감을 잡아다 죽이고 뭐 그런 거 말이야. 진짜, 에밀리 포스트 얘기가 나와서 말인데, 내 전 여자친구가……

– 뭔 개소리야, 피어스. 씨발 니네 엄마한테 좆도 관심 없어. 니 전 여자친구도 마찬가지고.

– 다시 생각해봐. 걔 진짜 괜찮았어. 니 스타일은 아니지만.

진심으로, 나는 하루종일이라도 이 짓을 할 수 있었다. 지금 내 눈앞에 랜싱이 있어서 녀석 얼굴이 벌게지는 걸 봤으면 좋겠다.

– 피어스, 진짜 씨발 왜이래, 옴브레?

옴브레? 이건 신선한데. 나도 옴브레라는 말을 써서 랜싱이 자기가 방금 새로운 속어인지 뭔지를 만들었다고 생각하게 해야겠다. '이게 웬 마요네즈?' 따위는 도저히 못 들어주겠으니까.

– 오늘 아침 얘기하려던 거 아니냐? 갑자기 내 생각이 났다면서.

---

* 신문에 에티켓과 관련된 특집 칼럼을 연재했던 미국의 작가(1872~1960).

무슨 이유가 있었던 건 아니고?

– 뭐? 아, 맞다. 맞아, 오늘 아침. 내가 거기에 있었거든, 〈뉴스위크〉에서 온 어떤 사람들하고. 맞지? 그리고 〈빌보드〉에서 나온 젊은 여자들 몇 명이랑, 또다른 여자들이랑, 예아? 내 생각에는 그 여자가 〈멜로디 메이커〉에서 나왔다고 소개했던 거 같아, 맞아. 그 사람들이 전부 가수한테 이 평화 콘서트에 대한 질문을 던지고 있었어. 대답을 한 건 대부분 매니저였지만. 맞아, 가수 집에서 열린 기자회견이었지.

좆같은 구라 치고 있네. 내가 모르는 사이, 가수가 오늘 아침에 기자회견을 열었을 리는 없다. 그리고 랜싱 이 새끼는 왜 갑자기 런던 토박이 흉내를 낸단 말인가?*

– 급하게 열린 기자회견이라 어쩌면 너한테까지 연락할 시간이 없었을지도 모르겠다. 그래도 걱정 마, 친구. 〈롤링스톤〉에서도 누가 나오긴 했더라고, 아니 최소한 그 사람 말로는 자기가 〈롤링스톤〉에서 나왔다고 하던데, 이상하잖아. 내 말은, 니가 〈롤링스톤〉에서 나온 거 아니었어?

– 〈롤링스톤〉에서 나왔다는 그 사람, 자기가 누구라고 하는데?

– 씨발 내가 어떻게 기억하냐. 〈롤링스톤〉이라는 말을 듣는 순간 곧바로 내 친구 알렉스 피어스를 떠올렸으면 된 거지.

– 그래, 아주 친절한 양반 나셨어.

나는 어떻게 하면 정중한 방법으로 이 똥닭개가 전화를 끊게 만들 수 있을지 떠올리는 중이다. 그래야 씨발 상사에게 전화를 걸어서 이 새끼의 말이 사실인지 알아볼 수 있을 테니까. 한편으로는 이

* 바로 앞 문장의 "예아(yeah)?"는 런던 사람들이 주로 쓰는 표현이다.

거야말로 랜싱이라는 머저리 자식이 칠 법한 딱 그런 장난이라는 생각도 들었다. 친구라곤 한 명도 없는 인간들이 그렇듯, 랜싱은 장난이 도를 넘는 때가 언제인지, 아니면 씨발 전혀 웃기지 않은 선이 어디인지를 제대로 짚어내지 못하니까. 하지만 이 말이 사실이라면, 이 좆같은 잡지가 또 한번 새로운 밑바닥을 보여주는 것이었다. 빌어먹을. 염병할. 씨발새끼들. 그러니까 진짜 언론은 다른 사람한테, 이를테면…… 씨발 누가 알겠나? 로버트 파머?* 드커티스?** 그런 인간들에게 맡기고, 나는 씨발 비앙카 재거가 남편이 빌어먹을 레게 음반을 녹음하는 동안 손톱 다듬는 얘기나 쓰라고 여기에 내려보냈단 말이다. 그러니까 내 말은, 나한테 바라는 게 그것뿐이라면 차라리 그냥 씨발 사진기자나 하나 보내지 그랬느냐는 것이다. 하기야 그놈의 사진기자조차도 나는 아직 만나보지 못했지만. 씨발. 이런 좆같은 새끼들. 진심 다 뒈져버려라.

– 그래서 생각했지. 내 친구 알렉스한테는 아주 큰 충격이겠구나. 녀석 도저히 쉴 틈이 없네, 하고 말이야.

– 원하는 게 뭐야, 랜싱?

– 한 번이라도 니가 나를 마크라고 불러주는 거.

– 랜싱, 원하는 게 뭐냐고?

– 나는 니가 원하는 게 뭘지 생각하고 있었는데, 피어스.

30분 후 나는 자메이카 페가수스 호텔 수영장 근처에 있는 파라솔 아래 서 있다. 수영장 주변의 가느다란 삼각 수영팬티만 입은 남

* 미국의 작가, 음악학자, 클라리넷과 색소폰 연주자, 블루스 프로듀서(1949~2003). 여러 권의 책을 펴냈으며 〈뉴욕 타임스〉와 〈롤링스톤〉에도 기고했다.

** 미국의 작가이자 음악평론가 앤서니 드커티스(1951~). 〈롤링스톤〉 〈뉴욕 타임스〉 등 다양한 잡지에 기고했다.

자들은 살이 뒤룩뒤룩하고 그 아내들은 선탠을 진하게 하고 있었다. 이 두 가지만으로도 그 사람들이 부자라는 걸 알 수 있다. 여기 여자들 중에 나이 어린 여자가 얼마나 많은지를 생각해보면 특히 그렇다. 킹스턴은 관광객들에게 그다지 유명한 곳이 아니라서, 여기에 오는 사람들 대부분은 사업상 목적의 방문객이다. 그래서 나도 저 사람들이 누군지는 잘 모르겠다. 랜싱은 내가 원하는 무언가를 자신이 갖고 있다고 지나치게 확신하고 있다. 그래서 나는 뭐랄까, 나도 그 정도 확신이 있었으면 좋겠다는 생각이 들었다. 지금 나는 알렉스, 씨발 뭐하는 거야와 어쩌면 저 녀석이 나한테 필요한 뭔가를 정말로 가지고 있을지도 몰라 사이 어딘가에서 흔들리고 있다. 어쨌거나 두 알렉스 모두 궁금해하는 건 사실이었다.

나는 이 호텔 수영장 주변에서, 뚱뚱한 자기 자식 둘이 배부터 수영장에 뛰어드는 모습 따위엔 아무 관심도 없어 보이는 한 남자나 지켜보고 있었다. 나이가 더 많은 아이가 철썩, 씨발 고막이 다 울릴 것 같은 소리를 내며 물에 빠졌다. 나는 녀석이 불안하게 수영장 옆쪽으로 가는 모습까지 지켜보았다. 녀석은 울고 싶어 죽겠다는 듯 입을 삐죽거리고 코로는 씩씩거렸으나, 주변을 둘러보다가 나를 발견했다. 낯선 사람이 지켜보는 가운데 울음을 터뜨리는 것만도 충분히 나쁜 상황이겠지만, 이 어린 뚱땡이 새끼는 동생이 보는 앞에서는 결코 울음을 터뜨리지 않을 것 같았다. 나는 그 귀여운 자식을 잔뜩 비웃어주고 싶었지만 녀석에게도 쉬는 시간이 필요하겠다는 생각이 들었다. 게다가 나는 그 망할 개자식을 만나러 여기에 와 기다리며, 30분 전에 일어난 일을 생각하고 있기도 했으니까. 1976년 12월 3일 오전 11시. 내가 〈롤링스톤〉에서 해고당한 지 정확히 30분이 됐다. 적어도 내 생각에는 해고당한 것 같았다. 상황은 이랬다. 전화 한 통을 받았다.

– 여보세요?

– 씨발 지금 거기서 뭐하는 건가, 피어스?

– 안녕하세요, 보스. 잘 지내요? 애들은요?

– 우리 관계의 친밀감을 과대평가하고 있는 것 같은데, 피어스.

– 죄송합니다. 무슨 용건이십니까?

– 게다가 내가 쓸데없이 전화 거는 걸 좋아하는 인간이라고 생각하는 것 같군. 씨발 기사는 어디 있냐고?

– 쓰고 있어요.

– 믹 재거가 자메이카에 혼자 들어갔는지, 비앙카랑 같이 들어갔는지 200단어 내로 쓰라는데 씨발 아직도 기사를 못 주겠다고? 어떻게 이게 어려운 일일 수가 있나?

– 논조를 잡으려고 노력하는 중이에요.

– 논조를 잡고 있다. 내가 제대로 들은 게 맞는지 한번 확인해봐야겠군. 논조를 잡아? 씨발 내가 자네더러 거기 내려가서 무슨 사기극이라도 한판 꾸며보라고 했나? 피어스, 나는 씨발 포토 에세이에 쓸 수 있게, 빌어먹을, 이런저런 얘기나 한번 엮어보라고 자네를 보낸 거야. 벌써 며칠 전에는 내 책상에 그 기사가 올라와 있어야 했다고.

– 저기요, 보스, 제 말 좀 들어보세요. 제가 어, 제가 여기서 좀 큰 건을 하나 잡았단 말입니다. 진짜 큰 건이에요. 진짜라니까요, 맨.

– 빌어처먹을 힙합 전사라도 되는 것처럼 말하지 마, 피어스. 자네 미네소타* 출신이잖아.

* 미국의 최북단에 있는 주. 날씨가 춥고 눈이 많이 오기로 유명하다. 추운 지방 사

– 방금 하신 말씀이 정말 큰 상처가 되었습니다. 어쨌든, 이거 진짜 큰 건이라니까요. 터프 공**을 둘러싸고 뭔가 심각한 일이……

– 자네, 자네가 다니는 회사에서 나오는 잡지를 읽어보기는 하나? 그 친구 얘기는 3월호에서 이미 다뤘어. 한번 읽어보지그래.

– 지당한 존경심을 가지고 말씀드리는 겁니다만, 보스, 그 기사는 좆같은 쓰레기였어요. 제 말은, 아, 보스도 아시잖아요. 그건 그냥 기자 자위물이었다고요. 그 기사에는 가수에 대한 이야기나 여기서 실제 무슨 일이 일어나고 있는지에 대한 이야기는 하나도 없었어요. 30분만 있으면 제가 CIA 요직에 있는 사람 아들을 만나요. 네, CIA라고 했습니다. 제 말은, 냉전 관련한 뭔가 중요한 일이 터지려고 하고 있다고요. 그리고……

– 내가 방금 한 말을 한마디라도 듣긴 한 거야? 단 한 마디라도 말이야. 헬베티카는 안 돼, 딴 건 다 되더라도 헬베티카는 안 된다고.*** 그리고 빌어먹을, 그 칼리 사이먼**** 사진은 누구 거시기나 빨아주려는 스티븐 타일러***** 같았네. 알렉스?

– 듣고 있습니다, 보스.

– 그 사람 얘기는 이미 다뤘다고 했어. 자메이카도 벌써 썼고. 계속 그딴 헛짓거리나 하면서 내가 자네를 거기까지 보내가며 시킨 일은 안 할 생각이라면, 〈크림〉에 한번 전화를 걸어보는 게 좋을 거

람들은 과묵하다는 선입견을 염두에 둔 표현.

** 라스타 운동의 창시자인 레오나드 '더 공' 하웰(Leonard the Gong Howell)의 이름에 빗댄 밥 말리의 별명. '터프(tuff)'는 '뛰어난' '굉장한'을 뜻하는 형용사.

*** 주로 딱딱한 내용을 다루는 신문기사의 헤드라인에 사용되는 영문 서체.

**** 미국의 싱어송라이터. 장발의 여성이다.

***** 미국의 록밴드 '에어로스미스'의 멤버. 장발의 남성 록가수이다.

야.

– 아 이런 식이군요. 뭐, 네, 알겠습니다. 진짜 그래야 될지도 모르겠네요.

– 좆까는 소리 하지 마, 피어스. 잭슨 말로는 자네가 아직 자기한테 연락 한 번 안 했다던데.

– 잭슨이요?

– 씨발 사진작가 말이야, 멍청아.

– 여기에 다른 사람도 보냈습니까?

– 무슨 소리야?

– 알면서 왜 이러세요. 〈롤링스톤〉에서 저 말고 다른 기자도 여기 나와 있다고요.

– 난 모르는 일인데, 피어스.

– 하긴 나 같아도 그러겠다. 기삿거리 냄새가 풀풀 나는데, 진짜 기자를 파견하고 싶었겠지. 안 그래요? 내 말 틀렸습니까?

– 자메이카에 기삿거리 따위는 없어. 나한테 돈을 안 받는 인간이 자메이카에 대해서 무슨 기사를 쓰고 싶다면야 씨발 그건 내 알 바 아니지. 그런데 자네는 나한테 돈 받고 일하는 거잖아.

– 그러니까 이건 피어스가 맡기엔 너무 큰일인데, 그놈은 너무 새파란 애송이니까, 프로를 보내볼까, 이런 게 아니셨다고요?

– 자네를 생각할 때마다 떠오르는 색깔이 새파란 색은 아니라네, 피어스.

– 그러시군요. 그럼 무슨 색인데요?

– 이틀 안에, 어떤 년 젖퉁이를 꽉 움켜쥔 믹 재거 사진이 들어간 기사를 내 책상에 올려놓도록 해. 안 그러면 해고인 줄 알아.

– 그거 알아요? 그거 아시냐고요? 지금 이 통화를 제 사직서 대

신으로 생각해주시면 좋겠습니다.

– 씨발 자네 출장 경비도 내가 대는데 무슨 개소리야, 피어스. 그래도 걱정 마. 그 느려터진 궁둥이를 끌고 뉴욕으로 돌아오는 순간, 자네를 해고하는 기쁨을 내 친히 누려줄테니.

그러더니 전화가 끊겼다. 그러니까 엄밀히 말하면 나는 해고당한 것이거나, 최소한 해고당할 예정이다. 그래서 내 기분이 어떠냐고? 아직 잘 모르겠다. 재거가 아내를 데리고 왔느냐? 아니면 항상 곁에 두고 씹질하는 그 금발머리를 데려왔느냐? 이게 흑인 보지를 찾아 떠나는 재거의 사냥과는 어떤 관련이 있을까? 이상한 일이다. 이 모든 생각을 하는 와중에도 마크 랜싱이 나를 향해 다가오는 게 보이다니. 딱 『자메이카어 첫걸음』 표지에나 나오는 백인 같은 모습으로, 랜싱이 바로 저기에 있다. 올리브색 카고팬츠를 종아리까지 걷어올리고, 검은 운동화에, 벌써부터 배꼽까지 올라와 있는 빨강, 초록, 금색 민소매 티셔츠. 바람에 뭔가가 계속 흩날리는 걸로 볼 때, 뒷주머니에는 걸레조각이라도 하나 꽂아놓은 것 같았다. 저런, 라스타식 빵모자를 머리에 썼는데 금발 앞머리가 삐져나와 있다. 지금 막 바빌론에 대항하는 호모 연합 같은 데라도 가입한 것 같은 모습이다. 실직자가 되었다는 사실보다 그 차림새가 나를 더 짜증나게 하길 나는 진심으로 바랐다.

– 현실로 돌아와라, 알렉스 피어스.

왠지 모르겠지만 랜싱은 내 옆쪽 안락의자에 몸을 던지더니, 바지를 내리고 보라색 트렁크 수영복 차림이 되어 어느 틈에 마이타이*까지 한 잔 시켰다.

* 럼주와 라임주스, 큐라소 주를 섞은 칵테일.

– 담배도 한 갑 가져와, 짐보. 크레이븐 A 같은 쓰레기 말고 말보로로.

– 네, 즉시 대령하겠습니다, 브란도 씨.

웨이터가 껑충껑충 뛰어갔다. 나는 자메이카 관광산업에 종사하는 모든 남자들이 남의 자지를 빨아주는 인간들이 아닐까 하는 의구심이 방금 해소된 것 같다는 생각을 하지 않으려고 노력중이다.

– 알렉스, 내 친구.

– 랜싱.

– 어제 그분, 엄청 잘하는 여자였나봐, 몬, 아직도 그 생각을 하면서 공상에 잠겨 있는 걸 보니까. 나 니 이름 세번째 부르는 거라고, 몬.

– 딴생각 좀 하느라.

– 그래 보여.

웨이터가 담배를 가지고 돌아왔다.

– 이봐, 짐보. 말보로 달랬잖아. 이 벤슨 앤드 헤지스 쓰레기는 뭐야? 너한텐 내가 무슨 영국 호모새끼로 보이냐?

– 아닙니다, 손님. 어마어마하게 사죄드립니다, 손님. 네, 손님. 말보로는 없습니다, 손님.

– 씨발, 이딴 건 돈 내고 못 피우지.

– 네, 알겠습니다. 브란도 씨.

– 제기랄 그래야지. 그리고 씨발 하는 김에, 이 마이타이도 다시 가져와봐. 이건 마이타이를 흉내내는 물맛이라고.

– 지금 당장 대령하겠습니다. 사죄드립니다, 브란도 씨.

웨이터는 마이타이를 집어들고선 껑충껑충 뛰어갔다. 랜싱은 눈을 돌려 이제야–단둘이–남았네 하는 표정으로 내게 미소를 지었다.

– 아무튼, 랜싱.

– 친구들은 마크라고 부르던데.

– 마크. 씨발 브란도가 대체 누구야?

– 누구?

– 브란도. 저 사람이 너를 세 번이나 그 이름으로 불렀잖아.

– 난 몰랐는데.

– 누가 틀린 이름으로 널 세 번이나 불렀는데 몰랐다고?

– 이 사람들이 하는 말을 반 정도나마 이해하는 사람이 씨발 얼마나 있을까? 안 그래?

– 그렇지.

랜싱이 누구인지만 생각하면, 녀석이 가명을 쓰고 있다는 것만으로도 내 음모론 본능이 꿈틀거렸어야 한다. 하지만 이 녀석은 마크 랜싱이었다. 스파이 영화 중에서도 가장 대중적인 제임스 본드 이야기에 이제 겨우 입문했을 것 같은 놈.

– 아무튼 기자회견 얘긴 뭐야?

– 회견이라기보다는, 기자단 불러놓고 발표했다는 게 더 맞지. 진짜 너도 올 줄 알았는데.

– 내가 그렇게 거물이 아닌가보지.

– 앞으로 되면 되지 뭐.

좆까라, 보라색 수영팬티 개새끼야.

– 〈롤링스톤〉에서 왔다는 사람이 누구야?

– 몰라. 근데 그 사람이 갱단이니 뭐니 하는 질문을 엄청 던져대더라. 가수한테서 누가 그런 얘기를 듣고 싶어한다고.

– 갱단?

– 응, 갱단. 킹스턴에서 벌어진 총격전이나 뭐 그런 거지같은 얘

기. 그러니까 내 말은, 뭐 그딴 걸 물어보느냐고. 그러더니 수상하고는 얼마나 가깝게 지내냐고 묻더라.

– 아, 그래.

– 그렇더라니까. 나로서는 내 친구 알렉스는 어디로 갔지? 하는 생각밖에 안 났지.

– 참 배려심이 깊어.

– 그럼, 내가 그렇지. 아주 배려 깊지. 널 들여보내줄 수도 있어. 솔직히 말하면 이번주 내내 매일같이 가수하고 함께 있거든. 기분이 엄청 날아갈 것 같아. 바로 옆에 연이 날더라도 꺼져, 새끼야라고 할 수 있을 정도야.* 한 달 전에, 가수네 음반회사 사장이 날 고용하면서 이 콘서트를 촬영할 사람들을 모집하라고 했거든. 가수한테 카우보이 부츠도 한 켤레 주라고 하고. 프레이** 건데 크고 반짝거리는 빨간 벽돌색 부츠지. 왜냐면 너도 알겠지만, 이 자메이카놈들이란, 카우보이 영화를 진짜 좋아하거든. 씨발 그 부츠 때문에 돈도 꽤 썼다더라, 내가 듣기론.

– 그럼 니가 산 게 아니야?

– 씨발 당연하지.

– 그럼 누가 샀는데?

– 아무튼 결론은 우리가 콘서트를 촬영할 수 있는 독점적 권한을 얻었다 이거야.

– 콘서트를 촬영하라고 널 고용했단 말이야? 니가 언제부터 촬영감독이었냐, 난 몰랐는데.

---

* '높이 뜬 연처럼 기분이 좋다(high as a kite)'라는 관용어를 염두에 둔 표현.

** 부츠 상표명.

– 나한테는 니가 모르는 면이 많아.

– 그런 것 같네.

– 마이타이 마실래? 거지같긴 한데 공짜야.

– 아니, 난 됐다. 무슨 부탁을 들어준다는 거야? 넌 뭘 원하는데?

– 너 항상 이렇게 무신경하냐? 이봐, 씨발 술 가져온다며? 봐봐, 친구. 나는 그냥 너를 도와주고 싶을 뿐이야. 좀 들어봐. 너 가수한테 접근하고 싶은 거지, 맞지? 아주 가까이 가서 단둘이만 있고 싶은 거지?

– 뭐, 그렇지.

– 내가 너를 촬영팀에 끼워줄게. 기자나 뭐 그런 걸 하면 될 거야.

– 내가 원래 기자거든.

– 그래? 그렇게만 하면 돼. 형제, 나한테는 가수에게 접근할 수 있는 전례 없는 권한이 있어. 이런 권한을 가진 사람은 지금까지 한 명도 없었고 앞으로도 없을 거라고. 촬영팀원 따위는 당연히 절대 못 가지는 권한이야. 우리는 음반회사 사장이 직접 고용했기 때문에 모든 걸 다 찍을 수 있는 거고. 제기랄, 어쩌면 가수가 똥싸는 모습이나 씹질하는 모습도 찍을 수 있을걸. 가수가 직접 만딩고*식 섹스를 교육한다는 그 리비아 공주랑 씹질하는 거 말이야. 다큐멘터리에 쓴다고 하고 니가 인터뷰를 좀 녹화하게 해줄 테니까, 뭘 쓰든 너 원하는 대로 쓰면 돼.

– 와. 아주 멋진데, 마크. 근데 왜?

– 피어스, 너 짐 별로 없지?

– 짐 같은 건 들고 다닌 적이 없지. 그래야 튈 때 편하니까.

* 성기가 크고 체력이 좋은 흑인 남자를 뜻하는 속어.

– 나한테 남는 짐이 좀 있는데 그걸 뉴욕으로 다시 보내야 되거든, 부탁할 사람이 필요해.

– 그냥 추가요금을 내지 그래?

– 짐이 나보다 먼저 도착해야 해서 말이야.

– 뭐?

– 자, 이런 거야. 내가 너를 촬영팀에 끼워줄게. 그러니까 뉴욕으로 돌아갈 때 내 가방을 하나 대신 가져가달라고. 간단해.

– 간단한 일이란 건 없다는 게 문제지. 가방에 뭐가 들었는데?

– 필름이랑 뭐 그런 거.

– 수하물 태그 한 장이랑 가수를 바꾸자?

– 맞아.

– 겉모습이 다가 아니잖아. 랜싱, 분명히 알아둬, 멍청해 보이는 건 내 겉모습일 뿐이라고. 코카인이냐 헤로인이냐?

– 둘 다 아니야.

– 그럼 뭐, 대마초라고? 개소리 하네.

– 뭐? 아냐, 씨발 뭔 소리야? JFK 공항에서 너한테 그 가방 받아갈 사람이 기다리고 있을 거야.

– 넌 대체 뭐냐, 방금 복귀한 스파이라도 돼?

– 라스타는 CIA를 위해 일하지 않는다.

– 하하.

– 너 제임스 본드 영화를 너무 많이 봤나보다, 안 그래? 가방엔 그냥 영상이 담겨 있어.

– 무슨 영상?

– 씨발 무슨 뜻이야, 무슨 영상이냐니? 다큐멘터리 영상이지. 일이 급하게 진행되고 있다고, 친구. 사장님이 녹화 바로 다음날 방송

이 나오기를 원해. 요즘에는 촬영을 하자마자 보내고 있다니까.

– 알겠어.

– 진짜 알아들은 거면 좋겠는데. 아무나 믿을 수가 없으니까 그러지. 세관에 있는 그 씹새끼들이 하도 멍청해서 필름을 노출시켜다 망쳐버릴까봐 그래. 백인이 나타나 아주 공들여 사정을 설명해주지 않는다면 말이야. 오늘 저녁에 호프로드 56번가, 어때?

– 뭐? 씨발 당연히 가지.

– 내가 픽업해도 되고 정문에서 만나도 되고.

– 픽업해줘. 몇신데?

– 7시.

– 좋네. 고맙다, 마크. 진짜로.

– 별 말씀을. 언제 떠날 예정이냐?

– 주말에. 근데 좀더 머물까도 생각중이야.

– 그러지 마. 그냥 떠나.

– 뭐?

– 떠나라고.

니나 버지스

오후 3시 30분. 타이멕스를 확인했다. 집을 떠나 호프로드로 가려던 바로 그 순간 엄마가 전화를 걸어서는 지금 당장 집으로 오라고 했다. 정확히 그렇게 말했다, 지금 당장 집으로 오라고. 그 말을 들으니 왠지 대니가 생각났다. 지금쯤이면 미국 어딘가에서 아내와 같이 있겠지. 아니면 적어도 여자친구와 함께. 대니가 어디 출신인지를 알고 있고, 대니가 오럴 섹스 얘기를 처음 꺼낼 때 한 순간도 움찔하지 않을 여자친구 말이다. 그래도 지금쯤은 결혼했을 게 틀림없다. 그 남자가 내 손을 빠져나가버렸다는 게 무슨 뜻인지, 나는 도저히 그 의미를 알 수 없다. 한번은 여행 간 부모님을 대신해 집을 청소하고 있을 때였다. 부모님을 놀라게 해드릴 생각이었다. 뒷방에 있는 아빠의 낚시 도구를 정리하는데 도구함이 떨어졌다. 안에는 아빠가 노란 리갈 패드* 용지에 빨간 잉크로 쓴 편지가 한 통

* 줄이 쳐진 황색 용지 묶음.

들어 있었다. 이 편지를 쓰는 데 30년이 걸렸소, 아빠는 처음을 그렇게 시작했다. 편지의 대상은 아빠의 손을 빠져나간 여자일 거라고 나는 생각했다. 그때 나는 궁금해졌다. 모두들 저마다, 자기 손을 빠져나간 누군가가, 뇌리에서 떠나지 않는 그런 이가 한 사람쯤 있는지.

12시 라디오 뉴스에서는 여성위기센터 사람들이 단체로 검은색 상복을 입고 관을 든 채 또 한번 행진하겠다고 위협중이라는 소식이 전해졌다. 이 동네 중상류 계급 여자들은 극적인 장면을 연출할 수 있다고 느끼는 걸 좋아하는 듯하지만, 실상은 그냥 좆도 할 일이 없을 뿐이다. 내가 왜 이 모든 걸 생각하고 있는지 나조차도 잘 알 수가 없지만, 이 모든 걸 한데 엮어줄 뭔가 거대하고 전우주적인 카를로스 카스타네다*적인 걸 찾아보려 애쓰기에는 아직 너무 이른 시간이다. 동생에게 욕을 퍼부은 탓에 아직도 몸이 떨리고 있었다. 어젯밤, 아니지, 오늘 아침 집에 들어왔을 때 샤워를 했다는 기억이 없는데도 나는 아직 샤워를 하지 않고 있었다.

택시를 타고 부모님 집으로 가는 길, 한 달 전에 제출했던 비자 신청을 이제 와 거절하며 대사관에서 내놓았던 답변을 생각했다. 나한테는 연줄도 없고, 은행 계좌에 아무것도 없고, 미국 내 연고자도 없고, 돈벌이가 되는 직장—그래, 거기서 '돈벌이가 되는' 직장이라고 했다—도 없고, 그 대단한 미합중국에 착륙하는 순간 내가 사라져버리지 않으리라는 걸 미국 정부가 믿게 만들 이유가 아무것도 없다는 것이었다. 대사관에서 나오는데 노란 셔츠 위에 갈색 넥

* 미국의 작가이자 인류학 박사(1925~1998). 『돈 후앙의 가르침』(1968)을 비롯하여 여러 권의 마법 체험담을 써냈다.

타이를 맨 어떤 뚱뚱한 남자가 내 얼굴에 떠오른 표정을 아주 잘 안다는 듯 내게로 다가왔다. 바로 이 대사관에서 바로 그 표정을 짓고 나왔을 무수히 많은 불쌍한 여자들을 떠올릴 겨를도 주지 않고, 그는 내게 비자가 필요하냐고 물었다. 보통 나는 그런 개소리에 전혀 귀를 기울이지 않지만, 그때 그가 여권을 펼쳤고, 비자뿐만 아니라 마이애미와 플로리다 포트로더데일 공항에서 찍어준 도장까지 내 눈에 들어왔다. 그 사람은 대사관에서 일하는 미국인을 아는 어떤 사람을 알고 있는데 5천 달러만 있으면 그 미국인이 나한테 비자를 내줄 수 있다고 했다. 그 돈은 내 반년 치 월급이었다. 비자를 눈으로 확인하기 전까지는 돈을 줄 필요 없이 그냥 여권 크기 사진만 주면 된다는데, 필요한 사진은 이미 가방에 들어 있었다. 나는 열 명이 총에 맞았다는 한 달 전 뉴스 보도를 떠올린다. 왜인지는 모르겠지만 나는 그 사람을 믿었다.

나는 오후 1시가 되어서야 부모님 집에 도착했다. 키미가 문을 열었다. 드레스를 입고 있었다. 도터들이 입는 청치마나 옷단 전체에 먼지가 앉은 기다란 치마가 아니었을 뿐이다. 헛짓거리-따위는-하지-않는-착한-여자애들만의 민소매 보라색 드레스, 미인 대회의 인터뷰 순서를 기다리고 있는 듯한, 사람들이 시스 드레스*라고 부르는 그런 옷을 입고 있었다. 신발은 신지 않았다. 키미는 이 집의 꼬마 숙녀처럼 굴고 있었다. 나한테는 한마디도 하지 않았고, 나도 키미에게 무슨 말을 할 생각은 전혀 없었다. 라스 트렌트는 그쪽 딴 동네에 가 있느냐고 묻고 싶은 걸 삼키느라 입술을 깨물기는 했

* 단순한 디자인으로 몸에 밀착되어 가늘고 날씬하게 보이는 드레스. '시스(sheath)'는 '칼집'을 뜻한다.

지만. 키미는 내내 눈길을 피하면서, 마치 그냥 시원한 산들바람을 들인다는 듯 문을 열었다. 아주 꼴값을 해라, 가 내 생각이었다. 그런 생각을 하는 게 점점 더 쉬워진다. 엄마가 나를 부른 건 알약이나 뭐 그런 것들을 덤으로 주는 약사에게 가서 처방전을 받아오라든지 하는, 키미에게는 절대 부탁하지 않을 일을 시키려는 것이었기만을 바라면서.

내가 언제 들르든 엄마는 보통 뜨개질이나 요리를 하고 있다. 하지만 오늘은 〈노인 부대〉* 방영 시간마다 아빠가 앉아 있곤 하는 빨간색 벨벳 안락의자에 엄마가 앉아 있다. 엄마는 내가 나 왔어요, 라고 두 번이나 말했는데도 내 눈길을 피했다.

– 엄마, 나보고 이리 오라고 한 사람은 엄마잖아요. 무슨 일이 그렇게 급하셨길래?

엄마는 여전히 나를 보지 않고, 입술을 손마디로 누르고 있을 뿐이다. 키미는 창가에서 앞뒤로 오가며, 역시 내 쪽을 보지 않고 있다. 키미가, 언니한테서 엄마가 뭔가 중요한 걸 빼앗기라도 한 것처럼 굴지 말라며 펄펄 뛰지 않는 게 놀랍다. 커피 탁자에는 새로운 손뜨개가 놓여 있는데, 아마 엄마가 밤새 뜬 것인 듯했다. 분홍색 실로 뜬 것이었는데 엄마는 분홍색을 싫어한다. 또 엄마는 보통 동물 모양 뜨갯것을 만드는데 이건 내가 알아볼 수 있는 어떤 것과도 닮지 않았다. 요즘 엄마는 초조한 마음이 들 때 뜨개질을 한다. 무슨 일이 일어난 건지 궁금해진다. 어쩌면 엄마는 자기를 공격했던 남자들 중 한 명을 본 걸지도 모른다. 그게 옆집 정원사였을지

---

* 1968~77년 영국 BBC사에서 방영한 시트콤. 2차대전 당시 영국 국토방위군 이야기를 다뤘다.

도. 어쩌면 누군가가 집을 감시하고 있다는 느낌이 드는 건지도 모르고. 어쩌면 놈들이 돌아와 무언가를 훔쳐 가면서 경찰에게는 입도 뻥긋하지 말라고 협박했을 수도 있다. 잘은 모르지만, 엄마가 초조해한다는 사실 때문에 나도 초조해진다. 내가 올 때까지 아무것도 할 수 없었다는 듯 키미가 여기저기 맴도는 꼴이 나를 더 초조하게 한다. 뭐라도 평소와 달라진 게 있는지 주위를 둘러본다. 평소와 달라진 게 있다고 해서 내가 꼭 알아본다는 얘기는 아니지만. 키미는 계속해서 어슬렁거리고 있다.

– 키미, 무슨 원숭이 새끼도 아니고, 계속 돌아다니지 좀 마라, 엄마가 말한다.

– 네, 엄마. 키미가 말한다. 여섯 살짜리 꼬맹이처럼 그 말을 흉내내고 싶다. 네, 엄마. 꼴값은. 10년이라는 시간을 훌쩍 뛰어넘어 부모님이 자기를 아기 취급하도록 만드는 키미만의 방식을 보면, 키미가 딸이 아니라 아들인 것 같다는 생각까지 든다.

– 딴 사람도 아니고 내 딸이. 세상에. 세상에.

– 엄마?

– 아버지랑 얘기해.

– 무슨 얘기를 해요?

– 아버지랑 얘기하라고 했어.

– 아빠랑 무슨 얘기를 하라고요? 엄마한테 말하면서도 눈으로는 키미를 보는데, 키미는 이제 대놓고 나를 외면하고 있다.

– 차라리 쿨리가 낫겠어…… 원 세상에…… 하도 더러워서 냄새가 아주 여기까지 난다.

– 엄마, 무슨 소릴 하는 거예요?

– 감히 나한테 목소리 높이지 마! 이 집에서 감히 목소리 높이지

말라고. 그렇게 오랜 세월 동안 씻기고 또 씻겼는데 너한테서 그 걸레 같은 성질은 아직까지도 못 씻겨낸 거야. 좀더 두들겨팼어야 했나봐. 두들겨패서라도 그 성격을 빼냈어야 했어.

이제 나는 가만히 서 있다. 아직도 엄마가 무슨 말을 하는 건지 모르겠어요, 내가 말한다. 엄마는 여전히 나를 보지 않는다. 키미는 마침내 시선을 돌려, 아무것도 모른다는 듯한 눈길을 내게 보내려 하지만, 내 눈길을 받아내지 못한다. 키미가 시선을 돌린다.

– 이제 아예 창녀가 된 거냐, 아니면 그놈한테만 창녀 짓을 하는 거냐?

– 창녀라니요. 도대체 무슨 염병할……

– 망할 내 집에서 욕하지 마. 니가 그 망할 가수 집에 가서 그놈 창녀가 됐다는 얘기를 다 들었어. 돈은 얼마나 주디? 괜찮은 일자리 하나 없이 몇 달이나 지내길래, 돈벌이가 되는 직장이 있는 것도 아닌데 니나가 어떻게 그럭저럭 지내는 거지. 하고 궁금해하긴 했다. 어떻게, 나한테 돈을 달라고 하는 것도 아니고 따로 친구가 있는 것도 아닌데……

– 저 친구 많……

– 망할 내 집에서 내 말 끊지 말라고. 이 망할 집구석은 내 돈이랑 버지스 씨 돈을 합쳐서 산 거야.

– 네, 엄마.

– 빌어먹을 대출 한 푼 없이 현금으로 샀어. 그러니까 내 집에서 나한테 말대꾸할 생각 추호도 하지 마.

아주 추운 곳에서 세 시간을 보낸 것처럼 손이 부들부들 떨린다. 키미는 문 쪽으로 걸어가려 한다.

– 킴-마리 버지스, 엉덩이 붙이고 가만히 앉아 있어. 언니한테

그, 그 라스타 놈이랑 격 떨어지는 짓을 한 게 얼마나 충격적인 소식인지 말해줘라.

– 격 떨어지는 짓? 격 떨어지는 짓이라고요. 키미한테도 라스타 남자친구가 있어요.

– 니 은밀한 부위를 함부로 벌려대는 그놈이랑 키미 남자친구를 비교하는 거냐? 최소한 걔는 집안이라도 좋지. 걔는 그냥 한때 그러는 거야. 한때 그러는 거라고.

– 한때라고요? 키미랑 사귀는 것도 한때겠네 그럼.

– 분명히 말하는데 너랑 그 가수놈을 생각하면, 더러운 침대에 누워서 대마초나 빨다가 임신하는 그런 걸 생각하면 토할 것 같아. 내 말 알아들어? 토할 것 같다고. 넌 진짜 더러운 애야. 장담하는데 니가 내 집에 온갖 더러운 머릿니를 들여왔을 거다.

– 엄마.

– 그렇게 여러 해 동안 학교를 보냈는데 뭐? 그놈 여자들 중 하나가 됐다고? 요즘에는 고등학교 교육을 받으면 그렇게 되냐?

이제 엄마는 아빠처럼 말하고 있고, 나는 아빠가 어디에 있는지 궁금해진다. 키미. 이건 키미가 벌인 짓이다. 엄마는 너무 심하게 몸을 떨고 있어 자리에서 일어나자마자 도로 의자에 주저앉는다. 키미가 착한 딸처럼 엄마를 도우러 달려간다. 키미가 말한 거다. 키미가 부모님한테 뭔가를 얘기했다. 그리고 키미는 나에 대해서도 잘 안다. 내가 부모님한테 자기 얘기를 하지 않으리라는 걸 아는 것이다. 딸 하나가 나쁜 짓을 하면 엄마가 우울해하겠지만, 딸 둘이 나쁜 짓을 하면 아예 끝장나리라는 걸 아니까, 키미는 자기가 무슨 짓을 하든, 내가 다 받아주는 착한 딸 역할을 할 거라고 믿고 있나. 키미가 맞다. 이 쌍년, 아주 감탄이 나올 지경이다.

– 니가 그놈의 대마초 냄새랑 곰팡내 나는 겨드랑이를 내 집에 들여왔다는 것 말고는 아무 생각도 안 나. 너한테서 그놈 냄새가 난다고. 역겨워. 역겹다.

– 그래요? 근데 엄마네 다른 딸래미한테서는 그 냄새가 안 나나 봐요?

– 우리 키미는 여기 끌어들이지 마.

– 우리 키미? 걔도 라스타랑 잘 수 있잖아.

– 감히 여기서 버릇없게 굴지 마! 여긴 주님을 두려워하는 집이야.

– 이 집에 있는 건 위선뿐인데 주님께선 그것도 모르신대요? 키미가 라스타랑 얽혀서는……

– 걔는 라스타가 아니야.

– 가서 걔한테 그렇게 말해보세요. 아니다, 차라리 엄마 딸한테 그렇게 말해보세요. 그 말 듣고도 키미가 걔랑 사귀나.

– 어렸을 때부터 너는 니 여동생을 못 잡아먹어서 안달이었어. 대체 뭘 어쩌자고 그렇게 키미를 싫어하고 질투하는 거냐? 우리는 한 번도 너희를 차별한 적 없어. 그런데도 너한테는 아직까지 그런 나쁜 구석이 남아 있는 거야. 두들겨패서 그 성격을 빼버렸어야 했는데, 그렇게 했어야 해. 두들겨팼어야 한다고.

– 아 그래요. 그럼 그 나쁜 새끼들이 엄마를 두들겨패서 보석이랑 저금한 돈을 다 빼버렸을 때는, 아주 흡족하셨겠어요?

– 우리 엄마한테 그딴 식으로 말하지 마, 키미가 말한다.

– 피똥 싸는 소리 말고 닥쳐, 개 같은 년아. 어디서 착한 척이야.

– 동생한테 그런 식으로 말하지 마라.

– 맨날 키미 편만 드시네요.

– 뭐 나한테도 걸레가 아닌 딸이 한 명은 있어야 되지 않겠냐?

차라리 쿨리랑 잤대도 이렇게까지 나쁘진 않았을 거야.

– 빌어먹을 엄마의 저 딸도 라스타랑 씹질을 한다고요!

– 모리스! 모리스 얼른 내려와서 당신 딸하고 얘기 좀 해봐요. 얘 좀 내 집에서 끌어내요! 모리스! 모리스!

– 네 아빠를 부르세요. 그래야 제가 아빠한테도 여기 계시는, 엄마가 제일 좋아하는 딸 얘기를 해드릴 수 있을 테니까.

– 그 입 닥쳐, 니나. 니가 벌써 우리 가족한테 얼마나 큰 상처를 입혔는지 아니.

– 이 빌어먹을 가족을 지키고 있는 게 나라고요.

– 내 자식들한테 뭐라도 지키라고 한 적은 한 번도 없는 것 같은데. 아내를 공유하고, 어린애들은 대마초나 피워대는 라스타 공동 거주지에 내 방 마련하고 싶지 않다. 모리스!

나는 뭔가를 잡아서, 이때까지 단 한 번도 내 쪽을 보지 않던 키미에게 집어던지고 싶다. 어쩌면 벌써 그놈 애를 가졌을지도 모르겠네, 엄마가 말한다. 우는 목소리지만 눈물은 한 방울도 흐르지 않는다. 키미는 엄마의 등을 쓸고 있다. 엄마는 키미에게, 이 모든 일이 벌어지는 와중에 불쌍한 엄마를 도와줘서 고맙다고 한다. 됐다. 더이상 할말이 없다. 할 일도 없다, 엄마가 뭔가 말할 때까지 기다리는 것 말고는. 나는 그냥 그쪽으로 가서 키미의 목덜미를 움켜쥐고 싶다고 생각했지만 키미가 엄마의 목덜미를 쓸어주는 걸 보니까 두 사람이 모두 가엾게 느껴진다. 그런데 그때 키미가 말한다.

– 엄마, 그 사람 집 대문 앞에서 기다리던 것도 뭐라고 한마디해 줘야죠.

– 뭐? 세상에나, 이제는 무슨 밤의 여왕처럼 그놈 집 앞에서까지 기다리고 있다니. 이제는 그놈조차도 쟤가 쓰레기라는 걸 알겠구

나. 주님, 우리 집안이 어쩌다 이렇게 됐는지. 굽어 살피소서.

– 너 이 미친년아, 내가 키미에게 말하고, 키미는 아무것도 모른다는 표정으로 나를 바라본다.

– 우리집에서 그런 험한 말은 하면 안 된다고 했어. 망할 걸레처럼 구는 걸 못 그만두겠으면, 최소한 내 집에 있을 때만이라도, 말이라도 걸레처럼 하지 마라.

그럼 지금 엄마 등을 쓸어대는 그 걸레는 어떻고요? 라고 대꾸하고 싶다. 키미가 씨발 무슨 소리를 하든 무슨 짓을 하든, 두 사람에게는 언제나 그 말이나 행동에 댈 법한 변명이나 그 행동을 정당화할 거리가 있다. 1초 고민조차 하지 않고 필요할 때마다 꺼내 쓸 수 있게, 태어난 날부터 변명들을 예비 재고로 쌓아놓은 것 같다. 그 얘기도 하고 싶지만, 하지 않는다. 키미는 내가 그 말을 하지 않으리라는 걸 알고 있다. 키미는 착하게 굴면 굴수록 처지가 나빠질 뿐일 때조차 항상 착한 딸로 남아 있는 사람이 바로 나라는 걸 알고 있다. 내가 키미를 얼마나 과소평가했는지 감탄스러울 지경이다. 키미가 어떻게 이렇게 멀리까지 왔는지, 그리고 앞으로 얼마나 더 멀리까지 가려 하는지 감탄스러울 지경이다. 최소한 나는, 남자가 나를 두들겨팬 뒤 떠난 게 투쟁을 위한 한 방이었는지 고민하고만 있지는 않는다고 말하고 싶다. 하지만 그러지 않는다. 대신 심장이 마구 두근거린다. 칼을, 그것도 무딘 칼을, 저녁식사 때 쓰는 메인 코스용 칼을 손에 꽉 쥐고 키미에게 다가가는 것 말고는 아무 생각도 들지 않는다. 키미를 찌르거나 베는 게 아니라, 내가 다가오는 모습을 보면서 자기가 할 수 있는 일은 아무것도 없다는 걸 알게 하고 싶다. 이 좆같은 집구석에 나랑 함께 있는 사람들이, 내가 어제 온종일을 함께 보낸 그 사람들이다. 이 사람들과 빌어먹을 바보처럼 하루종일, 지금 같아서는 더이상 하고 싶지도 않은 일을 하면서 서 있었다. 키미는 분명 행복하겠지. 키미는 착한 척쟁이 니나의 콧대를 꺾어주었대요.

– 이가 그렇게 많이 꼬이는데 아래가 가렵지도 않니? 이가 거기는 물지 않든? 어떻게 거기 서 있을 수가 있어. 세상에 주님, 대체 저한테 왜 이런 더러운 딸을 주신 건가요? 토할 것 같다. 키미, 나 토할 것 같아.

– 괜찮아요, 엄마. 이는 분명히 없을 거예요.

– 니가 어떻게 알아? 라스타 놈들은 더러워, 너도 알잖니. 그놈이 돈을 얼마나 갖고 있다고 생각하든 난 관심 없어. 그놈들은 그냥 전부 더러워, 추피드(멍청)하고. 5미터 밖에 서 있어도 놈들이 다가오면 냄새가 나.

– 이 때문에 가렵거나 그렇진 않아요. 그 사람한테선 베이비파우더보다 더 좋은 냄새가 나던데요, 나는 그렇게 말하고, 마지막 한마디가 입에서 나오기 전부터 뱉은 말을 후회한다. 키미를 붙잡아서 막 흔들고 싶다. 절대 조용해지는 법이 없는 빌어먹을 아기를 흔들듯 그냥 세게 흔들고 싶다.

– 모리스! 모리스! 나는 더러운 라스타 애새끼는 필요 없어, 알겠니? 내 집에 라스타 애새끼는 필요 없다고.

나는 키미를 보면서 이게 키미가 원했던 것인지, 일이 결국 이렇게 풀리리라는 걸 정말 몰랐는지 궁금해진다. 부모님이 습격을 당했는데 키미는 한 발을 빼고 있었다. 부모님이 습격을 당했다는 사실을 받아들일 수 없어서가 아니라, 어떤 상황에서든, 심지어는 비극적인 상황에서라도 자기가 주인공이 되지 못하는 상황을 받아들일 수가 없어서. 그래 잘됐네. 키미가 이겼다. 키미는 자신도 그놈과 씹질을 했다는 얘기를 내가 하지 않으리라는 걸 알고 있다. 자기가 작정하고 빼앗으려는 엄마의 제정신을 내가 어떻게든 유지시키려 노력하리라는 걸 알고 있다. 이 개념이 얼마나 기만적인지 존경심이 들 정도다. 나는 키미가 나를 보면서, 자기가 알고 있다는 사실을 내가 알고 있다는 걸 자기도 알고 있음을 보여주기 위해 살포시 미소를 지었으면 좋겠다고 생각한다. 어머니는 계속 모리스! 모리스! 하고 소리친다. 그렇게 계속 소리치면 아빠가 나타나는 마법주문이라도 되는 것처럼.

가죽끈이 내 등을 찢어놓고, 그 끝은 전갈처럼 내 목을 찌른다. 나는 비명을 지르지만 가죽끈은 또 한번 내 등을, 그다음에는 내 다리 뒤쪽을 두 번 저며놓고 나는 넘어진다. 아빠가 내 왼쪽 발목을 잡아 자기 쪽으로 끌어당기고, 내 치마는 딸려올라가 팬티가 드러나 보인다. 아빠는 왼손으로 나를 잡고 허리띠로 나를 때린다. 내가 비명을 지르고 엄마가 비명을 지르고 키미가 비명을 지른다. 그리고 아빠는 내가 열 살짜리 애인 것처럼 나를 때리고 있다. 나는 아빠에게 그만하라고 소리를 지르는데 아빠가 하는 말이라고는 망할 계집애 벌을 받아야지 이 피똥 쌀 집구석에서 아주 제대로 가르쳐주마 그만 아빠 제발 아빠 가르쳐주마 가르쳐주마 그리고 아빠는 내 엉덩이를 때리고 다시 또다시 때리고 나는 몸을 비틀고 허리띠는 내 오른쪽 허벅지를 베고 아버지는 휘두르고 있고 못이 촘촘히 박혀 있는 커다란 가죽 허리띠를 잡으려고 할 때 손마디 어디를 맞았는지 아빠는 신경도 쓰지 않는다 아빠는 카우보이 허리띠를 좋아하니까 나는 부풀어오르는 상처 냄새를 맡을 수 있고 아빠 아빠 아빠 하고 소리를 지르고 엄마는 모리스 모리스 모리스 하고 소리를 지르고 키미는 그냥 소리를 지르고 허리띠는 내 온몸을 베고 나는 몸을 비틀고 허리띠는 내 보지를 정통으로 때리고 나는 비명을 지르고 아빠는 가르쳐주마 가르쳐주마 가르쳐주마 말하고 나를 걷어찬다 내가 알아 이 사람이 나를 걷어찼어 이자가 계속 휘두르고 나는 발을 빼내려고 용을 쓰고 있고 발 놔 발 놔 나는 몸을 홱 돌리고 내 오른발이 그자의 가슴을 걷어차는데 마치 늙은이의 가슴처럼 느껴지고 그자는 그대로 뒤로 넘어지고 기침을 하지만 소리가 아니라 공기만 나오고 나는 여전히 어떤 말이 아닌 비명을 지른다 놔아아아아아 놔아아아아아 놔아아아아아 그리고 나는 허리띠를 잡아채 그자에게 다가가서 그자의 다리에 휘두르고 그자를 두들겨패 그 개자식을, 두들겨패고 두들겨패 두들겨패 놔아아아아 놔아아아아 놔아아아아 놔아아아아아아 우리 엄마는 다시 비명을 지른다 내 남편 죽이지 마 내 남편 죽이지 마 그자는 기침을 하고 있고 나는 내가 그자를 끈이 아니라 버클로 때리고 있다는 걸 알아차리고 뒤로 돌아 손마디에 벨트를 감고선 키미를 본다.

배리 디플로리오

비서가 돌아와서는, 루이 존슨의 비서는 그가 어디로 갔는지 전혀 모르더라고 전해주었다. 그 말은 루이 존슨의 비서가 입을 열지 않더라는 뜻의 암호였다. 나는 빌어먹을 의자에서 일어나 복도를 따라 루이 존슨의 비서가 앉아 있는 책상까지 걸어간 다음, 여기서 일하는 게 좋으냐고, 앞으로도 계속 그럴 생각이냐고 물어봐야 했다. 그리고 앞으로도 일할 생각이 있다면 당신은 루이 존슨이 아니라 미합중국 연방정부를 위해 일한다는 사실을 기억하는 게 최선일 거라고도 말해주었다. 자동차 전용 그리스를 발라놓은 듯 쫀쫀한 포니테일은 씨발 옴짝달싹도 하지 않았으나, 분홍색 배트걸 안경테 너머로 그 여자의 눈이 크게 뜨이는 모습과 이마에 주름이 잡히는 모습은 볼 수 있었다. 여러 해 동안 대사관에서 겁먹은 표정을 드러내지 않는 법을 익힌 끝에 이 여자는 거의 그 경지에 도달해 있었지만, 수동적 공격 성향을 지닌 상급자의 한마디에 감추어진 위협 수준 가늠법은 아직 제대로 알지 못했다는 게 눈에 보였다. 이 비서는 내가 씨발 자기랑 장난을 치자는 건지 진지하게 말하는 건지 모르고 있다. 리과니 클럽, 너츠퍼드 가로수길.

물론 가본 곳이다. 부에노스아이레스에 있는 남성 전용 로데오 클럽과 에콰도르, 바베이도스, 남아프리카에 있는 어떤 클럽들이 생각났다. 리과니 클럽에는 아무리 사람이 없을 때라 해도 절대 지치지 않고 피부가 까무잡잡한 사람들과 백인인-척-한-번-해봅시다 놀이를 하는 아랍인 몇 명은 있었다. 나는 사무실을 나와, 아직까지도 사람들이 땡볕에서 비자를 받으려고 기다리고 있는 옥스퍼드로드로 나선 다음 서쪽으로 향했다. 옥스퍼드로드와 너츠퍼드 가로수길의 교차로에서 우회전을 해 북쪽으로 향했다. 정문 경비원은 자동차에 탄 백인 남자를 보고는 질문을 던지지 않는다. 초록색 코티나가 주차장 끝에 있다. 내가 무슨 차를 모는지 루이는 전혀 모를 거라는 확신이 있었지만 나는 반대쪽 끝에 주차를 했다.

안에 들어가니 식사를 할 수 있는 공간은 점심을 먹으러 나온 정장 차림 백인 남자들과 테니스 스커트 차림으로 럼주와 콜라를 마시는 아름다운 갈색 피부의 여자들로 가득차 있었다. 눈보다는 귀가 먼저 그들을 찾아냈다. 루이가 머리를 뒤로 젖히며 웃음을 터뜨리더니 드 라스 카사스, 일명 닥터 러브의 등짝을 철썩 때렸다. 그래, 아무렴 드 라스 카사스겠지. 제기랄, 나는 저자를 증오한다. 놈에게는 미인대회 우승자나 정치인에게서나 봤던 그 무언가가 있다. "나는 엄마가 낳은 자식들 중에서 내가 제일 좋아" 하는 것 같은. 놈은 자기가 혁명군이라 생각하지만, 실제로는 기회주의자에 불과하다. 루이와 루이스라니, 조금만 기다리면 코미디 한 편을 보게 생겼다.

나는 그쪽을 지켜보고 있다는 티를 내지 않으려 노력하며 바의 반대편 끝자리에 앉는다. 어딘가에서 누군가가 스파이 소설 패러디를 쓴다면, 제임스 본드가 되어보려고 노력하며 바에 앉아 있는 멍청이 역할을 하는 사람이 바로 나였을 거다. 제기랄, 이런 짓을 할 거라면 마티니라도 한 잔 주문하는 게 좋겠다. 두 사람이 자리에서 일어나는 순간, 나는 그 둘이 주차장에 가려면 내 쪽을 지나칠 수도 있겠다는 생각이 든다. 존슨이 자기 자리에서 몇 미터 떨어진 뻥 뚫린 아치형 입구로 걸어가고 쿠바인이 그뒤를 따른다. 바깥 주차장에서 놈의 자동차가 빠져나가고 있다. 몇 초 안에 나도 길에 오르고 놈의 자동차는 겨우 수백 미터 앞에 있다. 정말 다행스럽게도 세계 어디를 가든 러시아워는 러시아워다.

에콰도르에서 애들러와 함께 작업하던 시절 이후로는 자동차를 미행한 적이 없었다. 그래, 아드레날린을 뿜어대기엔 나도 너무 늙은 게 사실이지만, 어쨌든 아드레날린은 나를 집어삼킨다. 나는 이게 정말 마음에 든다. 진짜 정말, 정말로 마음에 든다. 어쩌면 이 에너지를 전부 전환시켜 자지로 내려보내서 씹질을, 뭐, 누구랑이라도 하는 게 좋겠다 싶을 정도로.

루이는 트라팔가로드에서 자동차가 더 많은 길로 좌회전하고, 또 한 번 좌회전을 한다. 잘 모르겠지만 100미터쯤 길을 따라 내려간 것 같다. 그런 다음 루이는 남쪽으로 가 하프웨이트리로드를 가로질렀고, 미처 알아차리지 못한 사이 게토에 들어섰다. 아니 최소한, 집들이 더 작아지고 길은 더 좁아졌으며, 점점 더 많은 지붕들이 벽돌로 받쳐놓은 함석판으로 변해갔다. 시멘트 담벼락은 그래피티로 뒤덮인 함석으로 변했다. 씹어먹을 인민국가당이며 블랙하트맨*, 〈억압 아래에〉**며 라스타파리에 대한 그래피티들. 저 초록색 코티나에 탄 놈들한테만 집중하면, 킹스턴에서도 가장 검은 게토임에 분명한 곳을 백인이 자동차를 타고 지나간다는 게 얼마나 정신 나간 짓인지는 생각할 필요가 없다. 하프웨이트리도 거친 곳이기는 하지만 이런 건 한 번도 본 적이 없었다. 문득 돌아가는 길을 알 수 없을지도 모르겠다는 생각이 들지만 그냥 삼켜버린다. 놈들은 속도를 올렸고, 나도 액셀을 밟고 싶어진다. 하지만 어느 순간에든 파란색 교복 차림의 여자아이가 길로 뛰어나올지 모른다.

루이는 이 길을 알고 있다. 예전에도 와본 것이다. 많이 와봤나 보군, 하는 생각이 든다. 내 발이 액셀을 밟고 있다는 것조차 눈치채지 못했는데 자동차가 내는 소리가 들리고, 내 손이 돌연 핸들을 돌리는 게 보인다. 자동차는 왼쪽으로 급히 방향을 틀었다가 첫번째 골목에서 우회전하고, 그다음에는 뚜껑이 열린 맨홀을 넘는다. 차는 턱을 넘어 튀어오르고 이리저리 뛰며 길을 비집고 끼익 소리를 낸다. 초록색 자동차는 시야에 들어왔다가, 도로 나갔다가, 모퉁이를 돌아 사라지고서는, 내가 빠르게 그 모퉁이를 돌면 자동차 서너 대를 사이에 두고 바로 나타난다. 제발 놈이 나를 따돌리려는 게 아니었으면 좋겠다. 하마터면 "따돌려라 따돌려"라고 말할 뻔했다. 그 말이 나오려는 건 느꼈지만 실제로 내뱉지는 않았다.

이제 우리는 고속도로 비슷한 곳으로 나와 있는데 이 역시 한 번도 와본 적 없는 지역이다. 자동차는 아까보다도 더 작아지고, 함석이 더 눈에 띄며, 더 빈곤해 보인다. 밖에 나와 있는 사람들은 녹색 자동차가 가는 곳으로 향하고 있다. 찻길 양옆에서 솟아나는 언

* '성품이 나쁜', 혹은 '속이 썩은 인간'들이라는 뜻으로, 밥 말리의 친구 버니 웨일리의 데뷔 앨범 〈Blackheart Man〉(1976) 이름으로도 쓰였다.

** 〈Under Heavy Manners〉(1976), 프린스 파 아이의 앨범명. 인민국가당에서 쓰던 정치적 슬로건이기도 했다.

덕 같은 게 보인다. 50미터 가까이 다가가서야 나는 그 정체를 알아본다. 쓰레기로 이루어진 어마어마한 산더미. 아니, 산은 아니다. 사하라 사막이 모래 대신 쓰레기와 연기를 선택한 것처럼 둔덕들이 계속해서 이어져 있다. 연기는 시큼하고 짙다. 동물들도 같이 불타고 있는 것 같다. 사람들은 쓰레기 둔덕 전체에, 심지어는 불타고 있는 둔덕에까지 기어올라 쓰레기를 파헤치고 뭔지 모를 것들을 검은 비닐봉지에 쑤셔넣고 있다. 앞서가는 초록색 자동차의 존재를 거의 잊어버릴 뻔한다.

몇 분이 흐른다. 쓰레기 둔덕은 영원히 이어지고, 줄지어 가는 사람들은 검은 봉지에 쓰레기를 쑤셔넣는다. 초록색 자동차는 사라졌다. 딱히 뭘 해야 할지 알 수 없어 나는 차를 세운다. 봉지를 든 소년 둘이 달려와 내 바로 앞쪽에서 길을 건너자 내 오른손이 대시보드로 향한다. 어쩌면 콜트 권총을 꺼내야 할지도 모르겠다, 적어도 무릎 위에는 올려놔야 할지도. 얼마 지나지도 않아 심장이 멈출 것만 같다. 씨발 내가 여기서 뭘 하고 있는 거지? 그때 남자애 둘이 더 지나가고, 그다음에는 여자 하나가, 그다음에는 여자들 몇이, 그다음에는 남자들과 여자들과 소년들과 소녀들로 이루어진 행렬이 자동차 앞뒤를 지나가고, 남자들과 여자들은 발을 질질 끌고 소년 소녀들은 이리저리 폴짝대며, 모두가 저편 너머로 검은 봉지를 들고 지나간다. 누군가가 자동차에 부딪히고 나는 펄쩍 뛰며, 뚜껑만 열리면 총을 잡을 수 있도록 글러브박스를 쾅 친다.

다시 액셀을 밟기 전까지 몇 분이나 지났는지는 아무도 모른다. 길은 여전히 비어 있지만, 한쪽에는 바위들이, 다른 쪽에는 바다가 있을 뿐 아무것도 없는 고속도로다. 지나가는 자동차라곤 흰색 다트선 한 대뿐인데 운전자, 중국인 같은 눈의 흑인이 나를 보더니 머리를 쑥 내민다. 장담하는데 그자는 나를 노려보았다. 나로서는 전혀 모르는 사람이었으므로 이상한 일이었다. 미처 좌회전하기도 전에 초록색 자동차가 갑자기 튀어나와 나를 그대로 들이받는다. 이마가 핸들에 부딪히고 목은 머리받침대로 채찍질하듯 빠르게 뒤로 젖혀졌다가 앞으로 돌아온다. 쿠바인이 먼저 나온다. 내 생각에는 쿠바인인 것 같다. 그자가 총을 뽑아들고 내 자동차로 빠르게 달려오더니 턱 바로 아래를 총으로 거칠게 찌른다.

– 잠깐, 아는 놈이잖아. 당신 쪽 사람이야. 그자가 말한다.

– 씨발 이게 누구야? 디플로리오? 씨발 무슨 일이야? 디플로리오, 뭘 어쩌자고 멍청하게 나를 따라왔어?

나는 별 문제가 없는데도 두 사람은 나를 병원에 데려다주겠다고 우긴다. 킹스턴 공공병원에서, 의사들이 이마를 꿰매는 동안 나는 안에 들어와 있는 사람들 무리와 바닥에 떨어진 핏자국인지 뭔지를 무시하려 애쓴다. 의사는 구태여 수술용 마스크를 벗지 않는다. 나는 정말 떠나고 싶지만, 여기까지 어떻게 왔는지가, 접수대에서 늙은 흑인 여자 옆에 앉은 채 신문을 읽는 루이 존슨을 본 이후에도 전혀 기억나지 않는다.

– 내 차는?

– 우리 자기 다 꿰맸어? 우리 애기 이제 괜찮아?

– 내 차 말이야, 존슨.

– 몰라. 게토 어딘가로 갔겠지. 지금쯤이면 사람들이 다 찢어발겨놨을걸.

– 웃기네, 존슨. 진짜 웃겨.

– 라스 카사스가 그 차를 몰고 날 따라오다가 대사관으로 가져갔어. 괜찮아. 자네 아내한테 설명은 좀 해야겠지만, 전부 털렸다거나

뭐 그런 건 아니야.

– 씨발, 존슨.

– 뭘 어쩌겠어, 자기야. 누가 나를 미행하는 걸 보니까, 나는 그런 짓을 별로 좋아하지 않는데, 하는 생각이 들었을 뿐이야. 그리고 다음번에 또 이런 식으로 행동해야겠다는 생각이 들면, 씨발 최소한 좀 잘해봐. 게토에서 볼보가 돌진하는 일은 거의 없다고. 자네가 어디에 있었는지는 알고 있나? 가세.

우리는 내가 모르는 길을 타고 대사관으로 돌아가는 중이다. 적어도 나는 우리가 대사관으로 돌아가고 있다고 생각한다. 총이 있었으면 좋겠다.

– 어떤 흑인에게 나를 지켜보라고 했나? 내가 말한다.

– 나는 아닌데, 루이스가 그랬겠지. 흰 다트선 말이지?

– 그래.

– 그럼 맞아.

– 그자는 누군가?

– 있잖아, 디플로리오. 나는 자네가 하는 일을 존중해.

– 그래? 아주 놀랍군.

– 진짜야. 애들러랑 자네가 에콰도르에서 벌인 그 일은, 염병할, 꽤나 깔끔했다고. 빌어먹을 당밀처럼 느려터지게 흐르긴 했지만, 어쨌거나 깔끔하긴 했어.

– 내가 에콰도르에서 뭘 했는지 자네는 좆도 몰라.

– 키토*에서 무슨 거지같은 일이 벌어졌는지는 당연히 알고 있어. 여기는 키토가 아니라는 것도 알고.

* 에콰도르의 수도.

– 무슨 뜻이지?

– 인구 대부분이 공산주의라는 말을 쓰지도 못하는 나라에서는 자네의 그 멍청한 편지 쓰기 캠페인이 좆도 소용없다는 얘기지.

루이가 편지 쓰기라고 한 일은 내가 언론에 던져준 편지를 말하는 것으로, 공산주의의 위협에 대해 에콰도르 사람들에게 경고하는 내용이 담겨 있었다. '공산주의 정당'에서 보낸, 키토 중앙대학교 총장을 지지하는 편지들을 포함해서. 그 편지 덕분에 겁먹은 사람들은 문제의 총장에게 반대표를 던졌고, 그 작전은 성공했다. 루이가 편지 쓰기라고 한 일은 내가 청년해방전선을 위해 만든 전단지를 말하는 것이었다. 청년해방전선은 내가 신문에 하단 광고를 내놓고서, 누구라도 접촉해오는 경우를 대비해 젊어 보이고 스페인어를 할 줄 아는 요원 둘을 볼리비아 출신 좌파 망명가로 위장시키는 단순한 방법으로 만들어낸 단체였다. 접촉이 이루어질 때마다 군경에게 정보를 흘림으로써 우리는 결과적으로 공산주의 학생운동의 사기를 꺾어놓았다. 루이가 편지 쓰기라고 한 일은 내가 만든 반공전선과, 고향에 돌아갔을 때 공산주의적 책동을 알아보고 제거할 수 있도록 훈련시킨 사람들 340명을 말하는 것이었다. 헝가리라면 내가 가봤는데, 그 나라는 존재 자체가 씨발 공산주의적 위협이니까. 루이가 편지 쓰기라고 한 일은 아로세메나*를 당선 시키는데 필요했던 모든 수고를 말하는 것이었다. 권력의 향기만 맡게 해줘도 라틴아메리카놈들이 돌변하고 마는 불가피한 골칫거리로 아로세메나 역시 변해버렸을 때, 그를 축출하느라 들어간 공은 물론이고 말이다. 그러는 내내, 존슨이나 칼루치** 같은 인간들이 콩고

* 1966~68년 에콰도르의 대통령으로 재임한 오토 아로세메나 고메스(1925~1984).

문제[***]를 좆같이 망쳐놓을 때마다 〈뉴욕 타임스〉에 빌어먹을 기사 한 줄 실리지 않도록 하면서 말이다. 씨발 이 새끼도 깡이 좋군.

– 자네의 그 물러터진 전략들을 존중하지 않는다고 생각하지 말게. 아니면 자네 자체를 존중하지 않는다거나. 디플로리오. 여기는 에콰도르가 아니야. 비슷하지도 않다고.

– 물러터진 전략들이라. 콩고에서도 물러터진 걸 좀 활용했다면 좋았을 텐데.

– 콩고는 아무 문제없어.

– 콩고는 엉망진창이라고. 심지어 콩고라고도 할 수 없지.

– 공산국가가 되진 않았잖아.

– 그야 당연한 거고.

– 자네 애국자인가, 디플로리오?

– 뭐? 당연하지. 무슨 씨발 질문이 그런가?

– 흠, 그럼 어쨌든 우리 중에 애국자가 한 명은 있는 거군. 나는 그냥 맡겨진 일이나 처리하는 사람이거든.

– 이젠 뭐, 그냥 재미로 이 일을 한다는 얘기를 할 차렌가? 돈 같은 건 안 받아도 된다고?

– 아니, 돈 받는 것도 꽤 좋지. 애국자라니. 제기랄. 자네 문제는, 자네가 속한 정부의 헛소리를 다 믿는다는 거야.

** 지미 카터 정부 시절 CIA 부국장을 지냈던 프랭크 찰스 칼루치(1930~). 1961년 콩고에서의 CIA 작전에 참여했다. 콩고의 독립운동 지도자인 루뭄바의 암살을 묵인한 CIA 관료 중 한 사람으로 알려져 있으며, 일각에서는 그 암살에 직접적으로 개입되어 있다는 의혹도 제기된다.

*** 1960~65년 콩고 공화국의 정치적 소요 사태를 암시. 이 사태로 10만 명 이상이 살해당한 것으로 알려져 있다.

– 자네는 나를 완전히 파악했다고 생각하는 모양인데. 쿠바나 중국, 소련에서 오는 편지는 한 통 한 통 전부 다, 여기에서 그쪽으로 나가는 편지도 전부 다 일단 내 책상에 떨어지게 돼 있어. 이 좆같은 나라의 좌익단체라는 좌익단체에는 모두 씨발 빌 애들러도 못 찾아낸 사람을 하나씩 심어두었고. 자네는 애들러가 지목한 좆같은 멍청이 열두 명하고 다를 게 하나 없어.

– 어째서?

– 자네가 하는 일이라고는 씨발 개짓거리밖에 없으니까. 자네 같은 인간들이 좆같이 일을 망가뜨려놓지 않으면, 나 같은 인간들이 애초에 필요하지도 않을 거야. 당장만 하더라도 나는 체제전복 통제를 위한 요주의 인물 명단을 만들어서 부시*를 아주 기쁘게 만들어줬어. 자네 성적표는 어떤가, 존슨? 씨발 테러리스트들하고 굴러다니기 과목 하나는 완벽하게 이수한 거 같은데.

– 하하, 닥터 러브가 나한테 자네 얘기를 하더군.

– 아, 요즘에는 그런 이름을 쓰나? 그자도 그렇고, 그자와 어울려 다니는 대가리에 똥만 찬 쿠바 부자놈들도 그렇고. 그 쿠바 녀석들은 아빠가 사준 귀여운 총 몇 자루로 무슨 반동혁명 같은 걸 시작할 수 있을 거라고 생각하지. 닥터 러브 같은 사람이 아니라 나 같은 사람들한테 쿠바를 맡겨뒀으면 지금쯤 하바나**에 맥도날드가 있었을 걸세.

* 미국의 41대 대통령(1989~1993 재임) 조지 H. W. 부시(1924~)는 1970년대 당시 대통령이던 닉슨에 의해 UN 주재 대사에 임명되어 1973년까지 재직했으며, 이후 1975년까지 중국과의 국교 정상화에 힘써 외교의 달인이란 평을 받았고, 그 임기를 마친 후 CIA 국장을 지냈다.

** 쿠바의 수도.

– 브라보. 근데 이거 하나는 알아둬, 디플로리오. 자네는 이 일을 자네 혼자 할 수 있다고 느끼나 본데. 자네나 자네 같은 부류들, 그래, 씨발 경리새끼들. 자네 같은 씹새끼들은 밑바닥에서 무슨 일이 벌어지고 있는지는 좆도 모른다고. 그 정도는 괜찮아. 그냥 나 같은 사람이 필요 없다는 식으로 자네 자신을 속이지만 말라는 걸세.

– 아주 인상적이군.

– 그건 그렇고 자네가 최근에 벌인 가장 큰 프로젝트가 뭔가, 디플로리오? 좆같은 색칠공부, 그거 아냐? 씨발 색칠공부에나……

– 어릴 때부터 시작해야 하는 거야, 등신아.

– 6페이지. 우리 아빠는 우리가 민주주의 국가에 살고 있고 전체주의 국가에 사는 게 아니라고 했어요. 이제 CCCP*라는 글자에 색깔을 칠해봅시다.

– 좆까.

– 이봐, 일단 한 가지만 말해두면, 나는 반공 색칠공부 책이야말로 최고의 프로젝트라고 생각해. 인구 대다수가 글을 모르는 나라에서는 아주 완벽하지.

– 씨발 방금 신호등이었잖아, 존슨.

– 겁나나?

– 짜증나지. 피곤하기도 하고. 어디 가는 거야?

– 자네가 집에 가고 싶어할 거라고 생각했네.

– 사무실로 데려다줘.

루이는 나를 보고 웃는다.

---

* 소련을 뜻하는 러시아어 약자로, 소비에트 사회주의 공화국 연방(Союз Советских Социалистических Республик)의 머리글자를 딴 것이다.

- 그냥 집에 가는 건 어때. 아직도 자네 같은 인간들은 잘 모르겠다니까, 디플로리오. 자네는 딱 칼루치 같아. 자네도 칼루치도, 키신저의 아이들이지.

- 나한테 명령하지 마, 존슨. 진지하게 말하는데, 자넨 좀 다른 문제니까.

- 이제 내가 어디로 튈지 모르는 폭탄 같은 놈이라고 말할 차롄가?

- 아니. 내가 아니라 길에서 눈을 떼지 말라고 할 차례지.

- 어디까지 알고 있나, 디플로리오?

- 자네가 생각하는 것보다는 많이 알지, 존슨.

- 자네, 이 동네의 어떤 문화적 요소들이 자체적인 정당을 형성하려 한다는 건 아나? 좌파놈들도 아니고, 자메리칸*도 아니고, 교회 쪽 사람들도 아니고, 공산주의자도 아니야. 완전히 다른 집단이지. 누군가가 뭐라도 하지 않으면 이 나라는 씨발 좆같은 혼란 속에서 올해를 마치게 될 걸세. 혼란이라는 단어는 자네 보스 키신저가 정의한 그대로 쓰는 거야.

- 키신저는 내 보스가 아니야.

- 그래, 뭐 예수도 길이요, 진리요, 빛이 아니겠지. 자네는 경리야, 디플로리오. 책상물림이라고. 물론 장부 결산하고 예쁜 색칠공부 책 인쇄할 사람도 필요하겠지만, 밑바닥에서 일을 처리한다는 건 그런 게 아니라고. 이틀 전에 그놈을 거의 잡을 뻔했다는 거 알고 있었나? 콘크리트 판에다가 그 씹새끼를 처박아버릴 뻔했어. 그 씨발 빨갱이 새끼를 거의 잡을 뻔했다고.

---

* 자메이카인(Jamaican)과 미국인(American)의 합성어로, 친미적 자메이카인을 일컫는다. 현재 미국에서는 일반적으로 자메이카에 뿌리를 둔 미국인 등을 가리킨다.

– 왜 못 잡았는데?

– 아는 척하지 마. 내가 누구 얘기를 하는 건지도 모르잖아.

– 그럼 누군데, 존슨?

– 제기랄. 진짜 좆도 모르는군. 수상 말이야.

– 개소리 하지 마, 등신아.

– 마이클 조슈아 씨발 맨리 수상 말이야. 거의 잡을 뻔했다고. 수요일, 아마 4시경. 인민국가당이 올드 하버에서 회담 일정을 잡았어. 그게 어딘지는 알지? 어쨌거나, 매일같이 해대는 그 폭력문제 대책회의였어. 이 씹새끼들은 그냥 처만나는 걸 겁나 좋아하니까. 그건 그렇고 아직 녹취록을 기다리는 상태이긴 한데, 맨리가 스토클리 카마이클*하고 엘드리지 클리버한테서 걸려오는 전화를 일주일 내내 받았다는 얘기가 돌더라. 어쨌거나, 무슨 이유에서인지 말다툼이 벌어졌는데 어떤 군대 쪽 인간이—우린 이 인간 이름을 알아내야 돼—당 비서를 씨발 아주 때려눕혔다는 거야. 얼굴을 그대로 갈겨버렸대. 그래서 결국은 수상이 느릿느릿 기어 들어와서 그 장교한테 질문을 던졌는데, 그 장교 대답은 요약하자면 엿이나 먹으라는 거였지. 맨리는 물러서고 싶어하지 않았지만 무슨 눈치도 채기 전에 군인들한테 포위됐어. 군인은 한 명 한 명 전부 장전된 총을 수상에게 겨누고 있었지. 올드 하버 상황이 그랬다고, 군인들이 씨발 국가의 수상에게 총을 뽑아들었단 말이야. 뭐 뻔한 일이지만 결국은 군인들이 물러섰고 아무도 총을 쏘진 않았지.

– 와. 그거 아주 놀라운 이야기인데. 로맨스 요소만 좀 첨가하면 할리우드 영화 감이겠어. 우리 미국인들한테 맨리를 잡으면 어떤

---

* 범아프리카 운동과 시민권 운동에 전념했던 미국의 흑인혁명가.

들이 있을지 설명 좀 해주겠나? 수상이든 이 나라의 다른 어떤 정치인이든 제거하라는 지시는 전혀 없었어. 여기는 칠레가 아니라고,* 존슨. 내가 경리 노릇이나 하고 있을지는 모르지만, 그렇게 치면 자네는 그냥 깡패새끼야. 자네들이 쓰는 전략은 결국 나 같은 놈들이 치워야 하는 똥덩어리가 될 뿐이라고.

-뭐든 효과가 있……

-잘 들어. 자네는 누굴 제거하라는 지시를 받은 적이 없다고. 내 말 알아듣나?

-디플로리오, 나는 아무도 제거하지 않아. 우리 회사는 개인적이거나 조직적인 어떤 테러리스트들의 행위에 협력하거나 그걸 용납한 적이 없고, 지금도 마찬가지고, 앞으로도 그럴 거야. 그리고 자네도 말했지만 여긴 칠레가 아니라고.

그런 방식으로 사태를 보고 있다니 다행이라고 말하고 싶었다. 이런 문제는 흔적이나 부수적 피해를 최소화하기 위해 복잡미묘하게 다루어야만 하는 복잡미묘한 문제라고 말하고 싶었지만, 그때 루이가 말했다.

-그래, 칠레는 아니지. 하지만 며칠 안에 분명 과테말라처럼 될 거야.** 내 말 잘 기억해둬.

-뭐? 방금 뭐라 했나?

* 미국이 친미 성향의 독재자 피노체트가 일으킨 쿠데타를 지원하여, 선거로 당선된 사회주의적 성향의 아옌데 정부를 전복시킨 사건을 암시한다.

** 과테말라 내전을 암시. 미국은 냉전시기 라틴아메리카에 대한 지배권을 소련에 빼앗기는 사태를 방지하기 위해 CIA를 통해 친미 성향의 과테말라에 군부 독재정권이 수립되도록 지원했는데, 이에 반발하는 과테말라 노동당, 빈민들을 위주로 한 게릴라군이 결성되면서 내전이 일어났다.

– 들었으면서 왜 이래.

– 못 들었어.

– 그래. 유감이지만 이건 자네 선에서 처리할 수 없는 큰일이야. 회사보다도 큰일이고. 그러니까 씨발 무슨 명령을 받았느니 어쨌느니 하는 얘기는 하지 말라고.

– 안 돼.

– 돼.

– 빌어먹을. 회사에서 선거 동향을 주시하라고 나를 몇 달 동안 과테말라로 파견했다는 걸 잊었나본데. 그즈음에 우리쪽 무기를 가진 소규모 사이코패스들이 나타나서는, 자기들 앞길을 가로막는 것들은 모조리 죽여버리기 시작했지. 그놈들을 훈련시킨 지는 얼마나 됐나?

– 훈련 사업은 내 소관이 아니라서. 하지만 미승인 보고서에라면 일년이라고 적혀 있지 않을까.

– 그 쿠바놈. 그놈은……

– 자네도 사람들 생각만큼 이해가 느리지는 않군그래.

– 몇 명인가?

– 왜 이래, 디플로리오.

– 몇 명이냐고, 이 개자식아.

– 정보 사업은 내 소관이 아니라서, 디플로리오. 하지만 만일 정보 사업이 내 소관이었다면, 열 명 이상, 2백 명 이하 정도로 추정하지 않았을까? 버지니아에도 애국자 팀이 또하나 있거든. 도널드 캐설리 기억나지?

– 자메이카 자유연맹. 귀여운 자기들 조직에 돈 좀 대달라고 우리한테 부탁한 일이 있었지. 우리는 그 개자식이 좆만이 약장수라서

거절했었고. 이게 다 무슨 얘긴가? 피그스 만 떨거지들한테 제2의 기회를 주자는 거야? 선거가 겨우 13일 남았는데.

– 우리 디플로리오가 드디어 장기적 관점을 취하는군. 잘 보라고. 과테말라랑은 다른 상황이야, 그놈들은 머리가 좋았잖나. 브라질이랑도 다른 상황이지, 그놈들한테는 씨발 나라를 다스리겠다는 욕심이 전혀 없었으니까.

– 씨발 도대체 누가 자네 표적인가?

– 무슨 소리를 하는 건지 모르겠군, 디플로리오. 어떤 사람들이, 뭐랄까, 새로운 일에 발을 담그고 싶어한다면야, 글쎄, 오늘은, 국내 문제에 간섭하는 건 내 소관이 아니라는 얘기만 해두지.

– 이런 씨발 세상에, 오늘이란 말이야?

– 나도 그런 종류의 정보에는 접근 권한이 없어, 배리. 하지만 그럴 권한이 있었다면……

– 중지시켜, 존슨. 지금 당장, 이런 씨발.

– 누구한테 전화해야 될지 모르겠는데, 미안하군. 경험으로 추측해보자면 어쨌거나 너무 늦은 것 같기도 하고. 게다가, 미합중국 연방정부의 정책은……

– 씨발 개소리 집어치워, 존슨.

– 아름다운 자네 아내에게 데려다주겠네.

– 루이, 내 말 들어. 자네가 NSA*나 WRO 소속인지, 아니면 씨발 누구 명령을 받고 일하는지는 모르겠지만, 씨발 물러서서 외교는 외교대로 진행되게 두라고.

– 그건 그렇고, 에콰도르 일은 아주 잘했던데.

* 미국의 국가안전보장국. 국방부 소속 정보기관이다.

– 씨발 닥치고 내 말 들어. 우린 이미 투자를 끝냈다고, 제기랄. 정부에서도 알고 있어. CIA 국장도 알고 있고. 진심으로 묻는데, 씨발 대체 누구 지시를 받고 있는 건가? 이 선거에 대비해서 일년 내내 천만 달러를 들였다고. 〈뉴욕 타임스〉의 살 레스닉이며, 노동당의 씨발 뚱땡이새끼들 서른 명, 빌어먹을, 자메이카 민간 조직에까지.

– 왜 나한테 훈수질이야, 배리? 우리는 동전의 양면이라고.

– 나는 자네랑은 전혀 달라.

– 동전 양면이 서로를 볼 일은 결코 없더라도 말이지.

– 씨발 거의 될 뻔했다고, 이 개자식아.

– 자네한테서 이런 얘기를 들어야 할 개자식은 내가 아니야, 디플로리오. 그 얘긴 자네의 그 잘난 남자친구 조오지이 부시가 들어야지. 그리고 씨발 이미 너무 늦었어. 이것만은 내가 분명하게 말하지. 집에 가. 집에 가서 〈스타스키와 허치〉나 보라고. 오늘밤 뉴스도 봐. 뭔가 터질 테니까.

파파-로

지금처럼 빨리 걷는데 이토록 목적지에 늦게 도착한 적이 또 있었는지 기억이 안 나는군. 어쩌면 태양이 나와는 반대쪽으로 움직이거나, 오늘만은 불만투성이 개년처럼 구는 모양이오. 조시에게 늑대인간 작전*에 대해 뭐라도 아는 게 있느냐고 물었더니 고개를 저으며 없다고 하더이다. 하지만 왕 갱단에는 폭발물이 있고 쿠바인과 같이 일하는 건 두 사람뿐 아니겠소. 놈들과 조시 말이오.

나란 놈은 이렇게 생각했었소. 조시가 동쪽을 관리하고 내가 서쪽을 손에 넣고 있고 아마도 토니 파바로티가 북쪽에 총을 겨눈다면 남쪽에는 바다가 있으니, 우리는 안전하다는 거요. 허나 모든 사람들이 지도 위에서 그러듯 점점이 흩어지면, 그때부터는 왼손이 하는 일을 오른손이 모르게 되오. 나란 놈은 그게 내 잘못이라고 생

* 1975년 후반부터 1976년 중반까지 CIA와 자메이카 노동당의 합작으로 인민국가당과 맨리 정부를 압박하기 위해 이루어졌던 작전.

각했소. 내 잘못일 수밖에 없지. 몸이 아프면 머리가 제일 먼저 알아야 한다는 얘기가 있잖소. 그렇게들 말하지 않소? 나랑 조시는 더이상 이야기를 하지 않소. 아니 그게 아니지. 어떤 자가, 아니, 어떤 자들이 우리 모두의 사이에 끼어든 거요. 우리를 이용하고는 쓰레기처럼 던져버릴 자가 말이오. 나는 이 사악한 장난질에 신물이 났고 쇼타 셰리프도 신물나기는 마찬가지였소. 조시 웨일스가 무슨 생각을 하는지보다 쇼타 셰리프가 무슨 생각을 하는지 더 잘 알게 되다니 얼마나 웃긴 일이오. 이제 90미터만 더 가면 조시의 집이오.

이제 세상은 일곱 개의 봉인*이 하나씩 하나씩 깨지는 것처럼 느껴진다오. 하타클랍스(위기)랄까, 나쁜 기분이랄까, 공기 중에 뭔가가 있소. 30일도 되지 않아서 봉인 일곱 개 중 두 개가 깨졌소이다.** 나는 조시의 집으로 걸어가고 있고 내 여자가 어떻게 생겼는지 잊어버리고 만다오. 다시 기억해내는 데는 1분도 안 걸리지만 그 여자 얼굴을 잊어버렸다는 것 자체가 겁이 나는군. 허나 그때 나는 작은 여자아이를, 그 여자랑 닮은 여자아이를 떠올리오. 그러나 우리는 아직 애새끼가 없지, 저 바깥의 수많은 여자들이야 내 성씨를 부르면 자기 아들이나 딸이 대답한다고들 하오만.

나는 길을 따라 1미터씩, 1미터씩 올라가고 있소. 공동 주거지가

---

* 신약성서 요한의 묵시록에 나오는 상징물. 종말의 두루마리라는 문서가 일곱 번 봉인되어 있는데, 그 일곱 개의 봉인이 하나 뜯어질 때마다 죄인들을 벌할 수 있는 멸망의 권한을 가진 존재들이 하나씩 나타난다.

** 원문의 'Two sevens clash'라는 표현을 직역하면 '숫자 7 두 개가 부딪친다'는 뜻인데, 이는 자메이카의 레게 밴드인 컬처의 1977년 데뷔 앨범 〈투 세븐스 클래시〉에 수록된 동명의 곡을 암시하기도 한다. 여기서 '두 개의 7'이란 일찍이 마커스 가비가 불의에 대한 복수와 혼란의 날로 예언했던 1977년 7월 7일을 가리킨다. 이날 상당수 자메이카인들은 가비의 예언을 의식해 가게 문을 닫고 학교에도 가지 않았다.

나오고, 또 나오고, 또 나오고, 모두 4층 높이에, 1층을 전부 가릴 정도로 울타리가 높은데, 한 건물은 분홍색, 그다음 건물은 초록색, 그다음 건물은 뼈다귀 색깔이오. 우리가 이런 색깔들과 함께 살아가도록 한 게 누구인지 기억조차 안 나오, 여자들인지도 모르지. 나란 놈은 조시 집에서 70미터 떨어져 있소.

아버지가 아들에게서 등을 돌리면, 아들은 충격을 받은 것처럼 행동할 수가 없는 법이오. 더이상 아버지를 알지 못하니 말이오. 조시가 나란 놈의 아들이라는 건 아니오, 나란 놈이 이 녀석이라고만 불러도 조시는 나를 총으로 쏴버릴 거요. 허나 이건 내 잘못이오, 나란 놈이 조시에게서 등을 돌린 거요, 조시가 짊어질 수 없다고 생각했던 어떤 것들을 내가 짊어지고 다니느라 말이오. 어떤 사람들은 꿈꾸는 것 말고는 아무 일도 하지 않고 어떤 사람들은 행동하는 것 말고는 아무것도 하지 않는데 각각 좋은 점과 나쁜 점이 있소이다. 조시 같은 사람들한테는 비전이 없고, 나 같은 사람한테는 추진력이 없소. 나는 생각을 해왔고 이야기를 해왔고 사람들한테 우리, 오직 우리 것인 새로운 생각을 보여줘왔소. 정치인도 없고 정부도 없는 상태. 쉿스템보다 나은 다른 종류의 시스템. 들고 다니기 무겁다는 이유만 가지고도 누구도 총을 들고 다니지 않는 시스템, 내 여자와 그놈 여자와 모든 놈의 여자들이 고작 윗놈들을 부유하게 만들어주려고 일하지 않아도 되는 시스템 말이오. 어느 날에는 낡은 것이 너무 낡아 더이상 악취조차도 풍기지 않고, 마른 먼지처럼 그냥 흩날리게 되지. 그런 날에는 새로운 것을 원하며 깨어나게 되는 거라오. 조시 집까지 50미터.

조시의 집을 떠날 때는 그와 내가 같은 생각을 했으면 좋겠군. 친절하고 품위 있는 사람들, 라스타들이 내게 방법이란 걸 알려줬소. 바빌론이 우리를 바보로 만드는 첫번째 방법은 바빌론 쉣스템에 우리 미래가 있다고 생각하게 만드는 거외다. 그리고 나란 놈은 그런 일에 신물이 났고, 쇼타 셰리프도 신물이 났고, 가수도 신물이 났소. 가수 집에 갈 때마다 나란 놈은 코펜하겐시티에서 온 사람과 에이트레인즈에서 온 사람이 대등하게 이야기를 나눌 수 있다는 걸 알게 된다오. 나는 뭐랄까, 삼각형에는 세 개의 변이 있는데, 다들 두 개의 변밖에 보지 못하고 있다는 생각이 들기 시작한 거요. 조시 집까지 40미터.

나는 조시가 뭘 계획중인지 알고 있소. 그 일이 실제로 일어나기 전에 많은 사람들이 죽을 거요. 조시와 닥터 러브. 조시와 그 미국인. 조시와 피터 나세르. 인민국가당이 이 선거에서 아무런 심판도 받지 않는다는 건 있을 수 없는 일이오. 인민국가당의 승리는 이 섬의 하타클랍스라고 할 수 있지. 그 미국인은 평화와 혼란 사이에 서 있는 것, 풍족함과 굶주림 사이에 서 있는 것이 우리뿐이라고 말하더군. 허나 자메이카 사람들이 바보짓을 하는 수가 있소. 정말 바보처럼 굴 수가 있는 거외다. 가난한 자들은 이미 고통에 대해 잘 안다오. 인민국가당이 승리하면 인민국가당 식의 악이 인민국가당 식의 더 심한 악이 되겠지. 허나 그렇다 해도, 누군가가 나한테 말조차 해주지 않는 무슨 일이 있을 때는, 그자가 대체 어떤 수준의 방가랑(문제)을 일으키려는 건지 생각해봐야 하는 거요. 이 일에 끼어 있는 사람들 중 너무 많은 자가 생김새도, 목소리도 우리와 닮지 않았을 때는 말이오. 조시 집까지 20미터.

조시 집까지 10미터, 총알이 흙먼지를 뚫고 날아와 하나 둘 셋 넷 다섯 여섯 일곱 여덟 나를 가로막았소. 지프 세 대가 골목길에서 튀어나와 내 주변을 돌며 백인들의 토네이도처럼 먼지를 일으키

더이다. 먼지는 일어나고 일어나고 점점 더 짙어지고 빽빽해졌소. 트럭들이 여전히 주변을 빙빙 돌고 있소만 그저 소리만 들릴 뿐이지, 먼지 때문에 나는 장님이나 마찬가지요. 그놈들 전체가 이미 트럭에서 내린 상태라는 걸 본 건 먼지가 다 걷힌 다음이었소. 경찰과 군인. 모두 기관총을 꺼내든 채, 누구는 나를 겨누고, 누구는 거리를 겨누고, 위아래를 살피며 이 장작더미에 불똥을 튀길 멍청이가 한 명만 나타나기를 기다리는 거였소. 나도 살펴보았소이다. 이런 일은 일어날 수가 없는 거요. 최악의 바빌론조차도 코펜하겐시티로 들어가는 유일한 방법은 헐렁한 틈새를 비집고 몰래 기어들거나 하수도처럼 마개로 막혀 있는 구멍을 뚫는 것뿐이라는 걸 알고 있는데. 경찰도 여기에 발을 들여놓을 정도로 멍청하지는 않단 말이오. 특히 지난번처럼 한 방을 먹은 다음에는. 군인들은 우리를 파리처럼 한 마리 한 마리씩 집어내 쏴버릴 수 있는 유리한 위치로 돌아가고 싶어하오. 나도 주변을 살펴보는데, 지프 따위가 코펜하겐시티에 도착하기 훨씬 전에 내 사람들이 화약을 준비해서 나오도록 되어 있었기 때문이오. 허나 모든 집의 문은 닫혀 있소. 조시는 나오지 않고. 조시가 없다니. 토니 파바로티도 북쪽을 지키지 않고 있고. 동네는 꼭 클린트 이스트우드 영화에서 노상강도들이 싹 털어버린 마을처럼 보이오.

녹색 옷을 입은 군인 둘과 한 놈은 파란 옷, 또 한 놈은 카키색 옷에 선글라스를 낀 경찰 둘이 내 쪽으로 걸어왔소.

– 피똥 쌀, 이게 뭐요? 나란 놈이 카키색 경찰에게 말했소.

– 당신 이름이 파파-로요? 그자가 말했소. 키가 크고 배는 임신한 여자처럼 앞으로 툭 튀어나와 있는 인간이었소.

– 피똥 쌀, 내가 누구냐고?

– 허이. 나란 놈이 히미 할려진 범죄 분자에게 똑같은 말을 혀러 번 하는 걸 좋아하는 사람처럼 보이나? 사람들히 파파-로라고 부르는 게 당신히냐고 물었어.

– 말하는 걸 듣자니 파파-로가 누군지 잘 모르는 것 같은데.

– 요, 나란 놈한테 냄새나는 게토놈에게 쓸 시간 따윈 힚다는 게 한 보이나?

그자는 내 바로 뒤쪽을 보면서 고개를 두 번 끄덕이오. 너무 늦게 눈치채는 바람에 몸을 낮추지 못했고, 내 뒤에 있던 군인이 소총 개머리판을 내 뒤통수에 후려쳤소. 한번 더 후려친 게 틀림없을 거요, 딱 하는 소리가 두 번 났고 머리가 띵해졌으니까. 입 밖으로 내려던 다음 말조차 붙들고 있을 수가 없소. 꺾이는 무릎이 나를 땅에 처박는군. 그러지 않기만을 바랐지만, 무릎을 다시 세우려고 애를 썼지만 무릎은 나를 다시 일으켜세워주지 않았소. 경찰과 군인들이 내게로 달려드는구려. 발길질 탓에 먼지가 너무 많이 일어나, 놈들이 내 얼굴에서 3센티미터 떨어진 곳까지 오기 전에는 부츠 한 번 보지 못했소. 놈들이 내 얼굴을 걷어차곤 배와 엉덩이와 불알까지 계속 내려오며 차대는데, 그때 누군가가 산 채로 잡아가야 한다고 소리를 칩디다.

나란 놈은 두 번 정신을 차렸고 놈들은 두 번 다 나를 다시 기절시켰소. 세번째 깨어났을 때 나는 간이침대에서 몸을 일으켰고 눈에 들어온 건 감방의 돌벽이었소.

알렉스 피어스

마크 랜싱의 자동차 조수석에 타고 호프로드를 따라 내려가자니 무슨 이유에서인지 소름이 끼친다. 이 씹새끼는 차 타고 가다가 죽을 게 분명하다. 최소한 자메이카에서는 그렇다. 랜싱이 차를 도로 왼쪽에 붙이지 못하는 바람에 우리는 뉴킹스턴에서 호프로드까지 그 먼 거리를 도로 한가운데로 달려왔다. 그러면서도 놈에겐 경적을 울리는 모든 자메이카 사람들을 향해 씨발 찌그러져, 라고 말할 수 있는 강철 같은 배짱이 있었다. 나야, 뭐 반쯤은—누가 나를 알아볼 거라는 얘기는 아니지만—마크 랜싱과 함께 차를 탄 모습을 누구에게도 들키고 싶지 않다는 마음으로, 나머지 반은 누군가 총을 쏠 경우 총알이 랜싱에게 먼저 맞았으면 좋겠다는 생각으로 좌석 깊숙이 앉아 있었다. 오후 7시. 킹스턴 지역 대부분의 회사에선 업무가 끝나 도로는 꼬리에 꼬리를 문 자동차로 꽉 막혀 있었다. 모두들 자동차에 타기 직전까지 복하기 대회에 참여했던 사람들처럼 경적으로 비명을 질러대는 중이었다.

갑자기 사이렌이 울리고 마크를 제외한 모두가 길을 비킨다.

– 비켜줘, 마크.

– 씨발 꺼지라고 해, 딴 놈들이 비키면 되잖아.

– 마크, 왜 일부 자메이카인들이 언제든 백인 궁둥이를 차줄 수 있는 기회만 노리고 있는지에 대해서 역사 강의를 늘어놓을 필요는 없겠지.

– 뭐 그놈들이 원한다면야……

– 씨발 비키라고, 랜싱.

– 알았어, 알았어. 진정해, 너 진짜 칠랙스* 좀 해야겠어, 친구.

씨발 내가 그레그 브레디**랑 같은 차를 탔네. 정말 슬픈 건 마크가 이 거지같은 유행어를 실제로 그레그 브레디에게서 배웠을 거라는 점이다. 이 자식은 뭘 하든 자기한테도 쬐끄만 거시기가 달렸다고 광고하지 못해 안달이다.

앰뷸런스가 돌진해 지나가고, 놀랍게도 1초 만에, 피할 수 없을 만큼 더 짧은 순간에 마크가 핸들을 꺾더니 그뒤를 따라 돌진한다. 극적으로 표현하려는 게 아니라 진정으로 말을 잃는 순간이 오면, 그 순간을 기록해놓고 싶어진다. 랜싱은 멍청이처럼 씩 웃고 있기도 한데, 자신이 이렇게 훌륭한 생각을 떠올렸다는 점에 스스로 아찔한 모양이다. 랜싱과 똑같은 생각을 한 자동차 네 대가 우리를 따라붙는다. 이중으로 된 가수의 집 대문으로 다가가는 우리 모습이 보인다. 그러니까, 정말로 보이는 건 아니지만 한 블록만 더 가면

* 침착하다(chill)와 긴장을 풀다(relax)를 합성한 미국의 속어.

** 1969~74년 미국 ABC사에서 방영한 시리즈 〈유쾌한 브레디 가〉의 등장인물. 브레디 가의 장남으로 자신감 넘치며 여자들에게도 인기가 많은 인물로 그려진다. 극중에서 그레그 브레디가 '칠랙스'라는 표현을 사용한다.

그 정문이 나오리라는 건 알고 있다. 랜싱이 핸들을 꽉 쥐고는 진입로로 방향을 트는데, 너무 급하게 우회전하는 바람에 타이어에서 끼익 소리가 나고 뒤쪽 자동차 운전자가 니미 씹새끼야라고 소리를 지른다.

–반사다, 새끼야.

우리는 가수의 집 대문 밖에 있다. 땅거미가 많이 내렸지만 입구 쪽에서 현관을 거의 가린 나무가 보인다. 여기에서 보니 꼭대기 층은 그 나무 위에 서 있는 것 같다. 랜싱이 두 번 경적을 울리고는 내가 그 빌어먹을 경적을 손으로 막는데도 세번째로 경적을 울린다. 랜싱은 눈을 부라리더니, 차에서 내려 정문 옆쪽으로 가서는 경비원의 주의를 끈다. 경비원은 굳이 일어나려고도 하지 않는다. 무슨 말을 했는지조차 확실하게 알 수 없다. 그때 랜싱이 말하는 소리가 들린다. 씨발 난 저택 안쪽에 주차를 하게 되어 있다고 씨발 무슨 소리야 당신 내가 누군지 알아 내가 이 거물 친구를 촬영하는 사람이라고 씨발 오늘 내가 못 들어갈 거라고 생각하면 오산이야. 경비원은 목소리를 높이지 않는다. 실은 여전히 아무 말도 하지 않고 있는 것 같다.

–등신새끼들. 가족이나 밴드 단원이 아니면 아무도 안 들여보내주겠대. 씹새끼들.

랜싱은 가수의 집과 마주보고 있는 아파트 건물로 차를 몰아가더니, 지정 차량이 분명하게 표시된 주차공간에 차를 댄다. 굳이 지적하고 싶은 마음도 들지 않아 나는 랜싱과 함께 차에서 내린다. 랜싱은 카메라를 가져가지 않는다. 저놈이 누군가에게 한마디를 제대로 해야겠다는 듯 발을 구르고 씩씩거리는 모습을 지켜보자니 참 우습다. 자메이카인들은 절대 동요하는 법이 없다. 어느 정도냐면,

무뚝뚝한 미네소타 사람들이라고 해도 믿을 정도다. 저 자메이카인들은 랜싱이 대문에 도착할 때까지 내내 웃고 있었을 것이다.

– 이제 됐나? 랜싱이 경비원에게 말한다. 내가 잘 모르는 경비원이다. 솔직히 나는 이 경비원들을 구분하지 못하지만. 경비원은 머리끝부터 발끝까지 랜싱을 한 번 훑어보더니 대문을 열어준다.

– 거기, 한 사람만. 그자가 나에게 말한다. 나는 물러선다.

– 거기서 그냥 기다려, 피어스. 형님한테서 허가 받아올 테니까.

– 그래. 진짜였구나, 마크.

– 그냥 거기서 기다리고 있어.

마크가 현관으로 향하더니 왼쪽으로 방향을 틀어 사라진다. 나한테는 랜싱이 어디로 갔는지 보이지 않는다. 경비원이 나를 보고 나는 그를 본다. 나는 로스만*에 불을 붙이고 경비원에게 담뱃갑을 건넨다. 경비원도 한 개비를 꺼내더니 담뱃갑을 내게 돌려준다. 우리 둘 다 이게 일종의 사교행위라고는 생각하지 않는다. 하지만 이로써, 최소한 그자는 내가 대문에 몸을 기대도 신경쓰지 않는다. 밴드가 연주를 멈추었다가 다시 시작하는 소리가 들리는데, 기타 소리가 대부분이다. 편견에 찌들었다고 욕해도 상관없지만, 나는 베이스나 드럼 소리를 먼저 듣게 될 거라고 생각했다.** 밴드에 새로 들어온 단원들이 가수를 록 방향으로 밀어붙인다는 얘기를 들었다. 가수가 자기 뿌리에서 멀어지고 있다고 얘기할 수도 있겠으나, 그렇게 말하면 흑인들에게 흑인의 뿌리가 어딘지를 가르칠 수 있다고 주제넘게 생각하는 또 한 명의 백인 남자가 될 뿐이니까.

---

* 영국제 담배.

** 레게 곡들은 베이스와 드럼이 주조를 이루는 경우가 많다.

대문에서는 보이는 게 별로 없다. 가수의 낡아빠진 트럭이 차고에 들어 있다. 나무, 잡초, 건물의 서쪽 면과 경비원들. 최소한 내 생각에는 경비원인 것 같다. 그자들 십여 명 정도가 부지를 돌아보고 있다. 처음으로 주변의 모든 건물이 눈에 들어온다. 랜싱이 자동차를 세운 앞쪽의 아파트 단지, 대문 하나를 사이에 두고 있는 타운하우스들, 이제는 천천히 호프로드를 오가는 자동차들. 가수에게 처음으로 어떤 질문을 던져야 할지조차 생각해놓지 않았다. 두 개의 7이 부딪히는 순간에 대한 예언을 어떻게 생각하십니까? 버니 웨일러의 새 앨범은요? 이 콘서트를 연다는 게 인민국가당을 지지한다는 뜻입니까? 라스타가 CIA를 위해서 일하지 않는다면, 그럼 누구를 위해 일하고 있는 건지는 알고 있습니까?

나는 배낭에서 메모장을 꺼내 빈 페이지를 바라본다. 누군가는 랜싱한테서 출입 권한이 있다는 말을 듣자마자 내가 백만 개도 넘는 질문을 써두었을 거라고 생각할지도 모른다. 그러나 막상 가수의 대문 앞에 서 있는 지금, 나는 할말이 하나도 없다. 뭔가 이야깃거리가 있다는 건 알고 있고, 내가 그 이야기를 원한다는 것도 알지만, 이제는 이게 내가 원하던 바로 그것인지 의아하다. 그냥 갑자기 겁쟁이 병이 도진 것인지 아니면 설령 가수가 이 이야기의 중심에 있을지는 몰라도 이게 가수의 이야기는 아니라는 사실을 천천히 깨닫고 있는 것인지는 알 수가 없다. 딱히 가수에 대한 것이라기보다 가수를 둘러싼 사람들, 그리고 그저 왔다 가는 사람들에 대한 이야기라고 할 수 있는 어떤 버전이, 가수에게 왜 간자를 피우시나요 같은 질문을 던지는 것보다 사실상 훨씬 큰 그림을 제공해줄 수 있을 거라는 생각이다. 빌어먹을 또다시 나 자신을 속이는군. 그게 아니라면 내가 또 게이 탈리즈* 꼴이 된 것이든지.

자동차들은 속도를 내고 있다. 그 차들을 너무 오랫동안 지켜본 나머지 경비원이 얼마나 자리를 비웠는지 알 수가 없다. 하지만 랜싱이 안에 들어간 지 15분이 지났다는 것만은 손목시계를 보고 알 수 있다. 나는 정문으로 곧장 다가가 철창 사이로 머리를 밀어넣는다.

– 저기요? 안녕하세요? 누구 안 계세요?

경비원이 어디로 갔는지 알 수가 없다. 씨발 대문에는 작은 빗장만 하나 걸려 있을 뿐이다. 그걸 들어올리기만 하면 안에 들어갈 수 있었다. 무단침입이라는 말을 이럴 때 쓸 수 있을까? 헌터 T. 톰슨은 엿이나 처먹어라, 나는 키티 켈리**다. 또다른 경비원이 나타났을 때 나는 빗장에 손을 대기 직전이었다. 전에 여기 있었던 그 경비원이 아니다. 피부색이 좀더 밝고, 오른쪽 뺨에는 전화기 자국 같은 흉터가 있었다. 나는 속으로 성급한 결론을 내린 스스로를 자책했다. 아니, 아니다. 정말로 그랬던 건 아니다. 다들 기관총을 들고 있었지만 경찰이 아니라는 건, 심지어 경비원들 중 괜찮은 계급에 속하는 부류조차 아니라는 건 꽤나 명백했다. 어쩌면 가수가 그냥 게토 애들을 고용한 걸지도 몰랐다. 랜싱을 믿다니 정말 어리석었다. 아마도 안쪽 창문 어딘가에서 밖을 내다보며, 사랑하는 친구 알렉산더 피어스를 땡볕에 내버려두고 왔다는 사실에 흥분하고 있겠지.

---

* 미국의 작가(1932~). 1960년대 〈뉴욕 타임스〉와 〈에스콰이어〉에 기고했으며, 문학적 저널리즘이라는 개념이 형성되는 데에 기여했다.

** 미국의 저널리스트 겸 작가(1942~). 재클린 케네디, 록 허드슨, 엘리자베스 테일러, 오프라 윈프리 등 다양한 유명인에 대해 허가받지 않은 전기문을 써서 유명해졌다. 하지만 책의 상당 부분이 거짓이라는 것이 밝혀져 가십거리만을 생산해낸다는 비판을 듣기도 했다.

가수도 랜싱과 함께 창문 옆에 서서 웃고 있을 거라는 생각까지 할 뻔했지만, 그렇게 쿨한 사람이 랜싱 같은 개새끼와 시간을 보내는 건 상상할 수가 없었다. 랜싱이 뭘 하러 왔든 간에 말이다. 그렇다고는 하지만.

그 사람의 BMW가 미끄러져 나갈 수 있을 정도로만 대문이 열린다. 가슴이 쿵 내려앉는다, 장담하건대 꼭 십대 소녀가 된 기분이었다. 하지만 그 사람이 아니었다. 누군가 다른 사람이 차를 몰고 있는데, 오른쪽에는 날씬한 라스타 한 명이 코러스 가수처럼 보이는 여자와 함께 타고 있었고, 뒷좌석에는 또다른 남자가 타고 있다. 운전자는 잔뜩 열이 받아서 뒤쪽을, 그다음에는 여자를, 그다음에는 나를 돌아보고는 그대로 떠났다. 차가 떠나버릴 때쯤에야 나는 그자가 심각하다고 할 정도의 어둠 속으로 향하고 있다는 사실을 깨달았다. 헤드라이트 불빛들이 거리를 굴러가고 있었다. 8시가 넘은 시각이라는 걸 잊어버렸다. 2층에 불이 들어와 있었다. 대문이 닫힌다. 뭐 지금까지 45분간 이 대문 앞에서 기다렸다는 건 확실한데, 솔직히 말하면 시간을 재는 것도 잊어버렸다. 제 친구 못 보셨어요, 내가 빈 공간에 대고 말한다. 경비원은 자리를 비웠고 나는 몰래 들어가면 어떨지 다시 생각해본다. 쉬울 것 같은데. 그러니까 내가 실제로 안에 들어가고 경비원 열 명이 나를 덮친 다음 이런저런 질문을 퍼붓기 전에는 그래 보였다.

빨간색 F100 트럭이 급브레이크를 밟더니 오른쪽으로 방향을 급히 틀어 진입로로 올라온다. 나는 놀라서 화들짝 뛰며 길을 비킨다. 차 안에는 두 남자가 있는데 둘 다 피부색이 어둡고 밤인데도 선글라스를 끼고 있다. 운전대를 잡고 있는 남자가 나를 눈여겨지게 바라보고 나는 좆나, 내가 가지고 있는 모든 힘을 동원해 그자를 계속 바라본다. 다른 남자가 트럭 옆면을 두드린다. 엔진이 여전히 돌아간다. 그때 대문이 겨우 90센티미터 정도 열리더니 청바지와 카키 바지, 나팔바지를 입고 권총과 소총을 들고 있는 남자 일곱이 트럭으로 가서는 뒷칸에 올라탄다. 마지막 남자, 레게머리를 하고 빨강 초록 금색으로 된 민소매 티셔츠를 입은 땅딸막한 남자가 잠깐 동안 나를 힐긋 보지만 멈추지 않고 달린다. 트럭 운전자는 주위를 살피지도 않고 그대로 후진해 차량 대열에 합류해서는 왼쪽으로 향한다. 대문이 더 열리고 나는 진입로를 따라 쏜살같이 나아가는 파란 에스코트, 창밖으로 총을 삐죽 내밀고 있는 남자 네다섯 명으로 가득찬 자동차에게 길을 비켜주고 있다. 보도를 구르느라 너무 바빠서 숫자를 제대로 세지 못했다. 자동차는 호프로드에서 좌회전하고 다른 자동차들이 급브레이크를 밟는다. 나는 주섬주섬 몸을 일으켜 경비 초소를 넘어다본다. 아무도 대문을 닫지 않는다. 다들 사라져버린 것 같다.

그게 내가 처음으로 가수의 건물 안에 들어간 순간이다. 여기가 가수의 집인가? 그것조차 알 수가 없다. 진입로는 중간에 나무가 여러 그루 있는 로터리 형태인데, 그 길을 따라가면 기둥 네 개가 받치고 있는 건물 입구로, 그다음에는 반쯤 열린 것처럼 보이는 이중문이 달린 문간으로 이어진다. 2층 창문은 전부 녹슨 듯한 색깔이며 열려 있다. 밴드는 여전히 연주를 하고 있지만 바깥에 있던 사람들은 모조리 사라졌다. 나는 왼쪽으로, 가수의 낡은 트럭이 있는 곳으로 걸어간다. 우리 아버지한테도 이런 차가 하나 있었다. 똑같은 트럭은 아니지만, 낡아빠진 트럭이라는 점은 같다. 아버지는 그 트럭을 자기 자식들보다도 더 사랑했다. 아버지가 그 트럭을 그렇게까지 좋아한 이유는, 그 트럭이야말로 나이는 들되 절대 죽지 않는 유일한 물건이었기 때문이다. 뭐, 결국 죽었지만 그전까지는 말이다. 아주 씨발 이상한 일이다. 안에서는 분명히 음악이 들려오는데 바깥은 조용하다. 소리가 없다는 게 아니다. 멈추었다가 다시 들려오곤 하는 키보드 소리에 드럼 소리며 자동차 소리까지 들려왔으니까. 하지만 조용한 느낌이었고, 나는 그게 거슬리기 시작했다. 어떻게 다른 말로 설명할 방법을 모르겠다. 랜싱 그 개자식이 나를 그냥 여기 바깥에 내버려두다니 믿을 수가 없었다. 어쩌면 그놈이 진짜로 나를 바람맞힌 걸지도 모른다. 어쩌면 내 주변에 온통 웅크리고 있는 어둠 때문일지도 모르고. 경비원들이 대문을 활짝 열어놓고 전부 자리를 비웠다는 사실을 안에 있는 사람들은 모른단 말인가? 근무 교대? 새로 와야 할 친구들은 자메이카 타임에 맞춰 움직이고 있단 말인가?

씨발 좆같네. 그 새끼도 좆같고. 내가 멍청했다. 지금 좆같은 멍청이가 된 기분이 드는 걸 보면, 어쩌면 랜싱이 내가 뒤에서 했던 이런저런 이야기를 가지고 복수하는 중인지도 모르겠다. 다만 한 가지, 설령 무슨 거지같은 험담을 하기 위해서라도 마크 랜싱은 내가 화제로 삼을 만한 사람이 절대 아니라는 점만 빼면 말이다. 그리고 말을 한다고 해도 누구한테 하겠는가? 씨발 이 개자식, 그리고 빌어먹을, 이곳 전체도 씨발 좆이나 깠으면 좋겠다. 어쩌면 내가 나 자신을 속이고 있는 걸지도 모른다. 또 한번. 어쩌면 이 좆같은 직장을 잃지 않기 위해서라도 믹 재거의 소재지를 파악하든지, 최소한 아직까지도 만나지 못한 그놈의 사진작가와 회합을 하든가 해야 할지도. 말이 나와서 얘긴데, 나는 그 사진작가가 이 나라에 들어와 있는지조차 확신할 수 없다.

나는 몸을 돌려 대문 밖으로 걸어간다. 호프로드는 분주하다. 랜싱의 차에 두고 내린 물건은 하나도 없으므로 나는 그대로 걸어간다. 자동차들은 계속해서 움직이고 택시처럼 보이는 흰색 에스코트가 눈에 들어온다. 음, 기사가 창밖으로 팔을 내밀고 있군. 보통 저런 경우에는 기사가 직접 요금을 받아, 접어놓은 달러 지폐를 손가락 사이사이에 끼워 흔들고 있는 것이다. 내가 손을 흔들자 기사가 차를 세운다. 나는 문을 열고 올라타, 길을 올려다본다. 파란색 자동차가 방향을 돌려 진입로로 접어드는 모습이 보인다.

니나 버지스

저녁이 나를 따라잡는다. 나는 몇 시간째 걷고 있다. 그래 맞다. 버스는 이 방향 저 방향으로 나를 스쳐지나갔고 그중 몇 대는 멈추어 서기까지 했다. 하지만 나는 몇 시간째 걷고 있다. 나는 부모님 집 근처인 듀헤이니 공원에서부터, 그의 집을 중심으로 놓는다면 그의 집에서 북서쪽에 있는 곳에서부터 걸어왔다. 키미는 내가 자기를 쫓아온다고 생각해서 자리를 떴다. 키미는 내가 벨트를 잘못 쥐고서, 그러니까 내가 끈을 손에 쥐고 지년의 씹할 눈구멍에서 눈알을 하나 파낼 기세로 버클을 채찍처럼 휘두르며 덤벼들 거라고 생각했다. 그년은 꼭 〈블랙 크리스마스〉*에 나와서 제일 먼저 죽는 년처럼 도망갔다. 맏딸이 웬 냄새나는 구멍으로 전락해 라스타를 사랑하는 걸레년이 되고 말았다는 사실에 넋을 잃은 엄마가 깜빡하고

---

* 1974년에 상영된 올리비아 핫세 주연의 슬래셔 호러 영화. 대학교 여학생 클럽 다락방에 숨어 있던 살인자가 크리스마스 휴일 동안 회원들에게 협박 전화를 걸고 그들을 스토킹하며 살해하는 내용.

치워놓지 않은 진공청소기에 발이 걸리기도 했다.

키미를 쫓아갈 생각은 없었다. 어차피 키미는 끔찍한 공포 영화에서도 비명이나 지르는 주인공 여자애가 되고 싶어하니까. 그러면 자기가 다시 관심의 중심이 될 수 있으니 말이다. 장담하건대, 아빠가 바닥에 쓰러져 숨을 고르고 있고 엄마는 나더러 나가라고 소리를 질러대는데 나는 그 말을 무시하고 있기 때문이어서가 아니라, 자신이 원했던 것과 조금이라도 비슷한 결과가 나타나지 않았기 때문도 아니라, 전혀 다른 이유 때문에 키미는 역효과가 났다고 생각했을 것이다. 그 이유란, 이 모든 일을 자기와 관련한 문제로 만들 방법을 찾아내지 못했다는 것이었다. 키미를 쫓아갔어야 했다. 쫓아가서, 딱딱하게 부풀어오를 상처를 최소한 두 개는 찍어줬어야 했다. 하지만 엄마가 나더러 초열지옥의 검은 구덩이에서 나온 악마라면서, 사탄이 자기 안에 들어와 사랑스러운 아기를 악마로 바꾸어놓은 건 분명 사순절*에 아무런 희생도 하지 않았기 때문일 거라고 계속 소리를 질러대고 있었으니까. 그럴 땐 좀더 괜찮은 영화를 보시라고 말씀드리거나 그냥 떠나는 것밖에는 다른 도리가 없지 않겠냐고? 그래, 그래서 지금 그렇게 하고 있잖아. 키미는 그냥 우연히 문간에 서 있었던 것뿐이다. 키미는 자기 방, 아니, 옛날 자기 방으로 뛰쳐올라가는 내내 비명을 지르더니 문을 닫았다.

나는 허리띠를 떨어뜨리고 밖으로 나갔다. 노을이 몸에 닿자마자 달리기 시작했다. 6시 정각은 이미 왔다가 가버렸다. 엄마가 전화를 걸었을 때는 무슨 비상사태라도 터진 줄 알고, 대니가 떠난 이

* 부활절이 있는 주 일요일을 기점으로 앞서 40일간의 기간. 40일간 광야에서 시험을 받던 예수 그리스도의 수난을 기념하여 교인들은 금식, 속죄 의식 등을 행한다.

후로 한 번도 신지 않았던 초록색 조깅화를 신었다. 그동안 신지 않은 건, 대니가 그 조깅화를 사준 게 멍청한 짓이었기 때문이다. 고등학교를 졸업한 이후로 한 번도 조깅을 한 적이 없는데 왜 조깅화가 필요하겠는가? 어느 시점에선가 나는 부모님의 집에서 도망치는 걸 멈추었다. 아마 도로로 뛰어들면서 만난 첫번째 자동차가 브레이크를 때려밟으며 나한테 피똥이 어쩌고 퍼부어대던 순간부터인 것 같다. 아니면 그런데도 계속 도로 한가운데를 달리다가 또다른 자동차가 브레이크를 때려밟으며 저년 아주 돌은 년이네, 라고 말했을 때거나. 아니면 크로스로드에 가고 싶은 마음도 없었고 대체 언제 버스를 탄 건지 기억도 나지 않지만 어쨌든 크로스로드까지 나를 데려다줄 버스에 올랐을 때인지도 모른다.

비자는 티켓이다. 그게 바로 비자의 의미다. 그 사실을 알고 있는 사람이 왜 나밖에 없는지 알 수가 없다. 비자는 미친 인민국가당이 이 나라에 만들 지옥에서 탈출하는 티켓이다. 그걸 알려면 뉴스를 봐야 한다. 엄마가 말하는 묵시록의 기수들이 나타날 때까지, 피똥 쌀 그게 무슨 소린지는 도저히 모르겠지만, 아무튼 앉아서 기다리고만 있을 이유는 없다. 교회에 가서 징표며 기적 이야기, 이러한 종말의 시기에 우리가 어떻게 살고 있는지 좀 보라는 이야기를 듣는 걸 그토록 좋아하는 우리 엄마. 감사할 줄도 모르는 불쌍한 부모님, 그 두 사람 눈에는 안 보인다는 건가, 이게…… 이 상황이…… 제기랄, 나도 모르겠다, 이게 뭔지. 호프로드에 가야 하는데 왜 크로스로드에 와 있는지도 모르겠고. 말을 꺼내지 말아야겠어, 보여주기만 해야겠다. 그냥 비자랑 비행기표를 구해서, 두 사람이 무슨 말이든 하기 전에, 아니면 씨발 키미가 기회를 잡아 그러시 말나고, 무슨 뭐, 쉣스템이 알아서 스스로를 바로잡을 때까지 일단 기다리며 지켜봐야 한다고 설득하려 들기 전에 그냥 불쑥 들이밀어야겠어. 나는 망할 버스에서 내린다.

나는 아빠가 숨 고르는 소리를 듣기도 전에 떠났다. 그래도 싸. 전부 그래도 싸다고. 모든 남자들, 이제는 빌어먹을 우리 아빠까지 포함한 모든 남자들이 나를 보자마자 최악의 행실을 보여줄 자격증이라도 얻었다는 듯 구는 게 좀 진절머리 났을 뿐이다. 대단하네, 이제 나도 엄마처럼 말하잖아. 피똥 쌀, 엄마는 내가 세상에서 제일 닮기 싫은 인간인데. 아빠는 내가 어린 여자애라도 되는 것처럼 나를 두들겨팼다. 마치 내가 피똥 쌀 애새끼인 것처럼. 이게 다 키미 잘못이다. 아니 이건 키미 잘못이 아니다. 키미는 그냥 남자, 아빠를 비롯한 남자들이 말해주는 게 바로 자기 가치인 줄로만 아는 빌어먹을 멍청이일 뿐이다. 아니, 이건 가수 잘못이다. 가수가 나랑 씹질을 하지만 않았어도 나란 년은 그 사람과 아무 상관도 없었을 것이고, 대사관에서 나한테 그냥 그 피똥 쌀 더러운 비자만 내줬으면, 나한테는 미국 내 연고자가 전혀 없다는 씨발 개소리만 씨불이지 않았으면, 아니 젠장 누가 도망이라도 친단 말인가? 샘의 아들*이 사람들 머리를 총으로 갈겨대고 다 큰 남자들이 어린 남자애들을 강간해대는 나라, 백인들은 아직도 사람들을 검둥이라고 부르고 보스턴에선 깃발로 찔러대고 누가 그걸 사진 찍든 말든 상관도 않는** 그런 좆같은 나라로? 그런 개소리만 안 했으면, 좆같은 인간이

* 본명은 데이비드 버코위츠. 샘의 아들이라는 별명 외에 44구경의 살인자라고도 불린다. 1976년 여름, 뉴욕에서부터 사람들을 쏘기 시작해 1977년 7월까지 여섯 명을 죽이고 일곱 명에게 부상을 입혔다. 경찰이 대대적인 검거작전을 펼쳤으나 모두 피하면서 더 많은 범죄를 저지르겠다는 예고를 남겼다.

** 1974년부터 1988년까지 진행된 보스턴 공립학교의 인종차별 철폐 정책과 관련하

하나 더 입국을 했겠지.

예수 씨발 그리스도님, 저도 엉터리 영어를 쓸 때의 제가 싫습니다. 이렇게 떠들어대는 내내, 속으로만 말한 것이 아니라 나도 모르게 소리를 내고 있었다는 걸 깨닫는다. 바로 옆을 걸어가던 여학생이 걸음을 재촉하더니 달려서 길을 건너갔다. 자동차가 핥아줬어야 하는 건데*** 아쉽네, 그렇게 말하고 싶다. 혀끝까지 차오르지만 소리 내서 말하지는 않는다. 대신에 크로스로드 동부를 걷는다. 모든 버스와 사람들과 파란색 교복과 초록색 교복을 입은 여학생들과 카키색 제복을 입은 남자아이들은 너무 빠르게 자라나는데, 나는 마레스코 로드로 향한다.

버스에 오르자 심장이 다시 빠르게 뛰기 시작한다, 아빠를 때렸을 때보다도 더 빠르게. 이 박동은 멈추지 않을 것이다. 나는 여행가방과 핸드백, 배낭, 반짝이는 옥스퍼드화와 수수한 힐을 가지고 버스에 타고 있다. 사람들은 모두 직장이나 학교를 떠나 집으로 가고 있지만 나는 아니다. 나는 직업조차 없다. 게다가 빌어먹을 두 발은 이 빌어먹을 조깅화 때문에 가렵기까지 하다. 내 왼편 뒤쪽에 앉은 여자, 정확히 네 개의 좌석 뒤편에 앉은 그 여자가, 뭔가 잘못된 게 있는지 나를 살피는 게 눈에 들어온다. 지금 내 머리모양이 그렇게까지 미쳐 보이지는 않을텐데. 티셔츠도 청바지에 집어넣은 상태니까, 차장한테 무임승차권을 달라고 빌어서 이 버스를 탄 것처럼 보이지는 않을 게 분명하다. 나는 여자가 보던 신문에서 다시 눈을 들기만 기다리다가, 여자가 눈을 들자 눈을 부라려 보인다. 여

에 일어난 일련의 사건을 암시한다.

*** 표준 영어의 '차에 치이다'(hit by a car)라는 표현을 사베이카 영어에서는 '차가 핥다'(a car lick down)라고 쓴다.

자는 시선을 빠르게 돌린다. 하지만 그 빌어먹을 여자 때문에 내려야 할 곳을 한 정거장 지나치고 말았다. 나는 버스가 서자마자 내려서는 내가 틀렸다는 걸 깨닫는다. 여자 때문에 아주 많은 정거장을, 최소한 대여섯 곳을 지나치고 말았다. 걷기 시작한 건 그때부터였다. 정거장을 지나쳤다는 것도, 시간이 얼마나 오래 걸릴지도, 내가 얼마나 멀리 떨어져 있는지에 대해서도 생각조차 하지 않았다. 레이디 머스그레이브 로드는 긴 도로였다.

내가 이 짓을 하는 이유를 머리로는 도저히 알 수 없는 걸 보면, 다리로는 알고 있는 게 분명하다. 어쩌면 달리 할 일이 아무것도 없는 건지도 모르겠다. 이것 말고는 아무것도 할 일이 없는지도. 혹시 이야말로 직업의 진짜 역할인 건 아닐까? 내가 지금 느끼는 이 공간을, 뭔가로 채워넣어야겠다고 느껴지는 공간을 채워넣어주는 것? 무슨 개소리인지. 내가 무슨 소리를 하고 있는지조차 모르겠다. 부모님은 더이상 내 부모님이 되고 싶어하지 않는다. 어쩌면 나는 그냥 여기에, 그 사람 대문 앞에 서서, 뭔가가 나를 옮겨주거나 뭐든 할 일을 찾아줄 때까지 가만히 있어야 할지도 모른다. 어쩌면 부모님이 이사를 가고 싶어하는지 따위는 논점에서 벗어난 것이고 중요한 것은 부모님이야 뭘 어쩌든, 나라도 씨발 그놈의 비자를 얻어내는 것인지도 모르고. 나는 노력했다. 그래, 역겨운 라스타랑 씹질이나 해대는 딸년이 말이다. 어떤 게 더 짜증나셨는지, 라스타 부분인지 씹질 부분인지 여쭤볼 걸 그랬네.

교차로에서 멈춰 섰다. 보행로 풀밭에 드러눕고 싶고 달리고 달리고 계속 달리고 싶다. 나는 핸드백을 열어 콤팩트를 꺼내지만, 맹세컨대 대체 무슨 정신으로 핸드백을 챙겼는지는 기억나지 않는다. 어떤 여자들한테는 핸드백이 열한번째 손가락과도 같아서, 매일 가방을 바꿔 들 때조차 가방을 의식조차 하지 않는다는 건 나도 안다. 그래도 이 핸드백은 도저히 기억나지 않았다. 대체 누가 핸드백을 들고 뛴단 말인가? 미쳐가고 있는 게 틀림없었다. 날 원하지도 않는 사람들에게 뭐라도 좀 사줄 돈을 얻으러 가수의 집으로 가고 있었다. 어쨌거나 가고 있는 중이기는 했다. 왜냐하면, 뭐 그냥. 왠지 나는 오늘 처음으로 내 모습을 보는 것 같은 기분이 든다. 아까 내 머리모양에 대해 했던 얘기는 스스로에게 한 거짓말이었나 보다. 지금 보니 미친년 맞네. 헤어롤을 뺀 다음 아무것도 하지 않은 것 같은 모양새다. 왼쪽 머리 맨 윗부분에서는 커다란 컬이 밖으로 뻗어나와 있고 또다른 커다란 컬이 오른쪽 눈썹 아래까지 늘어져 있다. 립스틱은 눈먼 아기가 칠한 것 같다. 빌어먹을. 나라도 나를 보면 도망쳤을 것이다.

목이 멘다. 빌어먹을, 피똥 싸는 소리 하네. 나는 지금 우는 게 아니다. 내 말 들리지, 니나 버지스. 나는 지금 우는 게 아니야. 하지만 풀밭은 너무 좋아 보인다, 그냥 몸을 숙이고서 고함을 치고 싶다. 미친 여자는 혼자 놔두는 게 상책이라는 걸 사람들이 알 수 있을 정도로 크게. 얼마나 형편없는 여자가 된 거지. 엄마가 생각한 그대로잖아. 점점 미쳐가는 건 걷는 것 때문인지도 모른다. 나 아니면 대체 누가 이 시간에 어딜 걸어다니겠나? 어젯밤엔 실제로 헤이븐데일까지 그 먼 길을 걸어서 집으로 돌아가겠다고, 머저리처럼 생각했었다. 나와 동갑인 여자들 중에, 나랑 같이 학교를 다녔던 여자들 중에 어떤 목표가 있는 애가 한 명이라도 있을까? 왜 나한테는 남자가 없을까? 대니가 미국으로 돌아갈 때 같이 가기만을 원했다니 대체 무슨 생각이었던 걸까? 대니가 여기에 온 건 이 동네 보지를 따먹기 위해서였다. 그리하여, 임무 완수. 이 메시지는 3년 후

자동 폭파됩니다. 키미년을 진짜 넋이 나갈 때까지 두들겨패줬어야 하는 건데. 아니면 최소 한 번은 차줬어야 했어.

그렇게 걷다가 멈추다가를 반복하다보니 밤이 내 몸을 기어올랐다.

– 저기 죄송한데, 지금 몇시죠?

– 몇시였으면 좋겠는데?

나는 넥타이를 매고 있기는 하지만 집으로 걸어가고 있는 게 분명한 그 뚱뚱한 개자식을 쳐다보며 한마디도 하지 않는다. 그냥 보기만 한다.

–8시 30분, 그 개자식이 말한다.

– 고맙습니다.

– 잘 모를까봐 말해주는 건데, 밤 8시야. 남자는 그렇게 말하며 씩 웃는다. 나는 생각해낼 수 있는 모든 나쁜 단어와 추잡한 생각을 눈길에 담아 그에게 돌려준다. 개자식이 멀어져간다. 나는 가만히 서서 지켜본다. 그럼 그렇지, 한 번, 그리고 또 한번 개자식이 뒤를 돌아본다. 아시는지? 남자들은 전부 씨발 구린 것들뿐이란 걸. 그래, 모든 여자들은 이 사실을 알고 있지. 하지만 우리는 이 사실을 매일 잊어버려. 그래도 상관없는 게, 조금만 기다리면 하루 안에 다른 남자가 나타나 그 사실을 일깨워주거든. 심장이 다시 뛰고 있다. 세게 뛴다. 어쩌면 마침내 다시 호프로드가 눈에 들어왔기 때문일지도 모른다. 자동차와 버스들이 동쪽에서 서쪽으로, 서쪽에서 동쪽으로 시야를 가로막는다. 나는 다시 달리고 있다. 호프로드는 느리다. 그 위를 달리는 자동차들도. 나를 치고 뺑소니칠 수는 없지. 왜인지는 모르겠지만 나는 달려야만 한다, 지금 당장. 어쩌면 그 사람 자동차가 밖으로 나가고 있을지도 모르고, 그 사람이 불 베이로

갈 준비를 마쳤을지도 모르며, 어쩌면 누군가가 그 사람을 보러 와서 그 사람 시간을 잡아먹고 있을지도 모르고, 어쩌면 그 사람이 방금 '미드나이트 레이버스' 리허설을 마치고 나서 이제야, 끝끝내 내가 어떻게 생겼는지를 떠올렸을지도 모른다. 나는 그냥 지금 당장 거기에 가야만 한다. 달리기를 했었던 그 1년의 시간은 돌아오지 않았고 금방이라도 터져버릴 것 같은 건 심장이 아니라 폐부였다. 하지만 멈출 수가 없다. 나는 호프로드에 거의 뛰어들다시피 했고 급하게 오른쪽으로 방향을 틀어 계속 가고 있다. 엄마랑 아빠는 니가 이러는 걸 바라지 않을걸, 또다른 나 자신이 말을 하고 그것 때문에 속도가 느려진다. 씨발년아, 내 피똥이나 핥아.

그 사람 대문까지는 한 블록이 남았고 가로등은 전부 켜져 있고 자동차들은 부드럽게, 너무 빠르지도 너무 느리지도 않게 움직이고 있다. 하얀 자동차 두 대가 총알처럼 그 사이를 비집으며 아래쪽으로 질주한다. 첫번째 자동차가 그 사람의 대문으로 빠르게 들어가면서 내 귀에까지 끼익 소리가 들린다. 두번째 자동차도 갑자기 방향을 바꾸어 들어간다. 내 발은 달리기를 멈추고 걷기 시작한다. 나는 지금 그 사람들이 내게 남겨진 유일한 기회로부터 그 사람을 멀리 떼어놓지 않기만을 바란다. 이것뿐이다, 내가 이 짓을 하는 건 지금 할 수 있는 전부가 이것뿐이고 다른 건 아무것도 없기 때문이다. 해낼 수 있을 거야, 꼭 말도 안 된다고 할 수만은 없는 거잖아. 아직 크리스마스도 되지 않았는데, 이제 막 12월이 되었는데, 누군가가 벌써 폭죽을 터뜨리고 있다. 나는 달리고 달리고 다시 달리고 그다음에는 폴짝 뛰어 그 대문에서 3미터 정도 떨어진 곳까지 곧장 걸어간다.

데무스

배드맨이 깨어나는 방법은 이렇습니다. 처음에는 몸을 떨고, 두 번째로는 배가 고프고, 세번째로는 근질거리고 가렵고, 자지가 곧 터져버릴 것처럼 타오르죠. 이럴 때는 이렇게 하는 겁니다. 고개를 끄덕여 떨리는 몸을 마저 떨어내고, 검은 피부가 빨갛게 변할 때까지 가려운 부분을 긁다가 판잣집의 가장 어두운 구석으로 가 지퍼를 내리는 거죠. 다른 사람들이 이 새끼야 피똥 지리냐? 라고 말해도 듣지 않는데, 지금 당장은, 그 오줌을 내보내는 것이야말로 세상에서 가장 달콤한 일이기 때문이에요. 하지만 몸은 계속 떨리고 위퍼가 돌아올 때까지는 그 떨림이 사람을 가만히 내버려두지 않아요. 아침에는 판잣집이 더 커 보여요, 안에서는 남자 여섯 명이 배드맨의 잠을 자려고 노력하고 있는데도요.

배드맨이 깨어나는 방법은 이렇습니다. 절대 잠들지 않는 겁니다. 헤로인으로 몸을 떠는 펑키 치킨이 잠든 상태로 레비티쿠스, 레비티쿠스, 레비티쿠스* 하고 계속해서 헛소리를 내뱉으며 걸어다니기 시작했을 때 저는 잠들어 있지 않았어요. 헤클이 창문으로 달려가 바깥으로 몸을 밀어내려고 애를 쓸 때도 저는 잠들어 있지 않았고요. 밤-밤은 바닥에 앉아 벽에 기댄 채 자고 있지만 내내 미동도 하지 않아요. 저는 깨어 있는 채로 꿈을, 케이마나스 경마장에서 저를 가난한 채로 남겨두고 떠나간 브레드렌에 대한 꿈을 꿉니다. 저는 뜨거운 기운이 열처럼 제 안에서 솟아나게 내버려두었다가는 그걸 다시 눌러 담았다가 다시 솟아오르게 해요. 밤새도록 그렇게 할 수 있어요. 어젯밤에는 조시가 잠깐 저를 불러내서 그 씨발년이 이틀 전 밤에 에티오피아에서 돌아왔다고 말해줬어요. 이게 바로 욕망하는 무언가를 이용해 잠들지 않는 방법입니다.

방안에 있는 사람들이 대부분 너무 어리다는 걸 알아내는 방법은 이렇습니다. 잠든 지 한 시간도 되지 않아 녀석들은 신음하고 중얼거리기 시작하고 콘크리트 정글에서 온 그 뚱뚱한 남자라면 여자 이름을 세 번 소리쳐 부르겠지요. 도카스였는지 도라였는지 기억은 나지 않지만. 몽정을 하는 건 어린 녀석들뿐이에요. 구석의 헤클은 바지 아래쪽에서 손으로 죄를 짓고 있어요. 짐을 지는 것에 신물이 나신 신께서 우리들 어깨 위에 집어던지신 그 짐짝처럼, 그 짐으로 두 어깨가 무너질 것 같을 때에도 잠을 잘 수 있는 건 어린 녀석들뿐이지요.

저는 자지 않았어요. 졸리지도 않고. 이 방에는 밤에도 파리가 있어요. 제게 시간을 알려줄 수 있는 시계는 누구도 가지고 있지 않지만, 깊은 밤처럼 느껴지는 어느 때에 콘크리트 정글에서 온 비쩍 마른 남자가 문 밖으로 억지로 몸을 밀어내려고 애를 썼어요. 아무

* 구약성서의 레위기(Book of Leviticus).

도 깨지 않았지만 저는 잠들지 않았어요. 저는 그자가 자기 같은 다 큰 남자들을 돼지우리 같은 데에 가둬두다니 이게 씨발 무슨 개짓거리냐고 말하는 걸 들었고 저는 힘 빼는 게 좋을 거라고 조시 웨일스는 어린애들 훈련시키는 걸 아주 좋아하는 사람이니까, 라고 말하고 싶었지만 그냥 제가 머물던 구석에서, 등을 깔고 납작하게 누워, 누군가가 이쪽을 바라볼 때마다 눈을 감았죠.

하지만 그것도 몇 시간 전 일이었지, 하는 생각이 들어요. 이제 방에 있는 모든 사람들은 미쳐가고 있어요. 밤-밤은 다시 또다시 비명을 내질러요. 저는 콘크리트 정글에서 온 두 남자가 어슬렁거리고 어슬렁거리다가 서로에게 부딪칠 때마다 싸움을 벌이는 걸 봤어요. 헤클은 코카인을 찾아 모든 구석, 모든 틈새, 모든 빈 주스 상자와 음료수 병, 집 꼭대기와 바닥을 뒤져요. 지난번에 똑같은 짓을 했던 자는 산업용 등급의 쥐약을 먹었지만, 저는 헤클이 찾는 게 바로 그거라는 걸 알고 있어요. 펑키 치킨은 더이상 참을 수가 없게 되어 우리가 오줌을 누는 구석으로 가서는 거기에 앉아 셔츠 틈으로 칫 칫 칫 하며 가슴을 긁어대고요. 이건 개 같은 짓거리야, 알지들, 헤클이 말했죠. 이 빌어먹을 문을 부숴버리려는데 도와줄 사람? 조시 웨일스가 우리를 잡으러 올걸, 다른 녀석이 말하지만 조용히 속삭여요, 조시가 마치 묵시록에 나오는 기수인 것처럼.

제가 잠깐 멈추었을 때 밤-밤은 좆같은 여자애처럼 비명을 지르고 있더라고요. 저는 닥쳐, 썅년아, 라고 말하지만 밤-밤은 잘 때 야경증이라도 도지는 사람처럼 계속 비명을 질러대요. 저는 천둥처럼 밤-밤을 걷어차고 밤-밤은 번개처럼 펄쩍 뛰어올라요. 주먹을 맞으면 최소한 밤-밤은 남자라는 느낌을 받겠지만 따귀를 맞으면 여자애가 된 듯한 기분이 들겠죠. 창밖은 회색에서 노란색으로 바뀌었고 햇빛이 뚫고 들어와 바닥에 내려앉아요. 할 일이라고는 그 햇빛이 벽에서 바닥으로, 뒤로 물러나 바닥 저 너머로 움직였다가 되감기라도 한 것처럼 창밖으로 사라지는 걸 지켜보는 것밖에 없어요. 햇살은 하나도 들어오지 않지만 방은 마치 불처럼 뜨거워요. 정오인 게 틀림없어요.

이제 다섯 사람이 방안을 어슬렁거리며 냄새가 고약한 땀을 만들어대고 있어요. 지금은 펑키 치킨이 비명을 지르고 있죠. 밤-밤은 벽을 뚫어지게 바라보고 헤클은 창문 너머로 몸을 구겨 넣을 수 있다고 생각하는 것처럼 창문을 뚫어지게 바라봐요. 저는 헤클이 충분히 뒤로 물러났다가 슈퍼맨처럼 한 손을 뻗고 달리면, 딱 그렇게 창밖으로 날아갈 수 있을 거라고 생각한다는 걸 알아요. 아니 어쩌면, 그건 제 생각인지도 몰라요, 축축하고도 끈적이는 열기와 댕그렁하는 소리까지. 제 주변을 온통 둘러싼 남자들의 냄새가 나고 있어요. 아직까지 미치지 않고 있는 사람은 콘크리트 정글에서 온 두 남자뿐인 것처럼 보여요. 둘은 서로에게 부딪치는 대신 함께 걷기 시작해요. 하지만 한 사람이 헤클을 지나쳐 걸어가다가 헤클 발이 조금 쓸리자 헤클이 지금 어디를 차냐, 피똥 쌀 새꺄? 라고 말하더니 일어나서 그를 밀쳐요. 정글에서 온 두 남자는 둘이 짝을 지어 헤클에게 덤벼들고요. 한 사람이 오른손을 잡고 다른 사람은 왼손을 잡고서 헤클을 벽에다 쾅 밀어붙이자 판잣집이 흔들렸어요. 이중으로 헤클에게 주먹질을 하려는 참에 펑키 치킨이, 차소리 안 들려? 라고 했죠.

자동차가 한 대 다가오지만 그냥 지나치며 ~~우우우우우우우우우우우웅~~ 하고 가버려요. 펑키 치킨은 때가 오면 살인을 외치리라* 하고 노래를 부르기 시작해요. 밤-밤이 일어나 제자리에서 뜀뛰기를 하며 군인처럼 되어야 해, 군인처럼 되어야 해, 라는데 군인이라니 제가 밤-밤에게 전혀 기대하지 않는 모습이에요. 사방의 벽이 점점 죄어드는데 그 모습을 보는 사람은 오직 저뿐입니다. 다섯 남자의 냄새가 나는데 전부 지독하고, 그들 전부가 더워하고, 전부가 그 공포의 냄새를 풍기는데 그 말은 전부가 시큼하다는 얘기예요. 오줌 냄새도 나요. 유황 냄새도. 좀약이랑 젖은 쥐, 흰개미가 쓸어버린 낡은 나무 냄새도. 방이 죄어드는데 조시 웨일스와 위퍼가 총을 전부 가져가버리는 바람에 벽에 총으로 구멍을 낼 수도 없어요.

방이 점점 시원해지는데 처음에 든 생각은 마침내 바닷바람이 여기까지 불어왔구나 하는 것이었지만 그저 해가 멀어지는 거였죠. 그자들은 우리를 한밤이 다 새고 다음 밤이 올 때까지 가둬놓으려는 거예요. 막대나 기둥 조각, 파이프, 망치, 대걸레, 말뚝, 램프, 칼, 코카콜라 병, 스패너, 돌, 바위, 뭐든 놈들이 돌아왔을 때 그 두 놈을 때릴 만한 게 분명히 있을 텐데. 빠르게 놈들을 때려 죽일 수 있는, 누구라도 죽일 수 있는 무언가가. 저 문 너머로 들어오는 사람이라면 누구든 죽일 수 있는 무언가가 이 판잣집에 틀림없이 있겠죠, 왜냐면 저는 더이상 아무래도 상관없었으니까, 그냥 나가고만 싶으니까. 헤클은 손을 바지 쪽으로 내리고 구석에 있어요. 우리가 자기를 보고 있는지 살피느라 방을 둘러보고는 물건을 꺼내 여자 같은 소리를 내며 벽을 걷어찰 때까지 그걸 문지르죠. 밤-밤은 퍼니보이 꿈을 꾸며 잠들어서 또다시 내 클라크 신발은 건드리지 마, 라고 말해요.

* 마이티 다이아몬즈의 동명 데뷔 앨범 수록곡 〈때가 오면Right time〉(1976)의 한 구절.

비명을 지르는 남자를 멈추게 만드는 방법은 이렇습니다. 그자가 남자가 된 듯한 기분이 들게 하려면 얼굴을 주먹으로 치면 되고 여자애가 된 것 같은 기분이 들게 하려면 뺨을 철썩 후려갈기면 돼요. 조시 웨일스는 왼손으로 밤-밤을 땅에서 들어올리고 오른손으로 철썩 뺨을 갈겼어요. 동쪽에서 서쪽으로 후려갈기고 그다음에는 서쪽에서 동쪽으로 후려갈기고 그다음 또 동쪽에서 서쪽으로, 마치 밤-밤이라는 남자가 자기 여자라도 되는 것처럼요. 저는 조시 웨일스와 위퍼가 언제 돌아왔는지도 기억나지 않아 축축한 손으로 싸대기를 맞는다는 게 어떤 기분일지 생각하느라 머리를 긁적이고요. 눈을 한 번 깜빡일 때에는 없더니 다음번 깜빡일 때는 마술처럼 나타났어요. 오베아*처럼. 조시는 지금까지도 밤-밤의 따귀를 때리면서, 개년처럼 울지 말라고 계속 울면 진짜 울 만한 일을 만들어주겠다고 하고 있어요. 정글에서 온 두 남자는 니 에미나 처빨아, 라고 말하면서 몸을 돌려 조시에게 돌진하려고 하지만 위퍼가 서부영화에 나오는 카우보이 청부살인업자처럼 총을 홱 뽑더니 진정하지, 브레드렌이라고 말해요.

조시가 커다란 상자를 여니까 총이 여러 자루 나오는데, 대부분은 M16이에요. 위퍼가 작은 상자를 열자 흰 가루가 많이 나오고 펑키 치킨과 저는 테이블에 기어오르고, 위퍼는 나도 나도 나도 하며 찡찡대고요. 위퍼가 한 더미를 무수히 작은 가느다란 줄로 썰어내요. 그렇게 위퍼가 제일 먼저, 그다음에는 펑키 치킨, 그다음에는 저, 그다음에는 다시 위퍼가 하는데 그러자 조시 웨일스가 위퍼

* 서인도제도의 아프리카 노예들이 행하는 토속적 마법, 주술, 종교적 의례나 그러한 행위를 하는 주술사를 칭하는 말.

에게 그딴 좆같은 짓은 하지 말라고 자기가 이미 말하지 않았느냐고 고함을 쳐요. 위퍼는 아무 문제 없어, 인마, 아무 문제 없어, 라고 말하죠. 정글에서 온 녀석들 중 하나가 몸을 숙여 테이블에 코를 대는데 다른 녀석이 안 된다고 말해요. 위퍼가 그 녀석 얼굴에 총을 겨누더니 너를 죽인다고 해서 니 시체 써먹을 데를 못 찾을 거라고는 생각하지 말라고 해요. 위퍼가 총을 겨누지만 녀석은 움찔하지도 않아요. 위퍼는 총을 치우고 웃어. 저는 조시 웨일스가 그 모든 걸 지켜보는 모습을 지켜봐요. 조시 웨일스는 코카인을 한 줄도 하지 않아.

코카인을 세 줄째 하던 중, 나는 생각으로 닿을 수 있는 곳보다 더 멀리 가. 딜린저가 트랜지스터 라디오에서 연주를 하고, 나는 이 판잣집에 라디오가 있는지 몰랐지만 쿠 데(이것 좀 봐), 라디오야, 그리고 딜린저가 버킹엄 궁의 성배를 핥고서 미스터 윌리스를 쫓아가고서*. 기찻길의 판잣집은 덥고 지린내 같은 악취가 진동하네요. 코카인을 세 줄 다 했지만 위퍼는 계속해서 코카인 줄을 잘라내는데 그게 너무 가늘어서 한 번 훅 들이쉬자마자 없어져버려. 정글에서 온 두 남자는 큰 소리로 웃고 울고 노래 부르면서 총을 흔들어대고 있어. 그리고 위퍼가 나한테 한 줄을 잘라주고 나는 그걸 빨아들이고 코카인은 타는 듯하지만 후추가 타듯이 달콤하게 타고 그림자가 벽에서 뛰어내려 춤을 추기 시작해. 헤클과 펑키 치킨은 바보처럼 보이지만 나는 아니에요. 나는 현자와 바보의 경계를 넘어서 있지.

조그만 것들이 기나긴 시간을 채울 수도 있겠죠. 그래서 조시 웨

* 자메이카 레게 아티스트 딜린저의 노래 〈버킹엄 궁Buckingham Palace〉(1976)의 가사 일부.

일스는 기다려, 조, 라고 말하고 나는 나란 놈의 이름은 그게 아니라고, 말하지만 내 이름이 기억나지 않아서 조라는 이름을 받아들이고, 그냥 조라고 불러 라고 말하고, 그거야말로 가장 달콤한 이름, 달콤 자체보다도 더 달콤한 이름이야. 10분이 지나고 15분, 1시간, 1일, 5년. 상관없어, 얼마가 지나든 시간은 너무 길고 위퍼는 내게 코카인을 한 줄 더 잘라주지만 내가 총을 다룰 줄 안다는 걸 보여주기 전까지는 그걸 가질 수 없다고 말해. 나는 위퍼에게 방금 엉덩이를 비집고 나온 멍청한 계집년들도 총을 쏠 줄은 안다고 말하고 위퍼는 내 뺨을 치지만, 아무것도 느껴지지 않아. 그냥 그렇게 된 거야. 나는 따귀를 때리는 것도, 통증도, 총알도 느껴지지 않아. 조시 웨일스에게는 말하지 않아. 그림자들이 춤추기 시작하며 우리가 그를 죽여야 한다고, 도둑질을 한 친구와 그 사람까지도 죽여야 한다고 내게 말해. 그 사람과 도둑은 브레드렌이니까, 그러므로 그 사람도 도둑이랑 다를 게 없는 거지. 시간이 얼마나 흘렀는지 알 수가 없지만, 머릿속 라디오는 씨발 좆같이 달콤하다. 그는 내게 준비가 됐느냐고 묻고 나는 어떤 식으로 준비가 됐다는 건데? 라고 말해. 이제 아무도 나를 건드릴 수 없고, 내 눈은 아주 멀리 아주 깊이까지 볼 수 있고 나는 조시 웨일스가 알지도 못하는 사이 조시 웨일스의 뇌 속에 들어갔다가 나와. 나는 지금도 그자들이 이 이야기를 어떻게 전할지 알고 있어. 나는 어떤 부분이 간직되고 어떤 부분이 사라지는지를 알고 있다고.

신을 죽이고 악마와 씹질을 할 수 있다는 걸 확실히 깨달을 때 드는 기분은 이렇습니다. 조시 웨일스는 우리가 곧 출발할 거라고 말하지만, 나는 지금 당장 출발하면 좋을 것 같고 총을 쏘고 싶고 이 쌍년을 얼마나 죽이고 죽이고 죽이고 싶은지 생각하고 내가 아니면 아무도 그자를 죽이지 않을 것이고 나는 죽이고, 죽이고, 죽이고 싶고 기분이 너무 좋아요, 피이이이똥 싸게 죽여 죽여 죽여라고 말할 때마다 기분이 너무 달콤해서 방안에 울리는 메아리까지도 달콤해. 조시 웨일스는 갈 때가 됐다고 말해. 밖에는 흰색 다트선 두 대가 있어요. 조시 웨일스는 떠나기 직전 우리에게 얘기해줬지. 당신이 양측 모두와 장난질을 하고 있지만 어째서 여전히 인민국가당 앞잡이인지. 그리고 당신이 〈억압 아래에〉라는 노래를 녹음하려는 참인데 그게 인민국가당 슬로건이라는 건 누구나 알고 있다는 얘기도 했지요. 그리고 당신은 변하지 않지만, 이 일이 벌어진 다음에는 여러 가지가 많이 바뀌게 될 거라고도.

우리 여덟 명이 무엇을 하게 되는지 그 두 사람이 설명해준 시간은 이렇습니다. 세 시간. 이번 황홀경은 뭔가 달라서 처음과 마지막은 기억이 나지 않아. 제가 어떤 종류의 코카인이든 사용해봤다는 건 아니지만 그래도 이번 황홀경은 뭔가 다르다는 걸 알아요. 펑키 치킨은 벌써부터 맛이 간 것처럼 굴고 있어. 나는 추위가 느껴지는데, 그건 태양이 사라져버렸다거나 이른 밤이 벌써부터 검고 짙게 내렸기 때문은 아니야. 조시는 손목시계를 확인하고는 욕을 합니다, 피똥 싸게 늦었잖아 라고 말하죠. 흰색 다트선 두 대가 바깥에 있어. 조시, 위퍼, 밤-밤과 내가 첫번째에 타. 나머지가 두번째에 타고요.

업타운. 업타운은 내가 여기로 올라올 때마다 항상 똑같은 얘기를 해. 파란불. 우리는 번개와 천둥처럼 오고 오고 오고 있어. 코카인이 한 줄 더 있었으면 좋겠다, 한 줄만 더 있으면 날아갈 텐데. 파란 자동차가 우리 앞으로 오고 우리가 가는 곳으로 가는 것처럼 보여. 그 자동차가 피리 부는 사나이고 우리는 쥐야. 우리는 키 작은 매니저를 따라서 머나먼 길을 호프로드 56번지까지 올라가. 빨간 불은 멈추라고 말하지만 파란불은 가라고 말하지요.

밤-밤

조시 웨일스가 말했어 너는 그만해라, 할 일이 있으니까,
우리는 차에 타, 커다란 비트 뛰어오르는 베이스
스테레오에서 음악은 안 나와, 검둥아
S90 스캥크*에 음악은 필요 없어, 검둥아
작고 땅딸한 매니저
우쭐대듯 길가로 둘러나와
길가의 살인자, 할 수 있었지 했어야지 가득차 있어 넌 가득
납으로. 소년 여덟 명 흰 다트선 두 대
대낮에 펄쩍 뛰쳐나온 더피처럼
위퍼가 놈을 처음 발견하고
우리는 웃지

---

* 빅 유스의 노래. 스튜디오에 오토바이가 들어오는, 당시로는 파격적인 뮤직비디오로 유명해졌다. 뮤직비디오의 이런 유명세 때문에 노래는 별볼일 없다는 의미로 쓰였다.

그놈은 우리를 자신의 심판으로 이끄는 사람이야
피리 부는 사나이, 위퍼가 말하고
나는 그게 무슨 뜻인지 몰라, 나란 놈은 물어
위퍼의 뜻을
아무도 대답하지 않지만 다들 웃고
내 무릎의 총은 나를 비비고, 비비고,
나는 박고 박고 박고 싶고
씨발 다 박아버려
업타운 한복판에
바빌론을 피해 달아나
업타운이 막혔어
차 위에 차 위에 차 위에 차 위에 차
킹스턴이 막혔어
우리 여기를 막아버리자 이 쌍년을 죽이자
위퍼가 나를 봐
위퍼는 볼 수 있어
아무도 움직이지 마
우리는 땅딸이 매니저와 너무 가까이 있어서 거의 닿을 거 같아
놈에게 부딪칠까, 만질까
그래서 시간이 다 되면 그놈이
우리가 오고 있다는 걸 알 수 있도록
흰 다트선 두 대
애들 앞에 애들 앞에 우리를 당신에게로 데려가는 그 남자
나는 총을 문지르지만 속은 기분이야
총은 친구가 아니야, 총은 그냥 총이지

그리고 나는 박고 박고 박고 싶어
열다섯 살인데 씨발 박아본 게 아무것도 없어
배드맨은 열 살부터 씹질을 하는 법
체리를 터뜨려 터진 체리*
하루는 아버지가 어머니한테 박아대는 걸 봤지
흰 다트선 2호가 뒤쪽에
빨간 자동차가 맨 뒤에 달리고
차 양옆에 차 두 대, 파란색 코티나, 포드 에스코트가 아니라구
분홍색 폭스바겐
분홍색 폭스바겐을 탄 분홍색 호모새끼
그리고 아무도 안 움직여
그런 일은 일어나지 않을 거야
일어나야 해 이번 일은 일어나야 해 나는 코카인을 두 줄 했어
세 줄 네 줄
이 일은 일어나게 될 거야
총을 잡아 쏴야겠다고 생각하는데
그렇게 하면 사람들이 움직이기 시작할 텐데
위퍼가 바라보기 시작하고
나한테, 너, 피똥 지릴 총 내려라
약쟁이가 어쩌고 말해
넌 약쟁이야, 약쟁이
이 씨발 약쟁이가 다음에는 뭘 할 생각인지 말해주고 싶지만

* 영어에서 여자의 처녀성을 빼앗는다는 뜻의 속어로 '체리를 터뜨리다'라는 표현을 쓴다.

이건 시원한 달리기*야
시원한 멋진 달리기, 죽은 이념처럼 시원한 멋진
분홍색 폭스바겐을 탄 분홍색 호모새끼가 우리를 보고
흰 다트선 안에 네 남자들
우리는 죽이러 가는 거야, 변태새끼야 씹질하러 가는 게 아니고
이 총을 니 분홍색 좆같은 얼굴에 겨누고
붐 샤-카-라-카
머릿속 리듬은 미친듯 더 커지고
밤 밤 스타일
이 차는 피똥 싸게 움직이지를 않아!
이제야 움직이네
매니저는 사라졌고
예순 마리 섹시한 암탉을 두고
쌩하고 도망치는 수탉처럼 그렇게
펑 쉬익 휘이익
저놈이 도망간다
우리랑 같은 데로 가는 거야, 위퍼가 말해
데무스는 아무 말도 하지 않고
나는 데무스가 싫어
데무스는 사람을 너무 오래 쳐다봐
머릿속에서 그 사람에 대한 뭔가를 쓰는 것처럼
호프로드를 올라가며 우리는 매니저가 방향을 돌리는 걸 봐

* 자메이카에서 '쿨 러닝 (cool runnings)'은 평화로운 여행, 안전한 여행이라는 뜻이나 작별인사로 쓰인다.

우리는 멈춰 서.
우리는 보고 기다려.
에코 특공대가 경비를 서지 않고 있어
에코 특공대는 PNP야
에코 특공대는 P라고는 하나밖에 모르는데*
페이Pay 나한테 돈 줘
갑자기 어둠이 내려 우리가 보지 않을 때 내리는 것처럼
빨간 하늘이 더 빨개지고
주황색이다가, 더 주황색이 되고
검었다가, 더 검어지고
한 방이 더 필요해
한 방이 더 필요해
한 방이 더 필요해
당신 때문이야
당신이 나랑 그 한 방 사이를 가로막고 있어
그리고 이제 우리가 당신을 잡으러 가
우리는 끼익 소리를 내면서 대문을 넘어가
우리는 첫번째 차를 타고 문 바로 앞까지 가
두번째 차가 대문을 가로막고
네 남자가 차에서 뛰어내리고
스타스키와 허치처럼
하나 하면, 넷 하면

* PNP를 소리나는 대로 읽으면 P and P, 즉 P와 P라는 뜻으로 P가 둘이라는 것처럼 들린다.

위퍼가 현관문으로 향하고
주인님의 문, 이 땅
여기는 백인이 노예를 죽을 때까지 채찍질했던 곳이 분명해
죽여 죽여 죽여
당신은 뒤쪽 어딘가에, 계단 위 부엌에 있고
바이브와 대마초, 우리는 당신의 흔적을 따라가지만
조시가 나를 앞질러서 가 빵야
조시는 차를 몰고 있는데도 제일 먼저 내리고 일부러 그런 거야
당신 아내는 밖으로 도망쳐 나는 상관없어
그 여자나 어떤 애새끼라도 나는 상관없어
내 총알이 그 여자 머리에 덜컥
여자는 땅에서 깔끔하게 날아올라
그리고 납작하게 착지
나는 그 개년을 끝장내려고 다가가는데
이미 그 여자는 납작하고 머리에서 피가 뿜어져 나와
나는 빠르게 달려 당신을 잡으려, 당신을 보려, 쓰러뜨리려
하지만 조시가 나를 앞질러 가 빵야
밤 밤, 아내는 죽었다
그리고 브레드렌은
그리고 시스트렌은
그리고 기타를 치는 사람은 누구든
나는 바닥에서 밤 밤 밤 밤 소리를 듣고
손을 위로 뻗고 두 발을 뻗어
머리통이 울려, 밤 밤
피가 솟구치는 비트 밤 밤

피똥 싸게 좆같아, 내가 제일 먼저 당신을 쏘고 싶었어
누구도 당신을 쏜 사람은 잊지 못할테니
나는 뒤로 돌아 견디지 못할 거야 더이상 뛰지 않는데도 가만히 서 있지를 않아.
나는 부엌으로 달려가 공이치기*를 세우고
사람들이 나에 대한 노래를 쓰게 될 거야!
머릿속에서 울리는 리덤
점점 더 크게 울려
아버지가 노래를 부르고 있어
하나 둘 셋 넷
콜론 맨이 온다
놋쇠 사슬을 배에 부딪치면서
밤 밤 밤**
하지만 조시가 제일 먼저 달려 들어와
조시 피똥 지릴 조시
조시가 당신에게로 달려와 M16을 들고
하지만 매니저가 달려 들어와, 곧장 당신에게로
곧장 그 사이로
나는 빠르게 움직이는데 모든 게 느려
나는 마지막 계단으로 뛰어오르지만 소리는 뻗어나가고

* 총의 격발 장치로 방아쇠를 당길 때 뇌관이 폭발하게 하는 부분.

** 자메이카의 민요로, 이때 '콜론 맨'이란 서인도제도의 노동자를 말한다. 본문에 인용된 부분은 다음과 같다. 하나, 둘, 셋, 넷, 콜론 맨이 온다 놋쇠 사슬을 배에 부딪치면서 찰캉 찰캉 찰캉(원래 가사에는 찰캉 찰캉 찰캉이 pam pam pam이라 되어 있는데, 이 소리가 본문의 bam bam bam과 비슷하다).

내가 총을 빨리 들면 들수록 더 느리게 느껴져
나는 머리를 안으로 밀어넣고 당신을 봐, 조시를 보기도 전에
당신은 그것과 나 사이를 당신이 가로막고 있다는 걸 모르지
작고 땅딸한 매니저가 곧장 그리로 달려가
개소리를 해대지, 쓸데없는 짓
밤 밤 밤 밤 밤
조시 총에서
조시가 그의 허벅지에 구멍을 숭숭 뚫고, 또 소나기처럼 퍼붓고
조시도 비명을 지르고 나도 비명을 지르는데 당신이 말하는 것이라고는
셀라시에 아이 쟈 라스타파리*
그리고 모두 쓰러져
항아리는 탕, 깡통은 와작, 먼지를 일으키고 창문은 깨뜨려 뚫고
탕
조시는 머리를 겨누지 않아
쿠바인은 우리한테
머리를 겨누고
믹서기로 간 것처럼 터뜨리라고 했는데
당신은 나를 똑바로 보고
당신은 자몽을 떨어뜨리고
당신은 나를 봐
그리고 나는 당신이 고함을 치고 비명을 지르고 훌쩍거리고 눈

* 절체절명의 순간에 신, 셀라시에 1세(Selassie I)를 외쳐부르는 것으로, 여기서 1을 읽을 때는 '원'이 아니라 '아이'라고 읽는다.

물을 흘리고
바지에 오줌을 싸고, 움찔거리고 쓰러졌으면 좋겠어
하지만 당신은 물끄러미 볼 뿐, 당신은 눈 한 번 깜빡이지 않았지
그리고 나는 그리고 나는
밤밤
쟈 라스타파리 당신 심장을 쐈다
당신은 소리쳐 셀라시에
잡았어요? 내가 조시한테 말해
그래
나도 아내를 잡았어요
앞쪽으로 돌아가
단 한 발로 머리를 곧장 꿰뚫어
개년이 날아가서 땅바닥에 쿵 부딪쳤어
그 여자 말이야 깔끔하게 빠져나가려던 참이었지
그 개년이 대체 자기를 누구라고 생각하는 거야, 질, 켈리, 사브리나
저자의 왕비를 부르지 마, 개년아
그래서 그놈은 잡았어?
잡았어요?
잡았어?
그래
우리는 앞쪽으로 달려가
형제들이 스위스 치즈처럼 집을 구멍내고 있었어
데무스가 현관문을 넘어 달려가
그뒤에 숨어 있던 어떤 여자를 지나

그리고 탄창을 비워내 오르간을 맞춰
도 레 파 미 소 소리가 나소
안에 있던 사람들이 발을 끌고 비명을 지르고
어떤 여자가 씨코*를 찾으며 울부짖어
안에 있던 사람들은 쥐처럼 소리를 죽여
당신은 자몽을 떨어뜨리고 곧장 나를 바라봐
꼭 예수가 유다한테
이 사람아, 어서 할 일이나 하여라 하듯이
내가 너이니라, 빌라도여 내가 너이니라, 로마 군인이여
당신은 당신의 유다가 누구인지도 몰랐어
데무스는 유다가 여기에 함께 오지 않아서 화를 낼 거야
그는 당신보다 유다를 더 원하는 것 같으니까
당신은 그냥 그가 가는 길에 있었을 뿐이야
브로타(보너스), 엑스트라, 요리에 엑스트라로 끼얹은 소스
헤클은 데무스를 지나 복도를 달려 내려가
그리고 자기 총으로 한 남자를 반으로 찢어놓고서
배에다가 줄을 하나 그어놓고서
한 발 쏠 때마다 피가 튀기고
우리는 다시 그곳에 총알을 퍼붓고
그리고 바로 그렇게 나는
당신이 확실하게 죽었으면 좋겠어
당신을 죽이는 건 나여야만 해
나는 피똥 지리는 조시 웨일스가 싫어

* 밥 말리 앤드 더 웨일러스의 드러머 앨빈 씨코 패터슨을 말한다.

나는 다시 뒤쪽으로 돌아 부엌으로 가고 싶어
그리고 당신이 죽었다면
당신을 더욱더 죽게 만들 거야
앞쪽으로 오다가 펑키 치킨이 나를 쏠 뻔했어
아내를 잡았어?
그래 내가 아내를 잡았어
그 여자가 달려갔어 그
폭스바겐으로
다른 남자가 한 명 더 바닥에
집은 조용하고 흔들리고
뿌웁-뿌웁, 경찰차 소리
바빌론 짐승들
우리는 도망쳐
하지만 그때 나란 놈은 멈춰
우리가 달려나가는데 어떤 여자가 걸어 들어와
자기가 지옥에 발을 들여놓는지도 모르는 천사
갈색 피부에 예쁘고 꾹
걸어 들어오는 게 두렵지 않다는 것처럼
섹시한 청바지에 예쁜 블라우스를 입고
그 사람 때문에 온 거지 나는 알아
갈색 피부에 예쁜 머리
그리고 나는 박고 박고 박고 싶어
그 여자가 우리를 보고 그냥 거기에 서 있어
도망치지도 않고 물러서지도 않고, 그냥 거기에 서 있어
어쩌면 우는 건지도 아니면 그냥 눈이 빨간 건지도

여자는 움직이지 않아
사이렌이 점점 가까이 다가오고 나는 총을 들어올려
하지만 조시가 먼저 그 여자한테 가.
조시가 그 여자한테 바로, 그 여자 얼굴 앞에 바로 다가가서
얼굴 앞에 바로 다가가서 킁킁거려
조시가 킁킁거리고 여자는 펄쩍 뛰고는 흐느끼기 시작해
다 큰 여자들의 그 조용한 울음으로
나는 그 여자가 오줌을 쌌으면 좋겠어
나는 그 여자한테 그 짓을 하고 싶어 하지만 조시가 다시
조시가 다시 내 앞에 끼어들어 나는 그 자식을 쏴버릴 거야
조시가 피똥 지릴 자동차에 탔어!
첫번째 자동차는 벌써 가버렸고
데무스 위퍼 조시 헤클 나
위퍼가 액셀을 밟아
여자는 아직도 거기에 서 있어 롯의 아내처럼
뒤를 돌아본
소금*
총소리 세 번 그리고 우리 뒤쪽 창문이 터져
그리고 나는 죽이고 죽이고 죽이고 싶고
박고 박고 박고 싶어
하지만 나는 소리를 지르고 지르고 지르고
우리는 아래로 내려갔다가 왼쪽으로 휙 꺾어

* 구약성서 창세기에서 죄로 가득한 도시 소돔이 야훼의 심판으로 멸망하는데, 이때 아브라함의 간구로 롯과 그의 가족만 구원받았으나 롯의 아내는 소돔을 탈출하던 중 천사의 훈계를 어기고 뒤를 돌아보아 결국 그 자리에서 소금 기둥이 되었다.

마주 오는 자동차한테
이제 우리는 죽었다
자동차가 끼익하고 빵빵
경찰이 열받아서 다가와
뿌웁-뿌웁
바빌론이 크게 한탕 하려나보네
자동차들이 방향을 틀어 길을 비켜, 한 대가 들이박고 그다음엔 두 대
호프로드를 따라 다른 자동차들도 우리가 오는 소리를 들어
경찰이 뒤쪽에서 우리를 아래로 몰아
피똥 싸지 말고 길에서 비켜
밤! 이스트 킹스 하우스 로드에서 오른쪽으로 돌아
빨간불을 지나가
끼익 끼익 좀 있으면 타이어가 터질 거야
뿌웁 뿌웁
씨발 짭새들
피똥 지릴 바빌론
머리가 점점 커지고 심장은 꽝 꽝 꽝 뛰고
그리고 당신이 나를 보고 있어
눈을 들어보니 자동차 한 대가 내 머리 쪽으로 곧장 다가와
계집애처럼 소리 좀 그만 질러, 계집년아!
위퍼가 말하고 급브레이크를 밟아
내 머리가 대시보드를 쾅
위퍼가 핸들을 비틀고 액셀을 밟고 또, 또, 또

데무스

또 다트선은 내가 모르는 다른 길로 달려내려가 그리고 또다른 길, 다시 왼쪽으로 돌아 또다른 길로 내려가고 어린 남자애가 길을 비키려고 펄쩍 뛰지만 그래도 우리한테는 쿵 소리가 들려 아무도 말을 하지 않지만 모두가 소리를 지르고 위퍼는 닥쳐, 쌍년들아, 닥쳐, 쌍년들아, 말하고 우리는 또다시 방향을 꺾고 꺾고 꺾어서 골목길을 따라 돌진해 길이 너무 좁아서 양옆의 집들을 긁으며 자동차 양쪽에선 불꽃이 튀고 누군가가 소리를 질러 자동차 안에서인지 밖에서인지 모르겠어 그러다가 우리는 움푹 패인 곳을 밟고 한 번 두 번 세 번 차가 위아래로 튀고 우리는 그 사람 노래를 틀어주는 술집과 펩시 광고판과 늙은 남자가 박힌 슈웹스 광고판이 있는 술집 바로 옆으로 바퀴자국을 남기며 끼익 미끄러져 지나가고 헤클이 총 던져버려 총 집어던지라고 말하더니 자기 총을 던져버리고 위퍼가 피똥 지릴 이 멍청한 새끼야 말하면서도 계속 차를 몰고 우리는 오른쪽으로 돌고 길은 좁고 가로등도 없고 헤드라이트 불빛에 개다 우리가 개를 쳤어 그러곤 왼쪽으로 돌아 그다음엔 오른쪽 그리고 아무도 우리가 어디에 있는지 몰라 확실히 나는 몰라 벌써부터 머리가 아래로 처지는 게 느껴지고 이제 절대 그런 건 느낄 수 없을 거야 이 처지는 느낌이 점점 슬퍼지고 더 슬퍼지고 입으로 토가 올라오고 그걸 아래로 다시 밀어넣어 우리는 어떤 빈 골목길로 방향을 틀어 내려가고 또다른 골목 그리고 결국 가비지랜드 사이 계곡을 가로지르는 넓은 길에서 끝장이 나 내가 그걸 보기도 전에 경찰은 더이상 우리를 따라오지 않아 지금 나는 소년이고 나는 내 여자를 원해 오늘 아침 내가 떠나온 여자 내가 다시 돌아오지 않을지도 모른다는 걸 알고 있는 여자 하지만 그때 일은 생각하지 않을 거야 나는 내 여자를 원해 그런데 자동차에 있는 사람은 아무도 소리 내지 않아 그러다 헤클이 입을 열어 개들이 냠냠 우리를 저녁으로 처먹을 거야 우리는 지옥불에 튀겨질 거야 놈들이 우리를 씨발 박아댈 거야 놈들이 우리를 억압 아래에 둘 거야 놈들이 우리를 박멸할 거야 헤클이 울기 시작하고 위퍼가 차를 세우더니 차에서 내려 조시가 피똥 싸게 지금 뭐하는 짓이야 말하지만 위퍼는 권총을 꺼내 왼쪽 뒷문을 열고 헤클한테 말해 피똥 쌀 차에서 내려, 이 호모새끼야 하지만 헤클은 위퍼한테 난 아무데도 안 갈 거야 하고 위퍼가 허공에다 총을 쏘고 나는 생각해 맙소사 이제 분명히 사람들이 올 거야 위퍼는 총을 헤클 머리 바로 옆에 대고 나한테 말해 브레드렌, 자리를 옮기는 게 좋겠어 뇌가 온통 튈 테니까 헤클이 고함을 지르기 시작하고 나갈게 나갈게 나왔어 헤클이 차에서 기어나오자 위퍼가 헤클한테서 M16을 빼앗고 그걸 쓰레기 언덕에 버린 뒤 자기 총으로 겨누면서 말해 도망치는 게 좋을 거야 나는 너한테 볼 일이 없으니까 헤클이 몸을 돌리자마자 위퍼가 그 녀석 엉덩이를 걷어차고 그 녀석이 비틀거리다가 일어나서 뛰어가 위퍼는 다시 차에 타더니 말해 저놈하고 같이 가고 싶은 사람 있으면 씨발 지금 차에서 내리는 게 좋을 거야 아무도 나오려 하지 않고 나는 그저 어딘가로 가고 싶어 해변에 있는 동굴이라든지 무슨 구멍이라든지 나는 그냥 코카인 한 줄만 더 있었으면 하고 바라 한 줄만 더 있으면 죽기 전에 한 줄만 바로 그때 나는 놈들이 나를 죽일 거라는 생각을 해 왜냐면 놈들은 나를 죽여야만 하니까 그리고 나는 그 사람을 죽인 놈들 중 한 명이 될 텐데 그건 예수를 죽인 것과 같은 거야 내 여자가 나한테 노래를 불러줄 수 있었으면 좋겠고 내가 벌써 죽어버린 거였으면 좋겠어 게토에 도는 소아마비나 괴혈병이나 수종이나 뭐든 가난한 사람들이 죽는 병 때문에 위퍼가 시동을 걸고 우리는 가비지랜드 너머로 차를 타고 가 몇신지 아는 사람 있나 앞으로 얼마나 더 가야 돼 한 번도 안 멈췄는데 왜 코펜하겐시티가 안 나오는 거야 그러고는 위퍼가 트렌치타운 바깥쪽 도랑에서 차를 세우고 차에서 내려 그리고 달려 그냥 달려가 우리 세 사람을 내버려두고 튀어오르듯 달려가 덤불 속으로 사라져 마치 덤불이 삼켜버린 것처럼 나는 덤불이 트림하기만 기다리고 앞자리에 앉은 조시 웨일스가 밤-밤을 보고 밤-밤은 서쪽으로 달려나가 사라져 조시 웨일스가 나를 보고 말해 그래 씨발 멍청아 거의 너일 뻔했어, 위퍼 새끼가 준 거지같은 걸 니가 킁킁거리기 전까지는 너였다고 나는 말해 피똥 지리게 무슨 소리를 하는 거야 그런데 조시는 동쪽 덤불 속으로 달려가 그 덤불이 조시를 숨기고 나는 또 한번 트림을 할 때까지 기다려야겠다고 생각하고 트림을 생각하니까 웃고 싶어지지만 웃을 일이란 게 아무것도 없어 정말 아무것도 그래서 나는 울기 시작해 보는 사람은 아무도 없어 최소한 나한테는 나를 지켜보는 사람이 안 보인다고 나는 더 크게 울고 싶고 나는 내 여자를 원해 코카인 한 줄을 원해 왜냐면 기분이 처지는 게 너무 싫으니까 너무 싫어 너무 싫어 그놈들이 나한테 총 쏘는 걸 떠올리는 것보다 더 싫다고 아직 채 한 달도 안 됐는데 하지만 나는 훌쩍거리기 시작하고 코카인에 굶주려 있는 길거리 미친놈으로 변해가 나는 미쳐가고 있어 내 뇌가 어딘가로 사라진 게 분명해 절대 돌아오지 않을 거야 하지만 이제는 아무것도 다시 돌아오지 않아 그 어떤 무엇도 단 하나라도 뭔가가 덤불을 스치고 도랑 꼭대기의 덤불에 불빛이 터져 불이 붙은 머리카락 출애굽기에 나오는 불타는 덤불*처럼 불빛은 자동차가 이쪽으로 오고 있다는 뜻이야 도랑을 지름길로 써야지 경찰이야 경찰인 걸 나는 알아 경찰이라는 느낌이 와 뛰어 뛰어 뛰어 돌에 발이 걸려 무릎을 세게 부딪쳐 히익 피똥 싸지 말고 일어나 뛰어봐 하지만 왼쪽 다리는 〈더티 해리〉에 나오는 살인자처럼 절뚝거려 이제 해리가 나를 쫓아오고 있어 안 돼 안 돼 안 돼 바로 저기에 아주 높이 쌓인 잡초 더미가 있어 그게 나를 숨겨줘 조그만 의자도 커다란 토끼를 숨겨줄 수 있는 것처럼 토끼는 어디로 갔니 어디로 갔니 하지만 나는 토끼가 아니야 포그혼 레그혼**이지 그리고 나는 숨을 거야 숨을 거라고 했어 여기 이 잡초 뒤에 봐 내가 어떻게 하는지 농담이야…… 말했잖아, 농담이라고, 자식아, 티히히히히 낄낄낄 자동차가 지나가는데 낄낄거리는 걸 멈출 수가 없어 저놈들이 나를 잡을 거야 티히히 그리고 나를 죽이겠지 티히히 왜 웃는 걸 멈출 수가 없는지 모르겠어 입아 닥쳐라 나는 입을 손으로 꼭 덮어 막아 자동차가 지나

---

* 모세가 계명을 받을 때, 황야의 덤불에 불이 붙은 듯한 모습을 보았다.

** 루니 툰 시리즈에 등장하는, 닭을 형상화한 캐릭터.

가 털털거리면서 구르면서 더러운 물을 튀기면서 도랑을 따라 내려가면서 쥐를 깨워 쥐가 너무 많아 소리 지르고 싶다 그리고 으아아아아아아아아 주변에서 내가 계집애처럼 으아아아아아아아아아아 소리 지르는 걸 들을 사람은 아무도 없어 이제 내 총은 없어졌고 나는 총을 찾을 수도 없어 쥐들이 가져갔나 쥐들이 내 피부를 뜯어내고 내 발가락이랑 도랑에 있는 저 많은 쓰레기들을 먹을 거야 그 쓰레기는 브릴로* 통, 콘플레이크 통, FAB 세제**, 정제 밀가루 강화 밀가루 비닐봉지 비닐봉지에 갇힌 죽은 쥐 우유 상자 비스킷 상자에서 나오는 산 쥐가 음료수 병 위를 뛰어다녀 식용유 병 팜올리브 주방세제 내 생각엔 팜올리브인 것 같아 이미 담그고 계세요*** 유리병이 쥐처럼 너무 많아 그리고 병 속에서 나오지 못하는 쥐들 도망쳐야 해 도망쳐야 해 이제 총은 잊어버려 그냥 잊어 놈들이 너를 죽이러 올 거야 죽기 싫어 예수한테 빌어야 돼 파파-로한테 빌어야 돼 코펜하겐시티한테 빌어야 돼 하지만 파파-로가 우리를 보낸 게 아니야 조시 웨일스야 하지만 조시 웨일스는 파파-로가 그래 라고 말하지 않으면 아무것도 못 한다고 아니야 어쩌면 그래 맞아 나는 똑바로 한 줄로 생각하려고 애쓰지만 한 줄이라는 건 코카인 한 줄이라는 뜻이야 한 방이 필요해 한 방 한 방 한 방 그리고 내가 그 사람 있는 곳을 쏴버렸어 이제 그 일은 항상 생각하진 않겠지만 팬티를 안 입었을 때 내 머릿속을 들락날락하는 그런 게 돼버렸어 나는 조시 웨일스가 이걸로 돈을 많이 벌 거라는 걸 알아 아니면 안 했겠지 그런 남자한테 정치는 아무 의미가 없으니까 다들 알고 있어 그리

* 미국의 수세미 상표.

** 미국의 세탁용 세제 상표.

*** 팜올리브 사의 광고 문구.

고 거기에는 경찰도 없고 경비원도 없고 경비원이 전혀 없었다니까 꼭 우리가 온다는 걸 알고 있었던 것처럼 하지만 조시는 나한테 최소한 처리해야 할 경찰 하나는 있을 거라고 장담했었는데 대문에는 경비원도 없었어 우리는 안으로 달려들어갔지만 걸어들어갈 수도 있었을 거야 내 생각엔 내가 죽인 건 피아노밖에 없는 것 같아 코펜하겐시티로 돌아가야 해 여기는 인민국가당 구역같이 보이니까 어째서 위퍼가 우리를 인민국가당 지역에 내버려둔 거지 방금 인민국가당에서 가장 유명한 서퍼라를 죽였는데 누구든 나를 찾아내면 나를 죽이고 말 거야 내가 죽을 때까지 이곳이 어디로 이어지는지 모르겠어 길이 끊기고 저 쥐 쥐 쥐 쥐 쥐 쥐들 나는 달려나가 시간이 늦은 게 틀림없어 이 첫번째 거리가 비어 있으니까 내가 어디에 있는지 모르겠다 여기는 간판에 영업 종료라고 적혀 있는 주점 두 곳 잠자는 개 두 마리 기어다니는 고양이 한 마리 타버리고 남은 자동차 껍데기가 길을 막고 있어 표지판에 로즈타운 워크 라이드 대로 그리고 살아서 도착하라라고 적혀 있어 다른 간판에는 천천히: 학교라고 적혀 있어 두 표지판에 모두 오래된 총알 구멍이 뚫려 있어 눈에 보이는 모든 구멍에서 탕 소리랑 퍽 소리랑 펑 소리가 들려 해리 캘러핸처럼 여섯 발을 다 쐈나? 아님 다섯 발인가? 그리고 내 총은 없어져버렸어 어쩌면 쓰레기장 둔덕에 그 벌판 둔덕에 놔둔 건지도 몰라 그리고 이 혼란 통에서 사실을 말하자면 하도 흥미진진해서 나 자신을 잊기는 했어도 이건 44구경 매그넘, 세상에서 가장 강력한 권총으로 네놈 머리를 깨끗하게 날려버릴 수 있어, 내가 과연 행운아인가 하는 질문을 너 자신한테 던져보는 게 좋을 거야 글쎄, 한번 놀아볼까 그리고 해리가 탕 탕 탕 손아 그만 떨려라 그만 떨려라 제발 그만 떨려 아무도 나를 사랑하지 않아 아무도 신경쓰지 않고 내 머리는 그런 식으로 생각하지 않는데 약기운이 떨어지고 기분이 처져서 그런 게 틀림없어 기분이 처지기 시작하면 그냥 아래로 내려가고 내려가고 더 내려가고 그리고 기분이 고조되는 건 아무것도 아니야 그냥 방금 밟고 내려온 그 정상일 뿐이지 그렇게 떨어지고 절대 멈추지 않아 그리고 나는 내려가고 있어 더 낮게 더 낮게 곧 길 아래 길에 잠겨서 지옥으로 떨어질 거야 아무도 나를 보지 못하겠지 밤 내내 뛰어다니는 나를 더 빨리 뛰면 세상이 더 느리게 움직이지만 모든 게 다 나보다는 빨라 그리고 길이 폭폭 터져 구멍이 나고 함석 울타리가 내 앞을 가로막아 집들이 보이지 않아 뛰어 뛰어 뛰어 곧장 나한테 들리지 않았던 사람들한테로 눈에 그 사람들이 보이기 전에 빨리 이 덤불 뒤에서 그 사람들이 도미노를 하고 있어 누군가가 나를 본 게 틀림없어 누군가가 뒤에 있는 게 틀림없어 아니 다들 가로등 아래에 있잖아 탁자에는 네 남자가 그중 두 사람은 구경만 하고 있고 또 여자가 둘에 맨 앞의 울타리에 기대서 도미노 하나를 쾅 내려치고 있어 그다음에 또하나 그다음에 또하나 세게 쾅 내려치고 테이블이 흔들려 여자들이 비명을 지르고 웃고 라디오는 나는 사랑을 사랑하지만 내 사랑 그이는 춤을 사랑하네 춤을 추고 싶어하네 그이는 춤을 추고 싶어하네 춤을 추어야만 하네 하지만 주위엔 아무도 없어 나는 그놈들이 싫어 게토 사람들은 행복하지 않기로 되어 있으니까 아무도 웃어서는 안 돼 모두가 비참해야 해 나는 절대 웃지 않아 평생 두 번 정도 웃은 게 틀림없어 근데 평생이라고 말하니까 내가 늙은이 같네 아직 스무번째 생일도 오지 않았는데 나한테 있는 건 내 여자뿐인데 그 여자는 좋은 여자야 나는 그 여자한테로 다시 도망칠 거야 하지만 나는 그 여자한테 가고 있지 않아 그냥 도망치고 싶을 뿐이야 왼쪽 무릎으로 기고 그다음엔 오른쪽 다음엔 왼쪽 오른쪽 왼쪽 오른쪽 누가 이 덤불에 물 좀 줘요 무릎에 진흙이 그리고 나는 신의 손아귀에 할렐루야 예수님 여기 개가 없게 해주세요 근데 내가 개처럼 기고 있어 누군가의 뜰에서 여기는 인민국가당 구역인 게 틀림없어 벽이 전부 주황색이니까 그리고 그 사람들은 씨발 너무 행복해 내 총이 있어야 하는데 사람들은 예수 씨발 그리스도를 죽인다는 게 정말 무슨 뜻인지 몰라 돌이 자갈이 진흙 속에 아야 아야 아야 아야 피똥 싸네 아 제기랄 여자가 듣는다, 게임을 안 하고 있는 여자가 내 총 어디 있지 내 총 어디 있지 내 총 어디 있지 하지만 그때 그 여자가 다시 웃고 말해 저기 들개가 있어 그래서 내가 기고 또 기는 거야 도미노 소리가 더이상 들리지 않을 때까지 더는 들리지 않을 때까지 그다음에 나는 뛰어 뛰어 뛰어 큰 도로에 뛰어들 때까지 자동차가 비명을 지르고 나는 으아아아아아 물러서 달려서 도로를 건너 둑방으로 모르겠어 신께서 알겠지 아니면 사탄이 알든가 어떻게 그랬는지 모르겠지만 나는 이제 기찻길에 있어 기찻길이 나를 밀고 당기고 나를 다시 판잣집으로 데려다줘 누가 노래하네 나를 다시 기찻길로 데려다줘 하지만 내 머릿속 라디오가 나를 바로 거기로 뭔지는 모르지만 이 모든 게 시작된 곳으로 다시 데려가 사람들은 이게 무슨 정치적인 일 때문이라고 생각하는데, 그래 맞아 정말로 정치적인 일이야 백인들은 경마에는 아무 관심도 없어 백인과 쿠바인이 총을 겨누는 것과 쏘는 것의 차이를 잘 알아두라고 말했던 게 기억나 이제 나는 여기 경마장에 와 있지만 너무 어두워서 알 수가 없어 여기가 정말 경마장이라면 하지만 널빤지가 하나 나오고 그다음에 또 널빤지가 따라오고 그럴 수밖에 없지 이런 밤 시간에는 기차가 오지 않으니 하지만 한 대쯤은 첫닭이 울기 전 이른 아침에 지나가 어쩌면 그냥 누워 있어야겠다 여기 바로 이 기찻길에서 잠을 자야겠어 그리고 지옥에서 깨어나야지 아니 이건 내가 하고 싶은 말이 아니야 기분이 처져서 그래 예수님 위퍼가 코카인 몇 줄을 가지고 다시 판잣집으로 돌아왔으면 좋겠어요 그런데 판잣집이 없어요 그냥 어디로든 가는 기찻길뿐이에요 이 길이 나를 시골이나 인민국가당 구역으로 데려갈지 몰라 하지만 적어도 바다 냄새가 나잖아 사람들이 지금쯤 그 사람을 병원으로 데려갔을 거야 라스타를 비웃는 병원으로 하지만 당신은 지금 거기 응급실에 당신을 둘러싼 많은 하얀 의사들과 함께 있잖아 간호사가 말하네 피를 많이 흘렸어요 선생님 그리고 의사가 말해 어쩌고저쩌고 어쩌고저쩌고가 필요해 어쩌고저쩌고 어쩌고저쩌고를 어쩌고저쩌고어쩌고저쩌고 상태에 쓰려면 그러고 나서 전기 충격기 두 짝을 잡고서 클리어라고 하고 당신 가슴에 펄쩍 뛰도록 충격을 주고 음악이 흘러나와 아름다운 음악은 아니지만 내 목 뒤쪽에 땀이 나게 하는 음악 간호사가 처음으로 눈을 돌리고 의사가 말해 우리는 그를 영영 잃었습니다 다들 등을 돌려 내 머리가 여기저기 여행하기를 그만 멈추고 내 발한테 그걸 해내도록 내버려두었으면 내 발은 아무데로도 가지 않으니까 하지만 여기서 달은 반달이지만 주황색이고 하늘은 까맣고 빨갛고 피똥쌀씨발라마 내 발목은 깨진 병이야 쥐야 기찻길 위에 싸지른 똥이야 아빠가 기차 화장실 변기 물을 내리면 바로 기찻길로 떨어진다고 했어 그리고 더 나쁜 건, 깨진 병인지 마른 똥인지 모르겠다 저기 판잣집이 있어 수건을 펼쳐놓고 잠을 잘 수 있는 판잣집 제발 저건 집이 아니지만 내 집이야 이제 더 가까이 더 가까이 누가 보고 있지 누가 지켜보는 거지 누가 함정을 파놨지 더 가까이 더 가까이 이제 저 문은 쉽게 열리지 않게 되어 있지만 모르겠어 모르겠다고 했어 코카인 한 줄이 필요해 한 방이 필요해 씨발 그 위퍼 쌍년이 나한테 한 방을 줬는데 판잣집이 이렇게 작아 보인 적이 없어 창문으로 내다보이는 건 아무것도 없어 그냥 검은색뿐 안은 점점 어두워지고 어두워지고 검은색보다 어두워지고 그러면 나는 익사하다가 깨어나다가 나무에 손이 닿아. 여기서 날고기 같은 남자 냄새가 나는데 아무도 보이지는 않아.

– 어이, 여기 있으면 안 돼. 쌍년아, 여기 있으면 안 된다고 했어. 요. 요!

– 위퍼를 기다려야 돼. 조시 웨일스를 기다려야 돼.

– 클린트 이스트우드라도 온다는 거냐? 니 배후에 누가 있는데, 말하는 노새 프랜시스?*

– 먼저. 내가 먼저 온 거야.

– 아니야, 브레드렌, 내가 어제부터 너를 지켜봤는데. 너는 제일 먼저 온 것도 아니고 제일 나중에 온 것도 아니야.

– 언제…… 두번째 다트선에 타고 있었어, 아님 첫번째? 밤-밤? 너무 지쳤어, 너무……

〔 찰칵 〕

– 이 소리 들려, 쌍년아? 찰칵 소리 들리냐고? 총이 찰칵하는 소리랑 초침 갈 때 찰칵 소리 구분할 수 있나?

– 두번째 다트선 아니면 첫번째? 내가 그쪽 이름을 아나? 그쪽은…… 그쪽은……

– 내가 하는 말 들었잖아. 방금 건 어떤 찰칵인 것 같냐?

– 방금 전이 아니야. 위퍼? 밤-밤더러 나한테 악당 짓은 그만두

---

* 1950년대 스타 반열에 올랐던 노새 캐릭터. 원래는 데이비드 스턴 3세의 소설 『프랜시스』에 나온 동물로, 이후 해당 소설을 바탕으로 한 유니버설 스튜디오의 코미디 영화 일곱 편에 출연하면서 인기를 얻었다.

라고 해줘요.

- 쌍년아, 방금 찰칵도 하기 전에 찰칵 소리 났지. 나란 놈이 한 얘기가 전혀 웃기지 않은가보지?

- 철컥 소리는 들은 적 없어. 헤클?

- 똑 하는 소리 다음에는 딱 하는 소리가 나지. 찰칵하는 소리 다음에는 무슨 소리가 나는지 아나?

- 찰칵 소리는 들은 적이 없어.

- 찰칵 소리를 들은 적이 없어? 글쎄 찰칵 소리 다음에는 씨발 빵 소리가 나, 그 소리는 들을 수 있는지 내기 한번 해볼까?

- 치티 치티 뱅 뱅 울타리 위에 앉아 있네*.

- 이봐, 너 약했냐?

- 15센트 가지고 1달러를 만들려 하네.

- 그놈들이 도마뱀 꼬리를 피우게 했어?

- 그녀는 몸을 꼬아, 몸을 꼬아, 몸을 꼬아, 바로 이렇게!

- 몇 줄이나 하게 한 거야?

- 조시 웨일스 알아? 위퍼 알아? 이리로 오는지 알아?

- 너 약쟁이구나, 쌍년아. 차라리 호모새끼였으면 나았을 텐데.

- 난 약쟁이가 아니야, 그냥 한 줄만 있으면 돼. 딱 한 줄만. 위퍼가 오고 있는데 오면 나한테 한 줄을 줄 거야.

- 약쟁이.

- 그냥 위퍼한테……

- 위퍼라는 놈은 이 근처에 없어.

---

* 미국에서 아이들이 줄넘기를 하며 부르는 노래. 아래에서 데무스가 하는 말도 전부 이 노래의 가사다.

– 위퍼가 오고 있어. 그리고 위퍼가 오면 이 근처에 누가 있고 없는지 형씨한테 가르쳐줄 거야. 여기는 위퍼 집이라고! 알게 될걸. 너도 알게 될 거라고.

– 집? 여기에 집이라고 할 수 있는 게 보이냐?

덤불. 목재도, 바닥도, 창문도 없고 그저 덤불뿐. 땅 위, 나무 아래 매달린 타마린드*와 박쥐들. 먼지 속 타마린드. 풀밭 여기저기의 타마린드, 타마린드에서 타마린드에서 타마린드에서 깨진 접시에서 펩시 유리병에서 인형 머리에서 풀에서 잡초에서 함석 울타리로. 뜰, 누군가의 뜰. 내가 누군가의 뜰 풀밭에 누워있는 걸 보자마자 소리 지르는 누군가. 그 여자는 비명을 지르고 비명을 지르고 나는 그게 누군지 알아볼 수 있다.

– 이리로 돌아오면 안 돼.

– 무슨 소리야, 어쨌든 내가 돌아왔는데.

나는 나무와 돌과 못과 마른 핏자국을 찾고 있지만 여기는 판잣집이 아니고, 실내조차 아니고 그 여자는 내가 같이 사는 여자, 내가 이름을 소리쳐 부를 수 없는 여자다. 나는 나라고 말한다.

– 우리집 뜰에 미친놈이 있어요!

하지만 나는 미친놈이 아니야. 나는 니가 엄마고 내가 아빠인 것처럼 너랑 함께 사는 남자야. 그리고 바로 그때 나는 그 여자가 어떻게 생겼는지 기억이 안 난다는 걸 깨닫고 여자의 얼굴을 보지 않고도 내가 그녀의 집에 들어와 있는 건 알아. 내 집. 스미더슨 골목 교차로에서 네번째에 있는 빨간 집, 이 동네 사람들 대부분 부엌이 없어 밖에서 요리를 해야 하는데 실내에 부엌까지 있는 집.

---

* 콩과의 상록 교목 및 그 열매.

– 나는 여기 사는 니 남자야.

– 남자? 나한텐 남자가 없어. 내 남자는 죽었어. 그 사람은 나한텐 죽은 사람이라고. 이제 나가.

여자는 할 말을 끝내. 여자는 돌을 집어들어. 첫번째는 빗나가고 두번째도 마찬가지지만 세번째는 내 등 한가운데를 정통으로 맞히지.

– 피똥 쌀 뭐하는 짓이야?

– 빌어먹을 내 뜰에서 나가! 강간이다! 강간이야! 우리집에서 강간이 벌어지고 있어요! 주님 내 보지가 짓밟히고 있다고요! 강간이야!

파파–로가 절대로 그냥 내버려두지 않는 한 가지가 있다면 그게 강간범이야. 여자 열 명을 살해하는 게 한 명 강간하는 것보다 낫지. 나랑 같이 사는 여자가 나한테 돌을 던지고 있고 나는 왼쪽으로 오른쪽으로 땅 도마뱀처럼 뛰어다니고 있어. 여자가 다시 비명을 지르고 햇빛이 스포트라이트처럼 나를 내리쬐. 저기 저놈 보이지. 태양이 악마를 보내, 유다 이스카리옷을 뒤쫓듯이 악마를 보내 나를 뒤쫓게 해.

나와, 여자가 말하고, 나는 여자가 또다른 돌을 던지려고 손을 들어올리는 걸 봐. 나는 여자를 똑바로 바라보며 눈도 깜빡이지 않아. 여자는 돌을 떨어뜨리고 나랑 그 여자가 너무 축축하게 만드는 바람에 여자가 밖에 매트리스를 내놓고 말려야 했던 그 작은 침실로 달려들어가. 울타리 반대편에선 그들이 보이지도 들리지도 않지만 그들이 오고 있다는 것만은 알아. 나는 울타리에서 밖을 내다보니 조시 웨일스랑 그뒤를 따르는 남자 셋이 보여. 내가 예전에 본 적이 있는 남자들. 한 사람은 토니 파바로티인데 다른 두 사람 이름은 몰라. 나는 소리를 치고 싶어 씨발 이게 무슨 짓이냐 어쨌거나 그 브레드드렌은 절대로 하지 않아 집에서조차. 내가 나야라고 소리를 지르기도 전에 좀 떨어진 곳에서 탕 탕 탕 하더니 함석 울타리에 쾅 쾅 쾅, 마지막 쾅 소리는 내 오른쪽 귀를 가까스로 빗나가요. 왠지는 모르겠지만 나는 조시 웨일스가 나라는 걸 알아보도록 무슨 강간범이 아니라는 걸 알 수 있도록 다시 밖을 내다보는데 조시 웨일스는 달려가면서 나를 똑바로 보고 다시 총을 쏴요. 총알 네 발이 울타리를 뚫고 지나가고 두 발이 씨융 씨융 내 바로 옆을 지나가. 나는 달려서 집 뒤로 돌아가고 울타리를 뛰어넘지만 내려설 줄 알았던 순간 땅에 발이 닿지 않아. 길이 아니라, 지옥으로 향하는 길처럼 깊은 도랑. 떨어지는 걸 멈출 수가 없어. 나는 스타스키나 허치가 했을 것처럼 굴러보려고 하지만 오른쪽 무릎이 먼저 땅에 닿아 바닥에 처박혀. 으아아아아 할 시간도 없어요. 왼쪽으로 달리면 코펜하겐시티 더 깊숙한 곳으로 들어가게 되고 오른쪽으로 달리면 다운타운으로 가게 돼.

시내에는 길거리의 버스들이 있고 기다릴 시간은 없어요. 해는 너무 높이 떠서 건물 꼭대기만을 맞히고. 나보다 어린 남자아이들이 머리에 신문 무더기를 얹고 내 곁을 달려 지나가요. 가수 피격! 매니저 중태! 리타*는 치료 후 귀가 조치!

자는 살아 계신다.

안 돼.

* 밥 말리의 아내, 리타 말리.

밤-밤

뻔히 보이는 데 숨지 말자, 뻔히 보이는 데 숨지 말자고, 쌍년아. 그런 건 영화에서나 되는 거고 총잡이들은 바로 눈앞에 있는 것밖에 못 보니까. 사람들 무리에 섞여서 숨지도 마, 저놈이다! 저놈 아냐? 그 소리 한 번이면 사람들 무리는 폭도로 변하고 우리는 나와 그들로 쪼개지니까. 하지만 그 사람은 그들과 같이 있었고, 그들과 같은 곳에서 왔으니 이제 모두가 나와는 등지고 있어. 아빠가 돌아왔으면 좋겠고 엄마는 창녀가 아니었으면 좋겠고 조시 웨일스가 나를 찾으러 다니지 않았으면 좋겠어. 어젯밤이었다고, 만, 어젯밤. 위퍼가 처음 뛰쳐나가고 그다음에는 조시 웨일스가 그리고 모르겠어, 나는 그냥 뛰었어. 나란 놈은 데무스를 기다리지 않아. 아니라고, 스타. 근데 별로 멀리 가지도 않았는데 총알이 나를 따라오기 시작해, 드륵 드륵 드륵. 나는 경찰이 잡으러 온 줄 알고 달려. 내가 왼쪽으로 돌면 총알이 왼쪽으로 돌아. 내가 오른쪽으로 돌면 총알도 오른쪽으로 돌아. 나는 가비지랜드로 돌아올 때까지 계속 달리지만 총알은 아직도 나를 따라와. 나는 똥이랑 오줌이랑 썩은 계란 냄새가 나는 커다란 쓰레기 더미에 몸을 던지는데, 그 쓰레기 더미는 젖어 있어. 젖어 있고 악취가 나, 그리고 젖어 있고 악취 나는 게 내 머리와 입술을 적셔. 나는 움직이지 않아. 냄새나는 쓰레기가 내 은신처가 되어줘, 놈들이 지나갈 때 나를 숨겨줘. 경찰이 아니네.

장전한 총을 든 조시 웨일스랑 위퍼야.

– 맞힌 것 같아? 위퍼가 말해.

– 맞힌 것 같냐니 무슨 소리야? 내 총이 빗나가기라도 할 것 같나?

위퍼는 웃더니 기다려. 빨간 자동차가 다가오고 그들이 차에 타. 나는 이제 집으로 돌아갈 수 없어. 나를 적신 악취나는 축축함이 마를 때까지 더미 안에 머물러. 킹스턴 시내 전체가 잠들었다는 걸 알기 전까지는 움직이지 않아. 나는 가비지랜드에서 달려나가 텅 빈 시장을 가로질러. 쇼타 셰리프가 사는 곳이 이 근처인데. 가게 하나가 눈에 들어와. 문을 닫지 않은 건지 통행금지령 시간이라 퇴근하지 못하고 가게 문을 열어놓고 있는 건지 모르겠어. 가게 한 곳이 눈에 들어와. 트랜지스터 라디오에서 들리는 소리라고는 치료를 받고 집으로 돌아갔다는 얘기뿐이지만, 그 사람이 공연을 할까? 나란 놈은 조시의 총알이 빗나갔다는 걸 알아. 그 더러운 냄새나는 쌍년이 못 맞혔다고, 내가 돌아가서 직접 그 사람을 끝장내야 한다는 걸 알고 있어. 내가 돌아가서 확실히 마무리했어야 했다는 걸 알고 있다고. 피똥 지리게 여덟 발이나 쐈는데도 빗나갔어. 그리고 이제는 나를 쫓아와.

코카인이 필요해, 한 줄이 아니라 반이라도, 3분의 1만큼이라도. 어젯밤에, 그러니까 한밤중에 누군가가 내 얼굴에 뭔가를 철퍽 끼얹었고 나는 숨쉴 수가 없었어. 물은 아니었어, 물은 빠르게 흘러내리니까. 이건 내 얼굴에 그대로 있더니 천천히 흘러내렸어, 내가 코로 입으로 계속 불어댔는데도. 침처럼. 꼭 신이 내 위에서 잠이 들어 내 얼굴 전체에 침을 흘리는 것처럼. 나는 숨이 막힌 채로 일어났고 놈은 아직도 내 코에 뜨겁고 끈적거리는 숨결을 불어대고 있어, 이런, 개네. 개새끼가 내 얼굴을 핥고 있었어. 나는 펄쩍 뛰며 소리를 지르고 개새끼를 걷어차고서 그 개가 깽깽거리며 세 개뿐인 다리로 도망치는 걸 지켜봤어. 난 지금 국민영웅 공원*에 있는 벤치에 있어. 다들 그 사람이 온다는 얘기를 해, 바로 저 벽에 적혀 있다고 말해, 가수가 하늘을 가리키는 저 포스터, 스마일 자메이카 공개 콘서트, 12월 5일 일요일 오후 5시. 그 사람이** 나사로처럼, 예수처럼 죽음을 이겼어. 공원에 있는 사람들이 말하고, 사람들은 이미 와서, 내 바로 옆을 걸어가. 벤치에 있는 미친놈 옆을 말야, 그러면서 점잖은 사람들이 냄새나는 미친놈하고 함께 살 필요는 없지 않겠느냐며 경찰이 나를 치워주기를 바라고 있어. 사람들은 아침 일찍부터 왔지. 그 사람을 기다리고 있는 거야. 나는 눈을 깜박이고 그것들이 사람들 사이로 달려들어오다 빠져나가고 나를 쫓아오는 걸 봐. 그것들은 아기처럼 생겼는데 그중 하나는 눈이 세 개 달리고 하나는 너무 긴 이빨이 입에서 비어져 나와 있고 하나는 눈은 두 개지만 입이 없고 하나는 박쥐 날개를 달고 있어. 어젯밤에 내가 조시 웨일스한테서 도망쳤을 때 누군가가 또다시 나를 쫓아오기 시작했어. 그것들이 나를 듀크 스트리트까지, 공원까지 따라왔어. 아니다, 어젯밤에 나는 기찻길 위에서 잠을 잤는데. 아니, 어젯밤에 조시 웨

* 자메이카 킹스턴에 있는 공원. 총리를 비롯하여 각계 명사들이 묻혀 있다.

** 신약성서 요한의 복음서 11장에 등장하는 인물. 죽은 지 4일 만에 예수가 회생시킨 사람이다.

일스가 나한테 총을 쏴대는 바람에 가비지랜드에서 잠들었다가 누군가가 내 엉덩이에 불을 붙여서 일어났는데. 내가 그 사람을 쏘고 나서 두 밤이 지났는지 한 밤이 지났는지 모르겠어. 하지만 뉴스에서 가수가 총을 맞고도 살아남았다는 얘기를 세상에 전하는데 이틀이나 걸리지는 않겠지. 총잡이라도 그런 일을 떠드는 입은 다물게 만들지 못해. 모든 건 하루 만에, 아니 이틀 만에. 우리가 당신을 잡으러 갔던 게 12월 3일이라는 건 알고 있어. 하지만 둘씩 넷씩 사람들이 무리를 지어 공원에 들어오고 있으니까, 오늘은 12월 5일인 게 틀림없어.

조시 웨일스가 내 머릿속에서 펵 튀어올라. 나는 조시 웨일스한테서 도망치던 게 기억나고 나 자신에게 울지 마, 울지 마, 울지 마, 이 바티만아, 라고 했던 게 기억나. 하지만 어쨌거나 이해가 가지 않아서 울었어 우리를 보낸 건 자기면서 왜 우리한테 총을 쏘는지 이해가 안 가 그리고 처음으로 다른 사람들한테도 마음이 쓰여서 그 사람들이 어디로 갔는지 궁금해져. 아니면 조시 웨일스가 그 사람들을 벌써 다 쏴버리고 나 혼자만 남은 건가. 이게 거물들한테는 말이 되는지 모르겠지만 나한테는 말이 안 돼. 나는 조시 웨일스 소리가 더이상 들리지 않게 된 다음에도 뛰는 걸 멈추지 않았지. 가비지랜드에서 발을 빼내 다운타운까지 달리고 달리고 달리고, 동쪽에서 서쪽으로 총선이 끝날 때까지 문을 닫은 바느질 가게랑 시리아인 가게랑 레바논 슈퍼마켓을 다 지나서 타워 스트리트를 달렸었어. 타워 스트리트는 프린세스 스트리트를 가로지르고 그 거지들, 오렌지 스트리트랑 그 잡상인 여자들, 킹 스트리트와 그 구멍가게 사람들 그리고 듀크 스트리트와 그 변호사 변호사들. 나는 듀크 스트리트에 도착해서 어둠 속으로 달려가. 그리고 나는 나를 따라오는 게 조시 웨일스가 아니라는 걸, 파파-로나 쇼타 셰리프도 아니라는 걸 깨달아. 그 사람이야. 그 사람이 죽음을 이기고 나를 쫓고 있어. 심지어 오고 있지도 않아, 하지만 어딘가에 있는 무슨 언덕에 느긋하게 앉아서 덫을 놓고 있어 나 같은 놈들은 바보로 태어난다는 걸 알고서, 덫 안으로 곧장 날아 들어오리라는 걸 알고서. 국민영웅 공원. 오늘은 그 사람의 공원이고 그 사람은 그 안에 발을 들여놓는 사람을 하나하나 전부 차지할 거야. 킹스턴 전체를. 자메이카 전체를.

침 같은 걸쭉한 즙이 내 얼굴에, 눈 속에, 콧속에 있어. 나는 숨이 막혀서 어깨에 새똥을 얹은 채로 공원 벤치에서 깨어나. 내가 다시 잠들었다가 깨어난 건지, 아니면 지난번에 깨어났을 때가 꿈이었는지 모르겠어. 사람들은 벌써 공원에 와서 기다리며 보고 있어. 나는 보면서 기다려. 그 사람들을, 경찰을, 노동당 총잡이들을, 인민국가당 총잡이들을, 당신을. 4시 정각에는 수천 명이 더 있겠지, 그 사람들 전부가 기다리고 있겠지만 뭔가가 달라. 이 사람들은 노동당이나 인민국가당이나 다른 어떤 P도 아니야, 그냥 남자랑 여자랑 형제랑 자매랑 사촌이랑 어머니랑 브레드렌이랑 시스트렌이랑 서퍼라인데 나는 이 사람들을 몰라. 나는 일어나서 걷고 그 사람들을 지나가. 그 사람들 사이를, 꼭 유령처럼 그 사람들 주변을. 아무도 나를 만지지 않아, 아무도 내 앞길에서 비키지 않아, 그 사람들은 그냥 나를 전혀 보지 못해. 나는 편 나누기를 모르는 사람들을 몰라. 나는 그 사람들이 어떻게 생겼는지, 그 사람들이 무슨 말을 하기 전에 머릿속에 뭐가 스치고 지나가는지 몰라, 자메이카 노동당의 초록색이나 인민국가당의 주황색을 절대로 입지 않는 사람들을 모른다고. 이 사람들은 커지고 점점 커지고 사람들 무리도 더 커지고 공원에 둘러놓은 띠가 금방이라도 터져서 안에 있는 게 흘러 나갈 것 같지만 그들은 그 사람을 기다리며 그 사람 노래를 부르고 있어 당신이 올 때까지.

군중은 하나야. 그 사람들은 내가 자기들 중 한 사람이 아니라는 걸 알게 될 거야, 금방, 좀 있으면, 금방. 좀만 있으면 저 양떼 중 한 사람이 말할 거야 저기 저놈이다! 저기 늑대가 있다. 저들이 어떻게 알게 될지 나야 모르지만 저들은 알게 될 거야. 하지만 저들은 나란 놈을 신경도 안 쓸 거야. 나는 벌레야. 파리, 벼룩, 그보다 못한 것. 제3세계 밴드*가 연주하고 있어, 자메이카에 있는 모든 경찰관들에게 둘러싸인 채, 가장 예쁜 여자가 무대에 올라서 자기는 세례자 요한이고 가수는 예수인 것처럼 말해, 그리고 그 여자는 군중이 우 하고 아 하고 예이 하게 만들고 그 여자 옷은 빨간색이랑 주황색이고 바닥까지 물결쳐 모세의 불타는 덤불이라도 되는 것처럼, 하지만 여자는 그들에게 말하는 게 아니야, 저 여자는 나한테 말하고 있어, 이봐, 귀여운 멍청아, 터프 공을 죽일 수 있다고 생각하다니 니가 뭐라도 된 줄 아니, 라고 말하고 있어.

군중은 앞으로 밀려 나갔다가 다시 뒤로 굴러와. 동쪽이 서쪽까지 그네처럼 흔들리고 서쪽이 다시 돌아오고 나는 보지 않으려고 애쓰고 누구도 나를 보지 못하게 하려 애쓰고, 남자애 둘이 옆을 지나가, 그중 하나가 나를 오래 쳐다보는데, 다른 녀석이 신문을 떨어뜨려. 어둡지만 가로등은 사람들을 비추고 어떨 때는 땅도 비춰. 자메이카 〈데일리 뉴스〉. 가수 피격. 무장강도들이 한밤에 습격하여 웨일러스 매니저인 돈 테일러가—피— 누가 신문을 밟고, 또다른 사

* 1973년 결성된 자메이카의 레게 밴드.

람이, 또다른 사람이, 군중이 그걸 빨아들여버리고 신문은 사라져.

나는 눈을 들고 그 사람이……

그 사람이 아니지. 당신이야.

당신이 나를 똑바로 바라봐.

당신은 50미터, 100미터 떨어진 무대 위에 있어. 센티미터도 아니고 미터인데 당신이 나를 바라봐. 내가 당신을 보기 한참 전부터 당신은 나를 봐. 하지만 당신은 나를 보고 있는 게 아니야. 지금 조명은 무대만을 비추고 나는 어둠 속에 묻혀 있어.

당신은 지옥에서 나온 것처럼 꽉 조이는 검은 셔츠에 싸여 있고 바지는 잘 안 보여. 그게 청바지인지 나랑 같이 사는 여자가 거친 숨을 쉬게 만드는 가죽바지인지 모르겠어. 당신은 빙글 돌고 불빛은 당신 너머로 번쩍 빛나고 당신은 레게머리를 채찍처럼 휘둘러. 청바지군. 무대에 사람이 너무 많아서 당신은 예전에 하던 것처럼 춤을 출 수도 없어. 예쁜 여자, 당신의 세례자 요한은 팔짱을 끼고 있지만 음악을 느끼고 있어. 내 왼쪽에서 유령이 하나 보여서 도망치려고 해. 나는 어떤 사람의 가슴팍에 달려들어. 미안하다고 말하지만 그 남자는 나를 느끼지도 못해, 오직 긍정적인 바이브만 느낄 뿐. 나는 뒤를 돌아봐 유령은 유령이 아니야, 흰 옷을 입은 당신의 여자야. 뿔피리 소리가 나고 당신은 가만히 서. 나한테는 당신 소리가 들리지 않아, 나는 사람들 소리를 듣고 있고 사람들은 당신 소리를 듣고 있고 나는 당신을 볼 수 있는데 당신은 나를 귀먹은 사람 취급하며 밖으로 내보내고 문을 잠가 그리고 나는 이날 밤이 귀먹은 사람들한테는 어떤 밤이 될지 그리고 그 사람들이 함께할 수 없다면 당신이 정말로 역병을 시작하고 있는 건지 궁금해져.

당신.

당신은 언제나 알고 있었다고 말하지, 언제나 악에 대한 선의 궁극적 승리를 자신해왔음을 알고 있었다고. 당신이 내 얘기를 하는 건 아니지. 당신이 나에 대한 예언을 뱉어낸 게 아니라는 것 정도는 알고 있어. 당신은 바보야. 당신은 당신이 사자이고 내가 사냥꾼이라는 사실을 잊어. 당신은 다시 레게머리를 번뜩이는군. 당신이 사자이고 내가 사냥꾼이기는 하지만, 나는 내가 당신의 정글에 들어와 있다는 사실을 잊어. 콘크리트 정글. 나는 사라지려고 몸을 돌리지만 거기선 아무도 움직이지 않아, 아무도 다치지 않아. 군중은 가만히 서 있더니 앞으로 밀고 나와. 그러더니 뛰기 시작하고 나는 멈춰 서. 발 하나가 내 발가락을 으스러뜨리고 또 한번 또 한번 내가 뛰기 시작하지 않으면 그들은 전부 쿵쿵 발을 굴러댈 거야 하나씩 하나씩 나를 밟아 뭉갤 때까지.

당신이 하는 짓이야.

당신이 저들에게 가까이로 다가가 바빌론 위에서 발을 구르라고 말하고 있어. 이제 나란 놈은 당신이 나에 대해서 저들에게 노래하는 소리에 맞춰 뛰고 있어. 당신은 사자이고 이제는 카우보이도 당신이야, 저 미친 대머리새끼들을 마을 밖으로 쫓아낼 카우보이. 나는 땅을 내려다보지만 사람들이 나를 짓밟아 뭉갤 수 있도록 베이스가 나를 아래로 밀어내리던 참이야. 기타는 내 심장을 곧장 겨누는 창처럼 군중을 뚫고 다가와. 나는 우리가 당신을 쏘고 나서 하루가 지난 줄 알았는데 내가 멈추었을 때는 이틀이 지나 있었고 나는 내가 가비지랜드에서 잤던 건지, 듀크 스트리트였는지, 공원이었는지 모르겠고 언제 저녁이 아침이 되고 또 이틀 사이에 다시 저녁이 되었는지도 모르겠어. 기억도 안 나는 하루 동안 내가 어디로 갔던 건지. 하지만 지금 당장은 아무것도 생각할 수가 없어 당신이 방금 나를 공격했으니까 그리고 내가 도망치려고 살피는 모든 곳에서 사람들이 내 길을 막고 있고 어쩌면 저 사람들이 나를 막아야 할 거야 조시 웨일스도 여기에 있을 게 틀림없으니까, 그리고 파파-로도 그리고 나는 알아 이게 당신이 처음부터 계획해왔던 일이라는 걸.

나는 눈을 들고 사람들은 여전히 나무 위에 있고 그중 한 사람은 틀림없이 내 머리에 총을 겨누고 있을 거야. 이제 네가 원하던 걸 가졌구나, 더 많은 걸 원해?* 당신이 말하고 당신이 그 말을 하는 상대는 나야, 당신이 얘기하는 사람은 나야, 그리고 당신 말이 정말 무슨 뜻인지는 나만 알고 있어. 니가 악당이라고 생각하냐, 쌍년아? 이리로 와서 이 피똥 쌀 걸 가질 수 있을 거라고 생각해? 니가 터프 공을 죽여버릴 수 있을 거라고 생각하나? 황제 폐하도 그냥 끝장내버릴 수 있을 거라고 생각하나? 쟈는 살아 있다, 쌍년아, 그리고 쟈는 피똥 쌀 니 심장을 베러 오고 있어. 쟈는 번개처럼 손가락으로 너를 가리켜 너를 잿더미로 만들어버릴 테고 그 잿더미는 지저분한 개가 왼쪽 다리를 들어올려 너를 저멀리 하수구 아래로 씻어내릴 때 말고는 아무짝에도 쓸모가 없을 것이다.

이제 너는 얻었다, 니가 원하던 그 무엇을, 그 이상을 원하느냐? 아니. 나는 더 많은 걸 원하지 않아 그것들을 봤으니까, 박쥐 날개가 달린 그 아기, 눈이 두 개 있지만 입이 없는 그 아기, 그리고 타오르는 더 많은 푸른 불꽃, 그것들이 여유를 부리면서 군중을 뚫고 걸어와 그리고 나는 이봐요 사람들 저게 안 보여요? 저 악마들이 안 보여요? 라고 소리치고 싶어. 하지만 사람들은 당신을 보고 있어, 오

---

* 밥 말리 앤드 더 웨일러스의 앨범 〈라스타맨 바이브레이션〉 수록곡 〈더 많은 걸 원해Want More?〉의 가사 일부.

직 당신만을. 뭔가가 내 발 위로 스르륵 지나가면서 내 발꿈치에 비늘을 문질러대. 그러고 나서 또 그렇게 하고 나는 비명을 지르지만 기타가 동시에 비명을 지르며 내 비명을 빨아내버려. 어쩌면 달리지 않고 걸어가면 떠날 수 있을지도 몰라. 그래서 나는 발을 떼, 길을 뚫고 나아가지만 모두가 뛰면서 손을 흔들고 비벼대고 노래하고 왼쪽에는 업타운이 있어, 왼쪽에 월머스 남자 고등학교가 보이고 거기선 아무도 나를 보지 않겠지, 그래서 나는 왼쪽으로 향하는데 사람들은 계속 노래하고 움직이고 노래하고 뛰고 너무 많이 그러는 통에 나는 볼 수가 없어 하지만 나는 걷고 또 걷고 있고 내가 무슨 생각을 할 때마다, 드디어 공원 끝에 다다랐다는 생각을 할 때마다 또다른 목소리가 들려 너는 아무데도 가고 있지 않아, 썅년아 그런 다음에는 당신이 〈쟈는 그렇게 말씀하셨다〉*를 노래해 그 목소리를 공식적인 걸로 만들어.

나는 동쪽으로 가고 말 거야.

안 돼.

쟈는 그렇게 말씀하셨다.

안 돼 피똥 쌀 유령들이 나를 잡고 말 거야.

그래, 그들이 너를 잡고 말 거야.

쟈는 그렇게 말씀하셨다.

조시 웨일스가 나를 찾은 다음 나를 죽일 거지만 조시 웨일스는 나를 빠르게 죽이겠지 내가 알고 있으니까. 아니 어쩌면 파파-로가 나를 찾아서 나를 천천히 죽일 거야 모든 배드맨이 다 알 수 있도록.

* 〈So Jah Seh〉, 밥 말리의 앨범 〈내티 드레드〉 수록곡.

그래.

쟈는 그렇게 말씀하셨다.

아무도 터프 공을 죽일 수는 없어.

쟈는 그렇게 말씀하셨다.

나는 발을 떼. 나는 걷고 있어, 내 발은 점점 빠르게 움직이지만 당신 소리는 점점 커지고, 커지고, 커지고 나는 멈추어서 지켜보고 당신은 전보다도 더 가까이에 있어. 낚싯줄을 풀어서 물고기를 속여. 그러다가 당신이 나를 보는데 움직일 수가 없어. 그리고 박쥐 날개를 달고 푸른 불꽃에 싸여 있는 아기들이 더 가까이 다가와, 나는 그것들을 볼 수 없지만 느낄 수는 있어 그리고 나는 그것들에게서 도망칠 수가 없어 당신이 나를 바라보고 있으니까. 그만두는 게 좋을 거야. 알아들어? 그만두는 게 좋을 거라고. 당신을 죽이려던 건 내가 꾸민 음모가 아니었어, 나는 당신이 살든 죽든 관심도 없다고. 날 그냥 혼자 내버려둬, 나를 혼자 내버려둬, 이 씨발 머릿니가 득시글거리는 끝내주는 라스타야. 당신은 나를 보고 있어, 나는 알아, 쟈는 그렇게 말씀하셨다. 무대에 사람이 너무 많아서 당신은 움직이지도 못해, 카키색 옷을 입은 경찰서장, 카메라를 든 백인, 폭스바겐 위에 올라선 수상, 너무 많은 흑인들 그 사람들은 너무 검어서 옷을 입은 그림자처럼 어둠 속에서 춤추고 대마를 피우는 그림자처럼 보여. 당신은 노래하고 당신의 유령 아내도 노래하고 다들 노래하고 군중도 노래하고 당신의 진짜 목소리는 그 모든 것 아래에서 미끄러져.

나는 당신을 보고 당신의 입이 움직이는 걸 봐, 한 가지 노래를 하지만 뭔가 다른 걸 말하고 있지. 여기를 봐라 바빌론 꼬맹아, 하일레 셀라시에 황제 폐하의 리비케이션에 대항할 수 있을 거라고 생각했느냐.

그의 반석은 신성한 산 속에 있다. 쟈는 야곱의 거주지를 모두 합한 것보다 시온의 성문을 좋아하신다. 하느님의 도성아, 너를 두고 영광스러운 일들이 일컬어지는구나.* 나는 나님을 알고 있음을 라합과 바빌론 그들에게 언질하리니. 필리스티아와 티레여 보라 에티오피아에 대해서도 일컬어지리라 여기 이 사람은 그곳에서 태어났으며 가장 높은 그 자신이 지상을 건설할지니, 쟈! 라스타파리. 이곳을 올려다보라 소년이여.

나는 바라봐. 하지만 당신은 나를 보지 않아. 신이 인간을 바라보지 않는 것과 같은 이유로 당신은 나를 볼 필요가 없지. 왜냐하면 한 번만 보면 인간의 눈은 불타서 해골 바깥으로 나와버릴 테고, 불타서 아무것도 아니게 될 테니, 작은 얼룩조차도, 점조차도, 그보다 못한 것조차도 아니게 되는 거야. 이건 내가 하는 말이 아니야, 당신이 하는 말이야. 나는 더이상 내가 아니야, 나한테서 더이상 나 같은 소리가 나오지 않아 오직 당신뿐 그리고 다른 사람들은 없어, 그림자뿐 스피커에서는 소리가 떨어져내리지 않아, 오직 리듬의 깊은 종말뿐. 그리고 당신은 마이크를 횃불처럼 허공에 쳐들고 당신 눈을 다시 가려, 하지만 당신은 모든 걸 보고 있어. 사람들은 당신이 춤추고 있다고 생각하지만 당신은 신호를 보내는 거야, 당신 말이야 내 말이 아니고. 내 땀은 차갑게 식은 채 계속 흘러내려, 내 등을 따라 차가운 손가락처럼 내 엉덩이 사이 갈라진 틈까지 곧장 흘러내려.

그때 당신이 손을 움직이고 레게머리가 번쩍이고 나한테 시선을 고정시켜. 나를 꿰뚫고, 내 안을, 내 뒤를 당신은 곧장 내 심장으로 다가와 그것을 움켜쥐어. 당신은 말해 라스타의 위업을 보라. 라스

* 구약성서 시편 87장 3절의 구절.

타가 사자를 사냥꾼으로 사냥꾼을 사냥당하는 자로 만드는 것을 보라. 당신은 내가 총을 잃어버렸다는 걸 알아, 당신을 거의 없앨 뻔했던 그 총 말이야. 당신은 나한테 총이 있었다 해도 내가 쏘지 못했으리라는 걸 알아. 당신은 내가 아무것도 아니라는 걸, 내가 죽은 사람이라는 걸 알아. 당신은 내 심장 박동을 내 두 발을 감고 있는 뱀을 알아, 당신은 군중에게 나를 밀쳐 넘어뜨리고 삼켜버리라고 의지를 불어넣을 수 있다는 걸 알아. 당신은 정글에, 덤불에 있다가, 황제 폐하와 함께 군중에게로 탁 트인 공간으로 나와. 당신은 앞으로 한 걸음 나서서 소매를 말아올려. 바빌론은 당신 손에 못을 박으려 했지만, 실패했어. 당신은 셔츠의 첫번째 단추를 잡아당기고, 그다음에는 두번째를, 그다음에는 세번째를 당기더니 슈퍼맨처럼 가슴을 펑 드러내. 당신은 팔에 있는 상처와 가슴에 있는 상처를 가리켜. 당신은 승리한 전사의 춤을 추고 사냥을 다시 체험하고 다들 그 모습을 보지만 아는 사람은 나뿐이야. 땀이 차가워. 예수가 창에 찔린 상처를 보이기 위해 자기 옆구리를 가리켰듯이 당신은 당신 상처를 가리켜. 이제 더 많은 사람이 무대에 올라 있고 그 예쁜 여자가 마이크를 다시 받아들지만 그전에 바람이 불어오고 닭이 울고 당신은 시스코 키드*처럼 권총집에서 권총 두 자루를 빠르게 뽑아. 마티 로빈스처럼. 꾹, 꾹, 꾹 이름 없는 남자**처럼. 당신은 고개를 뒤로 젖히고 너무 길게 웃어서 그 웃음에는 마이크조차 필요하지 않아. 당신은 나를 비웃고는 빠르고 격하게 멈추더니 나를 곧장 바라봐, 당신의 두 눈은 불덩이야. 당신이 나를 보지 않는다는

* 오 헨리의 소설 「카바예로(카우보이)의 길」(1907)에 나오는 등장인물로, 한때 잔인한 무법자였으나 멕시코의 영웅적인 카바예로가 된 인물이다.

** 영화 〈달러스 3부작〉에 등장하는 주인공으로, 클린트 이스트우드가 연기했다.

게 느껴질 때까지 눈을 꽉 감았다 떠보니 당신은 가고 없어. 그리고 나는 내가 죽었다는 걸 알아, 나는 당신이 떠나는 걸 볼 때만 달릴 수 있어.

하지만 박쥐 날개를 단 아기가 나를 따라 날아오고 있어. 사람들이 떠밀어대, 밀쳐대, 그리고 무언가가 누군가가 내 얼굴을 정통으로 때렸어. 그리고 또 한번, 내 배를 정면으로 때리고 나는 토할 것 같다고 생각하지만 오줌을 싸. 나는 울지 않고 있어. 나는 울지 않을 거야. 지금 나한테 벌어지는 일을 하나도 멈출 수가 없어, 오줌을 지리는 것 마저도. 오줌은 내 발을 따라 흘러내리고 사람들은 때리고 후려갈기고 주먹질을 하고 지나가고 달리고 달리고 지나가고 있어. 나는 공원을 간신히 빠져나가, 당신이 가버렸고 돌아오지 않는다는 걸 사람들이 깨닫기 전에, 그래서 거리는 어둡고 비어 있고 나는 길 건너에 있는 건물을 하나도 몰라. 나는 조시 웨일스의 사람인 토니 파바로티도 알아보지 못해. 그자가 내 코앞에 오기 전까지, 그자의 손마디가 내 얼굴 정면으로 달려들 때까지.

데무스

저는 밤까지, 하루종일 달립니다. 이틀 전 밤에는 꿈길을 따라 달리고 있었어요.

쓰레기 냄새가 너무 지독하게 나서 쥐들조차도 별로 얼씬대지 않는 도랑. 저는 듀크 스트리트에서 사우스 퍼레이드까지 달려간 다음 거기서 출발하는 첫번째 버스에 뛰어 올랐죠. 차장에게 5센트를 냈는지는 기억나지 않아요. 돈을 낸 사람 네 명만이 버스에 타고 있었고 제 뒤에는 딱 한 명밖에 없었어요. 머리가 아프기 시작하는군요. 많이 아픈 건 아니지만 계속 거슬리는데, 꼭 윙윙대는 모기가 귓구멍으로 들어가서 이제 머리 꼭대기 쪽으로 올라오고 있는 것 같아요. 누군가의 눈이 내 뒤에 닿은 듯한 윙윙거림. 몸을 돌려보니 학교에 다니는 남자아이가 있었어요. 교복만 벗으면 저보다 나이가 많지도 않을 거라고 생각합니다. 하지만 그 녀석은 절 보고 있지 않아요. 제가 등을 돌렸을 때만 절 보고 있거나. 저는 다시 몸을 돌립니다. 그 녀석에게 걸어가 잭나이프로 오른쪽 뺨에 전화기를 오래 댄 것 같은 자국을 그어주고 싶어요. 학교에 다닌다는 이유만으로 그 녀석 머리를 세게 후려치고 싶다고요. 저한테는 끔찍한 카키색 교복 같은 걸 입고 끔찍한 학교에 갈 기회라곤 전혀 없었으니까. 하지만 이 녀석은 그냥 남자아이일 뿐인걸요. 저는 다시 등을 돌리는데 곧 말발굽 소리가 들려요. 말발굽 소리가 점점 더 크게 들리고 저는 그게 이 낡은 버스의 낡은 엔진이 내는 랏탓탓 소리라는 걸 알지만 말들이 다가오는 소리가 들려요. 저는 바로 그때 버스에서 내려요. 바비칸이에요. 저는 작은 다리를 기어내려가 그 밑에 있는 도랑으로 가서 거기 머물러요.

깨어났을 때는, 어떤 손이 제 불알을 만지고 있어요. 바지를 세게 붙잡는 손 때문에 저는 펄쩍 뛰죠. 눈에 보이는 거라고는 쓰레기더미에서 뻗어나온 그 손과, 신문지와 천 조각과 비닐봉지와 상한 음식과 똥으로 만들어진 쓰레기 괴물 한 마리뿐. 저는 소리를 지르고 그대로 그 괴물을 발로 걷어차요. 괴물은 뒤로 넘어져서 소리를 질러요. 신문지 몇 장이 떨어져나가고 여자 머리가 튀어나와요. 여자는 타르처럼 검고 머리카락은 흙과 종이와 분홍색 머리핀 두 개로 빳빳하게 서 있고 여자가 다시 비명을 질렀을 때 제 눈에는 이가 딱 세 개밖에 보이지 않는데, 그중 하나는 너무 길고 노란색이어서, 그 여자는 신문지로 몸을 싸고 있던 뱀파이어인 게 틀림없었어요. 제가 주위를 둘러보고 바위를 하나 찾아서는 그걸 던지겠다고 위협을 할 때조차 여자는 계속 비명을 질러요. 여자는 빠르게 뛰어올라요. 저는 미친 사람들이 얼마나 건강하고 활기 넘치게 뛸 준비가 되어 있는지 잊어버렸는데, 여자는 바로 그렇게, 비명을 지르며 도랑을 따라내려가다가 너무 멀어져서 그냥 하나의 깜빡거리는 신호가 되고, 점이 되고, 곧 아무것도 아닌게 돼요.

마지막으로 언제 음식을 먹었는지 모르겠어요. 마지막으로 언제 몸을 씻었는지도. 코카인 한 줄을 하겠다는 생각을 하지 않는다면 코카인 한 줄을 원하지도 않게 될 텐데 하는 바람을 품고 있었지만 지금 저는 그 생각을 하고 있고 그걸 멈추기 위해서 할 수 있는 일이라고는 그게 전부예요. 하지만 그때 말발굽 소리가 다시 들려요. 심장이 쿵 쿵 쿵 빠르게 뛰기 시작해요, 달가닥 달가닥 달가닥 말발굽 소리에 맞춰서 그리고 손과 발이 차갑게 느껴지고 점점 차가워져요. 머리가 말해요 도망쳐 멍청아 도망치라고 도랑의 물결이 흔들리지만 다리 위를 지나가는 트럭일 뿐이었어요. 계속 배고픈 상태로 있어야겠어요. 배고픈 상태로 있으면 음식을 생각하게 되고, 코카인에 굶주려 있으면 코카인 생각을 하게 되니까. 얼마나 굶주려 있는지 생각하면 조시 웨일스에 대해서는 절대 생각하지 않게 되니까 씨발 멍청아 너였을 뻔했다고, 니가 위퍼가 준 쓰레기를 킁킁대기 전까지는 너였다고. 이 다리에 대해서 생각하지 않아도 되고 가수가 아니라 그 브레드렌에게만 이 데무스에게 엿을 먹여서는 안 된다는 걸 보여주고 싶었다는 것도 생각하지 않게 되니까. 다른 인간들이 절 이용하려는 것에 얼마나 싫증이 나 있는지도, 처음에는 그 브레드렌, 그다음에는 조시 웨일스 씨발 멍청아 너였을 뻔했다고, 니가 위퍼가 준 쓰레기를 킁킁대기 전까지는 너였다고, 그리고 그 전에는 자기들이 원하는 게 뭐고 어떻게 하면 그걸 얻는 데에 이 데무스를 이용할 수 있을까만 생각해내던 씨발 게토에 있는 모든 인간들에 대해서도 생각하지 않아도 되니까. 아무래도 제 머리에 이렇게 적혀 있나봐요. 이놈을 이용해, 이놈은 그래도 될 만큼 멍청한 놈이야. 노랑 뱉에 있으면 악취가 얼마나 사람을 미치게 만들 수 있는지 알 수 있죠. 왜 온갖 미친 똥덩어리며 사악한 똥덩어리며 심통

맞은 똥덩어리를 생각하는지, 똥 같은 애새끼를 죽여버리고 똥 같은 계집애한테 박아버리고 똥 같은 교회에서 똥을 싸야겠다는 생각을 할 수 있는지를 말이죠 왜냐하면 악취가 너무 구리고 또 구려서 생각할 수 있는 거라고는 물을 체로 걸러봐야 악취가 나한테 스며들고 있을 거라는 그래서 나한테도 악취가 날 거라는 것밖에 없거든요 저는 그저 악취를 씻어내고 싶어요, 이 모든 걸 씻어내고 싶지만 도랑물에서도 악취가 나요. 안 돼요. 지금은 생각을 똑바로 해야 해요. 생각하는 사람처럼 생각을 해야 해요. 킹스턴을 벗어나야 해. 가야 한다고. 어디론가 가야 해요. 사람들이 절대로 입에 올리지 않는 어딘가, 하노버 같은, 피똥 쌀 하노버에서 무슨 일이 벌어지는지 누가 알까요? 하노버는 자메이카의 다른 곳들하고 너무 떨어져 있어서 그놈들이 어떤 선거에서도 투표하지 않을 거라는 데 내기도 걸 수 있어. 하노버로 가서 에버턴이나 코트니나 피츠해럴드 같은 이름을 쓰는 거죠, 어머니와 아버지 두 분 밑에서 곱게 자란 것 같은 이름을요. 말발굽 소리가 다시 들리고 저는 자리에서 일어나 달려요. 그 미친 여자가 달려간 것과 같은 방향으로 달려 나도 미친 게 분명해 말발굽 소리가 들려 벌거벗고 도망치는 노예처럼 아주 많은 사람들이 잡으러 오는 놈처럼 그동안 나는 버려진 섬으로 가요. 그래 그게 방법이예요, 어쩌면 버려진 섬으로 도망쳐야 할지도…… 1976년에 누가 버려진 섬으로 도망을 치겠느냐고요? 누가 거기까지 가서 절 찾겠어요? 이건 말이 되는 이야기 같아. 이건 진짜 말이 되는 이야기 같아. 지금 저한테 생각할 수 있는 능력이 있는 것 같아요. 그러니까 최소한 아직까지 생각할 능력은 있잖아요. 저는 웃을 뻔하죠, 도랑을 따라 달리며, 다리 밑으로 달려갈 때마다 그 도랑이 어두워졌다가 다리 밑에서 나오면 다시 밝아지는 모습을 지켜보면서. 저는 달리고 달리고 달리는데 공기에서 짠맛이 나기 시작하고 곧 바다 근처에 가게 되리라는 걸 알아요. 달리고 달리고 그러는데 태양이 하늘 꼭대기에 올라 등을 지지더니, 다시 아래로 아래로 아래로 미끄러지다가 마지막으로 하늘에 주황색으로 충격을 주더니, 가라앉아요. 저는 멈추지 않죠, 저한텐 신발이 없고 철퍽거리고 튀겨대는 물이 더 깨끗해졌다는 사실을 알게 됐을 때에도.

나는 버려진 자동차로 달려가고 하마터면 그 안으로 들어가 뼈다귀로 변해버릴 때까지 숨어 있을 뻔하지만, 계속 달려. 생각하지만 않으면 어떤 것도 나를 다치게 할 수는 없어, 음식 생각을 하면, 굶주림이 나를 너무 심하게 비틀거리게 만드니까 넘어져 구를 수밖에. 그래서 나는 음식 생각을 그만두지. 달리다보니 조금만 있으면 분명 통행금지령이 내릴 테니까 도랑 밖으로 기어나가서 훔칠 음식과 마실 물이 있는 어딘가로 갈 수 있을 거라는 생각이 들지만, 나는 욕을 하지 다시 음식 생각이 나서 내 배는 신음소리를 내고 나를 고통으로 갈기갈기 찢어놓으니까. 진짜야, 뭔가에서 멀리 도망치면 도망칠수록 그걸 더 잘 느끼게 된다고.

그다음에 트럭 뼈대를 지나고 보트 뼈대를 지난 다음에야 제가 더이상 도랑에 있지 않다는 걸 알게 돼요. 하지만 전 바다에 있는 게 아니에요 소금맛이 나고 파도 냄새가 나기는 하지만. 내 발가락이 모래와 진흙을 파고들고 사방에는 나무들이 빽빽하게 있는데, 부드럽게 구부러지는 가지와 아래로 늘어뜨려져 바닥에서 뱀처럼 꼬아지고 있는 덩굴이 달린 플라스틱 같은 노란 나무예요. 모래 땅은 어떤 조각은 자갑고 축축하고 그다음 조각은 건조하고 뜨거워, 축축한 조각을 걸어서 지나니 작은 구멍이 뚫리고 온갖 게들이 달려나와. 나는 몸을 구부리고 그놈들을 지켜봐, 빛이 점점 사라지고 바다 소리는 점점 커져. 눈을 들어 보니 바로 앞에 비행기가 있어. 떨어졌다가 다시 날아가려고 노력했지만 거미줄에 걸려버린 것 같아요. 비행기는 아직도 애를 쓰는데 덤불 그물이 이기고 있는 거야. 비행기는 십자가처럼 꼿꼿하지만 배는 지금까지도 은색으로 반짝거리는 배를 드러내고 있네요. 왼쪽 날개 절반은 날아갔고 꼬리는 모래에 박혀 있고. 바다 덤불과 바다 꽃이 조종석으로 밀고 들어가 창밖으로 나가요 덤불이야말로 진짜 승객인 것처럼. 게들이 전부 그 주변으로 달려가요. 내 일부는 문을 벌컥 열고 진짜 해골이 안에 있는지 살펴보고 싶고 일부는 비행기 좌석에 앉아서 비행기가 스스로 풀려나 멀리 날아가길 바라요. 야생 돼지가 덤불을 짓밟은 것처럼 덤불이 버스럭거리고 가지가 탁탁 부러져요. 나는 몸을 돌리고 다섯 여섯 일곱 여덟 라스타들이 나를 둘러싸요, 모두가 흰 옷을 입고 있네요.

– 이런 피똥 지릴……

밤-밤

나는 비명을 질러 주님! 으아! 안돼안돼안돼안돼안돼안돼안돼안돼안돼! 비명을 지르고 있지만 나는 비명을 지를 수가 없어 재갈이 내 입을 막고 있으니까 내 혀가 재갈을 밀어내지 못하니까 토악질이 올라오니까 그 토를 다시 삼켜낼 수는 없으니까 기침이 나고 숨이 안 쉬어지니까. 조시 웨일스가 내 점퍼를 갖고서 자기들이 내 눈을 가리는 데 썼던 그 점퍼를 당겨서 풀어내 보이는 거라고는 횃불이랑 사람들의 그림자 바닥에서 뻗쳐 나오는 커다란 거인 손 같은 나무 그림자뿐 그밖에는 모든 게 흐릿해. 어두워 나는 도망치려고 애쓰지만 내 발이 함께 묶여 있고 손도 그래. 아무것도 할 수 없지만 폴짝 뛸 수는 있어 그래서 나는 폴짝 뛰고 조시 웨일스가 웃어. 조시 웨일스는 안 보여, 그냥 웃음소리만 들려. 하지만 그때 조시 웨일스가 고개를 끄덕이고 나무 뒤에서 나오고 나는 조시 웨일스가 그림자가 아니라 사람으로 보여. 위퍼랑 토니 파바로티가 나를 잡아서 들어올리는데 나는 아무것도 할 수 없어. 그놈들에게 주먹을 날릴 수도 없고, 세게 치거나, 칼로 찌르거나, 발로 걷어찰 수도 없어, 내가 할 수 있는 건 그놈들을 정말로 사납게 바라보는 것뿐이야, 씨발 예수님 열두 살 때부터 계속 달라고 빌었던 슈퍼파워를 딱 한 번만 주세요. 딱 한 번만, 딱 한 번만 제가 뜨거운 에너지파워가 담긴 눈길로 놈들을 노려보면 놈들이 둘로 갈라지도록 해주세요. 예수님! 예수님! 놈들이 나를 잡아서 들어올리고 하나, 둘, 셋 하면서 그네처럼 흔들어서 손을 놓고 나는 무덤 속으로 바로 떨어져 얼굴을 진흙에 그대로 처박고 배를 아래로 한 채 떨어져. 진흙이 내 오른쪽 눈에 떡이 져 타는 것 같아 아파 눈을 깜빡여도 흙을 다 빼낼 수가 없어. 나는 구르고 놈들은 저 위에서 그냥 나를 지켜봐 조시 웨일스가 씩 웃으면서 내려다보고 내 입에서는 토 맛이 나고 돌 맛이 나고 안돼애애애애 안돼애애애 안돼애애애애 손이 타는 것 같은데도 피부가 벗겨지지 않아! 피부가 벗겨지지 않아! 피부가 벗겨지면 밧줄이 피로 느슨해져서 손을 뺄 수 있을텐데. 위퍼 그냥 날 쏴줘, 그냥 날 쏴줘 제발 그냥 날 쏴줘, 쏘라고 이 피똥 지릴 사악한 쌍년아, 쏘라고! 날 쏘라고! 조시가 가장자리로 다가와서 나한테 오줌을 갈겨. 내 손은 내 등뒤에 묶여 있고 지렁이 소리랑 개미 소리가 들려 개미 소리가 들린다고 놈들이 물어뜯을 거야 파바로티가 무덤을 채우기 시작했어 안돼애애애 안돼애애애 안돼애애애애 진흙이 비처럼 흙이 비처럼 쏟아져내려 발버둥을 치고 발버둥을 발버둥을 150센티, 180센티까지는 안 돼 일어날 수가 없어 일어날 수가 없어 진흙에 흙에 먼지에 먼지랑 돌이랑 그리고 돌 하나가 내 코를 부러뜨리고 돌 하나가 총알처럼 내 눈을 맞히고 안 돼 그만 발가락 그리고 안돼애애애 머리로 쓸어내봐 머리로 쓸어내라고 머리로 흙을 쓸어내 불어 세게 불어 세게 불어 세게 안돼 안돼 안돼 안돼 안돼 안돼 안돼 안돼 안돼 안돼 안돼 안돼 안돼 세게 불어 불 수가 없어 재갈 예수님 슈퍼맨 스파이더맨 캡틴 아메리카 세게 노려보면 슈퍼파워가 나올 거야 슈퍼파워가 새끼손가락이 없어 나는 당겨 당기고 당기고 새끼손가락이 있었던 뭉툭한 자리로 밧줄을 당기고 풀렸다! 풀렸어! 하지만 흙이 비처럼 내려와서 쌓이고 나는 위를 볼 수가 없어 하지만 그놈들이 땅 파는 소리 던지는 소리가 들려 그리고 흙이랑 또 흙이랑 돌이 이마에 탁, 생각을 할 수가 없어 슈퍼파워로 노려보기 펑 홱 슉 우웅 우우우웅 우우우우우웅 펑 저놈들은 이게 장난인 줄 알아 봐라 나는 흙을 발로 걷어찰 수가 있어 두 발로 동시에 흙을 차서 날릴 수가 있어 축구할 때처럼, 뭐 축구는 나만 하는 건가, 하여간에 축구하듯이 차서 날릴 수 있어 봐라 나는 나빠 나는 나빠 나는 지쳤어 나는 지쳤어 흙이 계속 떨어져내려 더 축축하고 무거워 신이 나를 아래로 누르는 것처럼 안돼 안돼 아 안 안…… 왼쪽 눈에 흙이 감을 수가 없어 깜빡일 수가 없어 깜빡일 수가 위퍼가 웃어 흙이 더 사람들이 더 더 더 더 씰룩여! 씰룩이라고! 씰룩여! 발을 씰룩여 발은 처박혔어 그럼 흔들어! 흔들어! 좌로 우로 흔들어 아니 좌도 우도 없어 흙뿐이야 굴러 구르라고 한 번 홱 구르란 말이야 그리고 아기처럼 기어 기라고 그러면 공기가 있을 거야 나랑 같이 사는 그 여자랑 씹질이라도 한 번 했어야 하는데 아니 그 여자 말고 다른 여자 두 집 아래에 사는 여자 다른 여자 백인 여자 찰리의 천사* 보지 분홍색 보지는 분홍색 침대 밑에 있는 아빠의 비밀 책에서 봤어 내가 잔다고 생

* 찰리(charlie)는 코카인(cocaine)과 마찬가지로 c로 시작하여 코카인의 은어로 쓰인다. 찰리의 천사란, 다량의 코카인을 흡입하고 보통 나이트클럽 화장실 등에 취해 있는 예쁜 여자를 말한다.

각하면 아빠가 꺼내서 혼자 싸버리던 책 남자가 제기랄 완전 꼴린다 바닥에다가도 박을 수 있겠어 바닥에 박아야지 박아 박아 박아 보지가 있었으면 좋겠어 아니 보지는 원하지 않아 박아 박아 박아 여자를 구부리고 보지를 문지르고 똥구멍을 들어올려 자지를 담가 꽉 조여 간을 한 조각 떼어서 자지에 감싼 것 같아 커 크다 아빠 자지처럼 아빠가 아빠 쪽으로 등을 돌린 우리 창녀 엄마한테 박을 때의 자지처럼 엄마는 누가 자는지 누가 깨어 있는지 상관 안 해 그리고 엄마가 몸을 일으킬 때는 아빠 자지가 깃대 같아 엄마는 몸을 일으키고 일으키고 몸을 떼어낼 수가 없지만 몸을 떼어내고 싶어하지 않아 엄마는 다시 아래로 미끄러져 내려가고 강아지처럼 낑낑대 보지 자지 불알 불알 그리고 나는 아버지가 벌거벗은 모습을 한 번도 본 적이 없어 아버지가 어머니랑 씹질하는 걸 한 번도 본 적이 없어 어쩌면 다른 남자였을 거야 어쩌면 퍼니보이였을 거야 아냐 퍼니보이는 바티만이야 남자들한테 자지를 빨게 한 다음 그 남자들을 쏴버리는 쏴서 죽여버리는 바티만 나는 절대로 쿠바에 가지 못할 거야 바베이도스에 절대 가지 못할 거야 절대로 슈퍼맨 가슴에서 S를 떼어내지 못할 거야 왼쪽 눈으로는 울 수가 없어 흙으로 가득차 있어 그러니까 숨을 짧게 쉬어 깊게 쉬지 마 공기가 별로 없어 공기가 별로 없으니까 새로운 흙이 내 위로 떨어지는 걸 느낄 수가 없어 소리만 들려 너무 어둡다 축축하고 무겁고, 흙이 무거워 이제 더이상은 안돼 안돼 안돼 안돼 안돼 안돼 안돼 그만 그만 숨을 쉬어 숨을 짧게 쉬어 아껴 뭘 아껴? 파고 파고 파고 파고 던지고 던지고 던지고 죽었어 넌 죽을 거야 넌 죽을 거라고 빨리 죽게 해줘 아니 살게 아니 죽게 넌 죽을 거야 숨을 한번 더 쉬어 공기를 다 쓰면 안 돼 공기가 축축하고 딱딱하고 꽉 조여 누가 코를 꽉 쥔 것처럼 누가 내 코를 꽉 쥔 것 같아 아 아 아 아 흐흑흑흐흐흐흐흐 예수님! 예수님! 예에에에수 숨 한 번 숨 숨 한 번 숨 두 번 숨 세 번 숨 네 번 숨을 쉬어 숨 숨을 쉬어 다 다 다 다 다아아아아섯 번 숨 여섯 번 일일 일 일 일고오오오오오오옵여덟 수 아호호호호호호호 헉허허허허헉헉허허 헉헉 허허허 숨을쉬이이이이이허 헉 헉 흐 흐흐흐 흐허흐허흐흐흐 흐 흐 흐 흐 흐 흐 아홉! 아아아호호오오옵 아니흐흐흐아니흐허흐허흐흐흐흐 아흐흐흐 허허허허 허허허허허 허허허허흐 흐 허허허허 아빠 하지 마요 노란 불꽃이 나오는 엔진은 싫어 빨간 불꽃이 나오는 걸로요 노란 건 진짜가 아니잖아 아빠 아니 아빠 나는 키스코 팝이랑 그리고 그리고 롤리팝이랑 그리고 어 툿시 팝이랑 팝이란 팝은 전부 다 먹고 싶어요* 그리고 어 보라색 크레용을 갖고 싶어요 빨간색도요 분홍색은 싫어요 분홍색은 여자애들 거예요 분홍색은 여자애들 거 후바부바 풍선껌은 아주 아주 커다란 풍선을 불어도 달라붙지 않아요 제일 크고 제일 풍선 같은 고리가 포지로 가득 찬 로지 포켓을 감고** 에이 이런 에이 이런 우린……

* 전부 사탕 이름이다.

** ring around the rosie pocket full of posie. 흑사병이 창궐하던 1665년 런던의 상황에서 유래한 운문. 고리(ring)는 흑사병 발병 초기에 피부에 생기는 붉은 고리 모양 반점을 가리키고, 포지(posie)는 작은 꽃다발이라는 의미로 당시 사람들이 감염되었을 때 냄새를 감추려고 챙겨 다니던 허브와 향신료를 가리킨다.

아서 조지 제닝스 경

신이 땅을 하늘에서 멀리 떼어놓은 것은 신조차 죽은 살점의 냄새를 참을 수 없기 때문이라네. 죽음이란 영혼을 낚아채가는 무언가라든가 어떤 정령이 아니라, 아무런 온기 없는 바람, 기어다니는 질병이거든. 나는 사람들이 토니 맥퍼슨을 죽일 때 그 자리에 있을 거라네. 이븐타이드 양로원이 연기가 되어 치솟을 때도 그 자리에 있을 거고. 누구도 목숨을 구하려 애쓰지 않지. 생매장당한 꼬마 녀석이 이리로 넘어오는 와중에도 자기는 죽은 게 아니라고 생각할 때조차 그 자리에 있으면서, 그 녀석이 레게 가수의 집으로 걸어갈 때 따라갈 걸세. 사람들이 옛 도시의 마지막 남은 사람을 잡으러 올 때에도 그 자리에 있을 거라네. 세 사람이 부당한 처벌을 당하게 될 때에도. 멀쩡한 발가락으로 춤추던 가수가 펜실베니아에서 쓰러지고 땋아놓은 가수의 머리카락이 떨어져 흩어질 때에도.

곧 죽을 자는 죽은 자들을 볼 수 있다네. 지금 내가 자네에게 해주려는 이야기가 바로 그것이지만 자네는 내 말을 듣지 못해. 자네는 내가 자네를 따라가는 걸 볼 수 있고, 의아해하지. 내가 걷고 있는 건지, 만일 걷고 있다면 내가 자네 뒤를, 그자들 뒤를 따라 걸어오는데도 어째서 발이 땅에 닿지 않는 것처럼 보이는지. 그자들은 늪이 바다를 만나는 그 먼 곳까지 자네를 따라 내려왔는데, 자네는 그자들이 와서 자네를 온통 둘러싸기 전까지는 눈치조차 채지 못했어. 죽은 자가 타고 있고 하얀색 가루가 담긴 자루로 둘러싸인, 그때까지도 번쩍이던 비행기 바로 옆에 그들이 오기 전까진. 그자들은 일곱이었고 자네는 그자들이 묵시록에서 나온 기수들이라고 생각했지만, 그자들은 그냥 단검을 가지고 있는 남자들일 뿐이었네. 자네가 풍기는 공포의 냄새로 자네를 찾아낼 수 있는 자들, 결코 자네를 추적해왔다고는 할 수 없지만 자네가 적당한 장소에 딱 걸려들기만을 기다려온 자들이었지. 내 눈에는 자네 눈에 내가 보이는 게 보여. 이건 자네한테 좋은 일이 아니지.

자네는 몸에 그게 묻어 있는 채로 깨어나네. 악마의 침이 자네의 얼굴에 엉겨 있군그래. 마치 누군가가 자네의 발을 잡고서 자네 머리를 젤라틴에 담갔다 꺼낸 것 같아. 잠시 동안은 그걸 떠내고 나서 꿈이었다고 생각하겠지만, 그건 이미 자네 안에 있네, 자네는 물고기처럼 그걸 들이마셨어. 자네와 생매장당한 녀석과, 이제는 등을 깔고 누운 채 잠들었다는 사실을 영영 알지 못할 나머지 자들 모두.

저 하얀 남자는 말도 되지 않아. 아예 말이 안 된다고 자네는 생각하고 있지. 나는 장례 행렬의 미망인처럼 자네를 따라가고 있네. 자네의 바지는 반쯤 묻혀 있던 바위에 걸려 왼쪽 주머니가 찢어지는군. 이 남자들은 자네를 마치 물고기나 되는 것처럼 끌어당기고 한 번 끌어당길 때마다 자네 손목을 감은 올가미가 점점 더 세게 죄어와. 저자들은 자네를 몇 킬로미터나 끌고 오는 중이고 자네는 이리저리 몸을 비틀어보지만 마지막으로 몸을 비틀었을 때는 배 쪽으로 넘어져 굴렀고 바위는 더 아프게 느껴지면서, 자네 배에는 저민듯한 여러 줄이 그어졌고, 오른쪽 무릎에는 들쭉날쭉한 빨간 선이 그어졌지. 저자들은 자네를 비밀 도로로, 잊힌 골목으로, 잡초들의 기습을 받은 오솔길과 숨겨진 강 건너, 죽은 노예들만이 알던 킹스턴 깊숙한 곳으로 이어지는 동굴 너머로 끌고 다녔네. 그자들 중 오직 한 사람만이 자네를 끌어당기고 있는데 별로 힘을 들이지도 않는다네, 절대 확 잡아당기지 않고, 자네가 깃털과 스펀지, 공기만으로 가득 찬 베개나 되는 것처럼 끌어당길 뿐이지. 자네는 전혀 무겁지가 않거든. 스무 살이 되지 않은 사람은 누구도 무겁지 않으니까. 우리가 행진을 해나가는 동안 나는 경의를 표하려고 고개를 숙이지만, 내가 고개를 끄덕이고 목을 꺾을 때마다 머리가 떨어져내린다네. 자네는 다시 구르고 축축한 풀이 자네 얼굴에 상처를 내. 자네는 몇 킬로미터 내내 비명을 지르고 있지만 그 비명은 재갈 속에서 잦아들지, 그래도 내가 그곳에서 듣고 있겠네.

라스타의 복수를 하려는 자들은 모두 흰 옷 차림에 대마초 연기 냄새가 나고 피에는 철이 흐르고 있어. 할 말이라고는 한 마디도 없는 남자 일곱, 남자 일곱이지, 한 명은 덤불 너머로, 이 언덕 위로, 저 계곡 아래로, 그런 다음에는 또다른 언덕 위로 자네를 끌어당기고, 그러는 동안 핏빛 달은 아무런 관심도 기울이지 않네. 덤불 속에서도 그자들의 바지가 어떻게 그렇게 계속 하얄 수 있는지 궁금하군. 일곱 중 셋은 아프리카 부족 여자들처럼 흰색으로 머리를 감쌌네. 자네는 나를 볼 수 있어. 자네는 내가 눈빛을 읽어낼 수 있으면 좋겠다고 바라고 있지. 나는 그렇게 할 수 있어 그리고 내가 굴러도 이자들은 신경쓰지 않아 내 얼굴 코 입은 흙이랑 풀로 가득차 있어 쓰다 쓰다 쓰다 아니 씨발 우리 지금 어디로 가는 거야 이자들이 어디로 가는 거지 내 얼굴이 쓸려서 없어지고 말 거야 그리고 내 머리는 핏빛 달처럼 보이게 될 거야 달이 피를 흘려 한 발 한 발 내디딜 때마다 풀이 내 피부를 저며내 이자들은 모조리 덤불 속으로 걸어가고 있어 자기들 때문에 억지로 걸어가는 사람은 없다는 것처럼 모두를 걸어가게 만들면서 이 공기까지도 덤불을 미끄러져 지나가 덤불의 풀잎 날이 아야 살을 에어. 하지만 자네는 내가 기다리는 그자가 아니라네. 자네한테서 그자의 향기가 연하게 나기에 그런 줄로만 알았지만, 알고 보니까 말이야, 나는 그게 자네였다는 걸 보기 전까지는 거의 그자일 거라고만 생각했어. 훨씬 더 많은 사람들이 고통받아야 할 거야. 훨씬 더 많은 사람들이 죽어야 할 테고.

자네를 덤불 너머로 끌고 가면서 이자들은 아무 노래도 부르지 않네. 내 피부는 그자들의 옷만큼이나 하얗지만 나는 옷을 입지 않았어. 자네는 비명을 지르려는 자네 자신을 멈출 수가 없네. 자네는 내가 그들과 일행인지 아닌지, 그자들이 나를 볼 수 있는지 그렇지 않은지 의아해하고, 내가 진짜가 아니라면 이 상황도 진짜가 아닌 건지, 죽음을 향한 행진이 그냥 다른 무엇에 대한 은유는 아닐지 의아해하지. 자네는 은유라는 단어를 한 번도 들어본 적이 없지만.

하지만 자네 안에는 뭔가가, 나한테는 없는 뭔가가 있어. 자네를 데려가는 남자들에 대한 이해가 있다는 말이네. 어쩌면 그 긴 거리를 끌려오는 동안 자네는 그자들을 분리해놓은 걸지도 몰라. 이드와 슈퍼에고, 이런 일을 자네가 자초했다는 걸 아는 자네의 정신과 그 사실을 절대 받아들이지 못하는 자네의 심장. 지푸라기 하나라도 무여잡는 건, 계속 살아 있으려고 무슨 짓이든 하는 건, 발코니에서 떨어지는 동안 공중에서 공기 덩어리를 잡아채려는 건, 무언가 잡을 걸 달라고 신에게 비명을 질러대는 건 사람의 비이성적인 측면이지. 나한테는 나를 죽인 자에 대한 이해가 없다네. 자네는 나를 보고, 어둠 속에서도 나는 자네의 빨간 눈이 격렬하게 깜빡이는 걸 볼 수 있다네.

바로 저기 있잖아. 저 사람이 나를 보고 놈들을 보고 있어. 맨 뒤에서 행진을 하고 있어, 왼쪽 오른쪽 왼쪽 오른쪽, 놈들하고는 여러 걸음 떨어진 채 놈들을 보고 있고 나를 보고 있고 하늘을 보고 있어 울고 있는 것처럼 저 사람은 놈들에게 말을 걸지 않아 살려줘 살려줘 경찰 살인이야 그만해 당신 눈에는 피가 보이지 않는다는 것처럼 당신이 목격자가 아니라는 것처럼 걷지 마. 저 사람이 백인이라고 생각하는 게 좀더 말이 되려나 너무 하얗잖아 뭐든 말해봐요 응? 소리 질러 뛰어 돌아와 총을 가지고 비명을 질러 뛰어 그냥 그렇게 걷지 마 안 돼 난 당신이 안 보여 놈들이 나를 덤불 너머로 끌고 갈 때 뒤로 끌고 갈 때 아니야 비틀리고 돌아 등으로 덤불이 내 밑에 밧줄이 나를 감고 손이 타올라 굴러 다시 배를 끌고 아니 등을 아니 옆을 아니 배를 놈들을 봐 둘 아니 셋 아니 넷 우리는 언덕에 있어 틀림없어 밧줄이 나를 더 세게 당기니까 아파 그리고 하얀 남자가 보고 있어 하지만 그다음에 그 사람 머리가 없어졌어 나는 보이지가 않아 머리가 덤불 깊숙한 데 있어서 덤불 가시가 찔러 빌어먹을 세상에 그 하얀 남자가 사라졌어 하지만 그때 다시 돌아와 봐 저기 아직도 뒤에 하지만 저 사람 머리가 없어졌어, 아니, 꼭 목이 없는 것처럼 머리가 대롱거려 그런 다음에 저 사람이 손을 써서 저 사람 뭐 하는 거야? 머리를 다시 올려놓고 있잖아 나사처럼 꽉 죄고 있어 맙소사 이런 세상에, 피똥 쌀 사람이 아니야 귀신이다 하지만 사람처럼 보이는데 하지만 눈에 불꽃이 없어 그리고 나는 덤불 너머로 가다 끼었어 그만 당겨 날 그만 잡아당기라고 재갈에 비명을 지르고 그만 당겨 그리고 놈이 그만 당기고 두 놈이 내 주변으로 와 아냐 차지 마 그리고 다른 놈이 내 옆구리에 발을 놓고 아냐 차지 마 그리고 밀어서 나를 옆으로 굴려 놓고 놈들 중 둘은 라스타야 땋은 머리가 뱀처럼 살아 있어, 아니 연기, 아니 뱀 그리고 하얀 옷 차림으로 둘 다 왼손에 마체테를 들고 있어, 아니 오른손이네 이마가 터져 나를 자르지 마 아 제발 나를 자르지 마 차가워 내 새끼발가락이 어디 있지 왼쪽이어야 했는데, 아니 오른쪽 내 여자가 울고 있어 지금 이 순간에 울고 있어 자기를 챙겨줄 다른 남자를 찾아 이 씨발 창녀 같은 년 아니 그 여자는 울고 있어 조시 웨일스한테 갔어 내 남자는 어디로 간 거예요? 물어 그 사람을 어떻게 한 거야? 조시 웨일스가 그 여자도 가져 박아버려 그 새끼가 그 여자한테 박아버려 그리고 그 여자를 바보로 만들어 아니면 그 새끼가 그 여자한테 돈을 줘 내 말 알아들어? 나한테도 유다 같은 여자가 있다고, 하얀 남자, 나도, 그리고 하얀 옷을 입은 라스타가 나를 걷어차고 나를 덤불 바깥으로 굴리고 달이 하얗다 더이상 피를 흘리지 않는군 피똥 쌀 손목이 타들어가 나를 돌 위로 잡아당겨 내 몸 한가운데가 등이 베여 긁혀 아래쪽에 그게 내 바지에 걸려 놈들이 당기고 당기고 그만 그만 그만해 놈들이 당기고 찢고 뜯고 놈들이 나를 언덕 위로 끌고 가 안녕 바지야 축축한 풀 뒤에 베여 나가 하얀 남자는 사라졌어 놈들이 나를 끌고 가 머리를 쿵 찧고 쿵 아스팔트 길이야 놈들이 나를 길 건너로 끌고 가 긁혀 그만 그만 그만 자갈이 엉덩이에 박혀 자갈이 등에 박혀 박혀 박혀 엉덩이가 젖었어 축축한 엉덩이 피 피가 분명해 끈적끈적 철냄새 피 하얀 남자는 사실 피야 대답해봐 쌍년아 어디야? 놈들이 나를 길 건너로 덤불 속으로 잡아당겨 또 언덕 위로 조시 웨일스 내가 조시 웨일스를 죽일 거야 내가 아 주님 예수 그리스도 예수 그리스도 주님 예수님 죽고 싶지 않아요 수님 아버지 예수님 위대한 예수님 나는 정말 죽고 싶지 않아 그 하얀 남자가 돌아와 하얀 남자가 예수님이야 아니 당신 왜 아무 말도 안 하냐고 봐 피가 저 사람 얼굴에서 흘러내려.

내가 말이 너무 많았군. 나는 누구도 내가 하는 말에 귀를 기울일 수 없는, 그런 사람이라네. 자네도 곧 그렇게 될 거야. 그자들이 자네를 존재했던 어떤 언덕보다도 가파른 언덕으로 끌고 올라가고, 자네 몸이 잔가지들을 부러뜨리고 잎사귀들을 뭉개고 나조차도 왜 달이 어느 한 편을 안 드는지 궁금해지네. 그자들이 자네를 어두운 강을 따라 나 있는 작은 길로 버스럭대며 끌고 가, 이 장소에 대해서는 몇 가지 기억나는 게 있지만 그게 내 기억인지는 모르겠군. 그자들이 몇 분 동안 그 오솔길을 따라 자네를 끌고 가더니 멈추네. 나는 앞을 보고 그러는 동안 자네도 몸을 돌려 나처럼 해보려고 하지. 내가 보는 걸 자네가 봤을 때 자네 입이 너무 크게 비명을 질러서 거의 재갈이 떨어질 뻔해.

줄 하나, 대문 하나, 라스타들이 지키는 요새의 벽 하나, 대부분은 흰 옷을 입고 있지만 몇몇은 달빛이 감춘 색깔의 옷을 입고 있고, 다들 한 줄로, 서로 옆에 선 채, 손에는 단검과 칼을 들고, 등에는 기관총을 끈으로 매고 있어, 눈에 보이는 대로라면. 남자 옆에 남자, 그리고 그자 옆에는, 남자들이 오른쪽으로 쭉, 왼쪽으로도 쭉, 너무 멀리까지 이어져서 줄이 언덕 구부러진 곳 근처에서 사라지고 또 이어지는군. 알고는 있지만 기억은 할 수 없는 산 둘레로 원을 그리고 있는 남자들 한 무리. 나는 그자들을 보는 걸 멈출 수가 없어. 자네는 잊어버리고 마네. 나는 언덕을 빙 둘러보고 줄이 끊기는 데가 한 군데라도 있는지 보고 싶지만 그 줄이 끊기지 않는다는 건 이미 알고 있네. 그자들이 지역에서 산꼭대기를 봉쇄해버렸어. 하지만 그자들은 자네를 끌고 가는 라스타 일곱 명을 통과시키네. 자네의 비명과 웅얼거림 말고는 어떤 말소리도 들리지 않아.

그자들은 오솔길을 따라 자네를 15미터쯤 끌고 가더니 방향을 바꾸는군. 그들 전부가 동시에. 마치 새들이 갑작스레 방향을 바꾸는 것처럼 말일세. 덤불은 허리 높이까지 높아졌고, 오솔길은 없지만 그자들은 어디로 가야 하는지 알고 있는 것처럼 보여. 나는 자네가 보기 전에 먼저 그 나무를 본다네.

그자들이 멈추어 서는군. 자네를 잡아당기던 남자는 밧줄을 느슨하게 풀고 그러는 동안 두 사람이 자네의 팔을 부축해 일으켜. 그자들이 자네가 서도록 자세를 잡아주지만 자네는 자네 위에 펼쳐져 있는 나무를 보고 주저앉는다네. 자네가 넘어지기 전에 그자들이 자네를 붙들어. 자네는 그자들이 자네를 놓아줄 때까지 기다렸다가 껑충껑충 뛰며 도망치려 애쓰지. 그자들은 따라가지도 심지어는 경보를 울리지도 않아, 그냥 자네가 넘어지기만 기다릴 뿐이지. 자네를 오는 길 내내 끌고 왔던 덩치 큰 자가 자네의 혁대를 잡아채고 자네는 공중에 떠 있네. 그자가 자네를 인형처럼 들고 있어. 이 언덕에 있는 사람 중에 오직 한 남자만이 시간에 쫓기고 있네. 그자가 자네를 정해진 자리에 두는군. 올가미는 이미 그 자리에 있어. 벌써 기다리고 있지. 그자가 올가미를 자네 목에 걸치려고 하지만 자네는 왼쪽에서 오른쪽으로, 북쪽에서 남쪽으로, 재갈에 대고 비명을 지르며 몸을 버둥거려. 자네는 씰룩거리며 움직이고, 몸을 떨고, 돌아서서 나를 보는군. 나는 어둠 속에서도 자네가 눈을 깜빡이는 걸 볼 수 있어. 자네는 몇 분 동안이나 비명을 지르고 있지만 자네가 내게 비명을 질러댄다는 사실을 아는 사람은 나뿐이라네. 덩치 큰 라스타가 한 손으로 자네 목을 정해진 자리에 붙들어 놓고 올가미를 씌우네. 조여. 나는 그자들이 자네를 드럼통에 올려놓고 발로 걷어차서 자네의 목숨을 빼앗아 갈 거라고 생각했네. 하지만 자네의 목은 밧줄 끝의 올가미에 감겨 있고 그 올가미는 휙 쏘아져 올라가 단단한 가지를 넘어서 나무 아래에 있는 두 라스타의 손아귀로 떨어지는데 그자들은 그 밧줄을 손에 감고서 잡아당기네. 나는 그자들이 그렇게나 조용하다는 게, 마치 이게 어떤 작업이라도 된다는 듯 조용하다는 게 참 외설적인 일이라 생각하는데 자네도 그걸 깨달았는지 궁금하군. 마지막 유언은 없을 걸세. 나는 자네가 지금 울고 있는지 궁금하다네. 어떻게든 자비를 베풀어 달라고 구걸하는 자네 목소리를 가수가 듣길 바라는지도 궁금하고.

하지만 자네도 이것만은 알아둬야 할 거네.

산 자들, 그들은 절대로 듣지 않아.

2권으로 이어집니다.

파투아* 뜻풀이

* patois, 자메이카식 영어

가비지랜드 Garbageland	쓰레기장
간자 ganja	라스타들이 대마초를 부르는 이름. 라스타의 종교 의례에 대마초를 사용한다.
간지 ganzie	양모 점퍼
굿굿즈 good-goods	화물
나와 나 me and me	우리
내티 Natty	엘리트
노 트루 댓? no true dat?	안 그래?
다운프레션 downpression	'억압'을 뜻하는 라스타식 조어. '억압'을 뜻하는 영어 단어는 원래 '오프레션(oppression)'이지만 단어 도입부의 '옵(op-)' 발음이 '위(up)'를 연상시킨다 하여, 해당 부분을 '아래'를 뜻하는 '다운'으로 바꾼 것.
더티 라이프 dutty life	밑바닥 인생

더피 duppy	유령
던 don	자메이카 갱단의 보스를 일컫는 말.
던 다다 don dada	아버지 던
데디케이션 dedication	'헌신'을 뜻하는 라스타식 조어. 단어 도입부의 '데드(ded-)'라는 발음이 죽음(dead)을 연상시킨다 하여 삶(live)을 연상시키는 철자로 대체, 리비케이션(livication) 으로 바꾸어 부른다.
도터 dawta	아가씨. 라스타들이 젊은 여성을 부르는 호칭 중 하나. 표준 영어에서는 '딸(daughter)'에 해당한다.
라티드 Rahtid	'이런, 세상에!' 심한 실망감이나 분노를 표현하는 감탄사.
라히드 Rahid	나쁜
러어드 Lawd	이런, 세상에! '주님' 혹은 '주여!'를 뜻하는 영어 '로드(Lord)'의 파투아식 발음.
레고 비스트 leggo beast	망나니, 도저히 통제가 안 되는 남자를 일컫는 속어.
루드보이 rudeboy	갱단원
리덤 riddim	리듬

마싸 massa	주인님이라는 뜻의 파투아식 발음. 영어 마스터(master)의 발음이 변한 것.
몬 mon	친구, 이봐, 문제없지
미 브레다 mi bredda	내 형제. '마이 브라더(my brother)'의 파투아식 발음.
바티 batty	바티(batty)는 자메이카 말로 엉덩이를 뜻한다.여기에 구멍을 뜻하는 홀을 붙인 단어 바티홀(battyhole)은 항문을 말하며,바티보이(battyboy), 바티만(battyman) 등은 항문에 성교를 한다는 뜻에서 남성 동성애자들을 낮추어 부르는 속어이다.
방가랑 bangarang	문제
배드보이 badboy	갱단 혹은 총잡이. 원래 미국 서부시대에 기원을 둔 표현으로, 함부로 총질을 해대는 무법자를 가리킨다.
버크러 마싸 buckra massa	백인 주인님. '버크러(buckra)'는 나이지리아에 사는 이비비오족과 에피크족 언어에서 '주인'을 뜻하는 '음바카라'라는 단어에서 유래한 것으로 추정된다.
보스맨 bossman	형씨
부샤 busha	보스, 감독자. 주로 자메이카 백인들 사이에서 쓰인다.
브레드렌 brethren	형제(님). 라스타들이 쓰는 말에서 유래한 호칭으로, 남자를 친근하게 부를 때 쓰는 말.

브로타 brawta	보너스
샤터 shotter	깡패
서퍼라 sufferah	빈곤층, 가난하지만 올바르게 살아가는 사람. '고통받는 사람'을 뜻하는 영어 '서퍼러(sufferer)'에서 유래했다.
세티 settee	긴 소파. 주로 잠을 자거나 몸을 기대어 휴식을 취하는 용도.
셀렉터 Selecter	디제이
쇼타 shotta	갱단원
스타 star	친구
시스트렌 sistren	자매(님). 라스타들이 여성을 부르는 호칭. 브레드렌의 여성형.
싸 sah	영단어 서(sir)의 파투아식 발음.
싸잇 sight	맞지? 봤지? 알았지?
쌤피 samfie	사기꾼. 특히 누군가의 신뢰를 얻어 사기를 치는 사람을 말하며, 많은 경우 초자연적인 힘이 있는 것처럼 행세하는 사람을 뜻하기도 한다.

씬 seen	맞다, 봤다, 알았다
야디 yardie	건달
야우 yow	이봐, 어이
우누 unu	너
이레이션 iration	영단어 '크리에이션(creation)'을 라스타식으로 표현한 단어
자 Jah	라스타들이 야훼를 부르는 말
잼다운 Jamdown	자메이카
조 joe	자바 커피의 줄임말
차이니 chiney	중국 여자
쵸 cho	놀라거나 당황스러울 때 내뱉는 감탄사
추피드 cupid	멍청하다. 영단어 '스투피드(stupid)'의 파투아식 발음.

쿠 데 coo deh	이것 좀 봐
쿨리 coolie	자메이카를 비롯한 서인도제도의 여러 섬들에서 인도 혈통을 이어받은 사람들을 일컫는 속어.
파씨 Posse	갱단, 혹은 '~파'
파파-로 Papa-Lo	서인도제도에서 고위급 사제를 일컫는 말. '파파'라는 단어에는 '아버지'라는 뜻이 있다.
포피쇼 poppy show	인형극. 주로 멍청한 일을 하는 사람을 조롱할 때 쓰는 말.
품품 pum-pum	여성의 성기를 지칭하는 비속어.
하타클랍스 hataclaps	위기
화이트 뷔이 white bwoi	백인 녀석, 흰둥이 녀석. '화이트 보이(white boy)'를 자메이카식으로 발음한 것.

옮긴이 **강동혁**
서울대학교 영문과와 사회학과를 졸업하고 동 대학원에서 영문학 석사학위를 받았다. 인문학 분야의 책과 소설을 읽고 번역하며 언젠가 본인의 작품을 쓸 날을 기다리고 있다. 『우리가 묻어버린 것들』 『타인의 외피』 『혐오에서 인류애로』 등을 우리말로 옮겼다.

문학동네 세계문학
일곱 건의 살인에 대한 간략한 역사 1

초판인쇄 2016년 11월 3일 | 초판발행 2016년 11월 9일

지은이 말런 제임스 | 옮긴이 강동혁 | 펴낸이 염현숙
책임편집 박인숙 | 편집 이현정 신채경
디자인 김마리 이원경 | 저작권 한문숙 김지영
마케팅 정민호 이미진 정진아 김혜연 | 홍보 김희숙 김상만 이천희
제작 강신은 김동욱 임현식 | 제작처 영신사

펴낸곳 (주)문학동네
출판등록 1993년 10월 22일 제406-2003-000045호
주소 10881 경기도 파주시 회동길 210
전자우편 editor@munhak.com | 대표전화 031) 955-8888 | 팩스 031) 955-8855
문의전화 031) 955-1927(마케팅) 031) 955-2699(편집)
문학동네카페 http://cafe.naver.com/mhdn | 트위터 @munhakdongne

ISBN 978-89-546-4296-5 04840
978-89-546-4294-1 (세트)

www.munhak.com